1813-1814-1815

Du Rhin

à

Fontainebleau

MÉMOIRES

DU GÉNÉRAL Cte DE SÉGUR

DE L'ACADÉMIE FRANÇAISE

PARIS

LIBRAIRIE DE FIRMIN-DIDOT ET Cie

IMPRIMEURS DE L'INSTITUT, RUE JACOB, 56

—

1895

UN AIDE DE CAMP DE NAPOLÉON

1813 - 1814 - 1815

Du Rhin

à

Fontainebleau

TYPOGRAPHIE FIRMIN-DIDOT ET Cie. — MESNIL (EURE).

UN AIDE DE CAMP DE NAPOLÉON

1813-1814-1815

Du Rhin

à

Fontainebleau

MÉMOIRES DU GÉNÉRAL Cᵀᴱ DE SÉGUR

DE L'ACADÉMIE FRANÇAISE

Édition nouvelle publiée par les soins de son petit-fils

Le Cᵗᵉ Louis DE SÉGUR

PARIS

LIBRAIRIE DE FIRMIN-DIDOT ET Cⁱᴱ

IMPRIMEURS DE L'INSTITUT, RUE JACOB, 56

—

1895

AVANT-PROPOS DES ÉDITEURS.

Avec ce troisième et dernier volume, d'un intérêt plus vif peut-être que les précédents, s'achève le drame impérial ; l'aide de camp, fidèle à la fortune du souverain vaincu, met alors fin à ses Mémoires militaires. De retour au milieu des siens, il vouera désormais les loisirs d'une vie qui doit être longue, et aussi diverse qu'honorable, aux travaux de l'histoire, de la politique et des lettres.

En 1813, Napoléon, qui se connaissait en hommes, l'avait chargé d'organiser le 3ᵉ corps des Gardes d'honneur, composé surtout de royalistes et de Vendéens ; Ségur s'acquitta de cette tâche comme un homme de l'ancien régime pouvait le faire, sans

manquer aux règles de la discipline, agissant en ami
plutôt qu'en chef, et dans un esprit de prudence et
d'humanité qui s'accordait rarement avec les mœurs
soldatesques de cette époque. Si la modération de sa
conduite faillit lui coûter la vie dans une révolte, elle
lui valut ensuite l'attachement absolu des jeunes
gardes, dont l'endurance et la bravoure firent plus
d'une fois l'admiration de la vieille armée.

La campagne de 1814 occupe le reste du volume.
Dans cette campagne fameuse, qui rappelle à tant
d'égards les coups de génie de celle d'Italie, Napoléon est aux prises avec l'Europe presque entière ; il
a contre lui tous les rois qu'il a battus et humiliés.
Après la longue retraite de 1813, il est rentré en
France, traqué, harcelé par une multitude d'ennemis irréconciliables, dont l'unique mot d'ordre est
Paris! La patrie est envahie, la nation divisée, le
gouvernement sans force et trahi quelquefois : dans
ces conditions effroyables, il faut combattre chaque
jour, au cœur de l'hiver, avec des troupes épuisées,
manquant souvent de vivres, d'abris, de munitions,
un contre dix, même contre vingt! Cette infinie misère d'une lutte disproportionnée, Ségur, toujours
instruit aux meilleures sources, la fait ressortir en
pages douloureuses, ne négligeant pas de rendre

justice à la constance du soldat, au dévouement du paysan, à l'héroïsme de ces bataillons à peine exercés comme ceux des 3,000 gardes nationaux, qui périrent tous à Fère-Champenoise plutôt que de se rendre. Quant aux mouvements stratégiques, à la participation hésitante des chefs de corps, ainsi qu'aux événements de toute sorte qui amenèrent l'abdication de l'Empereur, il faut en lire le poignant récit pour se convaincre à quelle hauteur d'impartialité Ségur plaçait le rôle de l'historien.

MÉMOIRES

D'UN

AIDE DE CAMP DE L'EMPEREUR

NAPOLÉON IER.

I.

SOUVENIRS PERSONNELS DE 1812.

La Grande Armée n'existait plus ! La famine, l'hiver des Russes, et non leurs armes, venaient de l'anéantir ! Quelques restes de bataillons épars, peu à peu ralliés à ceux des corps plus récemment arrivés et qui n'avaient fait que les derniers pas de notre retraite, reculaient lentement au travers de ces populations prussiennes tant comprimées, depuis sept ans, par nos victoires. Nos chefs, Davout surtout, les contenaient de leur attitude fière encore, et des regards menaçants que, en passant, ils jetaient sur elles du haut de notre infortune. C'étaient là nos meilleures armes, et presque les seules qui nous restaient. Mais, quand extérieurement nous nous montrions hautains devant ces vaincus, intérieurement nos cœurs, déchirés et consternés, ployaient sous le poids d'un si grand

- désastre! Nous comprenions tout le danger de notre position nouvelle, et notre foi dans le génie qui nous avait guidés jusque-là, chancelait.

Elle était surtout ébranlée chez ceux de nous dont toute la vie guerrière n'avait pas été comprise dans la sienne. Ceux-là s'étaient formés seuls, ou sous d'autres chefs que Napoléon; plusieurs avaient été longtemps rebelles à son étoile, et subjugués enfin, s'ils en avaient subi l'influence, c'était en se regardant comme l'une de ses conquêtes. Quelques-uns même, froids et observateurs, étaient partis des bords de la Vistule, pour aller vendre leurs dotations voisines du Rhin, dont les Russes leur semblaient déjà les maîtres.

Il en faut aussi convenir, dans plusieurs de ces chefs l'âge des grands dévouements était passé. Car tel est l'homme, partout si prodigue des beaux jours de sa jeunesse; des jours graves de son âge mûr et de ceux si tristes de sa vieillesse, on le voit devenir de plus en plus avare!

Quant aux plus jeunes, soit insouciance de soldat, soit aise d'avoir échappé à tant de maux, on les voyait s'égayer encore. Leur verve joyeuse bravait le sort et interrompait la gravité de nos entretiens, mais elle ne pouvait détourner nos regards de ces nuages, tout noirs d'inquiétudes, qui enveloppaient notre horizon, naguère resplendissant d'une puissance si incontestée et de tant de gloire.

Enfin, à cette époque, beaucoup d'entre nous, officiers supérieurs et généraux, en dépit de leur métier alors si aventureux, étaient déjà maris et pères. Ils se faisaient

encore citer par des actions d'éclat et par de nobles dévouements ; et pourtant ce n'étaient plus ces guerriers
rudes et ardents, sans veille et sans lendemain, emportant
tout avec eux, partant sans tourner la tête, et dont les seuls
foyers étaient les feux de leurs bivouacs ! C'étaient, au
contraire, des hommes dont l'ardeur guerrière, ralentie,
cédait à l'attrait du foyer domestique. Ils avaient un intérieur. Amollis par les soins d'une femme, ils s'étaient arrachés à ces mille douceurs qu'elles savent créer, et dont
elles nous enlacent. Ils y avaient laissé leurs affections,
une part d'eux-mêmes, et n'étaient arrivés à l'armée
qu'avec le reste.

Puisque j'écris mes souvenirs et qu'il faut parler de moi,
je dirai que, après la défense de Kœnigsberg, d'Elbing
et de la Vistule, commençant à me reposer à Posen jusqu'où nous venions de reculer, et rassasié d'émotions de
guerre, je regrettais moi-même aussi trois enfants, leur
mère, et une habitation délicieuse où je les avais laissés.
Cette propriété, au milieu de la capitale bruyante de la ci-
vilisation, était une silencieuse et paisible retraite.

Je me rappellerai toute ma vie les jours agités qui avaient
précédé mon départ pour la guerre de 1812, et combien
cette séparation me fut douloureuse ! J'errais d'une colonne du péristyle à l'autre, d'arbre en arbre, de plante
en plante, fixant sur chacun de ces objets de longs regards, comme sur des êtres que je voyais pour la dernière
fois, comme sur des témoins d'un bonheur près de m'é-
chapper, et leur disant involontairement un dernier adieu !
S'il existe des pressentiments, c'en était un : je ne devais

plus revoir cette retraite ; un malheur allait à jamais m'en séparer !

Mes adieux furent si pénibles, que mon départ me fut d'abord un soulagement. J'avais précédé l'Empereur en Pologne ; je le reçus à Posen, à Thorn, à Dantzick, et ainsi jusques aux bords du Niémen, où recommença la guerre. Nous marchions vers cette grande catastrophe où finirent, avec l'année 1812, l'armée et la fortune de la France ! Cette campagne, d'abord glorieuse en apparence, avait été pour moi toute désastreuse. Près de Kowno, et pour la première fois depuis longtemps, j'avais pu embrasser mon frère, capitaine au 8ᵉ de hussards. Trois jours après, au moment où j'arrivais à Vilna, le grand maréchal Duroc m'appelle, me serre la main, et m'apprend que, à deux lieues au delà de cette ville, imprudemment lancé dans un bois par son général, mon frère vient de se heurter, en gravissant une colline, contre trois régiments de la Garde russe. Sa compagnie a été écrasée ; lui-même a disparu !

A cette nouvelle, je courus aux hussards de mon pauvre frère. Leurs restes étaient encore rangés en bataille devant le lieu de leur défaite. L'un d'eux me montra une forêt de sapins et la pente sablonneuse du large chemin qui s'y enfonçait. C'était là le terrain de cette malheureuse charge : les débris y étaient encore. Des lambeaux d'uniformes, souillés de sang, étaient dispersés sur le milieu de la route ; sur les côtés gisaient les morts, déjà dépouillés. Dans chacun d'eux je tremblais de reconnaître mon frère, surtout quand leur figure était cachée dans le sable, et que

leurs cheveux noirs et leur taille haute me jetaient dans
la plus cruelle incertitude. Et quelle angoisse, quand le
hussard qui m'accompagnait, saisissant par les cheveux
et retournant brusquement ces têtes, me montrait leurs
traits ! Enfin, je fus assuré que mon frère n'était point
resté sur le champ de ce combat.

Alors je me fis répéter les récits et les conjectures de
chacun de ses compagnons d'armes. Tous l'avaient vu en
tête des siens, au plus fort de la mêlée. Plusieurs fois il s'é-
tait fait jour ; un coup de lance l'avait enfin étendu à
terre, d'où se relevant, deux autres coups l'avaient deux
fois terrassé encore. Plusieurs officiers ennemis s'étaient
alors jetés sur lui, et l'entraînant, tous avaient disparu
dans la forêt qui nous séparait de l'armée russe.

Aussitôt, et malgré la défense de communiquer avec
l'ennemi, j'obtins un trompette, j'écrivis à la hâte quelques mots à mon frère, je lui formai une bourse, j'en
chargeai son domestique ; puis, avec lui et mon parlementaire, je m'enfonçai dans la forêt qui séparait les deux
avant-gardes. Ce fut seulement à sa sortie que j'aperçus
les premières vedettes russes. Bientôt le domestique et le
trompette furent parmi elles. Une heure d'anxiété suivit.
Pendant cette heure cruelle, la plus longue de ma vie,
seul, et abrité par les derniers arbres qui bordaient la
plaine, en proie à mille pensées fiévreuses, la destinée si
changeante de notre famille, d'une génération à l'autre,
se représenta à mon esprit. Cette Russie, où je me trouvais pour la seconde fois, c'était pour y voir mon frère
blessé et prisonnier en 1812, comme moi en 1806 ! Ainsi,

dans cette même contrée, où, près de l'une des plus illustres Souveraines des temps modernes, et au milieu de la Cour la plus somptueuse, notre père, alors ministre de France près de Catherine Seconde, avait brillé pendant cinq ans d'un si vif éclat, le sort voulait que ses deux fils ne pussent pénétrer que blessés, terrassés, et traînés captifs !

Cependant l'heure s'écoulait. Le crépuscule vint, et avec lui une nouvelle inquiétude. Les Russes gardaient-ils prisonnier mon parlementaire ? Moi-même, officier général qu'ils savaient là seul et sous leur main, n'allaient-ils pas me saisir aussi ? J'avoue que, involontairement et en dépit d'un devoir impérieux, cette chance ne déplaisait pas à mon impatience de revoir mon frère, lorsqu'enfin j'aperçus un cavalier venir à moi ; je m'avançai à couvert encore de quelques arbres pour le reconnaître ; c'était mon trompette. Les Russes, au contraire de mes craintes, l'avaient si bien accueilli, qu'il n'était plus en état de me répondre ; mais il rapporta quelques lignes écrites par une main généreuse. « Mon frère n'était que prisonnier ; ses « blessures étaient graves sans être mortelles ; son nom « et son intrépidité lui assuraient une captivité douce « et honorable ! » Je respirai enfin, déchargé d'un poids insupportable.

Tranquille sur mon frère, qui dès lors se trouvait en sûreté pour le reste de la guerre, je commençais à me remettre d'une si rude commotion, quand, à quelques marches plus loin, à Klubokoé, un second malheur m'atteignit, la nouvelle de la mort de ma sœur. C'était la seule que j'eusse, et si regrettable par son cœur et son esprit, que plus le portrait en serait fidèle, plus il semblerait invraisemblable (1)!

Fatigué de ces violentes émotions, je retournais à Vilna d'un mouvement presque machinal, lorsque, en approchant d'un village, de Mitednicky, je crois, car j'étais sur la route d'Osmiana, un coup de feu, suivi d'une rumeur inaccoutumée, réveilla mon attention. En m'avançant, je vis, au milieu de la rue, un de nos fantassins étendu mort, sa cervelle sanglante hors de la tête. Ses compagnons l'entouraient, avec une agitation tout opposée à cette insouciance qu'ils ont ordinairement pour les morts des champs de bataille. Leurs exclamations m'apprirent que le malheureux venait de se tuer, soit regret de ses foyers, ou effroi des immensités qui l'en séparaient; soit effet d'une température dissolvante qui réellement démoralisait! Un autre coup, partant dans le même moment, non loin de là, attira ces fantassins; ils y coururent, en s'écriant amèrement, avec leur exagération accoutumée : « Que toute l'armée y passerait; que c'était le quatrième de la journée ! »

Et vraiment, depuis notre premier pas sur le sol russe, chaque jour une chaleur tiède, lourde, réfléchie et doublée par un sable ardent, nous accablait. Vers midi elle devenait intolérable, quand le ciel, chargé d'épais nuages, s'abaissait presque jusqu'à terre, et pesait sur nous de tout son poids. C'était là l'instant le plus critique, celui du plus

(1) La Baronne de Villeneuve.

grand découragement. On ne s'en relevait que lorsque ces
lourds nuages crevaient en chaudes ondées, tombant,
comme dans les contrées méridionales, en larges gouttes
et par torrents.

Je compris d'autant mieux cette démoralisation, que,
dès le passage du Niémen, moi-même j'avais failli succomber sous de semblables impressions. A mesure que ce
premier et si désastreux orage s'était amoncelé, mon esprit
s'était de plus en plus affaissé; je m'étais senti près de
fondre en larmes. L'orage creva, et, sur-le-champ, tout à
mes yeux changea d'aspect; je me redressai, je redevins
homme !

Mais revenons à l'histoire. Une erreur trop répandue,
et qui consiste à repousser toute influence de la santé de
Napoléon sur les événements, m'oblige à quelques nouveaux détails sur cette guerre de 1812.

II.

On s'obstine à représenter l'Empereur, le jour de la
Moskowa, s'avançant plusieurs fois au galop au milieu
des combattants; j'affirme ne l'avoir pas quitté pendant
cette journée, et ne l'avoir point vu galoper un seul
instant. J'ajoute, puisqu'on me force à tout dire, que la
veille, quand il parcourait le champ où devait se livrer
la bataille, on remarqua que, ayant mis pied à terre, il
s'arrêta fort longtemps, le front appuyé contre la roue

de l'un de nos canons. J'ajoute encore que, la nuit suivante, son aide de camp, Lauriston, qui lui-même me l'a raconté, l'aida à se placer sur le ventre des cataplasmes émollients. Ce qui est également certain, c'est que, pendant le combat, lorsque, après la prise de la grande redoute par Caulaincourt, il crut devoir aller juger par lui-même de ce qui restait à faire, je le vis monter lentement et péniblement à cheval ; en cet instant, comme on lui amenait prisonnier le vieux général Likatcheff, défenseur de cette redoute, ce fut avec une voix faible et languissante qu'il me recommanda d'avoir soin de ce général, de recueillir ses paroles, et de venir ensuite lui en rendre compte. Après quoi, s'éloignant lentement au pas, il continua de même sans doute, puisque, dix minutes plus tard, je le rejoignis non loin de là. Je n'avais pu tirer de Likatcheff, fort troublé de sa défaite, que les mots suivants : « Ah ! Monsieur le général, quel « désastre ! Croyez-vous que votre Empereur nous permette désormais de rester Russes ? » Ces paroles, quelque singulières qu'elles fussent, quand je les rapportai à l'Empereur, lui firent peu d'impression. Il venait d'apprendre, il est vrai, la mort de Caulaincourt et de Canouville, frère l'un de son grand écuyer, l'autre de son maréchal des logis, et tués l'un d'une balle, l'autre d'un biscaïen au front.

Nous atteignîmes bientôt, à la hauteur de la gorge de la grande redoute, le terrain conquis, que de rares boulets et obus ennemis disputaient encore. Napoléon, après avoir examiné la position, écouté ses maréchaux et donné

1.

ses ordres, revint lentement à ses tentes, comme il en était parti.

Le lendemain matin, dans sa triste revue du champ de bataille, revue de morts et de mourants, où, quelque précaution qu'on prît, il était impossible, sur un sol ainsi jonché, de marcher toujours à terre, le seul mouvement vif que je vis à l'Empereur, aussi souffrant que la veille et de plus cruellement affecté, fut son irritation quand le pied de l'un de nos chevaux, heurtant l'une de ces victimes, en arracha un gémissement, dont je ne puis douter, car c'est moi malheureusement qui en fus la cause. Sur l'observation de l'un de nous que ce mourant était Russe, l'Empereur répliqua : « Qu'il n'y avait plus d'en-« nemis après la victoire ! » Et aussitôt, ayant fait relever ce soldat par Rustan, il le fit boire à sa propre gourde d'eau-de-vie, toujours portée par ce mamelouk ; puis il renouvela, il multiplia l'ordre de recueillir soigneusement, et sur-le-champ, tous ceux, Russes comme Français, qui vivaient encore.

Vers la fin de cette revue, l'Empereur m'envoya à Mojaïsk, où il voulait coucher ; mais quarante mille Russes, campés sur une hauteur, à demi-portée de canon en arrière de cette ville, plusieurs bataillons et une batterie, rangés devant nous à son entrée, derrière un ravin, la défendaient. Je trouvai le Roi de Naples à deux cents pas de cette arrière-garde ennemie, dans un champ à gauche de la grande route, seul avec ses aides de camp, et fort en avant à gauche de la première ligne de sa cavalerie. Celle-ci s'avançait au pas et en bataille. Le Roi, surexcité par les feux et les criailleries des Cosaques au milieu desquels son ardeur l'avait jeté, maudissait la lenteur de ses escadrons. Il leur envoyait ordre sur ordre de charger ces canons et ces bataillons, qu'un ravin rendait inabordables.

Il ne répondait à Déry, son aide de camp, qui le suppliait de se calmer et de renoncer à cette attaque, que par ces mots : « Qu'ils chargent ! et s'il y a un ravin, ils le verront ! » Déry, ainsi repoussé, me pria d'intervenir, ce que je fis aussitôt en montrant au Roi l'obstacle réellement infranchissable. Sur quoi, convaincu enfin, il me pria d'aller révoquer son ordre. J'y courus à toute bride ; je voyais notre ligne si près de couronner une hauteur où elle eût été criblée de balles et de mitraille, que je lui criai moi-même le commandement de halte, auquel elle obéit sur-le-champ et fort à propos, car, deux pas de plus, et c'en était fait d'elle !

Quelques instants après, en rétrogradant vers le village situé à portée de canon de Mojaïsk, sur la grande route, je rencontrai, le maréchal Mortier. Nous cheminions en causant, lorsque, voyant un boulet russe dont les derniers bonds allaient nous atteindre : « Rangeons-nous, Ségur, me dit-il ; faisons place aux plus pressés ! » Je m'écartai ; et, en regardant passer ce boulet entre nous deux, j'aperçus, de l'autre côté de la route, un personnage seul, à pied, et en redingote grise. C'était l'Empereur ! Il s'avançait vers Mojaïsk, marchant péniblement, la tête baissée. Je traversai la route et, me plaçant devant lui, je l'arrêtai, en lui faisant remarquer qu'il était

au feu ; à quoi il me répondit, en levant lentement la
tête : « Les Russes tiennent-ils donc encore dans Mo-
« jaïsk ? » Le jour, en ce moment, finissait ; je lui montrai les feux d'environ quarante mille hommes, derrière
et dominant la ville, ajoutant qu'une forte arrière-garde
et du canon en défendaient l'entrée. L'Empereur alors,
d'une voix aussi languissante que son attitude, me dit, en
se retournant pesamment et tout d'une pièce : « Atten-
dons jusqu'à demain, puisqu'il en est ainsi ! » Ce fut avec
le même abattement dans sa démarche, qu'il rentra dans
le village, où il passa la nuit.

Le lendemain matin, j'entrai dans la ville avec un bataillon que commandait Jorry, l'un de mes premiers compagnons d'armes, en 1800, aux hussards de Bonaparte.
Ses tirailleurs jetés en avant, il serra sa troupe en masse,
et l'abrita derrière une église ; car Mojaïsk ne nous était
pas encore entièrement abandonné. L'arrière-garde des
Russes avait pris sur la hauteur, au delà de cette ville, la
position qu'occupaient la veille, si fièrement, les restes
de leur armée ; et cela, à quatre lieues seulement et après
deux jours de la plus sanglante des défaites. De cette
position ils commandaient Mojaïsk ; suivi de quatre
gendarmes d'élite et d'un fourrier du palais, j'en fis la
reconnaissance ; ils nous canonnèrent dans les rues avec
une telle justesse de tir, que, sous nos pas, leur mitraille
labourait le sol, et que plusieurs fois leurs obus faillirent
couper la bride de mon cheval. Il est vrai que je ne
pressais point le pas, piqué à ce jeu, et affectant de le
dédaigner. Ce furent ces obus, en nous manquant de

si près, qui s'enfoncèrent dans les maisons, y mirent le feu, et y brûlèrent les nombreux blessés que Kutusoff avait abandonnés.

Cependant, nos manœuvres sur les flancs de cette arrière-garde l'ayant bientôt fait disparaître, je retournai dire à l'Empereur qu'il pouvait entrer dans Mojaïsk. Il vint s'y établir dans la seule et assez grosse maison de briques, à un étage, qui s'y trouvait. Là, pendant deux jours, l'extinction de sa voix devint si complète, qu'il fut forcé d'écrire, sur des carrés de papier, les ordres et les lettres qu'il ne pouvait plus dicter.

Mais cette indisposition, quelque forte qu'elle fût, n'était pas pour lui la plus pénible. Depuis la veille de la bataille il subissait une atteinte de dysurie, souffrance qu'il ne put vaincre qu'à Moscou, le second jour après son entrée au Kremlin. Je savais ce fait par ses secrétaires, quand j'écrivis la campagne de 1812. Son chirurgien et mon père m'avaient même appris, qu'il était assez fréquemment sujet à ce mal, dès sa jeunesse. Dans les attestations écrites de la propre main de messieurs Yvan et Mestivier, l'un, chirurgien de Napoléon depuis 1796, l'autre, son médecin en 1812, et de service près de lui la veille de la Moskowa et à son arrivée au Kremlin, on en verra la preuve détaillée, authentique et incontestable (1).

Maintenant je laisse à juger si, le jour de la bataille,

_____

(1) Les originaux de ces attestations sont déposés aux Archives Nationales.

ce fiévreux refroidissement et cette dysurie, si gênante pour les mouvements du corps, n'eurent aucune influence sur son esprit.

Achevons rapidement de compléter nos souvenirs de cette campagne. On a lu l'histoire de Napoléon et de la Grande Armée en 1812; elle est aussi la mienne. Plusieurs fois je m'y suis mis en scène sans toutefois m'être nommé. Je fus là moins acteur que témoin, n'ayant guère quitté l'Empereur, si ce n'est de quelques pas, et pour porter et faire exécuter plusieurs de ses ordres. J'y souffris moins que d'autres, malgré mes blessures, parce que, auprès de Napoléon, on fut presque toujours à couvert et suffisamment nourri.

Cependant, et surtout depuis Smorgoni, c'est-à-dire depuis le départ de Napoléon, je faillis plusieurs fois périr. La nuit du 5 au 6 décembre, où je m'aperçus du projet de ce départ aux apprêts de son exécution, me fut si pénible, que son souvenir m'oppresse encore. Dès la première heure de cette nuit, ceux qui devaient accompagner l'Empereur ou le suivre en furent instruits secrètement. On se tut avec moi. Je vis mon sort dans ce silence, dans l'attitude contrainte et dans les regards de commisération de mes compagnons d'armes, s'efforçant de contenir leur ravissement quand ils me rencontraient en face. Pour moi, j'en conviens, dès qu'il ne me fut plus possible de douter de ma destinée, mon cœur se gonfla de tant d'amertume que j'eus peine à le contenir. Je reçus les tendres adieux de mes amis, dont la joie éclatait en dépit d'eux-mêmes; j'écrivis quelques lignes que je leur confiai ; et, m'enveloppant dans ma pelisse, je me hâtai de séparer leur bonheur de mon infortune.

Véritablement, après tant de mortelles impressions, le regret de manquer une pareille occasion d'aller se réchauffer le cœur et le reposer à ses foyers, était d'autant plus naturel, que, seul des officiers généraux attachés à la personne de Napoléon, je me voyais séparé de lui, et comme abandonné au désastre universel. J'étais gâté par l'habitude de ne servir que sous ses ordres. Désormais sous quel autre chef allais-je continuer, pas à pas, la marche funèbre de notre retraite, sans mes compagnons habituels, et forcé d'en accepter de nouveaux ? Car, entre la maison de l'Empereur et les états-majors de Berthier, de Murat et du prince Eugène, il n'y avait rien de commun : la distance avait toujours été grande, les habitudes différentes, et la séparation entière.

Je l'avouerai, ce changement subit de position, cet isolement, cette prolongation d'exil, à l'instant où, près d'atteindre des terres alliées et hospitalières, la France recommençait à poindre à mes yeux, comme un fanal au milieu de la plus rude des tempêtes, tout cela me désespéra. Quant à l'instruction que Napoléon me fit remettre, elle me laissait sous les ordres du roi de Naples, et du prince de Neufchâtel malade, rebuté, et qui n'était plus que l'ombre de lui-même. Je devais d'abord rester à la tête du quartier impérial, prendre ensuite le commandement de la première brigade de cavalerie qu'il serait possible de rallier, et faire à Vilna le coup de sabre.

L'instruction, pour le ralliement de cette brigade de

cavalerie, était inexécutable, puisque tout était anéanti, et tout à refaire, ailleurs, au loin, et avec d'autres éléments. J'étais donc sacrifié à une vaine apparence, au chimérique espoir que la Russie et l'Europe croiraient à la réalité de ce semblant de quartier impérial au milieu d'un fantôme d'armée, et qu'il leur ferait redouter, chaque jour, le retour subit de l'Empereur !

Il n'y avait pourtant là rien de mieux à faire. L'Empereur avait raison. Dans cette chute, rien n'était à négliger. Ce simulacre de quartier impérial était nécessaire. C'était un dernier point de ralliement pour les siens ; ce pouvait être une vision redoutable pour ses ennemis. Quant à moi, officier général d'un nom connu en Russie, j'étais de sa maison ; il n'en avait pas un autre à choisir pour ce commandement, et peu d'autres, en ce moment, pour cette brigade de cavalerie qu'il me destinait. Toute plainte eût donc été injuste et déplacée ; il n'y avait qu'à obéir et à se taire, l'honneur et le devoir le dictaient. Aidé par la nécessité, je me résignai ; le bon sens l'emporta sur tous mes autres sens, et, s'il me fut impossible de dompter leur révolte intérieure, je sus du moins, au dehors, cacher ma faiblesse, et dévorer en silence mon désappointement. Je fis même plus : au moment du départ de Napoléon, quand, par ses gestes et quelques paroles, il nous fit, en passant, ses adieux, mes yeux lui exprimèrent que je comprenais la nécessité de son départ et celle du sacrifice qu'il m'imposait.

Toutefois, lorsque, le 6 décembre, en sortant de ce dernier quartier impérial, je rencontrai le colonel Fezen-

zac avec l'aigle de son régiment, qu'escortaient quelques
officiers et sous-officiers, seuls restes du corps qu'il commandait, ce fut d'une voix encore émue que je lui appris
le départ de l'Empereur. Ce colonel, d'abord muet et pensif, me répondit bientôt : « Il a bien fait ! » La position
de Fezenzac et la mienne étaient différentes ; mais ce mot
ferme, dit en passant, me raffermit; ce sang-froid me
rendit le mien : j'acceptai tacitement ce noble exemple,
dont je me plais aujourd'hui à lui rendre hommage.

Cette journée fut l'une des plus glaciales et des plus
meurtrières de la retraite. Le lendemain 7 décembre, soit
désordre autour de Murat, soit en moi préoccupation, je
perdis la trace du quartier royal. Vers la fin de ce funeste jour, excédé par une marche à pied de douze lieues
sur une neige miroitée, écrasé sous le poids de soixante
et quinze livres, celui de mes armes, de mon uniforme et
de deux énormes fourrures, j'essayai de me remettre en
selle ; mais, presque aussitôt, mon cheval versa sur moi,
si rudement, que je restai engagé sous lui. Plusieurs centaines d'hommes passèrent sans qu'il me fût possible d'en
décider un seul à me dégager. Les plus compatissants
s'écartaient un peu, d'autres enjambaient par-dessus ma
tête, la plupart me foulèrent aux pieds. Un gendarme
d'élite enfin me releva.

Cette journée s'était écoulée pour moi sans nourriture.
La nuit suivante, la plus froide de toutes, je la passai
sans manger encore, dans une cabane ouverte à tous les
vents, entouré de morts, près d'un feu mourant, la flamme
ne pouvant mordre sur un gros sapin tout entier, qu'on

avait traîné dans cet abri, et dont les deux bouts sortaient l'un par la porte, l'autre par la fenêtre. Un vieux général du génie vint partager avec moi ce triste gîte. Il dévora devant moi un reste de provisions, sans me rien offrir, et sans que je pusse me déterminer à lui demander une faible part du chétif repas auquel il était réduit.

Cette chambre tenait à une énorme grange encore debout. Pendant cette nuit cruelle, quatre à cinq cents hommes s'y réfugièrent. Les trois quarts au moins y périrent gelés, quoiqu'ils se fussent entassés les uns sur les autres autour de quelques feux, les mourants, pour s'en rapprocher, étant montés sur les morts, successivement !

Lorsque, avant le point du jour, je voulus sortir à tâtons de l'obscurité de ce tombeau, j'en heurtai du pied les premiers habitants; surpris de leur impassible taciturnité, je m'arrêtai; mais, un autre obstacle m'ayant fait tomber sur les mains, les membres raidis, les figures glacées qu'elles rencontrèrent, m'expliquèrent le silence qui m'environnait. Après avoir vainement cherché un passage, il me fallut surmonter péniblement ces différents monceaux de cadavres. Le plus élevé était proche de l'entrée; il était si haut, qu'il cachait entièrement la sortie de cette grange.

Ce jour-là même, j'arrivai, défaillant de faim et à demi gelé, aux portes de Vilna. Ce fut par bonheur avant la cohue. J'y pénétrai facilement. Une heure plus tard, j'eusse été forcé de m'ajouter à la foule qui encombra ce défilé et qui y périt.

Tout abondait à Vilna. Beaucoup y passèrent d'un excès à l'autre. Ils y trouvèrent bonne table, bonne chère, bons lits, dans des appartements bien chauffés. Cette brusque et trop complète transition fut fatale à plusieurs de nous. Elle dura trente-six heures seulement; après quoi, la misère et la fuite recommencèrent.

Le surlendemain, je ne parvins à la misérable cabane qui servit de quartier général à Murat que par hasard, en me traînant, et tout à fait au bout de mes forces. J'étais malade, épuisé, je ne vivais, depuis vingt heures, que de quelques poignées de neige; et, si le feu, que j'aperçus à deux cents pas à gauche de la grande route, au travers des premières ombres de la nuit, eût été celui d'un bivouac ordinaire, d'où sans doute j'aurais été repoussé, et où, bien plus sûrement encore, je n'eusse point trouvé la moindre nourriture, ce feu, que je crois voir encore et qui me sauva, eût marqué la fin de ma carrière. Ce bivouac, bien heureusement pour moi, se trouva être le quartier du roi de Naples.

Mais ce fut surtout en sortant de Kowno, dès mon premier pas hors du territoire russe, et quand on pouvait se croire hors de péril, que je fus le plus près de succomber. Séparé de mes chevaux par la foule, et blessé au pied, après avoir lutté quelque temps contre la fatigue et la douleur, je fus forcé de m'asseoir sur la neige, hors de la route. Aussitôt l'hiver me saisit, mon sang commença à se coaguler; déjà je tombais dans un engourdissement précurseur d'une mort qui n'est point aussi douloureuse qu'on le pense, quand, au travers de cette torpeur, j'entrevis un beau cheval sans cavalier, passant si près de moi, que, par un dernier effort, je pus l'arrêter. Il était tout justement sellé et enharnaché pour un général de mon grade. Ce cheval abandonné venait d'être recueilli, à cinquante pas de là, par un gendarme de la Garde ; ce gendarme était sous mes ordres ; il me reconnut, me mit en selle, et hâta notre marche. Le mouvement me ranima. Je dus la vie à cette rencontre, et cette fois encore je fus sauvé.

Parmi beaucoup d'autres moments critiques de cette retraite, ce fut, dans ce long désastre, le seul où je me sentis près de m'abandonner, ce qui arriva à tant d'autres : moment sans doute pénible, mais bien moins amer qu'on ne l'imagine, mille douleurs ayant amené peu à peu à ce découragement; situation extrême, mais matérielle, machinale ; où le souvenir, où l'espoir se décolorent ; où toute idée du passé et de l'avenir s'effacent ; où le moment présent, qui devient tout, est lui-même encore bien peu de chose. Et en effet, toutes les sensations d'âme et de corps se trouvent alors complètement émoussées dans un être si défaillant, déjà bien plus mort qu'il n'a à mourir, et à qui il ne faut que du repos, de quelque espèce qu'il puisse être !

Les hommes de mouvement comprendront ceci, mais les autres, non ; l'inaction ne pouvant guère juger l'action, ni combien elle aide au courage, soit de résistance, soit de résignation. Ce qui est formidable, c'est le danger, c'est la mort survenant dans la quiétude et le bonheur ! Voilà les morts toutes vives et entières devant lesquelles, pour s'en défendre ou les accepter, il faut une fermeté digne de louanges.

Une mort pareille m'attendait, et d'autant plus cruelle que j'en fus frappé dans un autre moi-même. Le 20 janvier 1813, nous avions atteint Posen. Murat, qu'une dépêche, récemment arrivée, dit-on, avait inquiété sur ce qui se passait dans son royaume, venait de nous abandonner. Au milieu de l'obscurité d'une longue nuit, il s'était évadé de notre infortune. D'autre part, le prince de Neufchâtel, mourant de fatigue et de chagrin, implorait son rappel. Loin de pouvoir rallier une brigade de cavalerie, les nobles efforts du Prince Eugène, devevenu Chef de l'armée, n'avaient encore pu même réunir cinq cents fantassins de la vieille Garde. Tout était à retremper, à refaire ; il n'y avait rien à greffer sur de pareils débris !

Quelques corps jeunes, frais et entiers, nous avaient rejoints ; mais, à l'exception de ceux jetés à Dantzick avec nos restes, ils s'étaient presque dissous dans notre désordre. L'aspect même de nos hommes d'élite les avait effrayés : la plupart, plus ou moins atteints, étaient souffrants, affaiblis, presque invalides. On n'était entouré que de tristesse et de découragement : plus d'appareil guerrier ; seulement quelques rares tambours battant sourdement, comme dans un convoi, devant quelques files allongées de soldats mornes, dont les uniformes en lambeaux couvraient à peine les membres à demi gelés.

Cependant, l'ennemi avait suspendu sa poursuite ; nous respirions. L'hiver des Russes qui, de concert avec leur armée, nous avait frappés, de plus en plus violemment, jusque sur leur frontière, dès que nous l'avions dépassée, s'était ralenti. Il semblait s'être arrêté là, avec Kutusow !

Nous étions à Posen, sur un sol ami ; nous habitions un palais ; quinze jours de repos, de chaleur et d'abondance nous rétablissaient. Déjà même je regardais, au travers de ce bien-être relatif, mon avenir ; il me souriait. Je me figurais le temps de la paix enfin arrivé. Je connaissais pourtant bien la fierté de l'Empereur, toutes les rancunes dont il avait à redouter le soulèvement, et l'invraisemblance d'une paix honorable après un pareil désastre ; mais ces craintes me venaient de la nature des faits, et l'espoir, de ma propre nature ; celle-ci l'emportait.

Pendant qu'ainsi mon goût d'aventures et de sensations violentes commençait à se ralentir, une autre ambition, plus vieille en moi, reprenait le dessus, celle de la gloire des Lettres. Je leur devais les premières émotions de ma jeunesse. Cette ambition, loin de m'arracher, comme celle des armes, à mes foyers, m'y renfermerait ; elle compléterait, par une douce et utile occupation, le charme d'un intérieur où, dans une délicieuse retraite, au milieu d'une famille nombreuse encore et distinguée, une imagination active et un cœur ardent pourraient à la fois être satisfaits.

C'était ainsi que, songeant à la possibilité d'une paix invraisemblable, je m'abandonnais à l'espoir de cet *otium cum dignitate*, et de m'y créer même une renommée nouvelle. Et c'était près d'un colosse de gloire à demi renversé, au milieu d'un Empire menaçant ruine, et de quatre cent mille morts, que j'arrangeais aussi doucement mon avenir !

Mais quoi! le malheur pouvait-il donc être partout à
la fois? Devais-je l'attendre d'autre part que de cette
Russie, où j'avais appris la fin de ma sœur, où tant de
mes compagnons venaient de succomber, où je laissais
mon frère captif? N'était-ce pas de ce côté seulement
qu'il y avait à craindre, qu'il faudrait combattre encore?
Et là même ce malheur n'avait-il pas été si excessif, qu'il
semblait avoir épuisé toutes ses rigueurs? J'y avais laissé
tant de morts, que je ne songeais pas qu'on pût mourir
ailleurs! Comment prévoir que ce spectre funéraire, j'allais le retrouver d'un côté tout opposé, chez moi-même,
au but de mes désirs? Je ne me révolte point, mais
quelle impitoyable imagination eût pu se figurer que cet
asile, où je rêvais le bonheur, dans ce moment même en
devenait le tombeau?

Le 28 janvier, dans Posen, à huit heures du matin,
j'écrivais encore à la mère de mes enfants. Un ami entra.
Son regard, ses larmes, des paroles entrecoupées m'alar-
mèrent. Je ne pus d'abord les comprendre ; mais cet ami
me présenta une dernière lettre, il ajouta quelques mots,
et tout fut fini.

Plusieurs mois après, dans mon veuvage, j'étais encore
solitairement renfermé, à Paris, chez mon père. Empire,
Empereur, armée morte, armée nouvelle, à mes yeux
tout avait disparu! La vue de quatre cent mille morts
ne m'avait point abattu, et une seule venait de m'a-
néantir! Mais pour chacun de nous qu'est-ce qu'une infortune collective, quelque grande qu'elle soit, en com-
paraison d'un malheur personnel?

II.

JE SUIS NOMMÉ AU COMMANDEMENT DU 3ᵉ CORPS D'UN
RÉGIMENT DES GARDES D'HONNEUR.

Cependant, l'Empereur, encore à Paris, contenait d'une part, excitait de l'autre, et refaisait une Grande Armée nouvelle. En même temps son inquiète, sa dévorante activité croyait pouvoir, des Tuileries, commander au Prince Eugène tous ses mouvements. La quantité d'instructions qu'il lui adressa pendant ces trois mois est prodigieuse. Il y dessinait, dans toutes les attitudes imaginables, chacune des positions rétrogrades à occuper. Il y prévoyait toutes les chances possibles de l'attaque ; il y indiquait toutes les précautions de la défense. Ces lettres composeraient des volumes. Le prix en serait inestimable pour l'art de la guerre, si les grands livres pouvaient former de grands hommes, comme les grands hommes inspirent quelquefois de grands livres !

Ces lettres furent peu utiles au Prince Eugène. Ce Prince était sur le terrain de la guerre, sol toujours fécond en variations subites ; l'Empereur en était trop loin ; les rapports lui parvenaient surannés ; ses instructions y arrivaient trop tard, et l'ordre d'agir, après l'action.

Le Prince Eugène reculait, se retournant à chaque pas, mais sans en venir sérieusement aux mains. Il manquait ou de forces ou de confiance. A mesure qu'il déchargeait de notre poids la terre prussienne, celle-ci se soulevait tout entière derrière lui, ébranlait sa contenance, et hâtait sa retraite. Le temps pressait.

J'ai négligé de dire que, avant la campagne de Russie, le 22 février 1812, j'avais été promu général de brigade, sur la présentation du ministre de la guerre et du général comte de Lobau, particulièrement chargé de ce travail. Il fallait avoir ce grade pour être gouverneur des Pages, place dont le plus précieux avantage consistait à faire, à l'armée, près de Napoléon, le service d'aide de camp. Caulaincourt, tué si glorieusement à la bataille de la Moskowa, venait de laisser vacant cet emploi. Trois mois plus tôt, je l'eusse vivement ambitionné ; mais, dans l'amertume solitaire de ces premiers temps de mon veuvage, j'appris avec indifférence que, le 7 février 1813, l'Empereur me l'avait donné.

Je m'isolais ainsi, lorsqu'on me prévint que la levée d'une cavalerie volontaire de dix mille Gardes d'Honneur, partagés en quatre corps, était décidée ; que déjà l'on désignait trois généraux de division et un général de brigade pour les organiser, les instruire et les mener à l'ennemi ; enfin, que le 3ᵐᵉ de ces corps, celui de l'ouest, qui se trouvait être le plus difficile à former et à commander, m'était dévolu.

Ainsi l'Empereur, en partant pour la campagne de

Saxe, m'envoyait à Tours. C'était là que je devais organiser ce troisième corps de Gardes d'Honneur. Mais quelqu'importante et honorable que fût la nouvelle mission qu'il me confiait, je préférais le service d'aide de camp près de sa personne : je le fis donc supplier de me permettre de le suivre. L'Empereur refusa ; j'insistai, mais il m'ordonna nettement d'obéir, ajoutant : « Que dans « ses choix il ne consultait pas les goûts de chacun, mais « le bien de son service ; et qu'il employait ses officiers « où ils pouvaient lui être utiles. »

Il se peut que mon nom et mon caractère lui aient paru convenir aux provinces et aux habitants au milieu desquels il me plaçait ; mais son choix eut vraisemblablement encore une autre cause. En 1800, je m'étais engagé, et il m'avait nommé officier dans un corps de hussards volontaires ; en 1809, lui-même m'avait confié le commandement de la garde nationale à cheval de Paris, où j'étais resté blessé ; or, Napoléon, qui n'oubliait rien, aimait d'ailleurs tout ce qui faisait rapprochement à ces temps heureux. Il était naturel aussi qu'il se plût à en revenir aux mêmes personnes pour des situations semblables.

Néanmoins, au moment de son départ, je renouvelai ma demande de le suivre. Mais le grand maréchal Duroc détourna mon père de m'appuyer dans ce désir près de l'Empereur. Le cœur de ce fidèle compagnon d'armes, de ce digne ami de Napoléon, avait compris le mien ; dans ce péril général, le sacrifice de plus d'une vie étant devenu nécessaire, j'offrais la mienne, dont alors j'étais dégoûté ; et, réellement, les circonstances ne présentaient alors que trop d'occasions d'une mort utile et honorable.

Je compris qu'il n'y avait point à insister davantage, je me résignai ; et, rentrant dans toute l'activité de ces temps d'efforts continuels, après avoir pris, à Versailles, possession du gouvernement des Pages, je partis pour la Touraine. Là, dans le chef-lieu de cette division militaire, j'examinai d'abord ce nouveau terrain et les difficultés que j'avais à vaincre. Les hommes convenaient, et non les lieux ; les uns suppléèrent aux autres. Un maire commode, un préfet spirituel, actif, ingénieux, plein de volonté ; une population riche, douce, et dont notre réunion devait accroître l'opulence ; enfin la nécessité, tout cela vint à mon secours.

On m'abandonna tout le logement nécessaire à trois mille hommes et à trois mille chevaux ; on fit plus, quoique le préfet se récriât souvent sur mes exigences. Il disait, avec raison, qu'il n'y avait en ce monde que des à peu près ; qu'il fallait s'en contenter, mais que j'avais la rage de la perfection. Il y avait du vrai dans ce reproche. Cette prétention de trop parfaire, lorsqu'il s'agit d'œuvres d'art ou de lettres, est souvent utile ; elle nuit ailleurs ; dans les affaires, surtout, elle est un défaut. Elle entrave la marche, en nous rendant, avec les autres et avec nous-mêmes, trop exigeants ; en concentrant l'esprit trop exclusivement sur un point, ce qui en fait oublier ou négliger d'autres ; enfin, parce qu'elle nous détourne de la réalité, et qu'elle nous distrait du bien en nous préoccupant du mieux, et le plus souvent de chimères.

J'obtins pourtant ici presque tout ce que je désirais, et jusqu'à la création d'un quartier de cavalerie. Dans le fait, cet établissement manquait à Tours. La ville le fit élever à ses frais, mais il nous fut peu utile, notre organisation ayant marché plus vite que cette construction.

Cet appel aux armes de dix mille Gardes d'Honneur était une dernière ressource que s'était créée Napoléon. Pour l'obtenir, le choix de l'uniforme, la promesse du grade d'officier au bout d'un an de guerre, l'assimilation à la vieille Garde Impériale, rien n'avait été oublié, rien épargné. Il avait bien aussi compté quelque peu sur les instructions de son ministre de l'intérieur, sur l'empressement des préfets, sur leur éloquence persuasive, coercitive même, enfin sur le mouvement universel que lui-même avait imprimé, et qui entraînait tout encore.

En effet, l'exemple de tant d'élans surnaturels, tant de fois victorieux, poussait chacun de ceux qu'il employait aux plus grands efforts. On aurait eu honte d'hésiter devant un ordre même inexécutable, avec un Chef qui n'avait trouvé rien d'impossible! Après tant de miracles, pour qui voulait marcher à sa suite, réussir était le premier des devoirs. Or, comme, dans ces circonstances critiques, un recrutement quelconque était pour les préfets un point capital, l'Empereur douta moins que jamais de leur zèle en cette occasion. Néanmoins lui-même dit alors : « Qu'il s'attendait à peine à obtenir la moitié de sa demande. » On sait que la totalité en fut dépassée ; pour ma part, au lieu de deux mille cinq cents cavaliers, j'en eus trois mille !

J'avais craint l'impossibilité d'une pareille levée ; je me trouvai subitement devant une difficulté toute différente. Je me vis sans officiers, sans instructeurs, sans aucun aide devant une foule d'hommes et de chevaux tout neufs, dont le nombre allait croître chaque jour. Ne sachant par quel bout prendre cette épine, j'appelai à mon secours deux officiers de hussards en retraite, qu'en Espagne j'avais commandés ; puis je me hâtai de caserner, de mettre ensemble, et de soumettre aux règlements militaires les premiers arrivés. Comme tels ceux-là devaient être les plus souples par leur petit nombre, et parce que, en effet, la plupart de ces jeunes gens, soit ardeur, soit entraînement, étaient réellement volontaires. Mais, le nombre en augmentant, il fallut bientôt disperser dans la ville hommes et chevaux.

Ces premières et assez légères difficultés surmontées, à ma trop vive inquiétude succéda, comme il arrive ordinairement, une trop grande quiétude. La durée n'en fut pas longue.

Vers le commencement du deuxième mois de cette organisation, j'avais assigné pour lieu de réunion, au premier contingent qui arriverait, la cour intérieure d'un ancien couvent, dont l'église abandonnée devait servir d'écurie. Le hasard voulut que ce contingent fût Vendéen. Un pareil local devait peu convenir à de tels hommes ; mais il n'y avait pas à choisir ; et, dès qu'ils me furent annoncés, j'allai les passer en revue dans la cour de cet ex-monastère.

Jusque-là je n'avais eu à caserner que des Tourangeaux, commerçants de grosses villes, gens de plaine, habitants de jardins, peuple riant, de mœurs douces, et assez faciles à conduire. Cette fois tout me parut différent : je compris que j'allais avoir affaire à des hommes d'une trempe bien moins ductile ; un coup d'œil suffit pour m'en convaincre.

J'abordai ce détachement de la façon la plus bienveillante qu'il me fut possible ; mais mon air gracieux se heurta contre un rang de têtes hautes, de figures sévères, dont le teint basané, les traits mâles, les regards fiers et même hautains, tout en me plaisant, me donnaient à réfléchir. La présence, l'inspection, les questions d'un officier général, de celui même dont leur sort allait dépendre, enfin tout ce qui ordinairement impose ne me parut pas faire à ces nouveaux venus la moindre impression. A leur poste, comme moi au mien, ils s'y montraient aussi à leur aise que leur chef. C'étaient des hommes, dans toute leur dignité d'hommes, devant un autre homme. Nous nous mesurâmes ; je me redressai, mais devins pensif. Cette fois, l'entrée en ville de quelques autres contingents ne put me distraire de celui-ci.

Dès cette époque en effet, à chaque heure, et de toutes parts, il commença à m'arriver de nombreux détachements. C'étaient des Gascons, des Basques, des Bretons, des Hollandais même, et jusqu'à des Toscans. Ces pays si divers et si lointains avaient été assignés à la formation du troisième corps de Gardes d'Honneur. Dès que ces détachements s'étaient formés en bataille, je passais dans leurs rangs pour en juger l'ensemble; puis, avant de recevoir ou de refuser les chevaux, m'établissant dans la salle la plus voisine, j'appelais successivement chaque Garde que j'interrogeais, et dont je consignais les réponses, ainsi que mes observations, sur un état dont j'avais préparé avec soin les têtes de colonne. Age, santé, extérieur, fortune actuelle, fortune à venir, profession soit du Garde, soit de ses père et mère, tout enfin, jusqu'à la position politique et la valeur morale présumée du nouveau Garde, était indiqué.

Au milieu des questions délicates que ces renseignements à prendre et ce premier jugement m'imposaient, il fallait avoir grand soin de bien faire observer à chacun d'eux, que le zèle et le mérite personnel, indépendamment de toute autre considération, seraient les seuls titres aux emplois de sous-officiers dont je disposais, et à ceux d'officiers que, sur ma demande, l'Empereur pourrait accorder. Ceci était dit afin de rassurer, sur le but de ces informations, les pauvres et les obscurs, et pour ne pas laisser se gonfler d'un vain espoir les riches et les illustres.

Ce jour-là, dans ce contingent de la Vendée, ceux de cette dernière catégorie ne manquèrent point. Il leur suffisait déjà bien assez, pour être fiers, d'être Vendéens. Mais j'eus de plus à enregistrer des fortunes de dix, de quinze, de vingt-cinq mille francs de rentes, et des noms tels que ceux de la Roche-Saint-André, Marigny, Sapi-

naud, d'Elbée, Charette! D'autre part, il me fallut ins-
crire aussi celui de Lebas, jeune homme instruit et de
mérite, mais le propre fils du conventionnel et ami de
Robespierre! On peut juger de la diversité de mes impressions, que toutefois je contins; j'achevai vite. Après
quoi, j'allai me renfermer chez moi pour réfléchir plus
librement, et me préparer à lutter contre les difficultés
nouvelles.

En effet, comment supposer que cette jeune élite, si
riche, d'un air si fier et si résolu, et qui paraissait d'assez
mauvaise humeur, se soumettrait à tout ce qui l'attendait :
que, par exemple, de tels volontaires se laisseraient renfermer seize par chambrée; qu'ils consentiraient à coucher deux à deux dans de mauvais lits de caserne; que,
oubliant le service empressé des serviteurs dont chacun
d'eux jusque-là avait été entouré, ils se serviraient eux-
mêmes; qu'ils nettoieraient, de leurs propres mains, leurs
vêtements, leur chaussure, leur quartier; qu'ils panse-
raient leurs chevaux; que, chaque jour, ils en balaye-
raient le fumier hors des écuries; et tout cela, avec une
résignation toujours égale? Telles étaient pourtant les
exigences de service que, avec les Tourangeaux, j'avais
déjà mises en vigueur.

Je l'avoue, je me crus au moment d'une révolte. Je
me sentais dans une de ces situations critiques où tout
dépend d'un premier moment et de la décision que l'on
va prendre. Dans mon anxiété, quelque rapidement que
je parcourusse mon appartement, mon imagination allait
bien plus vite encore. Qu'avais-je fait jusque-là, et

qu'eussé-je dû peut-être faire ? N'avais-je pas établi inconsidérément un ordre trop rigide, un service trop strict, quelque chose de trop entier pour la circonstance ? N'eût-il pas fallu débuter par des commencements plus doux, par moins de rigueur dans la discipline ? Mais de quel droit aurais-je dévié de la règle, et comment ensuite y revenir ?

D'autre part, pourtant, comment assimiler à de simples soldats ces volontaires si riches, et sans doute remplis de prétentions ? Et quels volontaires encore ! Pouvais-je ignorer par quels différents genres de contrainte on leur avait inculqué cette vocation ? C'était, pour un bon nombre d'entre eux, après qu'ils avaient payé plus d'un remplaçant, qu'on les avait entraînés à dépenser, sous ce nom de volontaires, encore plus de deux mille francs pour s'équiper, se monter, et cela pour se voir assujettir à ces devoirs de chambrée et d'écurie, pour eux si étranges.

Et, pour tant de sacrifices, quelle compensation ? La séduction d'un uniforme de hussards ? Mais quelle puérilité, vieillie par vingt ans de guerre ! L'assimilation pour la solde à la vieille Garde ? Mais qu'importait une solde élevée à de jeunes hommes présumés riches ! Quant à l'attrait d'une camaraderie de guerre entre jeunes gens tous faits pour se convenir, c'était une déception, l'émulation des préfets à accomplir, à dépasser même leur contingent, ayant conduit à des achats d'hommes, d'où résultait un mélange incohérent. Quel motif donc invoquerai-je ? Le patriotisme ? Mais il n'était alors question que de reconquérir de lointaines conquêtes, et non de défendre nos frontières ! Serait-ce la promesse du grade d'officier après un an de guerre ? Mais quoi ! dix mille officiers à la fois, quelle invraisemblance ! Non, et cette prise sur eux allait sans doute m'échapper encore.

Alors, dans la perplexité qu'augmentaient ces considérations, je me demandais pourquoi, avec une solde aussi élevée, le Gouvernement n'avait pas attaché un homme de peine à chaque couple de ces jeunes maîtres. Ce servant n'eût-il pas pu, en même temps, être militairement utile sans rien coûter au Gouvernement, chaque couple de Gardes pouvant facilement le solder sur une paye de vingt-cinq sols par jour. Dès lors, n'étant assujettis qu'aux dangers et aux nobles fatigues des armes, ces volontaires, destinés à être officiers, eussent pu se croire dans la plus honorable et la plus rapide et instructive des écoles.

Il faut que le temps soit de toutes choses la plus élastique, car à toutes ces voies en sens si divers et à bien d'autres que parcourut mon imagination, vingt minutes à peine suffirent. Mais alors cette même anxiété, qui m'avait fait si brusquement rentrer chez moi, m'en rechassa sans parti pris, pour en finir n'importe comment ; l'incertitude, pour les esprits ardents, étant de toutes les situations la moins supportable.

Cette préoccupation me ramena donc promptement vers l'église, déchue à l'état d'écurie, où je devais retrouver ces Gardes. Chemin faisant, un rapport m'apprit que ces messieurs, dans leur route, avaient tenu des propos séditieux ; qu'ils avaient même porté la santé de Louis XVIII ! Je n'en marchai que plus vite, et d'autant plus inquiet de l'état d'insubordination, d'exaspération même, où sans doute j'allais surprendre ces Vendéens dans leur église profanée.

Le premier que j'aperçus en y entrant était M. Du Landreau, un homme de vingt-cinq ans, de cinq pieds sept pouces ; le plus remarquable d'entre eux par sa vigueur, celui dont le regard m'avait paru le plus fier, le plus ardent, que le détachement avait reconnu pour chef, et que je savais riche d'environ vingt mille francs de rentes. Je m'étais attendu à le surprendre pérorant avec indignation ; point du tout, il sifflait gaiement. Je m'étais figuré son bras nerveux, gesticulant et menaçant ; tout au contraire, armé seulement de son étrille, il l'appuyait sur le dos et sur les flancs de sa monture avec une telle agilité, qu'on eût cru qu'il n'avait fait autre chose de sa vie entière ! Ce bienheureux exemple était suivi par tous les autres ; ils redoublèrent même en apercevant leur général, s'engageant ainsi, dans ce qu'ils auraient pu ne faire qu'à contre-cœur, par l'amour-propre de montrer qu'ils le savaient bien faire.

A cette vue, je ne sais ce qui l'emporta en moi, de la satisfaction ou de l'étonnement, mais ce qu'au fait j'éprouvai de plus distinct, ce fut un soulagement dont j'eus quelque peine à retenir l'épanchement.

Tandis que je réduisais l'apparence de cette émotion à quelques éloges, et qu'on me répondait assez fièrement : « Que le Vendéen aimait son cheval et le soignait comme

« un compagnon de plaisirs et de dangers, » je cherchais à m'expliquer cette soumission inattendue : il me vint à l'esprit que la cause en pouvait être cette dénonciation dont mon inquiétude venait de s'augmenter. Je compris qu'on avait jeté en chemin son premier feu, qu'on en craignait les conséquences ; et, poussant dans cette voie, j'invitai, d'un air plus grave que gracieux, M. Du Landreau à venir dîner chez moi, où j'avais à l'entretenir. Il vint ; et tout aussitôt, le chambrant à part, je lui parlai la langue de son pays, celle du cœur, et l'engageai à en faire autant. Du Landreau s'y prêta sans peine, étant au dedans comme au dehors, son extérieur haut, franc et prononcé, se trouvant être la forme visible de son caractère. Mais tout cela était royaliste, et il en convint.

Je lui répondis : que, impériale ou royale, c'était toujours la même Patrie, et qu'il s'agissait de la défendre ; qu'à la vérité les opinions étaient libres, mais non les actions ; que son uniforme, que sa cocarde étaient des engagements sacrés avec l'armée ; que, en les prenant, il s'était rallié à notre drapeau, et que l'honneur voulait qu'il y fût fidèle ; quant à son intérêt, ne valait-il pas mieux, les premiers pas étant faits, achever de bonne grâce, afin de tirer de sa position le meilleur parti possible ? Qu'au reste il était dénoncé, et que sans doute l'ordre de l'envoyer à Paris allait arriver ; mais que sa parole me suffirait pour que, à tout risque, je prisse sur moi de désobéir ; que je le garderais donc près de moi ; qu'enfin je répondrais de lui corps pour corps, s'il me promettait, en retour, de me répondre de son détache-

ment, dont alors il serait sur-le-champ nommé sous-officier et bientôt officier sans doute.

Cette péroraison l'émut, ses yeux brillèrent ; le voyant
ébranlé, je lui tendis une main amie, en ajoutant : « Est-ce
convenu ? » Ce geste acheva de le gagner ; il y répondit,
promit tout, et tint parole. Seulement, à dîner, lorsque,
en le regardant fixement, je portai la santé de l'Empereur, et qu'il ne put s'empêcher de me faire raison, ce
fut avec une telle crispation de muscles, que son verre
en retomba brisé sur la table !

Tout dépendait du premier jour et de la première
nuit : ils se passèrent bien, grâce à M. Du Landreau, et
malgré l'erreur suivante qu'un hasard m'avait fait commettre. En distribuant ces Vendéens par chambrées, j'a-
vais cru devoir donner pour camarade de lit, à l'un de
ces messieurs, son homonyme, imaginant que celui-ci
était frère ou cousin de l'autre. « C'est tout le contraire,
« mon général, s'écria le lendemain Du Landreau ; ils
« n'ont rien de commun que leur nom, et la haine qu'ils
« ont l'un pour l'autre. L'un est un émigré, l'autre l'ac-
« quéreur de son patrimoine ; voilà les deux amis que
« vous avez fait coucher ensemble !' » Et il ajouta que
ce rapprochement n'avait pas réussi, qu'ils avaient fait
si mauvais ménage, que le bruit l'avait attiré, mais qu'il
avait tout apaisé en les séparant.

Au reste, comme, lorsqu'il s'agira de fautes, je ne m'é-
pargnerai pas, je puis dire ici que, dans l'organisation et
dans l'instruction de ce corps, je fis tout mon devoir. Je
ne me contentai pas de mettre ensemble des escadrons,

pour m'en débarrasser en les faisant partir le plus tôt possible ; je fis le contraire. Me trouvant seul devant un grand nombre de recrues, après avoir appelé deux officiers retirés qu'on m'accorda, j'arrachai quatre sous-officiers instructeurs aux divisions militaires les plus voisines. Cela se fit d'abord sans l'aveu du ministre de la guerre, et même malgré ses ordres ; car alors, pour bien faire, il fallait souvent désobéir, l'Empereur, dans ses instructions, n'ayant songé surtout qu'à leur esprit, quand son ministre en suivait trop exclusivement la lettre.

J'ajoutai à ces trop faibles secours toute l'activité nécessaire. Évidemment un esprit d'insubordination, de révolte même, soufflait de l'Ouest ; je sentis que, pour le combattre, pour inspirer, pour soutenir, pour échauffer l'ardeur, il fallait une présence assidue, accompagnée de manières et de paroles encourageantes, et faire naître le zèle par l'exemple. J'assistai donc à tous les devoirs ; je surveillai le service intérieur, et tous les détails d'ordre, de nourriture, de police et de propreté, tant de la caserne que de l'hôpital régimentaire. J'obtins de la division des lits meilleurs ; de l'octroi, l'entrée franche du vin des Gardes ; j'assignai une cuisinière par chambrée ; je voulus que chacun eût son couvert, et, m'autorisant par l'exemple de la vieille Garde, je supprimai la gamelle. Quant au reste, je fus présent à la plupart des distributions ; je ne manquai aucune des leçons, et je mis moi-même la main à l'œuvre. On m'entendit fréquemment faire les appels ; pendant cinq mois, on me vit non-seulement commander toutes les manœuvres, mais assister aux pansages, et apprendre, de mes propres mains, aux nouveaux venus, à se servir de leurs ustensiles. Souvent aussi, pendant les leçons, et surtout avec les Bretons et les Vendéens, je pris l'arme aux mains des moins exercés, et leur en montrai le maniement; flattant ainsi l'amour-propre de ces jeunes gens, de l'idée d'avoir pour instructeur particulier un officier général.

Cela fait, et bien d'autres soins remplis au dehors, je rentrais chez moi pour ouvrir une foule de lettres, non-seulement de plusieurs ministres, mais encore des autorités civiles et militaires, et des familles des Gardes de trente-six départements, et pour y répondre. Ainsi, toujours au milieu de ces jeunes gens, ou m'occupant de leurs intérêts, et leur tenant porte, table et cœur ouverts, je soutenais leur courage. Il y en eut toutefois que, tout au contraire, après les avoir examinés et confessés à part et à fond, je renvoyai secrètement dans leurs familles. Victimes du zèle exagéré de quelques administrateurs, ceux-là avaient été arrachés : les uns, des bras d'une femme longtemps désirée, le lendemain même de leur mariage; les autres, du chevet du lit d'un fils malade, d'une femme en couches, ou d'une mère ou d'un père agonisant. Il y en avait d'une si faible complexion, qu'ils semblaient mourants. Dans ces temps avides de soldats, il fallait oser beaucoup pour prendre sur soi d'en rendre à leurs foyers, comme je le fis, un assez bon nombre. Plusieurs même me furent renvoyés obstinément à divers reprises; et ce fut principalement par un administrateur jadis patriote forcené, devenu impérialiste comme il avait été républicain, c'est-à-dire flatteur décidé, et à tout prix, du Souverain quel qu'il pût être.

D'autres Gardes encore se trouvèrent si impropres au métier de soldat par leurs mœurs, leurs goûts et leurs habitudes, que je ne pus me décider à faire à leur nature une trop grande violence. De ceux-là il y en eut peu. Je me souviens surtout d'un Médicis, venu avec le contingent de Florence; espèce d'otage que je rassurai, et laissai à Tours, comme malade à la chambre, l'affranchissant de toute exigence militaire; mais, en retour, j'obtins de lui et de quelques autres ses pareils leurs armes et leurs chevaux, que je donnai à de meilleurs soldats. Ils me promirent de rester au dépôt du corps, soumis au Gouvernement, quelles que fussent leurs opinions et les circonstances. La plupart me tinrent parole.

Voilà comment, avec deux officiers seulement et quatre sous-officiers anciens, mon premier noyau ayant été formé et le mouvement bien donné, j'obtins successivement de ces deux mille sept cents cavaliers volontaires dispersés sur deux lieues de terrain, les uns casernés, les autres dans toutes les maisons d'une grande ville, dans deux villages, et dans l'abbaye de Marmoutiers, une discipline aussi exacte que j'eusse pu l'exiger d'un ancien corps. Le zèle et le bon ordre furent tels, que, en cinq mois, aucun acte d'insubordination ne fut commis, que je ne perdis pas un cheval, et n'eus que deux déserteurs, dont l'un se noya et l'autre revint. Il en fut de même pour l'instruction, non de détail, cela était impossible. mais d'ensemble; car maintes fois, pendant ces cinq mois, nos escadrons étonnèrent, par la précision et la rapidité de leurs manœuvres, les vieux régiments qui passèrent à Tours, rappelés d'Espagne en Allemagne.

Quant à l'organisation, toujours au milieu des Gardes et dans leur cœur pour ainsi dire, je les connus bien. Cela me rendit la main heureuse pour le choix des sous-officiers, puis des officiers que, parmi ceux-ci, je proposai à l'Empereur. La plupart, depuis, se sont distingués, plusieurs même occupent aujourd'hui dans l'armée des grades élevés, et tous honorent la mémoire du corps où ils ont fait leurs premières armes.

III.

CONSPIRATION.

J'avais donc réussi ; mais bien moins par tant de soins, qu'à l'aide de l'irrésistible ascendant de l'Empereur redevenu victorieux, et que rendait présent partout sa renommée. Toutefois, dans cette soumission, dans ce zèle même, obtenu de cette jeunesse d'élite de l'Ouest et du Sud de la France, j'avais ma part, celle que donnent la confiance et l'affection que, ces Gardes et moi, nous nous étions inspirées réciproquement. Entre autres preuves en voici une, faible il est vrai, mais dont l'à-propos pour ce qui va suivre me revient à la mémoire.

Le troisième corps de Gardes d'Honneur devait être composé, sans le grand et le petit état-major, de dix escadrons, chacun de deux cent cinquante chevaux. Ces escadrons devaient partir successivement. Or, pour organiser l'escadron partant, pour l'instruire mieux et plus vite, je m'étais décidé à l'isoler des autres et de toutes distractions. En conséquence, je l'avais placé à une demi-lieue de Tours, dans l'abbaye de Marmoutiers. Le jour du départ venu, les convenances voulaient que le signal de la première marche de chacune de ces colonnes pour rejoindre l'armée fût donné par moi au cri de *Vive l'Empereur!* Mais, dès le départ du second de ces escadrons, où le nombre des Gardes venus de l'Ouest commençait à dominer, je m'aperçus qu'on ne répondait à mon cri que par celui de *Vive le Général!* auquel s'ajouta même celui de *Général des Vendéens!* acclamation pour moi fort touchante, mais inconvenante, et à laquelle, pour faire substituer celle que je désirais, il me fallut une vive insistance et même un commandement.

Quant à l'esprit qu'indiquait cette répugnance pour le cri de *Vive l'Empereur*, quelque attention qu'il méritât, n'y pouvant rien, je me confiai dans la mobilité d'opinions naturelle à l'âge de ces jeunes royalistes. Ils étaient partis ; ils allaient respirer, chemin faisant, l'air tout impérial des provinces de l'Est, et bientôt celui d'une armée où la communauté de privations, de fatigues et de dangers les gagnerait à la fraternité des armes, où leurs cœurs et leurs esprits seraient frappés de sensations et d'idées nouvelles, et s'empreindraient de vifs, de glorieux souvenirs chèrement acquis : souvenirs et sentiments qui se substitueraient, sans doute, à ceux tout différents qu'ils avaient jusque-là reçus de leurs familles.

Ces conjectures étaient fondées ; mais ce vraisemblable qui fut vrai pour la plupart ne le fut pas pour tous ; et cependant, me sentant aimé et tout m'ayant réussi jusque-là, je m'endormis sur ces généralités sans songer aux exceptions. C'est le danger des heureux commencements.

M. Louis de La Rochejaquelein ne tarda pas à m'en faire repentir.

C'était un homme d'environ trente ans, époux de la veuve de l'illustre Lescure, de cette femme que ses vertus et ses Mémoires ont rendue célèbre. Il était par elle père d'une nombreuse famille. Dans la position la plus obscure l'extérieur de M. de La Rochejaquelein l'eût fait remarquer. Royaliste comme son nom, et à cause de son nom, par tradition, par alliance, par penchant, enfin par émulation de gloire, il conspirait!

Son plan était simple : préparer la Vendée à une révolte ; choisir sur la côte un point de communication avec l'Angleterre ; et, comme dans l'Empire tout tenait à l'Empereur, gagner une soixantaine des Gardes du troisième corps ; en laisser partir pour l'armée le plus grand nombre ; se défaire, par l'un d'eux, de Napoléon ; et, sur cette grande nouvelle, pendant que les autres complices insurgeraient à Tours le reste du corps, soulever la Vendée, piller les caisses, faire enlever Ferdinand VII de Valençay, le rendre à l'Espagne ; livrer en même temps, dans l'Ouest, un point de la côte aux Anglais pour en recevoir des secours ; et, enfin, forcer Paris à rappeler les Bourbons, en le mettant entre deux feux, celui d'une guerre civile et celui d'une invasion étrangère.

Rien n'eût été plus commode pour arriver à cette fin que de me gagner ; La Rochejaquelein vint à Tours pour tenter cette aventure : il se présenta chez moi sous prétexte d'avoir à me recommander un Garde, mais il se retira bientôt sans oser aborder le véritable motif de sa

visite ; motif que, un an plus tard, et après le retour de
Louis XVIII, j'appris de lui-même, lorsque, me rencontrant et me rappelant cette circonstance, il me demanda
si je n'avais alors rien remarqué en lui qui m'eût frappé.
Sur ma réponse négative, La Rochejaquelein, qui, tel que
la plupart des héritiers d'une gloire d'autant plus pure
et entière qu'elle fut acquise sans préméditation, voulait
à tout prix la continuer en servant la même cause, mit
de l'amour-propre à m'apprendre quel avait été le but de
sa démarche. J'ajouterai à ce propos, que, lui ayant répliqué sèchement qu'il avait bien fait de s'arrêter en si
mauvais chemin, et qu'un pas de plus aurait pu lui coûter
cher, il s'irrita, et que, à son tour, il allait répliquer hosti-
lement, quand, son esprit chevaleresque l'inspirant mieux,
il me tendit la main, et me dit : « Qu'il n'en était que
« plus aise que le sort nous eût réunis, bon gré, mal gré,
« dans une cause devenue celle de la France ! »

Au fait, j'en dois convenir, La Rochejaquelein ne devait point être fâché de m'avoir, en 1813, rencontré sur
son chemin, car je ne le gênai guère dans l'exécution de
son entreprise ; peut-être même, et sans m'en douter, l'y
aidai-je un peu : premièrement, en m'aliénant, par un
emportement dont l'excès fut inexcusable, la classe com-
merçante de Tours ; puis en me livrant trop à ma confiance dans le dévouement des Gardes, et à ma répugnance
à employer des moyens de police dont les circonstances
indiquaient pourtant la nécessité. De ces deux fautes,
voici d'abord la première, et comment je fus entraîné à
la commettre :

8.

Il était arrivé à Tours, dans un détachement breton, un jeune homme d'une figure agréable, quoique déjà fatiguée. Sa taille était haute et vigoureuse. Tout en lui annonçait une force remarquable, mais toute d'expansion et surabondante. Elle se prodiguait sans réflexion et à tout propos. La chaleur du sang enivrait l'esprit ; nature ingouvernable à lui-même comme aux autres, n'agissant que par bonds inattendus, poussant tout à l'excès, et le bien même jusqu'au mal. Cette mauvaise tête avait un bon cœur, elle ne me déplaisait pas ; je me plaisais, au contraire, à la protéger contre elle-même ; et le jeune Des Nestumières n'imaginait rien d'assez bizarre pour me témoigner sa reconnaissance. Je ne me doutais pas alors, plus que lui, que sa folle destinée, qui m'était à la fois si subordonnée et si étrangère, allait avoir assez d'influence sur la mienne pour risquer de la gâter, et même pour la mettre, comme on le verra plus tard, dans un assez grand péril.

En effet, dans les deux circonstances suivantes, ce jeune homme devait jouer les principaux rôles. Un misérable maquignonnage de cheval, où Des Nestumières avait été trompé par un négociant de Tours, fut le fond de la première. Les fonds sont généralement peu de chose, c'est le plus souvent la broderie qui en fait toute l'importance.

Ce cheval, choisi avec trop d'empressement, ayant été livré et payé, l'enchantement cessa. Des Nestumières fut comme bien d'autres : dans l'objet de son désir il n'avait envisagé que les qualités ; la possession ne lui en laissa plus voir que les défauts ; et, réellement, ils étaient tels, que

le cheval n'était point recevable au régiment. Des Nestumières, ainsi démonté et désespéré, vint me conter sa mé-
saventure.

Son embarras me toucha. J'invitai le négociant à venir
me voir; il vint, mais tout hérissé; il m'aborda même,
dans mon salon, sans se découvrir, et répondit si gros-
sièrement à mes offres de conciliation, qu'un des colonels
du corps, présent à cet entretien, s'en indignant, l'avertit
que, quel que fût son droit, il en poussait la défense jusqu'à l'insulte. En même temps, Des Nestumières, fidèle
à sa nature, s'était approché de moi, implorant à voix
basse l'autorisation de jeter par la fenêtre cet insolent!
Je l'arrêtai; mais j'étais moi-même d'autant plus exas-
péré, que jusque-là j'avais montré une modération vraiment exemplaire. Je me sentais outragé, cette affaire était
ainsi devenue la mienne. Toutefois, immobile et muet encore, ma patience apparente encourageant ce personnage, il redoubla si bien ses impertinences que, ne pouvant plus me contenir, j'éclatai soudainement. M'élancer
sur lui, le saisir au collet, le pousser, l'acculer dans un
angle de mon salon; appeler mon planton et lui ordonner
de le maintenir à cette place, jusqu'à ce qu'il eût envoyé
chercher chez lui et rendu à Des Nestumières le prix du
cheval, telle fut la malheureuse inspiration dont la colère
m'enivra, et à laquelle céda cet homme, devenu blême de
surprise d'une transition aussi subite et aussi inattendue.

Un quart d'heure après, chacun était rentré en soi et
chez soi, mais avec des sentiments bien différents : Des

Nestumières, qui ne pouvait répondre de lui pour cinq minutes, me jurant une reconnaissance éternelle ; le négociant, en reprenant, à mesure qu'il s'éloignait, le courage, et surtout la voix dont il se servit pour communiquer à tous les siens une indignation fort naturelle. Il la répandit dans Tours d'autant mieux qu'il tut ses torts, lesquels, au reste, ne suffisaient nullement pour excuser l'énormité de l'acte arbitraire que l'emportement m'avait fait commettre.

Pour moi, j'avais déjà repris tranquillement le cours de mes occupations, m'imaginant n'avoir rendu qu'insulte pour insulte ; persuadé que mon honneur n'avait pu être satisfait que par la soumission absolue de cet homme, et qu'enfin ma modération des premiers moments, que je trouvais admirable, m'avait autorisé à passer ensuite toutes les bornes. Quant à la liberté individuelle violée, au guet-apens, aux lois méconnues, je n'y songeai pas. Le point d'honneur m'offusquait ; nos mœurs trop exclusivement militaires m'avaient entraîné ! Il me fallut plusieurs jours pour comprendre tout ce qu'il y avait eu de Turc dans mon procédé ; encore y attachai-je peu d'importance, et je ne m'embarrassai nullement de la façon dont le préfet arrangerait cette détestable affaire.

Un mois après, elle était même tellement sortie de ma mémoire que, en rendant une visite, oubliée depuis longtemps, à la famille de ma victime, je ne pus concevoir pourquoi je n'y rencontrais que des airs raides, des figures froides, et des manières singulièrement désobligeantes. Je dois ajouter que depuis, grâce à plus d'expérience, je me

serais trouvé sans excuse, si je n'eusse remarqué que quatorze années de guerres heureuses en pays ennemi, jointes
aux excitations d'une susceptibilité trop chatouilleuse,
sont, de toutes les écoles préparatoires, la plus mauvaise
pour nous former à des mœurs libérales et constitution-
nelles.

Cette première faute avait été subite et tout imprévue;
mais la seconde fut commise avec réflexion et préméditation. Elle arriva plus lentement à maturité, et servit bien
plus directement M. de La Rochejaquelein et son royalisme.

Les avis sur ma confiance trop exclusive en mon ascendant sur les Gardes ne me manquèrent pourtant pas; ils
eussent dû m'éclairer; mais, pour les yeux de l'esprit comme
pour ceux du corps, quand ils sont frappés d'aveuglement,
qu'importe le nombre des lumières?

Il y avait à cette époque, dans les départements de
l'Ouest, un officier général chargé de leur surveillance; il
sortait de la gendarmerie d'élite. C'était un homme expé-
rimenté; il s'était jadis pris d'amitié pour moi lorsque
nous servions ensemble dans la Garde. Il vint me voir à
Tours, et chercha à m'inspirer une défiance salutaire. Il
est vrai que, peu confiant lui-même de sa nature et de son
métier, il ne s'ouvrit à moi qu'à demi. Pourtant il m'en
dit assez pour me faire comprendre que l'Ouest commençait à s'agiter sourdement; que quelques ramifications
souterraines de ce volcan mal éteint pourraient bien s'é-
tendre jusqu'à Tours. Comment un si grand nombre de
volontaires ou d'involontaires, ajouta-t-il, n'y auraient-

ils pas apporté des germes de cette Chouannerie toujours prête à reparaître avec nos malheurs ? Déjà, comme l'oiseau de sinistre augure d'où venait son nom, elle semblait les annoncer ! La conclusion fut de me proposer d'admettre comme Gardes d'Honneur deux de ses gendarmes dans le troisième corps ; leur mission serait d'en observer l'esprit et de m'en rendre compte.

L'avis méritait réflexion ; je n'y vis qu'une préoccupation de gendarme. Quant à la proposition, soit dégoût pour ces détails de police, soit révolte contre cette espèce de trahison envers tant de jeunes gens dont je m'étais acquis la confiance ; soit, aussi, crainte d'une maladresse de ces agents, qui se laisseraient deviner, et de voir la défiance et la haine remplacer, pour moi, l'affectueux abandon et le dévouement des Gardes, je m'y refusai. S'il ne me vint pas à l'esprit l'appréhension d'un attentat en envoyant ces gardes à l'Empereur, c'est que j'étais persuadé que ces dix mille recrues n'étaient pas destinées à lui servir d'escorte, ce qui était vrai. Mais je ne songeai point assez combien ce titre de Gardes, offert à l'Ouest de la France, pourrait tenter les vieilles passions de quelques anciens conspirateurs du temps du Consulat, et leur donner un criminel espoir, toujours dangereux, quelque difficulté qu'il y eût à le réaliser.

Je me contentai donc de diriger sur les sentiments politiques des Gardes la surveillance de mes adjudants. Leurs rapports furent insignifiants. Dès lors, reprenant toute ma confiance, je ne supposai plus d'autres torts à ces jeunes volontaires que quelques propos inconsidérés fort excusables ; dispositions que semblaient devoir modifier assez leur départ et la présence de l'ennemi, sans que la police eût besoin de s'en mêler.

Mais tandis que je me renfermais ainsi, trop exclusivement, dans les détails infinis d'organisation et d'instruction de ce corps nombreux, La Rochejaquelein profitait, tout à son aise, de l'excès de ma confiance. Tout le servait : au dehors, nos revers qui recommençaient ; à Tours, le mécontentement inspiré par l'acte arbitraire que j'avais commis, et, dans quelques Gardes surtout, la fermentation de leurs volontés contraintes. Il n'en restait plus que huit cents, mais c'étaient les derniers venus, des Bretons, des Vendéens, ceux, sans doute, qu'on avait eu le plus de peine à arracher à leurs foyers domestiques ; et quels foyers ? ceux des martyrs d'un royalisme presque éteint, il est vrai, par les premiers soins de l'Empereur, mais que, depuis trois ans, commençaient à ranimer ce grand gémissement sorti du désastre récent de 1812, et les vents contraires qui soufflaient de l'Espagne et surtout de Rome.

La Rochejaquelein attisait ces feux. Je l'ai entendu, depuis, se vanter d'avoir alors préparé la Vendée à un incendie général ; mais il se flattait. Deux ans plus tard, dans de plus favorables circonstances, quand il provoqua la molle et partielle insurrection de 1815, il paya de sa vie cette erreur ; en 1813 il n'eût pas mieux réussi.

C'était lorsque, à l'appel de Napoléon, cette jeunesse d'élite avait répondu, que La Rochejaquelein était venu au milieu d'elle réveiller ces souvenirs. Quelle cause, quel Chef allaient-ils servir? Se peut-il que, sur cette terre toute trempée du sang de leurs aïeux, et retentissante d'une si pure renommée, s'ils se lèvent, s'ils s'arment enfin, ce soit à l'éternel cri de guerre de Bonaparte! Et pourquoi encore? Pour aller chercher et servir une gloire lointaine, étrangère, ennemie même! Et quelle terre était plus héroïque que la leur? Qu'y aurait-il de plus glorieux que de la reconquérir soi-même à leur Roi, et sur l'usurpation, de continuer, de renouveler leur renommée patrimoniale, et, là même où leurs pères avaient succombé, de triompher en les vengeant!

Telles étaient les dispositions plus ou moins vives où le décret de création des Gardes d'Honneur avait surpris cette jeunesse si fière et si vigoureuse, et tels les moyens dont La Rochejaquelein s'était servi pour en profiter. Mais lui et le faible nombre qu'il entraîna s'étaient livrés à un dangereux et double égarement : l'un naturel, en ce que, aveuglés par des passions presque légitimes, ils les supposaient partagées par une population déjà épuisée, rebutée, et modifiée; l'autre moins excusable, parce que, entraînés par une ambition personnelle, ils oubliaient qu'il n'y a point de grands hommes sans grandes circonstances ; que ce sont elles seules qui inspirent et développent inopinément les héros; qu'on ne fait point exprès de le devenir ; que, loin d'en créer l'occasion, ils naissent d'elle et l'épuisent, d'où vient qu'ils sont ordinairement sans postérité.

Bien plus, dans leur passion d'une renommée que jamais on ne laisse après soi si grande que lorsqu'on n'a

point songé à l'acquérir, ils crurent pouvoir l'atteindre
par le plus coupable des moyens. Telle est la marche
du temps. On n'en était plus à ces grandes actions, mais
à leurs récits ; ce n'était plus la vertu qui inspirait, mais
la passion de la gloire. Ils ne voyaient rien que cette
gloire, là où la génération précédente n'avait eu en vue
que piété, fidélité, devoir ! C'était bien au nom des
mêmes vertus qu'ils voulaient aller à la même célébrité,
mais l'attribut était devenu le dieu ; l'amour-propre avait
remplacé l'amour vrai ; enfin, comme il arrive toujours,
après les grandes vies, les grands siècles, les temps mo-
dèles, l'imitation, remplaçant l'inspiration, rapetissait et
gâtait tout !

Ils imitèrent mal, comme ordinairement on imite la
vertu. Se mirant dans ces souvenirs dont ils voulaient
faire leur avenir, emportés, égarés par leur ardeur, rien
ne les arrêta, pas même un assassinat, celui de l'Empereur ! Car tel était, comme on l'a vu, le signal imaginé
pour rentrer dans cette noble et vertueuse carrière des
Bonchamps et des Lescure. Singulière inconséquence
des hommes ! Le nom de Gardes de l'Empereur qu'enfin
ils avaient accepté, l'odieux d'une trahison, ne fut pas
un obstacle. D'autres idées s'interposèrent : des instructions adressées par le Prétendant et arrivées dès le mois
de mars, l'honneur de se voir enfin comptés pour quelque
chose, la vanité d'être d'une conjuration, l'ambition de
couronner l'œuvre de leurs pères, la haine de parti, tout
les aveugla ! Et puis la victime était absente ; sa présence
eût sans doute fait chanceler bien des résolutions.

Mais c'est trop généraliser cette grave accusation. Si La Rochejaquelein trouva facilement, sur trois mille Gardes, soixante conjurés pour une conspiration royaliste, soyons certains que la plupart de ceux-là même ignorèrent l'attentat dont ils devaient être les complices. Quant à ce projet, à moins de révoquer en doute la sincérité du volontaire aveu de leur chef, aveu que j'ai entendu de sa propre bouche, il ne fut que trop véritablement conçu, mais il est vraisemblable qu'il ne dut être confié qu'à celui des Gardes capable de porter le coup.

Ce crime en projet en amena un autre en réalité, dont je faillis être victime. Et ce qui étonnera, c'est que, un an après, chez le maréchal Mortier, dans une partie de chasse, et devant mon père et moi, La Rochejaquelein, provoqué par le Maréchal Ney, se vanta de la conception du premier de ces attentats, quoiqu'il n'eût plus d'objet, tout en désavouant le second, celui dont j'avais été le but, mais seulement comme ayant été superflu et intempestif. Dans ma surprise, car j'ignorais encore moi-même cette préméditation du meurtre de l'Empereur, me levant de table, je m'écriai : qu'un aussi singulier aveu dans sa bouche, après la Restauration dont jouissaient les Royalistes, était au moins imprudent, par l'exemple dangereux qu'il pouvait donner aux ennemis du Roi régnant. A quoi La Rochejaquelein répliqua : qu'il en convenait et ne s'en disculpait pas, mais que telles étaient les extrémités auxquelles l'esprit de parti pouvait entraîner.

Au reste, il ne se passa pas six mois sans que La

Rochejaquelein eût prouvé, par une belle mort, qu'un grand caractère, intrépide et dévoué, avait pu errer par excès d'ardeur, de malaise, ou d'amour de renommée, mais que, s'il fût né quelques années plus tôt, la généreuse Vendée, celle de 1793, aurait compté en lui un héros de plus !

IV.

TENTATIVE D'ASSASSINAT.

Octobre venait de commencer; deux mille Gardes étaient partis; trois escadrons, environ huit cents hommes et chevaux, restaient encore à Tours; ils étaient organisés, et je m'étonnais de ne point recevoir, pour eux et pour moi, l'ordre de départ. Comme, à dater de cette époque, bien des instructions furent oubliées ou mal données, on a dit que, à Paris, déjà la fidélité du premier de nos chefs militaires hésitait; mais rien ne le prouve. Il vaut mieux croire que, par habitude d'obéir à un génie accoutumé à tout dicter, ensemble et détails, on attendait mal à propos des ordres du Quartier Impérial.

Ils ne vinrent pas; la guerre alors s'interposait entre la France et Napoléon; plusieurs de nos courriers venaient d'être pris, et, entre autres, celui qui portait à l'Empereur la nouvelle de l'échauffourée dont on va lire le récit.

La maison de M. Gouin, que j'occupais tout entière à Tours, en ayant été le théâtre, je suis obligé de la décrire. Elle était située entre cour et jardin. La grande porte, surmontée d'un bâtiment, ouvrait au midi sur une petite rue aboutissant à la grande rue de Tours. Au fond de la cour s'élevait le corps de logis principal, dont la façade opposée se développait au nord, et sur un jardin. Ce jardin finissait au quai de la Loire, proche du pont. Le troisième côté de cette maison le liait au bâtiment de la porte cochère ; il avait vue au levant, sur la caserne, la cour et la prison de la gendarmerie, lesquelles séparaient ma maison de la grande rue de Tours. Cette aile formait le fond de la cour de cette caserne, dont la porte d'entrée ouvrait sur la grande rue. Le quatrième côté de ma maison est ici sans importance.

J'habitais le premier étage, au fond de la cour. Un escalier de pierre, pratiqué dans une tourelle, conduisait dans une première pièce, puis, à droite, dans une très vaste chambre à coucher : c'était la mienne. Les fenêtres de celle-ci et celles d'un cabinet attenant, formant une aile saillante, donnaient sur le jardin. La croisée d'un deuxième cabinet, formé par l'alcôve, ouvrait sur la cour des gendarmes ; il en était de même de plusieurs autres croisées du premier et du rez-de-chaussée de l'aile en retour.

C'était là que, jusqu'à ce moment, toujours entouré d'obéissance et d'affection, j'achevais plein de confiance l'organisation de ce troisième corps, quand tout à coup deux dépêches, l'une du ministre de la guerre, l'autre du ministre de la police, vinrent troubler cette trompeuse sécurité. La première m'ordonnait de me conformer aux ordres de la seconde. Celle-ci désignait cinq Gardes ; elle prescrivait leur arrestation, et leur envoi successif à Paris, en cinq jours, et à l'insu les uns des autres et du corps entier. Quant au motif, on le taisait ; bien plus, on m'interdisait toute question à ces cinq Gardes !

Il était évident qu'il s'agissait d'un complot ; que ces arrestations, étant successives, ne pourraient rester secrètes au milieu de complices sans doute attentifs à la disparition de leurs camarades ; que l'enlèvement des premiers donnerait l'éveil à tout le reste ; qu'ainsi la lettre de cet ordre en détruisait l'esprit ; que je ne pouvais donc me conformer à l'une sans manquer à l'autre, et qu'il fallait ou attendre une nouvelle instruction, ou, pour mieux obéir à celle-ci, lui désobéir. Mais tout neuf en ces sortes d'affaires, j'y crus Savary passé maître. Je craignis de contrarier ses intentions, et de lui faire manquer un but dont j'ignorais l'importance. Dès lors, cette instruction, que j'aurais dû rectifier, fut comme un filet qui m'enveloppa, et ne me laissa qu'un mouvement tout machinal. Pourtant, les quatre premiers suspects partirent sans obstacle ; mais il arriva que ces ordres d'arrestation semblèrent émaner de moi seul ; or, comme chaque Garde, poussé par une humeur quelconque, avait tenu des propos plus ou moins imprudents, beaucoup s'effrayèrent. Les coupables profitèrent de cette disposition d'esprit de leurs camarades : ils leur représentèrent leur général comme une espèce de berger devenu loup, et s'efforcèrent d'ébranler la confiance universelle. Cependant, comme cette confiance résistait chez la plupart, et que les arrestations marchaient vite, les conjurés s'emportèrent.

La police me fit alors prévenir que ma vie était menacée, mais je n'en tins compte : je fis observer à l'officier de gendarmes qui me donnait cet avis tout ce que les Gardes me devaient et me témoignaient de reconnaissance. Quel complot avaient-ils besoin de tramer contre un chef sans cesse occupé de leurs intérêts, mêlé à tous leurs travaux, et le plus souvent sans armes au milieu d'eux ? En effet, rien de pareil ne fut prémédité. Il n'était question, entre sept ou huit complices de La Rochejaquelein, seuls restés à Tours, que d'enlever aux gendarmes le dernier des cinq Gardes arrêtés. Il est vrai que de cette tentative l'attentat dont on me disait menacé allait naître fortuitement.

Le dernier prévenu était M. de La Coste, l'un des Gardes que j'avais le plus protégés. C'était un jeune homme d'environ vingt ans, d'un esprit doux, de mœurs faciles, d'une force et d'une taille au moins comparables à celles de Des Nestumières, et son ami, ce qui gâta tout.

J'entrevis, mais négligemment d'abord, qu'il fallait pour celui-là plus de précautions. C'était le 3 octobre, un dimanche, jour néfaste pour l'autorité qui craint les émeutes. Je me contentai de charger le Cᵗᵉ de Briançon-Belmont, l'un des colonels du corps, d'assister à l'appel du matin, et aussitôt après, quand les rangs seraient rompus, d'appeler La Coste, de le distraire de la foule, et de l'amener chez moi sous un prétexte quelconque. En même temps, je renvoyai mon planton, afin de rester sans témoins ; et, faisant appeler un brigadier de gendarmerie, je lui ordonnai de se disposer à partir avec le prisonnier, tandis que je préparerais ma dépêche.

Le colonel obéit mal. Il commença par faire sortir La Coste tout seul des rangs, et, pendant l'appel, il le maintint près de lui, en vue et au grand étonnement de tous les Gardes. Puis il me l'amena ostensiblement. J'ignorais cette absurde maladresse; je fus donc assez surpris de voir presqu'aussitôt arriver Des Nestumières chez moi avec un air un peu plus fou qu'à l'ordinaire. Il me débita quelques phrases incohérentes, en faisant des gestes qui n'avaient aucun rapport avec ses paroles. C'était une pantomime adressée à La Coste, qu'il apercevait derrière moi, pour l'engager à s'échapper à la faveur de cet entretien bizarre; mais je coupai court en éconduisant cet étourdi, et en lui recommandant, à tout hasard, de la prudence : conseil qui pour Des Nestumières ne pouvait jamais manquer d'à-propos.

Cette visite me parut, pourtant, de mauvais augure. En même temps, j'appris l'imprudence du colonel, et qu'il se méditait quelque coup de tête pour arracher La Coste aux mains des gendarmes. Un tel avis et ce que je venais de voir me décidèrent. Je jugeai à propos de retenir chez moi le prisonnier, et plus prudent de remettre son départ après l'heure de la retraite. En attendant, je ne cachai pas à ce jeune homme l'ordre du ministre. La Coste me répondit en protestant de son innocence; je l'interrompis, je l'avertis de ne point se donner cette peine, qu'il m'était interdit de le questionner, que je préférais tout ignorer et me renfermer dans une muette obéissance. J'ajoutai qu'elle me coûtait beaucoup, mais que je ne doutais pas, quels que fussent les motifs du Gouvernement, que sa détention ne fût courte et sans suites sérieuses, une grande culpabilité n'étant guère possible dans un si jeune âge, qui d'ailleurs réclamait toute espèce d'indulgence. Puis, l'ayant fait déjeuner avec moi et garder dans ma propre chambre à coucher par un officier de confiance, je montai à cheval pour aller examiner l'attitude des Gardes dans la ville, à leur caserne et dans leurs cantonnements.

D'abord, chacun ne me parut occupé que de ses affaires ou de ses plaisirs, ce qui était vrai pour la plupart. A l'abbaye de Marmoutiers il en était de même ; seulement, je remarquai fort bien que, dans quelques chambrées, on lisait la Vie de Charette. Je pris et remis ce livre sur le lit d'un Garde sans paraître y faire attention ; puis, je remontai à cheval assez pensif, et je revenais chez moi quand, sur le pont de la Loire, un vieux Vendéen, dont je n'avais pu m'expliquer l'enrôlement, passa près de moi sans me donner le salut militaire. Étonné, je m'arrêtai, et repris rudement ce Garde sur ce manque de subordination, en repoussant ses vaines excuses.

Je continuais en réfléchissant désagréablement à ce premier et audacieux symptôme de mécontentement, quand je crus apercevoir sur le quai, au bout du jardin de ma maison, quelques hommes en observation. Un instant après, un nouvel avis de mon aide de camp confirma mes appréhensions. Alors, forcé de prendre un parti, je fus

près de donner l'ordre aux escadrons de monter à cheval
et de faire en même temps partir La Coste. Je comptais
dire ensuite aux Gardes quelques mots qui eussent tout
calmé. Mais, toujours entravé par cette instruction qui
me prescrivait le silence, je m'arrêtai à la pire des déterminations, parce qu'elle n'en est point une, celle d'attendre. J'espérais gagner deux heures encore, lasser la patience des mauvaises têtes qui, sans doute, méditaient
d'enlever leur complice dès les premiers pas de son départ, et faire disparaître La Coste dans la nuit, qui
s'approchait.

Néanmoins, pour obvier à tout, et ne pas avoir le plus
grand tort pour un chef, celui de n'être pas le maître
chez lui, je fis armer et venir chez moi un sous-officier et
deux gendarmes; j'ordonnai qu'on fermât ma porte cochère; je postai l'un des gendarmes dans ma cour, l'autre
au pied de l'escalier, avec la consigne d'interdire l'entrée
à tout venant. Un brigadier bien armé, celui qui devait
emmener La Coste à Paris, était déjà dans ma chambre.
Quant au maréchal des logis, j'examinai l'amorce de son
pistolet, puis je le plaçai lui-même dans ma première
pièce, à la porte même de ma chambre, avec la consigne
suivante : « Vous empêcherez d'entrer! Si l'on insiste,
« menacez! Si l'on veut vous forcer, tirez sans hési-
« ter! »

Il n'y avait rien d'exagéré dans ces précautions, car,
en ce moment même, non loin de là, une inquiète irritation venait de rassembler chez un traiteur les six à sept
complices de La Coste; j'ai dit que les autres conjurés,

au nombre d'environ cinquante, étaient déjà à l'armée, ou en marche pour s'y rendre.

Parmi ce reste d'étourdis se trouvait un vieil habitué de conspirations, boute-feu, toujours le premier à ourdir et le dernier à agir; un de ces hommes qui ne se montrent que pour exciter, pour pousser les autres à se compromettre, et qui disparàissent au moment de l'exécution. C'était celui-là même que je venais de rencontrer sur le pont de Tours. Il s'occupait chez ce traiteur à monter la tête de Des Nestumières, ce qui était toujours fait d'avance, et celle de deux autres jeunes Gardes, qui, sans celui-ci, eussent été les plus écervelés du troisième corps. Il y avait encore dans ce complot un certain Bargain, espèce de remplaçant, coureur de mauvais lieux, et pilier d'hospices. Je ne sais si ce misérable dîna avec ses complices, mais il était à leurs ordres et prêt à un attentat quelconque, quand le vin, s'ajoutant aux excitations, monta, comme tant d'autres fumées, à la tête de Des Nestumières. Cette fois, ce fut avec tant de violence, que tout à coup il se leva en jurant, et en s'écriant : « Que « c'était une honte de se cacher plus longtemps, d'agir « dans l'ombre! Qu'il ne s'agissait plus d'un enlèvement « furtif, qu'il fallait un acte éclatant et qu'il s'en char- « geait! Qu'on n'avait qu'à s'armer et à le suivre! Que « lui-même allait forcer la porte du général, pénétrer « jusqu'à lui, et le tuer sur-le-champ s'il lui refusait La « Coste! »

Ici, le vieux suborneur, dépassé, voulut modérer cette fougue; mais Des Nestumières saisit ses pistolets, les arma,

et des deux mains il les dirigea sur les convives : « En
« voici un pour le général, leur cria-t-il, et un autre pour
« le premier d'entre vous qui refusera de me suivre ! » A
ces mots, les uns s'exaltant, les autres s'effrayant, tous
se levèrent ; ils sortirent, Dès Nestumières courant et ne
s'apercevant pas que l'un des convives, à la fois Garde et
espion du Gouvernement, se cachait sous l'escalier, et que
le vieux Vendéen, avec un autre conjuré, disparaissait
par la première issue qu'il venait de rencontrer.

Quand Des Nestumières, compta ceux qui lui restaient,
il ne vit à ses côtés que les deux écervelés de son espèce ;
ceux-ci allèrent se placer à ma porte, lui courut à l'hôpital voisin chercher Bargain ; il lui paya son crime, lui
donna l'un de ses pistolets et l'entraîna.

Cependant, soit effet des avis que j'avais reçus, soit
pressentiment, je m'alarmais de plus en plus. Pressé de
me débarrasser de mon prisonnier, j'envoyai reconnaître
le chemin qu'il devait suivre ; mais les deux complices de
Des Nestumières surveillaient ma porte cochère : ils tombèrent sur mon aide de camp, le saisirent et, lui imposant silence avec la bouche de leurs pistolets, ils le poussèrent rapidement dans un réduit où ils le gardèrent.

De mon côté, ne voyant pas cet officier revenir, et
mon inquiétude redoublant, je disais à La Coste que ses
amis le perdraient, lorsqu'un bruit tumultueux me fit
courir à mon sabre en m'élançant vers la porte de ma
chambre. Dans l'instant même où j'y touchais, l'un des
battants s'ouvrit avec violence, et Des Nestumières parut
devant moi, pâle, l'air furieux, égaré, un sabre nu pen-

dant à son poignet par la dragonne, et à cette même main un pistolet qu'il me porta brusquement au front, en me criant : « Général, rendez-moi La Coste ! »

J'avais à peine eu le temps de mettre le sabre à la main en lui ordonnant de se retirer, qu'il lâcha le coup ! Ma figure en fut brûlée et criblée de poudre, j'étais presque aveuglé ; mais un mouvement de tête que je fis à propos me sauva, je n'eus de blessé légèrement par la balle que l'oreille gauche. Toutefois, presque renversé par la commotion, je me retins d'une main au battant de la porte, tandis que de l'autre je poussai dans l'entrée quelques coups de pointe ; mais Des Nestumières, profitant de l'incertitude que mon aveuglement momentané donnait à mes coups, passa à côté de mon sabre et m'attaqua avec le sien. Je recouvrai en cet instant l'usage de l'un de mes yeux, et saisis au collet cet écervelé, qui, sans balancer, me saisit de même. Alors, luttant corps à corps, nous nous serrâmes de si près, que nos armes devinrent inutiles. Pendant quelques moments, ce fut moins un combat qu'une lutte, où Des Nestumières, plus grand et plus fort que moi, et me poussant devant lui, eut l'avantage. Nous passâmes ainsi devant le brigadier de gendarmerie qui attendait ma dépêche. Retiré dans mon alcôve, il y restait témoin immobile de cet attentat. Indigné, je lui criai : A moi donc, malheureux ! Mais, soit frayeur, ou qu'il eût aperçu le second de Des Nestumières, il s'élança vers la porte et disparut.

Cependant, blessé, à demi aveuglé par la poudre, luttant contre Des Nestumières, et forcé d'observer en même

4.

temps La Coste, je perdais du terrain. Quant à ce prisonnier, il s'agitait, il gesticulait dans l'embrasure de l'une
des fenêtres, en s'écriant : « Ah ! mon Dieu ! Est-il pos
« sible ! quelle horreur ! » et il demeurait neutre, ne pouvant se décider ni à fuir, ni à se joindre à une attaque
contre un chef qui l'avait comblé de bontés, ni à le défendre contre un ami qui se sacrifiait pour sa délivrance.
Rassuré de ce côté, je redoublai d'efforts ; et, quoique
déjà repoussé jusqu'auprès de ma cheminée, je serrai de
plus en plus près mon adversaire. Je cherchais ainsi à
gagner du temps, quand, derrière moi, le bruit de la détente d'une batterie de pistolet me fit retourner la tête :
c'était le second de Des Nestumières ! Son pistolet ne prenant point feu, il venait de me manquer entre les épaules,
à bout portant ! Je menaçai cet assassin de la voix et des
yeux, seules armes dont je pusse faire usage, et il se déconcertait, lorsque Des Nestumières lui cria : « Recom
« mence donc, lâche ! » Et le misérable, armant de nouveau son pistolet, vint, d'un air égaré, l'appuyer sur ma
poitrine et le tirer une seconde fois, mais encore inutilement !

En ce moment, enfin, reparut un des quatre gendarmes. Sans doute, l'idée de se trouver en butte à la révolte
de tout un corps les avait d'abord effarouchés ; mais,
assurés qu'il ne s'agissait que d'un crime isolé, ils reprenaient courage. Celui-ci courut sur Bargain, fit feu sur
lui, le blessa, le mit en fuite, et sortit de ma chambre en
le poursuivant, au lieu de me débarrasser de son complice.

Me voilà donc encore resté seul aux prises avec Des-

Nestumières, toujours à la merci de La Coste qui, par bonheur, s'en tenait à continuer ses exclamations : il ne cherchait pas même à s'échapper. Mais, dans ce dernier conflit, nous étions parvenus, Des Nestumières et moi, à dégager nos sabres, et chacun de nous, s'en servant aussitôt, en porta la pointe au corps de son adversaire. En même temps, nous nous regardions dans les yeux, avec cette contraction des traits qui accompagne toujours plus le coup qu'on va porter que celui qu'on va recevoir.

Pendant que Des Nestumières, plus étonné de son action que de son danger, hésitait, Geoffroy, un jeune valet de chambre que j'avais élevé, accourut au travers de la fumée des coups qui venaient d'être tirés, passa derrière Des Nestumières, saisit la lame de son sabre, et la rabaissant vivement sur son genou, il la brisa. Alors, par une singulière fatalité, lui aussi retourna dans la pièce précédente, et, courant se joindre à ceux qui arrêtaient Bargain, il me laissa seul avec mon prisonnier et Des Nestumières.

Mais la crise était arrivée à son terme. Des Nestumières, désarmé, s'était dégrisé tout à coup. « Ah! mon Dieu, « s'écriait-il, vous êtes couvert de sang ! Je vous ai as- « sassiné ! Moi, qui vous aimais tant ! Je suis un scélé- « rat ! Tuez-moi, je vous en conjure, tuez-moi donc ! »

La pointe de mon sabre était encore engagée dans le dolman de ce malheureux jeune homme. Je la retirai, il n'avait plus d'armes ; et puis, en toute vérité, je ne lui en voulais pas, connaissant bien la folie de sa pauvre tête ;

persuadé que son attentat, sans préméditation, était presqu'involontaire, et sûr que, pour le moindre sujet, il se serait fait tuer pour moi un moment avant ce crime, comme il voulait l'être par moi un moment après.

D'ailleurs, une seule idée me préoccupait alors : la crainte d'un grand esclandre, et que le corps qui m'était confié ne fût irrévocablement perdu dans l'esprit de l'armée et de l'Empereur, par le bruit qu'allait faire cet attentat. C'est pourquoi, jetant mon sabre sur une table ronde qui occupait le milieu de cette pièce, je me contentai de lui répondre : qu'il était bien question de sa vie ou de la mienne, qu'il s'agissait du corps entier dont il venait peut-être d'entacher l'honneur ! Et aussitôt, ainsi désarmé, j'allai étancher mon sang, et éponger mes yeux pour m'assurer que l'un d'eux n'était point crevé, et pour effacer, s'il se pouvait, les traces de cet événement, espérant pouvoir le renfermer chez moi, ou, du moins, en dissimuler la gravité. Il ne me vint pas seulement à l'esprit que l'un ou l'autre de ces deux jeunes gens pût abuser de ma confiance. Ma conviction en cela était si intime et si entière, que le bruit des pas précipités de Des Nestumières, accourant derrière moi pendant que je lavais ma blessure, ne me fit pas même tourner la tête.

Cette confiance dans le cœur de cet infortuné jeune homme était fondée. Transformé subitement, il ne songeait plus à sauver son ami, il ne pensait pas à fuir lui-même ; il se tordait de désespoir, il venait se précipiter à mes pieds ; il jetait, sous mes yeux, sur le marbre de ma commode, une poignée de balles en répétant : « Mais

« tuez-moi donc ! Vous me donnez la vie ? Voyez, toutes
« ces balles vous étaient destinées ! » Je fis un geste de
pitié, sans répondre, toujours absorbé dans la pensée d'a-
mortir l'éclat de cette révolte : c'est pourquoi j'appelai,
et donnai l'ordre de clore sur le champ ma porte.

C'était une puérilité après l'enlèvement de mon aide
de camp, que j'ignorais encore il est vrai, et le bruit de
coups de feu, et l'alarme donnée par les gendarmes. Aussi
l'arrivée du préfet et de deux officiers d'infanterie, qui
accouraient à mon secours, m'eut bientôt désabusé. Dès
lors je compris qu'il ne fallait plus songer qu'à montrer,
qu'à assurer mon autorité, et à étouffer sur-le-champ
toutes les suites possibles de cette détestable affaire.

J'examinai ma position. Bargain, blessé, était fixé, par
la pointe du sabre de l'un des gendarmes, dans un angle
de la première pièce de mon appartement. Je fis saisir de
même La Coste et Des Nestumières. Puis j'allai les conduire moi-même à la prison voisine, quand mon aide de
camp, parvenu à se dégager, mais trop ému, reparut et s'y
opposa. Il s'écriait : qu'il venait de voir la grande rue
pleine de Gardes ; qu'ils m'arracheraient les prisonniers
si j'osais affronter leur effervescence ! Je n'en crus rien ;
pourtant, je jugeai devoir aller, seul d'abord, sonder le
terrain. La rue était vide ; tant la frayeur peut faire voir
bien plus que double ! Je n'y rencontrai que deux à trois
Gardes, et ils s'effrayaient pour moi. Je les renvoyai à leur
quartier, et par prudence je poussai et fis enfermer, dans
la cour de la gendarmerie, Trogoff, jeune Garde breton,
ivre, que je ne pus faire taire, et parce qu'en chancelant

il criait : « Oui ! tout pour le général, mais pas de gen-
« darmes ! » Alors, sûr que le chemin était libre, je retournai chercher mes prisonniers et les fis placer séparément, devant moi, dans la prison de cette caserne.

Cette prison était au fond de la cour de la gendarmerie et presqu'appuyée à ma maison. Or, pendant
qu'enfermé moi-même avec l'un des prisonniers je l'interrogeais, les gendarmes, convaincus qu'ils allaient être
attaqués par les Gardes, s'effarouchèrent. Le spectre d'une
révolte, dont ils seraient les premières victimes, les obsé-
dait. Les voilà donc qui ferment précipitamment la porte
cochère de leur quartier. Cette porte donnait sur la grande
rue de Tours. Dès lors, séparés de cette rue, ne voyant
plus ce qui s'y passait, et leur imagination s'échauffant,
tout ce qu'ils craignaient, ils crurent l'entendre !

De mon côté, inquiet aussi, je venais de laisser là mes
prisonniers, pour aller m'assurer des dispositions des
Gardes ; mais, lorsque je me présentai pour sortir de
cette caserne, les gendarmes, déjà tout effarés, s'y refusèrent. Ils ne voulurent point m'ouvrir ; ils me suppliè-
rent de ne point faire tomber cette seule barrière placée entre eux et huit cents furieux, rassemblés là, me
disaient-ils, pour les égorger ! Incrédule à cette assertion, je m'irritais, quand deux de mes officiers, qui m'a-
vaient suivi, trop alarmés, me certifièrent cet état d'insurrection. Ils en prenaient à témoin ce tumulte, ces vociférations qu'ils croyaient entendre, le bruit de cette
multitude de sabres sur le pavé de la rue, et les coups
frappés à la grande porte qui, seule, nous en séparait !

Dans cette première exaspération, ajoutaient-ils, on ne respecterait rien, pas même le général ! Eux avaient déjà vu des événements pareils ; ils savaient que, en de telles extrémités, le seul parti à prendre était de se dérober à une première violence.

Alors, non seulement ils me conjurent de me cacher, mais, me saisissant, ils s'efforcent de m'entraîner au fond de la cour, au pied d'une échelle qu'ils venaient de faire appliquer à l'une des fenêtres de ma maison. Ils me déclaraient que, même parvenu chez moi, ils ne me permettraient pas d'y rester, sûrs que la sédition allait m'y poursuivre. Mais ce conseil m'indigna ; et comme ils insistaient, je fus forcé de les repousser. Ces deux anciens et excellents officiers me devaient leur fortune ; et trop dévoués, trop émus, leur attachement les égarait.

Cependant, enfermé dans cette cour, et ne pouvant croire que la frayeur pût enfanter tant de visions, je me laissai persuader, pendant quelques minutes, que réellement une révolte m'assiégeait. Dans cette extrémité, je pris sur-le-champ un parti extrême. J'avais l'ordre d'envoyer La Coste à Paris ce jour-là même ; les Gardes, disait-on, voulaient l'arracher de mes mains ; mais j'avais d'autres soldats ; ceux-ci, quels qu'ils fussent et malgré leur petit nombre, devenaient les miens, les rebelles, nos ennemis, et il n'y avait plus qu'à se défendre.

Aussitôt, convaincu qu'il était de mon devoir de me faire tuer, s'il le fallait, devant la porte de la prison, je m'y résignai : je réunis les gendarmes ; je leurs fis barricader leur grande porte ; j'inspectai leurs armes et leurs munitions. Toutefois, au milieu de ces premiers soins indispensables à une résistance désespérée, je m'étonnais de ne point entendre dans la rue de plus violentes clameurs. Mes doutes alors renaissant, j'ordonnai à l'un de nos chirurgiens-majors, homme froid et ferme, qui se trouvait là je ne sais comment, d'examiner par une fenêtre nos Gardes et leur attitude. Cet officier obéit. Un instant après, il me cria qu'il voyait en effet la grande rue pleine de nos gens, mais que leur foule paraissait seulement curieuse, inquiète, et sans colère. Alors, excédé, indigné de la position critique où le trouble des esprits qui m'environnaient venait de m'arrêter, j'ordonnai qu'on débarrassât, qu'on ouvrît la porte ; mais ce fut encore vainement.

Pendant que je m'emportais et que les gendarmes, toujours effrayés, me résistaient, la voix d'un vieil ami de mon père, celle de l'Inspecteur général Lynch, frappa mon oreille. Son anxiété pour le danger que je courais venait de l'attirer chez moi. Elle lui avait fait découvrir un moyen de communication que j'ignorais, et qui m'allait être bien utile.

Je ne puis me rappeler cet homme excellent, cet ancien compagnon d'armes de mon père, sans un vif attendrissement. C'était un être à part. Longtemps guerrier avant d'être administrateur, une bravoure sans émotions, sans vanité, toute de devoir, et singulièrement insouciante de tout danger, l'avait élevé aux premiers grades. Ses dehors plaisaient. Sa propreté rangée, l'exacte et habituelle symétrie de ses vêtements, invariables dans leur forme et indépendants de toute mode ; la dignité calme de son attitude, la sobre réserve de ses paroles attiraient et piquaient l'attention par un air d'étrangeté qui rappelait son origine britannique. Tout cela reflétait une âme d'une simplicité si primitive, d'une candeur, d'une naïveté si originales, que, en 1793, la férocité brutale de nos démagogues eux-mêmes l'avait respectée. Il y avait dans sa nature, pourtant sensible comme on le voit, tant de constance et de calme, qu'il avait traversé nos guerres et nos bouleversements révolutionnaires sans rien changer à la modeste uniformité de ses moindres habitudes. Cette imperturbable nature a fait de sa longue vie de célibataire comme une pente égale et douce, sur laquelle il s'est laissé glisser, de son berceau jusqu'à sa tombe, sans bruit, sans éclat il est vrai, mais sans secousse.

En cherchant d'où venait cette voix, dont le souvenir m'émeut encore, j'aperçus sa figure irlandaise à une croisée basse, au fond de la cour des gendarmes : c'était la fenêtre d'une écurie de la maison que j'habitais. Dès lors, me libérer de mes gendarmes par cette issue, serrer, en passant, la main à ce vieil ami de famille, puis, libre enfin, sortir par ma porte cochère et arriver dans la grande rue, au milieu de tous les Gardes qui s'y pressaient tumultueusement, fut l'affaire de deux minutes.

J'ignorais encore dans quelle disposition je les trouverais ; mais, quelle qu'elle fût, je sentis qu'il n'y avait point à balancer ; que bonne, un instant d'hésitation pouvait la changer ; que, indécise, il fallait, par une prompte détermination, la décider. Je courus donc à eux sans plus attendre, et me jetai au milieu de leur foule, qui s'ouvrit et m'entoura.

Malgré leur étonnement, je fus accueilli comme je pouvais le désirer. Les uns s'informaient du danger que j'avais couru, d'autres se récriaient à la vue de la poudre et du sang dont ma figure était tachée. Et moi, sans m'arrêter à répondre, élevant la voix, je leur déclarai : « Que « le gouvernement demandait La Coste ; que j'en ignorais « la cause ; que deux Gardes ivres avaient prétendu fol- « lement s'opposer à son départ ; que ces deux insensés « étaient arrêtés ; qu'il ne fallait pas que deux mauvaises « têtes nous compromissent ; que, pour éviter ce malheur, « pour prouver au Gouvernement notre obéissance, il « fallait que tous, à l'instant, leur général en tête, allassent « conduire La Coste à la maison de poste, d'où lui-même « partirait aussitôt, et porterait la nouvelle que le corps « tout entier avait fait exécuter l'ordre du ministre ! »

Je m'attendais à un transport, à un cri d'assentiment unanime, mais tous demeurèrent dans une muette immobilité. Je crus un instant qu'ils hésitaient, tandis qu'au contraire, ignorant si j'avais fini, ils attendaient. C'était ma faute : en terminant, j'eusse dû, afin de tout enlever, leur indiquer par une acclamation quelconque, telle que celle-ci : *Vive l'Empereur !* que j'avais fini, et comment ils devaient répondre. Heureusement, dans cet instant décisif, le cri de *Vive le Général!* qui partit d'une seule bouche, détermina l'explosion. Un moment d'attente de plus, si un seul murmure de l'un des conjurés se fût élevé, je ne sais ce qui serait advenu, tant l'esprit d'une

foule est mobile et facile à entraîner! Mais aussitôt l'acclamation devint universelle. Mon cœur ne s'était donc
pas trompé en comptant sur celui des Gardes. En même
temps ils me prenaient, me serraient les mains, plusieurs
même, les larmes aux yeux, maudissaient mon assassin,
et tous demandaient à me suivre.

J'avais hâte d'en finir, d'autant plus que le jour venait de disparaître; or, rien ne me répondait que quelque autre conjuré ne profiterait pas de la triple obscurité
de la nuit, de la foule, et du complot qui m'environnait.
C'est pourquoi, me dégageant et reprenant le ton du
commandement, je criai : « Garde à vous! halte! le
« premier rang en avant! il suffira. » Alors, m'adressant
au reste, j'ajoutai : « Vous, mes amis, allez vous re-
« poser, et à demain, de bon matin, sur le champ de nos
« manœuvres! »

Tous obéirent. La rue étant vide, les gendarmes ras-
surés, leur porte s'ouvrit enfin, et je pus rentrer dans
leur quartier, avec une quinzaine de Gardes et trois
officiers, les seuls que, pour huit cents hommes, j'eusse
alors présents à Tours Je fis promptement extraire de la
prison le pauvre La Coste, et, l'ayant placé au milieu de
ma troupe, je l'emmenai sur le quai de la rive droite, où la
poste se trouvait. Pendant que l'on attelait, il me fallut
écrire mon rapport avec le seul œil qui me restait. Dix
minutes après, le prisonnier, le gendarme, la dépêche,
tout était expédié et l'ordre du Gouvernement ponctuel-
lement exécuté.

Cela fait, je repassais le pont pour rentrer chez moi,

quand dans une voiture, qui nous suivait et nous força de nous ranger, il me sembla reconnaître La Coste, revenant sur ses pas. Quelque invraisemblable que cela fût, à tout hasard je me jetai en travers. C'était lui-même ! Le malheureux brigadier chargé de sa garde, le même qui ne m'avait pas secouru, le ramenait complaisamment dans Tours, où son manteau avait été oublié. Je bourrai rudement cette brute, lui fis faire volte-face, et, sûr enfin que La Coste était en route pour sa destination, j'allai me coucher, car j'avais la figure fort enflée, je n'y voyais plus qu'à peine, et je souffrais beaucoup de ma blessure.

Me voilà donc seul avec moi-même. Au tumulte, au fracas d'une scène violente, la solitude, un profond silence avaient succédé. Mais dans cet isolement mon imagination prit l'essor ; elle réagit alors tout entière au dedans de moi. La tristesse y dominait. Quelque heureuse qu'eût été l'issue de ce désordre, c'était une révolte ; l'autorité en souffrirait. Ma confiance dans les Gardes était justifiée ; cette révolte était partielle, elle était vaincue ; et pourtant n'eût-il pas cent fois mieux valu que rien de tout cela ne fût arrivé ? Cet attachement des Gardes, cet ascendant sur leur esprit dont j'étais si satisfait, qui désormais pourrait y croire ? Qu'en diraient l'armée et l'Empereur, quand on en verrait sur ma figure de si singulières marques ? Comment tout expliquer à chacun ? Qui voudrait d'ailleurs m'en croire sur parole ? Était-il arrivé rien de pareil aux chefs des trois autres corps de Gardes d'Honneur ?

D'autre part, je me représentais le Gouvernement embarrassé du bruit qu'allait faire cette échauffourée ; irrité contre celui qui n'avait pas su la prévenir ; souriant de la confiance d'un chef chez qui l'on conspirait à son insu, et de l'imprévoyance d'un général qui s'était laissé surprendre jusque dans sa chambre ! L'Empereur saurait-il les précautions que j'avais prises, et ce qu'il y avait eu d'imprévu dans cet événement, du côté même des coupables ? Son ministre s'accuserait-il de la maladresse de ses instructions ? Enfin, qu'importerait au Gouvernement le succès d'une telle répression ? C'était bien moins le coup, que son écho, qui allait l'importuner. D'ailleurs tout était-il donc fini ? Étaient-ils sans complices, ces hommes assez audacieux pour être venus, jusque chez lui, brûler la figure à leur général ?

Quelque justes que fussent ces réflexions, elles manquaient d'à-propos. Un caractère plus calme les eût remises au lendemain, car il était tard ; cette journée n'avait été que trop remplie, et le temps du repos, celui de recueillir ses forces pour le jour suivant, était venu. Mais mon esprit échauffé continua dans cette fatigante direction. Peu à peu, cependant, cette préoccupation commença à se détendre : elle s'engourdit, mes idées s'entrecoupèrent, elles s'embrouillaient et finisssaient par se perdre dans un assoupissement complet, quand tout à coup un bruit inaccoutumé m'en arracha.

Réveillé en sursaut, j'écoutai vite ; mais, le silence étant rétabli, je me persuadai que les agitations de cette soirée se reproduisaient dans mes rêves. Humilié de me croire ainsi le jouet d'une trop forte impression, je cherchais à me rendormir, lorsqu'un nouveau bruit me réveilla encore, et si brusquement, que je me redressai. Oh! pour cette fois, le fait était sûr; c'était vers mon jardin. Pourtant, rien ne succédant, j'allais en douter encore, quand le souffle d'une forte respiration, partant du même lieu, fit battre mes artères. Je mis la main sur mes armes; et bientôt d'autres bruits sourds et indéterminés concentrèrent, du côté de ma fenêtre, mes regards et toute mon attention.

Il n'y avait plus à en douter, une crise nouvelle se préparait. Le danger était là, du côté du jardin, dans ce cabinet qui renfermait la caisse du régiment, dont la porte était en face de mon lit, dont les fenêtres mal closes et les murailles extérieures garnies de treillage étaient accessibles à une escalade! Ce treillage se prolongeait justement vers ce même quai de la Loire où, quelques heures plus tôt, j'avais cru voir des conjurés en observation. Que devais-je faire? m'élancer? appeler? me mettre en défense? Mais quoi? réveiller mon aide de camp, mes gens, provoquer, sans assez de certitude, un nouvel esclandre! Cependant les avis de l'officier de gendarmerie me revenaient en tête. Ne m'avait-il pas assuré qu'on en voulait à ma vie? Mon incrédulité venait d'être punie; serait-elle incorrigible?

Dans cette pénible indécision, l'œil en arrêt, un pistolet d'une main, l'autre main prête à m'aider à sauter de mon lit, un pied même déjà dehors, je demeurais attentif et immobile, lorsque le bruit bien distinct de quelques pas et celui d'un meuble fortement dérangé me décidèrent. Je me levai donc, j'allai arracher mon aide de camp et mon

valet de chambre à leur sommeil ; puis, tous les trois en
chemise, nous nous dirigeâmes vers ce redoutable cabinet.
Voici notre ordre de bataillle : moi, le premier en tête, tenant d'une main un pistolet armé, et mon sabre nu de
l'autre ; à ma gauche, mon aide de camp armé de même ;
derrière moi, mon valet de chambre, Geoffroy, un troisième pistolet d'une main, et l'autre main posée sur la
clef et prêt à ouvrir. A mon signal, il ouvre et pousse soudainement la porte, dont je hâte le mouvement d'un coup
de pied, et, tous trois ensemble, nous nous ruons dans cette
ouverture. Ainsi l'assaillant était assailli, et l'ennemi,
prêt à surprendre, allait d'autant plus lui-même se
trouver surpris !

En effet, il hurle ! il fuit et s'échappe ! Mais ce fut en
passant sous nos bras prêts à combattre, entre nos jambes,
et à nos regards étonnés qui, cherchant plus haut d'autres
adversaires, se rencontrèrent stupéfaits de n'avoir eu affaire qu'à...... un gros caniche !

Ce pauvre animal, qu'aucun de nous ne connaissait, s'é-
tait sans doute introduit dans la maison pendant le combat précédent ; effarouché par le tumulte et les coups de
feu, il s'était caché dans ce cabinet, où, après être resté
immobile sous quelque meuble, la faim et l'ennui l'avaient
agité. A cette vue, les trois guerriers, armés de toutes
pièces, restèrent d'abord muets, en considérant réciproquement leur attitude belliqueuse. C'était, après la grande
pièce, la petite : un éclat de rire la termina.

Cette fausse alerte, qui ne fut pas la moindre de cette
fatigante journée, fut la dernière. Il n'en pouvait être au-

trement, car j'appris bientôt que tous mes sous-officiers
et brigadiers s'étaient entendus pour veiller successivement autour de ma maison, et que même ils avaient résolu de me donner, pendant les trois ou quatre nuits suivantes, et à mon insu, cette marque touchante de sollicitude.

Le lendemain, à la pointe du jour, après avoir fait distribuer aux Gardes deux mille cartouches, je me rendis
avec eux sur le champ de nos manœuvres. Là, m'arrêtant
devant chaque escadron, je leur dis quelques mots sur
l'attentat de la veille : je l'attribuai à un accès de folie de
Des Nestumières, l'intempérance ayant achevé de désorganiser son cerveau déjà malade. Chaque escadron répondit
par des acclamations ; après quoi, je commandai moi-même
la manœuvre. J'eus soin de faire exécuter tous les feux
sur moi, m'y présentant sans affectation, sans paraître y
songer, mais de près, et afin de prouver à ceux qui le méritaient ma confiance en eux, et d'imposer aux complices
de Des Nestumières, s'il en était besoin encore, plus de respect qu'ils ne m'en avaient montré la veille. Il est superflu
d'ajouter que je n'entendis siffler, à mes oreilles, ni balles
ni baguettes.

Les feux et la manœuvre terminés, j'allai me faire
panser, car jusque-là je n'en avais pas eu le temps. Il fallut extraire, grain à grain, la poudre dont ma figure était
criblée. Cette opération me rendit peu à peu toute ma vue ;
le reste était peu de chose.

Mais le malaise de mon esprit s'accrut d'une impatience
assez naturelle, celle de ne connaître encore ni le but ni les

complices d'un complot tramé sous mes yeux, dans le corps que je commandais, et dont j'avais été victime. Dès lors, comme l'échauffourée de la veille m'affranchissait de ce mutisme que m'avait imposé la police, je n'épargnai pas mes investigations près des deux prisonniers qui me restaient, dans le corps lui-même, et dans la ville : elles furent vaines. Pourtant, une conjuration et des conjurés existaient autour de moi !

J'ignorais que parmi eux, dans les Gardes mêmes, il se trouvait un espion du gouvernement : personnage de taille moyenne, à figure pleine et insignifiante, au teint mat, et, du reste, porteur de ces formes grasses et arrondies qu'une conscience complaisante n'amaigrit pas ; extérieur assez ordinaire aux gens de mœurs molles et faciles. Il portait un nom vendéen, très connu, qu'il déshonorait. C'était un de ces prodigues nécessiteux, pour qui la pauvreté est le pire des maux, esclave de ces plaisirs qu'on achète, et qui, n'ayant plus que son honneur pour s'en procurer, l'avait vendu. La police avait fait cette acquisition. Dans le désordre qui avait terminé le dernier festin de Des Nestumières, on se souvient qu'un de ses convives, se dérobant, s'était caché sous un escalier : c'était ce même agent, dont Savary n'avait pas jugé à propos de me faire connaître la mission.

Or donc, le lendemain au soir de cet esclandre, dans le moment où, renfermé chez moi, seul, fatigué de l'inutilité de mes recherches, je rêvais, le front dans ma main, aux moyens qui me restaient à prendre pour m'éclairer, voici que subitement, en levant la tête, et sans

5.

même avoir entendu entrer, j'aperçois debout, près de moi, cette figure officieuse. Il était en habit bourgeois. Ainsi déguisé, il s'était glissé jusqu'à moi sans le moindre bruit, sans être aperçu de personne, à la faveur des premières ombres de la nuit qui s'approchait. Cette apparition fut si soudaine, que je tressaillis, lorsque, à une certaine attitude demi-honteuse, au doigt placé sur sa bouche, et à quelques mots prononcés avec précaution, je compris à qui j'allais avoir affaire, et l'à-propos de cette visite nocturne et mystérieuse.

Le résultat le plus net de notre entretien fut, pour moi, la liste des conjurés : ils étaient soixante, la plupart absents et en route pour la frontière. Quant à la conjuration, la Restauration en était le but. A un certain signal, qu'il me cacha ou qu'il ignorait, la révolte devait éclater, les caisses publiques être pillées, moi enlevé et conduit dans la Vendée. Là, selon ma détermination, les conjurés devaient me prendre pour chef ou me garder comme otage ; ils ne consentiraient contre moi à aucune autre violence.

Comme cet espion ne savait ou ne me dit rien de la nature du signal, c'est-à-dire de l'assassinat projeté de l'Empereur, et des ramifications de cette trame dans la Vendée, j'avoue que ce projet de révolte, de soixante jeunes exaltés, dispersés, depuis Tours jusqu'à Leipsick, dans les escadrons d'un corps de trois mille hommes étrangers à ce complot, et au milieu d'une armée dévouée, me parut si fou, que je n'y attachai nulle importance. Pourtant, je rendis aux ministres de la guerre et de la police un compte exact de cette révélation. J'indiquai le jour du départ des cinq complices de Des Nestumières, libres encore et présents à Tours, en demandant qu'on les fît arrêter en route, et non au milieu du régiment comme les trois premiers, ce qui était, sans nul doute, bien plus convenable.

Quant à la liste des autres conjurés, je l'accompagnai de notes sur chacun d'eux. Celle de Bargain portait : « Assassin à gages! » Son action et les renseignements que je venais de recevoir interdisaient pour celui-là toute indulgence. Pour Des Nestumières, je ne le signalai que comme un jeune insensé, dont le cerveau était dérangé, et auquel six mois de réclusion dans une maison de santé étaient nécessaires. Je le recommandai à la clémence du ministre, comme bien plus digne de pitié que de colère. Je priai mon père de joindre son intercession à la mienne ce qu'il fit, en certifiant avec moi que divers excès avaient momentanément égaré la raison de ce jeune homme. Nous nous entendîmes là-dessus avec sa famille, et nous réussîmes à le sauver.

Les autres Gardes compromis furent désignés moins comme des conspirateurs que comme des étourdis, bons à disperser dans les régiments de l'armée, afin d'annuler leurs mauvaises dispositions et de les changer : avis que n'approuva point Savary, qui les fit tous arrêter.

Pour moi, ces devoirs remplis ainsi, et cette secousse n'ayant rien changé à l'ordre établi, ni à la marche de mes autres occupations, j'achevai l'organisation du troisième corps. Vers la fin d'octobre, près de trois mille

Gardes étant successivement partis de Tours, je reçus
l'ordre d'aller à Mayence en prendre le commandement.
J'y arrivai au bruit des canons de Drouot, peu de jours
après cette brillante charge des premiers escadrons du
troisième de Gardes d'Honneur, qui culbutèrent, à Hanau, la cavalerie bavaroise, et ouvrirent à l'Empereur,
et aux restes de la Grande Armée, le chemin de la France.

Napoléon, à la faveur de ce noble effort, pour lequel
il a consigné sa reconnaissance dans le bulletin de cette
bataille, venait de rentrer dans Mayence. Mille rapports
de l'intérieur, qui n'avaient pu percer jusqu'à lui, l'y
attendaient. Son premier soin fut d'ouvrir les portefeuilles de ses ministres pour y chercher la situation dans laquelle il allait retrouver l'Empire. Dès le lendemain, il
me fit appeler. Du plus loin qu'il m'aperçut : « Que
« viens-je d'apprendre? me dit-il; qu'est-ce donc que
« cette affaire de Tours? Encore une conjuration? » Et
sur ce que je répondis : « Oui, Sire, mais une conjura-
« tion d'écoliers. — Comment, d'écoliers? reprit-il, mais
« ils vous ont assassiné! — C'est vrai, répliquai-je, mais
« fortuitement, follement, et cela n'a guère eu plus
« d'importance qu'une émeute de collège. » — « Allons
« donc! poursuivit l'Empereur, une émeute de collège à
« coups de pistolet! » Comme alors il s'anima et que les
menaces lui échappèrent, je crus devoir lui représenter la
situation contrainte et la mauvaise humeur de plusieurs
de ces jeunes gens, leur âge, et répéter ce que j'avais
écrit au ministre, que la dispersion de la plupart des in-
culpés dans l'armée suffirait. Mais l'Empereur en savait

déjà plus que moi, sans doute, sur le projet de la Rochejaquelein. « Ah oui ! s'écria-t-il, voilà un beau moyen
« pour étouffer une conspiration ! Allons, vous n'y en-
« tendez rien ! » Alors, me congédiant, il ajouta quelques mots si vifs sur le genre de répression qu'il jugeait
indispensable, qu'aussitôt je courus chez Fain : c'était
son secrétaire le plus intime, le plus digne de sa confiance. Je le pressai de se réunir à moi, et de s'efforcer de
prévenir les actes trop sévères que je redoutais. Mais Fain
me rassura : il me rappela les habitudes de l'Empereur,
et qu'il ne fallait jamais le juger par ses paroles. En
effet, pendant les cinq mois suivants, au milieu de la
dernière et si opiniâtre lutte que soutint Napoléon, quelque convaincu qu'il fût que ces soixante Gardes, appelés à veiller sur sa vie, avaient conspiré contre elle, il les
épargna ; se contentant, en les privant de leur liberté, de
leur ôter celle de se perdre à jamais par un si détestable
crime !

V.

DÉFENSE DU RHIN, DE L'ALSACE ET DE LA LORRAINE.

Je revoyais l'Empereur pour la première fois depuis son départ pour la guerre de 1813. L'impression que j'éprouvai fut vive, et si douloureuse, qu'elle dure encore. Son second désastre était accompli. Le point de vue d'où chacun le contemplait n'était plus le même. Le malheur l'avait frappé comme un autre, il avait courbé sa grandeur ; on se sentait plus à portée d'elle, il fallait lever les yeux moins haut pour l'envisager ; enfin, dépouillé de ce prestige d'infaillibilité qui avait tant ébloui, on le jugeait ! Telle n'était pas cependant mon impression personnelle ; mais elle était si naturelle, et lui-même devait tellement s'y attendre, que, en l'abordant, toute ma crainte avait été que quelque chose en moi pût lui faire supposer que je l'éprouvais.

Son entourage aussi me frappa. La captivité des uns, la mort des autres, celle surtout de Duroc, avaient changé sa Cour militaire. Ce n'était plus cette régularité, cet ordre sévère, cette réserve grave, mesurée, silencieuse, qui

la distinguaient ; tout enfin me parut différent autour de
lui, mais rien en lui. Déjà deux fois foudroyé, sa tête
restait haute, sa voix brève et impérative, son attitude
souveraine. Telle était sa nature, que, réduit à un village,
il y eût encore paru le maître du monde.

Comment n'eût-il pas senti sa force, quand pour l'a-
battre, trois ans, huit guerres simultanées, et vingt batailles, qu'il gagna pour la plupart, suffirent à peine ?
Car, s'il succomba, ce fut à force de vaincre ! Mais le ciel
avait commencé l'ébranlement en 1812. Ce premier coup
vint d'en haut, sa grandeur l'atteste. Quant aux redou-
blements qui suivirent en 1813 et en 1814, il fallut que
l'Europe entière soulevât contre lui tout ce qu'elle avait
d'hommes, lorsqu'il n'avait plus à lui opposer que des
recrues d'abord, des enfants ensuite. Et pourtant il lui
tint tête ! Il fit plus, il prétendit, jusqu'au dernier moment, à l'Empire universel. Mais n'anticipons pas, con-
servons l'ordre des temps et de mes souvenirs.

Le troisième de Gardes d'Honneur fut placé aux avant-
postes. La défense du Rhin, du fort Vauban jusqu'à
Germersheim, lui fut confiée. J'eus sous mes ordres, avec
deux mille Gardes et dix-sept cent cinquante chevaux qui
lui restaient, la garnison française de Landau : celle, toute
de Suisses, de Lauterbourg, et des gardes nationales. Dès
les premiers jours, six cents Gardes, les Suisses de Lauterbourg, et des bataillons que j'empruntai à Landau, furent cantonnés à portée du fleuve, qu'ils bordèrent de
leurs postes et de leurs vedettes. Tranquille derrière ce
rideau, et mes autres escadrons bien répartis dans de

bons cantonnements, je ne songeai plus qu'à les mettre, au plus vite, en état de tenir campagne, et de leur donner pour cela tout ce qui leur manquait. C'était déjà, pour les quinze cents Gardes qui n'avaient pourtant pas encore combattu, une partie de l'équipement et la chaussure, mal confectionnés dans les départements ; et tout, jusqu'à l'armement même et la moitié des chevaux, pour les cinq cents autres qui revenaient des combats de Leipsick et de la retraite, où un nombre pareil avait péri. Mais, à cent cinquante lieues d'un dépôt, dans des villages, et en face de l'ennemi, où trouver l'argent, le temps, et les ouvriers indispensables ? Ajoutez que je n'avais pas un officier par cent Gardes, et que, sur ce petit nombre, cinq seulement et trois sous-officiers avaient quelque expérience. Cependant, quant au matériel du moins, ces difficultés furent surmontées. Elles venaient du désordre, suite de notre situation ; je puisai mes ressources dans ce désordre. L'argent était de ces ressources la plus nécessaire ; mais, lorsqu'on pouvait à peine en obtenir pour la solde, comment en demander pour d'autres besoins ? Je me décidai à en prendre sur cette solde ; j'osai même laisser figurer sur les feuilles de prêt les Gardes que l'épidémie et la désertion nous enlevèrent. La solde était de vingt-cinq sous : cette masse noire, avec quelques secours de notre dépôt, satisfit à nos dépenses. Quant aux ouvriers qui manquaient absolument dans un corps de jeunes maîtres, aspirant tous au grade d'officier, ceux de nos cantonnements y suppléèrent. Tous furent requis et payés comptant. Nous échauffâmes le zèle de ces bons Allemands : ils travaillèrent non seulement en conscience, ce qui est dans leur nature, mais vite, ce qui est moins dans leur habitude. Dire tout ce que nous accumulâmes de travaux pour ces réparations et pour l'instruction des Gardes pendant les sept semaines de répit que la Coalition nous laissa, paraîtrait invraisemblable ; intervalle trop court si le temps n'était pas le plus élastique des éléments ; mais, bien employé et pour ce qu'il y avait de plus urgent, il nous suffit.

A ces difficultés, cependant, deux fléaux, l'un périodique, l'autre inattendu, s'étaient ajoutés : l'hiver et le typhus. L'un, avec ses neiges et ses glaces, interrompit nos communications ; l'autre nous fut apporté par une traînée de fantassins, restes de la retraite, qui traversèrent nos cantonnements, et les infectèrent. Le premier atteint fut mon valet de chambre Geoffroy, le même qui m'avait sauvé la vie à Tours en désarmant Des Nestumières. La malignité de son mal était telle, que sa respiration faisait pâlir la flamme d'une bougie qu'on en approchait ! Je le disputai quinze jours à la contagion et je le pleurai.

Le lendemain, mon seul officier comptable et d'habillement, le plus nécessaire en ce moment, se sentit frappé. Pour celui-là, sans consulter, je le bourrai aussitôt de quinquina et il fut sauvé. Mais cette peste s'acharna sur nos villages : née de la misère, habitants comme soldats, riches comme pauvres, forts comme faibles, elle nous attaqua indistinctement. Un jour, par exemple, j'arrive à Hersheim, dont le bon curé me reçoit gaiement à table ;

après quoi, lui serrant la main, je le quitte pour achever une visite d'avant-poste ; trois jours plus tard, revenu à ce quartier général, j'y trouve le presbytère vide et le curé mort : on l'enterrait ! Cette reconnaissante poignée de main lui avait communiqué le typhus, dont son humeur joyeuse, la force de l'âge et sa santé vigoureuse n'avaient pu le préserver.

Dès lors, le mal se développa avec une rapidité effrayante. Les symptômes variaient : les uns, subitement terrassés, expiraient dans un abattement profond ; un délire furieux saisissait les autres. On en vit se précipiter, de leurs fenêtres, dans la boue à demi glacée des rues, d'où on les relevait mourants dans d'horribles convulsions ! Déjà, sans compter les habitants, plus de deux cents Gardes étaient atteints ; soixante avaient succombé. L'étendue de nos cantonnements, si favorable à notre mieux-être, aggravait le mal, nos officiers de santé y devenant insuffisants. Dans mon désespoir, l'idée me vint de combattre ce nouvel ennemi en le reléguant et le concentrant dans une position plus élevée, où m'aideraient à le vaincre un air plus pur et des soins plus assidus. Mon choix tomba sur Gottranstein, gros village à mi-côte dans les Vosges dont nous occupions le pied, et qui avait une voie de retraite sur deux ponts et Metz. J'en fis notre hôpital régimentaire ; dès lors, la contagion y fut confinée, et bientôt domptée, grâce à cet air salubre et au zèle habile de M. Marie, l'un de nos chirurgiens-majors, qui faillit pourtant lui-même y succomber.

Mais alors, dans nos rangs, mélangés de Hollandais,

de Suisses et de Toscans, s'infiltrait une contagion d'une autre nature. La Coalition, non satisfaite de sa force contre notre faiblesse, y joignit la ruse. N'osant encore franchir le Rhin, qui nous défendait bien plus que nous ne pouvions le défendre, elle se fit précéder d'une avant-garde occulte de contrebandiers de la rive droite ; ils vinrent provoquer ce reste de nos alliés à une désertion que les longues nuits de décembre et nos Juifs de la rive gauche favorisèrent.

Dès lors, les rapports de chaque matin annoncèrent le manque à l'appel, tantôt de plusieurs sentinelles, tantôt même de postes entiers composés de Suisses, et successivement de plusieurs Toscans et Hollandais du 3e de Gardes d'Honneur. Rien n'était plus significatif. Ainsi nos alliés de tout pays nous abandonnaient ! La coalition contre nous devenait universelle ! Mais nous devions nous y attendre, et, sans étonnement, sans irritation déplacée, nous nous mîmes en garde. Lauterbourg et le fort Vauban étaient trop loin de Landau pour que je pusse y aventurer des détachements de la garnison de cette forteresse ; les troupes qui les gardaient furent épurées : les douteux, ainsi que le reste des Suisses de Lauterbourg, furent renvoyés dans l'intérieur, et les remparts de terre de cette ville confiés à l'un de nos escadrons. Quant aux Gardes d'Honneur étrangers, ils furent démontés, désarmés sur-le-champ, et renvoyés sur nos derrières.

A cette guerre sourde de nos ennemis nous ne pûmes répondre que par un contre-espionnage, ou volontaire, ou payé par le patriotisme des habitants les plus riches de cette partie de l'Alsace. Il m'apprit bientôt que de nombreuses colonnes de coalisés, au lieu de s'écouler sur Bâle, comme les premières, s'arrêtaient en face de nous ; qu'elles s'aggloméraient vers Manheim, Seltz et le fort Vauban ; qu'elles traînaient avec elles deux équipages de pont, et nous menaçaient, à droite et à gauche, d'un double passage. J'en instruisis le maréchal Victor et l'Empereur. Mais, au lieu de voir arriver des renforts, je reçus de Drouot l'instruction d'en envoyer à Paris, à la Garde Impériale, et du maréchal Victor l'ordre, en cas d'attaque, de jeter un escadron dans Landau, et de marcher aussitôt vers Strasbourg avec tout le reste.

Il devenait clair qu'il fallait se faire le plus leste possible, ne garder autour de soi que des combattants et se tenir prêts à une retraite. Aussitôt notre hôpital, transformé en ambulance, et notre infirmerie d'hommes et de chevaux invalides, placés également dans une gorge des Vosges, eurent l'ordre de lever le pied pour Metz au premier signal. Dans nos cantonnements, des chariots furent tenus prêts pour transporter dans Landau tout effet d'équipement non réparé. Quant aux escadrons et aux bataillons, chacun eut une ordonnance et un guide du pays, à mon quartier général, prêts à porter l'ordre aux bataillons de rentrer dans Landau au pas de course, et aux escadrons, de se réunir à moi dans la plaine d'Hersheim, lieu de ralliement le plus central que j'avais choisi.

Ces précautions prises, les vingt ordres de marche

même écrits d'avance, sûr de n'être surpris d'aucun côté, j'attendis l'événement. A cette époque, la désertion, le typhus, le dur service des bords marécageux du Rhin, et l'envoi de détachements à l'intérieur, nous avaient enlevé plus de quatre cents Gardes. Mais nous étions encore quinze cent cinquante, ne manquant de rien et prêts à combattre.

Maintenant, et en attendant le moment où Napoléon, désarmé encore, aura pu réunir, pour venir à notre secours, une faible armée nouvelle, je vais, par le récit des faits dont je fus témoin, montrer quelle fut notre détresse. Ici quelques détails personnels, conformes d'ailleurs au plan de cet ouvrage, ne paraîtront point, je l'espère, hors de propos.

Réduit à quinze cents chevaux, et chargé de la garde du Rhin, du fort Vauban à Guermersheim, j'avais été forcé, pour faire vivre, pour abriter et pour rééquiper mes escadrons, de les disséminer en cantonnements, entre le Rhin et les Vosges. Nous formions l'extrémité de l'aile gauche du maréchal Victor, et par Guermersheim nous touchions à l'aile droite du duc de Raguse. Le dernier jour de 1813 était arrivé. On ne nous avait point avertis que, au loin, par delà notre aile droite, et depuis dix jours, l'envahissement avait commencé. Nous ignorions qu'ainsi notre ligne centrale était déjà dépassée, à sa droite, par cent cinquante mille hommes !

Depuis plusieurs jours tous les rapports augmentaient notre anxiété. Nul renfort ne paraissait, aucun ne nous était annoncé ; et cependant, nos regards fixés sur l'autre bord, il nous semblait entendre, au travers de ses froids brouillards, les clameurs de cet amas d'ennemis, le bruit de leurs armes, le roulement des milliers de canons et de caissons qu'ils traînaient avec eux, et dans l'écho de leurs chants nationaux, leurs cris de guerre et de vengeance !

Nous attendions ainsi, quand le 1ᶜʳ janvier 1814, à onze heures du soir, après un assez triste dîner de jour de l'an, d'un côté une lettre du sous-préfet de Spire, et, du côté opposé, des douaniers accourant de Lauterbourg, m'annoncèrent que le Rhin venait d'être franchi vers Manheim, nos troupes repoussées, et que, vers le fort Vauban, un autre passage allait être effectué.

Ces deux invasions à ma droite et à ma gauche, poussées vivement jusqu'aux Vosges, pouvaient m'enfermer entre le fleuve et la montagne, et me couper ma retraite sur le maréchal Victor. Quelles qu'eussent été les précautions que j'avais prises, il me fallait quatorze heures : pour hâter le départ de mon infirmerie et de mon hôpital régimentaire ; pour rallier mes escadrons, en jeter un dans Landau, y faire rentrer derrière moi les bataillons que j'en avais tirés et le matériel du 3ᵉ corps de Gardes d'Honneur, dont nous ne pouvions nous appesantir. En même temps, et à ma droite, j'avais à placer deux cents chevaux en regard du fort Vauban pour masquer Weissembourg, en leur envoyant l'ordre de se reployer lentement sur cette ville, où, le lendemain soir, je voulais aller coucher. Mon projet était d'en repartir le 3 janvier, et de m'écouler au pied des monts vers Strasbourg, comme j'en avais reçu l'instruction.

La plupart de ces ordres, comme je l'ai dit, étant prêts
d'avance, ainsi que les ordonnances et leurs guides, en une
heure tout fut expédié ainsi que ma dépêche au maréchal Victor; en voici le résumé :

« Monsieur le maréchal,

« J'apprends à l'instant que le maréchal Sacken et
« vingt-six mille hommes ont passé le Rhin hier vers
« Manheim, et que monsieur de Wittgenstein, avec seize
« mille Russes, en fait autant aujourd'hui vers le fort
« Vauban. Je donne ordre, etc., etc... Ainsi, puisqu'il
« faut l'abandonner, du moins cette rive du Rhin sera
« nette; les Gardes d'Honneur ne perdront ni un malade
« ni un seul effet; et l'ennemi, s'il nous presse trop, n'y
« trouvera demain que des coups de sabre, etc., etc. »

Le lendemain 2 janvier, vers midi, j'étais à la tête de
1,200 chevaux réunis devant Hersheim, couvrant Landau, et protégeant ainsi la rentrée, dans cette forteresse,
de la garnison que j'en avais tirée, et de mes bagages.
Ce devoir rempli, je partis pour Weissembourg. J'y arrivai avec la nuit, mais fort surpris d'y trouver déjà les
deux cents chevaux que j'avais placés en observation devant Wittgenstein, pour couvrir ma retraite. Leur chef
d'escadron, tout novice encore, n'avait pas compris sa
mission.

C'était avec ces recrues ainsi commandées que, pendant plusieurs jours, j'avais à défiler entre le Rhin et les
Vosges, sous les yeux et à portée des coups de seize mille

Russes, qu'on nous disait même être vingt-sept mille. Il n'y avait donc pas de temps à perdre ; et cependant, pour conserver les hommes, leurs chevaux et l'équipement, et pour maintenir l'ordre et l'ensemble, il ne fallait pas marcher trop vite. Il convenait d'arriver avant la nuit dans de bons cantonnements, et de n'en repartir qu'au grand jour ; d'éviter, autant qu'il se pourrait, à ces recrues, la fatigue des grandes gardes, des bivouacs, des reconnaissances ; et, en cas d'attaque, d'avoir, à leur droite pendant la marche, et derrière nous pendant la nuit, une voie de retraite au travers des Vosges. J'abandonnai donc à l'ennemi, qui d'ailleurs l'occupait en force, la route du Rhin ; je m'en traçai une autre au pied des monts, par Lambach, Reichoffen, Oberbrünn, Neuwiller et Dettwiller ; gardant chaque jour ma retraite au travers de la montagne, par les passages de Bitche d'abord, puis de la Petite-Pierre, puis enfin de Phalsbourg ; sûr ainsi de n'être point acculé contre les Vosges, et, si j'étais trop pressé par l'ennemi, de pouvoir abandonner l'Alsace.

Il est superflu d'ajouter qu'une avant-garde et une arrière-garde, bien commandées, bien renseignées, prévinrent les surprises, et, dans ce long défilé, maintinrent en ordre et serrée notre colonne. Mais ce que je dois dire, et ce que je me plais à consigner ici avec une vive gratitude, c'est le patriotisme, c'est le dévouement exemplaires de ces bons et braves Alsaciens dont nous traversâmes les villages ; ce sont, malgré leur désespoir de se voir en proie à l'invasion et à la ruine qui allait en résulter, les soins généreux dont ils nous comblèrent. En

route et dans nos haltes, ils accouraient ; ils nous apportaient leur vin, leurs vivres, ils les distribuaient aux
Gardes et en refusaient le prix ! Le soir, à notre arrivée
dans les cantonnements choisis, ils s'emparaient des hommes et des chevaux, ils se les disputaient, et soins et vivres, ils leur prodiguaient tout. D'autres les aidaient à
barricader les avenues du côté de l'ennemi et à les garder ;
d'autres encore, des vieillards même, leurs bourgmestres
en tête, s'offraient, à pied et à cheval, à mes instructions ;
et toute la nuit ils allaient aux nouvelles, ils poussaient
au loin des reconnaissances. Leurs courses étaient rapides,
leurs investigations audacieuses, leurs rapports exacts.
Nous fûmes enfin bien mieux éclairés et gardés par eux
que nous n'eussions pu l'être par nous-mêmes. Il n'y
avait certes pas de meilleurs, de plus généreux, de plus
braves Français dans toute la France ! On peut juger de
l'amertume de nos regrets en nous voyant forcés d'abandonner à l'invasion de tels compatriotes.

Quant à cette manœuvre, il eût été plus prudent, sans
doute, de mettre les Vosges entre nous et l'ennemi, et de
revenir sur Saverne par Phalsbourg ; mais je jugeai que
le général russe, en mettant le pied sur notre rive, ne
songerait d'abord qu'à s'assurer de la route qui borde le
fleuve, et à s'éclairer sur Strasbourg, ce qu'il ne manqua
pas de faire ; que, en tous cas, je ne pourrais avoir affaire,
de ce côté, qu'à une avant-garde légère, ce qui arriva ;
qu'ainsi, du moins, j'atteindrais plus tôt le rendez-vous
indiqué, où je pouvais être utile.

Il en résulta en effet, comme on va le voir : le ralliement du 4ᵉ régiment de Gardes d'Honneur, oublié devant Saverne ; celui de deux mille fantassins près de se livrer à l'ennemi ; la mise en défense et l'approvisionnement de Phalsbourg, oubliés de même, et dont le commandant allait se laisser surprendre. Enfin, il est plus que vraisemblable, si l'on m'eût permis ensuite de me retirer directement sur Nancy, avec les deux bataillons et les deux mille chevaux ralliés sous mes ordres, que j'y eusse assuré la retraite du maréchal, en retardant, d'au moins vingt-quatre heures, l'entrée trop prompte des alliés dans cette ville.

Au reste, nous n'eûmes qu'à nous louer de l'extrême circonspection de l'ennemi. Sa lenteur, singulièrement prudente, favorisa cette marche de flanc qu'il eût pu rendre si dangereuse. Pourtant, en approchant de Dettwiller, j'éprouvai, quelques instants, une vive inquiétude. Ici, la persuasion que l'ennemi était éloigné, et que j'allais trouver près de Strasbourg le maréchal Victor, m'avait porté à marcher sur deux colonnes, que séparait un cours d'eau moins guéable que je ne l'avais jugé, lorsqu'on vint me prévenir que le général Seslawin occupait en force Dettwiller, point de réunion que j'avais assigné à ces deux colonnes. La mienne avait sa retraite sur Saverne ; mais l'autre, de cinq cents chevaux, ne pouvait me rejoindre que par le pont du village, occupé, disait-on, par deux mille Russes.

Il n'y avait point à hésiter : je m'avançai rapidement, décidé à ressaisir ce passage. J'espérais surprendre Seslawin ; mais, en arrivant devant Dettwiller, j'en vis sortir une cavalerie nombreuse qui, se déployant et se couvrant de tirailleurs, me força à me déployer de même. De plus en plus inquiet, et impatient d'en finir, je m'avançais prêt à charger, étonné de ne point entendre commencer le feu, lorsque je vis nos éclaireurs se mêler, sans combattre, au parti contraire. Or, qu'on juge du soulagement que j'éprouvai ! cet ennemi, si malencontreusement placé entre moi et mon détachement, c'étaient des Français, des frères d'armes, le quatrième régiment de Gardes d'Honneur ! Il était fort de six cents chevaux, sous deux chefs expérimentés. Ils nous reçurent à bras ouverts. Réunis à mon commandement, ils admirèrent notre nombre double du leur, ils s'émerveillèrent de notre tenue brillante, si bien réparée autour de Landau et que nous en rapportions encore intacte ; car, grâce aux soins de nos bons compatriotes Alsaciens, rien en nous n'avait souffert, ce qui ne devait pas durer longtemps.

J'avais obéi, je croyais m'être rallié au maréchal Victor, et je me trompais : c'était le quatrième régiment seul que j'avais rejoint. Son colonel ignorait même où se trouvait le corps d'armée ; il se plaignait d'être sans ordres. J'envoyai de toutes parts aux nouvelles ; toutes furent alarmantes ! L'ennemi était devant nous, nous séparant de Strasbourg. On disait l'Alsace entière évacuée par nos maréchaux ; on nous y croyait oubliés. On nous jugeait dépassés, au loin, à droite et à gauche, par les deux invasions. On ajoutait que, poussant droit devant elles, et se recourbant en Lorraine derrière nous, elles allaient nous couper toute retraite.

Dans une situation aussi critique, je m'échelonnai de Dettwiller à Saverne, couvrant Phalsbourg, et repoussant les attaques de Seslawin. Le lendemain matin, l'un de nos exprès revint de Molsheim avec la nouvelle que, depuis deux jours, le maréchal Victor s'était précipitamment retiré dans la Lorraine. Je calculai la distance que ce paysan disait avoir parcourue. C'étaient douze grandes lieues en moins de cinq heures ! Cela me parut invraisemblable, quel que fût le zèle de ces braves gens, en sorte que, tout en donnant l'ordre aux régiments de se reployer sur la montagne, je fis garder à vue ce pauvre homme jusqu'à Saverne, où, son rapport s'étant confirmé, je lui rendis la liberté avec excuses, éloge, argent et tout ce qui pouvait le consoler.

Alors, serrant douloureusement la main à nos généreux compatriotes des bords du Rhin, nous gravîmes la montagne, nous traversâmes Phalsbourg et, les derniers, nous abandonnâmes l'Alsace à l'invasion.

Ce qui paraîtra incroyable, c'est que, dans cette dernière marche, nous passâmes au travers de la citadelle de Phalsbourg sans plus de façons que dans un village : pas une pièce en batterie ; aucun factionnaire, nul qui-vive ne nous arrêta ; comme s'il n'y avait là ni remparts, ni portes, ni garnison ! Indigné de cette incurie, je fis battre la générale par le premier tambour que je rencontrai, et donnai l'alerte, annonçant l'ennemi qui me suivait. Le commandant, enfin réveillé, ferma ses portes. Il disait que, oublié par le ministre et le maréchal, on ne lui avait rien prescrit ; que sa garnison était insuf-

fisante, sans vivres, sans un seul affût en état de servir.
Je lui répliquai qu'il n'en devait que se mieux garder,
et qu'il était inexcusable.

Quelques heures après, je m'occupais à cantonner ma
brigade à Sarrebourg et sur le revers de la montagne,
quand le hasard voulut que, sur le chemin, je rencontrasse
environ deux mille fantassins de quatre régiments. Ils
avaient été dirigés sur Strasbourg, sans armes prêtes,
sans cartouches, comme en pleine paix, ignorant que, à
une demi-lieue de là, ils allaient rencontrer les Russes !
Je les arrêtai, j'expliquai à leur chef où nous en étions ; il
n'en pouvait croire ses oreilles. Puis, le ralliant à moi,
j'écrivis au maréchal Victor qu'on disait être à Rem-
bervillers, pour lui demander ses ordres.

Ce récit semble être de peu d'importance ; mais outre
qu'ici nous eussions pu perdre, sans coup férir, une forteresse et deux mille hommes, ces détails montrent dans
quel désordre jette une invasion au milieu d'habitudes
négligentes, suites d'une longue sécurité. Organisés pour
l'offensive, contre elle nous ne l'étions aucunement.
Pris au dépourvu, tout était à remanier. De là ces
oublis d'ordres, d'instructions, et ces choix d'hommes si
impropres aux circonstances. Cela m'expliqua en partie
ces inconcevables pertes subies par la Prusse après Iéna.
Si nous n'en éprouvâmes de semblables qu'en petit
nombre, telles que celles de La Fère et de Soissons, c'est
que notre sécurité avait duré moins longtemps, et que
la Coalition ne profita pas aussi rapidement que l'Empereur de sa victoire.

6.

En attendant la réponse du maréchal, je jetai un bataillon dans Phalsbourg; puis, comme une avant-garde de Seslawin était venue sommer le gouverneur, je la fis tourner par une compagnie de voltigeurs et attaquer de front par un détachement des Gardes. Ces Russes eussent été tous enlevés sans un geste de l'un des nôtres, qu'il me semble voir encore. M. d'Arbaud-Jouques, chef d'escadron, l'un de nos plus beaux hommes de guerre, sans attendre mon ordre, dans son impatience, mit le sabre à la main d'un air si martial, que, à ce seul aspect, le commandant russe, se troublant, donna sur-le-champ le signal et l'exemple de la retraite. Il fallut alors fondre sur lui en toute hâte; mais, le mouvement de nos fantassins n'étant pas achevé, ces fuyards en furent quittes pour la perte de quelques hommes, armes et chevaux, qu'ils abandonnèrent pour échapper à notre poursuite.

En rentrant dans Phalsbourg, j'y trouvai l'ordre du maréchal de ravitailler cette place, de la mettre en état de défense, d'y placer un bataillon, ce qui était fait, et de renvoyer le reste de l'infanterie, partie à Lunéville et partie à Metz, avec le colonel du 6e léger. Cet ordre, quant à la défense et à l'approvisionnement de la citadelle, arrivait trop tard, si je ne m'y fusse préparé. Je réussis à l'exécuter, en requérant de toutes les communes environnantes les ouvriers et tous les vivres qu'il fut possible de réunir. A ces instructions, comme je me trouvais placé en intermédiaire des maréchaux Victor et Marmont, le général Grouchy, commandant la cavalerie du corps d'armée, ajouta l'ordre d'essayer de réta-

blir les communications avec le corps du duc de Raguse.

Je fis bien de ne risquer dans cette direction que le
moins de monde possible, car, dès le lendemain, de nouveaux ordres m'arrivèrent. J'étais à Sarrebourg, sur la
route directe de Lunéville, quand, le 10 janvier, je reçus
l'instruction de laisser sur ce chemin deux cents Gardes
pour le couvrir, puis de se reployer sur cette ville, de rejoindre moi-même sur-le-champ, avec le reste, le maréchal Victor à Rambervillers, par la route la plus courte.
Le temps était horrible ; les chemins de traverse, dé-
foncés, disparaissaient sous une neige qui tombait à gros
flocons. Cette marche était tellement forcée, que, parti
de Sarrebourg à sept heures du matin, je n'arrivai à
Rambervillers qu'à sept heures du soir. Je n'y trouvai ni
vivres, ni fourrage, ni logements ; il me fallut laisser mes
escadrons, la bride au bras, dans un champ de boue, la
neige venant de se transformer en une pluie à verse, qui
noyait mes malheureux Gardes. Je courus au quartier
général demander des ordres. Ces ordres furent d'attendre ainsi, toute la nuit, le départ du corps d'armée prêt à
rétrograder sur Lunéville, et d'en former l'arrière-garde.

Mais, puisqu'il s'agissait de se retirer sans combattre,
au lieu de harasser et d'épuiser, par une détestable marche
de flanc bien inutile, suivie d'une nuit sans pain, sans
fourrage et sans abri, dix-huit cents chevaux frais, bien
ensemble, et si précieux à conserver, pourquoi, de Sarrebourg où ils étaient, ne leur avoir pas donné pour point
de ralliement Lunéville, où dans tous les cas il fallait

passer ? Or, tout au contraire, on les avait inconsidérément appelés, et cela pour les faire rétrograder dès le lendemain, mourant de faim et de misère, sur cette même ville, par une autre route et une seconde marche tellement forcée encore, qu'elle devait durer deux jours et deux nuit de plus.

Encore si l'on m'avait arrêté en chemin, le premier jour, à Manières, point où j'avais rejoint cette autre route, et où la retraite du maréchal Victor devait passer ; si l'on ne m'eût pas fait avancer inutilement jusqu'à son quartier général encombré de troupes, cette première journée et la seconde en eussent été abrégées ; j'aurais eu le temps d'abriter, pendant quelques heures, mes régiments, de les faire manger et se reposer ; mais non, on avait même négligé un soin aussi nécessaire ! Sans doute la puissance démesurée de l'ennemi commandait à notre impuissance nos mouvements : nous étions plus à ses ordres qu'aux nôtres ; mais ici, où cela n'était pour rien, il y avait eu, de la part de je ne sais quel chef, imprévoyance ou insouciance ; car, il en faut convenir, trop de guerre, au lieu de former, gâte : elle endurcit, elle blase ; et, soit fatigue, soit égoïsme, on s'y habitue à négliger ces ménagements, ces soins si indispensables à la conservation des hommes et des chevaux qu'on ne retrouve plus ensuite dans l'occasion.

Désespéré de cette faute et des souffrances de mes pauvres Gardes, j'attendais près d'un feu, sur la place de Rambervillers, le moment de parler au maréchal, quand un vaguemestre vint me remettre une dépêche. Je l'ou-

vris au milieu de plusieurs officiers et de quelques
Gardes ; ils s'aperçurent qu'elle venait de Paris. J'en commençais la lecture sans précaution, lorsqu'heureusement,
en me penchant vers la flamme, saisi de surprise, je me
détournai. J'en avais assez vu pour craindre qu'un coup
d'œil indiscret ne leur révélât ce qui me restait à
lire.

Je ne sais quelle fâcheuse inspiration avait fait choisir
à l'Empereur le moment où les Gardes se montraient si
dignes du poste d'honneur qu'ils occupaient, et où ils
formaient plus de la moitié de la cavalerie du corps d'armée, pour leur déclarer qu'ils étaient exclus des rangs de
sa Garde ! Il y avait dans cette déchéance, si peu méritée,
de quoi désorganiser ces corps de volontaires, et en faire
même déserter les moins zélés. Comme toute faute a sa
bonne raison, celle-ci avait peut-être pour cause l'écono-
mie, ou la nécessité d'apaiser la jalousie de la vieille et de
la jeune Garde qu'on reformait, cette élite voyant en effet
nos corps d'un œil mécontent.

Quoi qu'il en fût, comprenant sur-le-champ tout le mal
qu'une décision aussi inopportune devait produire, je me
contins, me retournai vers les Gardes, et, jetant au feu
cette dépêche, je leur dis négligemment que c'était un
duplicata, une répétition inutile d'ordres déjà exécutés ;
puis je me mis à causer avec eux sans affectation, comme
si rien de nouveau ne fût arrivé. Jamais les Gardes ne se
sont doutés de cette disgrâce ; et l'Empereur, jusqu'à la
fin de cette campagne et de l'Empire, a dû sans doute le
dévouement de ces braves volontaires à l'heureuse ins-

piration qui m'arrêta si à propos et dont je me félicite
encore.

Je dévorais intérieurement ce nouveau chagrin, quand
le maréchal Victor me fit appeler. Il était onze heures du
soir, il allait se mettre à table. Ce fut le dernier repas du
grand quartier général où je me trouvai. Il me rappela le
premier, celui auquel on se souvient peut-être qu'en 1800,
et dans Augsbourg, j'avais été invité par le général en
chef Moreau. Mais quel contraste! Alors, dans un riche
palais, notre conquête, c'était une vaste salle à manger,
où cinquante brillants couverts entouraient un magnifi-
que plateau que mille bougies éclairaient! Et quelle pro-
fusion de vins, quelle abondance de mets nous avaient été
prodigués, au son d'une musique martiale et de ses airs les
plus triomphants! Comme alors, en nous, tout était vivant de jeunesse confiante, hautaine, victorieuse! Comme
tout éclatait de contentement, d'orgueil et de gloire! repas
splendide, festin de vainqueurs, dont la conquête faisait
tous les frais avec son abondance et son luxe accoutumés!

Tandis qu'aujourd'hui, au lieu d'un général prêt à
gagner sa plus célèbre bataille, un maréchal s'apprêtant
à fuir! Au lieu de cent mille guerriers victorieux, et
d'une guerre conquérante et nourricière, douze mille
hommes en retraite, manquant de tout dans leurs propres
foyers envahis! Enfin, dans ce quartier général de Rambervillers, à la place de ce festin, de ce palais somptueux
d'Augsbourg tout éclatant de lumières, une pauvre maison bourgeoise, qu'il me fallut chercher à tâtons dans
une froide obscurité; et, dans une salle basse, sale et

humide, une table où de rares chandelles éclairaient à
peine des aliments indispensables, servis dans des plats de
terre, pour quelques convives couverts d'uniformes usés,
comme leurs figures, et moins par le temps que par les
combats et les bivouacs : tristes restes de tant d'armées
si florissantes, après tant de victoires si glorieuses ! Qu'était
devenue cette joyeuse et bruyante animation de notre vigoureuse et triomphante jeunesse ? Quel changement !
Comme les physionomies, sillonnées d'insomnies et de
blessures, paraissaient maintenant graves et soucieuses !
Comme ces fronts, jadis si sereins et si haut portés, maintenant se montraient ou dépouillés, ou couverts de cheveux
déjà blanchis, non par l'âge mais par les fatigues de tant
de guerres si lointaines, et surtout assombris par la douleur de voir notre patrie, jusque-là si conquérante, menacée à son tour de subir la honte et tous les maux de la
conquête !

Quant aux entretiens, même différence : au lieu de ces
récits confiants et de ces éclats de voix assurée, des con-
versations à voix basse, s'aiguisant encore de quelques
plaisanteries, mais forcées, amères, moqueuses de nous-
mêmes, comme pour prévenir celles d'un ennemi maître
enfin chez nous à son tour, et qui, sans doute, allait
nous rendre, en une, fois et avec usure, toute la ruine,
toutes les humiliations que, depuis quatorze ans et plus,
nous lui avions infligées ! C'était enfin un dîner de vaincus, où tout était encore assez bon pour des convives trop
heureux d'y trouver le nécessaire : repas qu'il fallait achever à la hâte, pour fuir aussitôt après, au milieu de cette

même nuit, au travers d'une boue profonde et d'une pluie froide et battante, en abandonnant nos malheureux compatriotes à la merci de ces masses d'étrangers qui déjà, et de toutes parts, nous environnaient !

La vérité, c'est que nous-mêmes nous n'avions plus une minute à perdre pour échapper à leur triple invasion. Pendant que le maréchal Victor observait Schwartzenberg, dont l'extrême droite, vers Saint-Dié, venait d'écraser la sienne, il avait appris que, à sa gauche, par delà Landau, les Russes et les Prussiens avaient dépassé les Vosges, repoussé Marmont, et que, inondant la Lorraine, ils allaient se saisir, derrière nous, des ponts de la Meurthe et de la Moselle, qu'il nous fallait traverser. Nous quittâmes donc précipitamment, vers minuit, notre repas, pour monter à cheval et nous mettre en marche. Notre seul espoir, en reculant plus vite que l'ennemi n'avançait, était de le prévenir dans Nancy, où devait passer notre retraite. Les Gardes d'Honneur, formant l'arrière-garde, restèrent en bataille jusqu'à sept heures. On les avait embarrassés d'une batterie, bien plus gênante dans une retraite aussi précipitée qu'elle ne pouvait leur être utile.

Après onze heures de marche dans la neige depuis Sarrebourg, et une halte de douze autres heures de nuit sous la pluie, sans vivres ni fourrages, nous commencions à nous remettre en mouvement quand, tout à coup et avec le jour, un vent violent accourut de l'est comme l'invasion : il nous apporta une gelée de dix degrés, si subite et si rigide, que, en un instant, la route noyée devint un miroir de glace, et que les vêtements tout mouillés des

Gardes se raidirent sur leurs corps affamés et harassés. La terre, le ciel, tout dans cette seconde journée, l'une des plus dures que j'aie subies, nous fut hostile. Nos mains, douloureusement engourdies, pouvaient à peine nous servir; nous marchions sur un verglas où nos chevaux, et ceux surtout de l'artillerie, ne s'avançaient que de chute en chute. Chaque rampe devenait un obstacle presque insurmontable; sous cette mortelle température, retenus par nos canons, quelque précipitée que dût être notre marche, il fallut l'entrecouper de haltes continuelles.

Il était onze heures du soir lorsque, approchant de Lunéville, nos chevaux, en flairant ce beau cantonnement, reprirent courage. Mais, en y entrant, j'y trouvai l'ordre impitoyable de mettre en bataille les Gardes sur la grande place, de les y faire repaître ainsi, et de passer outre. On croira que du moins, après ces deux jours entiers et cette seconde nuit de marche sans pain et sans abris, des feux, des vivres et des fourrages nous avaient été préparés pour ce court et froid bivouac : ce soin encore avait été oublié! Lorsque, après avoir essayé d'obéir, j'entrai à tâtons dans l'hôtel de ville pour y requérir ces secours indispensables, j'y trouvai des administrateurs étonnés, ne sachant que répondre à une réquisition nocturne aussi subite, et me demandant le temps de délibérer. Ce temps nous tuait; poussé à bout, je leur déclarai que j'allais faire nourrir militairement les Gardes chez l'habitant, en faisant, s'il le fallait, enfoncer les portes.

Il y avait si peu d'exagération dans la colère de cette menace, que, en ce moment-là même, elle s'effectuait :

l'impérieuse nécessité le voulait ainsi. Je laissai donc la municipalité délibérer, et les Gardes agir. Je prévins seulement ceux-ci que, dans trois heures, on sonnerait à cheval, de bien employer ce temps, et d'être exacts. Nul ne manqua à l'appel, et à trois heures, en effet, nous étions en route. C'était l'heure la plus glaciale; mais bientôt le jour, ce grand consolateur et réparateur des nuits si longues ou de marches ou de bivouacs, reparut moins rigide que la veille; et, vers onze heures du matin, nous atteignîmes enfin des villages, où s'arrêta notre épuisement : retraite et marche désorganisatrices, dont il eût été si facile, comme on l'a vu, d'épargner la ruine à ces jeunes corps. Dans ces trois seules journées, et sans gloire, sans un coup de sabre, ils perdirent environ trois cents hommes ou chevaux malades, ou estropiés : plusieurs par leurs chutes, le plus grand nombre par la gelée, qui saisit les pieds mal chaussés des Gardes, et détruisit ceux de leurs chevaux, le temps ayant manqué pour réparer la ferrure dans une marche aussi forcée et aussi pénible !

Pendant ce court répit, qui ne dura pas deux heures, nous apprîmes que nous allions former la seconde brigade d'une division dont la première brigade serait composée de deux cents Gardes d'Honneur du 1er régiment, et du 10e de hussards, fort de cinq cents chevaux. Telle fut, en effet, notre organisation pour le reste de la campagne. On ajouta que, en ce moment, séparés du maréchal par plusieurs lieues et par Nancy qu'il avait abandonné, il nous fallait marcher en toute hâte pour traverser cette ville, notre seule voie de salut, avant d'y être prévenus par les Russes, déjà à ses portes. Aussitôt, remontant à cheval, nous pressâmes la marche si à propos, que, vers une heure, nous entrâmes dans Nancy par une porte, à l'instant même où, de son côté et par la porte opposée, Biren et l'avant-garde ennemie y pénétraient. Une heure plus tard, c'en était fait : séparés des nôtres, pris entre les deux invasions, il nous aurait peut-être fallu mettre bas les armes !

Malgré la présence de l'ennemi, le cœur me saignant de la détresse des Gardes, ayant d'ailleurs reçu l'ordre de requérir le fer nécessaire à la ferrure de la cavalerie du corps d'armée, ou quinze mille francs pour en acheter, et même, en cas de refus, d'emmener le maire comme otage, je crus avoir le temps, en exécutant cette instruction, de faire porter du vin et des vivres à mes régiments rangés en bataille sur la place. Mais le cas était plus pressant qu'à Lunéville. D'une part, les habitants et leurs administrateurs étaient si effarouchés, que je n'en pus rien obtenir ; d'autre part, l'ennemi, ne nous voyant point d'infanterie, devint si entreprenant, qu'à peine eus-je le temps de remonter à cheval : je n'y parvins qu'en mettant le sabre à la main au milieu des Cosaques, qui galopaient déjà par les rues en poussant leurs cris sauvages. Puis j'effectuai ma retraite emmenant le pauvre maire, que je remis à la division chargée désormais de l'arrière-garde. Ses compatriotes, m'a-t-on dit depuis, le rachetèrent en envoyant l'argent demandé.

Nous n'avions point à nous plaindre de cette ville. Que pouvait-elle faire au milieu d'une telle échauffourée ? Pour-

tant, et quoique la Lorraine se soit montrée aussi bonne
Française que l'Alsace, déjà le parti royaliste, si faible,
et, si malheureusement pour lui, allié à l'invasion, osait paraître. En effet, les Cosaques momentanément contenus, un
seul coup fut porté par nous, et ce fut à l'un de nos compatriotes. L'esprit de parti l'avait enivré ; un revers de sabre le punit des sarcasmes dont il osait insulter notre douleur d'être forcés d'abandonner à l'Étranger l'une des plus
belles villes de notre malheureux pays ! Il n'était sans doute
pas le seul de sa couleur ; mais, quant à nous du moins,
là, comme dans tout le reste de cette campagne, grâces à
Dieu, ce fut le seul mauvais Français que nous rencon-
trâmes. Au reste, en quittant cette cité accidentellement
inhospitalière, et se rappelant les paysans Alsaciens, nos
Gardes se disaient entre eux que de même que le pauvre
s'apitoye plus que le riche, nos villages leur avaient été,
jusque-là, plus secourables que nos villes.

Une vieille division de cavalerie venait enfin de nous
remplacer à l'arrière-garde. Couvert par elle, et après
avoir marché, tout le reste du jour encore, sur la chaussée
de Nancy à Toul, je m'arrêtai dans des villages assignés
à mes cantonnements : c'était, depuis Sarrebourg, la première nuit de repos accordée à mes pauvres Gardes. Nous
commencions à en jouir, il n'était pas minuit, lorsque je
fus réveillé en sursaut par un bruit subit : qu'on juge de
mon étonnement, quand j'aperçus près de moi le général de
cette division qui devait, à deux lieues derrière nous, me préserver de toute surprise ! Telle était la désorganisation,
suite et de souffrances excessives, et de l'incurie habituelle

pour les besoins des troupes, et d'ordres trop souvent inexécutables. Il en résultait qu'on s'était accoutumé à ne plus tenir compte même des instructions les plus nécessaires à observer ; en sorte que, hors de portée du chef, plusieurs de nous, ne songeant qu'au mieux-être et à la conservation de leurs troupes, ne prenaient plus d'ordres que d'eux-mêmes. Celui-ci, brave et plein d'esprit, n'était pourtant pas de ces hommes dont la réputation bruyante leur a peu coûté et ne vaut pas plus, n'aimant à s'exposer que devant témoins et à ne frapper de coups qu'à portée d'échos ; mais il avait préféré à son poste sur la neige, de venir dormir chaudement dans mon village. Sa réponse à mes reproches fut : « Bon ! l'ennemi dort, boit ou s'amuse « dans Nancy ; la nuit nous garde ; nous n'avons plus « qu'elle pour alliée, profitons-en ! »

Il se trompait : deux heures plus tard, trahi par cette alliée comme par les autres, l'un de mes régiments, le 4ᵉ, attaqué à l'improviste, perdit plusieurs hommes, et fut malheureusement privé de l'un de ses meilleurs chefs d'escadron, M. d'Arbaud-Jouques. Cet officier, échappé aux Cosaques, vint à moi, nu, sans armes et démonté. Je fus forcé de l'envoyer se rééquiper à mon dépôt ; dans le dénûment de chefs expérimentés où nous étions, cette perte était irréparable.

A quelques lieues plus loin, je devais perdre encore un colonel, M. de Saluces, renvoyé sur nos derrières, mourant du typhus. Ainsi nos rangs s'éclaircissaient : en six jours, et presque sans combats, ma brigade était réduite de deux mille sabres à moins de dix-sept cents.

Le lendemain, après avoir perdu la Meurthe et la Moselle, nos deux corps d'armée, ne formant plus que dix-sept mille hommes, séparés l'un de l'autre, poussés de front, débordés, à droite et à gauche, par une invasion de deux cent quatre-vingt mille hommes, et consternés de ne rencontrer aucun secours, continuèrent à reculer. Nous formions la droite des deux corps. Le 16 janvier, nous passâmes la Meuse à Vaucouleurs. Alors seulement, avec soixante fantassins, neuf cent cinquante vieux dragons de la division L'Héritier, et ma brigade, faisant volte-face, nous essayâmes de défendre ce passage.

Là, sur le sol natal de Jeanne d'Arc, défenseurs, comme elle, de notre France qu'elle sauva et que, après trois cent quatre-vingt-dix ans, dans l'armertume de notre fuite et de notre dénûment, nous voyions retombée dans une situation plus désespérée encore, plusieurs de nous, saisis de respect pour son berceau, invoquèrent sa mémoire! On verra qu'on pourrait dire que ce ne fut pas en vain, et que, de son temps, ce qui nous arriva le surlendemain eût passé pour un miracle.

Au reste, qu'aujourd'hui la science humaine s'efforce d'expliquer naturellement, par l'extase et les hallucinations, la merveilleuse vocation de Jeanne; que cette science parvienne même, dans l'avenir, à compléter cette explication par une étude plus approfondie des effets du magnétisme; qu'un jour enfin elle puisse se rendre compte pareillement d'autres événements prodigieux de ce monde, tout cela en supprimera-t-il la Providence, Dieu, le créateur de toutes choses, qui les gouverne toutes, et dont la justice éternelle, soit qu'elle châtie ou protège, en a voulu ainsi l'enchaînement ?

Quoi qu'il en soit, Voltaire ne gagna point au rapprochement que nous fîmes de nos malheurs avec ceux du siècle de la Pucelle. Quelques citations de son déplorable chef-d'œuvre de persiflage n'eurent en ce moment aucun succès. On regretta plutôt de ces temps passés leur foi vive et forte, que le patriotisme seul ne suffisait plus à remplacer. Mais, ainsi qu'il arrive souvent aux hommes de guerre, faits à ne vivre qu'au jour le jour, à braver le malheur comme tout le reste, le résultat de ces émotions et de cette première halte sous l'invocation de Jeanne fut un déjeuner entre les chefs des Gardes et des Dragons, repas assaisonné de quelques plaisanteries, dont l'intempestive gaieté fut punie à l'instant même.

Il faut savoir qu'à Vaucouleurs la Meuse passe entre deux collines ; qu'un faubourg, sur la rive droite, couvre l'une, et la ville, l'autre ; que les arches du pont qui les réunit sont entrecoupées, en deux endroits, par une chaussée ; qu'enfin ce défilé est beaucoup plus long que la Meuse n'est ordinairement large ; mais que, aux époques des crues subites, la longueur de ce pont ne paraît plus disproportionnée, le fleuve s'étalant alors et se précipitant, avec l'impétuosité d'un torrent dans ce large espace.

Il y avait, sur le côté droit de cette chaussée, à sa jonction avec la rive gauche et la ville, une auberge de peu d'apparence. C'était là que, le 17 janvier vers midi, généraux, colonels, aides de camp, nous buvions à la Pucelle, quand tout à coup un vacarme effroyable de piétinements de chevaux, de cliquetis d'armes et d'imprécations en plusieurs langues, fit retomber nos verres sur la table. C'était l'ennemi! Il était à notre porte, il n'avait qu'à étendre la main pour nous saisir; mais nous le jugions si loin encore, et d'ailleurs, nous sachant couverts par cent cinquante hommes de grande garde, par le faubourg de la rive droite et par le fleuve, nous nous figurions tellement être en sûreté, que nous n'en pûmes croire nos oreilles. Pourtant l'un de nous, s'étant levé, criait *Aux Cosaques!* et l'on voulait le forcer de se rasseoir quand, devant l'une des fenêtres, l'un de ces longs corps, si haut perchés sur leurs selles, qu'exhaussait encore un bonnet en pointe, surmontant une figure plate et osseuse, apparut avec sa lance! Ceci nous fit prendre la chose au sérieux, et nous ramena à une disposition d'esprit plus conforme aux circonstances.

Dans le fait, pour avoir risqué un coup si hardi, il fallait que ces sauvages eussent encore mieux déjeuné que nous-mêmes. Heureusement leur hourra était à sa fin, car en guerre on s'arrête fréquemment avant sa fortune; c'est le contraire des autres jeux de hasard, où l'on pousse trop souvent plus loin qu'elle. Nous n'eûmes donc qu'à sortir le sabre d'une main, et de l'autre nos serviettes; notre présence suffit : l'échauffourée recula, et, se dissipant, elle disparut sur l'autre rive.

Toutefois, cette surprise, où plusieurs des nôtres avaient été blessés, pris ou noyés, n'en était pas moins assez honteuse. Accoutumés trop longtemps à attaquer, nous avions perdu l'habitude de nous défendre. Cette fois pourtant, revenant aux détails connus et si indispensables de notre métier, on fit barricader le faubourg, on en éclaira les abords, on crénela des murs, et l'on plaça une sentinelle sur le clocher, pour en surveiller les approches. Mais, ne prévoyant pas assez que cet éclair annonçait un orage plus sérieux, on oublia de se préparer à faire sauter une arche du pont; on négligea même de le barricader, et nous nous endormîmes dans Vaucouleurs sans plus de précautions que la veille.

Le lendemain 18 janvier, au milieu du jour, nous persistions dans cette incurie, lorsque, derrière une nuée de Cosaques, nous vîmes six mille hommes d'infanterie et dix-huit canons se déployer en face de nous, et couvrir les hauteurs de la rive droite. De cette position dominante leurs regards plongeaient sur le pont et dans la ville; ils n'y voyaient que des cavaliers, aucun apprêt de défense, point d'artillerie, et soixante voltigeurs seulement contre leurs six mille baïonnettes. Quelques boulets, suivis d'un pas de charge, leur eussent suffi; dès ce soir-là même, ils nous eussent arraché ce passage de la Meuse et l'abri de Vaucouleurs, au lieu de s'arrêter dans leur inutile et froid bivouac. Mais ils devaient leurs succès à cette lente méthode, dont le mépris, après avoir longtemps contribué à nos victoires, nous avait perdus; et ils en outraient intempestivement le prudent usage.

En conséquence, ils se contentèrent, dans ce premier jour, de nous reconnaître, de s'établir sur leur terrain, et de rejeter sur nous notre grande garde. Quant à nous, accourus sur le pont, et nous désolant de ne l'avoir point rompu, nous fûmes réduits à élever entre eux et nous

7.

une faible barricade, qu'un seul de leurs boulets pouvait renverser. Mais ils s'en tinrent à quelques balles, simulacre de combat que nous acceptâmes avec empressement, et que bientôt la nuit vint ajourner. Mais qu'espérer du lendemain ? Comment prétendre à la possibilité de résister un seul instant, car nos travaux nocturnes pour rompre le pont furent impuissants. Heureusement la fortune de Jeanne n'avait pas abandonné son berceau, elle veillait sur lui plus que nous-mêmes. Pourtant la nuit avançait, et déjà, au milieu de ses ombres et d'une tempête dont nous maudissions bien à tort la violence, nous nous préparions tristement à nous retirer, quand le jour revenu, ce même jour qui devait éclairer l'infaillible passage de l'ennemi et notre fuite, nous montra, au travers de l'ouragan et d'un vrai déluge, ce fleuve, la veille notre allié si faible et si impuissant, totalement transformé ! On eût dit que, à l'aspect si nouveau de l'Étranger, il se fût gonflé d'indignation ! Il croissait, il débordait à vue d'œil ; ses flots accouraient, ils s'amoncelaient impétueusement les uns sur les autres ; déjà même ils avaient atteint la hauteur du pont, et ils en battaient les arches avec un acharnement inexprimable, lorsque, au bruit de nos acclamations, cette masse, si tenace contre nos efforts, s'écroulant enfin, laissa entre nous et l'ennemi un large abîme !

Nous admirions, nous applaudissions, nos soldats criaient de ravissement. Nous rendions grâce à ce fleuve si bon Français, et à la patriotique protection de la Vierge de Vaucouleurs. Quelques obus, que dans sa mauvaise humeur l'ennemi nous lança, n'amortirent point notre enchantement ; il dura toute cette journée que jadis on eût appelée miraculeuse, et d'autant plus que, aussitôt après ce bienheureux écroulement, le vent ayant sauté tout à coup du sud au nord, l'ouragan cessa, et le ciel reprit sa sérénité. Son œuvre était accomplie, et là du moins, devant le berceau de notre héroïne, l'invasion fut forcée de s'arrêter.

Mais, malheureusement, il n'en était pas de même ailleurs ; aussi notre joie fut-elle courte, elle finit avec le jour qui l'avait vu commencer. Un ordre vint avec la nuit : nous aurions pu et dû la passer encore dans Vaucouleurs, on jugea plus prudent d'en faire sortir notre cavalerie. On la plaça près de la ville et d'un château, quartier général trop commode, à portée des batteries de l'ennemi, mais à son insu. Rangée là, en lignes redoublées dans une plaine basse, en proie à un givre glacial, qu'un vent du nord fouettait au visage de nos malheureux soldats, on leur défendit les feux, on leur recommanda le silence. Ce fut sous la mortelle âpreté de cette atroce température, que nos régiments demeurèrent onze heures de nuit, la bride au bras, et immobiles ! Inutile et détestable supplice, que motiva, sans l'excuser, la crainte de laisser les chevaux dispersés dans les maisons d'une ville que des obus pouvaient brûler : crainte exagérée, que l'événement ne justifia point ; et d'ailleurs, s'il fallait un bivouac, qui empêchait d'en choisir un moins intolérable ?

Cependant, les généraux et leur état-major passèrent

chaudement dans le château voisin cette nuit, près de là
si dure. J'y étais aussi ; je n'y dormis point : le chagrin
des maux que souffraient les Gardes m'en fit plusieurs
fois sortir. Je songeais à la rareté des Charles XII ; à
combien de souffrances le soldat échapperait s'il fallait
que le chef, qui les exige, les supportât ; tandis qu'il n'y
a guère de douleurs insupportables pour celui qui, sans
les partager, les impose !

L'occupation de Vaucouleurs avait coûté aux Gardes
d'Honneur un colonel et quarante Gardes, neuf tués par
l'ennemi, et plus de trente hors de combat par ce bivouac. Le colonel Bon de Saluces, Piémontais, officier
ferme, calme et clairvoyant dans le danger, fut de ce
nombre. Enfin, le 21 janvier à cinq heures du matin,
nous dirigeant vers Ligny, nous reprîmes notre retraite.
Une fâcheuse nouvelle, venue la veille de notre droite,
nous forçait encore à reculer. Le 18, à quelques lieues au-
dessus de nous, Wrede et son armée avaient, à Neufchâ-
teau, passé cette Meuse qui, devant nous, avait interrompu
l'invasion. Nous sûmes d'ailleurs que, plus loin encore de
ce côté, Schwartzenberg, poussant toujours en avant, dans
le vide, sur Chaumont, venait, par les sources du fleuve,
de tourner cette dernière ligne.

Cette courte défense de la Meuse à Vaucouleurs peut
servir de résumé à l'histoire de tout le commencement
de cette campagne. Partout où nous faisions tête, l'ennemi nous opposait dix soldats contre deux, et toutes les
armes réunies contre une seule ! Résistions-nous quelques
instants, aussitôt d'énormes masses, se prolongeant et

dépassant nos flancs, menaçaient au loin notre retraite,
qu'il fallait précipiter. Ainsi venaient de tomber devant
les Alliés les lignes du Rhin, des Vosges, de la Moselle,
et enfin celle de la Meuse. Ils avaient la gloire que donne
le nombre !

VI.

BRIENNE ET LA ROTHIÈRE.

J'ai dit comment Victor, de toutes parts débordé, avait précipité sa retraite, par Lunéville, Nancy et Toul, derrière la Meuse. Quant à Marmont, le triple passage du Rhin, de Manheim à Coblentz, le 1ᵉʳ janvier, par les cent trente mille hommes de Blücher, avait surpris et dispersé ses onze mille combattants. Il avait dû s'estimer heureux d'en avoir rallié la plus grande partie derrière la Sarre. C'était de là qu'il avait d'abord reculé derrière la Moselle, vers Metz, où il avait laissé Durutte, puis à Verdun, derrière la Meuse, où Victor et lui s'étaient enfin retrouvés en ligne. Ils y étaient affaiblis d'environ cinq mille hommes ; mais leur jonction avec Ney, derrière ce fleuve, les avait renforcés d'un nombre pareil.

On a dit que cette défensive des trois maréchaux avait eu, de l'offensive de Blücher, une idée trop avantageuse ; ce qui arrive souvent à l'assailli qui, raisonnant mieux pour l'assaillant que cet assaillant lui-même, cède trop vite, et l'aide à vaincre, en le supposant plus audacieux qu'il ne l'est ordinairement. Mais ce reproche ici n'est point

mérité, hors peut-être à Nancy, qui ne fut sommé que
par une faible avant-garde. Il se peut que, par réaction
de sa trop longue résistance vers Rambervillers, Victor
ait cédé Nancy quelques heures trop tôt.

Cependant, l'Empereur, qui avait surtout compté sur
le temps, voyant l'ennemi s'en emparer, avait appelé tout
à son aide. Soit optimisme, sans quoi il n'y a guère d'esprits fermes et persévérants, soit besoin d'illusions pour
soutenir les courages, ses dépêches, en excitant les trois
maréchaux, leur avaient représenté l'Invasion moins formidable qu'elle ne l'était sur le Rhin, et nécessairement
amoindrie depuis son passage. « La nécessité, disaient-
« elles, de masquer nos forteresses, ne devait plus lui lais-
« ser, pour s'avancer, qu'une force insuffisante. Qu'ils ré-
« sistent donc ! Qu'ils appellent à eux gardes nationaux,
« gardes forestiers, gardes champêtres ! Que Victor res-
« saisisse les Vosges ! Que Marmont et Ney tiennent
« ferme sur la Moselle ! Et lui, qui vient de rendre la
« couronne au roi Ferdinand, rappelant ses armées
« d'Espagne, va bientôt accourir à leur secours avec
« cent mille hommes ! »

Il n'en avait pas dix mille à leur amener ; mais chaque
heure était précieuse : chaque jour gagné sur l'Invasion
lui donnait à Paris, où il les habillait et armait, mille
recrues. Il y attendait des renforts envoyés par Suchet et
Soult, et l'arrivée à Châlons de Macdonald, rappelé de
Namur en toute hâte.

En conséquence, ses instructions aux trois maréchaux,
de plus en plus exigeantes, en exagérant leurs forces et la

faiblesse de l'ennemi, leur indiquait tout ce qu'il attendait
d'eux ; mais on s'y était habitué. Cette fois surtout, elles ne
purent les tromper sur le sentiment qu'il avait lui-même
de sa détresse, car on y trouvait ces mots : « Qu'en tout
cas il fallait couvrir la capitale ! » Bien plus, notre fuite,
au travers de Lunéville, avait rencontré et entraîné le
duc de Vicence avec elle ; rien n'était plus significatif.
Ce ministre des affaires étrangères, comme celui de
Louis XIV, y était venu pour demander la paix aux
alliés, jusque dans leur quartier général. On le sait, ce
ne fut qu'après quatorze jours d'attente qu'il reçut ses
passeports, et non pour Manheim, mais pour Châtillon,
et seulement quand le ministre des affaires étrangères
anglais, Castlereagh, venu lui-même, eût décidé les Alliés
à nous imposer la perte de la Belgique, c'est-à-dire la
chute de l'Empire !

Tout avait donc augmenté le découragement de nos
maréchaux. Mortier, à leur droite, repoussé de l'Aube,
reculait sur Troyes ; eux-mêmes avaient abandonné la
Meuse, notre dernière ligne de défense. Vainement alors
Berthier accourt, le 22 janvier, à nos avant-postes, avec
l'ordre de faire, à l'instant, volte-face, et de défendre l'Or-
nain, en avant même de Ligny et de son défilé : il n'ob-
tient qu'un simulacre d'obéissance. Là, comme partout
depuis vingt jours, on se sent dépassé par les flancs, on
est écrasé par le nombre ; on ne se voit point soutenu ;
d'ailleurs, la confiance manquait dans le major général,
comme dans la position dangereuse qu'il voulait qu'on
défendît.

Ligny est donc encore abandonné ; Saint-Dizier même, où l'on se croit tourné par Joinville, tombe aux mains du général russe Landskoy. Dès le 25 janvier, nous sommes repoussés autour de Vitry, jusqu'où Marmont, qui revient de la grande route de Verdun aux Islettes, où il a laissé Ricard, a reculé ; où Ney nous attend avec six mille hommes. Nous voilà donc rejetés dans le bassin de la Marne, sur le versant des eaux qui vont à Paris, dans les vastes plaines, toutes ouvertes, de la Champagne, à sept marches de la capitale !

A cette nouvelle, Napoléon a tout précipité : il a confié son Fils à la garde nationale Parisienne, Paris à son frère Joseph, la Régence à l'Impératrice. Le 25 janvier, à trois heures du matin, il part, il quitte pour la dernière fois Paris, sa femme et son enfant qu'il ne doit plus revoir ! Le même jour, il arrive à Châlons, où quelques milliers de soldats, qui l'ont précédé, vont se joindre aux vingt mille qui nous restent. Et pourtant il écrit à Mortier : « Que tout va changer; qu'il ne s'agit plus de se défendre, « mais d'attaquer, et qu'il arrive à la tête de cent mille « hommes ! » Bertrand a écrit cette dictée ; c'est Canouville, tout étonné, m'a-t-il dit lui-même, qui en a fait le duplicata, et qui l'a expédiée.

Il est vrai que, à l'aspect de Napoléon, gardes nationales, population, soldats, tout s'est ranimé ! Les cris de *Vive l'Empereur !* retentissent sur son passage. Toutefois un autre cri bien nouveau, « *A bas les droits réunis !* » qui s'est mêlé à ces acclamations, lui fait pressentir de combien d'obstacles divers il faudra désormais qu'il

triomphe. Mais sa nature héroïque et l'habitude de dix-
sept ans de prodiges guerriers soutiennent son espoir.

Dans Châlons, Berthier et ses rapports, les nouvelles
que lui-même recueille, les troupes, qu'il pousse en avant,
ne le retiennent que douze heures ; le 26, il est à Vitry.
C'est là surtout que, l'oreille prête, l'esprit tendu, il inter-
roge les généraux, les autorités locales, les paysans, et
qu'il apprécie leurs réponses. Puis, l'œil sur ses cartes,
où des épingles, attachées par ses ingénieurs, ont marqué
les renseignements qu'il vient de rassembler, il juge des
positions de ses adversaires, devine leurs projets, et dicte
ses ordres d'attaque. La nuit du 26 au 27 en couvre les
préparatifs ; au point du jour elle éclate. Milhaud et sa
cavalerie commencent ; le vieux, l'habile et intrépide Duhesme les suit avec son infanterie ; Landskoy, surpris, est
renversé ; Saint-Dizier reconquis, et Napoléon, dès huit
heures du matin, y a pénétré lui-même.

A sa vue inespérée, toute cette population, consternée,
abattue sous le poids des bravades de l'ennemi, se relève
soudainement, exapérée d'indignation, transportée d'enthousiasme ! Leurs vins, leurs vivres, ils offrent et pro-
diguent tout à nos recrues, qu'ils appellent leurs sauveurs.
Les uns les accompagnant, veulent porter leurs sacs et
leurs armes ; d'autres leur en montrent le maniement, et
leur disent les ruses de guerre. Ceux-ci sont des vétérans
retirés, qu'émeut la pitié de voir tant d'inexpérience aux
prises avec tant de périls. Les plus ardents s'arment eux-
mêmes, et nous rejoignent. Ce premier coup de guerre,
ce retour de victoire, ces cris de colère et de joie retentis-

sent au loin dans les campagnes ; les paysans déterrent
leurs armes ; ils accourent, les uns apportant des nouvelles, les autres fiers, la tête haute, brandissant des lances
et des fusils ennemis, et poussant devant eux des prisonniers qu'ils viennent de saisir. Tous s'empressent autour
du Libérateur. Et lui, reconnaissant, attendri, touché de
leurs malheurs qu'ils croyent passés, il les accueille ! A
l'un, que d'anciens services recommandent, il donne l'É-
toile d'Honneur ; pour un autre, que son zèle actif et
intelligent distingue, il crée un emploi longtemps désiré.

Au milieu de ces émotions, de ces prisonniers, de ces
rapports, Napoléon achève de s'éclairer. Le coup qu'il
vient de frapper a momentanément préservé la Marne ;
mais, seul contre tous, il sent qu'il faut qu'il se multi-
plie, qu'il se rende présent partout ; que l'ascendant
de sa renommée, que l'auréole de victoires qui l'environne, voilà son armée réelle, la seule presque qui lui
reste ; et, comme il vient d'apprendre que la grande armée
alliée, Blücher en tête, marche, avec l'Aube et la Seine,
sur Troyes et Arcis, il se décide. Il va se jeter, à l'improviste, dans le flanc de leurs masses, qu'il espère surprendre, et, les entrecoupant, trancher le nœud de leur
coalition, la déconcerter, l'épouvanter, la détruire peut-
être !

C'est pourquoi il abandonne la Marne à elle-même,
et tourne précipitamment à droite vers l'Aube. Brienne,
où passe en ce moment Blücher, est son but ; Éclaron,
Montierender et Mézières, son chemin : chemin de terre
grasse, au milieu des bois, mais dont l'obscurité répond

à son projet de surprise, et la ligne directe, à son impatience.

En effet, de ce côté, chez les souverains alliés, tout concourait. Et d'abord, soit qu'ils eussent attendu Blücher, soit étonnement, comme on l'a prétendu, la longueur, chaque jour croissante, de leurs lignes d'opérations les avait effrayés. Ce succès sans obstacles, au travers de l'accueil sombre et morne de la France, où ils s'enfonçaient si avant, leur avait paru un péril. On assure que, dans cet abandon, sans combats, de toutes nos lignes de défense, ils appréhendèrent un plan concerté; dans notre retraite si précipitée, un piège. Ainsi entravés dans leurs soupçons, ils allaient, dit-on, s'arrêter, quand, du sein même de Paris, la trahison, leur a rendu toute leur audace.

Dès lors, reprenant leur cri de guerre, *Paris! Paris!* tous se sont ralliés, ressaisis d'un grand espoir! Blücher, des vallées de la Meuse et de la Marne qu'il venait d'atteindre, est accouru se joindre à Schwartzenberg, dans celles de l'Aube et de la Seine. Ce fleuve les conduira jusque dans notre capitale. Des avis secrets, Laharpe lui-même, qui vient de s'en échapper, les ont avertis de notre détresse; il n'y a plus à hésiter! Désormais tout leur est ouvert: la France est épuisée, elle réprouve son Chef; eux n'ont donc plus qu'à marcher en avant! C'est Paris même, Paris, qu'ils ont tant redouté, qui les appelle!

Et réellement, déjà Blücher s'était avancé jusque dans Brienne; déjà sa tête de colonne était lancée, au

delà de l'Aube et du défilé de Lesmont, sur la route
d'Arcis, et lui-même était prêt à la suivre, quand le cri de
défaite de Landskoï suspend son départ· A la vigueur
du coup qui venait de renverser de Saint-Dizier, jusque
dans Vassy, ce général russe, il avait reconnu Napoléon.

Néanmoins, Wittgenstein venant de le rejoindre, le
téméraire Blücher continuait : il allait mettre, non seulement la distance de Bar-sur-Aube à Lesmont, mais le
pont de Lesmont et l'Aube elle-même, entre lui et
Schwartzenberg. Un jour, un pas de plus, et c'en était
fait de lui : il nous livrait cet intervalle, cette lacune,
où, dans ce même moment, Napoléon, accourant de
Saint-Dizier sur Brienne, suivi de trente mille hommes,
se précipitait. Ainsi Blücher, notre ennemi le plus ardent, eût été tout à la fois coupé de l'armée alliée, attaqué en tête par Mortier, en queue par Napoléon, et notre
Empereur, de ce premier élan, eût abattu peut-être à
cette lourde Coalition, à ce Briarée aux cent bras, son
bras le plus redoutable !

Mais tout allait nous manquer, la Fortune d'abord.
Un malheureux officier d'ordonnance, expédié de Saint-
Dizier à Arcis, se laissa prendre avec sa dépêche : elle
révéla à Blücher son danger. Aussitôt il a rappelé sa tête
de colonne, il s'est concentré autour de Brienne ; et,
quand nous débouchons des bois de Mézières, c'est pour
n'obtenir, au prix de trois mille morts et blessés, qu'un
succès insignifiant, sans autre résultat, après un combat
acharné, que l'occupation de cette ville.

Dans cette lutte du 29 janvier, nos corps, s'arrachant péniblement des fondrières du bois du Der, n'ont pu arriver que successivement sur le champ de ce combat; leurs efforts, sans simultanéité, n'ont point été décisifs; ils ont repoussé pourtant l'ennemi sur Brienne, mais d'abord sans atteindre cette ville, et la nuit semblait nous avoir arrêtés dans la plaine. Ainsi, vers six heures du soir, ce vaste château carré, couronnant une hauteur, ses cours, ses jardins, ses terrasses, et la ville, qui en est à cinq cents pas au pied de la colline, Blücher en était resté maître. Déjà même, croyant le combat fini, lui et les siens, attablés, buvaient au succès de leur résistance, quand soudain leur joie se change en frayeur par la plus vive des alertes. Ce fut notre premier boulet qui la donna : il vint briser en mille éclats, sur les têtes et sur la table même de Blücher et de son état-major, le lustre sous lequel ces étrangers dînaient joyeusement !

A ce coup inattendu, aux cris d'attaque qui le suivent, ils se lèvent, ils se pressent en tumulte, et, abandonnant à pied le château, que nos bataillons escaladaient du côté des jardins, Blücher et ses officiers fuient précipitamment pour se réfugier dans la ville. Mais, en descendant l'avenue, ils se heurtent contre la brigade Baste, qui la remontait; Blücher tombe au milieu de notre avant-garde. Plusieurs des siens, son aide de camp même, sont ou pris ou tués à ses côtés, et malheureusement c'est l'ardent et heureux vieillard, trop fait à ces échauffourées, qui seul y échappe !

C'était Napoléon lui-même qui venait d'ordonner ce

renouvellement d'attaque. Pendant que, non loin de là, croyant Blücher prisonnier, il s'écrie : Qu'il tient le vieux « sabreur ! que la campagne ne sera point longue! », le feld-maréchal, plus irrité qu'étonné, court appeler Alsufiew et Sacken à son secours. Alors, en dépit d'une nuit obscure, s'engage une des plus furieuses mêlées de cette guerre. Deux fois ils attaquent le château ; mais l'un de nos chefs de bataillon, l'intrépide Henders, s'y est établi avec quatre cents hommes des 37e et 56e régiments ; il profite habilement de ses avantages, se cramponne dans cette position, en jonche de morts toutes les avenues, et, malgré les efforts d'une armée entière, il s'y rend inexpugnable.

Cependant, la ville, que deux rues, qui se coupent perpendiculairement, partagent en quatre parts, a été plusieurs fois prise et reprise ; les attaques se croisent : Baste y est tué ; Decouz, son général de division, blessé à mort, et le Prince de Neuchâtel, atteint à la tête d'un bois de lance.

L'Empereur était lui-même à portée des coups. Dans cette journée, lorsqu'il traversa Mézières, on avait vu le vieux curé de ce village venir se jeter à sa botte, et la presser avec émotion. C'était l'un de ses anciens maîtres de quartier au collège de Brienne. Napoléon l'ayant reconnu et accueilli affectueusement, ce bon prêtre s'était exalté. A cette fin comme au commencement de la carrière de son héros, glorieux de son élève, fier de se retrouver à ses côtés, il voulait encore, dit-il, lui servir de guide. Napoléon l'avait fait monter sur le cheval de son mamelouck, et tous deux étaient arrivés ainsi devant Brienne. Mais bientôt le pauvre curé avait été démonté par une balle. On s'était assez mêlé pour que, vers la fin du combat, quelques Cosaques, ivres, égarés dans l'obscurité, eussent, en s'échappant, passé près de Napoléon ; car la nuit n'avait point arrêté cette lutte, que des incendies éclairaient, chaque maison de Brienne ayant été disputée.

Enfin, rebutés de tant d'efforts, las de carnage, quand, au milieu de ces décombres sanglants, on s'arrêta, chacun resta l'oreille au guet et l'arme prête. Le jour seul, du lendemain 30 janvier, en nous découvrant la retraite nocturne de l'ennemi vers Trannes, nous montra notre avantage.

C'était ainsi que, au lieu d'avoir surpris par derrière, coupé et enlevé ce corps prussien, notre effort, en ne l'attaquant que de front, en le repoussant sur la route de Bar et le forçant à remonter l'Aube, l'avait rallié à la grande armée Coalisée, qui la descendait. Toutefois, la journée du 30 janvier fut encore victorieuse. Le duc de Bellune, le deuxième corps, et notre cavalerie, nettoyèrent la plaine de La Rothière ; notre armée s'y réunit et y prit position. Là, elle sécha ses vêtements, pansa ses plaies, prépara ses armes ; le château de Brienne fut débarrassé des morts qui l'encombraient ; Napoléon y établit son quartier général.

D'abord, lors de la première arrivée de l'Empereur à Châlons, je ne sais par quel ordre ou quel désordre, ou peut-être par quel mauvais instinct d'un de nos chefs, ma brigade fut trois fois mise et remise en marche, vingt-quatre heures durant ! On ne lui laissa pas même le temps de repaître un seul instant ; et cela, pour se retrouver, après cette triple marche si meurtrière, juste au point d'où la veille elle était partie. Il semblait vraiment que, au moment le plus décisif, il convenait à quelqu'un de nous rendre incapables de combattre. Ce fut la première et la seule fois que, derrière moi, j'entendis murmurer les Gardes. Moi-même aussi, je l'avoue, je fus tellement indigné, que, m'étant enfin cantonné dans un village pour y reprendre force et haleine, je refusai rudement d'en sortir, désobéissant ainsi à un ordre direct de l'Empereur, que son aide de camp, le général Dejean, vint m'apporter. Cette fausse ou coupable manœuvre venait de me coûter cent hommes ou chevaux, qu'il fallut renvoyer sur les derrières. Pourtant la discipline ni le zèle n'en souffrirent. La preuve en est ce qui arriva dans un autre village, au delà de Saint-Dizier, où la nuit suivante nous avait arrêtés poursuivant les Russes.

On sait que, depuis le 1er janvier, jour où notre retraite du Rhin avait commencé, nos gens ne recevant ni solde ni distributions de vivres, il avait bien fallu qu'ils vécussent chez l'habitant. Toutefois, grâce au patriotisme de ceux-ci et à la modération des Gardes, nulle plainte ne m'était parvenue encore, lorsque, ce soir-là, l'ordre subit d'une marche forcée de nuit, vers Brienne, nous ayant remis sur pied, soit dépit de cette alerte nocturne après tant de fatigues, ou querelle de logement, le

feu prit, par le fait de l'un des nôtres, à une chaumière.
Ce fut à la triste lueur de cet incendie et aux cris de la
pauvre femme incendiée, que la brigade se rassembla.
Dans notre hâte, il était impossible de reconnaître l'auteur de ce méfait ; mais comment souffrir ce désordre et
en abandonner la victime à son infortune ? « Non ! m'é-
« criai-je devant les rangs, il ne sera pas dit que, en
« France, les Gardes d'Honneur se seront déshonorés,
« comme nos ennemis, par la flamme et le pillage ! Coti-
« sons-nous donc, et qu'à l'instant ce malheur soit ré-
« paré ! » C'était le premier, ce fut le dernier ; un quart
d'heure après, ces hommes d'élite avaient répondu à mon
appel, et quatre cents francs remis à notre pauvre com-
patriote l'avaient consolée de son désastre.

La marche qui suivit, suspendue par une halte de quelques heures, ayant continué tout le lendemain, nous approchions de Brienne, lorsque je rencontrai l'habile et
manœuvrier Duhesme. Sa division était arrêtée, et lui, en
contemplation devant un accident de terrain que la route
traversait. Aussitôt qu'il m'aperçut : « Quel dommage, me
« dit-il, que l'ennemi ne soit point là ! Voyez quelle
« charmante position, que cela serait joli à disputer,
« et qu'il y aurait de plaisir à s'y défendre ! » Il m'en
détaillait les avantages, et moi, j'écoutais, j'admirais l'ardeur de ce vieux divisionnaire de 1792, toujours si épris
de son art et des émotions de la guerre, qu'il regrettait
cette bonne occasion manquée d'un combat de plus,
après vingt-deux ans de combats continuels, et au milieu de cinq cent mille ennemis à combattre encore !

Ceux-ci n'étaient que trop près, car, en ce moment, le bruit de quelques coups de feu de mon avant-garde me força de reprendre et hâter ma marche.

C'étaient les troupes légères de la grande armée coalisée. Maîtresses d'un village et de la route qui nous y conduisait, elles occupaient les hauteurs du Val de l'Aube, et s'interposaient entre nous et l'Empereur. Arrivé en vue de ce combat, comme je déployais un escadron et poussais quelques tirailleurs en avant pour reconnaître, le général Briche, dont la division de vieux dragons me suivait de loin, me rejoignit, accompagné seulement de trois ordonnances, et un peu échauffé de son dernier repas : « Quoi ! s'écria-t-il en arrivant, ce village vous « arrête ? Je vais vous montrer, moi, comme il faut le « prendre ! » Et en effet, partant au galop, il commença aussitôt la charge. Mais je me gardai bien, quelque folle qu'elle pût être, de souffrir qu'il nous donnât cette leçon. Je fis signe aux miens de me suivre, et je m'efforçais de le dépasser, quand un bienheureux ruisseau, en arrêtant subitement sa monture, le désarçonna, et le fit rouler dans ce bourbier. « Je vous laisse vous y rafraîchir, lui dis-je. » Et, pendant qu'il s'en relevait, je continuai, je chassai l'ennemi de sa position, et m'emparai du village disputé. Ce fut par ce coup de main que s'accomplit, en avant de Brienne, la jonction du corps d'armée de Marmont avec l'Empereur.

Déjà la Fortune changeait les rôles. Blücher sentait toute la Coalition derrière lui ; et, nous faisant front de Rannes à Éclance, il venait de reprendre les façons

hautaines de l'assaillant et l'air de supériorité de l'offensive.

De son côté, Napoléon, ramené des extrémités de tant
de conquêtes jusque dans l'École militaire où s'était for-
mée son adolescence, la retrouvait dévastée, jonchée de
morts, encombrée de ruines. Il rêva, pour se raffermir
contre d'amères pensées, à divers bienfaits dont il se
promit d'embellir ce séjour, et, pour consoler les habitants de leur désastre, il leur fit prodiguer l'or de sa
cassette. Il ignorait que l'effroi avait conduit à se réfugier dans les caves du château plusieurs jeunes et belles
femmes, riches habitantes des campagnes voisines. On
les découvrit ; elles furent rendues au jour ; lui-même
voulut les accueillir, les rassurer, et il les fit manger à sa
table. Quant à la ville, il la reconstruira de son trésor ; le
château, il se propose de l'acheter : il le transformera
en un riche établissement militaire, ou plutôt en un
château impérial !

En ce moment, la prudence devait peut-être lui en
dicter l'abandon ; cette position, en avant d'un défilé,
était dangereuse ; mais, soit nécessité de circonstance,
comme on va le voir, soit aussi que ce retour à son premier point de départ eût rapproché, dans sa pensée
douloureuse, les deux extrémités de sa grande vie,
tentant sa fortune, il voulut s'assurer si, dans le lieu
même où elle commença, le Ciel en aurait marqué le
terme. Trop fier pour reculer, trop faible pour attaquer,
il s'arrêta dans l'attitude, pour lui si pénible, de la défensive.

Toutefois, un motif impérieux le fixait à cette place. Marmont, avec sept mille hommes, avait, de Saint-Dizier vers Vassy, flanqué sa marche. Les Alliés eussent entouré ce maréchal si l'Empereur eût rétrogradé. Cela est si vrai, qu'alors, ma brigade formant l'avant-garde de Marmont, je fus forcé de me faire jour au travers de la droite de Blücher pour atteindre Brienne et La Rothière, la veille même du combat qui se préparait.

Il fallait donc que Napoléon séjournât sur ce terrain, pour y rallier son lieutenant et l'arracher du milieu de tant d'ennemis, dût-il en coûter une bataille. Et pourtant, dans une situation aussi critique, rapidité audacieuse, manœuvres soudaines, élans inattendus, toutes ces ressources du génie de l'Empereur, et qui eussent convenu à notre petit nombre, lui étaient interdites. Sa faiblesse était à découvert dans cette plaine ; et, contraint d'y demeurer immobile en face de la force, à tout moment croissante, des Alliés, bien loin de pouvoir les frapper d'un coup décisif, celui que leurs masses se préparaient à lui porter, il fallait l'attendre !

Dans ce séjour, qui lui rappelait si amèrement sa paisible enfance, c'était déjà bien assez d'infortune ; mais ce ne fut pas tout encore, et là, rien ne lui fut épargné. A tant d'anxiétés, Daure, l'un de nos plus habiles et anciens ordonnateurs, vint ajouter de tristes nouvelles. Il arrivait de Saint-Dizier ; il venait de suivre notre mouvement ; Napoléon, en se précipitant par ces chemins de traverse, avait compté sur une gelée favorable, que semblait promettre un temps clair et sec, et le temps avait

8.

répondu à son espoir par un dégel. Daure lui apprend que nos ambulances, nos canons et leurs caissons, n'ont pu être arrachés des boues du Der, que l'ennemi nous suit, et qu'il s'en empare. Pendant que l'Empereur se plaint de cette trahison de la Fortune, l'ordonnateur, baissant la voix, m'a-t-il dit lui-même, lui annonce un autre danger : il lui apprend qu'un autre ennemi, qu'une guerre nouvelle, se déclarent, et que des proclamations du Prétendant se répandent. Il en avait la preuve entre les mains. Napoléon reçut cette dernière atteinte sans émotion apparente. Le zèle éclairé de Daure n'avait pas besoin de remercîments ; l'Empereur se contenta de lui prescrire sur ce sujet si menaçant, même avec Berthier, le plus absolu silence.

Le lendemain, 31 janvier, il le fit rappeler avant le jour. Ses blessés l'inquiétaient, il multiplia les recommandations. Puis, dans l'abandon qui suit le repos, et en regardant autour de lui, ses souvenirs, ses espoirs d'enfance se réveillèrent plus vifs que la veille ; il en raconta les détails à Daure, se laissant aller aux charmes de ce récit que termina cette exclamation : « Pouvais-je « croire alors que j'aurais à défendre ces mêmes lieux « contre des Russes ? »

Un long silence, plein de sombres pensées, avait succédé à ces paroles, quand un cri, le cri : *Au feu!*, cri trop conforme à son inquiète préoccupation, l'en arracha. Un incendie venait, en effet, d'éclater dans la bibliothèque voisine ; il y courut, et bientôt ses ordres l'en eurent rendu maître. Cet incident, en le rappelant au présent et à l'avenir, le rendit tout entier aux soins du jour.

Alors, du sommet de cette colline et des fenêtres du château qui la couronne, Napoléon jette ses regards vers la plaine de la Rothière, où les deux armées étaient en présence. D'un côté, et derrière Blücher, c'étaient les Coalisés, leurs vieilles réserves, et tous leurs Souverains réunis ; tandis que du nôtre, derrière quelques chefs vétérans, c'étaient à peine trente-sept mille hommes, la plupart recrues, mal nourris, à demi vêtus, s'étonnant de tout, s'ignorant eux-mêmes, sachant à peine le port, l'usage, le soin de l'arme, et ces précautions, soit du combat, soit même de la marche et du bivouac, qui préparent et qui préservent. Hier, ils étaient paisiblement assis au foyer paternel ; aujourd'hui, en proie aux surprises, aux privations, aux souffrances, pour eux si étranges, d'une campagne d'hiver, les voilà jetés soudainement au milieu d'un champ de neige, en face de l'Europe armée et menaçante, et de quatre cents canons ennemis, auxquels leurs mains inexpérimentées auront, dès demain, à répondre !

Quelques anciens soldats seulement, restes épars de nos désastres, rares débris empreints de malheur, sont clairsemés dans leurs rangs. Leur attitude est grave ; leurs récits de guerre, jadis si pompeux et si triomphants, loin d'être un encouragement dans les froides nuits des bivouacs, n'avaient plus pour dénoûments que des catastrophes.

Tels étaient aux regards de Napoléon, et disséminés sur notre longue et frêle ligne de bataille, les faibles et derniers défenseurs de la France et de sa gloire !

Cette ligne traversait, de droite à gauche, de l'Aube au bois de Soulaines, une plaine de près de deux lieues de largeur. Dienville sur l'Aube, que défendait Gérard avec sept mille cinq cent quarante hommes, en marquait la droite ; La Rothière, Petit-Mesnil, et La Giberie où commandait Victor, le centre ; c'est là que Napoléon lui-même avec Oudinot et Ney placés en réserve, attendra l'attaque : ce centre et cette réserve forment à peine vingt-deux mille hommes. Le hameau de la Chaise et Morvilliers en retour, mal retranchés, où Marmont et six mille quatre cents hommes seulement n'arriveront de Vassy qu'au travers de l'ennemi, pendant la nuit qui va précéder le combat, en indiquaient la gauche.

Dans cette longue et fragile position, si faiblement occupée, nous n'avions d'autre retraite qu'un pont étroit, celui de Lesmont ; encore était-il rompu. C'étaient les Gardes d'Honneur que l'Empereur avait placés sur cette seule voie de salut pour en hâter le rétablissement et la garder. Tel était le champ de bataille que, le 31 janvier, Napoléon envisageait, et qu'ensuite, sous un ciel sombre, chargé de frimas, il parcourut.

Il cherchait, au travers des flocons d'une neige épaisse, à pénétrer de ses regards soucieux la ligne ennemie. De grands mouvements s'y manifestaient. Pendant que, au loin et de toutes parts, de grands corps alliés, l'un, avec Colloredo dans la forêt d'Orient, les autres avec Wrede et Wittgenstein, par delà le bois de Soulaines, Yorck vers Saint-Dizier qu'il vient déjà de reprendre, nous dépassant à droite et à gauche, inondent jusqu'aux chemins que

nous venions de parcourir, et menacent nos flancs et nos
retraites, Schwartzenberg, le Roi de Prusse, les deux Empereurs et toutes leurs réserves, sont accourus; ils sont en
face de Napoléon ! Blücher marche en tête de cette grande
armée de soldats éprouvés, bien repus, vivant en maîtres,
depuis plus d'un mois, dans nos demeures, et s'enhardissant de leur nombre, de leurs succès et de nos revers.

Le vieux maréchal prussien disposait devant notre
front toutes ses masses. Giulaï attaquera Gérard, Dienville
et son pont, par les deux rives de l'Aube ; Sacken, que suivront les réserves ennemies, La Rothière ; une part
de l'armée austro-russe et les Wurtembergeois, La Giberie ; une autre part de la même armée et l'armée bavaroise, la Chaise et Morvilliers même.

Ainsi, à notre droite, vingt-deux mille hommes contre
sept mille cinq cents et quelques hommes de réserve ; au
centre, cinquante-sept mille hommes contre vingt et un
mille ; enfin, à notre gauche, quarante-cinq mille hommes
contre six mille quatre cents. C'étaient cent cinquante
mille hommes contre trente-sept mille !

La nuit s'écoula silencieusement. Le lendemain 1er février, quand au point du jour nous reprîmes les armes,
même silence. C'était l'impatient Blücher qui nous livrait
la bataille ; il en avait choisi le lieu et le jour, c'était à
lui d'en marquer l'heure, et cependant la matinée s'écoulait. Étonnés, nous attendions, nos bataillons près de
leurs feux, l'arme au faisceau ; nos avant-postes, l'arme
ou la bride au bras. Mais il plut, soit à notre vieil adversaire, soit plutôt à la lenteur des Alliés, qui en accusèrent

le mauvais état des chemins, de ne se croire prêts que vers une heure. Austerlitz, Iéna, Friedland, toutes ces journées décisives, où, quoique inférieurs en nombre, nous avions eu la supériorité de l'attaque, avaient autrement commencé. Nous ne comprenions pas pourquoi ces assaillants, qui devaient croire à la victoire et se ménager le jour pour en profiter, le prodiguaient ainsi. Ils savaient pourtant, mieux que nous, combien la nuit, protectrice de la défensive, est, dans les jours de combat, invoquée par elle. Mais enfin, après six heures d'attente, au flottement de leurs longues et profondes colonnes qui se mettaient en mouvement, au pétillement, de plus en plus pressé, des coups de feu d'une nuée de tirailleurs qui les précédaient, nous reconnûmes qu'une bataille rangée, qu'une grande et décisive bataille allait s'engager.

Nous la perdîmes ! Les détails stratégiques en sont fidèlement consignés dans nos livres d'art militaire. Il suffira de dire que, à notre droite, à Dienville, l'ennemi échoua ; que Gérard, avec sept mille cinq cents hommes, dont les deux tiers voyaient le feu pour la première fois, fut attaqué, sur les deux rives, par un nombre triple de soldats aguerris, par une artillerie formidable, et qu'il demeura victorieusement inébranlable dans cette position.

Au centre, à La Rothière, il en fut de même d'abord ; jusqu'à trois heures Duhesme et son infanterie repoussèrent les attaques des masses de Sacken. Il faiblissait pourtant, lorsque notre cavalerie accourut. Ses charges sur l'infanterie russe furent vigoureuses ; elles réussissaient quand, surprise par une nuée d'escadrons ennemis, elle fut ramenée en désordre sur notre ligne de bataille. Sa déroute fut si subite, elle jeta un si grand trouble dans nos rangs, que Wassiltschikow arracha vingt-quatre pièces de canon à notre réserve. Le reste de notre cavalerie accourut vainement pour les ressaisir, il était trop tard ; la cavalerie ennemie était rentrée dans sa ligne avec ce trophée de sa victoire.

Cependant, Napoléon, que la déroute de nos cavaliers avait un moment enveloppé, venait de pousser en avant, avec son escorte, au travers de leur désordre. Grouchy, qu'il avait fait appeler pour lui rendre compte de l'attaque de La Rothiére, n'avait pu obéir. Ce général et Duhesme se trouvaient en tête de nos bataillons embusqués dans les clôtures de ce village : ils n'osaient et ne pouvaient les quitter. Un feu meurtrier, long prélude des charges qui se préparaient, accablait et étonnait leurs jeunes conscrits. Chacun d'eux avait les yeux sur ces deux chefs, sur Duhesme surtout, sur ce vétéran si renommé, se plaisant toujours au péril, comme vingt-deux ans plus tôt, quoique tout au contraire d'alors, gloire, rang, fortune, il n'eût plus rien à y gagner, et tout à y perdre. Ils le voyaient avec Grouchy en avant d'eux, tout à découvert, et pourtant aussi calme que sur un champ de manœuvres. Contenues, encouragées par cet exemple, qu'alors, chaque jour et sans cesse, les chefs avaient à donner, et qui nous en a tant fait perdre, ces faibles recrues résistaient.

Ce fut en ce moment, et au plus fort de ce danger, qu'ils aperçurent soudainement Napoléon. Inquiet de la position critique de ces deux généraux, il était venu se joindre à eux. Nos soldats se montraient l'un à l'autre leur Empereur, impassible au milieu de cette grêle de balles et de mitraille, à laquelle il ne paraissait pas songer. Grouchy pressait son bras d'une main suppliante : il lui représentait, m'a-t-il dit, que toutes leurs destinées tenaient à la sienne ! Mais lui, en souriant, répondait : « Non, laissez ! Ne savez-vous pas que « tous nos jours sont comptés ? » Néanmoins, pour ne pas tout exposer à la fois, il avait renvoyé Berthier et Ney, et, quoique d'instant en instant le péril redoublât, il persévérait à observer. Heureusement d'autres soins l'attirèrent enfin sur d'autres points, car, un moment après son départ, vers quatre heures, Sacken, Alsufiew et leur infanterie, renforcés de leurs réserves, se précipitèrent une seconde fois sur La Rothière. Ils y écrasèrent, ils y détruisirent entièrement l'infanterie de Duhesme, et restèrent maîtres de ce village, de ce centre, de ce point le plus avancé de notre ligne, qui devait donner son nom à la bataille.

Toutefois ce n'était qu'un vain nom ; et, quoique Blücher et les réserves Russes fussent à portée, leur victoire en resta là. A huit cents pas en arrière, dans cette plaine ouverte pourtant, Oudinot, Ney, Napoléon lui-même, avec leurs simulacres de corps d'armée, leur firent tête. Ce fut si audacieusement, que, Blücher avec cent mille hommes sur ce point contre dix-huit mille, fut inquiet, à sa droite, d'un échec du Prince de Wurtemberg, repoussé de La Giberie par Victor, et demandant du secours ; ignorant les succès du maréchal de Wrede à son extrême droite, dont la position de La Giberie, ressaisie par Victor, le séparaît, ce vieux général en chef prussien, tout fougueux qu'il était, n'osa faire un pas de plus.

Mais bientôt de désastreuses nouvelles de notre gauche arrivent coup sur coup à l'Empereur. Wrede, avec son armée austro-russe et bavaroise, a traversé les bois et les étangs de Soulaines. Son attaque s'est développée jusqu'à Morvilliers : elle enveloppe cette aile, elle prend notre armée à revers. Les trop faibles obstacles que Marmont peut lui opposer sont impuissants contre son énorme supériorité. Toutes les positions, que notre maréchal s'obstine à défendre de ce côté, tombent aux mains du Bavarois : La Chaise d'abord, puis le plateau de Morvilliers. Chaumesnil ensuite, en arrière de Victor, vainement disputé, est perdu à son tour ; Morvilliers même enfin, sur le flanc gauche et bien en arrière de notre ligne de bataille, est abandonné.

Cette conquête décidait du combat, elle devait même compromettre notre retraite. C'était à ces bois, à ces étangs de Soulaines, et à ce plateau élevé de Morvilliers, que Napoléon avait appuyé la gauche de sa bataille. Ce plateau dominateur en commandait le reste ; bien plus, il se prolongeait de près d'un myriamètre, jusqu'en face du château de Brienne, c'est-à-dire à près de deux lieues en arrière de notre ligne. Pourtant, avec cette opiniâtreté des grands hommes de guerre, Napoléon espère encore, mais c'est en lui seul ; et, répondant au cri de détresse du duc de Raguse, il appelle la division Guyot. Ce n'était que cinq cents chevaux d'élite, une brigade d'infanterie, et une batterie ; l'Empereur lui-même marche à leur tête !

Il dépasse le bois d'Ajou, près duquel il trouve Marmont déjà acculé ; il rallie les restes de ce maréchal à cette réserve, et lance sur Chaumesnil ce faible corps. Mais l'avantage d'un nombre quintuple, celui de la position que couronnait une artillerie formidable, et l'assurance que donne le succès, résistent à cet effort désespéré : notre artillerie, brisée, est éteinte ; notre infanterie, labourée de boulets, criblée de balles et de mitraille, est repoussée ! Aussitôt Frimont et sa nombreuse cavalerie se précipitent de ces hauteurs : cent prisonniers, sept canons tombent en son pouvoir ; et désormais le faible obstacle du bois d'Ajou, dont Napoléon garnit la lisière d'artillerie et de quelque infanterie, puis le rideau plus faible encore de la cavalerie de Nansouty et de Milhaud, qu'il étend de ce bois vers Petit-Mesnil, couvrent seuls notre centre, notre retraite, et deviennent notre dernière ressource.

En ce moment, vers quatre heures et demie, Victor, jusque-là inflexible dans La Giberie, mais alors tourné par Wrede, maître du plateau de Morvilliers, et attaqué de nouveau en tête par le Prince de Wurtemberg renforcé de trois divisions, reculait aussi ; il abandonnait cette position ; et, refoulé sur notre gauche et notre réserve vers Petit-Mesnil, son mouvement rétrograde complétait notre défaite.

Les trois armées alliées étaient donc enfin réunies ; notre front était enlevé, notre gauche rejetée en arrière de notre centre ; nos restes, pris en flanc, étaient enveloppés. Ces victorieux jouissaient encore d'une demi-heure de jour. Le Prince de Wurtemberg et Wrede surtout n'avaient qu'à marcher en avant, et les trente mille hommes qui nous restaient à peine, attaqués en tête par Blücher avec quatre-vingt mille hommes, et chargés, en flanc gauche et en arrière, par quarante-cinq mille Austro-Bavarois, eussent été jetés hors de leur retraite, et acculés sur l'Aube où ils auraient succombé !

Mais Blücher et Wrede n'osèrent concevoir un effort aussi décisif ; la conquête du champ de bataille leur suffit. On eût dit que, étonnés de leur victoire, ils n'osaient en profiter. Aucun d'eux, du moins, ne l'acheva. Il sembla qu'à leurs yeux, quels que fussent et l'avantage de leur position sur notre Empereur et l'énorme disproportion des forces, sa présence les égalisait. Ce fut sans doute pourquoi ils s'arrêtèrent.

De son côté, Napoléon, aussi ferme dans cette situation désespérée qu'eux paraissaient incertains dans leur succès, n'avoue point encore sa défaite. Il veut, du moins, la cacher au jour qui finit, et, quand l'ennemi le croit vaincu, le démentir par une nouvelle attaque. C'est La Rothière, le nom, le centre même de la bataille qu'il tente encore de ressaisir ! Les Russes se montraient en dehors de ce village : une charge heureuse de cavalerie les y refoule. Rothembourg et sa faible division d'infanterie, partagée en trois colonnes, suivaient ce mouvement, et La Rothière fut reconquis jusqu'à son église. Mais là, les deux colonnes de sa droite et de sa gauche se heurtèrent contre les réserves Russes ; ce choc les renversa. Néanmoins, s'aidant des murs et des haies, elles reculaient jusqu'à la plaine, en se défendant, quand la colonne du centre, celle de

Rothembourg, presque toute de recrues, pénétrant de son côté dans ce village, y fut accueillie de même par un feu si subit et si violent, qu'elle s'arrêta toute troublée, et perdit la tête. Dans leur premier saisissement, ces soldats tout neufs déchargèrent machinalement leurs armes en l'air ; puis, têtes baissées, se pressant les uns sur les autres, ils se pelotonnèrent et devinrent incapables de mouvement.

Cette terreur devait les perdre, elle les sauva ! Le chef des Russes crut qu'ils l'attendaient pour se rendre : il suspendit son feu, et s'avança en leur faisant signe qu'il les recevait à quartier. Rothembourg ignorait la défaite et la fuite de ses deux autres colonnes ; bien loin de comprendre l'officier ennemi, dont l'épée n'était plus menaçante, il s'imagina que ce Russe venait la lui remettre, et tous deux se rapprochèrent. Mais aussitôt désabusés, tous deux se saisissent ! Pendant leur lutte, que de part et d'autre leurs soldats étonnés contemplent, nos fantassins, ranimés par leurs officiers, reprennent leurs rangs ; et, quand enfin débarrassés l'un de l'autre chacun des deux chefs court aux siens, le nôtre, rétablissant les feux et régularisant sa retraite, parvient à regagner aussi la plaine. Il y retrouve ses deux autres colonnes et ses canons, et repousse, par une décharge à mitraille et à bout portant, la sortie des Russes. A la faveur de ce retour de fortune, Rothembourg rallia les restes de sa division à quatre cents pas de La Rothière ; et ce qui est inconcevable, c'est qu'il tint là, ou plutôt que Blücher le laissa y tenir ferme.

Le général prussien, ainsi attaqué jusqu'au dernier moment au centre même de sa victoire, en doutait encore et se trouvait heureux de la défendre. Pendant qu'il hésite et s'arrête, le jour, pour lui si propice, tombe ; et la nuit, seule alliée qui nous pût secourir, vient enfin couvrir de ses ombres notre défaite.

Elle nous trahit cependant, mais sur un seul point. Ce fut quand, à la faveur de l'obscurité, le duc de Bellune eut encore abandonné Petit-Mesnil. On se souvient de cette aile gauche de cavalerie que Napoléon avait opposée à l'armée victorieuse du maréchal de Wrede. Sa droite s'appuyait à ce village. Dès lors, et à son insu, elle se trouva en l'air et sans garantie. Pendant que, voyant la nuit s'épaissir, nos cavaliers s'applaudissaient de la bienheureuse inaction des armées austro-russes et bavaroises, cette même nuit leur cachait l'armée wurtembergeoise, qui, débarrassée de Victor, se déployait sur leur flanc droit, désormais à découvert et sans protection dans la plaine.

D'abord, rien ne troubla leur sécurité. Mais, vers six heures et demie du soir, leur oreille et leur attention, fixées à gauche sur Chaumesnil, furent frappées, à leur droite, par le bruit d'un grand cliquetis d'armes et le piétinement d'une foule de chevaux. Tranquilles de ce côté, ils se demandaient entre eux quel renfort leur arrivait, quand soudain une masse de cavalerie ennemie tombe, avec des cris furieux, sur leur flanc sans défense. Surpris ainsi, ils sont culbutés les uns sur les autres ; on les sabre, on les pousse éperdus, à toute bride, et en déroute com-

plète, vers Bengué, et jusque sur l'Empereur lui-même!
Napoléon fut enveloppé dans cette bourrasque. Son piqueur, plusieurs de ses Gardes furent blessés autour de lui;
et, quand enfin cette échauffourée se termina, comme
elle avait commencé, sans qu'on sût comment, on s'aperçut que nos pièces légères, nos batteries qui garnissaient
le bois d'Ajou, que les blessés, qu'enfin tout ce qui n'a-
vait pu fuir était resté aux mains de l'ennemi.

Ce fut là le coup de grâce. Tout semblait désespéré.
L'aile gauche était détruite; l'armée brisée, entr'ouverte
jusqu'à son centre et à ses réserves, cinquante-quatre
canons perdus, sept mille hommes tués ou pris. Nos attelages d'artillerie, harassés, incomplets et en désordre,
demeuraient insuffisants dans ces boues profondes; nos
conscrits, exténués de faim et de fatigue, étaient déconcertés, découragés; il fallait un bonheur inouï pour pouvoir s'échapper de ce champ de bataille; et pourtant Napoléon s'obstine encore à y demeurer! Pendant toute
cette journée, sa Renommée avait combattu pour nous
plus que nous-mêmes. C'était la perte de cet ascendant
sur tant d'ennemis, qu'il regrettait. Sa défaite était plus
glorieuse que leur triomphe, mais la leur avouer lui semblait intolérable. La Rothière, qu'ils occupaient, devait
être le nom de cet aveu; et, forcé d'ordonner la retraite,
il ne peut se résigner à leur laisser ce trophée de leur victoire. Les soldats lui manquant, il ordonne à Drouot de
marcher en avant avec ses obusiers. « Qu'il brûle ce vil-
« lage! Qu'il en chasse une dernière fois nos ennemis! et,
« puisqu'il faut l'abandonner, qu'il ne leur en laisse que

« les cendres ! » Ce fut dans cette journée son dernier ordre. Une grêle d'obus tomba aussitôt sur La Rothière ; les flammes en chassèrent les Coalisés, qui, surpris de cette dernière attaque, prirent pour le commencement d'un nouveau combat ce signal de notre retraite. Tels furent les adieux de Napoléon à ce champ de bataille !

Dès lors, il permit à nos restes de bataillons de commencer leur mouvement rétrograde : il se fit en ordre, et lentement. La cavalerie le couvrit. On bivouaqua en avant et autour de Brienne, dans une neige fondue, et tard, car ce fut seulement à dix heures du soir que les canons ennemis se turent entièrement. Pendant ces trois dernières heures, leurs boulets seuls, qu'ils nous lancèrent en croyant se défendre, nous poursuivirent.

Ils couchaient sur nos positions sans oser s'en croire maîtres. Et réellement leur triomphe était incomplet : à minuit Gérard, toujours invinciblement fixé dans Dienville, possédait encore la droite du champ de bataille.

Ce général, dont l'accueil fut toujours si bienveillant pour les siens, était inflexible devant l'ennemi. Son coup d'œil guerrier, sa valeur calme, sa sereine et simple droiture, rappelaient à l'Empereur, disait-on, Desaix qu'il avait tant regretté. Sous un tel chef, nos jeunes recrues, un contre trois, avaient repoussé leurs adversaires. Dienville, criblé de leurs balles et de leurs boulets, était resté impénétrable à leurs baïonnettes. Les forces triples de Giulaï n'avaient pu y mordre ; et l'Autrichien rebuté, après s'être usé contre une aussi ferme résistance, s'était retiré.

Ainsi, de ce côté du moins, la bataille s'était pour nous terminée glorieusement. Lorsque, après minuit, l'ordre général de retraite parvint à Gérard, alors seulement ce général abandonna ce poste, et vint mêler son bonheur à notre infortune. Ce fut vers Brienne qu'il nous rejoignit, et que sa victoire rentra dans notre défaite.

VII.

RETRAITE ET DÉSESPOIR DE NAPOLÉON.

Cependant, la brigade des Gardes d'Honneur, appelée
de Lesmont à la défense de Brienne, s'était arrêtée sous
ses murs. Elle y déploya mille chevaux ; on défendit les
feux. Nous demeurâmes là, depuis huit heures du soir
jusqu'à quatre heures du matin, rangés en bataille, la
bride au bras, et prêts au premier signal. Un morne silence avait peu à peu succédé à ce sourd grondement du
canon, qui paraît si grave aux réserves, quand il se rap-
proche d'elles, au lieu de s'en éloigner victorieusement.

Pendant que, en avant de nous, les feux des bivouacs
des deux armées couvraient de lueurs bien inégales le
champ de bataille, la cavalerie de la Garde, plongée dans
une profonde obscurité, entourait le château. Napoléon,
depuis huit heures du soir, y était rentré. Une ombre
mobile allait, venait, et reparaissait fréquemment à l'une
des croisées les plus éclairées de cet édifice. C'était l'Empereur ! Seul avec Fain, hors de la chaleur et de la contention d'esprit du combat, il en appréciait toutes les con-

9.

séquences. Elles lui paraissaient si désespérées, que, en descendant de cheval, son premier mot à Maret avait été : « Écrivez à Caulaincourt (1) qu'il termine tout ! » Une vive anxiété l'agitait : à tout moment, l'oreille attentive, l'œil inquiet, il quittait ou sa dictée, ou ses cartes, tantôt pour envoyer aux nouvelles ou en demander, tantôt pour s'approcher de cette fenêtre, et interroger d'un regard perçant toute la plaine.

Les feux français, rares et pâles, cernés par les brillants et innombrables feux ennemis allumés, de Morvilliers à La Giberie et vers Dienville, n'éclairaient que trop le danger d'une position aussi critique. Ils montraient nos faibles débris, resserrés comme dans un champ clos. En effet, l'Aube à droite, la Voire derrière, et ces bivouacs menaçants, rangés en face et sur notre gauche, nous environnaient. Deux ponts étroits et fragiles, ceux de Lesmont et de Rônay, sur les routes de Troyes et de Vitry, étaient notre seule voie de salut. Il ne fallait qu'une inspiration aux généraux Wrede et Blücher pour s'emparer de l'un, nous acculer sur l'autre, et nous achever. Mais l'Empereur veillait. Vers une heure du matin, après quatre heures de halte et sur son ordre, l'infanterie, l'artillerie rechargèrent et attisèrent les feux de leurs bivouacs, puis aussitôt, reprenant les armes, elles se mirent en retraite : Marmont vers Perthe et Rônay, le reste sur Lesmont. La cavalerie de Grouchy et quelques pièces légères couvrirent ce mouvement. Quant à Napoléon, il demeura au

_____

(1) Notre envoyé au quartier général des Alliés.

milieu de nous, écoutant, consultant l'heure, et s'infor-
mant sans cesse. Ce fut l'instant de sa plus vive inquiétude.

Ces précautions, le silence recommandé, cette marche
hâtive, nocturne et rétrograde, tous ces aveux de défaite,
il en comprenait la fatale influence sur l'ennemi, et sur
notre infanterie si neuve, si harassée, si mutilée, et à
demi vêtue et repue. Il savait que la plupart de nos attelages, désorganisés par le combat, étaient réduits, les uns
à trois chevaux, d'autres à deux seulement, et qu'ils ne
pouvaient arracher nos canons qu'à force de temps et de
peine de ces champs à demi gelés. Au milieu de cette
obscurité, de ces efforts, et de tant de mouvements divers,
qui tous tendaient à se concentrer vers un même défilé,
quelle irréparable confusion eût produit un seul élan des
Bavarois, ou même un seul hourra, une seule boutade de
Cosaques ! Aussi l'Empereur comptait-il les moments.
Heureusement tout, sans le moindre bruit, s'écoula : le
temps, la nuit et nos colonnes.

Vers quatre heures du matin, notre tour vint. Ce moment fut pénible : il y avait des blessés à abandonner.
Napoléon envoya tout ce qui lui restait d'or aux Sœurs
chargées de leur soin ; d'autres précautions furent prises ;
alors enfin lui-même abandonna ce château, où tant de
diverses émotions l'avaient agité ! Il était à pied ; son attitude était ferme, mais grave et soucieuse. Il fit ainsi
près d'un quart de lieue ; après quoi, il monta à cheval,
et se perdit à nos yeux vers Lesmont, dans les dernières
ombres de cette nuit si longue à nos souffrances et à sa
sollicitude !

Cependant, Blücher restait immobile. Jusqu'à huit heures du matin, un simple rideau de cavalerie et les lignes de nos feux abandonnés suffirent à le contenir. Bien loin de songer à nous attaquer, ces vainqueurs si nombreux pourtant, mais étonnés de nos retours offensifs de la veille, incertains du lendemain, et redoutant un de ces coups de foudre du génie de Marengo, restèrent sur la défensive. Leur nombre, les prisonniers, leur victoire évidente, rien ne parut les convaincre. Pour se croire vainqueurs, ils n'eurent foi qu'en nous ; et même encore, lorsque revint le soleil du 2 février, il leur fallut, pendant une heure de jour, la vue du vide de la plaine que nous venions d'évacuer, pour qu'ils pussent se croire assurés de leur succès.

Ils nous poursuivirent mal, comme ils nous avaient vaincus. Point de charges de cavalerie ; point d'autres prisonniers que nos blessés intransportables de la veille ; quelques coups de leur artillerie légère seulement, auxquels on riposta, nous atteignirent. A dix heures et demie du matin, la rive droite de l'Aube était nette de tous nos débris ; et Ney, relevant mes escadrons avec cent vingt chasseurs d'élite à pied et deux cents jeunes éclaireurs à cheval, s'établissait sur l'autre rive, à l'issue du pont de Lesmont. Deux maisons se trouvaient à droite et à gauche de ce passage : son aide de camp Heymès plaça vingt-cinq fusiliers dans chacune d'elles ; il mit le reste en réserve. Quant au pont, lui et le maréchal le laissèrent intact. Napoléon l'avait expressément recommandé ; ils ne comprirent pas, m'a-t-on dit, le motif de cet ordre, dicté sans doute par le souvenir du désastre de Leipsick. Quel qu'en fût le danger, ils s'y conformèrent.

Mais bientôt l'avant-garde ennemie, s'apercevant de cette faute volontaire, se précipita pour en profiter. Déjà nos jeunes éclaireurs, épouvantés, fuyaient à toute bride, quand Ney et Heymès seuls, comme à Kowno, accoururent. A leur voix, nos vieux fusiliers embusqués et leur réserve brisèrent de leurs balles la tête de colonne ennemie; ils la chassèrent du pont que Ney, irrité du péril qu'il venait si gratuitement de courir, fit rompre aussitôt. Alors, se joignant à l'obstacle, il tint ferme jusqu'à onze heures du soir. Ainsi, de ce côté, et le lendemain d'une bataille perdue, ce maréchal, avec une compagnie de vieux soldats, suffit pour retenir un jour entier Blücher et les Souverains Alliés, à deux lieues de leur victoire. Dans leur surprise, ils s'étaient arrêtés à la contempler !

Du côté de Marmont, Wrede, instruit à notre école, et devinant mieux nos misères, avait été plus rapide. Il s'était efforcé de le prévenir sur les ponts de la Voire. L'Empereur avait ordonné la destruction de celui du grand chemin, le pont de Rônay devant suffire. Il fut mal obéi, soit dans nos officiers fatigue et précipitation, ordinaires à ces moments de désastre ; soit plutôt, dans nos paysans, incrédulité à un danger si nouveau pour eux, impossibilité de se figurer, quand l'Empereur était là, que l'ennemi pût les atteindre, et répugnance naturelle à détruire leurs moyens de communications. Ce passage en aval, et tout proche de celui de Rônay, tomba donc dans les mains des Bavarois.

D'autre part, Marmont, parvenu de bonne heure au

pont de Rônay, avant de le passer, s'arrêta. C'était un général habile, mais trop fier, et dont l'orgueil se ployait difficilement aux précautions de la défensive. Malgré son danger, il dédaignait de se hâter et de mettre ce cours d'eau entre lui et l'ennemi, quand tout à coup cet ennemi lui apparut à la fois sur les deux rives : vingt mille hommes le poussant sur cette rivière ; et cinq mille, déjà sur l'autre bord, accourant pour lui en interdire le passage. Ceux-ci, à eux seuls, étaient au moins égaux en nombre aux siens, leur position le dominait, ils allaient lui couper toute retraite !

Il y avait là de quoi troubler les plus intrépides. Mais ici le caractère de Marmont vint à son aide : il ne daigna pas se croire perdu ; et, se raidissant contre l'épuisement de trois jours et de deux nuits de marches et de combats continuels, contre sa défaite de la veille, contre le poids d'une faute et sa position qui semblait désespérée, dans tous ces motifs d'accablement il ne vit qu'une plus grande occasion de gloire. Il commença par se jeter sur la rive droite et s'y établir fortement. Alors, pendant que les siens, s'aidant habilement de tous les obstacles, arrêtaient meurtrièrement les efforts du maréchal de Wrede, lui-même, avec mille baïonnettes et quelques cuirassiers, se retourna contre les forces plus que triples qui l'avaient tourné ; il les chargea l'épée à la main sur les hauteurs qu'elles avaient surprises, les en chassa, et, sous les yeux du général en chef Bavarois, qui s'agitait vainement sur l'autre rive, tout ce qu'il ne massacra pas, il le prit ou le noya dans la Voire.

Sa retraite ainsi fut reconquise. La sienne et la nôtre s'achevèrent sur les deux rives de l'Aube : Marmont par Méry sur Nogent, l'Empereur par Piney sur Troyes.

Ce jour-là, ma brigade, après avoir passé le pont de Lesmont, et l'avoir gardé pendant les premières heures du 2 février, avait été échelonnée sur Piney. Là, vers midi, tranquilles derrière nos vedettes, hommes et chevaux commençaient enfin à repaître, quand le galop de plusieurs cavaliers devant nos fenêtres nous y attira. C'étaient les Cosaques. Ils avaient sans doute passé l'Aube à Dienville. Déjà au milieu de nous, ils couraient les rues en tous sens. Il fallut reprendre les armes ; nos premiers coups nous en démêlèrent ; mais alors leur attaque, régularisée, se développa. Celle-ci devenait plus sérieuse, lorsque cette apparition menaçante s'évanouit comme par enchantement. Une autre apparition, celle de l'Empereur et de sa Garde arrivant de Lesmont, produisit ce changement. Nous leur cédâmes notre soupe chaude encore, pour aller nous échelonner vers Troyes et servir, entre le duc de Trévise et Napoléon, d'intermédiaires.

Ainsi l'Empereur ne recula que pied à pied ; il nous servit à nous-mêmes d'arrière-garde. Mais le 3 février, quand il entra dans Troyes, au milieu du morne silence de cette population consternée, que de soins pénibles, que de tristes pensers l'accablèrent ! Jusque-là, depuis le 26 janvier, pendant ces huit jours, il avait été exclusivement général : dépêches, portefeuilles, soins de l'intérieur, tout avait été ajourné, le combat devant décider de tout. Mais ici, obligé de reprendre le gouvernement, ce fut, non par l'annonce d'une victoire, comme il l'avait espéré mais par l'aveu d'un revers, qu'il reprit le triste fardeau de son Empire.

Au reste, les bulletins des deux partis furent également trompeurs. L'un traita de simple et insignifiante affaire d'avant-garde une défaite funeste quoique glorieuse ; l'autre, au contraire, rempli d'emphase, proclama comme une victoire complète et décisive un succès informe et inachevé. Dans celui-ci on remarqua un autre tort : cette coalition de princes, de rois et d'empereurs insulta au vaincu ; ils l'imitèrent en ce mal, sans l'égaler dans le reste. Sur ce petit sommet de Brienne, il semble que, pendant cet instant, leurs têtes réunies se soient exaltées comme naguère la sienne après Tilsitt, mais alors seule, et au faîte d'une gloire et d'une puissance incommensurables.

Ils occupaient, le 2 février, ce même château où ils remplaçaient Napoléon. La veille, le matin même, nos canons enlevés, nos positions perdues, ne leur en avaient pas dit assez ; mais, dans Brienne, ce quartier impérial pris, ces blessés abandonnés, les rapports du champ de bataille, les rodomontades de Blücher, qui avait la parole hardie comme l'action, et qui cette fois l'eut bien davantage, les enivrèrent. Ils passèrent de la crainte à la présomption : on assure que l'on entendit des cris de joie : « Ils avaient donc aussi leur Marengo ! leur Iéna ! leur Austerlitz ! »

Il se peut que leurs transports n'aient point été aussi unanimes et exagérés qu'on l'a dit alors et qu'ils nous parurent, mais le résultat y fut conforme. A leurs yeux, notre armée, parce qu'elle rétrogradait sur plusieurs directions, sembla désorganisée. Ils appelèrent ce double mouvement, dispersion ; cette retraite, fuite ou déroute ! Paris, plus encore qu'avant l'arrivée de Napoléon, leur parut tout ouvert et prêt à les recevoir. Hier, ils n'étaient pas assez de tous réunis contre un seul, aujourd'hui qu'ont-ils besoin de tant d'ensemble ? Chacun d'eux est assez fort. Qu'ils se répandent ; qu'ils couvrent toutes les avenues de Paris, la rapidité suffira ! Que Blücher, se séparant d'eux vers leur droite, aille donc courir sur Meaux, par les deux rives de la Marne : que Platow, Kaisarow et Seslawine marchent à leur gauche, par Sens, Moret et Fontainebleau. Quant à eux, Schwartzenberg, le Roi de Prusse et les deux Empereurs, ils suivront les deux rives de l'Aube et de la Seine ; quelques étapes de plus, et leur entrée triomphale dans Paris effacera celles dont Vienne, Berlin et Moscou rougissent encore !

Et vraiment ce qu'ils espéraient aurait pu dès ce moment même devenir une triste réalité : leur nombre était si grand, que, ainsi répartis, ils suffisaient. Il ne leur eût fallu que suivre ce premier élan, qu'agir tous enfin, comme ils parlèrent. Mais, ainsi qu'il arrive le plus souvent, l'action les rendit à leurs différents caractères. En effet, Blücher, qui ne doute de rien, part ; et, sans s'inquiéter de Macdonald, alors arrivé dans Châlons et qu'il laisse à sa droite aux prises avec Yorck, sans s'occuper du duc de Raguse, alors dans Arcis, il passe entre deux, il court à travers champs par Braux et Fère-Champenoise, disant, criant si haut qu'il va tout droit à Paris, que Marmont et tout son corps l'entendirent.

En même temps, et tout au contraire, Schwartzenberg, maître, avec cent mille hommes d'élite, de tous les passages de l'Aube, de toutes les routes qui tournent ou abordent Troyes, défendue seulement par trente mille hommes battus et déconcertés, se traîne pesamment sur toutes ces directions. Il les essaye, hésite, recule quelques pas, et recommence timidement. Tantôt, c'est tout notre front qu'il veut aborder; tantôt, il se décide à porter ses masses à sa gauche, par Bar-sur-Seine, et à déborder notre droite. Il perd ainsi les journées du 3, du 4 et du 5 février, et il se fait partout battre en détail. Nostiz, Bianchi, Lichtenstein sont repoussés, Colloredo, blessé; leur quartier impérial et royal, déjà le 2 à Brienne, et le 4 à Lusigny, rétrograde le 5 jusqu'à Bar-sur-Aube!

Napoléon, profitant de ces hésitations, allait reprendre l'offensive; déjà même, il poussait en avant une forte reconnaissance, quand de désastreuses nouvelles l'arrêtèrent. Elles le décidèrent à abandonner Troyes, à se retirer jusqu'à Nogent, où pendant quelques heures il désespéra de lui-même et de sa fortune.

Cette retraite, ce nouvel abandon de treize lieues de notre malheureux pays lui était imposé, comme l'avait été à nos deux maréchaux l'abandon de l'Alsace et de la Lorraine. Tandis que Napoléon, avec trente mille hommes contre plus de cent mille, manœuvrait ainsi devant Troyes, ville manufacturière et de bois, qu'un obus pouvait brûler, il venait d'apprendre que, à sa droite, et plus sérieuse-

ment à sa gauche, l'Invasion, le débordant et le dépassant,
poussait sur sa capitale. Il ne lui était donc pas resté un
instant à perdre pour s'en rapprocher, pour prendre en
avant d'elle une position plus resserrée, plus centrale,
plus à portée des routes et des rivières qui convergent sur
Paris, et des renforts que lui envoyaient ses armées d'Espagne.

Tels furent ses motifs stratégiques ; ils suffisaient bien,
mais d'autres encore s'y joignirent. L'ascendant de son
génie sur nos chefs, cette confiance, qui fait tout entre-
prendre, était ébranlée. Le fait suivant en est un indice,
on ne peut l'omettre. Il est trop vrai que, alors, une défiance singulière, un doute pénible germèrent dans l'esprit de quelques-uns des généraux, des maréchaux et
même des ministres de Napoléon. Maintes fois, déjà, plusieurs de ses ordres les avaient étonnés : ils leur paraissaient si téméraires, si peu d'accord avec leur position, la
vérité et les circonstances, qu'ils n'avaient cru pouvoir
se les expliquer que par la plus triste des suppositions.
Ce qui surtout les surprenait dans ces instructions, c'était
l'indication de la force des corps qu'ils commandaient.
Elle s'y trouvait portée, comme dans la retraite de Moscou, avec une exagération si constante, si en désaccord
avec la réalité et les états de situation envoyés au quartier impérial, que celui auquel elles étaient adressées, et
de qui elles exigeaient des efforts proportionnés au nombre de troupes qu'elles supposaient sous ses ordres, en demeurait consterné. On ne savait plus si l'Empereur voulait par là, ou tromper l'ennemi aux mains duquel tom-

beraient ces dépêches, ou s'entretenir lui-même dans une illusion fatale et inexplicable.

Je tiens de Ricard, aujourd'hui pair et conseiller d'État, et alors l'un de nos généraux de division les plus distingués, que l'avant-veille de cette retraite de Troyes sur Nogent, il réfléchissait soucieusement sur cette singularité, quand il reçut l'ordre d'aller prendre position à Aubeterre. Ce village, entre Arcis et Troyes, est presque adossé à la Seine. Placer ainsi, sans retraite possible, à trois lieues de tous secours, et en face de la grande armée austro-russe, une division réduite à dix-huit cents hommes, parut à Ricard un de ces ordres si extraordinaires, que l'exclamation, « Mais il est donc vrai qu'il perd la tête ! » lui échappant, révéla l'ordre fâcheux d'idées dans lequel, depuis quelque temps, lui, comme plusieurs autres, était entré.

Ricard, inquiet et voulant sauver sa division, courut au quartier impérial. Il aborda Berthier, et lui expliqua ce que l'instruction qu'il recevait avait d'inexécutable. Berthier répondit : que tel était l'ordre ; qu'il ne savait autre chose ; qu'il n'irait certes pas s'exposer à porter à l'Empereur ses objections, mais que lui Ricard pouvait y aller lui-même. Ce général s'y décida : il entra chez Napoléon, lui montra la position de l'ennemi, celle d'Aubeterre, la faiblesse de sa division, et, en attendant sa réponse, il s'attristait d'avance, m'a-t-il dit, de l'état d'affaiblissement dans lequel il allait sans doute trouver déchu ce grand esprit. Sa curiosité fut satisfaite, mais par une impression toute contraire à celle qu'il s'attendait à éprouver. L'Empereur, après quelques questions sur le moral des troupes qui le préoccupait, lui dit : « C'est un « mauvais moment à passer, mais nos renforts appro- « chent; asseyez-vous là, et écrivez. » Aussitôt, sans états, sans notes, et de mémoire, il lui dicta les numéros, la force, la composition de dix-neuf détachements, de toutes armes, dont il allait lui compléter une division de six mille cinq cent cinquante hommes. L'état de leur ar- mement et habillement, leurs marches, la date du jour où chacun d'eux devait le rejoindre, il n'oublia rien ! « Récapitulez, ajouta-t-il, voyez si l'ensemble s'accorde « avec les divers nombres que je vous ai annoncés; » et ce nombre entier s'y trouva conforme. Quant à la posi- tion où il l'envoyait : « L'occupation, reprit-il, en était « indispensable : un parc d'artillerie passerait le lende- « main à portée de ce village, il aurait sans doute besoin « de secours. Je vous enverrai toutes ces instructions « avant que vous ayez atteint ce cantonnement; je vais « les dicter à Berthier. Emportez ces notes, mais partez « promptement ! »

Ricard, revenu de sa méprise et confondu de tant de présence d'esprit, le quitta, ressaisi d'admiration. Pour- tant, il ne pouvait se figurer que la dépêche et les états de situation de Berthier seraient, en tous points, conformes à la dictée rapide qu'il emportait, et qui renfermait tant de détails. Il se trompait encore : lui-même m'a dit que ces états, envoyés le soir même par le Major Général, lui en confirmèrent, mot pour mot, l'exactitude. Bientôt aussi, au jour donné, tous ces détachements le rejoignirent. Quant au convoi annoncé et à son escorte, à l'heure indiquée de leur passage à Aubeterre, et à l'attaque de l'ennemi ; enfin, quant à sa présence jugée suffisante pour protéger les uns et repousser l'autre, Ricard ajoutait que, en effet, tout s'était passé, de point en point, comme l'Empereur l'avait prévu.

On sait, au reste, que cette triste appréhension, sur laquelle ce général venait d'être si complétement rassuré, avait agité pendant quelques instants le ministre de la guerre lui-même, mais qu'il en avait été guéri pareillement. Une admirable instruction, destinée à Carnot, alors à Anvers, et dictée d'un seul jet et sans ratures, l'avait courbé de nouveau devant le génie de son Empereur.

Cet ébranlement de confiance dans la tête de l'armée, quelle qu'en fût la nature, n'échappait pas à Napoléon. Mais alors éclatait dans nos derniers rangs un bien autre et bien plus inquiétant symptôme ! Nos conscrits, qu'une première bataille n'avait pas étonnés, fléchissaient. Les fatigues, les privations, les marches nocturnes et forcées des retraites, cette attente pénible et défiante du plus faible, toutes ces misères de la défaite et de la défensive, les avaient décontenancés. L'accueil morne et effrayé de la ville de Troyes, le recel de ses vivres que, dans sa folle crainte d'un siège, elle cacha à nos soldats affamés, et dont nos ennemis seuls profitèrent, enfin le relâchement des règles de la discipline, dans le trouble de tant de mouvements subits et inattendus et dans le désordre des alertes, avaient achevé d'ébranler la fidélité à leurs drapeaux d'un grand nombre de nos jeunes fantassins.

Comment, dans nos rangs où tout manquait, retenir des recrues si nouvelles, et cela en vue du toit maternel, sur le seuil du foyer qui les avait vu naître, où tant de larmes d'un départ si récent encore n'étaient sans doute pas séchées, où tant de joie attendait leur retour ? Beaucoup de ces malheureux ne purent tenir contre une attraction si puissante. Du 3 au 5 février, six mille disparurent ! Les appels, surtout ceux du matin, devinrent sinistres. A celui du 4 février, et dans le 37^{mc} seulement, deux cent cinquante hommes manquèrent ! Les routes étaient couvertes de ces déserteurs. Ils se disaient, comme ils le font tous, blessés ou malades. D'autres s'écartaient des chemins, s'arrêtant de village en village, pour vivre de maraude, sans fatigue et sans danger.

Les rigueurs furent inutiles ; on ne sait jusqu'où le mal se serait étendu sans la lenteur autrichienne et la fausse nouvelle de la paix, à laquelle fit croire l'ouverture du Congrès de Châtillon. L'une donna trois jours de repos, l'autre fit crier de joie tout le pays ; l'armée l'accueillit avec transport, et plusieurs de nos hommes égarés nous revinrent.

L'Empereur, dans l'instant le plus critique de ce découragement contagieux, était à Troyes. Ce dégoût de la guerre et la nécessité évidente de reculer encore augmentaient son anxiété. Des renforts de conscrits venaient de lui arriver ; mais, bien loin de remplacer les pertes des derniers combats, ils comblaient à peine les vides de la désertion. Ce fut alors que la confirmation d'un autre abandon, bien plus coupable, vint l'accabler.

Quelques jours après le désastre de Leipsick, Murat revenu d'Erfurt à Naples, s'y était refait une armée, afin de donner plus de prix à la défection que déjà, dit-on, il méditait. Bientôt, en effet, il avait ouvert ses ports au commerce anglais, son oreille aux propositions de l'Autriche ; et tout à la fois il avait protesté, plus que jamais, de son dévouement à son beau-frère. Enfin, le 11 janvier, Vienne lui garantissant Naples et l'ayant leurré de l'espoir de joindre l'Italie centrale à sa Couronne au prix de sa défection, il l'avait signée ! Londres devait ratifier cet engagement. Néanmoins, inquiet de l'avenir, il avait suspendu la marche, déjà commencée, de ses trente mille Napolitains vers le Pô. Avec Eugène, il avait expliqué ce retard à se joindre à lui par une prétendue susceptibilité de rang. Avec le général autrichien Bellegarde, il avait allégué l'hésitation de l'Angleterre à ratifier le traité du 11 janvier.

On assure que, en même temps, il avait envoyé proposer verbalement au Prince Eugène le partage de l'Italie : « Ils en proclameraient tous deux l'indépendance. A ce « cri national, soulevée tout entière, ils en écraseraient « Bellegarde, surprendraient l'Autriche vide de soldats, « et dicteraient la paix dans Vienne. Ils auraient, par ce « coup imprévu, agrandi, affranchi leurs Royaumes et « sauvé la France ! » On ajoute qu'Eugène étonné n'en voulut pas croire ses oreilles ; qu'il demanda un écrit signé, l'obtint, l'envoya à l'Empereur, et ne répondit à Murat que par un refus indigné ! Dès lors Murat, qu'un reste de pudeur semblait retenir, n'hésite plus. Rome et la Marche d'Ancône, que nous occupions encore, étaient sous sa main, il s'en empare, il arrache Ancône même, par un odieux bombardement, à ses anciens alliés et compatriotes ; et, menaçant vers Parme le flanc droit du vice-roi qu'il devait défendre, il déclare sa trahison par cette menace et par cette détestable conquête.

Depuis ce moment, rongé de remords, agité de crainte ou d'espoir selon les alternatives de la fortune de Napoléon, ses tergiversations firent pitié. Sa défection scellée par un armistice indéfini que lui accorde l'Angleterre, et sa déclaration de guerre à la France enfin proclamée, la première fois qu'il se retrouve en présence de ses anciens compagnons d'armes, il semble n'oser en soutenir les regards. C'est ainsi que, le 27 février, il reculera devant Verdier, sans combattre, et que, le 1er et le 2 mars, il abandonnera le Taro, Guastalla, Parme et le général autrichien Nugent, son nouvel allié, auquel il laissera prendre ou tuer deux mille huit cents hommes.

Alors, pourtant, embarrassé des reproches de Nugent, et forcé de choisir entre deux trahisons, il se décidera : on le verra attaquer trois mille Français et Italiens avec dix mille hommes ; il leur fera perdre, du 6 au 9 mars, Rubiera, San-Lorenzo, et les assiégera dans Reggio. Mais là renaîtront ses hésitations, dont nos généraux Rambourg et Gratien profiteront en s'échappant de cette ville pour se retrancher derrière le Taro, où s'arrêtera cette guerre déplorable.

Hâtons-nous d'épuiser un si pénible récit ; et, pour n'y plus revenir, ajoutons qu'alors, si Murat mit quelque in-

tervalle dans les coups qu'il nous portait, on le dut moins
peut-être à ses remords qu'à sa jalousie de l'arrivée des
Anglais dans la Toscane, qu'il regardait comme sa conquête.

Quoi qu'il en puisse être, le 29 février, une descente de
lord Bentinck et de huit mille Anglais et Siciliens s'était
effectuée dans Livourne. Cette prise de possession et une
proclamation du général anglais irritèrent, dit-on, Murat.
Dès lors, suspendant sur le Taro l'effet de sa défection,
il ne songe plus qu'à en revendiquer les fruits. L'alterca-
tion entre lord Bentinck et lui fut violente ; elle dura un
mois. Ce ne fut que le 7 avril, et par l'entremise de Ba-
lascheff, envoyé d'Alexandre, qu'elle se termina. Ces détails paraissent si invraisemblables, ces prétentions si
insensées, que, en dépit de ce qu'il y a d'avéré dans ces
scandales, on est tenté d'en douter encore.

Cependant, Bentinck s'était emparé de la Magra et du
golfe de la Spezzia. Il évacua la Toscane, pour aller prendre Gênes par terre et par mer au général Frezzia, trop
faible pour s'y défendre. Murat, satisfait alors, promit de
chasser les Français de Plaisance et de la Lombardie. Il
est vrai que, s'il essaya de tenir parole, ce fut le plus tard
qu'il put. Il ne recommença les hostilités que le 13 avril ;
elles finirent le 16. La disproportion des forces était si
grande, qu'il n'y avait qu'à marcher en avant. Néanmoins
ce ne fut qu'après les combats d'abord indécis des 13 et
15 avril que Maucune, notre général, perdit le Taro et
la Nura, et fut rejeté dans Plaisance. Stahremberg attaquait, Murat soutenait l'attaque, mais sans son ardeur
accoutumée.

Enfin, le 16 avril, tout étant décidé à Paris, ce malheureux Roi retourna à Naples avec une couronne si souillée, que, dix mois après, dans les Cent-Jours, en essayant, pour la réhabiliter, de la rattacher à celle que venait de ressaisir Napoléon, il la perdit. Ce malheur mérité était sans compensations; Murat lui préféra la mort. Il tenta, sans espoir, de reconquérir son royaume, où, dès son premier pas, il fut pris et fusillé. L'infortuné supporta courageusement ce supplice, et finit en brave soldat comme il avait commencé.

C'était la nouvelle, déjà prévue, du premier éclat de cette défection, que l'Empereur, alors à Troyes, venait d'apprendre. Il fit aussitôt appeler Daure. Cet ordonnateur avait été à Naples l'un des ministres de Murat. En 1813, il avait en vain conseillé à Napoléon d'envoyer Belliard près de son beau-frère. Daure accourt. Dès que Napoléon l'aperçoit, il l'interpelle, et, d'une voix brève, au milieu d'une marche agitée dans laquelle il l'entraîne : « Eh bien, s'écrie-t-il, vous savez la nouvelle? Murat, « mon beau-frère, en pleine trahison! Murat, devenir « l'homme de l'Autriche! Joindre son armée à l'armée « Autrichienne! Lui qui, s'il se fût uni à Eugène, pou- « vait, par une victoire, frapper aux portes de Vienne! « Pauvre Eugène! Celui-là, du moins, ne me trahira pas. « Mais Murat! Murat, faire tirer sur des Français! C'est « le Bernadotte du Midi. Ah! pourquoi lui avez-vous « créé une armée? Quel funeste service! Combien j'avais « raison de ne demander à Naples que des vaisseaux et « non des soldats! Mais vous qui connaissez ses conseils,

« qui donc a pu l'entraîner ? Et qui lui envoyer main-
« tenant, s'il en est temps encore ? » Alors, comme Daure,
de qui je tiens ces détails, répondait péniblement à ces
interpellations, l'Empereur, reportant sa pensée sur l'avis
que cet intendant lui avait donné dans Brienne, redevint
calme, et sortant d'un long silence : « Oui, reprit-il froidement, tout ceci finira par un Bourbon ! »

C'est alors, et du 4 au 6 février, qu'il rappelle enfin en
France le Prince Eugène, et qu'en dépit de l'ambition
de Murat, il renvoie le Saint-Père à Rome. C'est dans un
même esprit contre la Régence Espagnole, désapproba-
trice de son traité de Valençay avec Ferdihand VII, qu'il
donne l'ordre de rendre ce Prince à l'Espagne.

Ce désespoir froid dans un cœur ferme n'en ébranla pas
le courage. Seulement, la guerre lui manquant, il essaya
la paix, et ce fut de Troyes encore qu'il redoubla ses instructions dans ce but au duc de Vicence. « Je vous donne,
« lui écrivit-il, carte blanche, pour conduire les négocia-
« tions à une heureuse issue, sauver la capitale, et éviter
« une bataille où sont les dernières espérances de la na-
« tion. »

Mais on a vu que la guerre marchait plus vite que cette
paix, et que, de toutes parts débordé, ce n'était plus dans
Troyes qu'il pouvait l'attendre. C'est pourquoi, le 6 février, suivi de Ney qui flanque sa droite, de Victor, de
Gérard, et de nous, il abandonne à l'ennemi cette ville, le
département de l'Aube, et la terre de Pont-sur-Seine, propriété de sa mère : il recule ainsi de deux marches, et s'arrête,
le 7 février, à Nogent-sur-Seine. Là, pendant que, avant de

nous rejoindre, Mortier, resté seul dans Troyes, étonne Schwartzenberg par une fausse attaque, et qu'il lui fait perdre un temps précieux à changer encore ses dispositions et à déployer toutes ses forces contre quelques mille hommes, l'Empereur prépare lui-même la défense de la Seine. Le pont de Nogent est miné sous ses yeux, les maisons crénelées ; il hâte ces travaux, il les paye de l'or de sa cassette, il ne néglige aucun détail. Sous le poids d'un Empire croulant sur lui, il agit libre d'esprit, libre dans ses moindres mouvements comme un général d'avant-garde !

Enfin, rentré dans son quartier, il y dicte la réorganisation de ses corps, multipliant ses généraux, en proportionnant le nombre à celui de ses régiments plutôt qu'à leur force. Mais, après qu'il s'est ainsi préparé à faire tête encore à l'attaque de Schwartzenberg, et que, accablé de fatigues d'esprit et de corps, il veut chercher, dans l'oubli que donne le sommeil, un repos et un répit de quelques instants, d'autres atteintes, une foule de nouvelles désastreuses viennent l'assaillir. Après celles de la désertion qui l'entourait, et de la défection de son beau-frère, après les tristes exclamations des meilleurs des siens qu'il a pu entendre : « Où nous arrêterons-nous ? « Quand viendront nos renforts ? Tout est donc perdu « sans ressources ? » ce sont encore des courriers, des officiers tout chargés de malheurs, qui, se succédant coup sur coup, lui arrivent de toutes parts.

Rumigny, l'un d'eux, venait de Châtillon. « Le Con- « grès, lui dit-il, est à peine réuni. Les intentions de lord

10.

« Aberdeen paraissent, il est vrai, franches et presque
« conciliatrices ; mais les dispositions de Stadion et de
« Humboldt sont hautaines, hostiles, et celles de Razu-
« mowsky,' sauvages et implacables! » L'Empereur l'é-
couta sans impatience. Il se promenait lentement, en
laissant par intervalles tomber ces paroles : « C'est mon
« mariage qui a fait mon malheur. Je ne me plains pas
« de l'Impératrice, mais j'ai trop compté sur l'Autri-
« che !.... Mon beau-frère, Metternich, leur corps d'ar-
« mée, qui servait en 1812 sous mes drapeaux, m'ont
« trompé !.... Enfin, vous le voyez, tout, jusqu'à l'hiver,
« m'a manqué ! La terre, gelée et ferme la veille de ma
« marche sur Brienne, s'est changée en boue le lende-
« main ; Marmont y est demeuré, et cette malheureuse
« affaire de La Rothière, que je n'ai pu éviter, rend la
« paix indispensable. Mes soldats ne veulent plus com-
« battre ! Repartez donc promptement, allez, le duc de
« Bassano vous remettra vos dépêches. »

Maintes fois, Rumigny lui-même m'a dit que, dans cette
circonstance, tout en Napoléon l'avait attristé : sa voix
lente, sourde et voilée cette fois, son regard fatigué, son
attitude languissante. Il ajoutait que, en descendant
l'escalier, il rencontra successivement Berthier, Bélliard,
le duc de Dantzick, qui, dans leur anxiété, l'y attendaient. Chacun d'eux le pressa, avec la plus vive chaleur,
de dire à Caulaincourt : « Qu'il n'y avait plus d'armée ;
« qu'il fallait la paix à tout prix ! » Sur une interpellation de Rumigny, Berthier répondit : « Non ! cela ne
« s'écrit pas. Mais, je vous le répète, je vous charge for-

« mellement de lui dire qu'il faut la paix sur-le-champ ! »
Rumigny vit ensuite Maret; celui-ci lui remit en silence
ses dépêches.

A peine est-il reparti que d'autres officiers se pré-
sentent. L'un, avec les terreurs de Paris, apporte des présages de nouvelles trahisons. L'autre vient du nord : Aix-
la-Chapelle est envahi ! Liège devenue Russe ! Bruxelles
a été prise le 2 février ! La Belgique est perdue ! Maison
est rejeté sur nos anciennes limites ! Berthier interdit regardait son Chef : il restait muet, quand un troisième
officier accourt en toute hâte. Celui-ci vient de notre
gauche. Là surtout, tout est désespéré. La Marne est ressaisie par Yorck, Vitry enlevé, Châlons a capitulé le 5
février ! Notre grand parc fuit, abandonné dans la plaine ;
et Macdonald, presque seul, refoulé, par soixante mille
hommes, sur Epernay, Château-Thierry et Meaux, ne
sait où il pourra s'arrêter ! Paris est donc à découvert.
Partout le nombre l'emporte, et partout, malgré nos efforts notre impuissance est dévoilée !

A ce dernier coup enfin, le désespoir s'empara du quartier impérial. Une stupeur morne environne Napoléon ;
lui-même s'affecte ; son chirurgien Yvan, ses serviteurs
les plus rapprochés m'ont dit qu'ils craignirent même que
ses forces physiques, ébranlées par tant de chagrins, ne
l'abandonnassent. Et, en effet, leurs regards, accoutumés
à se tourner vers lui dans le péril et à l'y trouver supérieur,
cette fois le trouvèrent consterné. Ils ajoutaient toutefois
que, pendant ce cruel séjour où il lutta autant contre les
siens que contre l'ennemi, vingt instructions surtout à

son frère, pleines de détails dictés, tantôt pour la formation et l'armement de quelques renforts, tantôt pour rassurer l'Impératrice, ou pour armer les barrières de Paris contre une insulte, et faire vider ses palais de Compiègne et de Fontainebleau de tout ce qui pouvait y servir de trophée aux Alliés, montraient et sa présence d'esprit dans un danger aussi extrême, et l'indomptable résolution qu'il y opposait.

La nuit du 7 février et le 8 s'écoulèrent dans ces angoisses. Pourtant un dernier espoir restait encore : il se concentrait sur Caulaincourt. L'Empereur se rappelait sa persévérance, depuis deux ans, à vouloir et à lui conseiller la paix. Ce ministre avait reçu de Troyes ses pleins pouvoirs ; Rumigny venait encore de lui porter les injonctions les plus pressantes ; le Congrès allait répondre, et les pensées de notre Empereur se dirigeaient toutes sur Châtillon. Un auditeur en arriva en ce moment. L'Empereur saisit et ouvrit précipitamment sa dépêche. Pendant que ses yeux la dévoraient avidement, Berthier, Maret, Fain l'observaient avec anxiété ; mais aucun mot, nulle exclamation, pas un seul geste ne lui échappèrent. Seulement on crut le voir froisser convulsivement ce papier qu'il tenait en sa main ; puis, absorbé dans un silence morne, et se retirant dans sa chambre à coucher, il s'y renferma.

Les plus intimes des siens, avertis, étaient accourus. De moment en moment, l'inquiétude croissait. Pourtant, d'abord le respect contint ; mais toutes nos destinées étaient là, une seule porte en séparait, et bientôt Maret et Berthier la franchirent.

Ils ont dit qu'ils trouvèrent notre malheureux Chef assis, le coude appuyé sur sa table, le front comprimé dans sa main, et que son autre main, qui tombait pendante et abandonnée, tenait encore la lettre du duc de Vicence. Ils ajoutent que, au bruit qu'ils firent en entrant, il leva la tête, qu'il laissa aussitôt retomber, et que, sans rompre un silence plus sombre encore que son regard, il leur tendit d'un geste lent et consterné ce papier funeste.

Ce n'était plus notre frontière naturelle, la barrière du Rhin, la France telle qu'il l'avait reçue de la République, qu'on voulait lui laisser ; ces bases offertes à Francfort, les alliés les renient. Ce qu'ils exigent désormais, c'est la mutilation de la France, son emprisonnement dans ses anciennes frontières, celles de 1790 ! Tel était leur ultimatum.

A cette cruelle lecture succéda un nouveau et plus douloureux silence. Cependant il fallait une réponse ; les Alliés la voulaient prompte et catégorique ; le courrier, prêt à repartir, la demandait, et Napoléon, soit qu'il attendît de l'un des siens une occasion d'éclater, soit que, comme toutes les grandes douleurs, celle-là fût muette, persistait dans sa morne taciturnité. Un témoin a écrit qu'enfin, l'œil humide, les deux ministres unirent leurs instances, qu'ils osèrent risquer quelques mots sur la nécessité de céder. Tous les autres attribuent à Berthier seul ce triste courage.

Quoi qu'il en soit, aux premières paroles de Berthier, à ce mot de paix, toute l'indignation de l'Empereur soulevant, rejetant ce poids d'ignominie, que des ennemis

tant de fois vaincus prétendaient lui imposer, éclata soudainement. « Quoi! s'écria-t-il en se redressant, vou-
« loir que je signe un pareil traité, que je foule aux pieds
« mon serment? Des revers inouïs ont pu m'arracher la
« promesse de renoncer à mes conquêtes; mais que j'aban-
« donne celles de la République? Que je viole le dépôt qui
« me fut remis avec tant de confiance? Que, pour prix de
« tant d'efforts et de victoires, je laisse la France plus
« petite que je ne l'ai trouvée? Jamais! Ce serait une tra-
« hison, une lâcheté. Vous êtes effrayés de la continuation
« de la guerre, et moi je le suis de dangers plus certains
« que vous ne voyez pas! »

Alors, il montra la Prusse et l'Autriche avançant de
tout ce que la France aurait reculé, et cette paix, qu'on
lui commande, traînant après elle une suite de malheurs
plus graves que ceux de la guerre la plus acharnée. « Son-
« gez-y! reprit-il encore, que serai-je pour les Français
« quand j'aurai signé leur humiliation? Qu'aurai-je à
« répondre aux Républicains du Sénat, quand ils vien-
« dront me demander leur barrière du Rhin? » On dit
qu'alors, levant les yeux au Ciel, il le pria de le préserver de pareils affronts; puis que, ayant repris sa marche
agitée, il revint à ses deux ministres, et ajouta : « Qu'ils
« pouvaient répondre ce qu'ils voulaient, mais que lui
« rejetait un pareil traité; qu'il lui préférait la guerre
« et ses chances les plus rigoureuses! »

Ce long et premier cri de douleur jaillit du fond de son
âme, en accents rudes et brefs, et par élans rapides et
pressés. Ses deux Conseillers l'écoutaient en silence, les

yeux baissés, et immobiles, mais sans renoncer à l'espoir d'une paix moins humiliante. C'est pourquoi, malgré l'heure déjà avancée, malgré la fatigue d'un jour surchargé de tant de tristesses, et quoique l'Empereur, en finissant, se fût jeté sur son lit, le duc de Bassano ne le quitta que lorsqu'il eut paru consentir à permettre de répondre évasivement, sans accepter, sans refuser. Toutefois, ce qui pourrait faire croire que Napoléon hésita, c'est qu'il voulut, ce soir-là même, que les propositions du Congrès fussent envoyées au Conseil Privé de la Régente. Cette disposition perça dans sa préoccupation à prescrire jusqu'aux moindres détails : il fit enjoindre à chaque Conseiller de donner son avis motivé ; il voulut qu'un procès-verbal recueillît avec soin, et nominativement, toutes les opinions.

C'était ainsi que, dans cette ville de Nogent, où ma brigade se trouvait et se reposait, notre malheureux Empereur, frappé sans relâche, luttait sans espoir contre ce redoublement de nouvelles désastreuses et la honte qu'on voulait lui imposer.

La nuit cependant avançait ; il était resté seul avec son plus ancien valet de chambre, de qui je tiens ces tristes détails, lorsque, accablé de fatigue et voulant remettre tout au lendemain, il lui fit emporter le flambeau, dont on sait que la lumière gênait son sommeil. Mais la faculté qu'ont les grands hommes de se maîtriser eux-mêmes comme ils maîtrisent les autres, et de savoir déposer, à leur gré, les émotions les plus vives pour se livrer à d'autres soins, ou pour reprendre dans le repos de nouvelles forces, cette faculté, jusque-là si remarquable en Napoléon,

cette fois fut impuissante. Ce sommeil, qu'il appela vainement, ne vint pas un seul moment fermer ses yeux.
Dix fois, en trois ou quatre heures, il appela, renvoya
et rappela son valet de chambre, tantôt lui redemandant de la lumière, tantôt la lui faisant remporter, et
s'irritant contre l'agitation qui le consumait. Vers cinq
heures du matin, il le rappela encore, et, le voyant entrer
tout endormi et chancelant, il le plaignit et l'encouragea,
lui promettant un long et prochain repos. Constant, d'a-
bord ému, répondit que personne ne pouvait se plaindre
de fatigues partagées par un tel maître ; puis, s'enhardissant, il osa ajouter : « Que pourtant le désir et l'espoir de
la paix étaient universels. » A ce mot de paix, Napoléon
fut subitement transformé : il passa d'un abandon presque attendri à une contraction violente. « Eh bien oui !
« s'écria-t-il d'une voix rude et concentrée, on aura
« la paix ! On la veut ? On verra ce que c'est qu'une
« paix déshonorante ! » Constant, désolé d'avoir ravivé
les douleurs de son maître, se taisait, quand, vers sept
heures, survint un officier du duc de Raguse. Ce maréchal
commandait toujours notre aile gauche. Poussé, le 7 février, vers Villenauxe et Barbonne, par l'arrivée de l'Empereur, qui l'avait remplacé à Nogent, il avait lancé son
avant-garde par Sézanne et Baye, vers la Marne, pour essayer de se lier à Macdonald, mais il n'avait rencontré
partout que l'ennemi. C'étaient à Sézanne des éclaireurs,
qu'on dissipa facilement, et à Baye un des bataillons de
Blücher. Les quatre corps d'armée de ce maréchal Prussien défilaient, à grands pas et à grands intervalles, vers

Paris, par les deux routes qui, de Châlons, passent, l'une par Épernay et Château-Thierry, l'autre par Étoges, Champ-Aubert et Montmirail.

Ces deux colonnes se précipitaient par ces deux directions pour se réunir à La Ferté-sous-Jouarre. L'une, celle de la Marne, commandée par Yorck, poussait devant elle Macdonald au delà de Château-Thierry, tandis que la tête de l'autre, conduite par Sacken, dépassait Champ-Aubert, et, s'avançant dans le vide, courait par Montmirail sur La Ferté, s'efforçant d'atteindre ce point de jonction des deux routes avant notre maréchal.

Macdonald allait donc être pris en tête, en queue, et entre deux feux, séparé de Paris et de l'Empereur, et son faible corps ou détruit, ou dispersé, et en tous cas rendu inutile. Mais il avait prévu cette manœuvre. Une de ses divisions, jetée promptement en arrière de lui, venait d'occuper La Ferté; elle lui donna le temps de l'atteindre dans l'instant même où l'avant-garde de Sacken, culbutant deux mille de nos recrues arrivées de la veille, allait pénétrer dans cette ville. La division Albert rétablit le combat, prit quatre cents ennemis; et Macdonald, trop-faible pour résister à l'une ou à l'autre colonne et moins encore aux deux réunies, recouvra du moins sa retraite sur la capitale.

Ceci se passait le 9 février, le jour même où, vers sept heures du matin, l'Empereur apprenait à Nogent que, au delà de Sézanne, Marmont venait de chasser de Baye ce bataillon russe du corps de Sacken, dont on disait la tête de colonne déjà au delà de Montmirail. En même temps,

et d'heure en heure, étaient arrivés de Paris des cris d'é-
pouvante : Meaux fuyait sur notre capitale ! Blücher était
à ses portes !

À ces nouvelles, qui lui montrent ce général d'échauffourée méprisant assez sa détresse pour oser défiler ainsi
à sa portée, le génie guerrier de Napoléon s'indigne. Il
succombera peut-être, mais non sous ce coup de pied
prussien. Alors, s'enflammant, il sort du désespoir des
négociations par l'espoir des nouveaux combats qui s'offrent à lui : il s'élance de son lit de douleur, il court à
ses cartes, s'étend sur elles, et, le compas à la main, il
mesure les distances ; il fait jalonner d'épingles, dont les
têtes sont chargées de cire de diverses couleurs, les positions qu'il juge occupées par l'ennemi, les routes qu'il
veut suivre, les points qu'il veut ou faire garder ou attaquer. A neuf heures, le duc de Bassano le surprend encore
dans ce travail. Ce ministre lui apportait à signer les
dépêches pacifiques et résignées que, d'après ses dernières
paroles de la veille, on avait passé la nuit à rédiger. « Ah !
« vous voici ! s'écrie l'Empereur, que m'apportez-vous ?
« Il n'est plus question de cela ! Il s'agit de bien autre
« chose. Voyez, me voilà en train de battre Blücher de
« l'œil ! Il s'avance par la route de Montmirail ; je le
« battrai demain ! Je le battrai après-demain ! La face
« des affaires va changer, et nous verrons ! Ne précipitons
« rien. Il sera toujours temps de faire une paix comme
« celle que l'on nous propose. »

VIII.

VICTOIRES ! CHAMP-AUBERT, MONTMIRAIL ET VAUXCHAMPS.

Sa résolution était prise. Son génie, celui de l'attaque, celui de ses premières campagnes d'Italie, venait de le ressaisir ; il allait briser les chaînes honteuses sous lesquelles, se débattant depuis la veille, on l'avait vu près de succomber.

Dans l'heure qui suivit, Nogent fut confié au maréchal Victor ; Allix, Pacthod, Pajol et Montbrun reçurent l'ordre de garder, avec des dépôts et des gardes nationaux : l'un, Sens et l'Yonne ; l'autre, le pont de Montereau ; le troisième, celui de Melun ; et le quatrième, Fontainebleau. Enfin le maréchal Oudinot devait occuper Bray et Provins, avec quelques cadres. Voilà l'informe, le fragile rideau que, à trois, à quatre marches de Paris, et derrière la Seine, il opposa seul à la grande armée ennemie, et auquel il ne craignit pas de se confier de ce côté, pour la défense de la capitale !

Quant à lui, déjà précédé par Ney, avec les divisions

Decouz et Musnier ; par Mortier, avec les divisions Friant
et Michel ; et suivi par les divisions de cavalerie Laferr-
rière, Bordesoulle, Des Nouettes, Colbert et Guyot, dès
dix heures du matin il marchait déjà au travers des bois
et des terres marécageuses qui séparent Nogent de Sézanne ;
il allait se joindre aux divisions Ricard, La Grange et
Doumerc, que commandait Marmont, pour se précipiter
dans le flanc distendu que lui prêtait Blücher, pour
couper en deux sa colonne, la détruire peut-être, et lui
reprendre la Marne.

Ma brigade ne suivit ce mouvement qu'une heure
avant la nuit ; et pourtant, malgré cet intervalle, la route
était si détestable et la traversée de la forêt de Traconne
si laborieuse, que notre marche nocturne s'entremêla aux
restes des divisions qui nous avaient précédés. Leur trace
était toute parsemée de chevaux, de soldats, de canons
même, perdus ou noyés dans ces fondrières. Un grand
nombre de ces fantassins y avaient laissé leurs chaussures ;
plusieurs centaines s'étaient dispersés dans ces marécages.
Le dévouement des bons et braves habitants de ces contrées vint à leur aide ; ils protégèrent cette marche, dont
le sort de la guerre pouvait dépendre : leurs cordages,
leurs chevaux, leurs bras, ils avaient tout offert ; et, quand
vint notre tour, ce furent encore eux qui, pendant toute
cette nuit froide, pluvieuse, et la plus noire de cet hiver,
guidèrent, un fanal en main, notre colonne.

Quant à l'Empereur, que rien n'arrêta, il était arrivé,
le soir même du 9 février, mais tard et mal suivi, dans
Sézanne. Il croyait Marmont bien au delà ; il le supposait

maître du pont et du défilé de Saint-Prix, seule issue par
où notre armée pût traverser le petit Morin et déboucher
des marais de Saint-Gond sur l'ennemi. C'était de là que
Napoléon voulait se ruer par Baye, sur Champ-Aubert, en
travers de la colonne trop allongée de Blücher, d'Alsufiew et de Sacken, sur le grand chemin de Châlons à Paris,
où ce dernier venait de s'aventurer avec une rapidité si
menaçante.

En effet, cent cinquante lanciers de Marmont avaient
occupé Baye le 8 au soir ; mais le lendemain matin, 9 février, ce poste avait été repris par les Russes, et le maréchal, soit négligence soit découragement, car il en avait
d'abord compris toute l'importance, s'était laissé repousser jusque dans Sézanne. A la vue si inattendue de
Marmont encore dans cette ville, Napoléon s'irrite. Le
maréchal lui montre le petit nombre de ses soldats, leur
dénuement, leur lassitude et le terrain pourri où s'enfoncent ses chevaux et s'engravent ses canons. Mais, à la
voix toute-puissante du maître, toutes ces impossibilités
disparaissent, les courages se raniment, le patriotisme
s'exalte : les habitants accourent de toutes parts, et,
malgré la nuit, hommes, femmes, chevaux, tout s'attelle !

Le lendemain matin 10 février, dès le point du jour,
et de la hauteur qui domine Saint-Prix, Marmont plongea
d'avides et inquiets regards dans la vallée marécageuse
du Petit-Morin et sur le pont qui le traverse ; puis il les
releva, plus inquiets encore, sur la hauteur opposée. Il
n'eût fallu là que deux bataillons et une batterie ennemie
pour tout arrêter, pour déconcerter l'Empereur, et faire

échouer la plus belle de ses manœuvres. Mais pour cette fois encore, son Étoile avait jeté sur nous un dernier rayon ! Le pont de Saint-Prix était intact ; la hauteur opposée, déserte. Notre non-occupation de ce passage, la reprise facile qu'en avait faite l'ennemi, toutes ces négligences de la veille, qui eussent dû nous être si fatales, avaient trompé Alsufiew et Blücher lui-même. De ce côté, ils n'avaient cru qu'à la présence d'un simple parti de cavalerie. Seulement, Blücher, sur des avis reçus du comte Pahlen, venait de rétrograder d'Étoges, où il s'était établi presque seul, dans Vertus, où arrivaient les corps de Kleist et de Kapsewicz. Quant à Alsufiew, plus tranquille encore, après avoir négligé de rompre le pont de Saint-Prix, ou d'en faire occuper le défilé, il dormait si paisiblement dans Baye, avec ses six mille grenadiers, que nos coureurs suffirent à chasser ses grandes gardes jusqu'en vue de son quartier général.

Alsufiew, réveillé par nos premiers coups de feu, reconnut sa faute : il envoya quelques bataillons vers Saint-Prix pour la réparer, mais il était trop tard. Déjà les divisions de Marmont étaient maîtresses du défilé ; elles repoussèrent ces Russes jusqu'à cinq cents toises de Baye, où l'on trouva Alsufiew rangé en bataille. Sa gauche était dans un vallon d'un difficile accès ; son front, couvert par un bois fortement occupé. Il était neuf heures. Ici commença le premier acte du drame de cette journée ; il y en eut trois. Marmont vit d'abord que le sort de cette première rencontre tenait à la possession de ce bois ; il plaça en face la division Ricard, le 113e régiment en tête, dispersé en tirailleurs, et soutenu par deux brigades en colonnes. La division La Grange, déployée à gauche, eut l'ordre de pousser deux bataillons sur la droite des Russes.

Le 113ᵉ venait de rejoindre ce corps d'armée. Fabvier, celui de la Moskowa, et que, depuis, la Grèce a rendu célèbre, dit que ce régiment était composé de conscrits tout neufs ; que leur uniforme entier ne consistait qu'en une capote grise et un bonnet de police d'une forme féminine, d'où vint que l'on appela ces pauvres enfants, *les Marie-Louise*. Ils étaient à peine commandés et encadrés. Quand le maréchal parcourut leur ligne, voyant la plupart des pelotons sans officiers, il demanda à l'un d'eux où donc était son lieutenant. « Notre lieutenant ? répondit une « voix grêle, mais nous n'en avons jamais eu. — Et le « sergent ? reprit le maréchal. — Pas davantage, repar- « tit la même voix ; mais c'est égal, ne craignez rien, nous « sommes bons là ! » Comme alors il leur montrait l'ennemi, en leur recommandant de bien ajuster, l'un d'eux ajouta : « Qu'il tirerait bien, mais qu'il n'était pas sûr de « pouvoir recharger son arme ! » Et réellement, l'instruction d'une partie de ces pauvres recrues allait à peine jusque-là ; mais leur bravoure naturelle suppléa à tout. Le signal donné, pelotons, bataillons, tout s'élança, et de ce premier élan le bois fut emporté.

Ce rideau arraché, nous découvrîmes Alsufiew ralliant ses fuyards ; mais, trop à découvert dans Baye, il recula, en combattant, jusqu'à la hauteur des fermes d'Andrecy et du bois de Bannay, où il s'arrêta, appuyant sa droite et sa gauche à ces deux points, et nous montrant un front

déterminé. Il nous disputait ainsi le chemin de Sézanne à
Épernay, qui coupe verticalement, à Champ-Aubert, la
grande route de Châlons. Ricard suivait ce chemin ; La
Grange marchait toujours à sa gauche ; c'était le côté de
l'ennemi le plus accessible, et ce fut là que d'abord notre
attaque fut la plus chaude. Elle commença mal : vingt-
quatre pièces russes écrasèrent La Grange ; on n'y put
répondre, notre artillerie, mal attelée, n'ayant pu suivre.
Cette division perdit contenance : elle reculait en désordre, quand la vue de l'Empereur et de Ney, accourant
avec tout ce qu'ils pouvaient traîner de canons, arrêta les
Russes.

Sans doute aussi l'apparition de deux mille chevaux,
dirigés par Napoléon sur Fromentières, et qui s'y trouvèrent bientôt en arrière, à droite de la ligne de bataille
d'Alsufiew, inquiéta ce général. Il demeurait incertain,
lorsque La Grange, profitant de son hésitation, rallia son
corps et recommença son attaque. Il tomba blessé, mais
ce ne fut qu'après avoir vu le général russe ployer sa ligne
en bataillons carrés, céder le terrain, et se concentrer sur
Champ-Aubert.

Toutefois, en se retirant, il nous maintenait à distance
par des feux nourris, quand Ricard, à son tour, poussa
vigoureusement sa tête de colonne sur ce village. Il s'en
empara, le perdit, et s'acharnant il en ressaisit les premières maisons. Cette lutte fut sanglante. On s'y battit corps
à corps, et à la baïonnette, ce qui est rare. Il y avait du
désespoir dans la résistance des Russes : ils ne savaient
plus où reculer !

Alsufiew, acculé sur la grande route de Châlons à Paris, qu'il avait l'ordre de couvrir, sentait l'impossibilité de s'en servir pour se retirer, soit à droite, soit à gauche, sans nous prêter, à bout portant, l'un ou l'autre de ses flancs. Mais, pendant qu'il se cramponnait dans ce dernier poste, la connaissance des lieux, une intrépide, une heureuse inspiration du général Girardin, et un hasard de l'une des charges de la cavalerie de Bordesoulle sur les carrés de la droite russe, termina ce second combat. Dans le tumulte de cette attaque, une cinquantaine de nos lanciers, enivrés par l'ardeur de leur charge, n'entendirent pas le ralliement : ils traversèrent la ligne ennemie et, poussant leur fortune, ils se rabattirent sur Champ-Aubert, qu'ils coupèrent par le milieu, pendant que, du côté de notre infanterie, on s'en disputait encore l'entrée. Les Russes, qui s'y défendaient, entendant derrière eux des cris de victoire, n'en demandèrent pas davantage : ils crurent nos lanciers sur parole, et, sans compter, ils se mirent à fuir en déroute.

Pourtant, l'instant d'après, soit que le hasard ou la nécessité les eût bien conduits, soit qu'Alsufiew lui-même eût d'abord été bien inspiré, il se trouva, avec sa division, rejeté de l'autre côté de la grande route de Paris sur celle d'Épernay. C'était pour lui une voie de salut s'il y eût persévéré. Il était tard ; reculer bien ensemble vers Epernay, en disputant l'heure et le terrain jusqu'à la nuit, c'était ce qu'il avait de mieux à faire ; mais, dans sa préoccupation de regagner la grande route, sa retraite sur Blücher, apercevant à sa gauche, au travers du bois du

11.

Désert, un chemin qui pouvait l'y conduire, il se persuada qu'il devait le suivre.

Ce fut en présence et à portée de Marmont que, aveuglé par cette idée fixe, il fit faire un à-gauche à son corps, et nous prêta son flanc droit, en engageant la tête de sa colonne dans ce bois marécageux. A la vue de cette faute, Marmont lança vivement une brigade de cuirassiers sur ce flanc découvert; il ne fallut qu'un choc : la colonne Russe, coupée en deux, tourbillonna; ses deux tronçons se dispersèrent en plusieurs milliers de fuyards, jetant leurs sacs et leurs armes. Dans ce sauve-qui-peut général, la plupart se précipitent par tous les sentiers dans le bois du Désert. Mais déjà toutes les issues en étaient occupées par l'ordre de Marmont, et lui-même, avec Bordesoulle et tout ce qui l'entourait, gagna la tête de cette déroute.

Un instant après, trois mille Russes étaient tués ou pris; deux cents des plus éperdus se noyaient dans les étangs du Désert; plus tard quinze cents autres, égarés dans ces marais, étaient ramassés par nos paysans, par des enfants même, qui, brandissant fièrement leurs serpes, nous en ramenèrent un bon nombre.

Sept mille grenadiers russes détruits, vingt et un canons, cinq mille fusils, quarante-huit officiers, et deux généraux prisonniers, furent le trophée de cet heureux jour ! Alsufiew lui-même fut saisi au milieu du bois par un simple chasseur, de six mois de service. Ce conscrit, quelque chose qu'on pût lui dire, ne voulut pas lâcher prise qu'il n'eût conduit ce général à l'Empereur. Il le lui remit de sa main, et Napoléon décora ce jeune soldat de l'Ordre d'Honneur.

Marmont, en ce moment, se trouvait là; on remarqua son attitude et celle du général qu'il venait de vaincre. Toutes deux furent conformes à la situation de l'un et au caractère bien connu de l'autre : Alsufiew paraissait atterré, tandis que Marmont, trop orgueilleux pour paraître enorgueilli, restait le même, trouvant sa victoire toute naturelle.

Alsufiew avait fini par une faute, comme il avait commencé. Sa dernière manœuvre venait de nous livrer son corps entier sans défense, de même que, le matin, il nous avait abandonné, sans combat, la seule position qu'il eût pu défendre. Il est vrai que, dans l'intervalle, sa conduite avait été digne d'un meilleur commencement et d'une fin moins déplorable.

Quant à l'Empereur, lorsque, établi sur la grande route dans une chaumière de Champ-Aubert, il invita à sa table les généraux prisonniers, il essaya de les consoler : sa victoire fut douce à leur infortune. Mais bientôt, frémissant à l'idée que peut-être, en cet instant même, Caulaincourt, usant du pouvoir qu'il lui avait envoyé, signait une paix honteuse, il les congédia. Déjà sa fierté, se saisissant avidement de cette nouvelle branche de laurier, s'empressait de secouer l'humiliation de la cruelle soirée de Nogent. Une dépêche fut dictée précipitamment au duc de Vicence. Elle peint son espoir, son habitude de bonheur, et la force de son penchant à croire à son Étoile !

« Un changement brillant, disait-elle, était survenu dans

« sa position. De nouveaux avantages se préparaient.
« Le plénipotentiaire de la France pouvait donc repren-
« dre au Congrès une moins humble attitude. »

Cette dépêche expédiée, il devint plus tranquille. Alors
seulement, il put enfin prendre cinq heures d'un repos
cruellement acheté par la fatigue et les chagrins des nuits
précédentes.

Son sommeil fut calme. Mais il ne s'était pas endormi
sur ce premier succès sans en avoir assuré les conséquences : tout était prêt pour le lendemain. Dès son
arrivée sur cette grande route, il avait envisagé d'un coup
d'œil sa position ; toute la contrée comprise entre Vertus,
La Ferté et Château-Thierry en avait été comme éclairée !
On eût dit qu'il y avait aperçu d'avance tous les mouvements de ses ennemis : celui de Blücher, qui devait infailliblement accourir, par Vertus, au secours des siens ;
celui d'Yorck, vraisemblablement appelé de Château-
Thierry à Montmirail ; enfin, la marche rétrograde de
Sacken, le plus compromis de tous ces chefs, celui dont
l'audace avait osé prétendre à se montrer le premier devant Paris. Ce général, se sentant pris sur le fait, tourné,
menacé sur ses derrières, revenait déjà sans doute à grands
pas, en ne songeant plus qu'à fuir ou à se défendre.

Montmirail surtout, où passe la grande route de Châlons, où se réunissent celles de Sézanne et de Château-
Thierry, avait apparu à notre Empereur comme le point
de ralliement donné à tous ces corps ennemis. Dès lors,
les prévenir à ce rendez-vous, et tout à la fois, d'une
part y retarder l'arrivée de Blücher en envoyant ralentir

sa marche; de l'autre, observer, du même point, Yorck qui en était le plus près; enfin, aller soi-même au-devant de Sacken, qui certainement revenait de sa pointe sur Paris, talonné par Macdonald, se mettre en travers de sa retraite et le détruire en avant de Montmirail, tel fut l'éclair de sa pensée : ses ordres, dès la soirée même du 10 février, en avaient fait commencer l'exécution.

En effet, Alsufiew venait à peine de succomber, et Napoléon n'avait pas mis pied à terre, que déjà Marmont et Grouchy étaient dirigés sur Étoges contre Blücher ; Macdonald, averti ; Mortier, la jeune Garde et nous, appelés de Sézanne dans Montmirail ; enfin, Ricard, Nansouty et quatre mille chevaux d'élite, poussés de Champ-Aubert dans cette même ville de Montmirail, d'où ils chassèrent, vers onze heures du soir, un pulk de Cosaques.

Le lendemain, 11 février, dès cinq heures du matin, Napoléon, remonté à cheval, s'avançait sur ce point central, qu'il dépassa. Sa marche fut lente, afin de conserver à ses corps un ensemble indispensable. Quand reparut le soleil, ses premiers rayons lui promirent une belle journée et tinrent parole. Ce fut à la hauteur de Marchais qu'il rejoignit sa cavalerie, rangée en bataille dans la plaine.

Il était dix heures. Déjà toutes ses prévisions se réalisaient. En arrière, à sa droite, l'apparition de quelques coureurs Prussiens annonçait qu'Yorck arrivait de Château-Thierry sur Montmirail; en face, on apercevait Sacken, revenant de Trilport à grands pas, fatigué d'une marche de quatorze heures ; inquiet, il accourait aussi, et en toute hâte, sur Montmirail. Il entrevoyait enfin les clochers de cette ville ; il espérait y trouver Blücher, lorsque, dans le court intervalle qui l'en séparait, il aperçut notre avant-garde.

La prudence eût peut-être voulu qu'alors il manœuvrât de Vieux-Maisons sur sa gauche pour se réunir à Yorck, ou que, du moins, il attendît son concours ; mais, soit dépit d'avoir été forcé de lâcher prise sur Paris, dont ses soldats portaient déjà, dit-on, le nom écrit sur leurs bonnets ; soit audace et intrépidité naturelle, il osa tout le contraire. Il se peut aussi qu'il crût devoir se renfermer dans ses instructions : elles lui prescrivaient Montmirail pour point de ralliement ; on lui en barrait le passage, il ne songea qu'à le forcer.

Le voilà donc qui pousse en avant sa colonne, cherchant une position pour la déployer et pour engager le combat. En cet endroit, la route, comme la plupart des grands chemins, suivait une vallée, celle du Petit-Morin, mais en se maintenant sur les hauteurs du versant droit, en sorte que, laissant à sa droite deux des affluents de ce cours d'eau, elle les dominait et restait indépendante de leurs ressauts. Ces deux ravins, peu distans l'un de l'autre, étaient ceux de L'Épine-aux-Bois et de Marchais. De même que la plupart des ravins transversaux, ceux-ci offraient des positions militaires. Il n'y avait pas à choisir, car déjà l'Empereur occupait celui de Marchais. Sacken prit donc position sur l'autre. Le temps ne lui manqua point : les boues ralentissaient la marche de notre artillerie ; les divisions Michel et De France, appelées de Sézanne, étaient loin encore ; le corps prussien comptait

plus de vingt et un mille hommes ; le corps russe, autant ;
nous n'étions pas quatorze mille, et Napoléon attendait.

Notre attitude défensive et la nécessité de se faire jour
décidèrent Sacken. La disproportion des forces l'éblouit
sur celle du génie. Il n'hésita pas, il prit l'attaque. Son
plan hardi fut, dans le détail, aussi habilement conçu que
d'abord vigoureusement exécuté. Sa gauche, toute de cavalerie, couvrit la plaine en face de la nôtre. La Haute-
Épine et L'Épine-aux-Bois étaient le centre et la clef de
sa position. Il le comprit : quarante canons et le gros de
son armée la lui assurèrent. Quant à sa droite, il l'étendit
jusqu'au Petit-Morin. Scherbatow la commandait ; elle
reçut l'ordre de remonter violemment ce cours d'eau et de
tout renverser devant elle. Sacken prétendait nous maintenir dans la plaine et sur la grande route, pendant que
cette droite, remontant victorieusement le Morin jusqu'à
Montmirail, pivoterait sur son centre, et nous rejetterait
sur la route de Château-Thierry et sur le corps d'armée
d'Yorck, où s'achèverait notre défaite.

Mais l'Empereur, qui, dès la veille, avait deviné l'ensemble de ces mouvements, ne pouvait être surpris par
leur réalisation. Son génie, bien autrement audacieux,
venait de le jeter, avec quatorze à quinze mille soldats,
au milieu de quarante-deux mille ennemis. Un coup d'œil
sur ce champ de bataille lui suffit pour juger le général
russe et préparer sa défaite.

Au centre, c'est-à-dire sur la grande route, où tout
devait se décider, il plaça Friant et sa vieille Garde en
colonne serrée : c'étaient quatre mille hommes seulement.

A sa gauche, au vallon transversal de L'Épine-aux-Bois tout rempli de Russes, il opposa dans celui de Marchais, vers le village de ce nom, les divisions Decouz et Musnier, et dans Pomessone celle de Ricard, dont l'extrême gauche s'appuya au Petit-Morin. Quant aux quatre mille chevaux de notre droite, il les laissa dans la plaine; leur flanc droit fut couvert par le petit bois de Bailly, qu'une brigade d'infanterie défendait. Tel fut, vers le milieu du jour notre ordre de bataille.

Déjà le canon retentissait; déjà même, aux pétillements inégaux des feux de tirailleurs les roulements brefs, réguliers et plus sérieux des feux de rangs, avaient succédé; on était aux prises. Napoléon calme, mais attentif, observait. Il attendait que l'intention de Sacken se fût mieux dessinée, car, au milieu de ces bruits de mort, jamais chef de guerre, quand il le fallait, ne sut mieux attendre. Sûr enfin de l'agression de Sacken par son aile droite, et que ce Russe, qu'il avait tourné, prétendait, sans craindre de se séparer des Prussiens d'Yorck accourant à sa gauche, le tourner à son tour, il se décide. Aussitôt sa cavalerie reçoit l'instruction de se porter en avant dans la plaine. Elle menacera l'intervalle des routes de La Ferté et de Château-Thierry, et la marche de flanc que pourrait tenter Sacken pour se réfugier auprès d'Yorck. Quant à son aile gauche si vivement attaquée, Napoléon la refuse, il lui ordonne de faiblir, de reculer même. Il agace ainsi, il encourage l'aile droite russe et l'attire dans cette fausse voie; mais, en même temps que, de ce côté, il se prête à la faute de son ennemi, au centre il se prépare à en profiter. C'est pourquoi l'on voit Friant et quatre bataillons, serrés en masse, s'avancer silencieusement sur la grande route, dépasser Marchais, s'arrêter à portée de La Haute-Épine, et, les armes prêtes, attendre un signal.

Il était plus de deux heures quand l'Empereur sembla céder ainsi aux Russes, par sa gauche, dans le Val du Morin, et les menacer de son aile droite dans la plaine. Son but était d'attirer à la fois, de ces deux côtés, leurs forces accumulées à leur centre ; il tentait ainsi Sacken, d'un côté par l'espoir et de l'autre par la crainte. Ce général ne manqua pas d'obéir à ces deux puissants mobiles. Sentant fléchir notre gauche devant sa droite, il crut au triomphe de son plan d'attaque, et affaiblit son centre à La Haute-Épine et à L'Épine-aux-Bois, pour renforcer cette droite et achever sa victoire. Il fit de même pour son aile gauche : il dégarnit encore son centre, afin de la rendre assez forte pour maintenir, de ce côté, ses communications avec Yorck. C'était là justement ce qu'espérait l'Empereur. On eût dit que Russes comme Français se conformaient à ses instructions, et que des deux côtés, de même que sur un champ de manœuvres, on obéissait à ses ordres !

Dès lors pour lui l'action commence. Il n'a plus là ces grandes réserves d'Austerlitz et de Wagram ; de toutes ces redoutables masses, Friant et quatre mille vieux soldats lui restent seuls, et la moitié va lui suffire ! Au signal qu'il donne, ces deux mille vétérans s'élancent, ils se précipitent sur La Haute-Épine. Tout ce qui ose les

attendre, tombe ; le reste est culbuté sur l'artillerie ; les
quarante canons russes se taisent ; la fusillade même est
éteinte ; il faut ici combattre corps à corps, et bientôt
nos baïonnettes règnent seules sur ce champ de carnage.
Par ce coup de guerre, le centre des Russes est crevé, et,
au moment où il se croyait victorieux, Sacken est
vaincu soudainement !

Pourtant, la surprise de ce général n'enchaîna pas son
audace : il reforma ses troupes en colonne, et, tête baissée, il fit remonter Liewen de L'Épine-aux-Bois sur La
Haute-Épine et dans la plaine. Il espérait réparer la brèche faite à son centre, se rejoindre à sa gauche, et se
rattacher aux Prussiens, dont enfin, vers Fontenelle, les
coups commençaient à se faire entendre. Mais, pendant
que Friant et ses grenadiers se maintiennent invinciblement dans leur conquête, Napoléon aperçoit cette marche
de flanc de la gauche de Liewen. Elle se dessinait en une
épaisse et noire traînée, en travers de la grande route ;
déjà même la tête de cette colonne gagnait la plaine. A
cette vue, d'un mot, d'un geste, tout ce qu'il a de cavalerie près de lui, celle de Guyot, les quatre escadrons de
service, jusqu'au peloton qui le suit, sont lancés, à toute
bride, sur le flanc de cette masse mouvante, qu'ils enfoncent et foulent aux pieds. La mêlée commencée, grenadiers à cheval, dragons, chasseurs et lanciers, tous d'é-
lite et expérimentés, n'ont plus besoin d'ordres : ils
sabrent en tous sens cette malheureuse infanterie, qui
tourbillonne éperdue ; tous leurs coups portent, et deux
brigades presque entières tombent détruites.

S'il en échappa vers les Prussiens quelques centaines, et avec eux la cavalerie russe, c'est que le chef, pourtant très habile et fort brave de la nôtre qui couvrait la plaine, manœuvra plus savamment, ce jour-là, qu'il ne combattit. Quelques-uns disent qu'il était fatigué de guerres; ou que, appesanti par ces principes exagérés de prudente lenteur qu'inspire parfois le long commandement des lourdes réserves, il était devenu d'autant plus ménager de ses escadrons, qu'on les lui avait fait souvent trop prodiguer. Quoi qu'il en soit, le fait est que cette fois il laissa s'échapper l'occasion.

Cependant, nous étions victorieux au centre; la gauche des Russes était en pleine retraite; leur droite était attirée dans un guet-apens; tout paraissait décidé; (il semblait qu'il n'y avait plus qu'à ramasser prisonnière cette aile ennemie, engagée si témérairement et si avant dans la vallée du Morin; mais il arrivait tout le contraire. La valeur aveugle de ces Russes, commandés par un chef d'une opiniâtreté pareille, changeait la nature des choses : elle déconcertait le génie. Scherbatow, ou plutôt, dit-on, Bernadozow, avait, il est vrai, donné dans le piège, mais, en s'y obstinant, il le forçait !

Ce général s'était rendu maître de tout le ravin, de Marchais à Pomessone, pendant que nous nous emparions de la tête de celui de L'Épine-aux-Bois, son point de départ, et, tout entier à l'ordre qu'il avait reçu, il ne s'embarrassait pas de la nôtre. Sourd aux coups qu'il devait entendre derrière lui, il poussait sa chance, il avançait toujours, et de volontaire qu'avait été d'abord la retraite simulée de Musnier et de Ricard, il la rendait réelle et involontaire.

Vainement Napoléon, resté sur la grande route à cette hauteur, et que commençait à inquiéter l'attaque des Prussiens d'Yorck en arrière de notre droite, ordonnait à Ricard et à Musnier de reprendre à sa gauche l'offensive, et d'en finir ; leurs recrues ne voulaient plus mordre. Ces conscrits tout neufs, ignorant le péril, avaient d'abord étonné nos vétérans ; mais, la connaissance faite, ils en étaient à ce point où, sachant apprécier le danger, on n'y est pas fait encore. Et puis, pour tout dire, sans vêtements suffisants, mal nourris, transis du froid des bivouacs, et harassés de marches et de combats, ils étaient au bout de leurs forces. Leurs officiers avaient obtenu d'eux plusieurs vigoureux élans ; plusieurs fois même, Pomessone et Marchais avaient été pris et repris ; mais il était alors quatre heures, et, décimés, abattus, l'énergie de l'attaque leur manquait, il leur restait à peine le courage de se défendre.

Toutefois, Napoléon s'obstine ; il était pourtant lui-même si dépourvu, qu'il ne put envoyer à Ricard que deux des quatre bataillons de sa vieille Garde, qui lui restaient en réserve. Ils furent inutiles. Ricard les jugea, m'a-t-il dit, insuffisants ; il ne voulut pas les exposer en vain. Peut-être eussent-ils suffi cependant, car de quoi de pareils soldats n'étaient-ils pas capables ? Les deux autres bataillons de cette même vieille Garde allaient le prouver, mais dans une attaque plus décisive, mais sous les ordres et les yeux de Napoléon, qui seul avait le droit et le pouvoir d'exiger ces efforts surhumains de ces hommes d'élite. En cet instant, étant demeuré sur la grande route avec ces deux seuls bataillons, il hésitait à risquer, pour ressaisir Marchais, cette dernière réserve.

Mortier venait, il est vrai, d'arriver. Ce maréchal, toujours prêt au bruit du canon, et qui jamais ne se fit attendre sur un champ de bataille, était suivi de Michel et de six bataillons de la jeune Garde ; mais il avait fallu les opposer, vers Fontenelle, à l'irruption de l'armée d'Yorck. Le canon de cette autre armée grondait en arrière de notre flanc droit, où l'avant-garde prussienne pénétrait sans résistance.

Ainsi, malgré la brillante conquête de La Haute-Épine, et celle de la haute plaine, en arrière de notre droite, au centre, et à gauche sur le Morin, nous nous trouvions retombés dans la défensive ; le ravin même de Marchais était perdu ; et pourtant la nuit approchait. L'ardeur opiniâtre avec laquelle Scherbatow et Bernadozow poursuivaient une faute, allait en faire une belle action, et rendre la bataille au moins indécise. On vit alors l'Empereur, agité, frapper sa botte de son fouet à coups redoublés, et tourner fréquemment les yeux vers Montmirail. Il attendait notre division ; elle approchait ; partie le matin de Sézanne, nous arrivions enfin presque avec la nuit, trop tard, et parce que, dans les meilleures armées, il y a malheureusement des hommes trop habiles à n'entrer en ligne qu'au jour tombant, et quand la nuit est prête à substituer aux feux de la guerre ceux des bivouacs.

Mais, quelque prompte que fût la chute de cet onzième

jour de février, Napoléon fut plus rapide encore ! Nous déployer derrière lui, et tout aussitôt précipiter, à la baïonnette, ses deux bataillons sur Marchais, le maréchal Lefebvre en tête ; puis nous replier en colonnes, et nous lancer ainsi, par la grande route, sur le flanc gauche de Scherbatow, fut l'affaire d'un moment : dix minutes suffirent. Ce second coup de guerre, plus décisif que le premier, réussit de même. En dépit des feux des Russes, la distance, l'ennemi, Marchais et ses positions, tout disparut en un clin d'œil sous notre charge, et surtout sous le pas de course de ces deux bataillons ! On n'en a point assez dit, on n'en dira jamais assez sur leur gloire. Quant à la nôtre, les histoires d'alors l'ont trop vantée, elle appartient toute à Napoléon ; elle est tout entière dans le mouvement décisif qu'il nous ordonna, et qui acheva de déconcerter l'ennemi, car nous l'exécutâmes sans grands obstacles. Ce fut bien plus cette manœuvre que nos sabres qui nous livra cette foule de prisonniers, dont nous font honneur des récits qu'on a pourtant raison d'estimer, malgré l'inévitable inexactitude de ces minutieux détails.

Au bruit de ce second coup de foudre Ricard s'élança sur l'extrême droite des Russes, devenue incertaine : elle plia ; la poursuite fut courte, la nuit l'ayant arrêtée et non l'ennemi, qui disparut dans les ombres, fuyant en déroute.

Napoléon suivait sa victoire d'un œil satisfait ; déjà même, il s'était avancé jusqu'à La Haute-Épine, quand un courrier, l'abordant en grande hâte, lui remit une dépêche. Son regard, en voyant l'enveloppe, changea sou-

dain. Un dépit hautain y éclata. Il se saisit violemment
de cette lettre et, sans l'ouvrir, il la lança au loin derrière
lui, par-dessus son épaule gauche, avec un geste de mépris et de colère. Tout ce qu'on put savoir, c'est qu'elle
arrivait de Châtillon. On suppose qu'elle renfermait une
réponse conforme aux humiliations de Nogent. Berthier
vit ce mouvement, il s'en affligea, dit-on, et fit ramasser
cette dépêche. Pourtant, il ne put s'étonner que de si
cruelles concessions, à demi arrachées par la défaite, fussent désavouées par la victoire.

Une seconde nouvelle survint en ce moment ; elle fut
autrement reçue que la première. A notre droite, Michel,
quoique blessé, et le maréchal Mortier triomphaient
aussi. Depuis la ferme des Tourneux jusqu'à Fontenelle,
leurs six bataillons venaient d'enfoncer, de position en
position, neuf bataillons prussiens. Pirch, leur général,
était blessé, son artillerie, prise. Ainsi, de toutes parts,
la victoire terminait le combat; le nom de Montmirail
devenait célèbre ; vingt-six canons russes et prussiens,
plus de deux cents voitures, et quatre mille cinq cent
soixante ennemis morts, blessés ou prisonniers, restaient
sur le champ de cette bataille.

Ce succès fut acheté : dix-huit cents Français, deux
généraux de Mortier, beaucoup d'officiers, et la plupart
des officiers supérieurs de Ricard, le payèrent de leur
sang.

Au milieu de tant d'efforts intrépides, un trait de fermeté stoïque avait été remarqué. Le jeune et brave chirurgien major Bancel, attaché à la Garde, et plusieurs fois

blessé lui-même, avait, selon son habitude, établi son ambulance le plus près possible du combat. Il pansait nos
blessés, quand, levant la tête, il aperçut près de lui un
ancien chasseur à cheval de la vieille Garde fumant tranquillement sa pipe en le regardant. Bancel, alors trop
occupé, y fit d'abord peu d'attention. Pourtant, un quart
d'heure après, le voyant toujours à la même place, toujours fumant et toujours aussi paisible : « Que faites-
« vous donc là, enfin ? s'écria-t-il. Comment un ancien
« comme vous n'est-il pas honteux de se tenir ainsi à
« l'écart, lorsque ses camarades se couvrent de gloire? »
Sur cette interpellation, le chasseur fit faire froidement à
son cheval un demi tour ; puis, ôtant sa pipe de sa bouche : « Tenez, major, répondit-il, en lui montrant sa
« jambe brisée, dont le pied pendant ne tenait plus qu'à
« une fibre, pensez-vous que je n'aie pas mon compte
« comme cela, et que j'en puisse faire davantage ? »

On peut juger des regrets que ce chirurgien eut de ses
reproches, et quels soins il prodigua à ce vétéran mutilé.
Tels étaient ces Guides célèbres du général Bonaparte,
que, depuis 1796 et l'Égypte, l'Europe entière avait ad-
mirés ! Que de fois, depuis quatorze ans, nous avions
veillé ensemble près du Premier Consul et de l'Empereur !
Mes vieux amis, à cette heure où j'écris ces souvenirs,
dans quelles humbles retraites vivez-vous dispersés et oubliés ? Mais combien peu de vous sont debout encore !

L'Empereur coucha à La Haute-Épine. Les deux
chambres qu'il y occupa étaient encombrées de morts. On
les jeta dehors pour lui faire place. Pour nous, notre

charge et notre poursuite s'étaient arrêtées non loin de là, vers la forêt de Nogent-sur-Marne. La nuit, qui met le vainqueur comme le vaincu sur la défensive, enchaînait nos mouvements. Nous ne savions plus où attaquer un ennemi déjà posté, et qui savait bien où fuir et où se défendre. Incertains, nous demeurâmes dans l'obscurité, longtemps rangés en bataille. On défendit même jusqu'aux étincelles, car, au moindre bruit, les décharges de l'ennemi, presque à bout portant, nous apprenaient que notre ligne se trouvait au milieu de leurs grandes gardes. Nous nous débrouillâmes enfin les uns des autres ; alors, nos postes placés, nous allumâmes nos feux ; on alla à tâtons aux vivres et au fourrage, l'eau seule manqua tout à fait ; le reste de la nuit fut paisible.

Sacken en profita pour s'écouler le long des bois ; puis, gagnant la route de Château-Thierry, vers Montfaucon et Wiffort, où l'arrière-garde prussienne s'était arrêtée, il se mit à couvert derrière elle.

Ces deux corps alliés s'étaient ainsi rapprochés, mais non leurs esprits : un souffle de mésintelligence s'exhalait de leur défaite. D'accord jusque-là par un intérêt commun, une haine pareille et le succès, leur union accidentelle s'était ébranlée de ce premier revers. Ils s'en accusèrent, dit-on, réciproquement ; Sacken reprocha à Yorck sa lenteur ; et Yorck, à Sacken sa précipitation.

Cependant Napoléon veillait. Il envisageait sa position si critique encore. Alsufiew est anéanti ; Sacken désorganisé ; Yorck entamé et repoussé ; quarante-sept canons leur ont été arrachés ; plus de onze mille Russes et Prussiens sont détruits. Mais ils étaient soixante-douze mille, et le cours de la Marne entre leurs mains. De ce côté, Yorck et Sacken réunis, trente-sept mille hommes encore contre quinze mille, restaient maîtres de Château-Thierry et de ses abords. D'autre part, et derrière nous, Blücher, l'audacieux, l'impétueux Blücher, sans doute impatient d'accourir, par Étoges, au secours des siens, avec quatre-vingts canons et vingt-deux mille hommes, allait culbuter sur nous Marmont et ses quatre mille recrues. Enfin, trois jours se sont écoulés depuis que, devant toute la grande armée Alliée, la Seine a été presque abandonnée à elle-même. En effet, déjà Victor, alarmé, nous y rappelait. Comment s'en éloigner davantage, lui tourner le dos, s'enfoncer plus avant au nord, vers Château-Thierry, et s'engager, se compromettre, de plus en plus, au milieu de soixante mille Coalisés, avec ce peu de soldats qui suivent Napoléon, et qui sont la dernière ressource de la France ?

L'Empereur, cependant, n'hésita pas. Le 12 février au matin, vers huit heures, il nous mit en marche, à travers champs, droit au nord et vers la Marne. Mortier s'avança, de Fontenelle, vers le même but. Quant à Napoléon, poussant d'abord jusqu'à Vieux-Maisons, il y laissa une réserve ; puis, s'étant assuré de la retraite de Sacken sur Château-Thierry, il prit la même direction.

Il ne s'était pas décidé par des considérations ordinaires ; il avait tout calculé : du côté de la Seine, la lenteur autrichienne ; sur la Marne, l'ascendant de sa Renommée, et celui de l'attaque, qu'il venait de ressaisir. Il jugea donc qu'il pouvait disposer de deux jours encore. Il pensa

que Blücher et ses lieutenants, que ces vainqueurs inac-
coutumés, se sentant saisis sur le fait, et pris en flagrant
délit de conquêtes, par leur maître en fait de batailles,
seraient tous, ou frappés de stupéfaction par son apparition soudaine, ou prêts à fuir, et qu'il ne s'agissait que de
les atteindre. C'était encore le héros de l'Italie, procé-
dant par des coups audacieux et inattendus, afin d'é-
tonner; frappant ainsi l'imagination, celle des siens et
celle de l'ennemi ; enthousiasmant l'une et terrifiant l'autre; nous exaltant de la foi qui sauve, et imposant à ses
adversaires celle qui consterne et détruit!

Nous nous dirigeâmes donc, le 12 février, sur Château-
Thierry, sans nous embarrasser de Blücher, dont nous n'entendions point parler encore. La division Ricard, épuisée,
demeura à Montmirail. Friant même et la moitié de ses
grenadiers de la vieille Garde restèrent en réserve à Vieux-
Maisons. Ainsi nous marchâmes un contre trois, avec peu
de canons, mais sans douter de la victoire.

A deux lieues de là, en côtoyant un bois, je ne sais quel
bruit ou quel instinct nous fit pressentir l'ennemi sur son
autre lisière. Cinquante Gardes du 3° et le capitaine Ca-
rabene eurent l'ordre d'aller dépister cette proie. A peine
avaient-ils disparu, qu'un feu de bataillon, mal exécuté,
déchira l'air, et que l'un des nôtres reparut au galop. Au
premier tournant, ils avaient aperçu un bataillon russe escortant sept canons et une grande quantité de caissons
embourbés : aussitôt, se précipitant au travers d'une décharge, lâchée en l'air par surprise et machinalement, ils
avaient tout pris, sans coup férir.

Cet incident n'avait pas même suspendu notre marche. Mais, au delà de la route de Montmirail à Château-
Thierry, devant le ruisseau de Wiffort, Mortier et sa jeune
infanterie, d'environ trois mille hommes, s'étaient arrêtés.
C'était une position. Horn, avec dix à douze mille Prussiens, la défendait. Ce cours d'eau est encaissé entre deux
collines, qu'un pont étroit réunissait. Les abords boisés
de ce bas-fond étaient gardés par une fourmilière de tirailleurs d'infanterie ; il fallut ici batailler. Nos Gardes du
3ᵉ, ceux du 4ᵉ surtout, qui ce jour-là étaient en tête,
s'irritèrent de cet obstacle : ils poussèrent au fond du ravin, jusque dans le bois opposé, et s'y prirent corps à corps
avec ces fantassins. Leur audace réussit. Toutefois, le dé-
savantage de notre arme sur ce terrain trop couvert m'in-
quiétait, quand le maréchal Mortier m'ordonna d'attendre
l'effet d'un mouvement décisif de l'Empereur, dont il
apercevait la colonne.

Elle se prolongeait en avant à notre gauche, sur le plateau de Montfaucon, vers Assises et les Caquerets, débordant et tournant ainsi la droite de la position prussienne.
Un effort sanglant, de front, devenait donc superflu. En
effet, déjà le général prussien se déconcertait ; ses cors sonnaient le rappel, et bientôt cette forte position, où il nous
tenait tête, devint déserte. Nous en prîmes aussitôt possession. L'importance en était grande : elle défendait les
abords du plateau de Nesle, qui seul nous séparait de Château-Thierry et de la retraite des généraux Sacken et Yorck.

Pendant que nos douze à treize mille hommes l'abor-
daient, au bruit de notre marche, ces trente-huit mille en-

nemis, du haut de la pente rapide de son versant opposé, se précipitaient dans le vallon resserré de Château-Thierry. Infanterie, canons, voitures, tout convergeait sur l'étroite entrée des ponts de cette ville, et s'y accumulaient en tumulte. Yorck, que Sacken avait précédé, était là, hâtant la fuite au delà de la Marne. Aux avis multipliés qu'il reçoit, au retentissement du canon et de la fusillade qui se rapprochaient, se sentant acculé sur ce défilé, il nous opposa, en arrière de lui, sur la plaine haute, Jurgass et trois mille chevaux. Il espérait que le général Horn, ainsi soutenu, se maintiendrait sur ce dernier plateau qui nous cachait sa détresse.

En effet, la première charge de cette cavalerie, sur la tête de notre division formant l'aile droite de notre ligne, renversa d'abord sur nous le 10ᵉ de hussards et le 1ᵉʳ de Gardes d'Honneur. Je m'avançais pour les soutenir quand l'Empereur, en poussant en avant, sur la grande route, l'infanterie de Mortier, et lançant Letort, Dejean et les dragons de sa Garde sur le flanc de cette attaque, l'anéantit soudainement.

Horn et son infanterie, Jurgass et ses trois mille chevaux, rompus et culbutés, furent rejetés les uns sur les autres ; la route d'Épernay leur fut coupée ; tous furent refoulés dans l'entonnoir profond de Château-Thierry, où leur déroute s'ajouta encore à l'encombrement. Inutilement Frendenrich, avec deux régiments russes, essaya encore de nous arrêter ; l'Empereur les fit enfoncer par les quatre escadrons de service de sa Garde : ils furent sabrés et pris avec leur général.

12.

Dès lors, le plateau de Nesle étant entièrement nettoyé, Napoléon vit à ses pieds, au fond du vallon et dans le faubourg de Château-Thierry, toute la défaite d'Yorck. La masse confuse de ces vaincus s'agitait, se pressait éperdue, à l'entrée des ponts. Elle y était tellement accumulée, qu'une charge de Guyot et de l'escadron des grenadiers de service s'y engrava. Au milieu de leur détresse, il faut le dire, on remarquait la fermeté de leurs officiers, qui s'efforçaient de les remettre en ordre et d'en sauver le plus grand nombre.

Le Prince Guillaume de Prusse fit plus : deux de ses bataillons allaient franchir la Marne, il les fit revenir sur leurs pas ; et, bien serrés, la baïonnette en avant, leur bon ordre ayant retraversé ce désordre, ils couvrirent tout par ce dernier et intrépide retour offensif. Mais à la voix de notre Empereur lui-même, deux de nos bataillons se précipitèrent sur eux des hauteurs de Nesle, et les heurtèrent si violemment, que d'un seul choc ils les brisèrent : la moitié resta sur place, tuée ou prise ; les autres, fuyant désespérés sous la pointe de nos baïonnettes, mirent le feu aux ponts ; ils nous livrèrent ainsi ceux qu'ils étaient venus secourir.

Ce coup de grâce termina tout de ce côté ; l'incendie du pont et le feu de seize pièces prussiennes de 12, qui, de l'autre rive, foudroyèrent vainqueurs et vaincus, n'en permirent pas davantage.

Cette troisième journée fut belle : la Marne ressaisie ; Yorck et Sacken près d'être jetés sur l'Aisne et la Vesle ; plusieurs batteries prises, trois mille Russes et Prussiens

Lettre autographe du général *Ph. de Ségur* au maréchal *Berthier, prince de Neufchâtel*
chef d'état-major général.

Bivouac de Montmirail, 12 février 1814.

Cabinet de Son excellence

à Mr. Dervieu fils
garde-du-champ
par ordre de S. Excellence   Monseigneur

Rapporté à l'Empereur
le 22 février

j'ai l'honneur de rendre compte à votre excellence que je n'ai reçu son ordre réitéré de me rendre à Paris qu'étant à la tête de la brigade composée du 3me et 4me régiments de gardes d'honneur devant l'ennemi à Brienne.

Votre excellence s'étonnera d'elle que j'ai fait mon devoir en attendant ses nouveaux ordres, j'ai cru pouvoir me le permettre les circonstances ayant totalement changé. je prie Votre excellence qu'elle ait la bonté de demander à Sa Majesté quelle est la nouvelle destination qu'elle me donne et de me permettre de l'attendre ici.

Votre excellence voudra d'elle bien agréer l'hommage du respect avec lequel j'ai l'honneur d'être son obéissant serviteur

le Gl. Cte de Ségur

au bivouac de montmirail le 12 février 1814.

jonchant le champ de bataille ; un grand nombre d'autres fuyant dispersés, et sur lesquels les Champenois firent main basse, tels en furent les résultats. Ils nous coûtèrent à peine quatre cents hommes.

Dans cette troisième journée, le succès n'avait hésité qu'un instant, et à notre droite, par le fait de l'un des nôtres qui, selon son habitude, n'ayant exposé que la moitié des siens pour rester avec l'autre, l'avait compromise.

L'Empereur coucha dans le château de Nesle ; nous bivouaquâmes autour, et dans les fermes environnantes. Eau, vivres, fourrage, tout s'y trouva. En défendant le pays, nos soldats étaient forcés de s'en nourrir. Sans solde depuis plus d'un mois, sans distributions possibles dans des mouvements aussi rapides, on prenait le nécessaire où l'on pouvait, sans demande d'une part, sans obstacle de l'autre, la nécessité régnant sur tous, et autorisant tout. Nos soldats se disaient, pour se consoler de leur coopération à cette ruine, que c'était autant de pris sur l'ennemi, qui pouvait revenir ; quant aux habitants, ils leur prodiguaient tout dans ces premiers moments, où, transportés d'indignation contre l'Étranger, ils ne sentaient que la joie de leur délivrance.

Pendant cette nuit, aux appels redoublés de nos maréchaux, que Schwartzenberg poussait devant lui sur la Seine, se joignirent les avis plus pressants encore du duc de Raguse. Ce maréchal était forcé de reculer, devant Blücher, d'Étoges sur Montmirail, où ce Prussien pouvait nous couper toute communication directe avec Sézanne et le maréchal Victor. Pourtant, l'Empereur ne s'en émut point ; ses regards ne se détournèrent pas encore de la Marne. Il n'était maître que de la rive gauche, il lui fallait la rive droite, que la grande route suit depuis Châlons jusqu'à la capitale.

Dès le point du jour du 13 février, il ordonna donc la reconstruction des ponts. Tous les moyens manquaient, hors un seul bateau qu'on apercevait à l'autre bord. Des flots grossis et rapides, l'arrière-garde d'Yorck, une grêle de balles, tels étaient les obstacles. Un des nôtres, se jetant à la nage, les traversa. Un citoyen zélé, échappant sur l'autre bord aux tirailleurs prussiens, vint à son aide ; la barque et ses deux conducteurs, dont on aurait dû conserver les noms, nous arrivèrent ; cinquante soldats passèrent, l'ennemi disparut, et les habitants, enfin délivrés accoururent tous sur l'autre rive.

Napoléon était alors descendu dans le faubourg, où la maison de poste était devenue son quartier. Debout sur la culée des ponts, il en dirigeait le rétablissement. Du côté de nos soldats, le travail était ardent, mais réglé et silencieux ; à l'autre bord, c'était un tumulte d'efforts et de clameurs ; toutes les voix, qui ne conseillaient ou n'excitaient pas, nous appelaient ; tous les bras superflus étaient tendus vers nous ; peu d'instants suffirent à tant de patriotisme, et bientôt ce peuple, son Empereur et l'armée se rejoignirent.

Un historien véridique, un témoin, un ami, que j'aime à citer, le baron Fain, a retracé éloquemment cette grande émotion ; il a peint les transports de ce peuple délivré par son Empereur lui-même ; les cris de reconnaissance des uns, de fureur des autres, des femmes surtout, et leur vengeance sur de misérables Kalmouks éperdus, auxquels elles firent expier, à coups de fourche et dans les flots, les excès atroces dont elles avaient été victimes. De notre côté, dans le faubourg, dans la maison même occupée par l'Empereur, sept de ces sauvages, surpris ivres de vin, de sang, et cuvant leurs crimes, y avaient été massacrés à coups de hache.

Au milieu de l'exaspération de tant de passions impossibles à contenir, et de l'enthousiasme qui l'environnait, Napoléon, que rien ne distrayait de son but, venait d'envoyer Ney et ses premières troupes, passées sur l'autre bord, poursuivre l'ennemi. En même temps il s'informait, il questionnait; mais on ne lui répondait que par des exagérations naturelles à des populations qui venaient d'être en proie à toutes les exactions, si nouvelles pour elles, de la conquête. A les en croire, il n'y avait pas d'officier blessé qui ne fût un Prince ou un général; pas de bataillon, fuyant en désordre, qui ne fût un régiment. Alors, de plus en plus exaltées de la puissance de leur Empereur, qui venait de faire passer ces milliers d'ennemis de l'insolence de l'oppression aux angoisses de la terreur, dans l'emportement de leur joie d'un revirement aussi subit, après avoir cru tout perdu, elles se figuraient tout sauvé!

Napoléon les écoutait, souriant parfois, et parfois s'attristant de leur confiance. Il attendait les rapports de Ney. Trois à quatre cents traîneurs ramassés, beaucoup de caissons brûlés ou abandonnés, d'autres qu'on entendait sauter encore, témoignaient de la fuite précipitée de l'ennemi.

Il paraissait s'enfoncer par delà la Vesle. C'était donc
assez de ce côté ; on avait conquis le temps d'aller combattre
ailleurs ; le moment de se retourner contre Blücher et ensuite contre Schwartzenberg, de répondre aux cris d'a-
larme, d'heure en heure plus pressants, d'abord de Marmont, puis de Victor, était venu.

Aussitôt, la Garde, Ney et Nansouty font volte-face ;
ils profitent des dernières heures de ce jour pour se rapprocher de Montmirail. Quant à Mortier, l'Empereur le
laisse sur la Marne : il traversera Château-Thierry à la
nuit tombante ; il y laissera le général Vincent, et ira
contenir au nord Yorck et Sacken. A minuit lui-même
monte en voiture, où il travaille et reparaît, avec le jour
du 14 février, dans Montmirail. Saint-Germain y arrivait
de Meaux, avec deux mille quatre cents chevaux ; Ricard
et Friant s'y étaient reposés ; il les réunit au maréchal
Ney, à Nansouty et à sa Garde.

L'Empereur ne s'était point fait entièrement illusion en
croyant avoir retrouvé son Étoile. Blücher en paraissait
complètement ébloui. Depuis quatre jours que nous étions
aux prises avec ses lieutenants, nous ne pouvions comprendre ce qu'il était devenu. Nous le savions à la tête
de Kleist, de Kapsewicz, et de vingt-deux mille hommes,
et cependant ce feld-maréchal , si résolu, semblait avoir
disparu du champ de bataille !

Monté, comme sur des échasses, sur ses succès de La
Rothière, nous l'avions surpris s'avançant à grandes en-
jambées, un pied déjà sur Meaux, l'autre encore sur
Châlons, méprisant la lenteur autrichienne, ne doutant

de rien, et jouissant d'avance du facile honneur d'envahir le premier notre capitale.

Vainement, dès le 9 février, Alsufiew l'avait averti de notre première escarmouche sur Baye, et Lubomirski, quelques heures après, de la marche de Napoléon lui-même par Sézanne ; il ne s'en était nullement inquiété. Cela lui avait paru une vaine démonstration, le flottement d'un homme égaré, éperdu, vaguant d'un danger à l'autre, et ne sachant, dans sa ruine, où porter la main pour l'arrêter ! Seulement, il avait alors daigné suspendre, de quelques moments, son triomphe ; il s'était contenté d'ordonner le ralliement de ses deux corps les plus avancés, dans Montmirail. Quant à lui-même, au lieu de s'y réunir, dans sa présomptueuse quiétude, se trouvant à Vertus avec ses deux autres corps, il avait imaginé de s'éloigner encore plus de Montmirail, pour aller s'embourber à Fère-Champenoise. Placé là, sur le flanc droit de notre première marche, il s'était figuré que quelques coups de lance et le bruit sourd de son arrivée dans cette fange tenace et profonde, suffiraient pour déconcerter et arrêter Napoléon.

Mais, le lendemain, on l'avait vu, dit-on, frappé de stupéfaction au retentissement de la défaite d'Alsufiew ; puis il avait imploré de Schwartzenberg une diversion ; enfin lui-même, retournant sur ses pas en toute hâte, était allé reprendre sa ligne d'opérations à Bergères.

Là, sur la route de Châlons à Montmirail, que Marmont et quatre mille hommes seulement lui coupaient à Étogés, quand il sait que, au delà de ce rideau, Sacken et

Yorck ont à combattre Napoléon, quand il ne lui faut qu'un faible effort pour percer l'obstacle, pour se rejoindre aux siens, et mettre, entre soixante mille feux, l'Empereur et ses quinze mille hommes, il est resté immobile le 11, immobile encore le 12 ! Le 13 février enfin, sortant de cette inexplicable inaction, il s'était décidé à attaquer, avec vingt-deux mille soldats et quatre-vingts canons, Marmont et sa poignée d'hommes ; il les avait poussés sur Fromentières. Le 14, à l'instant où Napoléon venait d'arriver de Château-Thierry à Montmirail, il poursuivait ; il avait même, dès huit heures du matin, dépassé Vauchamp, quand tout à coup il vit cette faible troupe, qu'il chassait devant lui, se retourner, lui tenir tête, écraser de mitraille son corps le plus avancé, puis notre infanterie, suivant ses boulets, déposter de Vauchamp son avant-, garde. Étonné de ce retour offensif, il fait ressaisir ce village ; mais un escadron de cuirassiers et quatre escadrons d'élite l'en chassent encore !

Blücher s'indigne ; il appelait ses réserves pour écraser le faible corps de Marmont, auquel seul il croyait avoir affaire, lorsque, au milieu de sept mille chevaux, qu'il voit se déployer soudainement, il reconnaît la cavalerie de la Garde Impériale. Fasciné par cette apparition inattendue, par les cris de *Vive l'Empereur !* de nos fantassins ranimés qui ne doutent plus de la victoire, dans nos dix-sept mille hommes, qu'il aperçoit devant lui, il en croit voir cinquante mille ! Alors, passant de la présomption au découragement, il fait rétrograder ses bagages, son artillerie ; il ploie en carré son infanterie sur les deux côtés de la grande route, et commence sa retraite. Mais, pendant que sa droite et sa gauche sont menacées, la première, de près, par Grouchy et quatre mille chevaux, l'autre, au loin et hors de portée encore, par Leval et quatre mille cinq cents hommes arrivant d'Espagne, Ziethen, ses escadrons, ses carrés même, sont rompus et mis en déroute par la cavalerie de notre Garde.

Blücher, ainsi battu de front et débordé sur ses flancs, ne songe plus qu'à conserver dans sa fuite quelque ensemble ; il y réussit jusqu'à Janvilliers. Mais, derrière ce village, au delà du bois de Serchamp, que Grouchy vient de tourner et de dépasser, chargé en flanc gauche par ce général, et en flanc droit par notre Garde, il perd d'abord quatre canons et trois mille hommes. Mutilé ainsi, il se défendait pourtant encore, ralliant, resserrant ses restes, et nous présentant un front déterminé, quand Drouot, accourant au galop avec cinquante canons, l'écrase de mitraille à demi-portée. Pendant deux heures, il le chasse ainsi devant lui, jusque dans Champ-Aubert, en jonchant de morts et de blessés ennemis les champs et la grande route.

Champ-Aubert, où la première de ces quatre victoires avait commencé, fut encore fidèle à notre fortune. Ce lieu inspira mal l'obstination du maréchal prussien. Le jour tombait, il crut pouvoir s'y défendre, et nous arrêter devant le défilé de la forêt d'Étoges, de ce *Bois enchanté*, comme l'appelaient les jeunes soldats de Marmont, depuis qu'il leur avait livré les neuf mille grenadiers d'Alsufiew. Ce bois ne démentit pas cet heureux surnom, qu'il devrait

conserver encore. En effet, le temps que Blücher croit gagner en se déployant, il le perd; Grouchy s'en empare. Il
dépasse encore cette position, tourne une seconde fois le
flanc droit de l'ennemi et si complètement, que, au moment où Blücher veut profiter du combat qu'il vient d'engager, pour continuer sa retraite, nos escadrons fondent,
à bride abattue, sur le flanc et même en arrière de sa colonne. Tout ce qu'il cherche à leur opposer, ils le ren-
versent. La route est conquise, la retraite de l'ennemi,
entièrement coupée ; le Prince Auguste de Prusse, Kleist,
Kapsewicz, Blücher lui-même, n'ont pour refuge que
quelques buissons, sous lesquels ils se dérobent à nos
sabres.

C'est un fait, que tous ces chefs eussent été pris sur
place, et que peut-être la France eût été sauvée par cette
charge, si la nuit et les hasards d'une mêlée aussi confuse ne les eussent pas cachés à la vue de nos cavaliers
victorieux. L'excès du désordre les préserva. Méconnus
par leurs propres soldats, renversés, foulés aux pieds, la déroute les entraîna dans le bois qui bordait la droite de la
grande route. En même temps, à la voix de l'Empereur
et de Ney, une attaque pareille de la cavalerie de notre
Garde, sur le flanc opposé de Blücher, avait eu le même
succès. Les deux charges se rejoignirent. Champ-Aubert,
au même instant, avait été ressaisi. Dans cette confusion
nos canons, ne pouvant plus choisir, se turent, et l'on
n'entendit plus que les cris et les coups de cette attaque
décisive.

On dit que, dans l'obscurité qui nous cachait l'étendue

de notre victoire, ce fut un brave retour offensif de Ziethen et de son artillerie, au travers de ce tumulte, qui le
termina. Il sépara les victorieux des vaincus, qui ne savaient plus où fuir, et ne songeaient plus à se défendre.

Blücher, ainsi dégagé, sentit enfin que nous lâchions
prise; il reprit sa fuite; le grand chemin la guidait; la
déroute l'entraîna jusqu'à Étoges, où, ressaisissant quelque
commandement, il plaça Urusow et sa division, et crut
avoir, en ce lieu, marqué la fin de son désastre. Mais à
Champ-Aubert, où se trouvait l'Empereur, l'un des chemins de la Seine à la Marne croisait celui de Châlons à
Paris : c'était une position; il fallait la couvrir par un
poste avancé. Et puis, toute l'armée, les états-majors,
Grouchy, Ney, Marmont, l'Empereur s'y trouvaient ac-
cumulés; on y était sans vivres, sans logements suffisants,
on s'y gênait; car, dans nos déterminations, il entre des
motifs de bien des natures; enfin, Marmont avait été
chassé d'Étoges la veille au matin, et la reprise d'Étoges
complétait la revanche; il n'était pas sept heures, et Napoléon voulut pousser jusque-là sa fortune.

Une heure après, il apprit que, au travers de mille débris et de la nuit la plus noire, le duc de Raguse, son
régiment de marins en tête, s'était inopinément heurté,
dans Étoges, contre l'ennemi, et si brusquement, que, de
ce choc, sept canons, huit cents Russes et leur général
Urusow, étaient restés prisonniers entre ses mains. Le
reste avait disparu; on ajoutait que, à sa fuite désespérée
par Bergères, Blücher ne voyait plus que Châlons pour
terme.

En même temps vinrent de toutes parts les autres rapports. Le général Lyon et six cents des nôtres étaient hors de combat, mais huit mille cinq cents ennemis tués ou prisonniers, quinze canons, dix drapeaux et le général Urusow marquaient cette quatrième victoire. Vauchamp lui donna son nom. Dès lors, tout sur cette ligne d'opérations était accompli, et l'une des plus hardies et des plus glorieuses de toutes les expéditions de Napoléon était achevée !

En effet, sous le poids du plus grand des désastres, écrasé par le nombre sur l'Aube, presque sans armée et sans ressources, l'Empereur, rejeté dans Nogent par cent cinquante mille ennemis, venait de leur dérober six marches et quatre victoires ! Il avait osé, s'éloignant de la Seine, confier le salut de son trône à la pesanteur indécise de leurs mouvements, à la lenteur de leurs inspirations, et, la tête libre, le cœur entier, il était allé se jeter vers la Marne, avec vingt-sept mille soldats seulement, au milieu d'une autre invasion de soixante-neuf mille hommes. Là, dans cet autre cercle de feux, se multipliant, frappant coup sur coup, à droite, à gauche, en tous sens, il les avait, de toutes parts, éteints et dispersés ! Cette courte, cette héroïque semaine venait de lui suffire pour arracher à cette irruption cinq généraux, soixante-huit canons, une immense quantité de caissons et de bagages, et plus de vingt-huit mille combattants ! Une foule d'autres erraient, débandés, dans nos plaines. Cette armée si orgueilleuse, marchant au cri de *Paris!,* ce nom écrit sur leurs bonnets, et poussée par son chef qui se faisait appeler *le Maréchal En avant!*, s'en trouvait déjà à douze lieues seulement le 9 février, et, dès le 14, elle en était rejetée à quarante, éperdue, dispersée, à moitié détruite, et entièrement désorganisée! L'ascendant de notre renommée était ressaisi, et, du côté de la Marne, pour ce moment du moins, Napoléon venait de sauver notre capitale.

IX.

NAPOLÉON BAT LES AUTRICHIENS.

Cependant, du côté de la Seine abandonnée presque à elle-même, et aux premiers cris de détresse de Blücher, la grande armée coalisée, avec tous ses souverains réunis, s'était réveillée de son engourdissement. A notre droite, l'opiniâtre, le fougueux Allix, n'a pu sauver les faibles murailles de Sens, attaquée par des forces sextuples. Dans Nogent, l'intrépidité de Bourmont, blessé, a défendu, trois jours entiers, ce passage avec douze cents recrues seulement contre vingt-cinq mille baïonnettes; mais le nombre enfin l'a emporté! En arrière de cette garnison valeureuse, Bray-sur-Seine, mal disputé, a été évacué; Montereau, saisi. L'Yonne, la Seine et le Loing forcés ainsi, Victor et Oudinot ont été contraints de reculer sur Paris. L'inondation alors a gagné de toutes parts : de notre droite à notre gauche, Montargis, Nemours, Fontainebleau, Moret et Nangis ont été perdus; Melun abandonné, Guignes compromis. Déjà même, nos parcs de réserve, les bagages des chefs s'étaient réfugiés derrière Charenton, jusque dans Bercy; enfin, sur trois de ses plus grandes

routes et de ses plus larges et faciles abords, Paris, une
seconde fois, de ses barrières pouvait presque voir l'invasion étrangère, le menacer de ses trois plus formidables
têtes. L'épouvante y régnait. Sa délivrance du côté de
Meaux, ce triomphe de Napoléon sur Blücher, n'était
plus aux yeux de ses habitants que l'héroïque mais inutile et dernier effort d'un génie désespéré.

Dans Champ-Aubert, autour même de l'Empereur,
on se demandait ce qu'il allait faire. Allait-il, pour défendre l'Impératrice, son fils et son trône attaqués, rétrograder dans Paris ? Mais les trois grandes colonnes des
alliés n'en étaient plus qu'à douze lieues, tandis que
trente lieues nous en séparaient. Ou bien, s'imitant lui-
même, ira-t-il sur la Seine, comme dans le bassin de la
Marne, surprendre en flanc leur triple irruption ? Mais
quelle entreprise aventureuse ! Qui des siens, harassés de
ces quatre victoires, pourra le suivre ? D'ailleurs, quelle
route choisir ? L'une, celle de Sézanne, celle-là même qui
l'avait jeté au milieu de l'attaque de la Marne, pourrait-
elle le porter, dès le surlendemain, en travers de l'envahissement de la Seine ? Ce chemin n'avait que quinze
lieues, mais il était défoncé, impraticable, et quelques
milliers d'hommes, épuisés, apparaissant vers Provins ou
Nogent, au milieu de la grande armée ennemie, suffi-
raient-ils ?

C'était donc une autre route, celle de Meaux à Guignes,
deux fois plus longue il est vrai, mais bien ferrée, qu'il
faudrait prendre, la meilleure, en pareil cas surtout, étant
la plus courte. Celle-là, loin de l'amener sur le flanc en-

nemi, le conduirait sur l'une des trois têtes de l'invasion ; mais peut-être, en refoulant à l'improviste et violemment cette colonne, et passant rapidement sur ses débris, l'Empereur arriverait-il encore à temps pour surprendre en flanc les deux autres.

Jusque-là, les cris de ses maréchaux abandonnés, les terreurs de Paris, rien ne l'avait détourné de son acharnement sur Blücher. Au milieu des combats qu'il venait de livrer, assailli de tant de clameurs, on l'avait vu calme, demeurer ferme, et dans son appréciation du caractère de ses adversaires comme de l'ébranlement des siens, et dans ses calculs de temps, de lieux, et même d'heures. Mais cette dernière heure, celle du désastre entier de Blücher, venait de sonner. Dès lors, donnant le signal, toute la foudre de son génie se détourne sur la Seine ; et nous reconnûmes bientôt que là, comme sur la Marne, tout avait été prévu, et tout préparé.

On était encore à cheval et sous les armes à Champ-Aubert ; le bruit du dernier coup porté par Marmont dans Étoges venait d'y retentir, quand soudain tout fait volte-face à la fois. Des officiers d'ordonnance partent à toute bride : ils portent à Victor, à Oudinot, l'ordre de cesser de fuir, de reprendre l'offensive, et de défendre Guignes à tout prix. Ils ont quitté l'Empereur, le 14 février au soir, à Champ-Aubert, et ils annoncent, quelque impossible que cela puisse paraître, que derrière ces maréchaux, dès le surlendemain, Napoléon débouchera par Chaulnes avec sa Garde.

En même temps, l'Empereur envoie l'ordre à Macdonald de marcher sur Brie avec les huit mille hommes qu'il commande, et il laisse à Marmont et au duc de Trévise la défense de l'Aisne et de la Marne.

Pour lui, malgré la quadruple lutte des jours précédents, malgré la fatigue de la nuit de travail et du jour de combat qui vient de finir, au milieu des ténèbres de cette seconde nuit sans sommeil, il part, quitte Champ-Aubert; il entraîne avec lui Ney, dix mille hommes et quarante canons; il repasse sur les débris de Blücher, et ne s'arrête à Montmirail, quelques heures, que pour y expédier sur Paris les affaires accumulées dans ses portefeuilles pendant l'héroïque semaine, les milliers de prisonniers, les soixante-huit canons arrachés à Blücher, et les bulletins qui doivent rassurer la capitale. Puis, continuant le 15 février, ses canons en poste, son infanterie sur tous les chariots qu'on a pu réunir, sa cavalerie à marches forcées, il pousse sur Meaux, et, tournant à gauche par Couilly et Fontenay, presque sans repos il achève, le 16 février, en deux jours seulement, vingt-neuf lieues de marche !

Il déboucha, à la chute du jour, en vue de la grande route de Brie et de Guignes, et si à propos, qu'il arriva juste à temps pour dissiper les tirailleurs russes qui, repoussant Victor, s'interposaient déjà entre ce dernier village et celui de Chaulnes, par lequel il avait annoncé qu'il accomplirait cette miraculeuse manœuvre.

Tout avait été si bien combiné, que, en ce même moment, Valmy et son corps, Treilhard et sa division arrivant d'Espagne le rejoignirent. Simultanément, et par

13.

des ordres pareils, d'autres troupes, appelées de Paris, reprenaient, les unes Melun, les autres Fontainebleau; enfin, de cette dernière ville à Guignes, sur soixante mille hommes que nous eûmes en ligne de bataille, cinquante mille se trouvèrent réunis autour de Guignes dans sa main puissante.

Ce fut alors qu'aux regards des siens sa grande pensée se développa. On comprit qu'il allait se précipiter sur cette première tête de colonne ennemie; la culbuter, par Nangis, sur Nogent, Bray et Montereau, d'où, prenant à revers les deux autres, il surprendrait leurs corps, dispersés sur les deux rives de la Seine et devant l'Yonne, comme il venait d'anéantir ceux de l'armée de Silésie, entre le Morin et la Marne.

Pourtant, rien n'était décidé; on n'avait acquis, par tant de combats glorieux, par cette dernière marche et cette réunion merveilleuse, que la possibilité de combattre encore. Et d'abord, comme l'arrivée dans Bercy des grands parcs et des équipages des maréchaux avait effrayé Paris, des courriers y furent expédiés d'heure en heure. Ils y portèrent l'espoir! Depuis Charenton jusque dans les faubourgs, une foule empressée et joyeuse les accompagna.

Dans cette même soirée du 16, de Guignes, et vers les trois routes par lesquelles on avait fui, vingt ordres d'attaque partirent du Quartier Impérial. La nuit, qui s'avançait, ne suspendit rien autour de Napoléon : le village impérial, les champs, les ténèbres qui l'environnaient, se remplirent de mouvements. On eût dit qu'une vie nou-

velle y circulait, que tous les chemins en étaient animés!
De nombreuses colonnes de toutes armes, les couvrirent;
elles défilèrent, sans discontinuer, au travers des ombres. Leurs têtes, qui se portaient toutes en avant, en se
déployant sur plusieurs directions; les feux, qui bientôt
s'allumèrent et qui, sur plusieurs lignes longues et redoublées, éclairèrent la plaine, tout annonçait aux soldats
qu'un grand combat se préparait, car tels sont les préliminaires des batailles. Déjà le roulement des canons, ce
grand rassemblement, tous ces bruits de guerre, les excitaient; et, quand ils eurent pris position, la présence an-
noncée de l'Empereur et les récits de nos gloires de la
Marne les électrisèrent. Le 16, ils reculaient consternés;
mais, quand, le 17, le jour reparut, il montra leurs aigles
relevées, leurs visages fiers, et dans leurs yeux, brillant
d'audace, l'espoir de sauver, de venger du moins la Patrie, renaissant encore!

Peut-être m'arrêtai-je trop à ces souvenirs; mais c'é-
taient nos derniers élans d'ardeur, nos derniers efforts
victorieux! ils ont illustré nos malheurs, ils retardèrent
l'asservissement de la France, et, si je me plais trop à les
retracer, que, du moins, ceux des nôtres qui les liront me
le pardonnent!

Il y eut à peine quelques heures de repos ou plutôt de
halte sous les armes; encore l'Empereur les employa-t-il
à donner cent ordres de détail. Il cherchait à tirer parti
de tout; il usait de toute espèce de ressources. La veille,
sur le chemin qu'il parcourait si rapidement, des chevaux de rouliers, attelés à un grand convoi de farine, croi-

sèrent sa marche ; ses canons, qui le suivaient en poste, en allaient manquer ; il appela Laplace, son officier d'ordonnance, le fils du savant célèbre, et, lui remettant cent mille francs en or, il lui ordonna d'acheter ces chevaux à tout prix, et de les distribuer aussitôt à l'artillerie de sa Garde. Dans notre épuisement, nos canons surtout le préoccupaient. C'était, à l'appui de tant de recrues, une élite impassible, inébranlable, et sa plus solide réserve.

Le jour revenu, il monta au clocher de Guignes, et, du bout du fourreau de son épée en ayant fait sauter quelques ardoises, il plongea ses regards dans la plaine. Aussitôt après, tout s'ébranla ; et bientôt, vers Péqueux, les premiers coups de feu commencèrent. Il n'y eut alors qu'un cri : Voilà donc enfin la bataille ! et l'Empereur, le plus impatient de tous, ordonna le déploiement de ses colonnes. Mais, au premier coup d'œil que lui et le général ennemi jetèrent l'un sur l'autre, ils s'aperçurent : lui, qu'il n'avait en face qu'une avant-garde ; et Pahlen, qu'une armée entière s'apprêtait à le combattre. Le Russe, à cet aspect, recula, mais sans perdre contenance. Ses douze canons, ses quatre mille fantassins, ses deux mille chevaux, il les couvrit de Mormant, d'une nuée de tirailleurs, et, se mettant en retraite, il ploya en carrés ses bataillons.

De son côté, l'Empereur, mécontent de n'avoir atteint qu'un si faible corps, voulut du moins s'en saisir. Il le fit pousser de front par Gérard, déborda ses flancs, lui enleva ses tirailleurs, et, le voyant, vers Grand-Puits, près de lui échapper, il appela Drouot avec trente-six

pièces de sa Garde. On vit alors, avec ce même général
ces mêmes canons, qui, l'avant-veille, à trente-deux-
lieues de là, enfonçaient l'infanterie prussienne sur la
route de Châlons, transportés, comme par enchantement,
sur celle de Troyes, accourir au grand trot et y foudroyer de même l'infanterie russe ! En vain, Pahlen implora
le secours de Hardegg et des Bavarois et Autrichiens,
qui, de Nangis, voyaient sa détresse ; on l'abandonna !
Ses carrés, que sa cavalerie, rompue par la nôtre, découvrit, ébranlés, criblés de mitraille, furent chargés à leur
tour. Valmy, Milhaud et Subervic les achevèrent. Un
seul bataillon tenta d'échapper : il se jeta dans le marais
d'Ancœur ; mais là, enveloppé par les dragons de
Treilhard, il rendit les armes.

On laissa derrière soi ces douze canons, leurs cinquante
caissons, ces quatre mille prisonniers, et poursuivant,
l'épée aux reins, Pahlen désespéré que ses escadrons en-
traînaient, on le culbuta sur Hardegg, au travers de
Nangis, d'où ces colonnes, renversées l'une sur l'autre,
s'échappèrent sur plusieurs directions.

Il était une heure. Déjà cinq lieues de marche, en
combattant, étaient faites, un succès remporté, et Nangis ressaisi : Nangis, nœud des trois routes qui, par Montereau, Bray et Nogent, convergent sur Troyes et traver-
sent la Seine. De ce sommet, Napoléon s'informa ; il con-
sidéra ces trois directions, et son choix fut fait à l'instant même. Wittgenstein et ses Russes reculaient par
Nogent ; Wrede et ses Bavarois, sur Bray ; l'Empereur se
contenta de pousser sur ces directions les ducs de Reggio

et de Tarente, prévoyant que, sans équipage de pont, un plus grand effort de ce côté serait inutile.

Mais cet effort, au contraire tout, à Montereau, le favoriserait : la proximité de cette ville, les deux abords de ces ponts que domine un plateau élevé, celui de Surville, plateau qui commande la Seine et l'Yonne. C'était donc de ces trois débouchés le seul dont on pouvait promptement se saisir, et d'où, poussant vers Troyes, on ouvrirait à Macdonald et à Oudinot les deux autres passages.

Bien plus, sur cette rive droite de la Seine, l'avant-garde wurtembergoise avait été aventurée jusqu'à Melun, et sur l'autre rive, par delà l'Yonne et jusqu'à Fontainebleau, Bianchi et l'aile gauche Autrichienne. Il fallait donc courir, sans hésiter, sur Montereau, l'enlever, franchir ce passage, et, y ressaisissant à la fois la Seine et l'Yonne, y couper à ces deux autres têtes de l'Invasion toute retraite. Mais il n'y avait pas une heure à perdre, et, pour arriver à temps, cette trouée devait être faite à l'instant même. Quelle que fût la rapidité audacieuse de cette manœuvre, Napoléon, après le grand exemple que, sur la Marne, il venait de donner lui-même, avait droit de l'exiger de Victor et des troupes fraîches encore de ce maréchal. Ceci, pour ce qui va suivre, ne doit point être oublié.

En conséquence, l'Empereur pousse aussitôt de Nangis par Villeneuve et Salins, Victor, Gérard et onze mille hommes. En même temps, de Melun, par le Châtelet, Panfou et Valence, Pajol, Pacthod et six mille hommes,

s'avançant, occuperont l'avant-garde wurtembergoise.
Quant à lui, avec Ney et dix mille hommes, que la fatigue de trente-cinq lieues de marche consécutive retient
dans Nangis, il s'y tiendra prêt à suivre Victor, et, s'il
le faut, à le soutenir. L'armée ennemie est en retraite
évidente, et, contre le corps wurtembergeois divisé,
contre le corps autrichien, que doit couper cette attaque et qu'Allix contient vers Fontainebleau avec cinq
mille hommes, ces vingt-sept mille hommes doivent suffire. De là une marche rapide de Napoléon sur Troyes, à
laquelle se réuniront, chemin faisant, Macdonald par
Bray, Oudinot par Nogent, et que suivront Nansouty,
Leval et dix mille chevaux, rappelés de Montmirail,
étonnera Schwartzenberg, et lui arrachera peut-être la
victoire.

Telle fut sa pensée ; l'exécution en fut différente.

D'abord les premiers pas de Victor furent rapides,
mais, à trois lieues de Nangis, à moitié chemin de Montereau, à Villeneuve, Hardegg et le Bavarois Lamotte,
réunis, l'arrêtèrent. Gérard était en tête, l'attaque fut
vive et Villeneuve emporté à la baïonnette ; mais, pendant que Gérard s'étendait à gauche pour couper au Bavarois sa retraite sur Wrede et Bray par Donnemarie,
son premier succès, mal soutenu par un de nos généraux
de cavalerie, puis ressaisi par une charge hardie de Bordesoulle, fut, dit-on, suivi tardivement par tout le reste.

D'autre part, Gérard, sur le flanc de Lamotte, commençait à lui porter un coup décisif, lorsque, plusieurs fois
appelé dans Montigny par Victor, il se vit forcé de

lâcher prise. Ce maréchal, en retenant Gérard d'un côté, s'arrêta de l'autre. Au lieu de pousser rapidement sur Montereau, il ne dépassa point Salins, en dépit des ordres qu'il avait reçus, et quoique l'une de ses avant-gardes, arrivée sans obstacle jusqu'à Surville, eût dû l'éclairer sur la facilité d'y obéir.

En ce même moment, Napoléon, dans sa sollicitude, venait, par un autre chemin, de pousser Mortemart et deux escadrons de sa Garde sur Montereau. A l'approche imprévue de cette reconnaissance, tous les symptômes d'une déroute s'étaient manifestés dans cette ville. Deux heures d'efforts de plus de Victor eussent donc enlevé ce passage dans la soirée même.

Le rapport de Mortemart et la nouvelle de la halte intempestive du duc de Bellune arrivèrent à la fois à l'Empereur. Son irritation fut violente. « C'était, s'écria-« t-il, le trop commode quartier de Salins qui avait ar-« rêté ce maréchal ! C'étaient nos revers qui avaient « changé dans son lieutenant, en timidité, son ancienne « audace ! » Néanmoins, songeant, sans doute, que la fatigue de neuf lieues de marche et de combats était une excuse, de vifs reproches et l'ordre impérieux d'enlever Montereau, dès le point du jour suivant, suffirent à son impatience.

Il en fut d'ailleurs distrait par un incident qui flatta son espoir. Un parlementaire venait de se présenter à nos avant-postes : c'était le comte de Parr. Schwartzenberg demandait un armistice ! On ne sait si ce fut, du côté de l'Autriche, un retour à une politique plus paternelle, un accès de découragement, ou bien une ruse de guerre. Quant à Napoléon, il semble n'en plus douter : à ses yeux, la Coalition est ébranlée ! Dans l'éclat des quatre coups de foudre dont il a écrasé Blücher, l'Autriche vient de reconnaître son Étoile ; dans son retour magique, et déjà victorieux sur la Seine, elle croit revoir tout entier au sein de la France, le Héros de l'Italie. Sa veine heureuse est ressaisie ! Aussitôt, poussant dans cette voie, il mêle à la guerre la politique : c'est vers son beau-père que tous ses efforts se dirigent. Une lettre, dont il envoie la dictée à l'Impératrice, achèvera de toucher le cœur de ce monarque. Il croit qu'un appel à des intérêts communs, et à traiter directement l'un avec l'autre, pourra réussir. Napoléon espère échapper à l'odieux Congrès ! Dans le conseil de régence, le ministre Cessac seul avait opiné contre les propositions reçues à Nogent ; et lui, qui succombera plutôt que de s'y soumettre, redevenu victorieux, non seulement il s'indigne plus que jamais de ces conditions, mais c'est à son tour lui qui veut en dicter !

Dans cette chaleur, toute d'espoir, animé par son mécontentement de Victor, par l'épouvante qu'il suppose à la Coalition, il dicte pour son plénipotentiaire l'instruction suivante :

Nangis, le 17 février 1814

« Monsieur le duc de Vicence, je vous ai donné carte
« blanche pour sauver Paris et éviter une bataille qui

« était la dernière espérance de la Nation. La bataille a
« eu lieu, la Providence a béni nos armes ! J'ai fait
« trente à quarante mille prisonniers ; j'ai pris deux
« cents pièces de canon, un grand nombre de généraux,
« et détruit plusieurs armées sans presque coup férir.
« J'ai entamé hier l'armée du prince de Schwartzenberg,
« que j'espère détruire avant qu'elle ait dépassé nos
« frontières. Votre attitude doit être la même : vous de-
« vez tout faire pour la paix. Mais mon intention est
« que vous ne signiez rien sans ordre, parce que seul je
« connais ma position. En général, je ne désire qu'une
« paix solide et honorable, et elle ne peut être telle que
« sur les bases proposées à Francfort. Si les alliés eus-
« sent accepté vos propositions le 9, il n'y aurait pas eu
« de bataille ; je n'aurais pas couru les chances de la
« fortune, dans le moment où le moindre insuccès per-
« dait la France. Enfin je n'aurais pas connu le secret de
« leur faiblesse. Il est juste que, en retour, j'aie les
« avantages des chances qui ont tourné pour moi. Je
« veux la paix ; mais ce n'en serait pas une, celle qui
« imposerait à la France des conditions plus humilian-
« tes que les bases de Francfort. Ma position est certai-
« nement plus avantageuse qu'à l'époque où les alliés
« étaient à Francfort. Ils pouvaient me braver : je n'a-
« vais obtenu aucun avantage sur eux, et ils étaient
« loin de mon territoire. Aujourd'hui, c'est tout diffé-
« rent. J'ai eu d'immenses avantages sur eux, et des
« avantages tels, qu'une carrière militaire de vingt
« années, et de quelque illustration, n'en présente pas

« de pareils. Je suis prêt à cesser les hostilités, et à
« laisser les ennemis rentrer tranquillement chez eux,
« s'ils signent les préliminaires basés sur les proposi-
« tions de Francfort. La mauvaise foi de l'ennemi et
« la violation des engagements les plus sacrés mettent
« seuls des délais entre nous, et nous sommes si près,
« que, si l'ennemi vous laisse correspondre avec moi di-
« rectement, en vingt-quatre heures on peut avoir ré-
« ponse aux dépêches. Dailleurs, je vais me rapprocher
« davantage.

« Sur ce, je prie Dieu qu'il vous ait en sa sainte et
« digne garde. »

En ce moment, Pajol, jadis aide de camp de Kléber, et
dont la bravoure dévouée avait enfin vaincu la longue et
défiante prévention de l'Empereur, était accouru de Melun prendre ses ordres. Napoléon l'accueillit bien. Il
voulut que le lendemain, par Le Châtelet, et dès sept
heures du matin, une vive attaque de ce général occupât
et retînt devant lui l'arrière-garde wurtembergeoise.
« Qu'il ne s'épargne point ! Qu'il soit certain d'un succès
« brillant ! A la même heure, l'irruption de Victor sur
« Montereau lui en répond. »

L'Empereur n'en doutait pas. Comment croire que pour
la seconde fois, que presque sous ses yeux, Victor négli-
gerait de lui obéir ? Comment supposer que, après une
faute et les violents reproches qu'elle lui avait attirés,
qu'enfin, avec l'ordre et l'occasion de la réparer, dès le
jour suivant il la recommencerait ?

Le 18 février, à sept heures du matin, plein de cette

confiance, Napoléon s'avançait à cheval sur les traces de Victor. L'esprit et l'oreille tendus vers Montereau, il écoutait, s'étonnant déjà de ne rien entendre. Cependant des coups sourds et lointains lui annonçaient que Pajol était aux prises. Dès lors pourquoi ce silence de Victor ? Neuf heures vinrent, et l'Empereur apprit que ce maréchal n'avait point attaqué encore !

On n'avait pu lui cacher que, la veille au soir, sur le lieu même où il se trouvait en ce moment, deux des canons d'une batterie de sa Garde, attachée à la division Guyot, surpris sans escorte par des Cosaques, avaient été enlevés. L'extrême lassitude de nos cavaliers, qui s'étaient hâtés à l'approche du logement et avaient devancé leur batterie, leur ignorance de la présence de l'ennemi, étaient des excuses ; mais l'Empereur n'en admit aucune. Malgré les nouveaux faits d'armes de Guyot sur la Marne, malgré le mérite de cet officier, l'un des plus fidèles et des plus solides généraux de la Garde, son emportement fut extrême. Il a été, il sera cité, on ne peut le taire, il faut l'expliquer. Il faut dire que, depuis la veille, tout ce qu'il avait appris de ce côté l'irritait. C'était, pendant son absence : la négligente défense du pont de Bray ; l'abandon des approches de Fontainebleau ; un combat mal engagé, le 13, vers Luisetaines; la fuite de nos parcs de réserve jusqu'à Bercy ; enfin un découragement général ! Depuis son retour sur la Seine, c'était la faute de l'un des chefs de notre cavalerie, qui, la veille, avait sur ce point manqué l'occasion, faute qu'on aurait pu lui taire ; c'était encore, et surtout, celle de Victor !

On l'a d'ailleurs vu, à mesure que ses soldats d'élite diminuaient, il tenait d'autant plus à ses canons. Ajoutez que, dans cet instant critique, sa puissance d'opinion, ébranlée en Russie, terrassée à Leipsick, presque détruite à Brienne, mais ressaisie sur la Marne, était son dernier espoir ; le moindre accident pouvait la lui arracher sans retour. L'orgueil enfin des succès surhumains que lui-même venait d'accomplir le rendait plus exigeant.

Quoi qu'il en soit, l'Empereur, ainsi disposé, arrivait à la hauteur de Villeneuve, lorsque, rencontrant la division Guyot et sa batterie mutilée, il s'arrêta, mit pied à terre, et, marchant avec agitation, il fit appeler ce général. Dès qu'il l'aperçut, il éclata ! « C'est donc vous qui « vous laissez enlever votre artillerie ?... Non, monsieur, « il n'y a point d'excuses ! Nos canons, c'est le rempart, « le salut du pays, l'honneur de l'armée ! En les perdant « on perd l'honneur. Tout leur doit être sacrifié. Est-ce « à ma Garde à l'ignorer ? Pourquoi serait-elle donc ma « Garde ? » Alors, sa colère, comme un embrasement, redoublant de violence au milieu de cet ouragan de paroles, il saisit à deux mains son chapeau et le lança à terre en s'écriant : « Qu'il lui fallait un autre général ! Qu'on « appelât Exelmans ! » Et, malgré les refus de celui-ci, il le fit à l'instant même reconnaître en tête de cette division de sa Garde.

C'était certes beaucoup trop de rigueur pour une négligence ; il ne tarda point à le sentir. Ainsi qu'il arrive souvent, quand son mécontentement avait eu raison, sa colère eut tort ; et, dès ce moment, l'excuse dont le serviteur avait eu besoin devint le besoin du maître.

Au reste, ce qui suivit fait honneur à l'un et à l'autre : Guyot dévora son affront ; il plaignit son Chef plus que lui-même ; trop bon Français, trop attaché à Napoléon pour l'abandonner dans sa détresse, il demeura ; d'autre part, si le regret de l'Empereur resta muet, ses actions l'exprimèrent. Confiant dans la noble résignation de ce général, il le rapprocha de lui. Il le nomma commandant des quatre escadrons de service près de sa personne. C'était lui confier sa vie elle-même.

On verra qu'il y avait eu du calcul dans cet emportement de l'Empereur, qu'il avait un but, qu'il ne devait point s'arrêter là, que Guyot n'en était pas le véritable objet, qu'il s'y était rencontré par un malheureux hasard, et que d'autres surtout y devaient être sacrifiés. En effet, ce jour entier était destiné à la colère. La nuit ne la calma point ; le jour suivant, il voulut même, en quelque sorte, en dresser acte et la proclamer ; ce fut un système.

Napoléon venait de remonter à cheval au bruit du canon de Victor, qui enfin se faisait entendre, mais faible, sans s'éloigner, et n'annonçant rien de décisif. Montereau n'était donc pas encore en notre pouvoir ! L'Empereur envoyait officier sur officier presser l'attaque, comptant les instants, et voyant s'échapper l'occasion. A chaque minute, son irritation croissait. Bientôt des rapports successifs l'augmentèrent.

Il apprend d'abord que, vers neuf heures, la division Château, poussée seule de Forges dans Villaron, en a été culbutée ; puis, qu'une heure plus tard, Duhesme, à son tour, renouvelant le même effort, a été repoussé ; qu'enfin, vers midi et demi seulement, le corps de Gérard, débouchant par la route de Nangis, est entré en ligne. L'Empereur ne peut concevoir ce défaut d'ensemble. Ce qui lui est évident, c'est que le combat, mal engagé, se prolonge ; c'est que la retraite des corps ennemis, aventurés dans Melun et Fontainebleau, et que devait couper cette manœuvre, doit malheureusement s'être opérée, et que, en ce moment même, ils lui échappent ! Ainsi, à la halte prématurée de la veille, Victor a joint la lenteur coupable de l'attaque de ce jour, et à cette seconde faute une troisième, des efforts partiels, successifs, se faisant ainsi battre en détail.

D'autre part, l'intrépide Pajol, fidèle à ses instructions, mais que, à sept heures, l'attaque de Victor n'a point secondé, a vu ses canons brisés et ses conscrits déchirés par la mitraille d'un ennemi trop supérieur en nombre. Il n'a point reculé, il tient toujours tête, mais il a déjà perdu trois mille hommes.

Alors, le dépit de Napoléon monte à son comble. A sa voix brève et cassante, le général Dejean part rapidement ; et, quelque adoucie que soit la forme dont cet aide de camp s'efforce d'envelopper l'ordre qu'il porte, Victor, au milieu du combat, apprend, à la tête de son corps d'armée, que l'Empereur lui en ôte le commandement, qu'il le donne au général Gérard, et quant à lui-même, qu'il doit à l'instant se retirer.

Ce maréchal reçut d'abord froidement cette dégradation. « Ceci, dit-il en se retournant vers ses officiers,

« n'est que la suite de la lettre d'hier au soir. » Et il allait se rendre au Quartier Impérial, lorsque quatre fois, coup sur coup, et par quatre officiers différents, cet ordre lui fut répété dans de tels termes, qu'il n'osa plus ni demeurer, ni se présenter devant Napoléon, et qu'il abandonna le champ de bataille.

Dès lors, tout changea d'aspect. Il s'agissait surtout, jusque-là, d'un combat d'artillerie; celle du prince de Wurtemberg, supérieure à la nôtre, nous écrasait. Dans cette balance inégale, Gérard jeta promptement les quarante pièces de sa réserve. Aussitôt l'avantage passe de notre côté; l'infanterie wurtembergeoise accourt sur ce feu pour l'éteindre, mais Gérard, l'épée à la main et chargeant lui-même, la repousse. La tête de la colonne impériale parut alors. Il était environ trois heures : heure décisive aux jours des combats disputés, et, à cette époque de l'année, heure d'à-propos pour les réserves. Ce furent deux bataillons de gendarmerie d'élite qui l'annoncèrent : ils se joignirent à Duhesme, et, la baïonnette en avant, se ruant dans Villaron, ils s'y établirent. Dès ce moment, le prince de Wurtemberg, effrayé de cette apparition, ne songea plus qu'à la retraite.

Il n'était plus temps. Pendant qu'il veut y mettre ordre, l'Empereur, portant ses batteries de douze sur le plateau de Surville, l'aborde en face; il le pousse, il le précipite dans le défilé étroit et profond que le Prince avait à dos, et que trop longtemps il avait osé défendre. Au même moment, à sa gauche par la route de Nangis; à sa droite par celle de Melun, l'habile Gérard d'une part,

Pajol, sa cavalerie, la garde nationale bretonne de l'autre, et des gendarmes à pied, que guide Delort, refoulent les deux ailes de l'ennemi sur son centre. On les vit alors, du sommet du plateau de Surville, se partager en deux longues et épaisses traînées de fuyards; elles s'engageaient dans les deux faubourgs et s'y entassèrent. Ce fut surtout à la culée des deux ponts, que ces deux colonnes, se rejoignant, s'accumulèrent. Les renforts, qui, de l'autre rive, se présentèrent à l'issue de ce défilé, en augmentaient l'encombrement. Pendant que Duhesme, Gérard et Château manœuvrent contre leur arrière-garde, les pentes de Surville se couvrent, de plus en plus, de nos canons; leurs feux convergent et plongent sur ces masses de fuyards; leur mitraille, qui n'entend pas les cris de grâce, rebondissant sur les pavés, ricochant contre les murailles, traverse, de part en part, cette cohue de désespérés, qu'elle crible et sillonne en tous sens.

C'était l'Empereur lui-même qui dirigeait ces feux, et, comme l'inexpérience des canonniers les exposait, il leur indiquait la manière. On le vit même descendre de cheval, et pointer plusieurs fois les pièces! Il fit taire celles de l'ennemi, qui tiraient encore de l'autre rive. Nos artilleurs avaient d'abord murmuré du danger auquel il s'exposait : ils l'avaient conjuré de s'éloigner. Mais lui : « Allez, mes amis, leur avait-il répondu gaiement, ne « craignez rien! Le boulet qui me tuera est encore loin « d'être fondu. »

Cependant les Wurtembergeois n'étaient pas au bout de leur désastre. Poursuivis par tous les feux de la guerre,

une autre guerre, survenant, éclata sur leurs têtes. Les habitants de Montereau avaient été opprimés sans mesure ;
leur exaspération, jusque-là comprimée, se déchaîna tout
à coup et de toutes parts. Les uns, accourant joindre nos
colonnes d'attaque, s'offrent pour guides ; d'autres, de
tout ce qu'ils trouvent sous leurs mains, des fusils des
vaincus, des tuiles de leurs maisons, de leurs meubles les
plus pesants, se font des armes. La plupart, montés sur
leurs toits, embusqués derrière leurs contrevents, font
pleuvoir tous les genres de mort sur la foule éperdue de
leurs oppresseurs. Il n'y eut point de pitié pour les blessés
même ; la ville entière fut transformée en un champ de
carnage !

Ces Wurtembergeois, nos alliés d'hier, et devenus subitement nos ennemis les plus cruels, méritaient leur
malheur : il fut complet ! Leur arrière-garde, forte de
cinq mille hommes, couvrait encore les abords des faubourgs, lorsque, à la droite et à la gauche de l'Empereur,
un dernier, un double et vigoureux effort, où tombèrent
l'un mort, les autres blessés, trois de nos chefs les plus
vaillants, termina tout : à gauche, ce fut Château ; à droite,
Pajol et Delort. Les deux premiers, l'un par le chemin
de Nangis, l'autre par celui de Melun, fondirent, tête
baissée, sur tout ce qui tenait encore. Hors du faubourg
plusieurs bataillons, crevés et dépassés par Pajol, mirent
bas les armes. Dans les faubourgs, la résistance inerte
de la foule pressée des fuyards qui jetaient leurs fusils,
n'arrêta point cette double charge : Château la perça de
ses baïonnettes ; Pajol, le 7ᵐᵉ de chasseurs en tête, les

écrasa sous les pieds de ses chevaux et à coups de sabre.

Ces deux chefs, se faisant un jour rapide et sanglant dans cet entassement de vaincus, poussèrent droit aux ponts. Celui de la Seine était miné. Une brigade ennemie, postée sur l'autre bord, le défendait. A la vue des nôtres, la fusillade et la mine éclatèrent. Château en fut renversé mortellement ; le cheval de Pajol, abattu sur lui, et Delort, blessé. Mais ces deux derniers chefs, que soutint à propos Du Coëtlosquet, se relevant au milieu des balles et de la fumée de l'explosion, continuèrent. La mine avait fusé ; un entonnoir sur clef fut son seul effet. Le pont français avait résisté : il nous livra passage. Les généraux ennemis, qui l'avaient défendu, n'eurent pas le temps de fuir ; l'un fut pris, l'autre tué, la ville et le fleuve reconquis, et le prince de Wurtemberg et Bianchi disparurent, l'un remontant la Seine, l'autre, l'Yonne.

Ils laissaient entre nos mains six canons, quatre drapeaux, six mille morts ou prisonniers. Mais les lenteurs du début de cette journée nous avaient coûté un général tué, deux autres blessés, et quatre mille hommes.

En ce même jour, 18 février, les ducs de Tarente et de Reggio rejetaient Wrede dans Bray, et Wittgenstein dans Nogent. Une multitude de traîneurs et de bagages, un parc entier, restèrent entre leurs mains. La fuite des Bavarois et de ce Russe fut si rapide, que les tables préparées pour eux, toutes chaudes encore, et couronnées de lauriers, selon leur usage, servirent aux dîners de nos maréchaux.

Pourtant, et comme l'Empereur l'avait prévu, le passage de la Seine, disputé sur ces deux points, fut jugé impraticable. Il fallut, pour l'effectuer, que ces deux corps se résignassent à une contre-marche sur Montereau, ce qui, avec la fatigue des troupes et une réorganisation devenue nécessaire, explique le séjour de Napoléon dans Surville.

Il n'était d'ailleurs plus temps de se hâter. L'avant-garde autrichienne, engagée dans la forêt de Fontainebleau, s'en était retirée. Il n'y avait donc plus à mordre dans le flanc ennemi au delà de Montereau, mais seulement sur sa retraite. Nos troupes légères s'y étaient attachées, elles suffisaient. C'est pourquoi Napoléon ne repartit de Surville que le surlendemain 20 février.

Mais ce mécompte et la vue de tant de sang français, que l'on eût pu épargner, le révoltaient. La mort de Château, la chute de Pajol, dont les anciennes blessures s'étaient rouvertes, l'échauffement enfin de cette lutte meurtrière, l'avaient aigri. Un autre incident, une grave négligence, ravivait son irritation, commencée la veille par le rapport de Mortemart : au plus fort de ce combat d'artillerie, les munitions avaient manqué !

De fâcheuses nouvelles lui gâtaient aussi sa victoire. Tandis qu'Épernay avait vaillamment résisté, Reims avait fléchi. Derrière Marmont, à qui la Marne était confiée, Montmirail avait été ressaisi par douze mille Russes. Devant Mortier, qui défendait l'Aisne et l'Oise, Rusca venait d'être tué, et Soissons enlevé par une nouvelle armée de vingt-cinq mille ennemis. Winzingerode la commandait. C'était ce même Allemand devenu Russe, pris par Mortier dans Moscou en 1812, repris ensuite par Tchernicheff, et qui, pendant sa captivité, avait été offensé par de si rudes menaces. Ainsi les têtes de l'Hydre, à peine abattues, renaissaient !

Parmi nous, c'était pire encore. Des symptômes de dissolution commençaient : ceux de l'affaiblissement de l'autorité impériale, dans Paris même. Plusieurs ordres de l'Empereur avaient été inexécutés ! Aux yeux du plus grand nombre sa constance à repousser une paix honteuse, était traitée d'obstination à n'abandonner aucune de ses conquêtes. Enfin une triste réciprocité de défiance s'était montrée. Il apprenait qu'il venait d'être impossible de faire sortir la garde nationale hors des barrières pour escorter, de Meaux à Paris, les prisonniers, et laisser nos soldats disponibles. Dans cet ordre, pourtant si convenable, cette garde parisienne, quoique déclarée sédentaire, avait cru voir un moyen de recrutement pour l'armée active : « On voulait, s'écriait-elle, l'entraîner sur les « champs de bataille, et, comme les cohortes de 1793, la « sacrifier à une ambition sans mesure ! »

Bien plus, dans plusieurs de ses généraux l'Empereur a cru reconnaître la fatigue, le dégoût d'une carrière sans terme, et que, rassasiés de dangers, ce n'était plus que comme des préliminaires d'une paix indispensable qu'ils acceptaient les périls et les joies de la victoire.

Mais ici, qu'ajouterais-je au récit du témoin le plus intime des soucieuses préoccupations de notre chef ? « Tandis que nos succès, dit-il, réjouissent la constance « infatigable des soldats, redoublent l'ardeur civique des

14.

« habitants des campagnes, et portent jusqu'à l'exaltation
« le dévouement de nos jeunes officiers, il remarque avec
« inquiétude qu'un retour d'espérance n'a pas encore pé-
« nétré dans le cœur des chefs de l'armée...... et il en res-
« sent toute l'amertume (1) ! »

Elle ne tarda pas à éclater. La nuit était venue. Seul, et
renfermé dans le grand appartement du château de Surville, dont la commotion produite par la batterie de douze,
servie par lui-même, avait brisé toutes les vitres, il le
parcourait avec agitation ; son air était sombre ; l'émotion du champ de bataille l'y avait suivi. On eût pu croire
qu'il allait ordonner et combattre encore ; mais à cette
exclamation : « On ne m'obéit plus ! On ne me craint
« plus ! Il faudrait que je fusse partout à la fois, » on vit
bien que l'orage, prêt à se déclarer, grondait contre les
siens.

En effet, le dépit dont il était plein déborda bientôt
en ordres sévères. Le premier atteignit M...., qu'il accusait de la perte, sans combat, de Fontainebleau ; un second, le général d'artillerie à qui les munitions venaient
de manquer. Le troisième anathématisa les généraux qui,
dans Soissons, avaient survécu au brave Rusca. Il voulut
que tous fussent traduits devant des conseils de guerre ;
et aussitôt, jugeant d'avance dans le bulletin qu'il dicta
rapidement, il stigmatisa le découragement des uns, celui
des villes comme des individus, et exalta le dévouement
infatigable des autres. Un certain désordre, qu'on a re-

(1) Fain, *Manuscrit de* 1814.

marqué dans cette proclamation, atteste l'irritation qui l'inspira. Mais, comme il entrait du calcul dans toutes ses actions, même les plus passionnées, tout, dans cette dictée de colère, tend à un but, celui d'exciter par l'espoir ou la crainte, et de montrer ce qu'il attendait de chacun.

Au reste, il en fut de cet emportement comme de la plupart de ses colères : l'effet produit, il s'en tint aux menaces. Mais, il en faut convenir, si de pareilles incriminations publiques n'étaient pas toutes méritées, si, du moins pour quelques-uns, la part des circonstances n'avait pas été appréciée suffisamment, qu'était-ce que cette clémence pour les peines matérielles, après les douleurs morales que ces publications venaient d'infliger ?

L'Empereur avait, sans doute, raison de s'écrier : « Qu'il fallait donc qu'il fût partout à la fois ! Que partout où il n'était pas tout allait mal ! » Mais il eût fallu ajouter : partout où l'effet de sa présence ne décuplait pas nos forces trop insuffisantes, et ne frappait pas de consternation nos adversaires ! Or, c'était là justement ce qui eût dû être à ses yeux une excuse suffisante pour ceux des nôtres qui, loin de lui, à la tête de quelques recrues ou de populations effrayées, se trouvaient frappés d'impuissance.

Toutefois, quant à Victor, on s'accorde à dire que sa colère ne fut point injuste, et à en louer l'apaisement. Ce maréchal, dans le premier dépit de sa disgrâce, avait hautement affecté une singulière indifférence ; mais la victoire de Montereau, remportée sans lui, avait dompté sa révolte. Dès lors, pénétrant jusqu'à l'Empereur, il osa venir, les larmes aux yeux, réclamer contre une réprobation désormais pour lui si cruelle. Je laisse encore ici parler ce témoin sincère, cet ami dont je me plais à mêler les récits à mes souvenirs.

« A la vue de Victor qu'il repousse, un cri d'indignation
« échappe à Napoléon. Il l'apostrophe avec emportement.
« Que lui veut-il? Qu'a-t-il à faire à l'armée? La seule
« place qui lui convienne est aux Invalides! Et sur-le-
« champ, mille imprécations de découragement et d'inca-
« pacité jaillissent, à flots pressés, de sa bouche. Dans ce
« débordement des douleurs dont son âme est pleine, une
« foule de griefs, cachés jusque-là, apparurent. Il lui re-
« procha de servir de mauvaise grâce ; de fuir le quar-
« tier impérial ; de ne pas même dissimuler une secrète
« opposition, qui sied mal dans les camps! Ses plaintes
« s'adressent à la maréchale elle-même : elle s'éloigne de
« l'Impératrice, qu'il semble que la nouvelle Cour aban-
« donne !

« Courbé sous les coups d'un si violent orage, ce n'est
« d'abord que par une attitude soumise et des larmes
« que le malheureux Victor demande grâce. S'il essaye
« quelques protestations de dévouement, elles se perdent
« dans les éclats de cette tempête. Mais enfin, saisissant
« un intervalle, il invoque de glorieux souvenirs, et, s'en-
« hardissant d'être écouté, il repousse l'ordre de se retirer :
« il s'écrie que l'un des plus anciens compagnons de Bo-
« naparte ne pourrait quitter l'armée sans déshonneur !
« Les souvenirs de l'Italie, dont Napoléon vient de re-

« nouveler la gloire, ne sont pas invoqués en vain. Sa
« colère se radoucit ; il n'oppose plus au maréchal que ses
« blessures : elles veulent du repos, lui dit-il ; elles ne lui
« permettent plus l'activité de l'avant-garde et les pri-
« vations des bivouacs ; ce sont elles qui, sans doute, for-
« cent les fourriers du maréchal de s'arrêter aux lieux
« où l'on trouve un lit. Mais plus les reproches s'affai-
« blissent, plus Victor en paraît ressentir l'amertume ;
« il osait même risquer un commencement de justification
« qui peut-être l'eût perdu, quand heureusement, les san-
« glots l'interrompant, il ne lui resta plus que la force
« d'ajouter : que s'il avait fait une faute, il la payait
« bien chèrement par le coup qui venait de frapper son
« malheureux gendre !

« Au nom de Château, Napoléon l'interrompt avec la
« plus vive émotion : il s'informe si l'on conserve encore
« quelque espoir de sauver ce général ; il n'écoute plus
« que la douleur de Victor, il la ressent tout entière. Le
« duc de Bellune, reprenant confiance, proteste de nou-
« veau qu'il ne quittera point l'armée ; il va, dit-il, prendre
« un fusil, il n'a point oublié son ancien métier ; Victor
« se placera dans les rangs de la Garde. Ces derniers mots
« achèvent de vaincre Napoléon. « Eh bien, Victor, restez,
« dit-il en lui tendant la main ; je ne puis vous rendre vo-
« tre corps d'armée, puisque je l'ai donné à Gérard ; mais
« je vous donne deux divisions de ma Garde, allez en
« prendre le commandement ; qu'il ne soit plus question
« de rien entre nous. » Et, comme il allait commencer
« son repas, il le fit placer à sa table. »

Telles étaient les colères de Napoléon : cruelles en menaces, mais s'exhalant, s'épuisant en paroles. Toutefois, dans son cœur rongé de soucis, tout grondait encore. Aussi, quand Rumigny, revenant pour la troisième fois de Châtillon, reparut devant lui, le trouva-t-il inabordable. Dès que l'Empereur l'aperçut : « Retirez-vous ! cria-t-il ; je « ne veux plus entendre parler de votre Congrès ! On « m'y déshonore ! C'est une honte que de pareilles pro-« positions ! Qu'on les porte aux Bourbons, c'est à eux « seuls qu'elles conviennent ! »

Quelques mots, lancés dans une des bourrasques de cette journée du 18 février, et qu'on interpréta mal, montrèrent encore que le spectre de la France ravagée, en oppressant son cœur, ajoutait à l'amertume qui le déchirait. Et réellement ce qu'il avait vu, ce qui lui revenait de toutes parts était effroyable ! Depuis deux mois, et sur un tiers de la France, les alliés concentraient plus de maux que nos dix-neuf années de guerres et de conquêtes n'en avaient répandu sur l'Europe entière. Un grand nombre d'habitants, arrachés à leurs foyers, avaient disparu ; les uns avec leurs charrettes et leurs chevaux, les autres comme guides et, le plus souvent, pour aider ces hordes à découvrir les vivres, le vin, et l'or surtout, qu'elles convoitaient. D'autres encore, traités comme leurs propres bêtes de trait ou de somme, avaient été abandonnés, roués de coups, estropiés, et exténués de faim, au milieu des neiges et des boues de ce rude hiver ; ils y avaient péri de misère et de désespoir. Ceux qui servaient de guides n'avaient pas moins souffert : soit que la fatigue des marches eût irrité ces étrangers, soit que, dans leurs cantonnements, leur avidité eût été déçue, ou n'eût pas été suffisamment assouvie, leur désappointement s'en était pris à nos infortunés compatriotes. Nous retrouvions les corps de ces malheureux, gisant ensanglantés sur les chemins, assommés par le bois ou percés par le fer des lances ; un grand nombre était mutilé, ou à demi consumé sur les cendres des bivouacs, et dans les maisons dévastées.

De même qu'à Montereau, partout où les Autrichiens ne dominèrent pas, rien n'avait été épargné. Combien de fois, dans nos villes et villages désolés, que retraversaient nos colonnes en chassant devant elles ces pillards, de révoltants spectacles nous indignèrent ! Partout, les portes arrachées, les fenêtres brisées, toutes les armoires enfoncées ; les meubles brûlant encore sur les places et dans les bivouacs des champs d'alentour, les vêtements et le linge souillés, déchirés par lambeaux épars sur le pavé ou dans les ruisseaux des rues ; les rues elles-mêmes obstruées par mille débris qu'avait dédaignés le pillage, ou qu'il n'avait pu emporter.

On citait quelques-uns de leurs chefs comme les plus âpres à cette odieuse curée ; l'un entre autres, que, pour des indignités semblables, Napoléon, lorsque ce prince était sous ses ordres, avait rudement réprimandé. Des témoins l'ont attesté : ils l'ont vu faire entasser, lui-même, sur ses chariots tout ce qui avait tenté son avidité, à Pont-sur-Seine, propriété de la mère de l'Empereur. Après avoir ainsi dépouillé ce château, il y avait mis le feu de ses propres mains, soit dans un emportement de passion ou plutôt pour décorer de haine son avarice ! En effet, on le vit, avec une avidité pareille, piller ses autres quartiers, tels celui de Mesgrigny, qu'il dévalisa tout entier, quoiqu'il en eût connu l'aimable et jeune châtelaine.

Ces excès peuvent faire juger du reste ; l'exemple, venant d'en haut et descendant dans toutes ces hordes, en avait fait un torrent dévastateur. C'était une émulation de violences et de rapines. De même que les châteaux, les maisons les plus apparentes, quartiers des chefs ennemis, et quoiqu'elles eussent été placées sous leur sauvegarde, n'avaient souvent pas été plus épargnées. La soumission, l'empressement des serviteurs qu'on y avait laissés furent inutiles. A l'issue des longs festins que ces chefs s'y étaient fait servir, le vin, le linge, l'argenterie, tout avait été enlevé ; d'insultantes railleries répondaient seules aux plaintes que parfois on avait osé leur adresser. Bientôt ensuite, ils étaient remplacés par leurs bandes, plus brutales et aussi avides ; et comme ces nouveaux venus exigeaient, à grands coups de knout, ce qu'on n'avait plus, dans leur colère ils torturaient nos malheureux compatriotes pour leur arracher des aveux impossibles, renouvelant ainsi les atrocités de nos anciens chauffeurs, écume de nos guerres civiles !

Dans beaucoup d'autres lieux, leurs joies nous avaient été plus funestes encore. Avertis par le bruit de leurs cruautés, on avait prévenu leurs désirs par des contributions recueillies d'avance et des tables promptement servies. Leur cupidité ainsi satisfaite, leur voracité rassasiée, on espérait quelque repos ; mais alors, gorgés de pillage

et de vin, ils se saisissaient des filles et des femmes ; et
quand les pères, les maris désespérés accouraient aux cris
de ces infortunées, ils se débarrassaient de ces importuns
à coups de pique, ou bien ils les garrottaient, et, devant
eux, après avoir enivré d'eau-de-vie leurs victimes, ils as-
souvissaient sur elles leur brutalité. Plusieurs d'entre elles,
se faisant des armes de tout ce qui se trouvait sous leurs
mains, osèrent essayer de se défendre ; mais bientôt, saisies, renversées, après en avoir abusé, on les acheva à coups
de lance.

Et qu'on ne croie point qu'ici, comme il arrive souvent,
la douleur exagère ; chaque soir, lorsque, harassés par les
travaux du jour, nous nous arrêtions, et qu'autour de nos
feux nos repas se préparaient, l'insouciante gaieté du soldat, la satisfaction de quelques succès, l'habitude de vivre
sans lendemain et de souffrir, de tout braver, de se railler
des maux pour les mieux supporter, ne nous portaient que
trop à l'endurcissement. Et puis, quelle que soit l'humeur
douce et généreuse des armées françaises, nous nous rap-
pelions bien aussi que, aux temps de nos conquêtes, nous
n'avions point été sans reproches ; des représailles, des
vengeances, même plus qu'ordinaires, ne nous eussent donc
pas étonnés ; mais ici, toutes les bornes étaient franchies ;
il n'y avait pas même à douter, à fermer les yeux ; quelqu'invraisemblables que fussent les récits de nos compatriotes, nous ne pouvions nous retrancher dans une
incrédulité plus commode à nos courts repos.

En effet, trop souvent ces monstruosités furent prises
par nous-mêmes en flagrant délit. Et par exemple, un soir,

du côté de Château-Thierry, à Cresancy, l'un de mes escadrons, que commandait d'Andlau, attiré par les cris de ce village, y était entré à toutes brides ; le maire, accroché et étranglé à l'une des colonnes de son lit ; à ses pieds, et sur un matelas jeté par terre, sa jeune femme violée et sans connaissance ; sous le berceau de l'enfant un fagot déjà embrasé, voilà le spectacle qui frappa nos yeux. En même temps, et dans le verger voisin, de sales Cosaques, ivres et hurlant leurs chants sauvages, dansaient en forçant, à coups de knout, les maris, les sœurs de leurs victimes, et le ménétrier du village à partager leur orgie ! Ces misérables, à notre aspect imprévu, s'élancèrent sur leurs chevaux, mais si effarés, qu'ils fouettaient et talonnaient leurs montures, sans s'apercevoir que, attachées encore aux arbres du verger, elles ne pouvaient leur obéir. Ceux-là expièrent leurs crimes sans merci ; et cette fois, du moins, une prompte et juste vengeance put adoucir le désespoir de nos malheureux compatriotes.

Eh bien, toutes ces douleurs de la France, réunissez-les dans un seul cœur ; ajoutez-y le malheur d'en être la cause. Sous un poids si déchirant, qu'on ne s'étonne donc plus de voir ce grand cœur, au lieu de faiblir, se soulever, s'irriter parfois, s'indigner surtout quand ses refus d'une paix honteuse et mensongère sont accusés d'ambition ; quand les siens eux-mêmes, lorsqu'il s'agit d'arracher la France à tant de maux, résultats d'excès de guerre qu'il n'est plus temps de lui reprocher, ne veulent point comprendre qu'il ne lui reste plus d'autre ressource qu'un dernier, un suprême effort de guerre !

Quelque invraisemblable que parût être cet espoir, on verra que ce miracle aurait pu s'opérer encore.

Si l'on doit croire quelques-uns de ses serviteurs intimes, un autre souci rongeait secrètement le cœur de Napoléon. Dans ces derniers jours, le rapide enchaînement des faits m'a entraîné : je n'ai pas dit que, le 16 février, à Guignes, le jeune Tascher, aide de camp du Vice-Roi, s'était présenté devant l'Empereur. Plusieurs témoins assurent qu'à sa vue Napoléon, s'épanouissant d'un sourire, s'était écrié : « Eh bien! où est Eugène? Quand « arrive-t-il à Lyon? » Mais l'aide de camp avait répondu : qu'il avait laissé le Vice-Roi sur le Mincio, aux prises avec l'armée autrichienne, et que, le 8 février, ce prince avait remporté sur elle une victoire.

Ces témoins ajoutent que, sur cette réponse, la figure de Napoléon s'était assombrie, et que sa première réplique avait été un geste de mécontentement. Quant à cette victoire, par un singulier hasard, le Vice-Roi et M. de Bellegarde s'étaient attaqués simultanément. Tous deux, à l'insu l'un de l'autre, avaient passé le Mincio sur deux points opposés. Chacun d'eux avait donc eu d'abord devant soi un succès facile. C'était alors que, la nouvelle de leur attaque réciproque les arrêtant, une inquiétude pareille les avait fait repasser le fleuve, et rentrer tous deux dans leurs positions de la veille. Il était vrai cependant que le prince Eugène, malgré cette bizarre coïncidence et un nombre moindre de moitié, avait eu sur son adversaire un avantage remarquable.

Mais, quand l'Europe menaçait Paris, qu'importait, à

près de trois cents lieues de là, un succès pareil ? L'Empereur y dut surtout voir que, ses instructions, depuis novembre 1813, sur l'éventualité du retour en France du prince Eugène, ayant été indécises et conditionnelles, et conséquemment n'ayant pu jusqu'alors être exécutées, l'occasion de les accomplir était perdue ; qu'Eugène, resserré, en face et sur ses deux flancs, par les armées autrichiennes et napolitaines, n'était plus libre de ses mouvements, et qu'il ne fallait plus compter sur l'armée d'Italie pour le salut de la France et de l'Empire. '

Qu'alors, comme on l'a supposé, un doute cruel sur l'entier dévouement du prince se soit ajouté aux chagrins de Napoléon, c'est ce qu'on ignore. Cette triste supposition est, dit-on, fondée sur ce que, précédemment, soit défiance naturelle à l'infortune, ou par une inquiétude excusable après tant de défections, l'Empereur, voulant se faire un otage de la vice-reine, avait successivement essayé de l'attirer d'abord à Paris, puis à Montpellier, et enfin à Gênes : « Tous les honneurs l'y accompagne- « raient ; la vice-reine y serait entourée d'une partie de « la garde italienne ; le général Frézia, homme à la fois de « cour et de guerre, et qu'on savait lui être agréable, y « commanderait. » Telles, assure-t-on, avaient été les prévenances dont cette proposition fut entourée, mais inutilement, le prince ayant refusé, en alléguant : « Que cette fuite prématurée serait d'un fâcheux exemple, tandis que, au contraire, la présence de la vice-reine au milieu des Italiens les encouragerait. »

Il se peut, en effet, que, après la trahison de la Bavière

à la fin de 1813, l'Empereur ait craint l'influence d'une princesse restée peut-être plus Bavaroise qu'elle n'était devenue Française; mais pour ceux, comme moi, auxquels une ancienne intimité a fait connaître la noblesse d'âme et la générosité des sentiments du prince Eugène, tout fait espérer qu'aucun doute sur sa fidélité n'assombrit jamais Napoléon, qui le connaissait mieux encore.

Quant au mouvement rétrograde sur la France, que le prince aurait dû faire, convenons-en : l'époque, antérieure d'un mois à l'invasion de Bâle, où cette manœuvre fut conçue plus qu'ordonnée ; le penchant qu'avait l'Empereur à compter sur lui seul et sur la victoire ; sa répugnance à prescrire l'abandon de ses conquêtes ; son habitude de confier beaucoup à l'appréciation de ses lieutenants et à la fortune ; l'inaction où, d'autre part, l'habile Suchet fut laissé, tout doit faire penser que cette marche d'Eugène sur Lyon ne fut pas prescrite d'une manière assez positive.

Il s'agissait, pour le Vice-Roi, de l'abandon d'un royaume ! Or, pour ce lieutenant accoutumé à obéir, c'était là une résolution trop grave, trop pénible, trop compromettante, pour n'exiger pas au moins une instruction écrite et des plus formelles.

Ajoutons qu'Eugène fit observer à Napoléon : « Qu'au « lieu de trente-sept mille Français, qu'on supposait « être sous ses ordres, son armée n'en comptait pas plus « de douze mille ; que le reste était Romain, Toscan, « Milanais ou Piémontais, et mal disposé à passer les « monts ; que, s'il fallait rétrograder, il en demandait

« l'ordre très précis, qu'il exécuterait aussitôt, quoiqu'il
« prévît qu'alors il attirerait sur ses pas cent mille enne-
« mis de plus que sa présence en Italie contenait loin de
« la France. »

Je ne cherche point à excuser le Vice-Roi, d'abord par
respect pour la vérité, qui doit passer avant tout, puis
parce que, en ce cas, ce serait aux dépens de l'Empereur ;
et, j'en conviens, l'Empereur me tient encore plus au
cœur que le prince Eugène. Mais plus je consulte mes
compagnons d'armes, les serviteurs intimes de Napoléon
et du prince, et mes souvenirs, plus j'examine, plus je me
persuade que, soit incertitude sur les conséquences de sa
première détermination, soit qu'il lui en ait trop coûté,
l'Empereur ne put s'arracher à lui-même l'ordre positif
de l'abandon de l'Italie, et que, s'en tenant au vague de
ses premières instructions, il avait remis à en décider au
temps, aux inspirations du prince et à sa fortune.

Quant à une trahison, certes, jamais le prince Eugène
n'en fut capable ! Sa fidélité est démontrée : par l'indignation qui dicta sa noble réplique aux propositions que
lui fit la Coalition, à la fin de 1813 ; par sa proclamation
en réponse à la déclaration de Murat ; par ses combats
contre les Autrichiens à Valeggio, Salo, Gardonne et
Sustinente ; par ceux qu'il soutint contre Murat, Nugent et Stahremberg, depuis le 27 février jusqu'au 9 mars,
et du 13 au 16 avril : combats peu remarquables, mais
par lesquels il fit respecter sa position et s'y maintint.

Néanmoins, une lettre de l'Empereur, du 17 janvier,
avait encore rappelé en France le Vice-Roi. On y lit ces

mots : « Aussitôt que vous en aurez la nouvelle offi-
« cielle (celle de la défection de Murat), il me semble
« important que vous gagniez les Alpes avec toute votre
« armée. » Mais pour une détermination aussi grave,
quelle insuffisante instruction ! Combien la forme en est
indéterminée ! Et qui oserait faire un crime au prince
d'en avoir demandé et attendu une plus positive ?

Ceci explique pourquoi, le soir du 16 février et le lendemain matin, on remarqua dans les gestes, dans l'attitude de l'Empereur, et plus tard dans sa réponse datée de
Nangis le 18, un fond de mélancolie, un air de contrainte,
mais venant sans doute de sa propre indécision plus que
de celle du Vice-Roi. Dès lors, il parut se contenter d'une
diversion lointaine. D'ailleurs, à Nangis, d'où il expédia
Tascher, son nouveau succès de Mormant, l'attente de
celui de Montereau sans doute plus décisif, l'orgueil de
l'écrasement de Blücher, l'effroi de l'ennemi, qui se décelait par la demande d'un armistice, tout cela avait relevé
son espoir. Ses paroles à l'aide de camp du prince Eugène,
en le congédiant, en sont la preuve. « Ses quatre victoires sur
« la Marne, lui dit-il, lui avaient ramené toute sa fortune.
« L'élite de l'armée ennemie, sous Blücher, était détruite.
« La coalition était rompue. Ne venait-on pas de voir sur
« la route de Troyes, comme sur celle de Châlons, re-
« commencer sa déroute ? Dans quelques heures, l'attaque
« de Victor sur Montereau allait faire justice des Bava-
« rois et des Wurtembergeois. Qu'était-ce que le reste ?
« des Autrichiens effrayés, cherchant à gagner du temps
« et implorant un armistice ; son fouet pour ceux-là suf-

« firait ! Qu'Augereau sorte donc enfin de Lyon et de son
« inaction honteuse ! Qu'il marche, tête baissée, sur Mâ-
« con et Châlons ! Qu'Eugène défende pied à pied, et à tout
« prix, l'Italie ! Qu'importe Murat et ses Napolitains ?
« qu'il n'en tienne compte ! Qu'il ne songe qu'à Belle-
« garde, et qu'il livre, sous Milan, une grande bataille ! »

Ces paroles, dites pour être répétées au Vice-Roi, je
les tiens du brave et loyal Tascher lui-même : il fut
chargé de les lui transmettre. Napoléon n'avait plus d'autres instructions à lui donner ; elles étaient conformes aux
circonstances et à son caractère. Mais, quelques jours
plus tard, il dut regretter de n'avoir pas formellement
rappelé ce prince.

Telles furent, les 16, 17 et 18 février, à Guignes, Nangis et Surville, les préoccupations diverses de Napoléon.
Voilà aussi pourquoi, dans Surville, toute cette journée
de colère. Le sommeil le calma. Le lendemain 19 différa de
la veille. L'Empereur reparut satisfait et radieux : réaction assez naturelle, soit que, par habitude de bonheur, il
eût réellement repris confiance, soit que, fatigué d'appréhensions, il cédât au besoin d'espérer.

Tout y contribua : un soleil pur, un premier jour de
repos après tant de journées laborieuses, enfin d'heureuses nouvelles, qui parfois, telles que les malheurs, arrivent
par troupes. Elles affluèrent ; il en perça même jusqu'à
lui des provinces conquises. Dans le Morvan, derrière
Schwartzenberg, Forbin-Janson venait de lever des partisans ; l'Ain tout entier se soulevait. D'autre part, Soissons était évacué ; Montmirail, Fontainebleau étaient

repris ; Blücher avait disparu ; nos avant-gardes, nos
paysans ramassaient des multitudes de fuyards ; partout
l'ennemi était en retraite ; la Seine était reconquise, Paris sauvé ; ses habitants, ceux des campagnes, l'armée,
la France entière semblait ressaisie d'admiration pour sa
gloire !

Autour de lui, tout exalta son espoir. On triomphait, on
accourait de toutes parts : députations, maires, citadins,
villageois, tous apportaient ou des nouvelles ou des vivres,
et un grand nombre amenait des prisonniers, demandait
des armes. Les uns sortaient des bois où ils s'étaient réfugiés ; d'autres, ceux de Montereau, de leurs demeures
dévastées, qu'ils venaient de nous aider à reconquérir. Ils
entouraient, ils charmaient Napoléon de leurs élans de
haine et d'ardeur contre l'étranger et de l'ivresse d'une
joie trop confiante.

A ces transports si naturels un adulateur enthousiaste
joignit ses exagérations. Rumigny, revenu de Châtillon,
en fut témoin. Il entendit, m'a-t-il dit lui-même, ce personnage surexciter son maître par le récit de l'entrée de
nos prisonniers dans la capitale : « Vingt mille captifs,
« au milieu d'acclamations triomphales, venaient de la
« traverser. A l'aspect de la colonne d'airain et de la
« statue de notre Empereur, tous s'étaient découverts.
« Un grand nombre même s'étaient prosternés ! » A entendre ce courtisan, on eût dit l'Empereur remonté, plus
haut que jamais, sur le trône de ses victoires !

Quant à Napoléon, soit espoir dans l'ascendant réellement prodigieux de sa renommée si puissante encore, ou

15.

qu'il voulût propager jusque dans Châtillon l'effet du récit qu'il venait d'entendre, se retournant vers l'envoyé
de Caulaincourt, il lui demanda, en souriant : « Si le
« Congrès n'allait pas être saisi d'étonnement et d'effroi,
« à la nouvelle d'un changement de fortune aussi imprévu
« et aussi subit ? »

Pourtant, quel effroi pouvaient raisonnablement inspirer soixante mille hommes, dont les deux tiers étaient
des recrues, à plus de cent mille soldats éprouvés, qu'on
avait en face sur la Seine, et bientôt à quatre vingt-dix-
mille autres vers la Marne et l'Aisne, quand il ne pouvait
opposer à ceux-ci que les dix à onze mille hommes des
ducs de Trévise et de Raguse ? Mais Napoléon, confiant
dans l'ascendant qu'il venait de ressaisir, comptait
triompher des premiers par une offensive active et imprévue, aussi conforme au génie français qu'inaccoutumée à
ses adversaires, gens froids, peu dispos d'esprit et de corps,
et à qui des manœuvres longuement préméditées convenaient seules, leur méthodique raideur se ployant mal à
des mouvements subits et inattendus qui les déconcertent.

Son but était donc, après avoir jeté le trouble dans
cette masse de coalisés, de frapper coup sur coup dans ce
désordre, d'en redoubler la confusion, qu'accroîtraient
leur nombre, la multiplicité des chefs, la diversité des
nations, enfin le soulèvement de nos provinces frontières
les sorties de nos garnisons et l'attaque d'Augereau sur
leurs derrières ; toutes choses qui transformeraient leur
retraite jusqu'au delà du Rhin en une irrémédiable déroute !

Ce qui va suivre prouvera qu'il n'y avait à cela rien d'impossible.

Ce retour de confiance dura les jours suivants, mais sans abandon, en y faisant tout concourir, en rassemblant, en employant tout ce qu'il avait de ressources. Pendant que, à Surville, il réorganise ses corps, il donne à Grouchy, à Leval et à leur sept à huit mille hommes et chevaux, le temps de le rejoindre. Ces généraux accouraient de Montmirail, d'où ils venaient de chasser Diebitch et ses douze mille hommes. L'Empereur s'était peu inquiété de cette tardive diversion, lancée par Schwartzenberg, sur son attaque contre Blücher, sachant bien que le coup qu'il courait porter sur la Seine à la grande armée alliée en ferait justice.

Cependant, la marche en avant de l'Empereur avait été ralentie, d'un côté par les contre-marches d'Oudinot et de Macdonald sur Montereau, et de l'autre par l'extension forcée de notre aile droite. Gérard la conduisait ; il avait trouvé détruit le pont sur l'Yonne ; il lui avait donc fallu remonter, jusqu'à Sens, cette rivière. Ainsi non seulement la tête de colonne de gauche de l'ennemi nous avait échappé, mais notre poursuite, errant sur la Seine et retardée par l'Yonne, laissait à l'arrière-garde de Schwartzenberg le temps de se reconnaître, de se raffermir, et de se préparer à se défendre. Ce contre-temps ne décontenança point Napoléon dans son espoir. Dans le nombre des heureuses nouvelles de ce jour, il y en eut qui purent lui paraître décisives : la Savoie, le Dauphiné, le Lyonnais, s'étaient, disait-on, levés en masse. Marchand,

Desaix, Séras, à la tête de leurs conscrits et de tant de braves citoyens, avaient repris l'avantage. Depuis le mont Cenis jusqu'à Lyon, et de Lyon à Genève et à Mâcon, le sol français devait être nettoyé d'ennemis. Bubna venait de lâcher prise, il reculait ! Les vieilles divisions Musnier et Pannetier, envoyées par le maréchal Suchet, arrivaient à Lyon. Ces forces réunies composaient une armée ; Augereau la commandait ; elle pouvait, par un mouvement hardi, couper la ligne d'opérations de la grande armée ennemie, déjà ébranlée, et que Napoléon, à la tête de soixante mille hommes, allait poursuivre.

L'ordre en fut, ce jour-là même, expédié à ce maréchal. Rien en même temps ne fut oublié pour ranimer ce chef vieilli et le rendre à son âge héroïque. Dans Paris, sa jeune femme fut honorée de la visite de l'Impératrice. On la fit écrire à son mari des lettres pressantes pour rallumer son ardeur éteinte. Vaine illusion qui acheva de tout perdre, et dont les souvenirs de Rastadt, du 19 brumaire, d'Eylau et de Leipsick, auraient dû préserver notre Empereur !

C'était Suchet qu'il fallait là, et avec son armée entière. Mais Napoléon crut trop au patriotisme du héros de Castiglione. Ce maréchal avait, il est vrai, tant à craindre d'une restauration, tant de gloire à recueillir par ce dernier effort, et si peu de vie à perdre !

Le 20 février, tout, du côté de l'Empereur du moins, parut confirmer les espérances du 19. L'armée, divisée en cinq corps, marcha sans obstacles sur Troyes, par les routes de Sens et de la Seine : Gérard à droite, Macdonald au centre, Oudinot à gauche. La Garde, aux ordres de Ney, Victor, Nansouty et Drouot, formait la réserve. Grouchy et sa cavalerie, Leval et sa division étaient encore en arrière ; ils se hâtaient.

Le 21, même enchantement. Gérard continua sur le grand chemin de Sens ; les autres corps remontèrent la Seine par la grande route, et par les deux chemins qui s'en séparent à la sortie de Nogent, pour la retrouver devant Troyes. L'ennemi fuyait toujours et de toutes parts. Partout où ses arrière-gardes essayèrent quelque résistance, elles laissèrent des blessés et des prisonniers. Schwartzenberg avait ordonné une forte reconnaissance : elle fut prévenue et culbutée sans avoir pu rien reconnaître.

Le 22, la marche en avant, sur quatre colonnes, ne fut pas moins victorieuse. Toutefois, à l'extrême gauche, à Mesgrigny, la rencontre imprévue d'une avant-garde et sa résistance furent remarquées. Bientôt, pourtant, la division Boyer déposta ces ennemis inattendus : ils s'enfuirent par Mory, où, poussés par les baïonnettes de la brigade Gruyère, ils mirent le feu, et repassèrent sur la rive droite de la Seine. Gruyère se précipita sur leurs traces, au travers des flammes et du fleuve, mais, arrivé sur l'autre bord, on lui tint tête ; et ce général, étonné, vit se déployer devant lui une armée entière.

C'était Blücher ! C'étaient quarante-huit mille hommes ! Cette armée, déjà réorganisée à Châlons et renforcée par Langeron, accourait sur la Seine aux cris d'alarme de Schwartzenberg. Gruyère, bientôt blessé, se maintint sur la rive droite jusqu'à la nuit, dont il profita pour remettre le fleuve entre lui et le maréchal prussien ; puis il acheva la destruction du pont qui venait de servir à sa retraite.

L'Empereur, doutant d'abord de cette apparition imprévue et si menaçante, était accouru. Il s'en assura par ses propres yeux, aux abords du pont et au travers d'une grêle de balles et de mitraille. Quand elle lui fut prouvée, il ne s'en émut point. Il savait que Schwartzenberg l'attendait devant Troyes. Il comptait sur une bataille pour le jour suivant, pendant lequel la Seine retiendrait Blücher derrière elle. Ces vingt-quatre heures lui parurent devoir suffire pour frapper sur la tête de la Coalition un coup décisif. Il poussa donc outre, laissant, en arrière de son flanc gauche, ce rude adversaire.

En ce moment-là même, il arrivait à Châtres, d'où la plaine, qui le séparait de Troyes, lui parut couverte d'ennemis. Il se persuada, de plus en plus, que la journée du lendemain 23 déciderait du sort de la France.

Ainsi, Napoléon s'avançait sans balancer, avec soixante mille hommes ; au milieu de près de deux cent mille : cent trente mille devant lui, quarante-huit mille en arrière, à gauche, ceux-ci hors de portée. Et pourtant cette Coalition, étonnée, allait reculer encore !

Passons dans son camp ; et, en ces derniers instants de joie victorieuse qui nous restent, jouissons de sa confusion, du découragement même que nous y avions jeté, et qui faillit, en ce moment, sauver la France. L'épouvante y régnait, avec la désunion et la défiance, maladies habituelles et si souvent mortelles aux coalitions. Au re-

tentissement du premier coup porté à Champ-Aubert
sur la Marne, l'agression de Schwartzenberg sur la Seine
avait hésité. Puis, rassuré par l'éloignement de Napoléon, le feld-maréchal avait laissé s'avancer ses lieutenants. Mais alors les échos des défaites de Montmirail et
de Château-Thierry l'avaient arrêté. Bientôt même, aux
cris de détresse de Vauchamp, il avait donné l'ordre de
reculer jusque derrière l'Aube. Toutefois, le soir de ce
jour, un dernier cri de Blücher, parti de Châlons, cri
d'espoir cette fois, quand le Prussien se sentit délivré de
notre poursuite, avait décidé le généralissime à attendre
l'événement.

Au milieu de ces hésitations, et des ordres, des contre-
ordres qui en étaient résultés, ses avant-gardes, comme
on l'a vu, s'étaient trouvées aventurées, hors de sa portée, la Seine et l'Yonne à dos. C'était alors que, par une
marche de trente heures consécutives, Napoléon, quittant Blücher, avait si soudainement reparu dans le bassin de la Seine, où il venait d'arracher encore en quatre
jours, aux coalisés, vingt canons, un immense attirail,
douze mille hommes tués ou prisonniers, et trente lieues
de leurs conquêtes !

Cette atteinte, sur un aussi vaste corps, était peu de
chose matériellement, mais l'effet moral qu'elle avait
produit était plus grave. Alors, comme dans toutes les
positions qui deviennent soudainement critiques, ressor-
tirent des inconvénients jusque-là inaperçus. C'étaient
les antipathies, les incompatibilités, les jalouses défiances
de tant d'intérêts et de tant de chefs divers. Ajoutez

que la présence de tous ces souverains appesantissait
l'armée, accroissait les embarras et augmentait la responsabilité. Aussi le généralissime n'osait-il, tout seul, rien
ordonner : il lui fallait, pour chaque décision, l'avis d'un
conseil ; pour chaque mouvement, une délibération. Il y
en avait eu deux le 15, et d'autres depuis. Dans un de
ces derniers conseils, on était convenu d'accepter une
bataille ; et, quoiqu'on fût au moins trois contre un, on
avait voulu être quatre, et Blücher avait été appelé.

Le 23 février enfin, se sentant ainsi renforcé, on pa-
radait, déployé devant Troyes, sur les hauteurs de Barberey ; une nombreuse cavalerie allait être lancée en
avant pour nous reconnaître, quand l'apparition de l'armée impériale, débouchant sur trois colonnes, fit évanouir
tout cet appareil. Il était à peine huit heures du matin,
et déjà, chez le roi de Prusse, un nouveau conseil
s'était rassemblé. Schwartzenberg y prit la parole. Ce fut
pour proposer la retraite. Il allégua l'attaque inattendue
d'Augereau, en arrière à gauche des coalisés ; déjà sa
marche, victorieuse vers Genève, atteignait la Suisse ;
menaçait leur base d'opération. Bubna essayait en vain
de résister ; il criait au secours ! Il fallait, de ce côté, détacher cinquante mille hommes, sans quoi bagages, ambulances, magasins, renforts, enfin tout ce qui, sur une
ligne capitale, occupe l'intervalle du point de départ au
point d'action, serait en péril. Eux-mêmes, s'ils perdaient une bataille, que deviendrait leur retaite ? Pas-
serait-elle intacte devant cette armée de Lyon prête à
ressaisir la Franche-Comté ? Dévierait-on en Lorraine

et en Alsace, pour l'éviter ? Mais quoi ! se risquer entre
les citadelles de ces provinces, au travers de leurs fleuves,
de leurs montagnes, de leurs défilés, et de leurs populations guerrières, déjà soulevées ? Il était donc plus prudent de se rapprocher de sa base, de raccourcir ainsi cette
trop longue ligne d'opérations, et, dans le cas d'un revers, la longueur d'une aussi périlleuse retaite.

Metternich appuya ces considérations de raisons encore plus puissantes ; cet avis passa : et aussitôt, malgré
leur force quadruple de la nôtre, les coalisés n'hésitèrent plus à se retirer.

Ils poussèrent encore plus loin la prudence. Pendant
que, derrière un rideau de troupes légères, laissées sur
les hauteurs de Barberey, l'armée ennemie achevait de
repasser Troyes et la Seine, un parlementaire se présenta
à nos avant-postes. Il apportait, au nom de Schwartzenberg, l'offre réitérée d'un armistice, la promesse
d'une prompte paix, et demandait à parler à l'Empereur.

Il n'alla pas loin : il le trouva au hameau de Châtres,
entre les quatre murs tout nus de la chaumière d'un
charron, où il venait de passer la nuit. Cet envoyé était
un prince de Lichtenstein, aide de camp du généralissime. Sa mission en parut plus significative. Il apportait
une réponse de l'empereur d'Autriche. Elle était paci-
fique ; elle avouait le désappointement résultant de revers inattendus ; elle reconnaissait dans notre Empereur
l'ascendant d'une éclatante et ancienne supériorité renais-
sante. L'attitude, les paroles de l'aide de camp furent

d'accord avec l'esprit de cette dépêche et ce qu'il venait
demander.

Quelque peu sûre que fût cette occasion de sonder les
intentions de ses ennemis, Napoléon essaya de s'en servir. Il interpella ce parlementaire. « Le plan favori de
« l'Angleterre avait donc enfin prévalu dans les conseils
« des coalisés ! Leur guerre était devenue personnelle.
« C'était décidément à sa dynastie qu'on en voulait. »

L'aide de camp protesta vivement contre cette supposition. Mais l'Empereur lui en prouva la réalité : il
lui montra le duc de Berry à Jersey ; le comte d'Artois,
le duc d'Angoulême, l'un, suivant de loin l'armée coalisée ; l'autre, marchant avec le quartier général anglais ;
et, ce qu'il ne pouvait se persuader, l'empereur d'Autriche, son beau-père, paraissant lui-même concourir
au détrônement de sa fille !

Ici l'Autrichien se récria plus fortement encore : « Un
« semblable projet serait une idée contre nature ; son
« empereur ne s'y prêterait jamais ! Quant à la pré-
« sence des Bourbons, on ne devait la considérer que
« comme un moyen de guerre, ou plutôt d'obtenir une
« paix dont sa mission prouvait assez le désir. »

Napoléon, satisfait, répondit qu'il voulait coucher à
Troyes ; que, le lendemain, il enverrait un général négo-
cier l'armistice ; et, Berthier ayant écrit dans ce sens au
généralissime, on congédia le parlementaire.

X.

DÉROUTE DES ALLIÉS.

Alors, plus que jamais dans cette fatale campagne, on vit Napoléon ressaisi d'un espoir bien différent de celui dont plusieurs des maréchaux, qui se pressaient à sa porte, étaient agités. Lui, tout enflammé de passé et d'avenir, dans ces abaissements des coalisés semblait déjà revoir l'Europe vaincue, prosternée devant son génie, comme aux plus beaux jours de sa gloire ! Eux, au contraire, plus près que lui de nos misères, fatigués d'années, d'émotions, et de recommencer sans cesse à tout compromettre, n'envisageaient que la disproportion des forces et l'affaiblissement journalier de leurs faibles corps ; leur véritable ennemi, ce qu'ils voulaient vaincre surtout, c'était la guerre, de quelque part qu'elle vînt, même de leur chef !

Il faut dire ici que, l'avant-veille, un effort, tenté dans ce but par deux de ces maréchaux, avait avorté. Dans Nogent, le 21 février au matin, Ney et Oudinot, s'échauffant mutuellement, s'étaient présentés devant l'Empereur. Ils voulaient la paix ; Ney s'était décidé à l'exiger, soit que son ardeur naturelle eût pris d'elle-même, ce jour-là, cette direction, soit plutôt qu'il y eût été entraîné par ses compagnons d'armes. Ce fut, dit-on, surtout par Kellermann, guerrier habile, mais rude, violent, et dont l'ambition, depuis longtemps mécontente, s'acharnait aussi audacieusement en déclamations contre la guerre qu'il la poussait vigoureusement dès qu'il était aux prises avec l'ennemi.

Pleins de cette résolution, les deux maréchaux étaient arrivés, la tête et la parole hautes, jusqu'à la porte de l'Empereur. Mais dès que, en face du grand homme et enfermés, seuls avec lui, ils avaient voulu parler, fléchissant sous l'ascendant de son regard, leurs voix sur leurs lèvres avaient expiré. Toutefois, à leur attitude interdite, à quelques mots balbutiés par Ney, sur les innombrables forces des alliés et sur notre faiblesse, l'Empereur avait entrevu leur intention « Que dites-vous là ? avait-il ré- « pondu en l'interrompant ; vous ignorez donc votre si- « tuation ? Je vais vous la montrer. Qui de vous sait le « mieux écrire ? » Le duc de Reggio répliqua que Ney avait une main de maître, ce qui était vrai. « Eh bien, « Ney, reprit Napoléon, asseyez-vous là. » Et lui-même, debout, le dos au feu, ayant le duc de Reggio à côté de lui, avait dicté la récapitulation des forces de tous ses corps. Ce fut sans doute d'après leurs contrôles de première formation, car les nombres qu'il indiqua, selon le récit du duc de Reggio de qui je tiens ces détails, se rapportaient précisément à ces contrôles.

Le fait était que, depuis qu'ils avaient été dressés, la guerre, les marches et la désertion avaient diminué ces situations de plus d'un tiers. Néanmoins, tant qu'il ne fut question que des autres corps, Ney avait écrit sans observation. Mais, quand l'Empereur en vint à ceux que commandaient ces deux maréchaux, et qu'il eut dicté quinze mille hommes pour l'un, et neuf mille pour l'autre, ils se récrièrent, ils soutinrent : Oudinot, qu'il n'en avait pas dix mille, et Ney, trois mille seulement. La contestation fut vive. Malheureusement, Ney n'avait pas compté sa cavalerie ; elle était d'environ quinze cents chevaux, il fut obligé d'en convenir. Cela même ne composait pas cinq mille hommes ; mais Napoléon, triomphant, reprit : « Ah ! vous le voyez, je vous disais bien que vous en « aviez neuf mille ! »

En ce moment, un tison roula sur les pieds de l'Empereur, et comme le duc de Reggio s'était baissé pour le repousser, Napoléon, en lui appuyant la main sur le cou, maintint courbé ce maréchal, et lui dit avec un demi-sourire : « Ah ! ah ! monsieur, je vous tiens là ; avouez « que vous vous étiez entendus tous les deux pour venir « ici me décourager ! »

Les deux maréchaux alors, sans céder, sans trop insister, n'avaient plus songé qu'à protester de leur dévouement, quand, sur l'annonce qu'il était servi, l'Empereur avait ajouté, sur le même ton, « que, quoi qu'il en fût, « ils allaient déjeuner ensemble. » Mais à peine étaient-ils à table que Grouchy fut introduit. L'Empereur l'interpella aussitôt sur la force du corps qu'il amenait de

Montmirail. Mécontent de sa réponse, il le contredit sèchement, le laissa debout devant lui, et, s'irritant de plus
en plus, il s'emporta jusqu'à s'écrier : « Qu'il voyait bien
« qu'on se donnait le mot pour le tromper ; que le complot
« était évident ; qu'on était convenu de venir chez lui
« pour ébranler sa constance, pour le démoraliser ! » Ce
fut l'expression dont il se servit ; elle commanda le silence, et dès lors chacun ne pensa plus qu'à échapper à un
mécontentement que personne n'osait affronter encore.

Telles étaient les dispositions diverses, quand, le 23,
dans Châtres, un double incident fit éclater encore plus
cette discordance. Ce fut, d'un côté, l'arrivée de Lichtenstein, de l'autre celle du baron de Saint-Aignan. Au
même instant où le parlementaire était sorti du quartier
impérial, Saint-Aignan y arrivait de Paris avec des paroles bien différentes. C'était ce même ministre de France
à Weimar, qu'on a vu pris dans cette ville par les alliés.
On se souvient qu'il avait été renvoyé de Francfort
à Saint-Cloud avec des paroles pacifiques, restées sans
résultats, soit qu'elles n'eussent pas été sincères, quant
aux Anglais surtout, ou qu'on ne les eût point assez
promptement accueillies.

Saint-Aignan, le beau-frère du duc de Vicence, désirait
la paix, mais ils différaient d'opinion sur la manière de
la conclure. Saint-Aignan poussait son beau-frère à la
signer inopinément, quelles que fussent ses instructions,
et Caulaincourt refusait à se dévouer ainsi, sûr d'être
désavoué par l'Empereur, et ne voulant pas risquer de
l'être par une victoire.

Dès lors, Saint-Aignan, resté à Paris sans occupation, crut devoir se faire rappeler, en sa qualité d'écuyer, près de l'Empereur. Son départ parut une occasion dont les membres du conseil s'empressèrent de profiter ; car, à Paris, comme au quartier impérial, la paix était le seul espoir, le cri général ! C'était, à tous les yeux, la seule voie de salut qui restât encore. Chacun des ministres lui avait donc dépeint sa situation de la façon la plus effrayante. Le duc de Rovigo avait paru le plus désespéré : « Tout « lui échappe ! La gendarmerie ne suffit plus ; fût- « elle dix fois plus nombreuse, la désertion serait plus « forte qu'elle. Dans Paris, l'agitation des uns, l'abatte- « ment des autres est extrême. Chez les amis du gouver- « nement, un découragement universel : l'audace ouverte « chez ses ennemis ! De toutes parts des défections ! Lui- « même n'est environné que de traîtres. » Saint-Aignan m'a dit que Rovigo les lui nomma, et qu'il n'exagérait point, les faits ayant confirmé, depuis, ces désignations.

Dans cette nomenclature, Talleyrand ne fut pas oublié. Quant à celui-là, Saint-Aignan n'avait pas besoin, pour en être convaincu, de cet épanchement du ministre : ce personnage, lui-même, venait de le presser de partir, sans ordre, pour le Congrès. « Et qu'y dirai-je ? avait répondu « Saint-Aignan. — Deux mots seulement, avait répli- « qué le vieux diplomate ; que Caulaincourt dise aux « ambassadeurs : Vous ne voulez pas traiter avec Napo- « léon ? Eh bien, avec qui voulez-vous traiter ? » Saint- Aignan, dont j'ai les notes sous les yeux et le récit présent à ma mémoire, s'était refusé à mettre le pied dans une

voie aussi coupable ; alors Talleyrand avait repris : « En-
« fin, puisque vous allez au quartier impérial, quand
« l'Empereur passera derrière l'armée alliée, ne manquez
« pas du moins de m'en avertir. » Ce à quoi, comme on
le pense bien, Saint-Aignan ne s'engagea pas.

Au reste, Savary et ses collègues lui en avaient dit
plus encore. Mille détails plus alarmants achevèrent le tableau de la situation dans laquelle il allait laisser la capitale ; puis ils lui firent promettre de les rapporter fidèlement à l'Empereur. Mais nul d'entre eux n'avait osé
lui donner par écrit ces renseignements. Quand Saint-
Aignan leur demanda ce gage de créance, cet indispensable appui dans une mission aussi délicate, tous, le duc
de Rovigo le premier, s'y refusèrent !

Néanmoins, sa parole donnée, il part, il arrive accablé
d'appréhensions au quartier impérial. A peine a-t-il mis
pied à terre que Ney, Oudinot et Berthier l'entourent ;
ils le pressent de questions, où se peint l'anxiété la plus
vive. Sur ses réponses, ces maréchaux s'efforcent de lui
inspirer le courage dont ils manquent : ils l'excitent, ils
le conjurent, avec les gestes les plus expressifs et de
toutes leurs mains dont ils pressent la sienne, de dire la
vérité tout entière à l'Empereur.

La porte de la chambre du charron s'ouvrit en ce moment. Lichtenstein venait d'en sortir ; Saint-Aignan fut
appelé, et se trouva en présence de Napoléon. Fain seul
était là, rangeant des papiers. L'Empereur était assis,
l'air animé, radieux, dans une disposition d'esprit évidemment bien contraire à ce qu'il allait entendre. « Eh

« bien, commença-t-il d'un air délibéré, vous arrivez de
« Paris ; qu'y fait-on, et que venez-vous m'apprendre ? »
Saint-Aignan, quoique son élocution fût habituellement
facile et spirituelle, pressentant aussitôt le sort de sa
mission, commença, m'a-t-il dit, gauchement et avec embarras ; mais cette timidité, espèce d'hommage, ne dé-
plaisant pas, il fut d'abord écouté sans interruption. Alors,
s'enhardissant, il peignit les terreurs de la capitale, indiqua les trahisons sans nommer les traîtres, et déroula
consciencieusement le tableau sinistre que Savary lui
avait tracé ; mais il convient que, dans sa hâte de finir,
il négligea d'adoucir le fond par quelques formes.

Chaque mot d'un si cruel récit s'enfonçait dans le cœur
de Napoléon, silencieux mais irrité, lorsque tout à coup,
échappant au chagrin par la violence, il se leva brusquement, et jeta ces brèves et rudes exclamations : « Allons
« donc, vous ne connaissez rien aux Français ! Et la ba-
« taille de Cannes ? » Puis, il se mit à marcher à grands
pas, en lançant sur son écuyer des regards farouches.
Toutefois, il le laissait parler encore, mais quand, appelant
à son aide ce loyal courage dont Fain a consigné l'éloge,
Saint-Aignan peignit les angoisses de Paris ; quand il
dit le dégoût même de la victoire, la défiance des succès
égale à l'effroi des revers ; qu'enfin, de toutes parts, il n'y
avait de vœux que pour la paix, Napoléon, s'arrêtant subitement, s'écria : « La paix ! la paix ! Les voilà tous !
« La paix ! Eh, Monsieur, n'arrivera-t-elle pas toujours
« assez tôt si elle est honteuse ? » A quoi Saint-Aignan
ayant répliqué : « Sire, la paix sera toujours assez bonne

« si elle est assez prompte ! — Quoi, Monsieur ! reprit
« l'Empereur, et l'honneur de la France ? Ah ! sortez !
« sortez ! Je ne veux plus rien entendre. » Et du geste
le plus impérieux, il le contraignit à se retirer à l'instant
même. Saint-Aignan, à sa sortie comme à son entrée, retrouva les mêmes personnages, assiégeant de leur anxiété
la porte de cette chaumière. Ils l'entourèrent ; mais, accablé, il ne répondit à leurs interpellations que par le trouble de ses traits, par un morne silence et un geste de découragement.

Pendant le reste de ce jour, tout s'aggrava : l'irritation
du Chef et les appréhensions de ses entours. L'Empereur,
après les grands coups qu'il venait de frapper, révolté de
voir plus de foi en son génie guerrier chez ses ennemis
que parmi les siens, sortit brusquement de son quartier.
Quand Saint-Aignan lui présenta son cheval, il le repoussa
d'un regard foudroyant, et, d'une voix rude de colère, il
appela Mesgrigny, son autre écuyer. Alors, poussant
violemment ses colonnes sur Troyes, il voulut engager le
combat ; mais tout se dissipa devant elles. Seulement,
vers Fontvannes, du côté de Gérard, le plus jeune, le plus
mordant, en ce moment, de ses chefs de corps, les Autrichiens, ayant voulu résister quelques instants, perdirent
trois cents cavaliers et six canons attelés.

Dès quatre heures, Troyes était sommée, ses portes enfoncées à coups de canon, ses faubourgs en feu. Si le général ennemi n'eût demandé la nuit pour se retirer, menaçant, en cas de refus, de brûler la ville, l'Empereur, ce
soir-là même, en combattant y serait entré. Il s'arrêta.

Mais là encore les exclamations qui lui échappèrent indiquèrent une irritation croissante. On l'entendit s'écrier : « Que de tels affronts voulaient être lavés dans le sang ; « qu'il ferait repentir les Alliés de leur insolence ; qu'ils « allaient voir qu'il était plus près de leurs capitales « qu'eux de la sienne ! Oui, nous sommes plus près de « Munich qu'ils ne le sont de Paris ! » ajouta-t-il, et cela à si haute voix, que tous ceux qui le suivaient l'entendirent et me l'ont redit.

Il y avait là moins d'emportement d'orgueil et d'ambition que de colère, et surtout de volonté de relever, autour de lui, les courages ; mais il dépassait son but : chacun, dans ces exclamations, ne vit que ce qu'il redoutait le plus, une guerre sans terme ! Loin d'encourager, elles effrayèrent. Le lendemain, 24 février, il parut plus animé encore. Retiré aux Noes, il y attendit le jour impatiemment. Le faubourg, d'où les Alliés se retiraient, et les villages environnants, brûlaient de toutes parts. Ces incendies et les bivouacs formaient un triste horizon de flammes : lueurs cruelles qu'enfin les premiers rayons du jour vinrent effacer. Ils éclairèrent la rentrée de l'armée française dans la capitale de la Champagne.

L'Empereur lui-même y pénétra vers dix heures du matin. Il y reçut bientôt un troisième parlementaire. Schwartzenberg s'empressait de lui annoncer que les généraux alliés choisis pour régler l'armistice étaient, pour la Russie, la Prusse et l'Autriche, Schouvaloff, Rhauch et Duco, et le lieu proposé, Lusigny, près de Vandœuvres. Napoléon accepta et ce lieu et ces négociateurs ; le général Flahaut, son aide de camp, fut celui qu'il envoya. Mais son entretien avec le parlementaire fut plus vif que celui de la veille avec Lichtenstein. Plusieurs fois, sa voix s'éleva assez haut pour retentir au dehors, et ces mots : « Je suis plus près de Vienne que vous de Paris ! » affligèrent encore l'un de ses serviteurs les plus intimes.

Bien plus, à la nouvelle de ces pourparlers, Gérard, alors en tête de colonne vers Lusigny, était convenu d'une suspension d'armes de vingt-quatre heures ; mais l'Empereur n'en tint compte. Il ordonna d'attaquer toujours. Cependant, Gérard, qu'enchaînait sa parole, hésitait embarrassé, et Flahaut, que cet ordre empêchait de passer, en demandait vainement la révocation au nom du salut de la France. Le duc de Reggio courut alors, m'a-t-il dit, chez Napoléon ; il lui représenta sa parole donnée : « Que c'était Lusigny même, puis Châtillon, qu'il s'agis-« sait d'attaquer ! Qu'on allait donc, au milieu des confé-« rences de la paix, porter la guerre ! » Mais l'Empereur, s'emportant, répliqua : « Que Gérard n'avait qu'à préve-« nir l'ennemi de son agression. Quant au Congrès de « Châtillon, qu'il ne s'en souciait nullement ; que c'était « de l'autre côté du Rhin qu'il voulait traiter ; que déjà « les alliés fuyaient en déroute, et qu'il allait faire pri-« sonnier son beau-père ! »

Le duc de Reggio se retira, consterné. Il savait que, dans la chaleur de l'action, il ne fallait pas juger les hommes d'action sur paroles, et surtout Napoléon ; mais ici, comme l'Empereur ne s'en tenait pas à des paroles, cet emportement d'espoir parut à ce maréchal d'une exa-

gération si intempestive, que, dès lors, lui comme bien
d'autres se résignèrent à une catastrophe désormais à leurs
yeux inévitable.

Et cependant, en dépit de toute vraisemblance, cette
révolte de la fierté blessée de notre Empereur contre des
négociations dont il n'attendait que des humiliations ; sa
confiance dans l'ascendant de sa renommée ; son opinion
de l'effroi dont il venait de frapper les coalisés et de leur
désordre, étaient moins exagérés qu'on ne le pensait. C'est
un fait certain que, en ce moment, la balance de notre
fortune tenait à un fil. Un élan de plus, un choc heureux
donné à propos, et la Coalition, déjà ébranlée, s'écroulant
sous son propre poids, en eût d'elle-même déchargé la
France !

Il n'y a point là d'illusion. Depuis la défaite de Montereau, les colonnes étrangères, ramenées, renversées l'une
sur l'autre, étaient venues, toutes, aboutir sur le grand
chemin de Troyes, où leur masse avait augmenté leur
désordre. Leurs dehors conservaient encore quelque contenance, mais au dedans régnaient le trouble et la confusion, précurseurs des catastrophes. L'attitude découra-
gée des plus présomptueux, les défiances intestines, les
reproches mutuels, tout annonçait que cette machine,
disproportionnée à la main chargée de la faire agir, et
composée de parties hétérogènes, était près de se dissoudre.

Elle ne tenait plus ensemble que pour reculer. Les 24
et 25 février, cette coalition s'était laissé arracher Troyes,
la Seine, l'intervalle de la Seine à l'Aube. Un parc entier

16.

et plusieurs milliers de malades, de blessés et de prisonniers étaient restés entre nos mains. De ces débris, les
uns avaient été abandonnés dans Troyes ; les autres, atteints au delà par les charges de Kellermann et de Nansouty, venaient d'être enlevés sur les routes de Bar-sur-
Seine et de Bar-sur-Aube. Le 26, même phénomène :
Gérard et Duhesme reconquirent, au pas de charge, le
pont de Doulancourt et Bar-sur-Aube ; l'Aube elle-même
fut affranchie. L'arrière-garde bavaroise, en voulant y
reprendre pied, attendue à bout portant sur la place de
Bar par Duhesme, se brisa contre nos baïonnettes : cinq
à six cents morts et prisonniers avaient marqué cet avantage. Et pourtant l'Empereur et sa Garde étaient restés
dans Troyes en observation de Blücher. C'étaient donc
cent cinquante mille hommes qui fuyaient devant trente
mille ! Mais qu'importe le nombre des bras où manque la
tête ? Nos coups redoublés sur la Marne, l'armée rassem-
blée à Lyon, et cette réapparition de Napoléon sur la
Seine, semblaient la leur avoir fait perdre.

Pozzo-di-Borgo, l'ennemi personnel, le plus acharné, de
Napoléon, ce Corse devenu Russe, celui dont la haine
avait le plus encouragé les alliés à pousser la guerre à
outrance, nous l'a souvent attesté. Combien de fois nous
a-t-il raconté toutes les invectives qui remplacèrent alors
la haute considération que lui avait acquise, jusque-là, le
succès de ses conseils ! Hors les Prussiens, les états-majors
ennemis, dans leur effroi de se voir engagés si avant au
cœur de la France, s'y croyaient pris comme dans un
piège. Ils l'en accusaient, ils le chargeaient de malédic-

tions. Ce ministre était devenu l'objet de la réprobation universelle. Chacun, à son approche, ou s'écartait, ou tournait la tête ; tous le fuyaient, et, du faîte de la plus haute faveur, il se voyait tombé, tout à coup, dans l'isolement de la disgrâce !

L'Empereur Alexandre lui-même, entièrement découragé, l'avait alors appelé ; il lui avait déclaré : « Que c'en « était assez, qu'une marche victorieuse de Moscou jusque « que sur le bord de la Seine suffisait ; qu'il ne fallait pas « exposer à une seconde journée de Marengo de tels avan- « tages. Qu'évidemment Napoléon, soutenu par la France, « se relevait ! Ne venait-on pas de retrouver en lui le « général de l'armée d'Italie ? Il convenait donc de lui « céder un champ de combat pour lui plein de ressour- « ces, et d'aller se replacer au milieu de celles de la Coa- « lition, où l'on traiterait de la paix sur des bases plus « larges et plus acceptables. »

En effet, dans Bar-sur-Aube, le 25 février, un conseil de guerre s'était encore réuni. Les chefs alliés y étaient convenus, que, se détachant à leur gauche, le prince de Hesse-Hombourg irait, sur la Saône, s'opposer aux progrès d'Augereau ; que, à leur droite, Blücher reculerait sur Châlons ; qu'au centre, et sans doute afin de gagner du temps pour recouvrer du courage et de la pensée, la grande armée se retirerait sur Langres, où se réunirait un nouveau conseil.

Ces ordres accrurent le désordre. Le découragement des uns, le mécontentement des autres, en s'entre-choquant, éclatèrent. On a vu la terreur du plus grand nombre ;

plusieurs, au contraire, se demandaient pourquoi, lorsqu'on était les plus forts, suspendre l'attaque, reculer, laisser respirer l'ennemi ? Pourquoi se disperser ainsi, n'agir que par des ailes aussi distendues, et s'annuler au centre ? Les alliés étaient-ils donc le jouet de la politique autrichienne ? Ces clameurs furent vives sans doute, puisque le généralissime se crut obligé de commenter, d'excuser même, dans une circulaire, la décision du dernier conseil.

Mais, en arrière de leur ligne de bataille, l'effet en fut bien plus grand encore. La retraite précipitée de ces trois grands quartiers généraux de souverains nécessitait des ordres d'évacuation, aux hôpitaux, aux réserves et renforts, et aux dépôts intermédiaires. La peur prit à cette longue traînée, disséminée de Troyes à Bâle, au milieu d'une population menaçante. Ce mouvement rétrograde, se propageant par les récits exagérés de tous les échappés de défaites, par l'aspect des longs convois de blessés, de malades qu'avaient faits les marécages de la Champagne, les rigueurs de l'hiver et les excès de la victoire, tourna en déroute.

La commotion de l'ébranlement, reçu à la tête, vibra ainsi, de plus en plus fortement, jusqu'à la base de la ligne d'opérations. Sur ce parcours, l'éloignement grossissant le danger, à mille interprétations, à tous les bruits les plus sinistres se joignirent les appréhensions d'une insurrection générale. La confusion devint extrême. Ces dépôts, ces convois, et jusqu'aux parcs de réserve, partaient en toute hâte et en désordre. Ils reprenaient précipitamment la direction de Bâle. Ils couvrirent toutes les routes des Vosges : leurs escortes s'écoulaient la tête basse, muettes, dans l'attitude la plus humble, au milieu de nos populations accourues sur leur passage, et qui, la veille, écrasées par leur insolence, jouissaient avec transport de leur humiliation ! Ces étrangers, quelque nombreux qu'ils fussent, subissaient en silence toutes sortes d'insultes; ils pressaient le pas au bruit de mille imprécations. Et l'on ne s'en tint pas à des menaces : dans les Vosges, nos montagnards tuèrent un général russe et mirent son escorte en déroute; partout ailleurs, tout ce qui s'écarta des colonnes fut saisi et entraîné hors des chemins, au milieu des bois, où le plus grand nombre disparut.

Dès Champ-Aubert, Napoléon avait pressenti le découragement de cette foule d'envahisseurs; dans Troyes, tout le lui confirma : ces retraites précipitées, cet empressement pour obtenir un armistice, enfin les aveux que, dans ce désir, plusieurs de nos ennemis laissèrent échapper.

Ceux de Schullembourg, entre autres, furent remarqués. Aide de camp de Schwartzenberg, il avait été envoyé, le 24, en parlementaire à nos avant-postes. Ce Saxon, s'étant présenté chez le général Gérard, sous lequel il avait servi l'an précédent, en avait été bien accueilli. L'Empereur sut que, dans les épanchements de la fin d'un repas, cet officier s'était écrié, à plusieurs reprises : « Que toute leur armée demandait la paix; qu'elle était « rebutée de la guerre et dans un tel désordre, qu'il la

« voyait tout près de donner une seconde représentation de la retraite de Moscou ! » Ce furent ses propres paroles, et il confirma cet aveu par le récit de mille détails irrécusables. Les jours suivants, à Lusigny, les ouvertures, que fit à Flahaut le général Duca, aide de camp de l'Empereur d'Autriche, ne furent pas moins significatives. Il lui conseilla, à propos de quelques difficultés, de signer toujours l'armistice, ajoutant que de leur côté il n'y aurait plus à y revenir ; qu'une bonne paix s'ensuivrait infailliblement ; qu'ils étaient las de la domination russe ; que, une fois le feu suspendu, rien ne pourrait les décider à recommencer la guerre, et que pas un Autrichien ne voudrait tirer un coup de fusil de plus contre la France.

Napoléon ne s'abusait donc pas en tenant ces Alliés pour vaincus, puisqu'ils croyaient l'être. Dès lors, comment n'en pas profiter, soit en poussant la chance des armes, soit en obtenant, par cet armistice, les bases d'une paix honorable ? Mais il ne put ni l'un ni l'autre. D'une part, la clause des bases offertes à Francfort, qu'il mit, avec trop de raideur peut-être, pour conditions à l'armistice, fut, après une longue hésitation, déclinée, comme prématurée, par les commissaires ennemis ; de l'autre, ce fatal Blücher, qui, de même que la plupart des hommes opiniâtres, n'avait qu'une idée en tête, celle d'envahir Paris par la Marne, y étant revenu, força l'Empereur à le suivre une seconde fois dans cette direction, et à lâcher prise sur la Seine et l'Aube ; en sorte que la négociation de Lusigny demeura presque abandonnée à elle-même, au moment où, plus que jamais, la présence et l'appui des armes de Napoléon y étaient indispensables.

Pendant que la grande armée ennemie, déconcertée, reculait ainsi, l'entrée de Napoléon dans Troyes n'avait été que trop remarquable. Les habitants s'étaient précipités en foule autour de leur Empereur. C'était, a écrit un témoin, à qui baiserait ses mains et se presserait contre sa botte ! Ils s'enorgueillissaient du moindre contact, criant de bonheur, comme si tous les maux de la guerre étaient finis, et que, désormais affranchis de toutes craintes, ils voulussent improviser un triomphe à leur libérateur !

Malheureusement, à ces transports de joie s'étaient mêlés des cris de vengeance, non contre l'Étranger mais contre des compatriotes. A les entendre, des lâches s'étaient bassement prosternés devant les oppresseurs. D'autres avaient été plus coupables : trahissant les couleurs nationales, ils s'étaient ralliés aux ennemis de la France. Plus Napoléon s'était avancé, plus ces cris dénonciateurs s'étaient multipliés, et bientôt les assertions, l'indignation des citoyens les plus honorables, avaient confirmé ces accusations.

Il n'était que trop vrai, des royalistes, déjà coupables par les éclats d'une joie odieuse à la vue de l'Invasion, puis surexcités par deux émigrés français au service des Russes, avaient osé arborer la cocarde blanche. Deux d'entre eux, encouragés, disait-on, par le prince royal de Wurtemberg, avaient, dans une adresse chargée d'une vingtaine de signatures, demandé à l'Empereur russe le rétablissement des Bourbons sur le trône de leurs ancêtres. Vainement Alexandre, leur refusant son concours, les avait avertis de leur imprudence. L'un avait été porter ses vœux au comte d'Artois, il s'était mis hors d'atteinte ; le second était resté.

L'Empereur, à chaque pas arrêté par la foule, entendit ces dénonciations ; il s'en émut, s'échauffa à leur chaleur, promit justice ; et, rentré chez lui, le fouet encore à la main, il ordonna la réunion d'un conseil de guerre. Le coupable y fut livré. Quant à ses complices, l'empereur voulut les ignorer ; seulement, l'hôte de l'empereur Alexandre fut, dit-on, mandé, sa conduite vivement censurée, et le présent qu'elle lui avait attiré, transmis aux hospices. La destitution du préfet du département, dont l'absence remarquée n'était qu'un accident fortuit, montra seule, en ce moment, quelque colère.

Le malheureux royaliste avoua tout ; il fut condamné. L'acte dont il s'était rendu coupable coïncidait avec l'entrée en Franche-Comté du comte d'Artois, avec l'arrivée de plusieurs lettres secrètes du Prétendant aux principaux fonctionnaires de l'Empire, enfin avec la révolte ouverte des royalistes de l'ouest et du midi de la France. Napoléon crut à la nécessité d'un exemple. Quant il fallait prodiguer à flots le sang le plus généreux pour défendre notre indépendance, il crut que ce sang criminel ne devait point être épargné. Pourtant, comme autour de lui l'on savait que les cris de grâce prévalaient, on espéra le fléchir ; mais cette fois, se redoutant lui-même, il ne prit que trop de précautions pour ne rien entendre.

Les premiers efforts furent donc vains. Toutefois, l'un

des compatriotes du condamné, écuyer de Napoléon, que
d'autres officiers s'offrirent à seconder, promit de les renouveler. Mais bien malheureusement ceux-ci crurent devoir attendre que l'Empereur, en ce moment endormi, se
fût réveillé. Dès qu'il ouvrit les yeux, aux premières instances de Mesgrigny il s'émut, céda, et un officier courut
au lieu du supplice ; mais bientôt il reparut consterné, il
était arrivé trop tard de quelques secondes ! A cette nouvelle, l'Empereur tomba dans un immobile et long silence.
Il en sortit par un geste résigné et ces mots : « La loi le
« condamnait ! » Puis, afin de prévenir ces nécessités
cruelles, il rappela par un décret de ce même jour, que la
loi frappait de mort les actes semblables.

Au milieu de ce triste épisode, noyé dans tant d'autres
malheurs, une préoccupation bien autrement grave ab-
sorbait l'anxiété générale. Nos négociateurs, comme nos
avant-gardes, étaient aux prises, et celles-ci toujours vic-
torieuses. Lusigny, ce lieu désigné pour la paix, Gérard
et la guerre venaient de nous en rendre maîtres ; Châtillon même allait tomber en notre pouvoir : Châtillon, séjour de ce Congrès où dominait l'Angleterre ! C'était là
qu'on prétendait arracher à Napoléon Anvers, la Belgique, nos départements du Rhin, ceux des Alpes, et qu'enfin on voulait sa honte et celle de la France ; tandis qu'à
Lusigny, point d'Anglais, des généraux prussiens, russes
et autrichiens seulement, désintéressés sur l'importance
maritime des bouches de l'Escaut, et, comme leurs armées, désappointés par six revers. On pouvait donc espérer de surprendre au découragement de ceux-ci un gage

de salut, et, par cet armistice qu'ils demandaient, de leur arracher les bases d'une paix supportable.

C'est pourquoi Napoléon, dès le 24 février, avait expédié Flahaut vers Lusigny, au travers du feu de nos avant-gardes, qu'il ne voulut pas qu'on suspendît ; c'est encore pourquoi, le 25, fidèle à ses instructions, ce général avait répondu à la proposition du *statu quo* pour ligne d'armistice, en exigeant celle d'Anvers aux Alpes ; et surtout en prescrivant l'engagement préalable, pour la paix à suivre, de traiter d'après les bases offertes à Francfort. Mais cette dernière clause, inattendue, avait suspendu les débats : les commissaires étrangers, pris au dépourvu, avaient demandé à en conférer entre eux.

L'ébranlement était si fort chez ces alliés, la lassitude de la guerre si grande, qu'il y eut deux heures d'hésitation de leur côté et d'espoir du nôtre. Cette espérance se prolongea même dans Troyes ; l'anxiété de notre Empereur y fut remarquable. Dans sa perplexité, fatigué d'une attente aussi pénible, il couvrit de mouvements la chaussée de Troyes à Vandœuvres. Pendant les journées des 25 et 26, des courriers, des officiers d'ordonnance, des aides de camp, partant et revenant sans cesse, s'y succédèrent sans intervalle.

En considérant l'activité du génie de notre malheureux Empereur, concentrée tout entière dans cette attente, on croit voir, malgré ses exclamations précédentes, qu'au fond ses prétentions se bornaient à conserver la France de la République et nos frontières légitimes. Pourtant, comme les bases de Francfort laissaient espé-

rer plus ; comme enfin, dans les négociations subséquen-
tes, ses prétentions, quant au royaume d'Italie, dépas-
sèrent ces bornes, on ne peut là-dessus rien préjuger. Un
fait certain, c'est que, loin de s'aveugler comme on le
pensait, il montrait en ce moment par son anxiété, que,
à ses yeux, sa perte ou son salut dépendait de cet armistice.

Sa proposition fut éludée. Les trois généraux étrangers se récusèrent : ils alléguèrent que leurs pouvoirs se
réduisaient à traiter d'une ligne d'armistice. Dès lors, la
négociation vagua, elle traîna en longueur ; Napoléon
perdit confiance dans la paix ; et, comme la guerre nous
était alors favorable, il continua à en appuyer les con-
férences. Et vraiment, quand à la grande armée fuyant
devant lui, le temps pressait, on n'en pouvait donner à
des ennemis qui n'étaient réellement vaincus que par
eux-mêmes, et auxquels il ne fallait pas laisser le loisir
de se reconnaître.

Mais en était-il de même à notre gauche, du côté de
Bulow, de Wintzingerode, de Blücher et de leurs cent
mille hommes ? Sur cette autre ligne d'opération, appuyée par l'armée de Bernadotte, une poignée de soldats,
chargée, depuis Sézanne jusqu'à Soissons, de défendre
l'Aisne et la Marne, arrêterait-elle leur triple effort ? Ces
trois armées ennemies étaient-elles aussi sous le charme ?
Et pourtant la trêve proposée les aurait enchaînées sur
place ! Elle eût même fait bien plus : elle les eût fait
reculer ! Flahaut affirme qu'à Lusigny le *statu quo*
fut abandonné, qu'on s'y résignait à une ligne d'armis-

tice partant d'Anvers, et qui suivrait d'abord l'Escaut,
ensuite la Meuse, enfin le canal de Bourgogne. C'était
là, m'a-t-il dit lui.même, ce que le général Duca l'avait
pressé de signer, en dépit même de Napoléon, lui répondant de la paix, lui montrant les Autrichiens, ses compatriotes, dégoûtés de la guerre, choqués des prétentions
des Russes, et si indignés des airs de supériorité qu'af-
fectait cette nation orgueilleuse, qu'ils en étaient devenus plus ennemis que de la France.

L'Empereur, malgré ces communications officieuses
de l'Autriche, persista dans sa résolution désespérée. En
effet, les bases de Francfort étant déclinées, un armistice, au sein de la France, ne le livrait-il pas sans garantie à l'odieux Congrès, à la haine avide et intéressée
de l'Angleterre, à l'insupportable mutilation de l'Empire,
à la chaîne honteuse de nos anciennes limites ? Et puis,
dès que la guerre ne s'interposerait plus entre ses ennemis extérieurs et intérieurs, comment ne pas voir d'a-
vance cette foule d'intrigues sortant de Paris, et leurs
trahisons, perçant bien plus facilement une aussi longue
ligne d'armistice que les qui-vive et les feux de nos mobiles avant-postes ? Ainsi, cette suspension d'armes ajou-
terait à la guerre étrangère une guerre intestine ; elle
mettrait à nu toutes nos faiblesses ; elle désarmerait sa
Renommée, elle la dépouillerait de son prestige ! Cette
trêve, sans la garantie de nos frontières naturelles, ne
lui parut donc bonne à rien ; la guerre lui sembla offrir
plus de chances ; c'était son élément, il s'y confia ! On
savait que le département-frontière de l'Ain venait de

s'insurger contre l'Invasion. On voit qu'il restait en dehors de la ligne d'armistice proposée : Napoléon exigea
qu'il y fût compris. Il déclara : « Que jamais il n'aban-
« donnerait volontairement à l'ennemi des Français qui
« s'étaient dévoués à sa cause! » C'était demander aux
Alliés l'évacuation de la France ; ou, si l'on veut, c'était
toujours les bases de Francfort, que, à défaut de la déclaration refusée, indiquerait cette ligne d'armistice. Cette
réponse termina tout. Dès lors, Flahaut, de qui je tiens
ces détails, n'attendit plus que son rappel. Évidemment,
m'a-t-il dit, à ses yeux mêmes, l'Empereur ne voulait
plus d'armistice !

D'ailleurs, en ce moment, et dans le Conseil des Coalisés, de grandes résolutions venaient d'être prises. Une
voix prédominante, la voix la plus ennemie de la France,
celle de l'Angleterre, s'appuyant des passions vindicati-
ves des Prussiens et de l'orgueil russe, venait d'y relever
les cœurs, d'y ranimer les courages, et d'y rétablir l'ensemble. Castlereagh avait décidé les souverains alliés :
premièrement, à autoriser Blücher à reprendre son attaque sur la Marne ; secondement, à appeler du nord, à
l'aide de ses quarante-huit mille hommes, les cinquante
mille Russes et Prussiens de Bulow et de Wintzingerode ;
troisièmement, il les avait, à force de subsides, déterminés à signer, le 1er mars, le funeste traité de Chaumont,
précurseur de celui de la Sainte-Alliance ! Son exécution
contre la France, depuis la chute de l'Empire, en a trop
bien montré les clauses pour qu'il soit besoin ici de les re-
produire. Quatrièmement enfin, il venait d'obtenir que, à

Châtillon, un dernier ultimatum, avec un délai fatal, serait imposé à Napoléon.

Arrêtons-nous ici ; reprenons haleine sur ce dernier
sommet : nous n'avons plus qu'à descendre. Les dernières lueurs de notre fortune sont près de s'éteindre ; le
sort, trop tenté, va se montrer contraire. Ou plutôt, et
pendant les derniers instants d'une lutte si inégale et si
sanglante, nos succès, tout glorieux qu'ils vont être encore, seront ou si cher achetés, ou tellement entremêlés
de revers et de découragement ; ils seront si disproportionnés avec le danger, et si activement combattus par
les trahisons de l'intérieur, qu'ils n'auront pu retarder
que de quelques jours seulement la captivité de notre
capitale, la chute de Napoléon, et la première et si déplorable mutilation de la France !

XI.

BLÜCHER ET L'ARMÉE PRUSSIENNE SUR LE POINT D'ÊTRE PRIS S'ÉCHAPPENT.

Maintenant reprenons ce triste récit, et que chacun, d'après les faits, juge les hommes. A la fin des trois premières journées du séjour de Napoléon à Troyes et des anxiétés de cette vaine négociation, dans la nuit du 26 au 27 février, quand des renforts, quand soixante mille Français réunis, quand les succès de nos avant-gardes vers Bar et Châtillon, et la fuite des Alliés sur Dijon et Langres, soutenaient encore l'espoir, tout à coup l'Empereur apprend que Blücher, qu'on croyait blessé dans Méry, en a disparu, et que, une seconde fois, il menace Meaux et la capitale.

On se souvient que, le 22 février, ce feld-maréchal, renforcé d'un corps nouveau et alléché par l'espoir d'une grande bataille, était accouru de Châlons à Méry-sur-Seine. Mais le 23, dès qu'il apprit que Schwartzenberg refusait le combat, il avait voulu s'en séparer. « Qu'avait-on besoin de lui pour fuir ? Est-ce pour cette honte qu'il

« doit reprendre le joug, odieux pour un Prussien, d'un
« chef autrichien? Qu'on lui rende son indépendance.
« Qu'on le laisse renouveler sa première attaque, dégager
« ainsi la grande armée, et venger sur la Marne, jusque
« dans Meaux, ses quatre revers ! »

On a vu que Castlereagh venait de décider les Alliés
à le laisser faire en appelant du nord, à l'aide de son
agression, Bulow et Wintzingerode. Mais le fougueux
Blücher ne les avait pas attendus. Il avait aussitôt re-
passé l'Aube, détruit les ponts derrière lui, et, dès le 24
février, poussant sur Sézanne et le Morin, il y avait atteint Marmont, faible de cinq à six mille hommes.

De son côté, depuis le retour de Napoléon de la Marne
sur la Seine, Mortier avait repris Soissons. Il y avait
placé quatorze cents braves Polonais sous un général
Moreau, de bien funeste mémoire. Château-Thierry, par
son ordre, était occupé par Vincent et quelques centaines de chevaux. Lui-même venait de se poster entre
les deux, à Villers-Cotterets, avec quatre à cinq mille
hommes.

C'étaient donc de Soissons à Sézanne, sous nos deux
maréchaux, dix à onze mille combattants seulement,
contre Blücher et quarante-huit mille hommes, que Bulow, Wintzingerode et cinquante mille autres Russes et
Prussiens venaient seconder.

Cependant, Blücher, certain que, selon sa coutume,
l'Empereur a presque tout attiré à lui, et qu'il peut attaquer Marmont du fort au faible, a d'abord marché, tête
baissée, contre ce maréchal. Un premier choc de cava-

lerie fait sentir à celui-ci qu'il n'a d'autre ressource qu'une retraite précipitée. Toutefois, atteint sur le Morin, il a fait, à coups de canon, respecter sa fuite ; puis, la dirigeant habilement vers Mortier qu'il a prévenu à temps, il a rejoint ce maréchal, le 26, à La Ferté-sur-Marne. Mortier accourait par la rive droite ; la Marne le couvrait, il la passe, en brise le pont derrière lui, et, devant les cinquante mille hommes de Blücher, il vient ranger, à côté des cinq à six mille soldats de Marmont, ses quatre mille hommes.

Tous deux devaient s'aider d'un obstacle pour se mettre en travers de l'Invasion. C'était à Trilport et à Meaux qu'il fallait aller l'arrêter derrière la Marne ; à peine le lendemain en eurent-ils le temps. L'ennemi nous serrait de si près, que ma brigade, en arrivant de Villers-Cotterets, jetée dans Reuil le 26 au soir, n'en put sortir le 27, et rejoindre le duc de Trévise à Trilport, qu'en se faisant jour à coups de sabre. Le pont de Trilport nous sauva ; mais il était si mauvais, qu'il fallut le passer pas à pas, à pied, sur une file, et avec intervalles. Pendant ce défilé l'ennemi arriva, Ricard nous défendit ; après quoi, traversant la Marne à son tour, il en détruisit ce passage.

Nous continuâmes ; et bientôt, en vue de Meaux, Marmont et Mortier prirent position. Là, nous figurant la guerre finie pour cette journée, ma brigade fut placée sur deux lignes, en dehors du faubourg, face à Trilport, sa gauche aux dernières maisons qui bordaient la grande route, et sa droite prolongée vers le Cornillon : c'est un faubourg de Meaux, que la Marne sépare de cette ville. Tranquilles à

17.

l'abri de cette rivière nous nous reposions, quand tout à
coup, de l'autre rive, sur les hauteurs à ma droite, une batterie russe, se démasquant, me tua plusieurs chevaux ;
puis, se retournant, elle protégea contre le faubourg du
Cornillon une vive attaque. C'était Sacken ; son premier
élan, en renversant deux bataillons de nos gardes
nationaux mal commandés, leur enleva ce faubourg, le
pont et la porte même de la ville, dans laquelle il pénétra.

Marmont s'était chargé de la défendre ; on venait de le
surprendre, ce qui lui arrivait souvent, soit que son orgueil répugnât à croire qu'on osât s'attaquer à lui, ou que
se plaisant surtout dans les hauteurs du commandement,
il en négligeât les détails. Mais alors, et comme s'il avait
à punir une insulte, d'autant plus impétueux il courut, l'é-
pée à la main, à cette porte avec ses officiers, et, sans
compter, chargeant aussitôt, il culbuta l'ennemi dans
le faubourg, et en reprit le pont, qu'il avait dédaigné de
rompre ; lui-même le fit cette fois détruire sous ses yeux,
Pelleport, qui le secondait, ayant été blessé. Notre position
ainsi assurée pour vingt-quatre heures, il envoya Fabvier
à Paris demander un prompt secours.

On n'y songeait qu'à l'armistice, et à célébrer l'arrivée
des prisonniers et des drapeaux ennemis pris sur la Seine.
Le canon de joie des Invalides empêchait d'entendre celui
de Blücher, menaçant la dernière ville qui se trouvait
entre l'invasion et la capitale. Six mille conscrits seulement, et huit batteries prêtes, s'y trouvaient alors. Fabvier
alla les demander au duc de Feltre. Ce ministre l'envoya

au roi Joseph, lequel, par susceptibilité ou incertitude, se retranchant sur ce qu'on ne s'était pas d'abord adressé à lui, le renvoya au ministre. Le fait était que tous les deux, surpris et effrayés, ne savaient à quoi se résoudre. Quelque pressant que fût le danger, ils craignaient, avant tout, le mécontentement de l'Empereur, et d'agir sans ordre. Enfin, contraints à se décider, mais ne faisant rien qu'à demi, ils partageaient ce reste de forces de manière à les rendre partout insuffisantes, quand arriva de Troyes l'ordre du maître, qui avait prévu le danger et fit tout marcher à notre secours.

Cependant, Sacken lâchait prise en face de nous ; il se prolongeait vers Lagny, par delà notre droite. Mais nos maréchaux, peu inquiets de ce côté, songeaient plutôt à leur gauche. Quelque étroite que fût l'Ourcq, cette rivière étant sur ce flanc leur seule sauvegarde, ils en firent rompre tous les passages, sans les garder, même celui de Lisy, par où le général Vincent, en se retirant de Château-Thierry, venait de nous rejoindre. Le temps leur manqua pour cela, et aussi les hommes. Néanmoins, ma brigade fut poussée, le soir même, sur Vareddes, mes grands gardes vers l'Ourcq, et la nuit ainsi que les premières heures du lendemain 28 furent tranquilles. Mais, vers onze heures, une de mes reconnaissances, longtemps attendue, rentra incomplète : les Prussiens l'avaient surprise entre mes postes et la Thérouanne. Cette rencontre n'était que trop significative : la Marne, l'Ourcq, la Thérouanne même, étaient donc franchies, Meaux tournée et prise à revers, Claye aussi menacée, et dès le lendemain Paris, d'où le secours de six mille recrues sortait à peine, pouvait voir Blücher à ses portes.

Mortier n'hésita point. Avec quatre mille hommes il ne pouvait songer à se défendre : il attaqua ! Nous marchâmes aussitôt ; Vincent et sa cavalerie, à gauche dans la plaine ; Christiany et son infanterie, à droite sur la grande route ; les Gardes d'Honneur, entre deux. La cavalerie Prussienne fut d'abord rejetée par la nôtre derrière la Thérouanne ; leur infanterie, postée à gué à Trêmes, fut attaquée de front, tournée à droite par Christiany, et dépostée de vive force.

C'était l'avant-garde de Kleist. Paris alors imposait encore. Ce Prussien était de tous les alliés celui qui venait de menacer de plus près notre capitale. Déjà étonné de son audace, quand il vit son avant-garde battue, et du même coup sa retraite coupée sur Lisy, le pont de cette ville, qu'il avait fait rétablir, il l'envoya rompre on ne sait pourquoi. Quant à lui-même, avec dix mille hommes contre trois mille, acceptant la défensive, il recula, depuis quatre heures du soir jusqu'à minuit, sur la grande route de Soissons, en remontant l'Ourcq jusqu'à Neufchelles.

Nous le poursuivîmes avec tant de bonheur que, à onze heures du soir, les Gardes lui enlevèrent encore un dernier poste. Les cavaliers ivres, qui le défendirent, se ruèrent au milieu de nos escadrons que, en avançant dans l'obscurité, je venais par précaution d'échelonner à grandes distances, sur la gauche de la grande route. On enveloppa ces furieux ; il fallut les tuer pour s'en débarrasser, car ils ne voulurent pas se rendre.

Il était minuit quand Marmont nous rejoignit à May, où il s'arrêta. Mortier était resté en observation à Beauval et devant Lisy. Cette poursuite acharnée inquiéta l'ennemi ; elle accrut sa crainte. Nous jouissions de notre succès sans le comprendre. Dans cette journée critique, où nous eussions dû être culbutés sur Claye par trente mille hommes, la perte de l'ennemi avait été triple de la nôtre ; à quoi, il faut ajouter celle de plusieurs lieues de terrain, du pont de Lisy, et de l'offensive.

Un jour était gagné sur l'Invasion, et c'était beaucoup sans doute ; mais ce répit donnerait-il à Napoléon le temps d'arriver à notre secours ? Dans quelques heures, Blücher, d'autant plus pressé d'en finir, n'allait-il pas nous accabler de toutes ses forces ? En effet, le lendemain, 1er mars, l'Ourcq se montra bordée d'une multitude d'ennemis. Quelques milliers de Russes nous fusillèrent à Lisy, de la rive gauche, comme pour préparer un passage ; quinze mille autres et seize mille Prussiens, remontant ce cours d'eau, se présentèrent, en colonnes profondes, à Crouy et à Gêvres. En même temps, Kleist, sur la même rive que nous, et plus fort à lui seul que nos deux maréchaux, ressortait du défilé de Neufchelles s'apprêtant à fondre sur Marmont. Ainsi, menacés en tête, en flanc gauche, et dans nos intervalles, nous restâmes déployés, faisant face de toutes parts et la meilleure contenance qu'il nous fut possible, mais fort inquiets. Nos maréchaux, attentifs, étaient décidés à tomber sur les premiers qui tenteraient un passage. C'était là, en effet, notre seule ressource ; mais qu'en espérer ? Que faire contre une attaque, sur quatre points, de cinquante mille hommes contre huit à dix mille, et quand cette agression semblait devoir être simultanée ?

Heureusement, ils ne la tentèrent que partiellement, vers la fin de la journée, et à Gêvres seulement. Langeron, à la tête de vingt mille hommes, en ayant rétabli le pont, lança Kapsewicz sur notre rive, cinq mille hommes contre deux mille. D'abord, notre cavalerie fut repoussée ; mais Marmont accourut, il précipita si résolûment son infanterie contre ces Russes, que Kapsewicz mesura la force de Marmont à l'audace de ce maréchal, se tint pour vaincu, repassa l'Ourcq, et laissa sur place six ou sept cents morts, blessés et prisonniers.

Le jour, qui semble si long à la défensive, s'écoulait ; la nuit enfin arriva et suspendit tout. Ce second jour d'une lutte si inégale eût dû être notre dernier jour, et non seulement nous étions encore debout, mais entiers, mais victorieux et maîtres du champ de bataille ! Étonnés, nous nous félicitions de tant de fortune ; nous en rapportions le bonheur à nos maréchaux. Et en effet, dans une position aussi périlleuse, leur audacieuse habileté avait été au-dessus de tout éloge. La confiance des nôtres s'en accrut ; aussi, quand, vers dix heures du soir, les six mille recrues de Paris et leurs huit batteries nous rejoignirent, ce fut avec une fierté de vétérans que nos plus jeunes Gardes les accueillirent.

Cette disposition des esprits fut heureuse, car l'aspect seul de ce secours n'était que trop fait pour nous montrer l'excès de notre détresse. Qu'on se figure des files allongées et traînantes d'adolescents, la plupart grêles, à demi vêtus, ployant sous le poids de leurs sacs et de leurs fusils qu'ils ne savaient pas charger, qu'ils pouvaient à peine porter, et dont la plupart se servaient pour soutenir leur marche chancelante, en sorte que, remplis de terre, ils devenaient entre leurs mains une arme inutile. Leur halte au milieu de nous fut plus déplorable encore. Ces pauvres recrues, mourantde faim, grelottant de froid, ne savaient comment établir leurs bivouacs et les approvisionner : ils erraient dispersés autour des nôtres, implorantnotre aide, nous demandant un refuge, se désespérant, se perdant dans l'obscurité et s'appelant à grands cris les uns les autres.

Ce renfort était un nouveau danger, c'étaient des gens de plus à défendre ; et pourtant leur arrivée, si peu martiale, eut un succès dont nos efforts des trois jours précédents furent couronnés.

Pendant que le spectacle décourageant de leur impuissance redoublait notre inquiétude pour le jour suivant, le tumulte de leur désordre, leurs clameurs, le bruit des quarante-huit canons et des nombreux caissons qu'ils traînaient avec eux, avaient éveillé l'attention des Coalisés. Ils crurent que de formidables renforts, sortant de Paris, venaient d'accourir à notre aide. Dès lors, Blücher, renonçant à forcer le passage de l'Ourcq en face de nous, et à nous envelopper, retire ses corps de Lisy, de Crouy et de Gêvres ; il les concentre vers Fublaines. Dès le matin, il leur fait passer la rivière derrière Kleist ; il se persuade que désormais, pour nous attaquer de plain-pied sur notre rive, il lui faut la réunion de toutes ses forces. Les premières lueurs du jour du 2 mars montrèrent donc à nos yeux, de plus en plus émerveillés, tout le cours de l'Ourcq, jusqu'à Fublaines, entièrement dégagé d'ennemis ! Nous ignorions, il est vrai, que quarante-six mille hommes, s'entassant dans le défilé de Neufchelles, s'apprêtaient à en déboucher sur notre flanc gauche. Nous aurions dû, au reste, le désirer. Il n'était plus temps d'enlever Paris par surprise à notre Empereur, l'occasion en était passée. Napoléon, en ce moment, arrivait à la Ferté-sur-Marne, et Blücher, s'engageant un jour de plus entre nous et lui, pris entre deux feux, n'aurait plus été maître de sa retraite.

Ainsi, dans cette marche dérobée de Blücher, et qui devait être si rapide, on avait vu dix mille hommes, pendant trois journées entières, en repousser et maintenir de plain-pied à leur gauche un nombre pareil, et en même temps, couverts par un filet d'eau large de quelques mètres, en tenir quarante mille autres en échec devant cet obstacle ! Paris avait été sauvé cette fois encore : nos maréchaux avaient donné le temps à l'Empereur d'accourir de Troyes, et, sur l'Ourcq et l'Aisne, comme une première fois sur le Morin et la Marne, d'accabler Blücher d'un second désastre.

Pourtant, quelle qu'ait été l'habile audace de nos maréchaux, de même que dans bien d'autres succès de guerre, il faut chercher l'explication de celui-ci moins dans nos mérites que dans les fautes de notre adversaire. Le 27, après avoir poussé Sacken à notre poursuite sur Trilport et le Cornillon, arrivé à La Ferté-sous-Jouarre, lorsqu'il avait vu tous les passages détruits sur la Marne, inquiet, et se souvenant de ses quatre défaites, il avait plutôt regardé derrière lui que devant lui, et, rappelant ses corps à la Ferté, il y avait passé la Marne. Son but avait été de se couvrir de cette rivière contre l'arrivée possible de l'Empereur, et tout à la fois de tourner nos deux maréchaux dans Meaux, par Lisy, pour les couper ou les repousser sur la capitale. C'était prétendre, en se mettant en défense d'un côté, attaquer de l'autre, et marcher, comme en fuyant, à la plus grande des conquêtes.

Le 28 son armée, comme son esprit, avait été partagée par cette double préoccupation. Une moitié, sur la rive droite de la Marne, avait marché sur Lisy ; l'autre moitié était demeurée sur la rive gauche, de La Ferté à Sameron ; écoutant sans doute si, du côté de la Seine et de Napoléon, il n'arrivait pas derrière elle quelque bruit de guerre. Il en était résulté cette attaque, sans ensemble et mal soutenue, au travers de Lisy et de l'Ourcq, sur Gué-à-Trême, où son avant-garde s'était fait battre.

Le 1er mars, même spectacle et plus extraordinaire encore. Cette fois, il a, tout entier, passé la Marne, relevé son pont, et plus tranquille sur ses derrières, il a réuni contre nous toutes ses forces. Un mince cours d'eau seul sépare son armée d'une poignée d'hommes. L'un de ses corps, maître du passage de Neufchelles, est même sur l'autre rive et sur notre flanc gauche ; et pourtant, pendant tout ce second jour, errant indécis sur ce ruisseau, quand vers Gêvres seulement il en tente le passage, cet effort a été si mal soutenu, que les cinq mille hommes qu'il a risqués se sont laissé battre par deux mille !

Voilà donc deux jours que, remontant de plus en plus
ce filet d'eau, il n'a pu vaincre un si faible obstacle. Le
troisième jour, le 2 mars, il le remonte plus encore, et,
couvert par Kleist, il le passe enfin à Fublaines, rêvant
toujours une victoire, Paris, et une entrée triomphale.
Mais alors tout change soudainement! Un premier coup
de canon de l'Empereur gronde derrière lui sur La Ferté.
A ce bruit, que, dans sa préoccupation, il avait déjà cru
chaque jour entendre, il lâche prise, il tourne bride, et
sa fuite éperdue nous prouve que, pendant sa marche
agressive, si audacieuse et en réalité si timide, ce maréchal, surnommé *En Avant!* a été bien moins préoccupé d'avancer que de pouvoir reculer et de s'assurer
d'une retraite!

Cette retraite ne valut pas mieux que son attaque. Dans
son effroi, il indiqua pour refuge à ses quatre corps Soissons, dont il n'était pas le maître. C'était seulement la
veille qu'il avait donné cette même ville pour point d'attaque à Bulow et à Wintzingerode, s'avisant bien tard
que le concours de ces cinquante mille hommes pourrait
ne lui être pas inutile.

Dès lors, entraînant après lui Yorck et Sacken par La
Ferté-Milon, il gagna précipitamment, vers Neuilly-Saint-
Front et Oulchy, les routes qui de Château-Thierry con-
duisent à Soissons. Ses deux autres corps, Kleist et Langeron, eurent l'ordre de le suivre; mais, engagés devant
nous au delà de l'Ourcq, ils avaient à se retirer des défilés de Neufchelles et de Mareuil, où ils se trouvaient
entassés. Kleist paya d'audace : il nous masqua sa re-

traite par une attaque. Cependant, forcé de combattre tout le jour pour protéger, derrière lui, l'écoulement de Langeron par Fublaines, il fut repoussé par Marmont, et au moment d'être entamé. La valeur du jeune Blücher, fils du maréchal, et la défense du village de Mareuil cachèrent le désordre de la fuite de ce corps, et en sauvèrent l'arrière-garde. Elle nous échappa, dans la nuit du 2 au 3 mars, jusque vers Neuilly-Saint-Front, où nous la retrouvâmes ainsi que l'Ourcq. Cette rivière, quelque faible qu'elle soit à cette hauteur, nous l'eût livrée, si l'un de nos généraux de cavalerie n'eût manqué de promptitude.

Mais enfin l'ennemi était rejoint, et obligé de se retourner pour se défendre. Il s'arrêtait : il lui fallait disputer l'Ourcq à son tour ; nous nous en applaudissions ; nous savions que l'Empereur accourait, suivi de vingt-cinq mille hommes ; que, en trois jours, du 27 février au 2 mars, il avait franchi, par Arcis, Herbisse et Esternay, l'intervalle de Troyes à La Ferté-sur-Marne ; que, en même temps, Victor et le duc de Padoue avaient, de Bussières et de Vieux-Maisons, gagné directement Château-Thierry ; et que, en cet instant, le 3 mars, atteignant lui-même, à toute course, Bezu et Rocourt sur la route de Soissons, Napoléon, pendant que Blücher nous tenait tête, le tournait, et qu'il dépassait la gauche de ce Prussien, en se précipitant sur Micy, par Fère, Fismes et Braisnes. Dès lors, prévenu sur la Vesle et l'Aisne, enfermé entre nous et ces deux rivières, Blücher, dans le désordre de sa fuite, acculé sur l'Aisne et sur Soissons, allait enfin être ou détruit ou contraint de mettre bas les armes.

Déjà le vieux feld-maréchal, troublé, cherchait des yeux un passage pour s'échapper ; ses regards, de toutes parts repoussés, étaient forcés de se reporter sur l'Aisne ; mais le pont de Soissons lui était interdit. Quant à ses pontons, ils étaient engravés dans nos traverses : il les appelait vainement à son secours. Le temps, l'Aisne, Soissons et nos routes défoncées, nous le livraient donc ; il était vaincu d'avance, quoique toujours plus nombreux que nous ; Napoléon était là, sa présence nous valait une armée. On a donné cent voix à la Renommée, mais elle a plus de bras encore !

Ainsi, la Coalition, mutilée dans l'une de ses armées les plus lestes et dans son chef le plus acharné, allait être frappée mortellement, quand l'un des nôtres, Moreau, ce funeste commandant de Soissons, la sauva ! Blücher, éperdu et sans refuge, était déjà sous notre main, Moreau lui livra ce passage ; et, de vaincu et pris qu'il était, avec cinquante mille hommes sur la rive gauche de l'Aisne, ce maréchal se retrouva sur l'autre rive, non seulement à couvert de nous, mais à la tête de cent dix mille hommes !

Ce fut le 3 mars que ce cruel malheur arriva. Nous l'ignorions. Comment supposer que Soissons, tombeau du brave Rusca, dont la première reddition venait de faire livrer deux de nos généraux à des conseils de guerre, reprise, réparée depuis quinze jours, et qu'un nouveau commandant défendait avec une artillerie nombreuse et une garnison d'élite, ne fût pas restée Française ! Le

lendemain, 4 mars, ma brigade, après avoir franchi le
dernier repli de l'Ourcq, poussait avec confiance l'arrière-
garde ennemie contre les remparts ; nous nous étonnions
de ne plus trouver de résistance, lorsque, arrivés en vue
de cette ville, un coup de canon en sortit et me couvrit
de terre, au moment où mon cheval, en franchissant le
fossé, s'abattait sous moi. A ce coup imprévu, un cri de
surprise partit de nos rangs ! « Quoi ! Soissons tirer sur
nous ! Soissons ne serait plus à nous ! Soissons serait
prise ! » Il n'était que trop vrai. Déjà Blücher, sauvé,
s'y abritait. Ses remparts, contre lesquels toutes nos manœuvres tendaient à l'écraser, étaient devenus son refuge.
Saisis de dépit et de douleur, nous demeurâmes consternés. Alors commença contre Moreau ce murmure de
malédictions que bientôt répéta l'armée entière.

L'avant-veille au soir, 2 mars, aux premières attaques,
par la rive droite, de Bulow et de Woronzow, le canon de
Soissons avait victorieusement répondu ; et pourtant,
dans la nuit suivante, les sommations insidieuses d'un
certain Martens, capitaine prussien, en avaient ébranlé le
commandant. Le malheureux Moreau, l'esprit frappé, dit-
on, du sac d'Auxerre, dont il avait été cause en voulant
en vain la défendre, n'avait songé qu'à ne plus renouveler
ailleurs un pareil désastre. Dans l'importance de son
poste, il avait donc, avant tout, vu le danger du pillage de
cette ville, la conservation de quelque artillerie confiée à
sa garde, et le salut de sa garnison. Comme si la citadelle
était là pour la garnison, et non la garnison pour la citadelle ! On l'avait laissé libre de sortir avec armes et ba-

gages. Ces concessions eussent dû l'éclairer, elles l'aveu-
glèrent : dans la matinée du 3 mars, il avait signé notre
perte et son déshonneur !

Jusque-là cette faute, quelle qu'en fût l'énormité, avait
des exemples ; mais ici s'ajoute une sorte de fatalité. Elle
se montre par l'inconcevable obstination de ce général
dans l'aveuglement le plus manifeste. En effet, cette funeste capitulation convenue, l'ennemi lui-même en avait
suspendu la consommation. Bulow, qui le croirait ? avait
ajourné la prise de possession de ce passage ! Il avait disputé sur quelques canons, qu'il ne voulait pas laisser
échapper. En ce moment, le bruit des nôtres qui se rapprochaient, les imprécations, l'indignation de sa brave
garnison polonaise, tout semblait se réunir pour éclairer
enfin Moreau, et le rappeler à son devoir. Mais cet insensé, qui eut le courage de défendre sa capitulation contre
Bulow, n'eut point l'inspiration de saisir cette occasion
pour la rompre. C'était Woronzow qui avait mis fin à
cette vaine contestation : « Laissez, s'était-il écrié, laissez
« à ce commandant toutes ses pièces ! Donnez-lui les
« miennes même, s'il l'exige ; mais qu'il parte ! Qu'il nous
« livre à l'instant ce passage, et, croyez-moi, le marché
« sera trop bon encore ! » Bulow céda ; Moreau fut satisfait, et la dernière chance de notre salut, perdue sans
retour !

Voilà comment, le 3 mars, vers deux heures de l'après-
midi, l'heureux Blücher, qui ne savait plus où fuir, avait
vu les ponts-levis de Soissons s'abaisser, et ses portes s'ouvrir à sa retraite. Aussitôt, appelant tous les siens, il

s'était précipité dans ce refuge. C'est encore pourquoi, ce soir-là même, Kleist et Langeron, que nous arrêtions sur l'Ourcq, pendant que l'Empereur arrivait sur leurs derrières, avaient disparu devant nous. La nuit, le jour qui suivit avaient à peine suffi au ralliement de cette armée effrayée et à l'écoulement, par Soissons, au delà de l'Aisne, de ses corps et de ses bagages.

Le lendemain de ce malheur, le 4 mars au matin, l'Empereur l'ignorait encore. Dès la veille, 3 mars, et depuis deux heures après minuit, il avait, de La Ferté-sur-Fismes, par Château-Thierry, Bezu et Rocourt, entraîné, au pas de course, toutes ses colonnes. Pendant qu'il se hâtait sur une route solide, le trouble, la précipitation de Blücher fuyant à travers champs, le désordre de ses corps, une foule de traîneurs égarés et d'équipages embourbés, tombant entre nos mains, avaient persuadé Napoléon qu'il allait enfin porter aux alliés un coup décisif. Il pensait que, en raison de nos défauts comme de nos qualités, dont l'effet est partout le même, la destinée de chaque homme est constante, et que l'imprévoyant Blücher, coupé de Reims, de Berry-au-Bac, et acculé contre Soissons, allait, en succombant au pied des murs de cette ville, y retrouver une catastrophe pareille à celle de Lubeck, en 1806, et un désastre plus complet que celui de Montmirail.

Agité de cet espoir, dans la soirée du 4, il avait atteint Fismes; et impatient, malgré la marche forcée de ces deux jours, il venait de lancer sur Braisnes, sans leur permettre de repos, ses quatre escadrons de service, lors-

que, à peine avait-il mis lui-même pied à terre, un officier
de Marmont arriva. Alors retentit dans le quartier impérial la fatale nouvelle ! A ce coup de foudre, tout s'y
transforma : l'ardeur, en indignation : le bonheur, en anxiété ! Dans ces moments extrêmes, où de chaque heure
pouvaient dépendre de si grandes destinées, six journées
entières de fatigues excessives étaient perdues. La poursuite décisive de la grande armée ennemie, déjà si décon-
tenancée, se trouvait avoir été vainement abandonnée.
Le juste espoir qui en avait si inopportunément détourné l'Empereur, était déçu. Tel que les spectres
d'Homère, cet espoir s'évanouissait devant ces mêmes
remparts, au pied desquels Napoléon avait cru qu'il
allait enfin se réaliser !

Dès ce moment, sa figure s'assombrit. Ses secrétaires,
ses serviteurs les plus intimes, le remarquèrent. Hubert,
entre autres, l'un de ses valets de chambre, et le plus distingué par son éducation, son esprit, ses talents et son
caractère, m'a répété maintes fois, ce sont ses propres
paroles : « Que, à dater surtout de ce jour fatal, un sen-
« timent pénible, une empreinte de mélancolie, de mal-
« heur même, contracta constamment les traits de son
« maître infortuné ; que depuis, il y chercha vainement
« ce sourire bienveillant et d'une si attrayante aménité,
« qui donnait à sa physionomie, parfois terrible, une ex-
« pression d'une grâce si touchante, qu'on en conservait
« le souvenir comme d'un bienfait, ou de la plus douce
« des récompenses. Dès lors, ajoutait-il, ses sourires
« furent forcés, pénibles, et, dans son intérieur, une pro-

« fonde tristesse devint le fond le plus habituel de la
« plupart de ses mouvements, de sa voix et de toutes ses
« habitudes. »

Quant à ses paroles à cette funeste nouvelle, on distingua celles-ci : « Je tenais ce fou de Blücher dans les replis
« de l'Aisne ! Et voilà qu'on lui ouvre Soissons ; qu'on
« lui en livre le pont même sans le rompre ! La mort de
« Rusca a dérangé tous mes plans. C'est ce malheureux
« Moreau qui nous perd. Ce nom-là est devenu fatal à
« la France ! »

Ces derniers mots, Rumigny m'a dit que, peu de jours
après, il les lui entendit répéter avec un dépit concentré.
A Fismes, on remarqua qu'ils furent prononcés avec une
sorte de résignation. On comprit que, tels que les hommes
à grandes destinées, Napoléon comptait avec le sort. Il
avait vu, avec un surcroît d'inquiétude, que, dans ces six
derniers jours, deux fois la saison lui avait manqué. Il se
plaignait de ce que, ainsi qu'à Brienne, une pluie malen-
contreuse, à son départ de Troyes, venait de ralentir sa
marche dans les boues d'entre la Seine et la Marne ; puis,
de ce que, ayant atteint entre la Marne et l'Aisne des
routes solides, quand ce dégel, sans nous arrêter, aurait
engravé Blücher entre l'Aisne et l'Ourcq, un retour subit
d'hiver, favorisant son ennemi, venait d'en hâter la fuite.

Tout, d'ailleurs, lui indiquait que l'époque critique de
cette lutte désespérée était arrivée. Depuis le 27 février,
pendant six journées de vaines manœuvres, l'horizon s'é-
tait chargé, de toutes parts, de nuages de plus en plus
menaçants. L'arsenal de La Fère venait de s'ouvrir, sans

résistance, devant quelques centaines de Prussiens : cent canons, un matériel de vingt millions, y étaient tombés entre leurs mains. En même temps, nos deux ennemis les moins ardents, l'un, Bernadotte, qu'un souvenir mal éteint de la patrie et, dit-on, le fol espoir de remplacer Napoléon portaient à nous ménager, se trouvait contraint de joindre à Blücher une part de son contingent ; l'autre, l'empereur d'Autriche, que son caractère et Metternich faisaient hésiter à renverser dans son gendre le rival d'Alexandre, l'ennemi de Frédéric, et le génie dompteur de l'esprit révolutionnaire, allait être entraîné dans la politique haineuse et intéressée de l'Angleterre.

De ce côté, un autre malheur, une défaite du duc de Reggio, venait d'être la cause de ce revirement de notre fortune. Le 27 février, jour de son départ de Troyes, l'Empereur, afin de cacher son absence à Schwartzenberg, avait envoyé aux corps séparés de Macdonald et d'Oudinot l'ordre de marquer sur leurs positions son quartier impérial, d'en menacer l'ennemi, et de le contenir par ce simulacre de sa présence. Il espérait ainsi gagner le temps d'anéantir Blücher ; et c'était ce jour-là même que le maréchal Oudinot, surpris et battu par Wittgenstein, avait perdu l'Aube et l'offensive !

Le corps de ce maréchal, fort de seize mille hommes, arrêté dans le val de l'Aube, en colonne de marche, s'y reposait. Des hauteurs bordaient son flanc gauche depuis le pont de Doulaincourt, qu'il avait passé et qui était sa seule retraite. Ces hauteurs le dominaient ; elles étaient à portée de l'ennemi, et le lui cachaient. Malheureusement

il avait négligé de les occuper, et même de s'y éclairer :
sécurité qui étonne d'autant plus que, en même temps,
par un excès de précaution dans une marche agressive,
il avait laissé une partie de son artillerie et de sa cavalerie, ainsi que Pacthod et quatre mille cinq cents
hommes, à Magny-le-Fauchard, à quatre lieues de lui,
derrière l'Aube et le pont de Doulaincourt.

Wittgenstein, bien informé, marcha à ces hauteurs. Il
prétendait s'en emparer, et, se précipitant de leurs crêtes,
surprendre le flanc de la colonne française, la culbuter
sur son flanc opposé, et l'écraser contre l'Aube ou l'y
noyer. Un hasard et la valeur du duc de Reggio le sauvèrent de ce désastre, mais non d'un échec qui, dans ce
moment décisif, releva le cœur des Alliés et leur fit reprendre l'offensive.

Il était dix heures. Wittgenstein, avec cinquante mille
hommes et cinquante canons, se prolongeait sur les crêtes
d'où il allait dominer et foudroyer inopinément notre
colonne, quand par bonheur quelques-uns de nos fourra-
geurs, l'apercevant, coururent avertir le maréchal. L'a-
lerte fut, dit-on, si vive, qu'Oudinot, oubliant d'appeler
à son secours Pacthod, sa division et deux mille cinq
cents chevaux qui restèrent inutiles, ne songea qu'à monter rapidement, avec neuf mille vieux soldats qu'il avait
sous la main, sur ce coteau, celui d'Arrentières. Il en
chassa la tête de colonne ennemie, et, s'y déployant, il
changea cette surprise de flanc en un combat de front,
qui le sauva. Pendant six heures il disputa, et couvrit de
six mille morts et blessés des deux parts, ce champ de

bataille, dont il fut forcé de se retirer, ce qu'il fit sans trop de désordre.

Sur les autres points de cette ligne, il est vrai, tout nous avait réussi : Macdonald s'était victorieusement maintenu à La Ferté-sur-Aube ; et Wrede, qui avait attaqué Bar et les quatre mille huit cents hommes de Gérard avec vingt-neuf mille hommes, y avait été battu. Néanmoins, cette fatale journée d'Arrentières avait tout perdu. L'attitude de chacun était changée : l'offensive, avec tout ce qu'elle a d'avantages, avait passé d'un camp dans l'autre. Gérard et Macdonald, restés à découvert par l'échec du duc de Reggio, avaient été entraînés dans sa retraite. Notre ligne, inévitablement trop étendue, s'était reployée sur Troyes, précipitamment et sans ensemble ; Macdonald, revenant de l'extrême droite, n'ayant pu prendre à temps le commandement en chef, deux maréchaux pour une aussi faible armée en avaient doublé la faiblesse.

Il en était advenu que plusieurs occasions de retour offensif avaient été manquées, plusieurs positions défensives trop tôt abandonnées ; et entre autres celle de Bouranton, laissée vide au combat de l'Aubressel, à la gauche du deuxième corps. Ce corps y eût été détruit sans les charges de cavalerie de Saint-Germain et de Kellermann, et la valeur expérimentée du vieux général Duhesme. Ce jour-là, Gérard lui-même, que, dans ses excitations à plusieurs de nos chefs, l'Empereur venait de citer pour exemple, avait été abandonné sans avertissement. Malade dans Tonnelières, il y avait été surpris et forcé de s'en échapper seul, en chemise, à cheval et à toute bride ! Ses mémoires, dont il m'a lu quelques passages, diront à quels découragements il faillit devoir sa perte.

Ce fut alors que ce brave fou d'Allix, le plus entêté de nos généraux, prétendit, avec deux mille conscrits, sans cadres, sans armes, et à coups de tocsin, soulever toute l'Yonne. Il réussit, mais inutilement ; l'Invasion fit aussitôt rentrer chacun chez soi, et lui dans Auxerre, qu'il lui fallut bientôt abandonner. Ainsi Napoléon apprit que, le 3 mars, à l'instant où Soissons avait été livrée, nous perdions devant Troyes, au combat de l'Aubressel, deux canons et quinze cents hommes ; que, le surlendemain, Troyes, abandonnée, était reprise, pillée par Wrede, et notre cavalerie mise en déroute au delà par une autre négligence de l'un de nos chefs décontenancé ; qu'enfin Macdonald était forcé de se replier sur Bray, Nogent et Montereau, derrière la Seine.

Telles avaient été les suites funestes du départ de Napoléon, le 27 février. Ce jour-là, s'il eût été présent sur l'Aube avec ses réserves, vainqueur sans doute de Wittgenstein, il eût achevé le découragement déjà commencé de ses adversaires. Mais cette malheureuse journée avait eu un autre résultat bien plus menaçant encore. Au milieu de la grande armée ennemie, le ministre anglais, effrayé d'avoir vu à Lusigny, dans ces derniers jours, Anvers et la Belgique près de lui échapper, avait profité de la dernière diversion de Blücher et du retour de fortune d'Arrentières. Dès le surlendemain, 1er mars, renouvelant, ravivant l'alliance, il avait, dans Chaumont, fait signer

18.

aux souverains coalisés l'engagement formel « de réduire
« à ses anciennes limites royales la France de la Répu-
« blique et de l'Empire. »

Il était donc trop vrai que l'étonnement produit par
les derniers élans du génie de notre Empereur était entièrement dissipé. En même temps, l'armée détachée sur
la Saône par Schwartzenberg allait achever d'éteindre
dans Augereau les dernières lueurs de courage et de patriotisme de ce chef usé ; enfin, évidemment la Coalition,
ranimée et resserrée, en s'engageant à démembrer la
France, se décidait au renversement de notre Empereur,
prévoyant bien, sans doute, que sa fierté préférerait tout
à cette mutilation de l'Empire et à cette humiliation de
sa couronne. En effet, lorsque, dans cette appréhension,
il avait repoussé l'armistice offert à Lusigny, on l'avait
entendu répondre aux tristes prévisions de Berthier :
« Eh bien, en ce cas, je me mettrai à la bouche d'un ca-
« non, et tout sera terminé ! »

C'était le 27 février, et dans Arcis, que Napoléon avait
annoncé cet acte de désespoir, que, vingt et un jours
plus tard, on le verra tenter d'accomplir devant Arcis
même. Mais, quand il prononça ces tristes paroles, il ne
jugeait certes pas sa position si désespérée. C'est un fait
même que, six jours après, à Fismes, le 4 mars, et malgré
nos revers survenus sur l'Aube et la Seine depuis son départ, si Soissons nous fût restée, tout eût pu changer, et
son génie l'emporter encore ! On tient de son secrétaire
le plus intime, que son projet, dès que Blücher eut été
détruit, était d'aller se jeter soudainement en Lorraine,

d'y réunir cinquante mille hommes en arrière de Schwartzenberg, dès lors forcé à une retraite précipitée, que
Macdonald, Oudinot et Gérard, avertis, talonneraient.
Là, appuyé sur ses forteresses, renforcé de leurs garnisons et au milieu de ses populations les plus guerrières
soulevées, il eût rallié à lui quatre-vingt mille hommes,
contre une armée tournée, déconcertée, et reculant sans
doute en désordre. Il n'eût alors fallu qu'un heureux
coup de guerre pour en achever la défaite, en décharger
le sol français, et lui dicter, de la rive gauche du Rhin,
une paix victorieuse. Voilà quel était le grand espoir que
cette désastreuse prise de Soissons le forçait d'abandonner, qu'on le verra ressaisir trop tard, et qui fit sa perte.
C'est aussi pourquoi ce 4 mars, à Fismes, à la nouvelle de
la capitulation de Moreau, son dépit fut si violent que,
selon le même secrétaire, il ordonna le jugement et l'exécution, en place de Grève, de ce général : ordre de colère,
auquel ensuite, soit dédain ou clémence, il laissa désobéir !

XII.

BATAILLE DE LAON.

C'était à Fismes, au moment de ce grand désappointement causé par la perte de Soissons, au milieu de la désolation de cette autre partie de la France ravagée et de la désorganisation produite par six marches forcées inutiles, que notre malheureux Empereur venait d'apprendre ce redoublement d'infortune. Et pourtant, à ces nouveaux coups du sort, loin de courber la tête, il ne la détourna même pas vers la Seine ! Il osa même s'en éloigner davantage ; il résolut de poursuivre, de ressaisir Blücher au delà de l'Aisne. Et comme les grands courages ne consistent le plus souvent qu'à dissimuler de grandes craintes, dans cette dernière lutte contre le sort et les hommes, quelque sombres que fussent ses pressentiments, plus actif, plus déterminé que jamais, il en appela à tout ce qui lui restait de forces, il se fit des armes de tout, même de l'effroi et du désespoir qui l'environnaient.

Quand la fatigue ou l'extrême contention d'esprit renouvelait ces accidents de santé auxquels il était sujet, et qui furent rares dans cette courte campagne, on le vit, ou plongé dans un bain, ou le plus souvent à demi couché, dicter ses décrets, ses instructions, ses ordres, et jus- qu'aux articles de son journal officiel. C'est ainsi que, dans la nuit du 4 au 5 mars, à Fismes encore, il voulut que *le Moniteur* fût rempli des gémissements de nos provinces en proie à l'invasion, et Paris, des députations de nos villes spoliées. Il excita ces députations à lui de- mander vengeance. Dans ses proclamations, les souve- nirs fameux de l'antiquité, le grand élan de 1792, l'exem- ple même du soulèvement actuel de l'Europe contre nos conquêtes, et dont la France était victime, il les invoqua. A ces excitations il joignit des ordres, même des mena- ces : un décret somma tout Français de courir aux armes à l'approche de notre armée, et de seconder ses efforts. Un autre décret prononça le supplice dû aux traîtres pour tout fonctionnaire public qui refroidirait les coura- ges au lieu de les enflammer. Quant à lui, jusque-là et depuis 1796, pour fonder et agrandir sa fortune, il ne s'était plu qu'aux actions les plus décisives, son génie n'étant pas de ceux qui, pour prendre un parti extrême, attendent une dernière extrémité. Ici cette extrémité était venue. Aussi ne balança-t-il pas un seul instant. Désor- mais Blücher, au moment d'être écrasé avec quarante-huit mille hommes devant l'Aisne et contre Soissons, se trou- vait au delà de cette rivière à la tête de cent mille hom- mes. Placé là, entre l'Aisne et l'Oise, Laon était son re- fuge. Ce fut dans cette ville que, avec quarante-deux mille hommes seulement, Napoléon résolut de le préve- nir, de lui couper cette retraite, et, le repoussant, de l'étreindre, de l'anéantir dans cet angle que forment l'Aisne et l'Oise, au-dessus de Compiègne, comme il avait failli le faire en l'acculant sur Soissons et contre l'Aisne.

Tous ses ordres partirent simultanément. Pendant que Marmont et Mortier attaqueront Soissons pour y retenir Blücher, et que Grouchy, en vengeant dans Braisnes les quatre escadrons de service qui en avaient été repoussés, menacera l'Aisne inférieure, lui, Ney, Victor, la cavalerie de la Garde en tête, vont remonter précipitamment cette rivière, et la passer de vive force à Berry-au-Bac. En même temps, comme Reims allait se trouver sur nos derrières, il envoie Corbineau la ressaisir. Toute la nuit du 4 au 5 se passa à dicter ces décrets, ces proclamations, ces excitations pour Paris, des instructions à Macdonald, et à donner aux corps qui l'entouraient leurs ordres de marche.

Le lendemain 5, dès cinq heures du matin, Reims était cernée, surprise, prise, et avec elle quatre bataillons Russes. Au même moment, Tchernicheff était culbuté de Braisnes sur l'Aisne, nos prisonniers de la veille repris, et avec eux quelques centaines de Cosaques. Enfin, dans cette journée, et dans le faubourg de Soissons, l'arrière-garde prussienne et russe, poursuivie de près par Mortier, faillit lui en abandonner la porte. Ce fut Langeron, un Français, qui l'en repoussa. L'acharnement fut si vif que, de chaque côté, huit cents hommes succombèrent dans cette fausse attaque. Marmont, au même instant, poussait ses canons jusque sur l'Aisne. Ils sillonnèrent de leurs boulets les masses accumulées de Blücher, qui, par la porte de Laon, dégorgeaient encore de Soissons sur l'autre rive.

Le feld-maréchal, trompé par la chaleur de ces deux dernières attaques, crut à un passage de l'Aisne vers Micy et Vailli, devant sa gauche. Il alla se déployer en face, entre l'Aisne et la Lette. C'était ce que désirait l'Empereur. On connaît sa pensée : pressée d'en finir, et bien plus hardie, elle tendait à nous jeter derrière Blücher, par Berry et Corbeny, jusqu'à Laon même.

En effet, ce jour-là même, 5 mars, il atteignit Berry-au-Bac. La cavalerie de sa Garde en saisit le pont, et sur ce passage deux canons, deux cents Russes et le colonel Gagarin qui le gardait. Pendant la nuit du 5 au 6, il expédia, par des courriers déguisés, l'ordre aux gouverneurs de Metz, Mézières et Verdun, d'intercepter les routes, et au général Janssens, commandant la deuxième division militaire, l'instruction de lui amener un renfort de six à huit mille hommes.

Le lendemain, 6 mars, Napoléon était à Corbeny. Laon semblait devoir être surprise, et l'espoir, quelque périlleux qu'il fût, renaissait, lorsque, se sentant pris en flanc lui-même, vers Craonne, il fallut qu'il s'arrêtât. Caraman, officier d'ordonnance, fut aussitôt détaché de ce côté avec un bataillon de la vieille Garde. L'attaque était sérieuse : on fut obligé d'appuyer ce bataillon par une brigade.

C'était Blücher ! Averti, vers le milieu du jour, du passage de l'Aisne à Berry, derrière sa gauche, il accourait. Son but était de nous couper, à Corbeny, la route de Laon et de s'en rendre maître, comme il l'était de celle de Soissons à cette ville. Déjà sa tête de colonne s'était emparée des longues et de plus en plus étroites hauteurs qui, s'étendant de l'un à l'autre de ces grands chemins, entre les affluents de l'Aisne et de la Lette, se terminent à Craonne.

Mais l'Empereur venait de le prévenir à Corbeny. A cette nouvelle, instruit par ses périls précédents, il se presse, avec Bulow et ses bagages, de gagner Laon par la route de Soissons; il laisse devant Craonne Woronzow, Sacken et cinquante-huit mille Russes. Leur instruction est d'attirer, de retenir, de combattre Napoléon sur ce plateau. Fier de son nombre, il ose plus : il fait tourner, au loin et à travers champs, la droite de l'Empereur par trois autres corps. Il espère que, le lendemain, ils prendront en flanc Napoléon au milieu de sa lutte contre Woronzow, et que, en même temps, ils lui couperont, vers Fétieux, la route de Corbeny à Laon, où lui-même sa hâte d'aller s'établir : manœuvre trop étendue, où le temps fut mal calculé, ainsi que les difficultés d'un terrain inconnu; d'où vint que, de ces trois corps, l'un s'engrava, et que les deux autres s'égarèrent; ce qui, fort heureusement, rendit vaine cette combinaison.

Cependant, Napoléon, arrivé le 6 mars au soir à Corbeny, s'était vu forcé de s'y arrêter pour faire face à Woronzow. La nuit était revenue : tout, hors lui seul, reposait. Entouré d'habitants de ces campagnes, les uns appelés, la plupart accourus d'eux-mêmes, il les interrogeait ; car tels sont les soins précurseurs des batailles, et qu'il faut ajouter à la fatigue des marches précédentes, à l'anxiété, à l'appréciation d'une foule de rapports, à l'étude des cartes, des accidents du terrain et des distances : travaux indispensables pour deviner les projets de l'ennemi, pour arrêter le sien, et faire concourir mille ordres de détail à un grand ensemble.

Parmi ces habitants, que, selon son habitude, l'Empereur interrogeait lui-même, il reconnut Bussy, l'un de ses anciens camarades de lieutenance au régiment d'artillerie de La Fère. Cet émigré, jadis rentré, avait, depuis son retour, vécu retiré dans son patrimoine. L'entrevue fut touchante. Napoléon, ému, le prit aussitôt pour aide de camp ; il le nomma colonel, et le destina à lui servir, dès le lendemain, de guide devant Craonne. Par un hasard singulier, quelques instants après, un certain Wolf, ancien sergent d'artillerie dans ce même régiment, parvint de Strasboug jusqu'au Quartier Impérial. Il fut introduit. Les nouvelles qu'il apportait encouragèrent. « La terreur, dit-il, régnait derrière la Coalition. « Nos places d'Alsace et de Lorraine étaient faiblement « observées ; les sorties de leurs garnisons, partout heu- « reuses ; et le patriotisme des habitants, funeste aux « détachements ennemis qui traversaient l'est de la « France. » Wolf fut à l'instant décoré de l'Ordre d'Honneur.

Ces deux rencontres, qui rappelaient à Napoléon, dans ces instants désespérés, l'âge de l'espoir ; ces souvenirs, quand il semblait lui rester si peu d'avenir, rapprochaient dans son cœur déchiré les deux extrémités de sa grande carrière ; ils lui rendirent un peu moins pénible cette nuit si fatigante. Puis, comme il se servait de tout, il fit publier ces détails, vantant ces dévouements à sa cause, à sa personne, et les offrant à la France pour exemple.

Le 7 mars, dès le point du jour, il fut à Craonne, et reconnut la position d'où l'ennemi le menaçait. Elle était formidable : elle dominait ; deux ravins profonds en couvraient la gauche et la droite ; un troisième, le centre ; au-delà même, et pour aborder l'ennemi, il y avait à s'allonger, à découvert, sur un étranglement du plateau qu'il fallait reconquérir. Derrière ces ravins, et à l'issue de ce défilé, le plateau s'élargissait brusquement ; la crête en était hérissée d'une première ligne de soixante-douze canons et de dix-huit mille baïonnettes. Derrière celles-ci, trente-deux mille autres se trouvaient prêtes.

L'Empereur se décida à les attaquer par leurs ailes, Nansouty et une partie de la cavalerie à notre gauche, Ney à notre droite, que Victor soutiendrait. De ce côté, le ravin d'Ailles se prolongeait autour du flanc gauche ennemi ; c'était le point décisif. Mais Victor n'était point encore arrivé ; Mortier, qui se hâtait, était encore plus éloigné ; quant à Marmont, on ne pouvait pas y compter ; et, dans ces premiers moments, l'Empereur n'avait à opposer, aux cinquante-huit mille Russes de Woronzow, que neuf mille hommes !

Il fallait attendre. Cependant, le jour grandissait ; et Napoléon, soit impatience de laver de sang étranger tant d'affronts cruels, soit pour préparer une diversion à l'at-

taque de Ney, soit pour marquer l'offensive, commença
la bataille, en faisant canonner le centre russe par l'artillerie de sa Garde. Ney, qu'enflammait toujours la vue
de l'ennemi, fut plus impatient encore. Il prit cela pour
un signal. Il n'avait que trois mille sept cents hommes ;
il ne pouvait espérer de ces conscrits que le moins difficile des courages, celui de l'attaque, où le mouvement en
avant laisse morts et blessés derrière, empêche d'entendre, de compter les coups, et étourdit sur le danger. Dès
nos premiers feux d'artillerie, surgissant du fond de son
ravin de la Lette en avant d'Ailles, il les lança donc à
cet assaut. Mais à peine s'était-il montré à découvert,
qu'une grêle de plomb et de mitraille l'arrêta court.
Tout ce que put son impétueuse valeur fut de demeurer
ferme sous ce feu, en appelant à son aide.

Il était aux prises, il n'y avait point à le démentir ;
et Napoléon, surpris, ne put que lui envoyer, à mesure
qu'ils arrivaient, de faibles renforts. Ce fut d'abord Victor, avec la division Rebeval ; puis, Grouchy et les dragons de Roussel ; enfin, La Ferrière avec quelques escadrons : secours insuffisants, et d'autant plus que, leur
arrivée ayant été successive, leurs efforts manquèrent
d'ensemble. Le malheur aussi s'en mêla : ces trois chefs,
presque en arrivant sur ce champ de carnage, y tombèrent blessés l'un après l'autre.

Déjà la moitié des nôtres avait succombé ; les colonnes d'attaque de Ney, criblées de balles, ressemblaient
bien moins à des masses qu'aux tirailleurs qui souvent
les précèdent, et pourtant le maréchal ne reculait point

encore : son impuissance restait menaçante. Mais, à sa gauche, la division Rebeval, toute d'enfants, dont le plus ancien n'avait pas trente jours de service, trompait l'ennemi par une fixité d'une autre nature. Ces pauvres recrues, assourdies, saisies de stupeur, au milieu des sifflements de cette grêle meurtrière, étaient incapables de mouvement. Leur général aurait voulu les abriter, mais il craignit, au premier pas qu'il ordonnerait, de les voir tourbillonner et fuir en désordre. Tout ce qu'il put faire de mieux, aidé de leurs officiers, et sous-officiers, fut de les maintenir immobiles.

Quant à leur feu, il était nul : une part tirée machinalement en l'air, et l'autre se perdant en terre, la pesanteur de l'arme, quand ces trop faibles mains l'abattaient, emportant la plupart des coups dans cette inutile direction. Leurs artilleurs n'en savaient guère davantage : pendant qu'ils s'efforçaient gauchement de mettre en batterie, les boulets russes brisaient leurs pièces.

L'ennemi, s'apercevant enfin de leur détresse, s'ébranlait pour les achever, quand parut Drouot. Il accourut au galop, avec deux batteries de la Garde. Aussitôt, d'écharpe et à demi-portée, il déchira et arrêta les bataillons russes par la vivacité et l'habile audace des feux qu'il dirigea. Puis, courant aux canonniers de Rebeval, il mit pied à terre au milieu de ces conscrits ; et là, aussi tranquille au travers de cette mitraille qu'au polygone, on le vit rectifier leur position, leur montrer à charger, à pointer leurs pièces, avec ce calme actif, cette ferme douceur et ce dévouement simple et naïf, qui en faisaient un homme à part entre tant de guerriers remarquables !

Il fallut céder cependant. Ney lui-même, réduit à deux mille hommes, épuisé de sang et d'efforts, retomba dans le fond du ravin, où, d'assaillant qu'il avait été, il se vit réduit à se défendre. Depuis longtemps il envoyait, à tous moments, avertir l'Empereur de sa détresse. De son côté, Napoléon, impatient, pressait, à force d'officiers d'ordonnance, l'arrivée de ses colonnes. Heureusement, elles approchaient. La ténacité de Ney et les efforts de Drouot leur en avaient donné le temps, et surtout l'habitude de l'ennemi, quand Napoléon était présent, de se croire assez honoré en se défendant.

Mortier, en effet, commençait à paraître, et Charpentier, avec trois mille hommes, arrivait. L'Empereur confia à cet ancien et habile général le commandement de Victor. Il n'y avait plus un instant à perdre : les restes de Ney et de Rebeval, foudroyés au fond du ravin de Vauclerc, perdaient toute contenance ; le désordre, précurseur des déroutes, allait commencer, quand on aperçut ce renfort En même temps, l'Empereur promit le concours de sa Garde : qu'elle allait attaquer le centre ; qu'on ne s'épuiserait plus en efforts sans ensemble ; qu'enfin l'attaque allait être simultanée. Aussitôt Ney et Charpentier, s'aidant de quelques bouquets de bois, remontèrent à l'assaut de l'aile gauche russe. Tout à la fois, Colbert, qu'appuyèrent Friant et Drouot, força leur centre, et Nansouty, qui, jusque-là sans artillerie, n'avait fait que de faibles et vains efforts contre leur droite, les réitéra. Tout réussit : la retraite de Woronzow devint pour lui aussi meurtrière que l'avait été pour nous sa défensive. Il profita pourtant de toutes les difficultés du terrain, mais ce fut en vain. A la fin du jour, l'ardeur inépuisable de Ney, secondée par les charges de Colbert et les rapides manœuvres de Belliard, de Drouot et de Charpentier, lui avait, depuis Craonne jusqu'à la route de Soissons, par morceaux et coup sur coup, arraché tout ce long plateau : glorieuse, mais triste, mais coûteuse et fatale conquête, hors du but qu'on s'était proposé ; sans autres trophées que des morts, et qu'ensanglantaient douze généraux et douze mille tués ou blessés ! La moitié en était russe ; mais les alliés en avaient tant à perdre, et nous, si peu !

Ce qu'il y avait de plus fâcheux encore, c'est que, retardé, détourné par ce combat, au lieu d'avoir réussi à se placer à Laon par la route de Berry, en tête du feld- maréchal, l'Empereur ne se trouvait plus qu'à sa suite, sur la route de Soissons à cette ville, où Blücher était déjà.

Napoléon coucha à Bray. Les rapports de la journée furent sinistres. Chez Ney les situations étaient réduites de moitié ; celle de Rebeval, des deux tiers ! C'étaient nos cadres, devenus si rares et d'autant plus précieux, qui avaient le plus souffert. Avec des soldats si neufs, les officiers, les sous-officiers avaient tout à faire. La voix ne suffisant pas, il fallait se multiplier, commander par l'exemple, et se prodiguer : de là, des pertes irréparables ! Il y eut, ce jour-là, un régiment, le 14.e de voltigeurs, où, sur trente-trois officiers présents à l'appel du matin, trois seulement répondirent à l'appel du soir ! L'Empereur en

fut consterné. Il s'écria, il écrivit même à son frère : « Que
« la Vieille Garde seule se soutenait ; que le reste fondait
« comme de la neige ! »

Cependant, la nuit depuis longtemps était close ; et
Rumigny, revenant encore du Congrès, errait à travers
champs, guidé par les traces de la bataille. Apercevant
enfin un feu des bivouacs de la Garde, il y courut, et
demanda l'Empereur. « Que lui voulez-vous ? répondit
« un vieux grenadier. — Je viens en courrier, répliqua
« Rumigny. — Eh bien, c'est par là ! reprit le vétéran ;
« mais n'allez pas le réveiller, il n'a eu que trop de
« tracas aujourd'hui ; laissez-le dormir tranquille ; il a
« bien assez de chagrins, le pauvre homme ! »

Rumigny, tout ému, renfonça ses larmes, passa et se
présenta devant l'Empereur. Il apportait de Châtillon un
ultimatum. C'était le même que celui de Nogent. « On
« voulait une réponse définitive. Il fallait, ou se soumet-
« tre aux conditions imposées, ou, pour la dernière fois,
« envoyer les siennes, mais sur-le-champ ; sans quoi,
« toute négociation devait être rompue, et le Congrès se
« dissoudre à l'instant même ! Six jours de délai seu-
« lement étaient accordés. » Il y en avait trois que Rumigny était en route ; l'Empereur, néanmoins, le remit
au lendemain.

La nuit fut pénible. Le champ de bataille de la veille
parlait plus éloquemment pour la paix que le Congrès et
le duc de Vicence. L'Empereur, harassé, entouré de
morts, de mourants, était rassasié, dégoûté de guerres. Il
fit bientôt redemander Rumigny. Mais, sur ce qu'Anvers

et Mayence étaient d'abord exigées, se récriant : « Ce
« qu'on voulait lui arracher, dit-il, étaient ses deux plus
« importants établissements de guerre et de commerce !
« Quant à l'urgence de la paix, il en convenait : la mort
« de Rusca, ce Moreau, avec ce nom fatal à la France,
« avaient dérangé ses plans. Il fallait désormais de nou-
« velles chances. »

Il parlait ainsi, par exclamations, et en marchant par
élans comme il parlait. Mais Rumigny avait juré sur
l'honneur, à Caulaincourt, qu'il oserait insister. Il demanda à l'Empereur son ultimatum. Napoléon répliqua
plus vivement encore : « Que cela était impossible ! Qu'on
« voulait d'immenses concessions, d'énormes sacrifices !
« Était-ce donc à lui à les provoquer ? S'il fallait recevoir
« le joug, devait-il s'y offrir lui-même ? C'était bien le
« moins qu'on le lui présentât, qu'on lui fît vio-
« lence ! » A cela Rumigny repartit : « Qu'il suffirait au
« duc de Vicence d'une autorisation verbale de signer la
« paix. Sa Majesté devait être sûre du dévouement de
« son ministre ; elle connaissait son patriotisme ; elle le
« savait prêt à se sacrifier à sa gloire et au salut de la
« France ! Que l'Empereur s'abandonne donc à la res·
« ponsabilité du duc de Vicence, et, qu'il n'en doute pas,
« ce ministre ne signera qu'aux meilleures conditions
« possibles une paix devenue si pressante, qu'aujour-
« d'hui la moindre indécision la ferait manquer pour
« jamais ! » L'Empereur était redevenu calme ; il ne s'irrita point de cette insistance ; il dit alors seulement :
« C'est bien. Je vais répondre. Fain, écrivez ! »

Rumigny se trouvait en ce moment, m'a-t-il dit, debout et adossé à la cheminée, près de Maret. Napoléon, en parcourant sa chambre, dictait à haute voix. Après quelques minutes, Rumigny, n'entendant rien de positif, saisit un intervalle : « Mais, Sire, s'écria-t-il, il m'est im-
« possible de ne pas vous faire observer que cela ne suf-
« fira point. Ce sont de pleins pouvoirs que demande le
« duc de Vicence ! » A cette interpellation, et quoique Napoléon l'eût soufferte, Maret poussant vivement du coude l'envoyé de Caulaincourt, lui dit à voix basse :
« Que faites-vous donc là, monsieur ? On n'interrompt
« point ainsi l'Empereur ! » Rumigny, étonné, ne répliqua pas ; mais, la dictée arrivant à son terme sans la conclusion qu'il attendait, engagé par sa parole, pressé par sa conscience, convaincu que du résultat de sa mission dépendait tout, il osa répéter son observation précédente, ajoutant : « Que s'il ne rapportait rien de plus,
« le Congrès serait dissous ce jour-là même ! » Sur quoi, le duc de Bassano, le saisissant au bras, lui cria à l'oreille :
« Ah ! c'en est trop, monsieur ; je vous ordonne de vous
« taire ! »

Quant à l'Empereur, il se contenta de répondre avec douceur : « Allons, soyez tranquille : Maret vous don-
« nera vos instructions. Dites à Caulaincourt qu'il nous
« fasse de bonne besogne ! Mais les Cosaques ! et par où
« le rejoindrez-vous ?..... Ah ! ce malheureux Moreau !
« Avoir livré Soissons !..... Bon, je vois que vous connais-
« sez le pays, et que vous êtes résolu. Allez, et que Dieu
« vous garde ! »

Dès que Rumigny se trouva seul avec le duc de Bassano, il lui exprima son étonnement des injonctions qu'il venait de lui adresser dans une circonstance aussi critique. Mais celui-ci, soit habitude, comme Berthier qui, du moins, poussait les autres à dire ce qu'il n'osait, soit dévouement, et qu'il comprît mieux la résolution héroïque de Napoléon, répondit à l'envoyé de Caulaincourt : « Qu'il ne doutait pas de sa bonne intention ; mais, si « les meilleurs amis de l'Empereur lui retournaient ainsi « le poignard dans le sein, que ne feraient donc pas ses « ennemis les plus cruels ? »

Rumigny partit, au désespoir. Les chances de la paix, comme celles de la guerre, lui paraissaient épuisées. Pourtant, quant à celles de la paix, d'une paix à la vérité désastreuse, ce jour-là encore, 8 mars, Napoléon ne se trompait pas. Une lettre de Metternich du 18, une réponse verbale du 19 et du même ministre, et la dernière séance du Congrès de ce même jour l'ont prouvé. Ce fut douze jours plus tard que ces tristes chances, constamment dédaignées par la fierté de notre Empereur, arrivèrent enfin à leur terme. Celles de la guerre devaient durer jusqu'au 31 mars, vingt-trois jours encore.

La paix ainsi ajournée, qu'allait-il faire de sa victoire de Craonne, si sanglante et si intempestive ? Le temps pressait, il fallait tout risquer pour mettre promptement Blücher hors de combat ou de portée, afin de retourner à Schwartzenberg, et d'arrêter sa marche sur la capitale. Mais, sur cette route de Soissons à Laon, position, nombre, ensemble, tout allait être à l'avantage des ennemis ;

il n'y avait à compter que sur leurs fautes, et, pour tenter cette fortune, à payer d'audace. Napoléon se décida donc à poursuivre, à pousser devant lui sans lâcher prise, espérant achever un ébranlement déjà commencé, et, dans une première surprise, ressaisir Laon. Marmont arrivait sur la route de Berry-au-Bac à cette ville : il reçut l'ordre de marcher promptement, par ce chemin, à la même attaque.

Dans l'armée, plusieurs crurent que l'Empereur eût mieux réussi en masquant, par un détachement sur la route de Soissons, son retour sur celle de Berry-au-Bac. Ils dirent que, ainsi réuni à Marmont, son agression sur Laon aurait eu plus d'ensemble, et qu'elle eût été plus menaçante. Au reste, dans ces jugements après coup, hors de ces mille circonstances qui décident, si graves la veille des combats, et dont le lendemain on ne tient plus compte, les erreurs sont fréquentes. Le fait, c'est que Napoléon n'avait que le choix des dangers, que tous étaient extrêmes, le succès invraisemblable, et qu'il fallait pourtant promptement agir, conserver l'attaque, et, puisqu'il n'avait qu'une force imaginaire, ne point risquer d'en perdre l'influence, même en ne lâchant prise un instant sur une route que pour s'élancer plus résolûment sur l'autre.

Il espérait que son avant-garde pourrait atteindre Laon ce jour-là même ; mais tout ce qu'elle put faire fut de pousser l'ennemi jusqu'à Étouvelle. Ce village, situé sur une longue chaussée, élevée au-dessus de larges et profonds marais, était une position inexpugnable. Les Russes en comprirent la force, ils s'y établirent. Ils comptaient bien y passer une nuit tranquille. Mais Napoléon venait d'apprendre l'évacuation de Soissons; il crut Blücher plus déconcerté que jamais. L'abandon de cette ville le persuada que, même dans la position de Laon, ce maréchal avait perdu tout espoir de se défendre. La vérité, c'est que Blücher, sans tant de calculs, nous rendait Soissons en se décidant à nous disputer Laon, et que l'Emreur se trompait logiquement, en ne supposant pas une inconséquence.

L'attitude des Russes, à Étouvelle, ne lui parut donc être que celle d'une arrière-garde, masquant quelque mouvement désordonné, et vraisemblablement une retraite. Dès lors, comptant la changer en déroute, il se décida, plus que jamais, à poursuivre son avantage.

Toutefois, pour aider l'occasion, ou à son défaut la créer, la nuit lui inspira l'essai d'une surprise. Ney eut l'ordre d'attaquer Étouvelle subitement, à la baïonnette, à une heure après minuit. La trouée faite, aussitôt Belliard et sa cavalerie devaient s'y précipiter, pousser au travers des ténèbres, jusque sur Laon, y propager rapidement la confusion d'une fuite nocturne, et peut-être s'en emparer.

Tout semblait dépendre de cette attaque : l'Empereur ne négligea rien pour en assurer le succès. A la chute du jour, il envoya sur sa gauche deux bataillons et deux escadrons de sa vieille garde; leur marche était réglée : à une heure du matin, l'heure de Ney, ils devaient avoir tourné le défilé, et par leur attaque simultanée, favoriser celle de ce maréchal. Malheureusement il en confia la direction à l'un de ces officiers bruyants, partant ventre à terre, mais qui se ralentissent dès qu'ils sont hors de vue du maître. Ce détachement d'élite n'arriva qu'après coup, une heure trop tard, lorsque Ney tout seul avait réussi, et pour se réunir à sa victoire. Elle avait été complète : les Russes, surpris par les baïonnettes du 2me léger, avaient passé du sommeil à la déroute ! On n'avait eu jusqu'au delà de deux heures du matin et de Chevy, qu'à culbuter, prendre ou tuer tout ce qui n'avait pas eu le temps de fuir.

Ce débouché ouvert, c'était à la cavalerie à achever. On dit que son chef, étonné de la témérité de cette attaque nocturne, avait représenté à l'Empereur l'impossibilité de cette espèce de longue et aveugle charge de cavalerie en pleine nuit, au travers de tous les accidents d'un terrain inconnu et des résistances d'un ennemi invisible. Mais l'Empereur était forcé de tout risquer : cette observation l'irrita, il n'en tint compte. Il savait bien, au reste, que, livrés à eux-mêmes, ses généraux ne tenteraient rien qui ne fût possible.

Belliard obéit, comme en pareil cas on obéissait, à contre-cœur, et sans cette conscience du succès qui seule peut l'assurer, toutefois quand l'entreprise n'est point inexécutable. Celle-ci l'était : aussi chercha-t-il, dans cette marche, à gagner le jour, plus nécessaire encore aux mouvements de la cavalerie qu'à ceux de l'infanterie. Il n'arriva donc, en avant de Ney, qu'à cinq heures du matin, quand Blücher, averti, s'était mis en garde. Alors même, aveuglée encore par la double obscurité d'une nuit d'hiver et d'un épais brouillard, sa cavalerie ne put qu'avancer à tâtons, perdant sa rapidité, le premier de ses avantages.

Néanmoins, tant qu'il n'y eut qu'à marcher sur la grande route, elle chassa l'ennemi devant elle ; mais, s'étant heurtée contre Semilly et contre les hauteurs, d'environ quarante mètres, sur lesquelles Laon est bâtie, une décharge d'artillerie, qui en partit, renversa la tête de sa colonne. Le reste s'arrêta. On attendit pour voir où l'on était, et à qui on avait affaire.

L'Empereur accourut alors. Il était sept heures du matin. Depuis la veille, l'armée ennemie entière, cent mille hommes au moins, était en bataille : son centre à Laon ; sa droite, de soixante mille hommes, en travers de la route de Soissons, devant l'Empereur, qui n'avait contre elle que vingt-deux mille hommes ; six mille autres étaient encore à huit heures de marche. La gauche de Blücher, trente mille sabres et baïonnettes, défendait la route, venant de Berry-au-Bac, contre Marmont qui ne pouvait arriver que vers midi, et qui n'avait pas douze mille hommes. Ajoutez que, au sommet de cet angle obtus, le centre ennemi, bien lié à ses deux ailes, dominait ce champ de bataille, tandis qu'un large intervalle séparait entièrement nos deux attaques.

Ce fut un bonheur que le brouillard prolongeât la nuit : il cacha notre petit nombre. Napoléon, persévérant dans son espoir, en profita. Deux villages, Ardon et Semilly, fortement occupés, marquaient la première ligne des alliés ; il les fit emporter à l'arme blanche. On continuait, lorsqu'on se choqua inopinément contre les colonnes de Blücher. Elles étaient serrées en masses immobiles. Leur artillerie se couvrit de feux inabordables. Il fallut s'arrêter, se mettre à l'abri, et, jusqu'à onze heures, une canonnade incertaine, traversant d'épaisses vapeurs, occupa seule le champ de bataille.

Alors parut le soleil, et avec lui notre impuissance. Aussitôt Blücher, nous ayant comptés, prit l'offensive, et Semilly ainsi qu'Ardon nous furent arrachés. Mais l'Empereur, à sa ténacité ordinaire en joignit une qui tenait du désespoir; calme toutefois, et toujours calculé, il comptait encore sur l'effet accoutumé de sa présence. A l'entendre, « chacun voyait mal! l'ennemi était en retraite! » Il ne répondait aux rapports contraires et aux objections de ses généraux, qu'en les poussant en avant. Il espérait déconcerter Blücher à force d'audace.

Notre armée était développée, sur un front étroit, de Leully au mamelon de Clacy : Mortier à droite, Ney à gauche; elle ne montrait que dix-huit mille cinq cents hommes en ligne, et trois mille cinq cents en réserve. Bulow et Strogonow l'abordèrent de front, tandis que Woronzow, dirigé vers Clacy, en tournait la gauche. Ardon. Semilly et Clacy devinrent donc les points contestés. La victoire consistait pour nous dans la reprise des deux premiers de ces villages, victoire stérile! Celle de Blücher, qui venait de s'en rendre maître, dépendait de la conquête de Clacy, victoire décisive, soit qu'il eût alors acculé de front l'Empereur contre le défilé d'où il sortait; soit que, culbutant notre gauche, il eût déposté Napoléon de la grande route et de sa retraite.

Rien de tout cela n'arriva. Et cependant, vers midi, cette position de Clacy, dont tout dépendait, nous avait été enlevée par Woronzow. Mais, en ce moment, l'apparition de Marmont, sur la route de Reims, rendit Blücher incertain. Son esprit se partagea entre deux appréhensions, et vagua de l'une à l'autre. De quel côté était l'attaque principale ou la diversion? L'attaque par la route de Soissons montrait si peu de forces! Celle de la route de Reims, commencée plus tard, mais qui menaçait sa retraite, n'était-elle pas la véritable?

Pendant cette indécision, l'héroïsme, toujours décisif, de Ney, changea en revers les premiers succès des Coalisés. Suivi de quelques escadrons de la Garde et de Letort, il se précipita de front sur Bulow; Belliard et Roussel secondèrent, en flanc, son attaque; tout céda sous leurs charges impétueuses, et, l'infanterie de Poret de Morvan les ayant suivis au pas de course, Ardon fut victorieusement ressaisi. Charpentier et six mille hommes arrivaient en ce moment. L'Empereur leur fit chasser de Clacy les Russes de Woronzow. Il était quatre heures. Nous étions maîtres de ce dangereux champ de bataille, quand l'inquiétude de Blücher, ramenée de ce côté, le décida : il tenta un dernier effort. La prise d'Ardon en fut le seul résultat. La bataille ainsi, sur cette route, resta indécise.

Il en était de même, en ce moment, sur la route de Reims à Laon. De ce côté, Marmont, pressé par les ordres redoublés de Napoléon, avait poussé l'ennemi devant lui jusqu'à Athis. Là, en vue de Laon, sa faible

avant-garde, comme un point au milieu d'une vaste
plaine, s'était arrêtée sur les cendres de ce hameau. Cette
position était follement aventurée. C'était, par quelques
centaines de fantassins seulement, appuyés de trop loin
sur dix mille sabres et baïonnettes que nul obstacle de
terrain ne protégeait, prétendre menacer, à bout portant,
plus de cent mille hommes ! Néanmoins, la journée ainsi
terminée, Marmont, comme l'Empereur, avait conservé
l'attitude de l'offensive.

Il n'était pourtant plus possible de croire à une terreur
panique de notre adversaire. Le colonel Fabvier, sous-
chef d'état-major de Marmont, assure que Napoléon venait d'envoyer à son maréchal l'ordre de feindre de se retirer ; que son projet était d'attirer toute l'attention de
Blücher sur la route de Soissons, tandis que, par une manœuvre subite, passant tout entier sur celle de Reims, il
y surprendrait le feld-maréchal, et le déposterait de Laon
par cette attaque du côté de sa retraite. Fabvier ajoute
que, par malheur, cet ordre se perdit en route. D'autres,
quelle qu'en soit l'invraisemblance, disent que l'Empereur persévérait dans son obstination désespérée, et
que, repoussant toute représentation, il voulait, le lendemain, 10 mars, recommencer simultanément cette lutte
disproportionnée sur les deux routes.

Quoi qu'il en soit, la nuit venue, l'Empereur s'était retiré à Chavignon. Son repas fini, après quelques heures de
repos, les rapports de la veille étant arrivés, il reprenait,
vers deux heures du matin, ses travaux, et s'occupait d'é-
tablir la communication entre ses deux attaques, quand

tout à coup, vers trois ou quatre heures après minuit, deux dragons du corps de Marmont, démontés, éperdus et hors d'haleine, accoururent se réfugier aux feux des grandes gardes du quartier impérial. Ils annonçaient une surprise nocturne, une complète déroute. On se hâta d'avertir l'Empereur que, à les entendre, du côté de Marmont tout semblait perdu !

Fain, qui était présent et qu'il faut croire, dit que l'Empereur commençait à s'habiller ; que déjà l'ordre d'attaquer Laon était donné ; mais que, à cette nouvelle, s'attendant à être assailli lui-même, il ne songea d'abord qu'à se préparer à se défendre. Il sut bientôt que, en effet, au moment où les bivouacs du duc de Raguse s'étaient imprudemment allumés, depuis Athis jusqu'au bois de Lavergny, la cavalerie prussienne, suivie d'infanterie, avait subitement attaqué et enveloppé ce faible corps. Son désastre était effroyable. A l'imprudence du chef s'étaient jointes plusieurs fautes de détail. D'une part, onze mille hommes, surchargés de soixante pièces de canon et de leurs caissons, s'étaient paisiblement endormis au milieu d'une plaine immense, en avant d'un défilé, et à portée de quarante mille ennemis qui, pendant cinq heures de jour, les avaient comptés.

D'autre part, l'avant-garde, placée trop avant sans nul appui, avait été enlevée, sans avoir eu le temps de donner l'alerte. Quant à l'artillerie, parquée et restée à la prolonge, on l'avait mise dans la plaine, en dehors des larges fossés de la grande route, sans lui préparer la possibilité de reprendre cette seule voie de retraite.

Yorck, au contraire, avait habilement profité de toutes ces fautes. A la droite de Marmont, nos trois mille chevaux, surpris dans les ténèbres par sept mille cavaliers prussiens, avaient été, d'un premier choc, renversés et disséminés dans la plaine, en pelotons épars, les uns se défendant en désespérés, le plus grand nombre fuyant en déroute, à travers champs, pêle-mêle avec l'ennemi : celui-ci, pour les mieux surprendre, les abordant aux cris de *Vive l'Empereur !* les nôtres, criant *Hourra !* pour leur échapper. La plupart s'étaient réfugiés, ventre à terre, au milieu de notre artillerie ; ils y avaient porté la terreur ; et tous ensemble, canons, hommes, chevaux, se précipitant, s'étaient efforcés de gagner la grande route. Dans leur effarement, ils avaient oublié les larges et profonds fossés qui la bordaient, et s'y étaient culbutés les uns sur les autres, sous les coups de l'ennemi qui les poursuivait. Douze cents cavaliers, quarante canons, trente-deux caissons, venaient d'être perdus dans ce désastre !

L'orgueil de Marmont, toujours dédaigneux des précautions de la défensive, en était cause ; et ce fut encore son orgueil inflexible et son courage indomptable qui l'en tirèrent. Dans son malheur, sans se déconcerter, ralliant son infanterie, il avait tenu ferme, à la tête du bois de Lavergny, avec les canons qui lui restaient, fusillant, mitraillant dans l'obscurité tout ce qui l'approchait. Toutefois, un corps d'infanterie d'Yorck, bien dirigé par le jeune Blücher, ayant tourné sa gauche, l'avait déposté. Tout alors, lui excepté, s'en était allé à la débandade. Mais sa contenance avait donné le temps à quelques centaines de

fantassins, commandés par Fabvier, et envoyés en reconnaissance vers l'Empereur, de revenir sur leurs pas : ils se
firent jour, et s'établirent vaillamment, en arrière-garde
sur la grande route.

Fabvier dit que la nuit était si noire, qu'alors, de part
et d'autre, on n'avait pu juger de la position de la ligne opposée qu'au bruit et à la lueur des coups de fusil qui en
partaient. On s'était ainsi fusillé sans se voir, et en faisant
battre la charge des deux côtés sans faire un pas. Enfin, cédant à propos, Fabvier avait reculé sans désordre jusqu'au
défilé de Fétieux. Ce passage était la seule voie ouverte à
la retraite de Marmont, et, depuis une heure, la cavalerie
prussienne l'y avait prévenu. Les restes de ce malheureux
corps d'armée devaient donc être perdus sans ressource,
mais un hasard les avait sauvés. La fortune avait voulu
que soixante vieux chasseurs de la Garde, escortant des
équipages, se fussent trouvés là. Ces braves soldats ne s'é-
taient pas étonnés : ils venaient, par une résistance intrépide, de conserver à la déroute de Marmont cette voie de
salut.

On sut plus tard que dès lors le danger avait diminué;
que Marmont avait pu rallier ses restes, et, le lendemain,
10 mars, reprendre quelque haleine à Corbeny ; après quoi,
il lui avait fallu reculer encore, et aller s'abriter à Berry-
au-Bac, au delà de l'Aisne.

A la nouvelle du succès de cette échauffourée, Blücher
ne doute plus de rien. Il lui semble qu'il n'y a plus qu'à envoyer achever Marmont sur la route de Reims, et faire
tourner, par celle de Bruyères, en deçà et au delà de l'Aisne,

la fuite infaillible de Napoléon. Lui-même, avec le reste de son armée, va poursuivre l'Empereur. Ses ordres furent, dit-on, donnés aussitôt en conséquence.

Plein de cette confiance, dès les premières clartés du 10 mars, il pousse sur Clacy une tête de colonne russe. Mais Charpentier, bien barricadé dans ce village, la lui brise à coups de mitraille. Blücher s'indigne, il ordonne de redoubler mais, sept fois repoussé, Wintzingerode, enfin rebuté, recule. Blücher, de plus en plus étonné, voit en même temps notre droite, sous Mortier, menacer Laon. L'inquiétude le ressaisit : il s'alarme pour les corps qu'il vient de détacher. Dès lors, révoquant ses instructions, il envoie aux uns l'ordre de rétrograder, il suspend le départ des autres, les resserre autour de lui, et passe de l'agression à la défensive.

Napoléon, au contraire, ainsi mutilé de son aile droite, et réduit à vingt-deux mille hommes contre cent mille, ne songe pas seulement à attendre en combattant, pour gagner la nuit, favorable à sa retraite ; ce qu'il prétend encore, c'est vaincre, c'est chasser, du point stratégique et si important de Laon, son adversaire ! Il ne peut se décider à lâcher prise, à céder, et, en reculant, à renoncer à ce prestige de supériorité qui lui tient lieu d'armée, et qui est la seule ressource qui lui reste.

On le vit alors lui-même, sur un mamelon à droite de Clacy, dévorant la position ennemie de son regard, s'obstiner à supposer que Blücher était dégarni, devant lui, pour achever Marmont. Sur cette supposition, et sans autre retraite qu'un long et étroit défilé, il osa déployer dix-huit mille hommes, débordés par soixante mille ennemis, contre quarante mille autres bien retranchés, qu'il voulut qu'on attaquât. Un mouvement des Coalisés, qu'il aperçut, le confirma dans son espoir. Il s'écria : « Que sa persévérance l'emportait enfin ! Que Blücher, découragé, se retirait ! » et sur-le-champ, par son ordre, Curial et Musnier s'élancent en colonnes d'attaque. Le feu de notre artillerie les secondait. Mais un feu plus puissant et des bataillons plus nombreux firent, en peu d'instants, taire nos canons et reculer nos baïonnettes.

Chacun alors pressa l'Empereur de ne plus songer qu'à se retirer, mais il persista. Ce qu'il n'avait pu faire de front, il voulut le tenter de flanc. Vainement, Drouot, qu'il a envoyé sonder la droite de l'ennemi, dans laquelle il veut qu'on pénètre, lui en déclare, avec sa concise et mâle franchise, l'impossibilité. Il n'importe, il ordonne à Belliard et à sa cavalerie de lui en ouvrir le chemin; mais Belliard vient de reconnaître ce flanc ennemi, il l'a rencontré partout inabordable et si menaçant, qu'il supplie Napoléon de songer à son salut : bien loin d'attaquer, lui dit-il, il ne sait plus comment il va être possible de se défendre ! L'Empereur le voyait mieux que personne ; mais, désespérant de vaincre, il ne peut encore se résoudre à s'avouer vaincu ; et, s'opiniâtrant sur ses positions, il y demeure obstinément immobile !

Ce fut seulement à quatre heures, après une nouvelle supplication de Belliard, qu'il se résigna. Encore voulut-il que ses canons disputassent, jusqu'à la nuit, le champ de bataille. Le lendemain matin, 11 mars, au jour renaissant, il l'occupait même encore par son arrière-garde. Quelques pulks de Cosaques ensuite inquiétèrent seuls sa retraite sur Soissons. Ceux-ci, tels que les sauvages, n'osent guère attaquer que par surprise ; mais, comme ils s'étaient enhardis, on les surprit eux-mêmes. Le colonel Semery leur tendit un piège : ils y tombèrent, et l'on fut délivré de leur importunité.

Il en faut convenir, pendant ces derniers combats d'une audace inouïe et d'une ténacité si invraisemblable, le découragement de quelques-uns des nôtres avait été remarqué : on avait entendu de sourds murmures. Dans cette retraite même, la disparition de nos rangs de l'un de nos chefs justement célèbres sembla être une défection.

Il n'y avait à cela rien d'extraordinaire. On l'a déjà vu, plusieurs parmi nous, alors vieillis, se rebutaient. Tant d'efforts surhumains, sans terme, avaient achevé leur épuisement. D'ailleurs, comment reprocher ces ébranlements de cœur à des chefs presque sans soldats éprouvés ? Pouvait-on même appeler soldats ces milliers d'adolescents, ces éphémères du drapeau, n'y apparaissant la veille que pour y être sacrifiés le lendemain ? Cela remuait les plus fermes âmes, celle de Drouot lui-même. D'où vint son exclamation dans ce dernier jour, quand, les voyant si jeunes, si frêles, à demi vêtus, un contre quatre, sachant à peine se servir de leurs armes en défendant Clacy, et tombant en foule, il s'écria : « Que c'était le *massacre des Innocents* renouvelé ! »

Pour tout dire, à ces causes de découragement quelques mécontentements se joignirent. Chaque jour, et surtout depuis le fatal mécompte de Soissons, Napoléon, assombri, luttait, révolté contre sa fortune. Forcé d'exiger des siens des efforts de plus en plus disproportionnés, il les faisait parfois souffrir de l'irritation qu'il avait contre elle. D'autre part, et autour de lui, nos chefs restés les plus intrépides, n'attribuant plus qu'au désespoir ces suprêmes élans de son génie, en admiraient moins la constance qu'ils n'en prévoyaient l'inutilité. Et pourtant, en ce moment même, quand Napoléon, presque désarmé, conservait seul un reste d'espoir, l'inflexible, l'audacieuse confiance que, en ces derniers jours, il venait de montrer plus que jamais dans l'ascendant de sa Renommée, allait être encore justifiée par l'événement. Il avait échoué sans doute, mais sa victoire de Craonne du 7 mars, son coup de main du 8 au soir, son attaque inouïe du 9, celle du 10, bien plus étonnante encore, après la défaite de Marmont, avaient frappé Blücher de surprise et d'immobilité. Il avait cru, comme il l'a prétendu depuis, avoir eu devant lui quatre-vingt mille hommes! Enfin, tout victorieux qu'il était, fasciné par la persistance, sans exemple, d'une attaque aussi héroïque, son étonnement allait l'enchaîner huit jours entiers à la même place.

On va voir que cela donna le temps à l'Empereur de reposer, de réorganiser sa faible armée à Soissons; d'y recevoir trois mille hommes; de mettre cette ville et Compiègne dans un état de défense plus respectable; de reconquérir Reims, d'y rallier encore à lui quelques renforts, et, pour la dernière fois, en manœuvrant librement entre les deux Invasions, de tenter le sort des armes.

XIII.

CHARGE HÉROÏQUE DES GARDES D'HONNEUR A REIMS.

C'était le 11 mars, et sur Soissons, que l'armée avait commencé sa retraite. L'Empereur la devança. Il descendit à l'archevêché. Là, au milieu de tant d'anxiétés de toute nature, les écartant, il fixa sa pensée tout entière sur cette place. Et d'abord, n'y voulant plus pour gouverneur qu'un officier jeune d'âge, de grade et d'espoir, ce fut à un simple chef de bataillon qu'il la confia. Dès lors, pendant le reste du 11 et la journée du 12, il s'entoura d'officiers d'artillerie et du génie. On le vit tantôt couché sur ses cartes le compas à la main, tantôt, à pied ou à cheval, examiner et prescrire les travaux à faire : il indiquait leur degré d'urgence, n'oubliant aucun détail. On eût dit qu'il n'avait plus d'autre préoccupation que la défense de cette ville.

Ce fut avec le même calme que, dans la soirée du 12, seul avec Berthier, il resserra les cadres presque vides de ses divisions. Pourtant, un autre travail montra, dans la nuit suivante, à quelle extrémité il se croyait réduit. Il songeait à sa dernière ressource : il se disposait, depuis le

2 mars, à se jeter derrière l'ennemi, au milieu des forteresses et des populations guerrières de nos provinces de
l'Est. L'un de ses officiers les plus déterminés, le général
d'artillerie Neigre, fut celui auquel il confia ce projet
hardi, conçu quatre mois plus tôt, mais plus vaste alors,
moins désespéré, et auquel Eugène et Augereau devaient
concourir. Je tiens de Neigre lui-même, qu'à Soissons il
écrivit, sous la dictée de Napoléon, aux commandants de
nos places fortes, tous les ordres nécessaires pour les préparer à son arrivée au milieu d'elles.

Il comptait, de ce côté, sur une insurrection générale.
Déjà même, autour de lui, nos malheureux pays, révoltés
contre les excès des alliés, venaient de toutes parts à nos
bivouacs, comme à Montereau, demander des armes. Les
décrets de Fismes les avaient appelés ; ils y répondaient.
On s'aperçut alors que les menaces de ces proclamations
contre des dispositions contraires, n'avaient pas été inspirées par une aveugle irritation ; malheureusement plusieurs trahisons les justifièrent. Une entre autres, bien
plus coupable que celle de Troyes, vint, en ce moment,
indigner le quartier impérial.

Dans les premières heures de cette nuit, on s'était aperçu
qu'un officier russe, à la tête d'un fort détachement, cherchait à se glisser au travers de nos avant-postes ; il fut
saisi ; on trouva sur lui une lettre infâme ; elle était signée d'un riche habitant des environs. Ce Français aver-
tissait le général ennemi le plus voisin, que cinquante
soldats français étaient logés chez lui ; il lui indiquait
le chemin, le lieu, l'heure la plus favorable pour les sur-

prendre. Le misérable, se voyant découvert, évita en se
cachant le sort qu'il méritait; puis, ajoutant à son crime
une lâcheté inutile, il envoya prier l'un des nôtres, le colonel Cte de Turenne, d'intercéder pour lui près de l'Empereur. On lui fit répondre, avec horreur et mépris, de ne
se fier qu'à l'osbcurité de sa retraite. En même temps,
non par intérêt pour ce traître, mais pour adoucir l'amertume de la trahison, Turenne calma l'Empereur en attribuant l'acte perfide de ce malheureux à un cerveau dérangé, ce qui n'était pas entièrement invraisemblable.

Néanmoins, Napoléon s'en était aigri. Le malheur
voulut qu'il apprît, en ce moment, que le jeune Saint-
Priest, émigré depuis son enfance, et attaché à l'empereur Alexandre, venait d'être pris par nos avant-postes.
Dans son irritation, il en ordonna aussitôt le jugement.
Ce fut le même officier, dont l'indignation venait de repousser dans l'ombre où il se cachait l'autre coupable, qui
essaya, en faveur de Saint-Priest, quelques représenta-
tions. Elles furent d'abord inutiles. Turenne connaissait
trop bien l'Empereur pour croire qu'il voulût une exécution militaire; mais la justice des camps marche vite,
et, au milieu de tant d'autres soins impériaux, l'exemple de Troyes aurait pu se renouveler. Il fallait d'ailleurs
épargner au malheureux prisonnier le supplice de l'attente. La bonne intention de Turenne fut ingénieuse. En
insistant, il supposa une conversation récente avec un
autre prisonnier le colonel Gagarin, et, feignant une entière indifférence à l'égard de Saint-Priest, il allégua,
pour motif de son obsession, son inquiétude sur le sort

d'un ami, d'un aide de camp de Napoléon, du général Corbineau, qu'on pouvait croire alors prisonnier dans Reims. Il affirma qu'il savait de Gagarin que l'Empereur Alexandre n'hésiterait pas à ordonner de cruelles représailles. Napoléon se tut, demeura pensif, et, dans la nuit même, l'ordre du jugement de Saint-Priest fut révoqué.

Le temps était venu de reporter toute sa pensée vers la Seine. C'était par Château-Thierry que, le lendemain, il voulait marcher au secours de Macdonald. Mais, dans l'instant où il ordonnait ce mouvement, on vint lui confirmer la nouvelle que Reims était ressaisie par un corps russe, Corbineau perdu, et que désormais la communication entre les deux lignes d'opérations des alliés était rouverte. Cette nouvelle changea sa détermination. Il ne songea plus dès lors qu'à reprendre Reims.

L'importance de l'expédition de Laon m'en a fait négliger une autre. Je n'ai point dit que le 7 mars, la veille de la bataille de Craonne, au point du jour, à Berry-au-Bac, au moment où la division des Gardes d'Honneur montait à cheval pour suivre l'Empereur, Napoléon avait appris que, derrière lui, un autre Saint-Priest, frère du premier, placé en intermédiaire entre les deux invasions, mais chassé de Reims sur Épernay par le général Corbineau, était revenu sur cette ville, dont il était près de s'emparer. L'Empereur, trouvant sous sa main notre division, l'avait aussitôt envoyée au secours de Reims. Nous partîmes au trot; le bruit du combat, de noires colonnes de fumée, et bientôt les cris de plusieurs habitants fuyant éperdus, ne nous indiquait que trop combien était pressant le danger de nos compatriotes. Le trajet parut long aux Gardes. Dans notre anxiété, à chaque redoublement du canon russe, craignant d'arriver trop tard, leurs regards dévoraient l'espace. Aussi, quoique réduits à huit cents sabres par de nombreux détachements et une foule de chevaux blessés, dès que, en vue de cette cité, nous aperçumes, sur une hauteur à sa gauche, mille à douze cents chevaux ennemis rangés en bataille, nous attaquâmes.

Il fallait, pour se placer en face d'eux, laisser la grande route à notre droite, et nous déployer à gauche dans la plaine. La première brigade exécuta ce mouvement; la mienne, à ma grande surprise, reçut l'ordre contraire. On nous jeta à droite de ce grand chemin. Là, sans autre obstacle que le sol même, poussé dans une impasse marécageuse, la Vesle à droite, un côté désert de la ville en face, et de toutes parts entourés de fossés bourbeux, nous nous trouvâmes pris comme dans un piège. Si notre première brigade eût été repoussée, déjà captifs du terrain, nous le fussions devenus de l'ennemi, sans pouvoir ni fuir ni nous défendre.

Je pris sur moi de désobéir. Cette position était si fautive, que, pour en sortir, pour rejoindre et soutenir l'autre brigade, il fallut que la mienne défilât par un, à portée de l'ennemi, et en travers des fossés de la grande route. La vue de la charge qui se préparait excita les Gardes : nous arrivâmes à temps. La cavalerie russe, plus nombreuse que la nôtre, nous dominait de la hauteur qui s'étend de Cernay au moulin du Bourg. Mais là, comme

20.

ailleurs, la promptitude et la résolution firent nombre. Les Russes n'eurent pas le temps de compter : chargés sur-le-champ, ils tournèrent bride, nous abandonnant la position d'où ils auraient pu juger notre faiblesse.

Échauffés par ce succès, nous achevions de couronner la colline reconquise, quand l'aspect imprévu de huit mille Russes et de vingt canons nous arrêta. Déjà leurs coureurs, aux prises avec quelques fantassins de Corbineau et de braves Rémois sortis de leurs murs, atteignaient les portes de la ville, lorsque, à la fuite de la cavalerie russe, et aux cris de joie et de *Vive l'Empereur !* des Rémois, l'infanterie russe, étonnée de notre apparition, passa de l'attaque à la défense.

Ce ne devait être qu'un répit ; cependant, pour en profiter ainsi que du rideau protecteur qui cachait notre impuissance, il fallut ruser. J'étais en tête; je fis dédoubler et développer les rangs, afin de paraître plus nombreux, et me couvris d'une nuée de tirailleurs, pour éblouir et ne point perdre l'offensive. Il n'y avait rien de plus à faire ; et pourtant qu'espérer de ces mensonges, quand un seul pas de plus en avant les eût dévoilés ? Déjà même, de peur de trop engager le combat, nous étions forcés de ralentir devant nous l'emportement de nos tirailleurs, et à notre droite l'ardeur des gardes nationaux de Reims les plus avancés. En effet, il restait quatre heures de jour, et il eût suffi d'un mouvement de l'ennemi pour nous déposter, nous compter, nous repousser d'une part jusque sur l'Aisne, et de l'autre, enfoncer les portes de la ville, que

Corbineau, avec une centaine de fantassins seulement, défendait.

Mais qu'on juge de notre surprise quand, du haut de cette position que nous n'eussions pu disputer un demi-quart d'heure, nous vîmes, après quelques hésitations, le mouvement rétrograde de la cavalerie russe se communiquer successivement à tout le reste. Ce fut un spectacle singulier que celui de ces milliers d'ennemis, reculant, trois heures durant, avec toutes les précautions de la crainte, devant deux à trois cents Gardes et bourgeois, dispersés en tirailleurs dans la plaine. Ces Russes faisaient la guerre en règle. On ne combat guère en avant d'un défilé ; ils en avaient un derrière eux, et, quand Napoléon n'avait point hésité à envoyer huit cents hommes offrir le combat à plus de dix mille, eux n'avaient osé l'accepter, demeurant avant tout fidèles aux principes. Ils oublièrent, ce jour-là, cette observation de l'un des guerriers les plus renommés de notre Gascogne (1), si fertile en célébrités guerrières : « Qu'il n'est pas toujours bon « d'aller si sagement à la bataille ! »

Pour nous, au contraire, sur cette bienheureuse colline, battant une armée de notre seul aspect, nous nous exaltions de cette gloire et des applaudissements de nos compatriotes, lorsqu'un regard jeté en arrière et la vue de nos chevaux de main entrant dans Reims nous expliquèrent ce succès invraisemblable. Nous comprîmes que, dans le lointain, cette longue colonne d'hommes, de che-

(1) Le maréchal de Montluc.

vaux et de bagages avait pu être prise par l'ennemi pour l'avant-garde de la colonne impériale. Cette fois encore, c'était donc la puissance magique de la plus redoutable des renommées, partout présente, qui, s'imposant au général russe, lui avait fait préférer à un combat inégal, dans une position hasardée, les vins d'Aï et de Sillery, qu'il était retourné boire, ce soir-là, sur leur lieu natal.

Forcés ainsi de partager notre gloire avec nos malades et nos écloppés, et le jour disparaissant avec l'ennemi, nous allâmes, à notre tour, nous abriter dans la ville. Notre entrée fut plus triomphale qu'un vif et heureux mouvement de charge ne le méritait. Les habitants en foule accoururent au-devant de nous ; ils nous serraient les mains, ils nous félicitaient, et nous remerciaient de leurs cris et de leurs gestes les plus expressifs. D'autres, bordant les rues sur notre passage, nous offraient leurs vins, leurs vivres et leurs foyers. Leurs femmes, à toutes les fenêtres, agitaient leurs châles, leurs mouchoirs ; elles criaient : « *Vivent nos libérateurs ! Vivent les Gardes* « *d'Honneur ! Vivent les braves hussards du* 10ᵐᵉ ! » Nous marchâmes, entourés de ces acclamations, jusqu'à la grande place, où ces bons habitants, se disputant nos hommes et nos chevaux, s'en emparèrent et leur prodiguèrent tout ce qu'ils avaient de meilleur ; ils s'offrirent même pour toutes les réparations d'armement et d'équipement, ce qui, dans une guerre aussi active, nous était le plus nécessaire.

Aujourd'hui encore, ce souvenir luit à notre mémoire comme un rayon consolateur, au milieu de ces temps tout

assombris de tant d'infortunes ! Combien elle nous parut
digne du dévouement de ses défenseurs, cette population
si aimante, qui savait récompenser, aussi chaleureusement,
l'accomplissement du plus sacré des devoirs, et témoigner
avec une effusion si touchante sa reconnaissance !

L'Empereur lui-même jugea que cet heureux coup de
main méritait d'être cité dans le bulletin qui parut le 14
mars.

La guerre au reste est remplie de succès pareils ; nos
Gascons surtout y sont passés maîtres. La colline empor-
tée sans coup férir, le fait est que l'on n'avait combattu
que des yeux : combat d'appréhensions des deux parts,
où la lutte avait été plutôt en soi-même que contre l'ennemi ; où le victorieux était celui qui seulement n'avait
pas fui ; enfin où, tournant le dos sans combattre, le vaincu
ne l'avait été que par lui-même !

Le 11 mars, nous jouissions encore de ce bon cantonnement, quand nous apprîmes que M. de Saint-Priest,
renforcé d'un corps prussien, et instruit de notre petit
nombre, se rapprochait ; qu'il méditait une attaque nocturne, pour enlever, avec la ville, la cavalerie qu'elle renfermait. On a écrit là-dessus deux assertions hasardées :
l'une, que d'indignes Français étaient allés lui livrer le
secret de notre faiblesse ; l'autre, que Corbineau avait été
surpris par cette agression inopinée. Ce second fait est
faux ; je ne crois pas plus au premier, et que, dans cette
cité si vaillante et si française, il se soit trouvé un seul
habitant capable d'une infamie pareille ! Ces deux jours
d'inaction forcée dans cette ville, où notre division s'était

ralliée et réparée, avait dû suffire pour éclairer le général russe. Si l'on a dit plus, c'est que dans le dépit des revers on suppose trop facilement la trahison.

Cependant, notre cavalerie ne pouvait ni marcher au-devant d'un ennemi aussi supérieur en nombre, ni l'attendre dans des murs qu'elle n'aurait pu défendre : il fallait donc en sortir, abandonner Reims ! Mais la vue de notre retraite eût encouragé l'attaque et désespéré la défense, nous attendîmes ; et, vers minuit, quand l'obscurité fut complète, quand tout sommeilla, on s'avertit mutuellement ; puis, sans aucun signal de guerre, et dans le plus triste silence, nous nous dérobâmes, par une étroite poterne, à l'espoir de l'ennemi et au désespoir de mes malheureux compatriotes.

Nous partîmes plus nombreux que nous n'étions arrivés. C'était le bruit du canon qui ralliait nos jeunes Gardes ; car, du reste, tout désorganisait : les marches forcées, subites et en tous sens ; le manque absolu de distributions ; les excursions nocturnes et lointaines, à la fin des marches et des combats, pour se procurer les vivres et le fourrage, et l'excès de fatigue qui en résultait. Mais enfin le séjour de Reims avait fait rentrer dans nos rangs près de deux cents Gardes.

Notre division marcha le reste de la nuit et la moitié du jour suivant, remontant la Vesle. Vers midi, la faim et la lassitude nous arrêtèrent dans un village. On disait d'une part, ce qui était trop vrai, Reims enlevé, sa faible garnison dispersée ou prise, le sort de Corbineau ignoré. On ajoutait d'autre part que, vers Laon, l'Empereur avait été battu, notre armée détruite, et que l'ennemi, triomphant, s'étendait déjà entre nous et la capitale ! Nous tînmes conseil : nous songeâmes à nous faire jour, et à nous aller jeter en partisans derrière l'ennemi, au milieu de nos forteresses lorraines. Ce projet fut incertain comme notre position, et vague comme les bruits qui y avaient donné lieu.

D'autres incertitudes, de fâcheuses suggestions travaillaient les Gardes. Le lendemain matin, au point du jour, à l'heure où, déjà sous les armes, on attend la rentrée des reconnaissances, je me trouvais seul, à quelques pas en avant de ma ligne de bataille, lorsqu'un officier des Gardes du 3me, le jeune Sapinaud, neveu du général Vendéen qui rendit ce nom célèbre, m'aborda. J'avais, comme on s'en souvient peut-être, donné moi-même les premières leçons à ces jeunes Gardes qu'il fallait rattacher à notre cause. Depuis, un échange continuel, de soins de ma part pour leurs intérêts, pour leurs besoins, pour obtenir les faveurs qu'ils méritaient, et de leur part, de dévouement pour moi dans des occasions périlleuses, avait resserré les liens qui nous unissaient. Celui-ci, dans sa naïve confiance, venait m'avouer ses remords de servir plus longtemps sous l'aigle impériale. Il savait que monsieur le comte d'Artois et monsieur le duc d'Angoulême suivaient Schwartzenberg et Wellington ; il venait donc me confier et ses regrets de se séparer de moi, et son départ pour ses foyers, où les siens le rappelaient.

Dans un pareil corps, il n'était pas difficile de prévoir qu'une telle désertion eût été un exemple des plus fâcheux; mais ces Vendéens étaient des hommes de cœur, il y avait prise sur eux de ce côté : j'attaquai celui-ci en conséquence, sans reproches, par des conseils d'amitié, au nom du péril où il laisserait son pays, ses compagnons d'armes, enfin lui rendant confiance pour confiance, et lui promettant le secret. Quand je le vis ébranlé, j'achevai en faisant briller à ses yeux l'étoile d'Honneur, que sa bravoure avait méritée et sans doute lui mériterait encore.

Un heureux hasard voulut que tout justement, une heure après, je reçusse de l'Empereur quatre de ces décorations. Il les mettait à ma disposition pour les distribuer aux Gardes. Rien ne pouvait me venir plus à propos : Sapinaud eut l'une d'elles. Au reste, si je lui tins aussi promptement parole, il tint également la sienne; car, dans cette journée même, et dans une mêlée furieuse, ce brave jeune homme se fit, à bout portant, briser son étoile sur la poitrine par une balle russe, blessure dont il revint, mais qui le laissa pour mort sur le champ de ce combat, assez digne de mémoire.

Cette affaire fut glorieuse, mais trop sanglante. Notre situation venait de changer. Après avoir erré pendant vingt-quatre heures, ignorant le sort de notre Empereur et de l'armée, nous venions de rencontrer le duc de Raguse. Nous apprîmes que Napoléon, venant de Soissons, marchait derrière lui; qu'il s'agissait de faire volte-face, de lui servir d'avant-garde, et, pour la troisième fois, d'arracher Reims aux armes russes. Cette nouvelle anima les Gardes; ils aimaient cette ville, et, impatients de la revoir, quand pour marcher à sa délivrance il fallut des tirailleurs, tous se présentèrent.

L'ennemi, rencontré, tint mal ; il s'était laissé surprendre. Les exagérations de Blücher sur sa victoire inerte de Laon, en inquiétant notre halte de la veille, avaient endormi la prudence du général russe. Il se reposait tranquillement dans sa conquête, après avoir dispersé ses troupes dans les villages environnants. La sécurité du chef avait été contagieuse : plusieurs de ses bataillons, aventurés vers Ormes et Rosnay, y dormaient paisiblement, couverts par quelques escadrons, que notre subite apparition repoussa, sans coup férir, jusque sur Reims. Nous poursuivîmes cette cavalerie à travers champs, débordant son infanterie, et coupant ainsi la retraite aux bataillons qu'elle abandonnait. Nous laissâmes aux divisions Merlin et Bordesoulle, qui nous suivaient, le soin de leur faire mettre bas les armes. Un seul de ces bataillons échappa, mais, en fuyant, il passa à notre portée, et le général Piquet, avec le 1er de Gardes d'Honneur et le 10me de hussards, le sabra et le prit en plaine. Ce premier mouvement fut heureux et bien combiné, il affaiblit l'ennemi de deux mille hommes.

Cependant, M. de Saint-Priest restait incrédule au rapport de ces fuyards : il persistait à nier la résurrection de l'armée française, quand, de la colline de Sainte-Geneviève apercevant sur la grande route l'infanterie de Marmont, il vit, tout à la fois, nos escadrons déployés déboucher à droite dans la vallée de la Muire et, à gauche, couronner le plateau des Ormes. Ce dernier sommet nous montrait Reims, dont l'aspect excitait nos Gardes. Nous jouissions de la surprise du général ennemi, de la précipitation de ses mouvements : il repoussait contre nous sa cavalerie ; il appelait à lui ses colonnes ; elles sortirent de Reims, en toute hâte, par le faubourg qui mène à Soissons ; et lui, de plus en plus étonné, mais ne croyant pourtant encore qu'à une forte reconnaissance, il cherchait à nous opposer une ligne de bataille. Tinqueux en marqua la droite ; la gauche se prolongea en arrière de la haute Muire ; ses réserves s'accumulèrent sur le plateau de Sainte-Geneviève, où bientôt ses canons continrent l'ardeur des Gardes.

Nos forces croissaient, mais lentement. Vers trois heures et demie, l'Empereur lui-même arriva, poussant, pressant l'attaque. Inquiet, sans doute, du secours que, par Berry-au-Bac, Blücher pourrait porter à l'ennemi, il cherchait surtout à border Reims de ce côté. Mais la Vesle, dont les ponts de Saint-Brice étaient rompus, l'arrêtait. En ce moment ma brigade appuyait sa gauche à la grande route. Un officier d'artillerie arrivait à cette hauteur. Il me cria qu'il mettrait en batterie si je promettais de le soutenir ; et, sur ma réponse, il ouvrit son feu. Il le dirigea si juste, que dès les premiers coups on aperçut, au milieu du groupe ennemi le plus remarquable, d'abord une explosion d'obus, puis un mouvement d'effroi et de dispersion, suivi d'un rapprochement précipité autour d'un cavalier renversé, dont le cheval libre venait de s'échapper dans la plaine.

Une manœuvre, qu'il me fallut alors faire à droite pour

secourir la brigade Piquet, interrompit cette observation; mais bientôt Laplace, officier d'ordonnance de Napoléon, passant et me reconnaissant au milieu des feux de nos tirailleurs, m'apprit que ce cavalier abattu était le général en chef lui-même. Un éclat d'obus lui avait brisé l'épaule : M. de Saint-Priest venait d'être emporté, mourant, du champ de bataille. L'Empereur était alors sur la gauche de la grande route, dont nous occupions la droite, et, du haut de la colline de Saint-Pierre, Berthier, témoin de cet événement, lui en avait fait remarquer les détails.

Quant à notre première brigade, repoussée d'abord et que je venais de remplacer, je trouvai son général blessé légèrement d'un coup de lance, mais sérieusement irrité contre un autre chef qui s'était refusé à le secourir. Celui-ci commandait, derrière nous, quinze cents chevaux, restes de l'échauffourée nocturne de Marmont sous les murs de Laon, et, soit découragement ou plutôt humeur des reproches amers de Napoléon, son ardeur accoutumée s'était refroidie. Ce mécontentement, qui venait d'exposer à une entière défaite notre première brigade, allait me devenir, à moi-même, plus fâcheux encore.

Trois semaines plus tard, lors de la défection à Essonne du corps de Marmont, malgré le contre-ordre de ce maréchal, on verra cette malheureuse disposition d'esprit du même général avoir des suites bien autrement déplorables.

Il était quatre heures. Le feu de nos tirailleurs devenait de plus en plus vif. Des deux parts, on se provoquait, et

dans de chaudes mêlées on s'attaquait corps à corps.
Nous remarquâmes là, entr'autres, Bousmann, brigadier
du 3ᵐᵉ de Gardes d'Honneur. Cet ancien et vaillant soldat, bien monté, perça plusieurs fois la ligne opposée ; il
dépassa même, derrière elle, le peloton russe avancé pour
la soutenir, en fit le tour, et, déchargeant au dos de cette
troupe son pistolet, il nous revint sans se presser, et sans
que l'ennemi eût pu le punir de cette bravade.

Mais, au travers de ces escarmouches, les généraux ennemis, émus de la chute de Saint-Priest, avaient reconnu
la Garde impériale. Ils apercevaient leur danger. Déjà
même, à leur imprudent déploiement en avant d'un défilé, et devant un adversaire aussi redoutable, succédait la
confusion d'une retraite précipitée. Elle s'effectuait avec
embarras dans le faubourg, dont un retranchement, fait
d'un triple rang de tonneaux remplis de fumier, étranglait
le passage. Leur première ligne couvrait ce mouvement ;
c'étaient ces huit cents lanciers russes contre lesquels
nous escarmouchions, et que, du sommet du plateau de
Sainte-Geneviève, douze canons et trois mille fantassins
soutenaient contre nos efforts.

La journée, pourtant, avançait plus que le combat.
L'Empereur voulut en finir. Ricard et son infanterie eurent l'ordre d'attaquer à la baïonnette, par la route de
Soissons. Quant à nous, par un brusque mouvement sur
notre droite, sous le feu des batteries russes, on nous
envoya, par Bezannes, entre les routes d'Épernay et de
Louvois. L'Empereur nous faisait ainsi tourner la gauche
de l'ennemi, et prendre à revers ce plateau de Saint-Ge-

neviève, que deux batteries et six bataillons russes couronnaient encore.

Arrivés sur ce nouveau terrain, nous vîmes, en arrière de ce plateau, à nu, de flanc, à mille pas de nous, l'entrée du faubourg. De notre côté, un fossé de grande route seul en marquait la trace et du côté opposé, quelques maisons seulement. Mais la cavalerie ennemie, en dedans du cercle que nous venions de parcourir, avait suivi notre mouvement; elle vint masquer à notre agression le côté ouvert de ce faubourg, pendant que derrière elle toute son artillerie s'y précipitait. Je reçus l'ordre de jeter, avec un seul escadron de ma brigade, ces huit cents chevaux dans la ville. Je partis aussitôt, ne doutant pas que le reste de notre division, soutenu par les quinze cents sabres de Bordesoulle, maintiendrait l'infanterie qu'ils avaient en face, dont j'allais couper la retraite, et qu'ils profiteraient de son premier ébranlement pour la rompre.

Nous chargeâmes donc, un contre huit; cette cavalerie s'effaroucha, elle n'osa tenir, et se rua dans le faubourg. Mais, le trouvant encombré d'artillerie, il lui fallut faire front, s'adosser aux maisons et nous attendre. Nous y fûmes presque aussitôt qu'elle. Là, séparés seulement par le fossé et la largeur de la route, je fis halte pour rallier, en échangeant quelques coups de feu. Cependant, n'apercevant dans la plaine rien à mon appui contre l'infanterie russe en marche pour rentrer derrière moi dans le faubourg, trois fois j'envoyai presser ce mouvement, d'où dépendait à la fois la prise de Reims et de cette arrière-garde. Enfin, trompé par l'approche de nos tirailleurs et pressé par l'occasion, j'ordonnai la charge. A ce commandement, les Gardes, leur chef d'escadron d'Andlau en tête, franchissant le fossé, écrasèrent d'un seul élan, contre le mur auquel ils s'étaient adossés, les lanciers russes. Ceux-ci, au lieu de se défendre, ne songèrent qu'à s'échapper dans le faubourg ; ils s'offraient de flanc à nos sabres ; je fis pointer : un bon nombre périt, et le reste alla se heurter contre les canons et les caissons dont notre charge venait de précipiter la fuite.

Mais le retranchement qui traversait le faubourg avait arrêté la retraite de cette artillerie ; les canons, les caissons accrochés, entassés pêle-mêle contre cet obstacle, formaient une masse confuse et sans mouvement : ils obstruaient complètement le passage. Les lanciers ennemis, poussés, culbutés sur cet encombrement, perdirent la tête ; il y eut là une scène de désespoir et d'effroi difficile à décrire. Les uns abandonnaient leurs armes et, tendant les mains, demandaient grâce ; d'autres se retournaient et se défendaient en désespérés. Ceux que je remarquai parmi les nôtres furent : le lieutenant Vassal, de Nantes ; l'adjudant-major Montigny, Puyraveau, Érambert, de la Charente-Inférieure ; Du Dresnay, du Finistère ; Savina, de la Mayenne ; Bouhaut, des Deux-Sèvres ; d'Arispe, des Basses-Pyrénées ; Legouaster, des Côtes-du-Nord ; Omasipp, de la Dordogne ; Richard et Verdier, de Lot-et-Garonne ; Pointis et Pauly, de l'Ariège ; Bunel, du Morbihan ; Daguères de Tardetz. D'autres noms échappent à mon souvenir, mais non celui de leur chef d'escadron comte d'Andlau. Il y eut un moment où son cheval, presque abattu, le livrait aux coups de plusieurs Russes ; un Garde, de Lot-et-Garonne, le jeune Casabonne, para les coups qu'on lui portait. Ce fut là qu'une balle de pistolet renversa le lieutenant Sapinaud aux prises avec un officier russe. L'un de ceux dont l'audace me frappa le plus fut un jeune Vendéen, le lieutenant Du Landreau. C'était l'un de nos plus beaux hommes de guerre ; il avait arraché une lance à l'ennemi, et, au milieu de ces désespérés, il hâtait et ensanglantait leur déroute.

En moins de dix minutes, tous ceux de ces Russes qui ne s'étaient pas jetés à terre pour fuir avaient succombé. Nous avions atteint, au travers de la foule de ses chevaux abandonnés, l'artillerie ennemie. Elle s'efforçait encore de nous échapper ; je fis couper les traits, abattre les chevaux, et tuer les canonniers sur leurs pièces. Ce fut encore là que Bousmann, ce brigadier déjà cité, mettant pied à terre, se jeta au milieu de cet encombrement ; il parvint à en gagner la tête. L'un des canons russes, que les artilleurs avaient dégagé, dépassait le retranchement ; Bousmann l'atteignit, tua l'un des conducteurs, et, s'élançant à la tête des chevaux, les arrêta. Mais, en dépit de ses efforts, les autres canonniers frappant l'attelage, le firent passer sur le corps du malheureux brigadier, qui se laissa écraser plutôt que de lâcher prise. Il nous revint en soutenant de ses mains ses entrailles, qu'on réussit dans la soirée à remettre en place. On le jugeait perdu, mais il se rétablit si promptement, que, deux mois après, on fut forcé de le punir, à la suite d'une trop joyeuse journée de garnison qui lui avait fait oublier l'appel.

Jusque-là tout allait au mieux. Toute la cavalerie ennemie était démontée, beaucoup de ses hommes abattus, onze canons et tous leurs caissons, pris. Dans Reims la frayeur était si complète, qu'il y eut des Russes que leur déroute emporta par delà cette ville et le Rhin même, jusque sous les murs d'Erfurt. Le général d'Alton, commandant de cette place, saisit plusieurs de ces débandés; ils avaient fui aussi loin sans tourner la tête, croyant tout perdu! D'Alton m'a souvent raconté ce fait, et que, bloqué depuis trois mois, c'était par eux qu'il avait enfin appris de nos nouvelles.

Maîtres du faubourg, il n'y avait plus qu'à s'y ouvrir un passage, à profiter de la frayeur de l'ennemi, à pousser notre chance, et reprendre Reims. Mais, depuis quelques moments, j'entendais des feux derrière moi, et passer sur nos têtes des volées de balles. Malgré leur direction, je crus tout plutôt que la vérité. Ces premières décharges portaient haut : aucun des miens d'abord n'en fut frappé. Je me figurai que c'étaient des balles françaises, et qu'on s'emparait derrière nous de l'arrière-garde ennemie : elle était attaquée en tête par Marmont et par l'Empereur sur la route de Fismes; la position où j'étais parvenu interceptait son retour dans Reims; nous avions laissé sur son flanc plus de deux mille sabres; nous savions qu'il leur suffisait d'un élan pour arrêter la retraite de cette infanterie, coupée de la ville, mutilée de son artillerie, de sa cavalerie, et pour lui faire mettre bas les armes.

Mais au contraire, pendant que, tout entiers à notre

combat, nous poussions notre avantage, les bataillons russes rentrèrent derrière nous dans le faubourg, sans en être empêchés, j'ignore pourquoi. Vainement, le second de mes escadrons s'était avancé de lui-même ; trop faible, il avait été repoussé par l'infanterie russe, et forcé de rentrer en ligne.

Cependant, les bataillons russes, les uns en colonne par pelotons sur la route, les autres en flanqueurs des premiers, avaient regagné, derrière nous, l'entrée du faubourg. Deux braves officiers, l'un du 10me de hussards, l'autre du 1er de Gardes d'Honneur, réunis avec quelques tirailleurs à notre attaque, se trouvaient de ce côté. Ils me crièrent de ne pas me méprendre aux feux que j'entendais.

Déjà les balles russes, de plus en plus meurtrières, m'en disaient assez là-dessus. Mais nous étions encombrés dans notre victoire. Nous nous trouvions resserrés, à gauche par le fossé de la route, à droite par l'un des bras de la Vesle, enfin empêtrés dans cette multitude de chevaux, de blessés, de canons, de caissons ennemis abandonnés, et dans notre propre désordre. Il n'y avait donc que deux partis à prendre : ou de renoncer à tout pour nous échapper à droite vers notre division, en franchissant le cours d'eau, s'il était possible ; ou, dans l'espoir d'être enfin secourus, soit par notre cavalerie, soit par l'infanterie de Ricard, de défendre notre conquête.

Je tentai ce dernier effort. Je criai donc à la queue de notre colonne de se retourner sur l'infanterie ennemie et de la charger ; et, tout à la fois, je pressai ceux qui m'entouraient d'achever l'artillerie russe. Mais, presque aus-

21.

sitôt, l'apparition des fantassins ennemis autour de nous força les Gardes de lâcher prise. Le commandement, je l'avoue, m'en fut impossible ; je laissai faire, m'obstinant à tort sans doute. Cette opiniâtreté eut deux résultats, mais trop cher achetés : la mort de quelques ennemis de plus, et la certitude que leur artillerie, entièrement désemparée, resterait, du moins, à notre avant-garde.

En ce moment, mon cheval avait les pieds pris dans une prolonge ; un canonnier russe, tout effaré, se jeta à sa tête ; je levai le sabre pour m'en débarrasser, mais le malheureux, sans armes et déjà plus mort que vif, me fit pitié : je lui fis signe d'aller se cacher sous sa pièce, ce qu'il fit sans hésiter.

Notre résistance, pourtant, touchait à son terme. En un instant, tout avait changé. Ce n'étaient plus les débris russes qui me retenaient, c'étaient les nôtres. Autour de moi, Desbrosses, de Périgueux, sept fois blessé, ne pouvait plus se défendre ; l'aspirant de marine Lanneau, alors maréchal des logis, aujourd'hui colonel, un genou en terre, et atteint de onze coups de baïonnette, luttait encore ; le capitaine Legoût-Duplessis venait d'être abattu ; à côté de lui, expirait le lieutenant***, qu'un remords avait, dit-on, jeté dans nos rangs, et qui peut-être, en ce moment, expiait un crime ! Plus loin, c'était l'infortuné Gouffier, sous-officier instructeur, plein d'espérance, que j'avais décoré le matin, et dont le brevet d'officier devait être signé ce jour-là même ; enfin, le colonel comte de Briançon-Belmont. Son ardeur l'avait entraîné sans mon ordre, dans notre charge ; un coup de feu venait de le renverser, et le maréchal des logis Fresneau défendait, avec un dévouement remarquable, ses derniers moments.

Déjà plus de quarante des nôtres, sur cent, succombaient ainsi, ou se perdaient dans les eaux bourbeuses de la Vesle que plusieurs n'avaient pu franchir. Quant à moi, seul encore intact, debout et désespéré, on comprendra que j'aie hésité d'abord à renoncer à notre victoire, puis, que je n'aie pu me décider à abandonner à cette fin cruelle mes malheureux compagnons d'armes.

Mais mon tour était venu. Plusieurs grenadiers russes, du régiment de Rezan, m'entouraient. La balle de l'un me perça le coude et le bras gauche ; celle d'un autre traversa la tête de mon cheval. Le pauvre animal en se cabrant de douleur, para le coup de baïonnette qu'un troisième me portait à la poitrine. Ce coup, sans pénétrer, me désarçonna, et me jeta sur le bord du large et profond fossé qui marquait alors, en regardant la ville, le côté gauche du faubourg. Relevé presque aussitôt, et m'appuyant à la roue d'un canon, je cherchais à me défendre, quand un autre coup de baïonnette, m'atteignant aux reins, m'abattit une seconde fois. Cette dernière atteinte me sauva : en m'étendant dans le fossé, il me fit disparaître aux yeux des Russes, que mon cheval et sa housse dorée attirèrent. Cela me donna le temps de reprendre haleine, de me relever et de me traîner vers la ville, puis, remontant sur la route, de m'abriter au milieu des caissons et canons ennemis qui la couvraient.

Un Garde, blessé d'une balle au ventre, se trouvait là ;

je l'encourageai à me suivre, persuadé qu'il n'y avait
plus de chances de salut que de ce côté ; que, entre notre
combat et Reims, la terreur avait dû laisser un vide où
nous trouverions peut-être un asile.

En effet, l'intervalle entre Reims et le retranchement
qui traversait le faubourg était absolument désert. Cavaliers démontés, canonniers, tout avait fui au delà. Notre fortune voulut que, à notre gauche et tout près du
retranchement, une maison de bois, composée d'une allée et d'une chambre basse, alors sans portes, existât
encore. Nous y entrâmes sans être aperçus. Elle était
vide ; elle venait de servir de corps de garde aux Russes.
Le plancher en était, très à propos, jonché de paille.
Nous tombâmes dessus fort épuisés. Mon pauvre Garde
croyait sa blessure mortelle ; je le rassurai par mon
exemple, portant en effet, depuis cinq ans, au même endroit du corps où il venait d'être frappé, une balle espagnole, sans en être trop gêné.

Cependant, en maudissant l'inexplicable inaction des
nôtres à la vue de notre charge d'abord si heureuse, nous
écoutions, espérant que notre infanterie allait arriver et
nous dégager, quand nous aperçûmes, devant la fenêtre
qui nous séparait seule de la route, plusieurs ombres passer rapidement : c'étaient les Russes de Rezan qui se
réfugiaient dans la ville. Nous comptions qu'ils s'écoule-
raient sans s'arrêter, mais leurs officiers, abrités par le
retranchement, voulurent y tenir. Ils réussirent même à
arracher de l'encombrement une de leurs pièces. Nous
les entendions frapper leurs soldats, les forcer de se re-

tourner, et les exciter à se défendre. Cela rendit notre position très critique. Notre vie dépendait d'un seul de leurs regards, jeté par hasard ou autrement dans notre réduit. Plusieurs fois, mon compagnon de péril s'écria : « Ils nous voient, nous sommes perdus! » Je lui fis signe de se taire et de se traîner, comme moi, contre la cloison au-dessous de la fenêtre. Là, plus près du danger, mais moins en vue du dehors, nous serrant contre la planche qui nous protégeait, nous nous tînmes immobiles. Nous étions si proches de nos ennemis, que, en rechargeant leurs armes devant cette croisée, leurs coudes en brisaient les vitres, dont les morceaux retombaient sur nous.

La nuit, que nous invoquions, approchait, mais elle arrivait avant les nôtres ; et, si ces Russes restaient maîtres de leur position, ils allaient infailliblement nous découvrir en reprenant possession de notre asile. Déjà l'obscurité était assez grande pour que chacun de leurs coups de feu l'éclairât. Ces lueurs, qui faisaient briller nos armes, nous forcèrent de les resserrer contre nous, pour n'être pas trahis par elles. Pendant plus d'une heure, que dura ce péril extrême, nous eûmes bien des moments désespérés. C'était surtout quand, ces fantassins cherchant un refuge, nous entendions leurs pas s'avancer dans l'allée qui servait d'entrée à notre réduit. Alors nous rassemblions ce qui nous restait de forces pour ne pas être égorgés sans résistance.

Je me souviens que, dans un de ces instants extrêmes, songeant à la montre d'un grand prix que je portais et que je possède encore, je la cachai, afin de priver nos ennemis de ce butin, et de le laisser du moins à ceux des nôtres qui, trop tard pour nous mais bientôt sans doute, les remplaceraient. Mon Garde m'imita. Cette espèce de legs ainsi préservé, nous nous sentîmes plus résignés à un sort qui nous paraissait inévitable.

Le jour enfin acheva de disparaître, et peu à peu le bruit du combat s'affaiblit. Nous n'osions croire que toute l'infanterie ennemie se fût écoulée ; de nouveaux bruits, d'autres coups de feu nous tenaient en défiance ; mais bientôt, fatigué d'une situation si pénible et ne croyant plus qu'à la présence de quelques tirailleurs, je consultai les forces qui nous restaient, je fis bander à mon Garde sa blessure, je serrai dans mes vêtements mon bras gauche, trop blessé pour m'en servir, et, nos armes prêtes, nous relevant et marchant sans bruit, j'avançai la tête hors de notre asile. Un coup d'œil, jeté dans le couloir, m'arrêta d'abord. Un fantassin, l'arme au pied, occupait l'étroit corridor qui servait de sortie à notre retraite ; il nous tournait le dos ; j'hésitai ; puis, me décidant, je courus sur lui en lui criant *Qui vive !* et de se rendre. C'était un Français ! C'était le premier de nos tirailleurs ; il arrivait, et s'abritait des feux de la ville à l'entrée de cette cabane. Nous étions donc délivrés ! Il ne s'agissait plus que de remonter le faubourg, que les balles russes sillonnaient encore, mais ce n'était plus là qu'un danger ordinaire. Pourtant il ne fallait pas rester en chemin, et mon Garde blessé m'ayant assuré qu'il pourrait me suivre, nous courûmes, nous repassâmes sur tous nos débris et nous nous retrouvâmes enfin au milieu des nôtres.

Déjà leurs bivouacs étaient établis. L'un de ces feux, le plus élevé, le plus brillant, l'un des plus rapprochés du combat, nous servit de guide. Nous y arrivions quand une voix, brève, sèche et impérieuse, me fit tressaillir : c'était l'Empereur ! Ce feu était le sien. Il me reconnut et m'interpella aussitôt. Son attitude était agitée, presque convulsive ; sa figure, sévère et bronzée, comme lorsqu'elle renfermait quelque irritation prête à éclater.

Il était seul ; son impatience d'entrer dans Reims était extrême. Il venait de redoubler, de multiplier ses ordres d'attaque, poussant à gauche, par Saint-Brice, la cavalerie de sa Garde ; à droite, par Hirson ou Cormontreuil, celle de Bordesoulle ; et en face, sur le faubourg d'où nous sortions, l'infanterie de Ricard et l'artillerie du duc de Raguse. Il voulait que, en dépit de la nuit, on franchît la Vesle ; qu'on enfonçât la grille de la ville ; que, en même temps, on s'emparât, par ses ailes, des routes de Berry-au-Bac et de Châlons, afin de cerner l'ennemi dans Reims et de s'en saisir.

On a blâmé ses emportements de cette soirée, dont moi-même j'eus à souffrir. On les a attribués à l'humeur d'être forcé de bivouaquer si près de Reims, et de ne pouvoir dater de ce jour-là même, et de cette ville, le bulletin de sa victoire. Mais l'Empereur, quoiqu'il ignorât encore les détails qu'on vient de lire, n'avait, comme on l'a vu, que trop de raisons d'être mécontent de l'ensemble et du résultat de cette affaire. Il sentait que ce

corps russe et prussien, surpris et privé de son chef,
aurait dû ne point échapper à notre attaque ; il s'obstinait à en ressaisir les restes ; il voulait, surtout, prévenir
dans Reims l'arrivée possible de Blücher, dont l'inaction
n'était guère concevable ; il avait hâte, enfin, d'y couper
la communication des deux grandes armées ennemies, et
d'y tendre la main à la division qu'il avait appelée de
nos citadelles. De là son irritation ; elle croissait avec la
nuit, j'en fus victime. « D'où venez-vous ? me dit-il. —
« Du faubourg, Sire ! » Et j'allais m'expliquer, quand
lui, sans me laisser achever, me pressa de questions sur
la position, sur les forces de l'ennemi, sur l'exécution de
ses ordres d'attaque.

Hors de combat depuis deux heures, je ne pus satisfaire sa préoccupation. Elle était si vive, et le temps
marche si vite à la guerre, que je crus hors de propos le
récit de notre charge et du danger auquel je venais d'é-
chapper. Je me laissai donc brusquement congédier. J'é-
tais d'ailleurs pressé d'aller me reposer au feu voisin, où
ses aides de camp m'accueillirent.

Ils m'entourèrent ; j'étais l'un de leurs plus anciens
compagnons ; la place même de gouverneur des pages,
que j'occupais, me donnait le droit de servir, comme eux,
d'aide de camp à l'Empereur ; je me trouvai donc là
comme en famille. Ils me reçurent en conséquence ; et
moi, à peine échappé des mains des Russes, heureux de
ce changement de fortune, encore animé par le combat,
par le péril, par l'indignation de la perte des miens, je
m'épanchai en discours ardents sur les coups que je les

avais vus porter, sur les résultats obtenus, et sur l'abandon dont nous avions été les victimes.

Tout entier à ces diverses émotions et au besoin de les exprimer, j'avais remis, à la fin de mon récit, de parler à Yvan de mes blessures, dont je souffrais peu en ce moment, quand, derrière moi, le secrétaire d'Ideville, voyant pendre à mon coude un galon de ma pelisse, que, en perçant mon bras, la balle avait entraîné au travers de cette blessure, le tira, en me demandant d'où venait cette déchirure. Un cri de douleur, qu'il m'arracha, lui répondit ! « Vous êtes donc blessé ? me demanda-t-on. — Sans « doute, repris-je, j'allais vous le dire ; j'ai reçu deux coups « de baïonnette, une balle, et je crois que j'ai le bras cassé, « ou quelque chose de semblable. — Eh ! que ne parliez- « vous donc ? » s'écria Yvan, en accourant pour me soutenir, car la douleur que d'Ideville venait de me faire éprouver me portait au cœur, et j'allais perdre connaissance.

On se souvient peut-être que les soins d'Yvan, chirurgien de l'Empereur, m'avaient, à Sommo-Sierra, sauvé la vie ; il s'y intéressait, et, s'emparant de moi, il me conduisit, près de là, dans un moulin transformé en ambulance. J'y retrouvai beaucoup de mes pauvres Gardes. Yvan, à ma prière, en pansa quelques-uns, et d'abord celui qui venait d'échapper avec moi aux mains des Russes. Mon tour vint ; les coups de baïonnette étaient peu de chose ; quant à mon bras, qu'un autre eût coupé à l'instant même, il hésita, quoiqu'il le crût d'abord sans ressource ; mais, bien heureusement pour moi, il remit au lendemain pour en décider.

Cette blessure était des plus singulières. Tirée à bout portant, la balle russe, par l'effet du plus heureux des hasards, avait frappé si juste sur l'intervalle des deux os qui forment la pointe du coude, que, en y pénétrant, elle les avait seulement écartés, et que, continuant ainsi, elle était ressortie de même, sans avoir brisé ni l'un ni l'autre.

En ce moment, les Gardes d'Honneur, accourus de leurs bivouacs, m'entouraient. Me voyant sans force, ils arrachèrent une porte, la couvrirent de leurs manteaux, m'étendirent dessus, et, guidés par leur chef d'escadron d'Andlau, mon ami d'enfance, ils voulurent me porter au quartier qu'ils m'avaient choisi. Dans ce trajet, ils passèrent près de Napoléon. Je crois voir encore cette lueur du dernier bivouac, où, presque évanoui, j'entrevis notre malheureux Empereur. Mais lui, surpris de ce concours, demanda au général Bertrand quel était le blessé que ces Gardes transportaient : il me nomma. « Cela est faux ! « s'écria-t-il ; je viens de lui parler, et il n'était pas plus « blessé que vous et moi ! » Bertrand avait entendu mes récits ; il affirma, mais sans rien expliquer, croyant son chef instruit comme lui-même ; à quoi l'Empereur répliqua avec emportement, contrarié de cet accident de plus, qu'il faudrait annoncer le lendemain, et ne comprenant pas comment cela était arrivé. De son côté, Bertrand, que mon apparent oubli de moi-même, fort naturel pourtant comme on l'a vu, avait touché, repartit avec amertume, et fit entrevoir à l'Empereur sa méprise.

Ce ne fut que vers deux heures du matin qu'il en revint complètement. A cette heure-là, Exelmans et les chevau-

légers Polonais de la Garde avaient enfin franchi le pont
de Saint-Brice, et coupé la route de Berry-au-Bac ; ils
s'étaient saisis d'un équipage de pont ; dès lors, l'arrière-
garde ennemie, épouvantée, avait achevé de fuir en déroute. L'Empereur, debout encore et toujours impatient
à son bivouac, attendait ce moment ; il voulut aussitôt
prendre lui-même possession de la ville. Alors seulement,
et en pénétrant dans le faubourg, il comprit pourquoi
son premier mouvement d'irritation contre ma blessure
avait étonné son grand maréchal. Dans ce trajet, chacun
de ses pas fut arrêté par les débris de notre charge. Ce
terrain, jonché de lances, d'hommes, de chevaux abattus,
de canons et de caissons ennemis, que les corps de nos
malheureux Gardes semblaient lui garder encore, disait assez à Napoléon quel chemin ils lui avaient ouvert, et quel
eût été le résultat plus prompt et plus complet de cette
journée s'ils eussent été secondés. Quel rapport eût valu
de tels débris? Leur victoire, d'elle-même, se racontait !

Mais les faits ne parlèrent pas seuls à ses yeux, il put
entendre un glorieux témoignage. Dans ce défilé, il y eut
entre les Gardes d'Honneur et la Vieille Garde, une de
ces rencontres de colonnes, assez fréquentes, surtout aux
approches des riches cantonnements, où chacun se dis-
pute le passage. En toute autre occasion, ces vieux grenadiers eussent, avec raison, refusé de céder le pas à ces jeunes Gardes, mais cette fois s'arrêtant avec complaisance :
« Pour aujourd'hui, dirent-ils, laissons-les passer, ce ter-
« rain est bien à eux ; ils ont le droit d'y être fiers, et de
« prendre la tête de la colonne ! »

Ainsi, devant Reims comme devant Hanau, la Vieille Garde rendit au troisième de Gardes d'Honneur, le plus glorieux des témoignages. Napoléon, pour cette seconde fois aussi, s'y associa. L'affection des Gardes pour moi dont je m'honore, et que la mienne pour eux méritait, les avait conduits à me rapporter sur leurs bras dans Reims, à la suite de l'Empereur. J'étais à peine établi dans cette ville, qu'il envoya le duc de Bassano me demander les noms des Gardes que je jugeais les plus dignes de récompense. Embarrassé du choix, mais enhardi par leur dévouement et par les promesses faites pour les attirer sous les drapeaux, je risquai d'en citer jusqu'à trente-neuf ! J'en désignai vingt pour l'Ordre d'Honneur et dix-neuf pour le grade d'officier. Une promotion aussi nombreuse, dans un seul corps, était inouïe : je n'espérais pas en obtenir le tiers ; je me trompais, l'Empereur approuva, il accorda tout, et m'en envoya aussitôt l'heureuse nouvelle. J'en avais besoin pour m'aider à supporter les pertes que j'avais faites.

Quant à moi, que déjà récompensait assez une faveur aussi grande, il m'en réservait une autre dans le bulletin de cette journée, faveur qu'il savait m'être la plus sensible. Il s'y plut à citer : « Les Gardes d'Honneur du troi- « sième, et notamment leur général ! » Il appela leur effort : « Une charge superbe ! » Il dit à la France : « Qu'ils s'étaient couverts de gloire ! » Et quant aux blessures de leur chef, il daigna, comme à Sommo-Sierra, rassurer nos concitoyens sur leurs suites.

Sommo-Sierra ! Reims ! Quel triste rapprochement !

Ainsi donc, après tant de conquêtes si lointaines, c'était Reims qu'il nous avait fallu reconquérir ! Aussi me semblait-il qu'entre ces deux charges sanglantes tout un siècle s'était passé, tant les situations étaient différentes ; et pourtant, le premier de ces deux combats expliquait l'autre : n'était-ce pas surtout à notre invasion en Espagne que nous devions attribuer celle de la France ?

Mais, dans d'aussi graves circonstances, c'est assez, c'est trop parler de soi ; reprenons l'histoire.

Napoléon, dans Reims, en dépit de divers avis alarmants reçus de Paris, était près de prendre un parti extrême. Il espérait que la singulière inaction, à Laon, de Blücher, encore étonné et tout ensanglanté, se prolongerait. Supposant, en même temps, que le retentissement du coup porté à Reims, la reprise de Châlons par Ney, et sa propre réapparition sur l'Aube qu'il méditait, allaient faire rétrograder Schwartzenberg sur Troyes et Chaumont, il comptait avoir le temps de rallier, vers Vitry, toute son armée. C'eût été, avec tous ses maréchaux et ses renforts accourant de Paris, soixante-dix mille hommes. Dès lors, en se jetant tout à coup vers Nancy, au milieu de ces forteresses, dont les garnisons porteraient sa force à cent mille hommes, il se croyait sûr d'entraîner, loin de Blücher, Schwartzenberg, ainsi menacé dans sa base d'opérations ; puis, que, dans la confusion d'une retraite éperdue, il l'écraserait, ou le rejetterait par morceaux au delà du Rhin. Mais on va voir que, trop resserré de l'Aisne à l'Aube, entre les deux Invasions, chacune de cent mille hommes, il fut surpris et écrasé lui-même dans Arcis ; qu'alors, au lieu de se retirer sur Paris, il persévéra à marcher vers l'est, sans avoir pu ni rallier à lui toutes ses forces, ni empêcher la réunion de ses deux cent mille ennemis, entre lui et sa capitale ; d'où vint que, la guerre s'étant séparée de lui, il n'en fut plus maître.

C'était le 14 mars, à deux heures du matin, que Napoléon était entré dans Reims. Il l'avait trouvée illuminée, transportée, toute retentissante des cris de *Vive l'Empereur!* Ce fut, après ce dernier succès, son dernier triomphe.

Dans les premiers moments, quelques incidents heureux quelques nouvelles favorables concoururent. Et d'abord, son aide de camp, le brave Corbineau, qu'on croyait perdu, ayant été caché et sauvé par les Rémois, reparut au quartier impérial. Puis, Janssens, sorti de Mézières, lui amena quelques mille hommes de renfort. Il apprit encore que, entre Tournay, Lille et Courtray, Maison avait, de ce côté, arrêté l'invasion : répit moins dû toutefois aux manœuvres de ce général qu'aux ménagements ambitieux de Bernadotte pour son ancienne patrie, dont on a vu qu'il convoitait la couronne. De ce même côté, et plus loin de nous, Carnot, préservant Anvers et notre flotte, en avait victorieusement repoussé les armes anglaises. Le général Bizannet, à Berg-op-Zoom, avait fait plus : il avait laissé quatre mille Anglais y pénétrer furtivement, et, les renfermant avec lui, il les avait tous pris ou tués dans les murs de cette ville. Telles furent, à Reims, les dernières joies de Napoléon : tout ce qui suivit ne devait plus être qu'infortunes !

L'une des plus cruelles, celle qui bientôt devait l'accabler de son couple plus funeste, il la provoqua, dit-on, dans cette journée du 14 mars, par l'un de ces emportements auxquels, alors surtout, il s'abandonnait. Soit débordement de tant d'amers chagrins longtemps comprimés, ou, comme il arrive aux hommes d'action, qu'il attachât trop peu d'importance aux paroles; soit aussi qu'avec un ancien aide de camp il se crût moins obligé de se contenir, Marmont, ce jour-là, en fut victime.

Ce maréchal, pour la première fois depuis son désastre devant Laon, avait osé venir s'exposer à sa colère : Napoléon l'en accabla ; ses reproches furent sanglants, même outrageants ; la violence en fut extrême ! Fain en fut témoin. Il a depuis attribué à l'orgueil, cruellement blessé, du duc de Raguse, cette fatale défection dont, seize jours après, il gâta une vie jusque-là si glorieuse. Pourtant, la première fougue de Napoléon épuisée, ses reproches s'étaient changés en conseils, et, s'apaisant, il avait retenu à dîner ce maréchal.

Mais alors, rompant les cachets de ses dépêches, de chacune d'elles un malheur nouveau sembla éclore. Soult, affaibli par des envois successifs de renforts à notre armée, venait de céder devant la fortune de Wellington. La bataille d'Orthez était perdue ; Bayonne et l'Adour, abandonnés ; Bordeaux, restée à découvert. Toutefois, ce maréchal, en reculant vers Tarbes, combattait. Il avait même mis en pièces les Portugais, trop empressés à le suivre.

XIV.

BATAILLE D'ARCIS-SUR-AUBE.

Dans une aussi grande extrémité, cette fois encore Napoléon resta inflexible. Il ne daigna point songer à une paix humiliante ; il se crut même encore assez redouté pour sauver Paris, sans aller se joindre à Macdonald. Quelque isolé et faible que fût le coup de main qu'il venait de frapper à Reims, il se fia à l'effet qu'il allait produire. Il espéra que son échec devant Laon en serait effacé ; que ce nouveau succès allait faire illusion sur sa détresse ; qu'il suffirait pour détourner, une quatrième fois de Paris, les Coalisés ; qu'enfin cette réapparition victorieuse entre leurs armées d'invasion, dont elle menaçait les flancs et interceptait les communications, maintiendrait l'une dans le nord, au delà de l'Aisne, et forcerait l'autre à rétrograder sur sa ligne d'opérations pour la défendre.

C'est pourquoi, dès son entrée dans Reims, son premier soin fut de s'affermir dans cette position, et d'en recueillir tous les avantages. Colbert et Vincent venaient d'être envoyés au sud, Ney à l'est, Marmont au nord. Ils devaient ressaisir, les uns Épernay, l'autre Châlons, et le troisième Berry-au-Bac. On ne rencontra de résistance qu'à ce dernier point : il coûta cent cinquante chevaux, trop aventurés.

Ce fut ainsi, que, sans se laisser ébranler par les cris de détresse de Paris et de Macdonald, il osa demeurer dans Reims trois jours entiers ! Il s'y occupa à refaire sa faible armée, à la passer en revue, à y rallier quelques renforts, et à expédier, pour la dernière fois, les affaires de son Empire. Depuis plus de dix jours, elles s'étaient amoncelées dans ses portefeuilles. Cette confiance, si hardie dans la puissance de sa Renommée, cette fois encore, mais pour la dernière aussi, l'événement d'abord la justifia.

En effet, d'une part, et depuis le combat du 10 mars, Blücher, immobile sur le sommet de sa colline de Laon, n'osait recueillir les fruits de sa victoire, se contentant d'en fatiguer toutes les trompettes de la Renommée. Il n'avait risqué, vers Soissons, Compiègne et Berry-au-Bac, que de faibles tentatives. D'autre part, du 6 au 18 mars, Schwartzenberg, dans Troyes, tout victorieux qu'il était du duc de Reggio, y semblait enchaîné. Il temporisait, soit politique, soit inquiétude des mouvements d'Augereau sur la Franche-Comté, des soulèvements de nos provinces de l'Est, et, sans doute aussi, attendant Blücher. Ces deux feld-maréchaux, au lieu d'agir, s'épuisaient en conjectures sur ce que pouvait tenter notre Empereur.

Cependant leurs avant-gardes, impatientes, les devan-
çaient; elles seules auraient suffi pour en finir. Déjà Macdonald, repoussé les 16 et 17 mars sur Nangis, se dé-
vouait pour le 18 à un combat désespéré. Mortier de son
côté, vers Soissons, n'espérait pas davantage, quand,
devant leurs faibles corps, l'ennemi tout à coup recula et
disparut! Pour la quatrième fois, Paris, délivré, respira
encore. La confiance de Napoléon triomphait! Sa victoire
de Reims, la reprise hardie de Châlons, celle, doublement
agressive, d'Épernay et de Berry-au-Bac, venaient d'o-
pérer ce prodige. Blücher et Schwartzenberg, effrayés,
avaient rappelé leurs avant-gardes; ces deux chefs, se
concentrant, l'un à Laon, l'autre autour de Troyes,
croyaient n'avoir pas trop de toutes leurs forces pour se
défendre. Tel fut l'effet de cette dernière manœuvre audacieuse, exécutée entre ces deux masses. Une poignée
d'hommes, escortant un grand nom, en fit reculer et
trembler encore plus de deux cent mille!

Ce retour précipité du généralissime autrichien était
encore ignoré mais prévu à Reims. Il fallait à Napoléon
un résultat décisif. Il ordonna à Marmont de garder
l'Aisne, avec Mortier et dix-huit mille hommes, contre
Blücher. Quant à lui-même, il se décide à un coup désespéré! Les rapports lui disaient Schwartzenberg encore
à Pont ou Nogent-sur-Seine, et même poussant ses corps
d'armée sur Paris et Macdonald. Il ne compte autour de
lui que seize à dix-huit mille hommes, presque plus de
sous-officiers, des recrues défigurées par les souffrances,
quelques vieux soldats épars dans des cadres vides et in-

formes; jusque dans sa Vieille Garde les différents uniformes étaient mêlés et les armes diverses confondues par
des réorganisations successives : c'était évidemment sa
dernière ressource. Ce fut à cette poignée d'hommes qu'il
osa donner le signal de le suivre, de se précipiter par
Épernay, Fère-Champenoise, Plancy et Méry, au travers
de l'Aube, par delà la Seine, dans le flanc ou sur les derrières de la grande armée des Coalisés. Telle fut sa confiance, et la foi en lui fut telle, qu'on partit encore fièrement, comme pour une victoire assurée, et que lui-même
ne désespéra pas du succès d'une aussi téméraire manœuvre. Il espéra qu'elle fascinerait, qu'elle déconcerterait
Schwartzenberg, que, au milieu de la confusion de tant
d'alliés, leur surprise les ébranlerait, et qu'il pourrait
profiter d'un premier désordre.

Il est vrai que, en même temps, il venait d'appeler
douze mille hommes de ses forteresses de l'Est, et qu'il
comptait que, entre la Marne et l'Aube, Des Nouettes,
accourant de Paris, et Macdonald, Gérard, Oudinot, revenant de Nangis, lui en amèneraient trente mille autres.
Mais il ne les attendit pas : il fallait se hâter et frapper
d'abord, afin d'étonner! Ce n'était qu'après coup, et pour
redoubler, que, rejoint par ces renforts, il se trouverait
à la tête d'environ cinquante mille hommes.

Cette décision prise, ignorant celle de l'ennemi, Napoléon prévint le Conseil de Régence du danger que Paris
allait courir. Il lui prescrivit, en cas d'insuccès, de sauver à temps l'Impératrice et le Roi de Rome.

Ces ordres donnés, dans la nuit du 16 mars, lorsqu'autour de lui tout sommeillait, lui seul, quoique déjà couché, travaillait encore. Sa pensée, qu'il déplaçait ou fixait tout entière à volonté, il venait en ce moment de la porter vers l'Aube. Il interrogeait l'officier du génie attaché à son cabinet, sur les divers chemins qui devaient l'y conduire. L'un des devoirs de cet officier était de recueillir, chaque jour, tous les renseignements possibles sur toutes les routes qui pouvaient servir aux manœuvres. Au milieu d'une dernière question, à la prononciation embarrassée, au silence qui l'interrompit, à la respiration de plus en plus forte de l'Empereur, l'ingénieur, s'apercevant qu'il venait de s'endormir, fut tenté de se retirer pour se reposer lui-même. Mais d'Albe, qu'il remplaçait, l'avait averti qu'en pareil cas il fallait attendre, Napoléon ayant cette faculté singulière d'entrecouper à son gré, par le sommeil, ses méditations et ses entretiens, sans jamais en perdre le fil. Toutefois, après trois quarts d'heure d'attente, Atthalin allait se retirer, quand, à son extrême surprise, m'a-t-il dit, l'Empereur, se réveillant, continua nettement sa question commencée, par l'expression juste qui suivait naturellement celle que ce long et profond sommeil venait de suspendre.

Le lendemain matin, 17 mars, l'audacieuse colonne d'attaque partit de Reims. Ses chefs étaient le maréchal Lefebvre, Sébastiani, Friant, Exelmans, Letort, Colbert et Berkheim. Tout ce qu'elle rencontra jusqu'à l'Aube fut culbuté ; la poursuite hâta la marche. De fâcheuses nouvelles, reçues aux haltes d'Épernay le 17, et de Fère-Champenoise le 18, loin de décourager, excitèrent. A l'une, ce fut l'annonce de la défection de Bordeaux; à l'autre, un dernier retour de Rumigny du Congrès de Châtillon, dont il annonça la rupture. Mais de nouveaux renseignements faisaient encore croire Schwartzenberg en avant de Troyes, les regards tournés vers la capitale, sans se douter que Napoléon arrivait derrière lui. L'ardeur et l'espoir en redoublèrent.

Le 19 mars, cet espoir d'abord s'accrut, cette ardeur s'enflamma : le pont de Plancy, le gué de Charny sur les deux bras de l'Aube, l'intervalle de l'Aube à la Seine, la Seine elle-même, tout fut franchi, en dépit des feux ennemis, qu'on méprisa, et d'une vaine canonnade. Le soir même, Letort et notre avant-garde avaient gagné Châtres et les Grès; la grande route de Troyes à Paris était reprise; le but paraissait atteint; déjà même un équipage de pont et des prisonniers étaient tombés entre nos mains; l'Empereur triomphait; et cependant son but, était manqué! Les réponses de ces prisonniers le lui apprirent.

En effet, ce n'était point sa confiance dans l'effroi qu'il inspirait qui venait de le décevoir : cette terreur au contraire, encore plus rapide qu'il ne la jugeait, ne l'avait que trop devancé! Wilson dit que, dans sa frayeur, l'empereur Alexandre s'était écrié : « Qu'il fallait en « finir; que ses cheveux blanchissaient! Qu'il fallait la « paix sur-le-champ, telle que la demandait le duc de « Vicence! » On parlait même de fuir jusqu'à Bar! La retraite précipitée de Schwartzenberg avait donc prévenu Napoléon, et cette masse énorme, qu'il avait cru surprendre à dos et enfermer entre lui et Paris, déjà toute retirée et agglomérée entre Troyes et Lesmont, au lieu de prêter son flanc ou ses derrières à notre attaque, y faisait front.

Napoléon, déconcerté, retourne à Plancy ; mais, dans cette même nuit, fier de se voir encore si redouté, il n'abandonne point l'offensive : il envoie donc l'ordre à Macdonald, Oudinot, Gérard et Des Nouettes, de forcer de marche sur Arcis. Dès les premières lueurs du 20 mars, lui-même, par la rive gauche, Sébastiani en tête, Letort à l'arrière-garde, et le reste par la rive droite, il remonte l'Aube, et arrive à ce rendez-vous, où il trouve Ney, venu de Châlons avec huit mille hommes.

Mais, pendant que cette marche, jusque-là si facile, et cette occupation d'Arcis trompaient Napoléon, et qu'il ne voyait chez les alliés que fuite et désordre, la veille au matin Wrede, n'ayant aperçu que notre cavalerie, venait de rassurer l'empereur Alexandre et le généralissime. Schwartzenberg avait donc rallié son armée, et il la poussait de Troyes sur Arcis, pour en chasser nos cavaliers et les prendre ou les précipiter dans l'Aube.

De notre côté, à dix heures du matin, Sébastiani, arrivé le premier devant Arcis, s'était aperçu de ce danger. Bientôt, Ney l'avait rejoint de l'autre rive. Ces deux chefs, dans leur vive inquiétude, avaient aussitôt pris position : l'un, avec l'infanterie, au grand Torcy, en travers de la route d'Arcis à Lesmont ; l'autre, avec sa cavalerie, à droite et à gauche du grand chemin d'Arcis à Troyes. Dès lors, tout confirma leurs appréhensions : d'abord des rapports menaçants, et bientôt leurs propres regards. De moment en moment, l'orage autour d'eux grossissait. Pourtant, vers une heure après midi, tout paraissait calme encore, lorsque Napoléon, arrivant, les interrogea.

Ils lui montrèrent, devant eux, le terrain vers Troyes et Lesmont s'élevant graduellement, et tout hérissé d'ennemis qui les dominaient ; tandis que, en arrière d'eux, ils n'avaient sur l'Aube qu'un pont étroit, suivi d'une chaussée sur des marais, longue et entrecoupée de trois autres ponts, pour toute retraite. Comment donc, entre ces deux dangers, oser demeurer, et risquer un combat avec moins de dix mille soldats et cavaliers contre cent mille hommes ? Car on n'était réellement pas davantage. Une partie de notre cavalerie avait été, par erreur, laissée à Grès, et la Vieille Garde, qu'on attendait, n'était point encore arrivée.

Le péril de cette position était incontestable ; mais l'Empereur, soit confiance dans son étoile, soit mépris de ses adversaires, persistait dans son incrédulité, lorsqu'un officier d'ordonnance, revenant des avant-postes, prétendit n'y avoir vu que des Cosaques. Napoléon saisit avidement cette assertion ; il se retourna vers Ney et Sébastiani, s'écriant : « Qu'ils le voyaient bien ; qu'ils se « laissaient effrayer ! Que l'armée alliée ne cherchait qu'à « fuir, et que Schwartzenberg ne faisait parader devant « eux quelques flanqueurs que pour leur dérober sa re- « traite ! »

Le génie de Ney, si audacieux et si tenace devant l'ennemi, fléchissait devant le génie de l'Empereur : quelque

convaincu qu'il fût, il n'insista donc point. Mais Sébastiani, que la contradiction irritait, trop certain de l'imminence du danger et désespéré d'une telle illusion, poussa
sur-le-champ au galop jusqu'à ses tirailleurs. Il revint,
plus rapidement encore, annonçant l'attaque, et qu'on allait être écrasé sur place, ou jeté dans l'Aube! Alors
seulement, Napoléon, enfin persuadé, remonta promptement à cheval, en appelant à lui ses quatre escadrons
d'escorte.

Il n'y avait plus besoin de rapports ni de conjectures,
les regards suffisaient. Une effroyable canonnade annonçait les charges! Les masses toutes noires de cavalerie
ennemie croissaient à vue d'œil; des nuées d'escadrons
se déployaient. Bientôt Colbert fut culbuté, Exelmans
lui-même ébranlé; une multitude de fuyards revinrent
éperdus, sur l'Empereur, se précipitant vers le pont déjà
encombré; Napoléon se jeta au devant d'eux, les menaçant, leur criant : « Qu'il voulait voir s'ils oseraient lui
« passer sur le corps, et l'abandonner! » C'étaient ses
Gardes! A sa vue, à ses reproches, ils se rallièrent, et
pendant quelques instants l'ennemi fut contenu.

Au milieu de cette première échauffourée, il s'était
vainement efforcé de mettre l'épée à la main. Cette épée
était si rouillée dans son fourreau, qu'il fallut ses deux
écuyers, Foulers et Saint-Aignan, pour l'en tirer, et ce
fut avec tant d'efforts, que, en l'arrachant enfin, le premier en fut blessé. Un obus tombait en ce moment devant l'Empereur; il poussa son cheval dessus; Exelmans
allait s'écrier pour l'avertir et le détourner, quand Sé-

bastiani retint ce général : « Laissez-le donc, lui dit-il, « vous voyez bien qu'il le fait exprès ; il veut en finir ! »

Sébastiani ne se trompait pas : Napoléon, là comme à Saint-Jean d'Acre, désespérait de sa fortune. L'obus éclata, l'Empereur disparut un moment dans la fumée, mais les éclats ne blessèrent que son cheval. Il en changea, et presque aussitôt le péril, un moment suspendu, redoubla. Une masse de cavalerie russe et bavaroise revenait à la charge. Cette fois, tout sembla perdu. Exelmans s'était reporté en avant, il fut renversé; tout alors redescendit pêle-mêle, et déjà la déroute atteignait l'Empereur, quand soudain plusieurs décharges de mitraille, partant de notre flanc, éclaircirent cette nuée, et Napoléon, chargeant à la tête de ses quatre escadrons de service, acheva de la dissiper dans la plaine.

Il devait son salut à Drouot plus qu'à lui-même. Ce général, au plus fort de la tempête, toujours calme et clairvoyant, avait jugé l'excès du péril, et qu'il n'y avait plus rien à épargner. Apercevant, sur le flanc de la déroute, une batterie que nos artilleurs étonnés délaissaient, il s'était élancé à terre, avait abandonné son cheval, et, ralliant ces canonniers, lui-même avait pointé les pièces sur la mêlée, à bout portant, sacrifiant tout pour tout sauver, et abattant amis comme ennemis ! Il avait ainsi tout arrêté, la fuite des uns, la poursuite des autres. La nuée ainsi crevée et dispersée, Sébastiani, Exelmans, Colbert et l'Empereur lui-même, avaient achevé.

L'infanterie de la Vieille Garde arrivait au pas de course, elle assura la position ; bientôt même parut la tête de co-

lonne de six mille hommes de Des Nouettes. L'Empereur
alors ressaisit son premier espoir. Il traita d'échauffourée
d'arrière-garde cette audacieuse agression de Schwartzenberg. La nuit était venue ; la ligne ennemie, reformée,
restait en présence ; cela contredisait sa persuasion ; il
lança contre elle le maréchal Lefebvre avec Sébastiani,
ses Gardes et deux mille chevaux de Des Nouettes. Cette
ligne fut sabrée, enfoncée, et poursuivie jusqu'à Nosay,
où la rencontre d'un grande partie de l'armée alliée arrêta Lefebvre.

Ce maréchal revint, vers neuf heures du soir, à Arcis,
rendre compte à l'Empereur du succès de cette dernière
attaque ; mais, soit erreur ou excès d'une ardeur jeune
encore, soit que, sous l'agreste et rude écorce d'un vieux
soldat, l'instinct des cours se fût fait place, abondant
dans l'illusion à laquelle s'attachait si obstinément le
Chef qui l'écoutait, il exalta l'action de Napoléon et son
résultat, affirmant que tout fuyait, que tout était dissipé,
qu'on n'avait plus rien senti devant soi, qu'enfin la lassitude et l'obscurité seules avaient arrêté. Et notre malheureux Empereur, dont cette illusion était le dernier
espoir, accueillit cette coupe trompeuse et s'en abreuva.

Pourtant, à sa gauche, Ney, tout seul avec Janssens
et huit à neuf mille hommes, avait eu successivement sur
les bras une armée entière. Deux fois, le grand Torcy lui
avait été arraché. Ce village brûlait. Arcis même avait
failli être enlevé en arrière de Napoléon. Janssens était
tué ; et, sans le secours de deux bataillons de gendarmerie de la Garde, l'intrépide et opiniâtre maréchal n'aurait

pu ressaisir sa position. Ses canons, dont il s'aida, en ce dernier moment, avec un habile à-propos, et son héroïsme avaient enfin rebuté Wrede, et jusqu'aux réserves de Schwartzenberg. Dans cette journée glorieuse, soixante mille combattants contre douze mille d'abord, puis quinze, puis vingt et un mille, avaient été repoussés. On ne pouvait appeler cela un combat d'arrière-garde ; pourtant, ce succès fit persister l'Empereur dans l'espoir que la grande armée ennemie n'avait ainsi défendu que sa retraite, ou que, à force de témérité, il avait rendu vraie cette invraisemblance. Il s'obstina donc à passer la nuit au fond de cet entonnoir et acculé sur ce défilé, avec moins de vingt mille combattants harassés, contre plus de cent mille hommes !

Vers deux heures après minuit, il envoya l'ordre aux ducs de Reggio et de Tarente de l'y rejoindre. Il comptait à tort que tous ces renforts arriveraient à temps, qu'il réunirait quarante mille hommes, et qu'il n'allait avoir qu'à poursuivre l'avantage obtenu la veille. Le 21 mars, à neuf heures du matin, il n'avait rallié et rangé en bataille que trente mille hommes. C'étaient, avec ses combattants de la veille : le reste de sa cavalerie, les Gardes d'Honneur, Letort, les chasseurs et les grenadiers à cheval de la Vieille Garde, attardés la veille aux Grès, et qui s'étaient fait jour, avec perte de deux cents chevaux, au travers de l'aile gauche wurtembergeoise, enfin Oudinot, avec trois vieilles brigades, récemment arrivées d'Espagne.

Mais qu'importait cet accroissement de nombre, si

faible encore ? C'était un danger de plus dans cette position dominée et sans retraite ! En effet, la veille au soir, la gauche des alliés était arrivée en vue de Plancy ; leur droite, repoussée par Ney, mais arrêtée à Chaudrey, venait de s'y renforcer ; leur centre s'était avancé, entre ces deux ailes, sur la plaine haute qui domine Arcis. Enfin, dès le point du jour, loin de fuir, ils venaient de mettre en mouvement, de faire converger à la fois sur Arcis toutes leurs forces.

Alors, du fond du bassin de cette ville, d'où l'horizon paraissait libre encore, importuné par les rapports alarmants de ses avant-postes, Napoléon, montant à cheval, poussa jusque par delà Torcy, et, n'apercevant dans le lointain que quelques cavaliers, il revint, plus que jamais persuadé que le gros de l'armée ennemie se retirait, qu'il n'avait en face qu'un corps détaché entre Troyes et lui, et aussitôt il en ordonna l'attaque.

Il était dix heures. Ney, Oudinot et Sébastiani, avec toute l'infanterie et la cavalerie, s'ébranlèrent. En peu d'instants, le rideau ennemi, qui couvrait les pentes, fut déchiré ; mais, parvenus sur la crête, un spectacle imposant les consterna ! C'était toute l'armée alliée, avec ses réserves et ses souverains, plus de cent mille hommes ! Ils appelèrent l'Empereur.

Derrière une nuée de troupes légères, protégées par une artillerie formidable, leurs yeux exercés lui montrèrent, autour d'eux et de toutes parts, l'horizon chargé d'ennemis. C'était, de l'est à l'ouest, sur un vaste demi-cercle, une multitude de masses noires et mouvantes,

d'où jaillissait, aux rayons du jour, le reflet des armes.
D'instant en instant, ces têtes de colonnes profondes,
marchant à grands espaces, et se rapprochant de plus en
plus entre elles et de notre position, resserraient l'enceinte.
Et néanmoins Napoléon, s'opiniâtrant encore, niait l'é-
vidence. Il leur répondait : « Que c'était une vision ; que
« ce qu'ils apercevaient à droite ne pouvait être que la
« cavalerie de Grouchy ! Ce mouvement, s'écria-t-il, se-
« rait trop leste ; c'est une manœuvre trop hardie pour
« des Autrichiens ! Je les connais ; ils ne se lèvent pas si
« vite, et si matin. »

C'était pourtant bien l'aile gauche de Schwartzenberg.
Quant aux autres colonnes, se débattant contre la réalité,
il les traita « de troupes disloquées ! de corps en désordre !
« Ils se retiraient ! » Puis, appelant Ney : « Vous le
« voyez, ajouta-t-il, c'est une déroute ! Ce sont des pri-
« sonniers ; amenez-les moi ! » Ney, derrière lui, venait
de dire : « Que ces points noirs isolés, qu'on aperce-
« vait à peine, allaient devenir des colonnes, puis une
« armée, et qu'on verrait bien tout à l'heure qui, d'eux
« ou de nous, serait en déroute ! » Mais, toujours subju-
gué par l'ascendant de l'Empereur, la seule réponse qu'il
osa lui faire fut : « Oui, Sire. » Et, faisant charger sans
hésiter, il lui ramena bientôt plusieurs officiers autrichiens, qu'en effet il venait de prendre.

C'était, au reste, le meilleur moyen de l'éclairer. En
ce moment, l'Empereur avait mis pied à terre. Il fit approcher ces Allemands. Maubourg, diplomate jusque-là,
mais que son patriotisme venait d'attirer dans nos rangs,

et Flahault, aide de camp de Napoléon, les interrogèrent. Leurs réponses furent accablantes. « Là, dirent-ils en « étendant la main vers notre gauche, étaient les Bava- « rois ; du côté opposé, les Wurtembergeois ; ici, les « Russes, puis, les Autrichiens ; plus loin, en troisième « ligne, Schwartzenberg et les réserves ; enfin, le roi de « Prusse, l'Empereur Alexandre et toutes leurs Gardes. » A chacune de ces désignations, Napoléon, les interrompant, se récriait. Il les accusait, ou d'être troublés et de ne savoir ce qu'ils disaient, ou d'imposture. Mais, intérieurement vaincu par l'évidence, par l'imminence du péril, à sa contenance, à ses regards, baissés vers la terre qu'il fouettait précipitamment de sa cravache, geste qu'on a vu lui être habituel dans ses agitations les plus vives, on comprit qu'il n'y avait plus rien à ajouter pour le convaincre. En même temps, il redemandait son cheval. Alors, se portant à gauche, puis à droite, il se rapprocha insensiblement d'Arcis, où il rentra enfin, et ordonna promptement la retraite.

Le duc de Reggio, avec moins de sept mille hommes, fut chargé de la soutenir. Onze heures sonnaient ; il fallait jeter un pont vers Villette pour la cavalerie, après quoi se retirer successivement : d'abord, l'artillerie, ses voitures, les bagages ; puis, vingt-cinq mille hommes et chevaux. Il y avait à passer la rivière, à défiler dans les rues, sur les ponts, et au delà encore au travers d'un marais impraticable, sur une chaussée, longue de douze cents pas, où le moindre accident, un chariot renversé, des chevaux abattus, pouvait tout arrêter. Était-il vraisemblable, lorsque l'ennemi, déjà en présence et en plein jour, nous serrait de près, en face et sur nos flancs, quand, de ses hauteurs, il pouvait compter tous nos pas, qu'il nous laisserait le temps indispensable pour nous écouler sans désordre ? Il ne restait d'espoir que dans une faute de l'ennemi et dans la lenteur autrichienne.

Heureusement, le premier coup de collier, risqué vers dix heures, avait un moment, à la gauche de Schwartzenberg, ébranlé Pahlen. Le généralissime crut à une bataille. Mais, au lieu de la donner sur-le-champ, il perdit le temps en préparatifs pour la recevoir. La bonne contenance de Sébastiani prolongea son erreur. Ce fut à deux heures après midi seulement, et quand depuis trois heures nos corps défilaient, que, s'apercevant de notre mouvement rétrograde, il assembla un conseil, et, après une longue délibération, ordonna l'attaque.

Elle fut violente. Oudinot, pressé de trois côtés à la fois, fut bientôt réduit aux maisons barricadées d'Arcis pour se défendre. Mais, dans ce gouffre où convergeaient tous les coups, les feux de l'ennemi l'écrasèrent. Leval, Montfort, Chassé et Maulmont, étaient ses généraux. Tous furent ou blessés ou démontés, et leurs troupes renversées sur les abords du pont, qu'obstruaient les morts et les mourants. A la gauche, un bataillon Polonais se dévoua : il fut écharpé, mais il retarda la défaite. A droite, les 16me et 28me se dévouèrent.

Il y eut un moment où ces deux régiments, acculés au pont, allaient être jetés dans l'Aube. Ce fut là que le général Chassé, qu'Anvers, dix-sept ans après, a rendu cé-

lèbre, saisit un tambour, battit la charge, et que, s'élançant en tête de cent vieux soldats, il repoussa l'ennemi,
et donna le temps d'achever la retraite. Mais ce brave
corps d'armée venait d'être presque anéanti. On s'était
fait tuer ! Il n'y eut de pris, avec trois canons, que huit
cents blessés.

Cependant, la tête de colonne de Macdonald était parvenue dans Ormes, à l'issue du défilé. Elle recueillit Oudinot, couvrit ses restes, et contint l'ennemi dans sa conquête.

C'en était donc fait ! Vaincu par l'énorme disproportion
des forces, deux fois, en dix jours, Napoléon venait d'être
contraint de reculer : d'abord à Laon, devant Blücher
puis à Arcis, devant Schwartzenberg. Son prestige s'était
évanoui ! On s'était mesuré : sur l'Aube et la Seine, comme
sur l'Aisne et la Marne ; sa force morale, son ascendant,
l'effroi qu'inspirait sa renommée guerrière, étaient épuisés !
La foi en son infaillibilité victorieuse était détruite ! Cette
retraite forcée décelait, avouait son impuissance ! C'était
contre ce fatal aveu qu'il venait de tant s'obstiner. Il
n'en avait que trop calculé toute l'importance.

Cependant, avant de quitter Arcis, forcé d'y abandonner
ses blessés, il s'était attendri sur eux plus que sur lui-
même. Sa détresse ne lui avait point fait négliger les seuls
et derniers soins qu'il pouvait donner à leur infortune. Il
les avait confiés aux Sœurs de charité de cette ville, et leur
avait fait distribuer deux mille francs de sa cassette. Du
reste, dans ce cruel désappointement, son maintien et ses
paroles avaient conservé leur calme et leur fierté habituelles.

Il était resté dans Arcis jusqu'au moment où l'ennemi avait commencé à y pénétrer; il ne s'en était retiré qu'après sa Garde.

Quelques instants avant de se résigner à cette retraite, il avait encore montré une singulière persistance. Macdonald venait de le rejoindre. Ce maréchal m'a souvent raconté que, ayant aperçu de l'autre rive toute l'armée ennemie, il était accouru de sa personne, dans Arcis, près de l'Empereur, et qu'il cherchait encore à s'expliquer pourquoi Napoléon avait affecté devant lui, dans ce dernier moment, l'incrédulité qu'il avait montrée la veille et le matin même sur la présence de cette grande armée, devant laquelle pourtant il se retirait. Toutefois, comme en même temps il l'avait envoyé reconnaître l'ennemi, et qu'il n'attendit pas son retour, Macdonald supposait qu'il avait voulu se débarrasser ainsi d'un témoin gênant, au moment d'un départ qui coûtait tant à sa fierté et détruisait son dernier espoir. Mais ce que Macdonald, comme Oudinot, comprenait moins, c'était pourquoi, lorsqu'il n'était plus question que de sortir vivant, et à l'instant, de ce coupe-gorge, il avait laissé, en s'en éloignant, l'ordre d'y tenir quatre jours encore !

A l'issue du défilé, au delà d'Ormes, seul avec Saint-Aignan, il s'arrêta, demanda sa lunette d'approche, et, l'appuyant sur l'épaule de son écuyer, il parcourut d'un coup d'œil toute l'armée coalisée. Personne ne pouvant l'entendre, une vive exclamation sur le danger du duc de Reggio lui échappa; après quoi, se remettant en selle et en marche vers Vitry, il s'avança lentement et silencieusement sur la grande route. Sa méditation devint si profonde, que ses mains, pendantes à ses côtés, abandonnèrent entièrement son cheval à lui-même. Il suivait en ce moment la crête mouvante d'un ravin, et de si près, que le moindre éboulemeut pouvait l'y précipiter. Saint-Aignan, dans son empressement contre ce danger, sans choisir les expressions, l'avertit de prendre garde, « qu'il « n'y avait point là de garde-fou ! » Sur quoi, Napoléon, que ce dernier mot frappa sans doute par quelque analogie avec la témérité de la manœuvre si chanceuse qu'il méditait, se redressant soudainement : « Comment ? Quoi ! s'é- « cria-t-il, un garde-fou ! Il manque, dites-vous, ici un « garde-fou ? » Et sur quelques explications que Saint-Aignan balbutia : « Ah ! Monsieur, reprit-il en retom- « bant peu à peu dans sa première préoccupation, un garde- « fou ! Vous dites qu'il manque ici un garde-fou ! »

C'est qu'en effet il est plus que vraisemblable que, en ce moment même, il se laissait entraîner à l'un de ces partis décisifs où tout est péril extrême, où l'on n'a pour juge que l'événement : grand ou insensé, selon le succès, et le meilleur ou le pire qu'on puisse prendre ! Telle fut du moins la pensée de son écuyer, et ce qui suivit la confirma.

L'Empereur avait, les jours précédents, appelé tout à lui : Mortier, Marmont, ses renforts venant de Paris, et les corps dispersés en arrière de Macdonald. Forcé, dès l'écrasement de la Rothière le 1er février, de renoncer à faire tête à l'Invasion, depuis cinquante jours il l'avait victorieusement arrêtée, en attaquant ses flancs. Ces manœuvres épuisées, il se décidait à passer derrière elle, à la prendre à dos, et la couper dans sa racine, en abandonnant à elle-même sa capitale !

Ce parti, pris avant la défaite d'Arcis, eût peut-être pu réussir ; mais depuis, quand il avait sacrifié sur ce point plusieurs mille hommes d'élite et plus de trente heures ; quand ce vain effort, en attirant toute l'armée austro-russe, avait donné à celle-ci la mesure de notre faiblesse, et à Blücher, rassuré par notre éloignement, le temps de reprendre Reims et Châlons ; lorsqu'enfin ces deux masses, maîtresses de l'Aube, de l'Aisne et même de la Marne, par leurs corps intermédiaires, s'étaient autant rapprochées, comment espérer que ce retournement subit, que cette révolution inattendue de ligne d'opérations, ne jetterait pas sur celle qu'il abandonnait l'incertitude, le trouble et le désordre ; que les corps laissés vers Soissons, et sur la Vesle, que ceux venant de Paris, auraient le temps de la parcourir, et, pour se rallier à lui, de passer entre les deux armées alliées, déjà si près l'une de l'autre ? L'à-propos manquait. Toutes ces chances fâcheuses, tous ces dangers se réalisèrent ; enfin, ce qui, avant un revers, eût peut-être frappé d'épouvante comme un coup de génie, venant après, ne parut plus qu'un coup de désespoir. Les siens en furent déconcertés ; l'ennemi s'en encouragea.

Pourtant, le duc de Reggio tint tête le soir du 21, et toute la journée du 22, au débouché d'Arcis ; et le 23, Macdonald et Gérard défendirent glorieusement l'intervalle de l'Aube à la Marne. Leurs flancs furent débordés ; mais derrière eux, les murs de Vitry, remplis de Prussiens, ne pouvant être enlevés par Ney et par l'Empereur lui-même, avec des canons de bataille, il fallut passer la Marne au gué de Vignicourt.

Le 23, un autre malheur était arrivé. Les troupes, que Macdonald, dans l'incertitude de ses premières marches, en partant de Provins pour joindre l'Empereur, avait été forcé de jeter à sa gauche, ayant reçu, selon les événements, ordre et contre-ordre, le désordre en était résulté. Ces corps flottaient indécis dans ces vastes plaines. Une division de cavalerie avait rebroussé chemin de Plancy à Sézanne; tout un parc d'artillerie, au contraire, s'était avancé sans escorte, de Sézanne à Somme-Puis, que nous venions d'abandonner; l'ennemi s'en était saisi, et Gérard, accourant au bruit, n'avait pu lui en arracher que quelques restes.

Ce jour-là même, 23 mars, à Poivre, les coureurs de Blücher et ceux de Schwartzenberg s'étaient rencontrés. Leur cri de joie avait retenti dans les plaines de la Champagne! Il proclamait la jonction victorieuse des deux grandes armées d'invasion : celle de deux cent mille alliés, dont l'énorme masse séparait les trente-six à quarante mille soldats épuisés de Napoléon gagnant la Lorraine, des vingt-sept mille hommes de Marmont, Mortier et Pacthod, épars de Vertus à Sézanne; il annonçait enfin que les princes, que toutes les armées coalisées, venaient de s'interposer entre notre Empereur et sa capitale!

De son côté, dans ses jours de malheur, Napoléon, en marchant vers l'Est, où il espérait attirer la guerre, s'était éloigné de Paris plus encore. Le 22 mars, il avait gagné le château de Plessis-le-Comte; le 23, il était arrivé à

Saint-Dizier. Neuf cents Prussiens et un équipage de pont y étaient tombés entre ses mains.

C'était là que le duc de Vicence l'avait rejoint. Son retour annonçait la fin des négociations. Cette rupture, cet abandon de Paris, les nouvelles des avant-postes, tout alarmait ! Alors commencèrent des murmures dans les états-majors généraux, dans ceux de quelques régiments, et autour de Napoléon lui-même. On distingua les plaintes de Kellermann. Ney, dit-on, aussi se montra rebuté, soit mécontentement du parti pris par l'Empereur, ou que, pour le quart d'heure, il fût épuisé d'héroïsme ; soit peut-être parce que, en ce moment, la vue de l'ennemi n'enflammait pas son âme belliqueuse et sa complexion toute guerrière. On remarqua surtout plusieurs officiers d'armes savantes, que plus de science rend plus exigeants, accoutumés à tout raisonner et qu'étonnait cette guerre, en dehors de toutes proportions et de tous principes. Ceux d'artillerie, un colonel entre autres, s'emportèrent. « Où les menait-on ? Encore se perdre. Quel succès espérer de cette « fiction continuelle de bataillons sans soldats et de maré- « chaux sans armées ? Cela pouvait-il durer ? Comment n'en « finissait-on pas à tout prix ? Combien de temps faudrait-il « encore se tuer à arracher des boues les batteries, avec leurs « attelages incomplets, recrutés de chevaux entiers qui y « mettaient tout en désordre ? Ne voyait-on pas que ces « chevaux de ferme, que chaque jour on requérait, accou- « tumés à une nourriture forte et régulière et à des écu- « ries chaudes, s'épuisaient dès les premiers coups de col- « lier, après vingt-quatre heures de nos rations insuffi-

« santes, ou de quelques froides nuits de nos bivouacs? Et
« pourtant, au rebours des règles, nulle proportion entre
« les armes : presque autant de voitures et de canons que
« de soldats, qui protégeaient bien moins les pièces qu'ils
« n'étaient défendus par elles ! »

A ces plaintes, d'autres, placés plus haut et récrimi-
nant, ajoutaient : « Qu'on ne comprenait pas pourquoi,
« malgré la perte de tant de garnisons françaises, laissées
« l'an dernier, au delà du Rhin jusqu'à la Vistule, nos
« soldats défendaient encore Milan et Barcelone, quand
« Paris même était menacé ! 1812 n'avait donc été d'au-
« cun enseignement à 1813, ni 1813 à 1814 ? C'était ainsi
« que, après avoir voulu la première année tout prendre,
« et la seconde tout garder, ce qui avait si mal réussi, on
« s'obstinait à vouloir encore dans la troisième tout res-
« saisir. Voilà pour quelle chimère on venait, en dépit
« d'eux et de Caulaincourt, de rompre toutes négocia-
« tions, et pourquoi encore on allait, abandonnant Paris
« à lui-même, se jeter, éperdument, derrière la coalition,
« pour tout regagner par ce coup désespéré, au risque de
« tout perdre enfin par ce coup-là même !.. »

L'avenir jugera ces reproches. J'ai dû les consigner
ici, parce que ce mécontentement de guerriers, désespérant du salut de leur pays et de tant d'efforts dont une
fierté trop inflexible peut-être ne leur marquait pas
le terme, expliquera la catastrophe qui va suivre.

Quant à l'à-propos de ces plaintes, d'autres répondaient :
« Qu'en effet, l'Empereur, en sortant d'Arcis, eût pu
« tourner vers Paris, et rallier, sous ses murs, tout ce qui

« nous restait de forces ; mais qu'il y aurait attiré sur
« ses pas la Coalition entière ; que c'eût été se placer dans
« une position politique et militaire sans autre issue
« qu'une paix forcée, ou un dernier combat trop dis-
« proportionné ; tandis que, restée maîtresse de sa retraite,
« la Coalition, même après un revers invraisemblable,
« aurait retrouvé, derrière elle, ses renforts, ses res-
« sources, cent lieues françaises, et autant de champs de
« bataille : que, au contraire, Napoléon se jetant dans
« l'est de la France, cette combinaison hardie nous ren-
« dait maîtres des lignes d'opérations des coalisés, de leurs
« renforts, de leurs grandes réserves de munitions ; que
« cette manœuvre, en les séparant de leur base, loin de
« leur livrer Paris, les en détournerait ; qu'elle allait, sans
« doute, attirer l'Invasion, la forcer de rétrograder au
« milieu des monts, des forteresses et de l'insurrection de
« nos populations les plus belliqueuses ; que là, notre armée
« ne serait pas dans un état si désespéré, puisque, avec
« le secours des garnisons, et lorsque Pacthod, Marmont,
« Mortier et le reste auraient rejoint, l'Empereur com-
« pterait encore autour de lui près de cent mille hommes.
« Et ils montraient que, dans cette nouvelle position,
« notre armée aurait plus d'appuis, plus d'espace, un
« terrain plus favorable pour l'habileté, l'audace et la
« rapidité des mouvements ; qu'ainsi les chances devien-
« draient moins inégales ; que, du moins, l'ennemi, comme
« nous, se trouverait sans retraite ; que la guerre morale
« viendrait au secours de la guerre matérielle, et qu'en-
« fin le sort de l'Europe, enfermée dans la France, y pour-

« rait encore dépendre d'un jour, d'un instant de bonheur,
« ou d'un habile coup de guerre !

« Quant à la rupture du Congrès, ils annonçaient l'ad-
« miration de l'histoire pour la magnanimité de l'Empe-
« reur à s'ensevelir sous les derniers débris de l'Empire,
« plutôt que de consentir à la mutilation de la France.
« Ils s'écriaient qu'il ne s'agissait plus de conquêtes,
« mais de subir l'infamie des anciennes limites. Voulait-
« on obtenir, au prix d'une paix honteuse, un repos in-
« fâme? Qui d'eux en pourrait jouir à ce prix? Ah ! sans
« doute, il valait mieux s'en remettre au sort des armes ;
« alors, du moins, on n'aurait pas souscrit à l'humiliation
« du pays en signant la sienne, et la Fortune seule serait
« responsable. »

Cette conclusion, qui soutenait à Saint-Dizier le courage de ceux-ci, y contint, encore cette fois, le dépit des
autres ; mais, quelques jours plus tard, Paris étant perdu,
on la retourna contre l'Empereur : elle acheva la perte
de l'Empire !

Le 24 mars, le quartier impérial fut à Doulevent, la
droite à Saint-Dizier, la cavalerie poussée à gauche, vers
Bar, et Oudinot déjà en Lorraine. Nos garnisons s'apprêtaient ; déjà même, depuis la haute Marne jusqu'au Rhin,
l'insurrection levait ses milliers de têtes, et la terreur se
répandait sur toutes les routes.

Quant à Napoléon, quoiqu'il prévît son sort, et que,
l'avant-veille, de tristes précautions lui eussent fait distribuer une partie de l'or de sa cassette à deux de ses
serviteurs pauvres, les plus anciens et les plus fidèles,

toujours inébranlable, il se raidissait contre son destin. Son danger redoublant, il redoublait d'audace et faisait honte à la Fortune. Il sentait bien, pourtant, que les plus braves s'étonnaient ; que les forces humaines étaient dépassées, que tout enfin s'épuisait ; mais sa grandeur s'isolait de ces murmures ; il en était encore hors de portée ! Il y avait tant d'habitude de commandement d'un côté, et d'obéissance de l'autre ! Et puis, on respectait son malheur, on se respectait soi-même en lui, et, à quelque amertume que, hors de sa présence, on se laissât emporter, devant lui tous se contenaient.

Réellement, le 23 mars, rien n'était décidé encore. Peut-être même Napoléon allait-il entraîner sur ses traces les alliés, quand un coup imprévu du sort, achevant ce que la trahison avait commencé, leur fit tourner bride vers Paris, et tout fut perdu sans ressource !

XV

LES GARDES NATIONAUX A LA BATAILLE
DE LA FÈRE-CHAMPENOISE.

Le 23 mars, les deux invasions, maîtresses, depuis l'Aisne jusqu'à l'Aube, de Neufchâtel, Châlons, Reims, Vitry et Arcis, venaient de se réunir. Le quartier impérial d'Alexandre se trouvait au château de Dampierre. La marche de Napoléon vers l'Est n'était plus douteuse. Les chefs alliés, étonnés de cet abandon de Paris, et d'autre part, de cette manœuvre menaçante sur leur retraite, hésitaient. Placés entre Napoléon et sa capitale, où devaient-ils aller terminer la lutte ?

Depuis quelques jours, un traître, envoyé de Paris par deux autres traîtres, était à leur quartier général. « Paris, leur avait-il dit, détestait plus qu'eux son tyran. « On n'y attendait que leur présence pour y éclater, pour « y proclamer sa déchéance, et y appeler les Bourbons ! » Mais jusque-là le patriotisme de nos provinces de l'Est contredisait cette assertion. Les chefs alliés ne savaient à quoi se résoudre, lorsque, dans la nuit du 23 au 24, deux lettres interceptées, l'une de Marie-Louise, l'autre du ministre de la police Savary à Napoléon, ne leur confirmèrent que trop les avis de la trahison.

Cela est certain. Ce qui l'est moins, c'est le fait suivant. Un témoin me l'a pourtant attesté, mais Pozzo-di-Borgo n'a pu m'en donner la certitude. Ce témoin disait que, ce jour-là même, un second émissaire de Paris avait apporté, dans un bâton creux, à l'empereur russe ce peu de mots : « Vous pouvez tout, et vous n'osez rien. Osez donc enfin ! » La nécessité du secret avait imposé ce laconisme ; l'émissaire devait y suppléer. Il ajouta que, à Paris comme à Bordeaux, tout était prêt ; que les alliés n'avaient qu'à paraître ; mais que l'occasion pressait, sans quoi le foyer bientôt dispersé perdrait sa force.

Quoi qu'il puisse être de cet incident, ce furent surtout les deux dépêches interceptées qui nous perdirent. Toutes les passions des coalisés s'y enflammèrent, entre autres, deux haines privées : celles de Pozzo et de Wintzingerode. L'une datait de 1793 et de la Corse ; l'autre, surtout de 1812. Pozzo, avec son langage mordant, spirituel, et plein d'images saisissantes, excita l'orgueil ambitieux d'Alexandre : « Pourquoi suivre servilement Bonaparte au « milieu de ses forteresses, s'éloigner du point décisif, « accepter sa guerre, quand, par quelques marches dé- « robées, il peut, hors de portée de la redoutable épée de « Napoléon, la lui faire tomber des mains, terminer tout, « et venger enfin, dans la capitale ennemie, les humilia- « tions de toutes celles de l'Europe entière ? »

Il en dit bien plus. Wintzingerode l'appuya chaleureu-

sement. « Paris à découvert appelait la coalition ! On
« n'avait qu'à y courir. Lui s'offrait à couvrir sa marche !
« Dix mille chevaux lui suffiraient pour tromper Napo-
« léon ; leur présence le persuaderait qu'il entraînait
« derrière lui, dans l'Est, toute l'invasion, tandis que,
« sans coup férir, elle irait lui dérober son trône et sa ca-
« pitale ! »

Ils l'emportèrent. Alexandre, décidé, entraîna le reste.
Chez les Allemands, chez les Prussiens surtout, un cri
de joie vengeresse répondit ; on se débarrassa, en l'envoyant à Nancy, du père de Marie-Louise. Ils se sentaient
réunis, ils étaient deux cent mille hommes ; ils allaient s'é-
loigner furtivement de Napoléon : ils osèrent donc aussitôt tout préparer pour courir renverser le trône impérial, ébranlé et vide de son grand capitaine.

Pendant qu'ils se déterminaient ainsi, non loin de là,
le fatal génie de l'indécision était passé, avec les anxiétés
de la défensive, d'un camp dans l'autre. On a vu que Blücher était enfin sorti de Laon et de son inaction. Le 18
mars, le lendemain du départ de Reims de Napoléon, il
avait tenté le passage de l'Aisne à Berry-au-Bac. Marmont en avait fait sauter le pont. Mais bientôt débordés
à droite par Neufchâtel, et cette faible barrière franchie,
lui et Mortier, alors à Reims, n'avaient plus su à quoi
se décider. Ils avaient hésité entre deux nécessités à la
fois diverses et impérieuses : l'une les poussait à reculer
de Reims sur l'Aube, pour couvrir les derrières de son
expédition ; l'autre, à se retirer par Fismes, pour défendre
la capitale.

Dans cette alternative, et pendant les 19 et 20 mars, on avait vu ces deux maréchaux, qu'excusaient l'énorme disproportion du nombre et des instructions contradictoires, flotter incertains de Fismes à Reims. Trois fois, ils avaient fait occuper cette dernière ville, et trois fois ils l'avaient abandonnée. Ils venaient enfin de se décider pour Fismes, quand, le 21, une dépêche de Napoléon blâma ce mouvement et ordonna l'autre. Elle leur annonçait la fuite de l'armée austro-russe sur Bar et Brienne. Dans cette confiance, Napoléon leur prescrivait pour point de ralliement général Châlons, ou cette même ville de Vitry, dont ils venaient d'abandonner la route, et qui était près de devenir le centre de jonction de toutes les armées étrangères.

Aussitôt Mortier et Marmont, s'empressant d'obéir, veulent ressaisir à Reims la route directe de Vitry par Châlons, mais déjà cette voie leur est fermée, et Winzingerode en est maître. Alors, se détournant au sud et à droite sur Château-Thierry, ils tentent dans le même but le grand chemin d'Épernay, qu'ils trouvent également occupé. Le 22, ils y renoncent, et, redescendant toujours au midi, ils gagnent Montmirail. Cette troisième route de Châlons à Vitry leur paraissant libre, ils s'avancent le 23 mars jusqu'à Bergères. Mais là, ils rencontrent de nouveau l'ennemi qu'ils chassent de Vertus, et, ne pouvant continuer, ils se décident à une quatrième tentative encore plus au sud, sur une quatrième route, celle de Fère-Champenoise à Somme-Puis. Ce fut par là qu'enfin Marmont poussa jusqu'à Soudé-Sainte-

Croix, où il s'établit, tandis que Mortier, pour mieux vivre, mieux s'abriter et sonder Châlons, s'arrêta à Vitry d'un commun accord.

Ils espéraient se rallier, le lendemain, à Napoléon. Près d'atteindre le rendez-vous prescrit, ils ne se doutaient pas que, entre eux et l'Empereur, au lieu de quelques cavaliers de Blücher, c'étaient toutes les armées ennemies qui, d'Arcis à Somme-Puis, Vitry et Châlons, étaient réunies devant leur faible colonne. Ils ignoraient enfin que, en cet instant même et à quatre pas de là, deux cent mille alliés se décidaient à marcher, le lendemain, sur Paris, par cette même route sur laquelle Marmont venait de s'établir avec sept mille huit cents hommes.

A cette fatalité divers accidents se joignirent. Les uns naquirent des circonstances, d'autres de la pluralité des chefs, un troisième, surtout de leur caractère. Cette dernière marche de flanc, en plaine et à portée de l'ennemi, était dangereuse. Déjà, dès le matin, Belliard, effrayé des bruits qui circulaient, avait proposé la position de Fère-Champenoise comme assez avancée, et moins imprudente; Mortier aussi l'avait préférée. On y eût appris des nouvelles de l'Empereur, de l'ennemi, et rallié successivement à soi Pacthod, Compans, Souham et dix mille hommes. On se fût enfin trouvé là vingt-sept mille hommes, réunis dans une position moins défavorable à la défensive.

L'inspiration de l'habile Belliard, celle du bon sens de Mortier, étaient donc heureuses ; Marmont les dédaigna. Soit confiance en lui-même ou dans ses instructions ; soit

qu'il crût les Austro-Russes en fuite vers Bar ; soit réaction de fermeté après ses hésitations du 19, il s'était obstiné jusqu'à déclarer qu'il pousserait jusqu'à Soudé-Sainte-
Croix ; qu'il suivrait tout seul cette direction plutôt que
de tâtonner davantage ; et cette témérité, il n'avait pas
manqué de la commettre. Ce maréchal avait reçu de
l'Empereur le commandement en chef des deux corps,
mais secrètement, à l'insu de Mortier, plus ancien maréchal que lui. Dans sa confiance, pour mieux vivre et
dormir plus à l'aise, et par ménagements pour son collègue, il l'avait laissé s'arrêter à Vitry, sans exiger sa
réunion dans Soudé-Sainte-Croix, dès ce soir-là même.

Cependant, à peine était-il arrivé dans ce quartier général, que, de toutes parts, les avis les plus alarmants
l'avaient entouré : Châlons pris ; l'échec d'Arcis ; la
perte de Vitry ; la retraite sur Saint-Dizier ; la jonction
menaçante des deux invasions en une seule ; jusqu'à leur
marche, résolue le matin même, sur Paris, résolution que
ces alliés proclamaient hautement dans leur joie déjà
triomphale ! Toutes ces calamités, on les touchait du
doigt ; elles étaient dans toutes les bouches, elles frappaient même tous les regards.

Mais l'orgueilleux Marmont n'avait foi qu'en lui.
Convaincu que cette partie la plus difficile de la science
du général, celle de deviner, d'après les événements de
la journée, les projets de l'ennemi pour le lendemain,
était particulièrement la sienne, dès que son opinion sur
ce point était fixée, c'était comme l'arrêt du sort. Ajoutez que, par tempérament et dédain, il était de l'intré-

pidité la plus impassible. Il en résultait alors qu'aucun avis', que nul rapport, sur l'approche même des plus grands dangers, n'étaient capables d'ébranler sa conviction. Il y avait du grandiose dans ce caractère entier. C'était, il en faut convenir, un homme de grand cœur, de beaucoup de science et d'esprit, et quelque mal que, dans ce moment d'erreur et depuis, il nous ait fait, l'un des personnages remarquables de cette époque.

Enveloppé dans sa persistance hautaine, et persuadé que l'ennemi ne s'attaquerait point à lui, il s'était donc établi, de plus en plus, dans ce nouveau quartier général. La nuit venue, d'immenses lignes de feux rougirent l'horizon devant lui entre la Cosle et la Marne ; ces feux ne l'éclairèrent point. Peut-être même y crut-il voir ceux de l'Empereur ! Vainement, les cris d'alarme autour de lui redoublèrent : au général Belliard, qui insistait sur ces rapports, il reprochait, en souriant, sa facilité trop crédule ; à un officier, envoyé en reconnaissance et ramené à coups de sabre jusqu'aux grandes gardes, il répondait qu'il avait eu peur et vu double. Quant aux assertions des prisonniers ennemis, n'en tenant compte, c'étaient, disait-il, des gens rusés ou stupides !

Un autre officier, un Polonais, avait osé pénétrer seul au milieu des Russes, il avait compté leurs régiments, entendu leurs projets d'attaque. Bien plus, et pour preuve, en revenant il avait audacieusement enlevé l'une de leurs vedettes. Ce rapport était incontestable, mais, loin d'ébranler Marmont, il ne lui inspira d'autre précaution que d'envoyer, à plus de deux lieues de là, prier Mortier de rapprocher, le lendemain seulement, de Soudé-Sainte-Croix, ses neuf mille hommes.

Un autre incident marqua cette sécurité si imperturbable ; les suites en furent cruelles. Vers trois heures du matin, un officier de Pacthod se présente ; il annonce que son général, avec environ six mille hommes escortant un convoi, vient d'arriver à Bergères ; qu'il est prêt à se réunir aux maréchaux, et qu'il demande leurs ordres. Dans de telles circonstances, ce renfort inattendu était inappréciable. On assure qu'il fut répondu à Pacthod négligemment, et sans même l'avertir du danger commun, qu'il eût à rester où il se trouvait. Un témoin dit plus, c'est le général Ricard lui-même : il m'a dit que, le cheval de l'envoyé de Pacthod étant tombé mort de fatigue à la porte du maréchal, cet officier en demanda un autre pour que l'ordre pût arriver à temps à son général, mais qu'on le lui refusa insoucieusement, chacun ne songeant qu'à soi : égoïsme résultant de besoins, de souffrances et d'émotions trop multipliés ; d'où vint que le malheureux repartit à pied, qu'il arriva trop tard, et que, dans la journée même, cette division, surprise en marche, au lieu de seconder en commun la retraite, y périt tout entière, à part, sans être utile.

Enfin, pendant toute cette nuit du 24 au 25 mars, quoique assailli par mille renseignements qui tous concordaient d'une manière effrayante, Marmont, persistant à les mépriser, s'était imperturbablement rendormi, répétant : « Qu'il connaissait sa position, et qu'il en savait « là-dessus plus que personne. »

Le jour reparut avec de nouveaux sujets d'alarme. Le dernier avertissement vint de Ricard. Ce général, voyant, m'a-t-il dit, l'avalanche prête à tout engloutir, et qu'il n'y avait plus un instant à perdre, courut chez le maréchal. Ses yeux exercés venaient d'apercevoir l'armée entière des alliés marchant sur Marmont. Leur avantgarde était déjà même en présence, et pour ainsi dire touchant à sa porte. Ricard entre; il trouve Marmont encore désarmé, et paisiblement assis devant ses cartes; il l'entend conjecturer sur nos chances à venir, quand il n'y en avait plus d'autres pour lui que d'être écrasé à l'instant même.

Mortier venait d'arriver de sa personne; son corps était loin encore. A la première exclamation de Ricard, ce maréchal, homme de résolution, dont le bon sens s'entendait sur-le-champ avec celui des autres, se leva vivement, et courut hâter l'arrivée de sa colonne. Quant à Marmont, il demeura dans ses hauteurs contemplatives, sans s'émouvoir d'un avis qui n'y concordait pas. Il entendit Ricard sans l'écouter, et tellement, que celui-ci, désespéré, sortit en poussant violemment la porte, décidé à faire lâcher en l'air quelques coups de feu, afin d'arracher son chef, si ce n'était de son aveuglement, du moins de son quartier général.

Mais il n'en eut pas le loisir, l'ennemi se chargea de cette alerte. Il était déjà si proche, que, en ce moment, ses premières balles sifflèrent, et qu'un coup de canon brisa les vitres de la chambre même où le maréchal s'obstinait à rester encore.

Le jour était commencé, il était environ sept heures. Deux cent mille hommes s'avançaient contre vingt-trois mille, dont la dispersion en trois corps triplait la faiblesse. Autour d'eux, l'Invasion, comme un torrent débordé, n'avait plus de digues. La droite en était déjà avancée de dix-huit lieues sur la Marne. La masse, presque entière, se précipitait droit sur Marmont et Paris, tandis que ce maréchal, selon ses instructions il est vrai, et ne songeant qu'à percer ce prétendu rideau pour se joindre à l'Empereur, allait se heurter contre elle !

Déjà des flots de cavalerie ennemie inondaient la plaine. Marmont, étonné, fut enfin forcé de faire ses dispositions de résistance sous un feu ardent. Il ne comprenait rien à cette attaque. Qu'était donc devenu Napoléon ? Pourquoi toute la coalition se retournait-elle de son côté ? Il voulait douter encore ; mais, devant comme derrière lui, tout lui montrait son imprudence, et combien sa situation était critique. Devant lui, un ruisseau au fond d'un pli de terrain pour toute défense. Derrière lui, pour tout refuge, des plaines immenses, où, sans appui, son faible corps semblait comme un point perdu dans l'espace ; pour comble de danger, à quelques lieues en arrière, un défilé ; puis un second. Encore si, moins confiant, il eût donné rendez-vous à Mortier derrière cet obstacle ! mais non, il venait de l'appeler de Vitry à Soudé même, c'est-à-dire en avant et au milieu de l'ennemi, que maintenant on ne pouvait plus éviter, qu'il fallait combattre

On assure, néanmoins, que le premier appel de Marmont à Mortier avait encore été fait assez à temps, pour

que, dès le point du jour, on fût réuni, mais que cette décision n'avait pu être envoyée d'un maréchal à un maréchal sous la forme d'un ordre ; qu'ainsi, chaque décision
demandant un concert, il avait fallu s'écrire, se répondre,
et cela avec la déférence et les précautions indispensables
à la bonne harmonie entre deux chefs égaux et dans un
commandement partagé. De là, des lenteurs, sans compter
les accidents inhérents aux communications nocturnes.
Le malheur, qui souvent se joint aux fautes, n'avait pas
manqué de s'ajouter à celle du duc de Raguse. Il avait
rendu irrémédiable sa téméraire obstination. Son aide de
camp avait croisé en chemin, sans l'apercevoir, le duc de
Trévise, que l'inquiétude amenait chez son collègue, et il
avait fallu renvoyer une seconde fois au corps de Mortier
l'ordre de ralliement enfin convenu.

Marmont, malgré le danger qui s'aggravait à chaque
instant, fut donc forcé d'attendre en combattant. Cette
attente dura trois heures entières. Cependant, les masses
ennemies s'approchèrent de plus en plus; elles s'étendirent et gagnèrent les flancs. Dès lors, pour rétrograder, on
dut se résigner au sacrifice, dans Soudé, de plusieurs compagnies de voltigeurs, puis à risquer une charge de cavalerie, qui fut repoussée.

Néanmoins, vers onze heures, les deux maréchaux s'é-
taient rejoints ; ils étaient même parvenus, presque entiers,
jusqu'au delà du premier défilé, celui de Sommesous. Là,
se retournant entre Chapelaine et Montépreux, ils s'étaient
couverts de soixante canons, et, pendant deux heures, ils
avaient fait respecter leur faiblesse ; mais, de même qu'à

Soudé-Sainte-Croix, leur position, de plus en plus débordée, devenait un piège. Il restait six heures de jour, sept lieues de plaines, un autre défilé à traverser, et derrière celui-ci d'autres plaines. Quel qu'en fût le danger, il fallut donc, sous les yeux et comme sous la main de l'ennemi, se remettre encore en retraite.

Dans ces champs tout nus, forcé de s'appuyer sur soi-même, on reculait lentement sur deux lignes, l'une traversant l'autre par ses intervalles, et protégée de ses feux, quand tout à coup d'épais nuages, accourant de l'est, et de noires colonnes d'artillerie et de cavalerie couvrirent à la fois le ciel et la terre. Ce fut vers une heure que ce double orage, s'étant amoncelé, éclata soudainement : sur terre, par des charges impétueuses ; dans l'air, par une grêle violente, suivie de torrents de pluie, qu'un vent furieux fouettait au visage de nos malheureux soldats aveuglés. Bientôt, le sol trempé se défonce sous nos canons, qu'on n'en peut arracher qu'à force de cris et de coups, les pieds de nos fantassins glissent ou s'enfoncent dans une boue visqueuse ; dans leurs mains engourdies leurs armes mouillées se taisent, elles leur deviennent inutiles. Forcés de lutter ainsi contre tout à la fois, ils se troublèrent et ne cherchèrent plus leur salut que dans la fuite.

Cependant, deux fois les escadrons de Bordesoulle avaient résisté, mais une troisième charge les rompit. Il fallut que Belliard, avec la division Roussel, accourût promptement pour remplir ce vide. Belliard espérait, avec ce renfort, surprendre la cavalerie ennemie dans le pêle-mêle de sa victoire et la repousser, mais de nouvelles lignes des alliés le prirent lui-même à revers ; et, renversé sur notre infanterie, il en augmenta la déroute.

Tout eût été perdu sur l'heure, sans le 8ᵐᵉ de chasseurs que Latour-Foissac lança à propos au milieu de ce désordre. A sa vue, l'ennemi s'arrêta pour se rallier ; on reprit avec la marche quelque ensemble, et, comme on atteignait le second défilé, celui de Conentray, on crut avoir quelques instants pour se préparer à en effectuer le passage. Bordesoulle et sa cavalerie en masquèrent l'entrée, que deux faibles brigades d'infanterie, placées à droite sur le mamelon de Vaurefray, devaient défendre ; le reste défila.

Mais l'ennemi, se renforçant à chaque pas, s'enhardissait. Le grand-duc Constantin, trois mille chevaux de la Garde russe et douze canons arrivaient en cet instant ; ils chargèrent aussitôt. Bordesoulle et ses cuirassiers étaient affaiblis ; deux échecs venaient de les déconcerter, ils tournèrent bride. Nos deux malheureuses brigades d'infanterie furent laissées à découvert : surprises dans leur formation, trempées par l'orage, et sans autres armes que leurs baïonnettes, l'une succomba tout entière ; l'autre, écrasée, se releva mutilée, et ses restes, se rapprochant et se retirant, sauvèrent du moins leurs aigles et leur général.

Ainsi le défilé demeurait sans défense ; la cavalerie, dispersée, fuyait ; l'artillerie était culbutée et engravée au fond du ravin, un bataillon du train, vingt-cinq bouches à feu, et soixante caissons, attelés de chevaux entiers hennissant, ruant et mettant tout en désordre, y restaient abandonnés. Marmont revint sur ses pas pour les reprendre, mais, après de vains efforts, il y renonça.

Ce désastre, résultat de son obstination de la nuit précédente, n'abattait pas sa fierté : il passa sous ce joug sans courber la tête. Lui et Mortier, avec les divisions Ricard et Christiany, se couvrirent de ce défilé tout encombré de leurs pertes ; ils rallièrent leurs débris derrière cet obstacle, et y tinrent ferme.

Mais là encore, de même qu'à Soudé et à Sommesous, s'arrêter c'était préparer sa perte, puisque des masses, toujours croissantes, de cavalerie, tournant leurs flancs, allaient gagner, avant eux, Fère-Champenoise, leur seule retraite. Il fallut donc reculer encore en plaine rase, au travers d'une pluie de boulets, et poussés par les charges redoublées des Russes. Heureusement l'orage avait cessé. Les armes firent feu, et quelques-uns de nos bataillons, maintenus par leurs chefs, tantôt marchant, tantôt se reformant en carrés, protégèrent une foule de blessés et d'hommes débandés fuyant en déroute. On dit, pourtant, que tous eussent été coupés de Fère-Champenoise sans l'apparition imprévue de quatre cents chevaux, arrivant de Paris dans cette ville, et qui en débouchèrent à propos. A l'aspect de ce secours, l'ennemi, s'arrêtant, donna le temps aux deux maréchaux d'atteindre et de franchir ce passage.

On continuait vers Sézanne, se croyant sauvés, lorsqu'un nouveau corps de cavalerie ennemie, accourant des bords de l'Aube au bruit du combat, faillit tout perdre. Il surprit en flanc nos files distendues qu'il rompit, sabra, et dont il ne ressortit qu'en entraînant des prisonniers et plusieurs canons qu'on ne put reprendre. Enfin, depuis le ma-

tin, attaqués en tête, en queue, chargés sans cesse, enta-
tamés, culbutés à plusieurs reprises, les restes de notre
malheureuse colonne, harassés d'une fuite si longue et si
sanglante, rencontrèrent un terrain moins défavorable : ils
y prirent position en avant de Linthes.

Il était quatre heures ; les souverains alliés étaient présents. Attirés par la victoire, artillerie, infanterie, tout
s'apprêtait, un dernier et funeste choc allait commencer,
lorsque, en arrière de l'aile droite ennemie, vers notre gauche, le bruit d'une fusillade soutenue, entrecoupée des dé-
tonations d'une artillerie nombreuse, détourna l'attention.
Le combat en fut suspendu ; des deux côtés tous écoutè-
rent ; le bruit évidemment se rapprochait. Un cri *l'Empereur !* cri d'alarme d'un côté, cri d'espoir du nôtre, courut
dans les rangs, et telle en était la magie, que nos soldats
épuisés et vaincus, ne doutant plus de la victoire, demandèrent à attaquer !

Ces échos annonçaient un autre désastre. C'étaient les
derniers efforts du corps de Pacthod. La confiance de
Marmont avait été contagieuse. Pacthod, sans réponse
de ce maréchal, s'était, à tout hasard, avancé pour se rallier à lui, s'aventurant trop ainsi dans la plaine. Vers
dix heures du matin, il reprenait haleine dans Ville-Se-
neux, quand il fut aperçu par l'avant-garde de Blücher.
C'était Korff et cinq mille chevaux. L'attaque avait été
vive, les charges multipliées ; mais, pendant deux heures
Pacthod, ayant placé son convoi entre le village et ses
carrés, y était demeuré impénétrable. Il ne songeait nullement à reculer, lorsqu'une seconde apparition, celle de

Wassiltchikow, avec quatre autres mille chevaux, lui fit comprendre son danger, et qu'il fallait songer à la retraite. Jusqu'à Clamange il n'avait rien abandonné : son convoi de vivres, couvert par ses bataillons, avait marché en échiquier sur quatre voitures de front. Mais là, se voyant débordé, il s'était appuyé de ce village et, pendant un combat vigoureusement soutenu, il avait ajouté aux attelages de ses canons les chevaux les moins exténués du convoi qui l'appesantissait, et dont il allait débarrasser sa marche.

Vers trois heures, ainsi allégé, il avait atteint Écury-le-Repos; il s'efforçait de gagner Fère-Champenoise, dans l'espoir d'y trouver nos maréchaux, quand la cavalerie de Korff, l'ayant dépassé, se mit en travers. Un élan du général Delort eut bientôt crevé cet obstacle; mais d'autres nuées de chevaux ennemis, affluant de toutes parts, l'enveloppèrent. Delort, attaqué de trois côtés, fit face partout; et, reculant aussi bravement qu'il avait chargé, il revint tout entier se rallier à Pacthod, pour tenter ensemble une autre sortie, puisque celle-là était devenue impossible.

Déjà, à droite, au delà de Petit-Aulnay et de Bannes, ils apercevaient les marais de Saint-Gond. C'était un refuge, tous s'y dirigèrent. Et d'abord leur marche, à travers champs, fut plutôt escortée qu'attaquée par les neuf mille cavaliers ennemis, rebutés de six heures d'efforts inutiles. C'était alors, vers quatre heures du soir, que, au bruit de cet autre combat, les souverains alliés, devenant inquiets, avaient lâché prise sur nos maréchaux.

On avait vu successivement l'infanterie de Rayefski, les Gardes russe et prussienne et leurs canons se détourner, et marcher de Fère-Champenoise sur l'infortuné Pacthod. Bientôt, toute cette infanterie, quatorze mille cavaliers, quatre-vingts bouches à feu, l'entourèrent. Dès lors, toute voie de salut lui fut fermée et, un pas de plus, impossible.

Cernée ainsi, au milieu de cette plaine, la malheureuse division s'arrêta. Elle se forma en carrés s'appuyant l'un l'autre, les canons aux angles, et se hérissa de baïonnettes. C'étaient deux mille soldats et quatre mille gardes nationaux. Ils croyaient l'Empereur perdu ; il voyaient l'invasion triompher ; ils savaient qu'après eux il n'y avait plus d'obstacle entre eux et la capitale ! Dans cette position désespérée, leur général les harangua : « On ne capitule pas, leur dit-il, en rase campagne ; « la loi militaire le défend, et surtout l'honneur ! D'ail- « leurs, quand la Patrie périt, qui voudrait lui survivre ? « Jurons donc de mourir pour elle ! » Aussitôt, l'épée haute, lui-même prononce à haute voix ce serment, et, tous, exaltés de son héroïsme, répètent, avec acclamations et en agitant leurs armes, ce cri d'un dévouement à jamais sublime !

Ils tinrent parole. Et d'abord, inaccessibles aux charges furieuses de toute l'élite de la cavalerie alliée, leur feu roulant les entoura de morts et de mourants, dont ils jonchèrent ces plaines fatales. Au milieu de ce combat, deux frères, l'un transfuge, l'autre dans nos rangs, se trouvèrent aux prises. Le premier, naguère aide de camp de Moreau, osa sommer l'un de nos carrés de mettre bas les armes ! Son frère en commandait l'artillerie : il lui répondit à coups de mitraille. La fumée dissipée laissa voir l'un debout, ferme dans son devoir, tandis que, justement atteint, le transfuge resta étendu à terre.

Les charges alors recommencèrent, le feu de Pacthod redoubla, et, la cavalerie restant impuissante, l'empereur Alexandre fit avancer son infanterie. Mais contre ces murailles vivantes ce nouvel assaut ayant échoué encore, et l'artillerie seule pouvant les démolir, on l'appela. Bientôt, quatre-vingts bouches à feu les battirent en brèche. Et cependant, nos malheureux carrés, troués, brisés en morceaux, persistaient, lorsqu'enfin dans leurs flancs entr'ouverts, la cavalerie ennemie, suivant sa mitraille, se précipita.

Le premier carré qui succomba fut celui de Pacthod, les autres ensuite : ceux d'Amey, de Jamin, de Bonté et du général Delort. Le dernier fut celui du général Thévenet ; et pourtant, les rangs rompus, les carrés déformés, on ne se rendit point : on se défendit d'homme à homme, à la baïonnette ! Trois mille cinq cents gardes nationaux se firent tuer sur place. Quinze cents soldats et les six généraux, la plupart blessés ou foulés aux pieds des chevaux, restèrent prisonniers. Quelques centaines seulement, les plus rapprochés des marais de Saint-Gond, s'échappèrent.

On dit que Pacthod ne voulut livrer son épée qu'à l'empereur Alexandre lui-même. On ajoute que, saisi d'admiration, ce Prince, rendant au dévouement de nos malheureux compagnons d'armes le plus éclatant des témoignages, s'avoua vaincu dans sa victoire par une aussi glorieuse défaite.

Malheur illustre, en effet ! Gardes vraiment nationaux ! Nobles victimes ! Puisse du moins ce récit leur survivre ! Puisse-t-il leur servir à jamais de monument funèbre ! Mais pourquoi notre Patrie n'en a-t-elle donc pas élevé un autre à leurs cendres ? Combien de temps ce sol, détrempé d'un sang si généreux, restera-t-il muet encore ? Garde nationale française, l'Étranger a-t-il oublié le chemin de la France ? Et s'il se représentait cependant, quel exemple plus glorieux invoqueriez-vous ? Dans quel monument la Patrie offrirait-elle à vos descendants le souvenir d'un dévouement plus sublime ? Sur quel autre autel, enfin, iriez-vous alors jurer de mourir pour elle ?

Pendant que cet immortel sacrifice s'accomplissait, les maréchaux, profitant d'une si cruelle diversion, raffermirent leurs soldats et se dirigèrent sur Allement. Ils n'y arrivèrent qu'à neuf heures du soir. La nuit précédente, s'ils eussent reculé ensemble et à temps, ils eussent pu atteindre ces défilés avec vingt-trois mille hommes ; et, comme, depuis Sézanne et Nogent jusque dans Paris, douze mille autres soldats étaient réunis, leur mouvement rétrograde en eût été successivement renforcé ; ces trente-cinq mille hommes, bien liés au terrain, eussent pu forcer à des déploiements, à quelques manœuvres, et faire perdre à la pesante coalition trente heures de marche. L'Empereur alors serait arrivé à temps ; les alliés, presque épuisés de munitions, auraient pu être pris entre deux feux, et Paris eût peut-être été sauvé cette fois encore !

Mais tout le mal possible était arrivé. Cette déplorable journée de quinze heures détruisait ce dernier espoir. Nos ennemis l'ont appelée Fère-Champenoise ; car c'est aux vainqueurs qu'appartiennent ces sanglants baptêmes.

On ne sait jusqu'à quel point Marmont s'en crut responsable. Les excuses ne lui manquèrent pas. Avait-il donc pu, en dépit de ses instructions, deviner, et le parti désespéré qu'avait pris l'Empereur, et la présence de tous les coalisés ralliés, depuis la veille, entre lui et Napoléon, et leur direction nouvelle ? Connaissait-il la position de nos détachements, épars entre Seine et Marne ? Ajoutez le partage apparent du commandement entre lui et le duc de Trévise, d'où la nécessité de s'entendre et de s'attendre était résultée. Et d'ailleurs, la retraite, ainsi faite à temps sur Sézanne, eût-elle arrêté l'armée de Blücher, déjà en pleine marche sur Paris, par Château-Thierry, Montmirail, Meaux et la Marne ? Non, la fortune de la France, trop de fois tentée, l'abandonnait ; le miracle de notre résistance était à son terme. Assez longtemps le génie avait changé l'ordre des choses ; la force matérielle, alliée à la trahison, l'emportait, et tout rentrait dans l'ordre naturel.

Quelles que fussent les considérations dont Marmont, dans son malheur alors commencé, soutint son courage, le fait est que cette fatale journée du 25 mars venait de nous coûter quarante-six canons, plus de quatre-vingts

caissons, une quantité de bagages, et dix mille hommes,
dont cinq mille tués, quatre mille prisonniers, et mille
dispersés.

Le reste, douze à treize mille hommes harassés, consternés, hors de combat et de leur retraite, ne savait plus
même où fuir. Par leur dernier mouvement à gauche sur
Allement, les deux maréchaux s'étaient jetés au milieu
des champs : ils avaient abandonné à l'ennemi Sézanne
et son chemin, leur seule voie de salut. Leur but, on l'ignore, à moins qu'ils n'aient espéré ou se rapprocher
ainsi de Pacthod, ou regagner, au travers des marais de
Saint-Gond, leur route habituelle, et naguère encore si
glorieuse, de Montmirail.

Enfin, vers dix heures du soir, le désastre de Pacthod
étant avéré, et se sentant perdus dans ces boues, ils se
ravisèrent. Mais, soit fierté de l'un, ou pitié de l'autre,
ils ne se décidèrent pas à exiger de leurs soldats exténués une nuit de marche encore. Ils ne donnèrent donc
que pour le point du jour du 26 l'ordre de reprendre les
armes. Compans était dans Sézanne : ils n'avaient point
d'autre passage, ils le firent prier de le leur garder jusqu'au lendemain.

Heureusement Compans s'y refusa. Il répondit que l'avant-garde de la grande armée alliée était devant lui, et
déjà l'infanterie de l'armée de Silésie, derrière sa gauche, dans Montmirail ; que, embarrassé par de lourds convois, il n'avait pas mille hommes à leur opposer ; que la
nuit seule pouvait donc protéger sa retraite, et qu'il allait en profiter.

Cette réponse décida les maréchaux, mais trop tard encore. Le 26, à deux heures du matin, ils étaient pourtant en marche. La fatigue distendait leur colonne languissante. Elle défilait par deux hommes de front, et à tâtons, dans la fange profonde d'un mauvais chemin de traverse encaissé, et allait atteindre Sézanne, quand, dans l'obscurité, sa tête heurta l'ennemi, se renversa sur ceux qui suivaient, y propagea l'effroi, et tous s'en furent à toute bride.

On était parti deux heures trop tard : la ville, abandonnée par Compans, était déjà prise. Belliard et Roussel rallièrent ces cavaliers éperdus ; la tête de colonne, reformée, se déploya ; le reste rejoignit, et tout s'arrêta. Le jour vint avant qu'on se fût décidé au seul parti qui restait à prendre. Mais alors, les maréchaux ne voyant entre eux et leur seule retraite qu'un millier de chevaux prussiens, forcèrent l'obstacle. Ils traversèrent Sézanne ; après quoi, ils se dirigèrent d'abord sur Courgivaux, puis à droite, par Moutis, sur La Ferté-Gaucher, centre des routes du Morin. C'était là qu'ils espéraient rejoindre Compans, et faire tête à l'orage. Ils eussent ensuite regagné, par Coulommiers, leur ligne d'opérations de la Marne, que, sur l'ordre de l'Empereur, ils avaient abandonnée le 21 mars ; leur but, qu'enfin ils se croyaient maîtres d'atteindre, était d'aller se replacer à Meaux entre l'invasion et la capitale.

Ainsi, malgré la violence des coups dont ils venaient d'être frappés, vaincus et non défaits, ces coups n'avaient point porté jusqu'à leur cœur ; ils allaient le montrer, et quatre jours après, devant Paris, ils le firent voir bien plus encore !

Dans leur confiance, ils s'avançaient vers La Ferté, et, en dépit de l'échauffourée de Sézanne, la nécessité d'une halte, pour manger et reprendre haleine, venait de les arrêter quatre heures, lorsque, pressés en queue par l'ennemi, ils reprirent leur marche. Mais, à l'instant où, luttant à leur arrière-garde, ils croyaient leur avant-garde dans La Ferté, ils apprennent que Compans vient d'en être chassé ; que leur halte les a perdus ; que déjà Blücher les a fait devancer dans ce passage ; qu'ils sont enfin entre deux feux, et sans retraite !

Le péril était grand, leur détermination l'égala. Contre ce double danger, s'armant d'un double courage, Marmont se chargea de contenir l'ennemi qui suivait, et Mortier, d'attaquer dans La Ferté celui qu'on avait en tête. Mais, du côté de Marmont, l'avant-garde de Schwartzenberg, qu'il contint en face, l'assaillit tout à la fois sur ses deux flancs ; à droite, ce fut de plain-pied ; à gauche, en se couvrant du Morin et en canonnant impunément ce flanc de notre malheureuse colonne. D'autre part, et dans La Ferté, le corps prussien, que Mortier en voulait chasser, s'aidant des lieux, l'écrasa de sa nombreuse artillerie retranchée dans une position inexpugnable. Deux fois Mortier se brisa contre elle. Ainsi, poussés en queue, repoussés en tête, et l'armée coalisée accourant sans doute, le danger s'accroissait de plus en plus : le temps, les combattants, l'espoir, tout se perdait ! Dans cette extrémité, les deux maréchaux se concertèrent et prirent un parti extrême. Mortier masqua la tête de la colonne de quelque cavalerie contre les Prussiens, restés maîtres de La Ferté, et Marmont, son arrière-garde contre les Russes et les Bavarois, en leur opposant la brigade Joubert, qui se dévoua pour le salut général. Puis, tous deux, abandonnant la Marne pour la Seine, s'en furent à travers champs, Mortier vers Chartrouges et Marmont vers Courtraçon, où la nuit les réunit, et d'où ils gagnèrent Provins, le 27 mars.

Ils y retrouvèrent Joubert. Ce général, après avoir lutté dans Moutis le reste du jour précédent, avec mille hommes contre six mille Bavarois et vingt canons, leur avait échappé. On l'avait cru perdu. Cette réunion inespérée fut une courte et dernière joie au milieu de tant d'infortunes.

Heureusement, Schwartzenberg, déjà étonné de la promptitude hardie de son mouvement du 25, était retombé dans sa pesanteur méthodique et indécise. On assure que, dans cette marche dérobée à Napoléon, où tout devait être si rapide, il sacrifia un temps précieux à des alignements de parade. Nos maréchaux, dépassés par Blücher, avaient donc pu errer impunément pendant trente-deux heures, du sud au nord, puis du nord au sud, au milieu des champs et de ses avant-gardes. Ils purent même encore, pour reprendre haleine dans Provins, perdre toute la journée du 27. Marmont, pourtant, devait craindre d'arriver trop tard et trop faible devant Paris ; mais, après tant de sang et de fatigues, comment lui reprocher un repos indispensable? Ce qui l'était moins, c'était de laisser, comme il le fit, Souham et cinq mille hommes dans Nogent, sans les rallier à sa retraite. Déjà la fatalité pesait sur ce maréchal. Lui et Mortier ne repartirent de Provins que le 28. Ce fut seulement à Charenton, avec leurs débris réduits à dix mille hommes, que le 29 ils revirent enfin la Marne.

L'Invasion eut encore pu les y prévenir, et prendre Paris sans bataille. Tout entière sur la route de Meaux, Compans n'avait eu d'abord à lui opposer que quinze cents hommes ! Dans Meaux, il est vrai, Ledru des Essarts, avec trois mille recrues et gardes nationaux, s'était joint à ce général. Là, ces quatre mille cinq cents hommes, protégés par la Marne et bien commandés, s'étaient défendus jusqu'au 28. Mais alors, la Marne franchie, la Coalition les avait débordés et repoussés. Toutefois, Compans n'avait reculé que pied à pied, n'abandonnant chaque position qu'au moment où il y eût été culbuté, et forçant l'ennemi trop circonspect à des développements successifs, dont sa marche fut retardée. Claye, où deux mille cinq cents hommes de renfort venaient d'arriver, avait marqué sa première halte, Grosbois la seconde. Dans Ville-Parisis ou Monsaigle, on avait eu même un faible et dernier succès ; l'infanterie prussienne en ayant débouché sans précaution, une charge de flanc l'avait entamée : le général Vincent lui avait arraché, avec ce village, deux cent cinquante prisonniers. Ce coup de main avait arrêté, quelques instants, la tête de l'Invasion, et dans Livry et Bondy, la nuit du 28 au 29 avait protégé la troisième halte de nos sept mille hommes.

Mais le 29, ce n'est plus une avant-garde, ce sont toutes les armées alliées qui s'avancent sur trois colonnes : celle de droite, par les routes d'Aunay et du Bourget ; celle du centre, par Bondy ; celle de gauche, par Neuilly-sur-Marne ! Elles avaient laissé, à tout hasard, deux corps, russe et prussien, vers Meaux, en observation contre l'armée Impériale. Ces masses étaient irrésistibles. La trahison, qui redoublait chaque jour, les appelait. Néanmoins, leur force rusa encore : elles n'avancèrent qu'en parlementant, et à la faveur d'une suspension d'armes.

Compans s'en aperçut. Il **rompit cet accord**, qu'il avait d'abord accepté. Mais, dans son impuissance, il fut forcé d'abandonner Bondy, Pantin, Romainville même, le canal de l'Ourcq, celui de Saint-Denis, et à se réfugier sur la butte de Beauregard. Paris, dans cette journée du 29, resta donc à découvert, depuis Saint-Denis jusqu'à Belleville : large espace de cinq mille six cents mètres de développement, qu'un faible rideau de cavalerie, étendu dans cette plaine, ne pouvait défendre.

Tout eût été fini ce matin-là même, si Schwartzenberg eût marché les 26, 27 et 28 mars, comme le 25. Mais toujours préoccupé de l'alignement de ses têtes de colonnes, il perdit encore ce dernier jour du 29, où nos maréchaux ne purent atteindre Charenton que vers la nuit. Leurs troupes étaient si affamées, si exténuées, qu'ils furent forcés de les cantonner sur place, entre la Marne et Vincennes, remettant au lendemain à les placer en face de l'ennemi, et n'en recevant point l'ordre.

XVI.

BATAILLE DE PARIS.

Paris et l'Invasion étaient en présence : l'Invasion dans sa toute-puissance, avec ses princes, ses chefs les plus décidés, ses corps d'élite, cent cinquante mille hommes; Paris, surpris sans garnison, sans armes, sans un retranchement ébauché, surpris enfin comme en pleine paix, quand, depuis deux mois, sans cesse menacé, il avait déjà vu l'Invasion se montrer trois fois à ses portes !

Cependant, outre sa garde nationale, trois mille anciens artilleurs s'étaient offerts. On sait que, dans la ville, dans ses faubourgs, dans la banlieue, dix mille volontaires auraient pu être organisés. Bien plus, soixante cadres de dépôts d'infanterie étaient répartis à quelques lieues de ses murailles. Les canons étaient nombreux, les abords extérieurs, faciles à rendre formidables, et rien n'était prêt. Les combattants, volontaires ou autres, ou refusés ou non appelés, étaient restés épars ; les canons, inutilement entassés en parcs, manquaient de munitions ; enfin, pas un seul pouce de terre n'avait été remué sur aucun des abords de la capitale. D'autre part, le Roi de Rome et la Cour avaient obéi aux dernières instructions de Napoléon : l'Impératrice venait de fuir vers la Loire ; elle était sortie de Paris la veille, et son escorte avait encore affaibli la défense, de deux mille hommes d'élite.

Paris et l'Empereur s'étaient mutuellement redoutés. Combien, pourtant, on eût trouvé là de ressources, pour prolonger la résistance pendant plus d'un jour ! Mais, outre la pénurie de petites armes, des instructions soupçonneuses avaient été confiées aux mains incertaines du roi Joseph. Ces fatales instructions avaient été trop respectées par l'esprit fébrile et inquiet d'un vieux maréchal, en qui l'énergie du soldat ployait devant la responsabilité du général. Elles avaient enchaîné le patriotisme d'une population suspecte à l'autorité absolue de l'Empereur : autorité jalouse, dont le principe, se retournant contre elle-même, produisit l'isolement. De là encore l'inertie des chefs, n'osant suppléer en rien aux instructions de leur maître absent, quelque insuffisantes ou contraires aux circonstances qu'elles fussent devenues.

Cette fois, pourtant, ce reproche fut moins mérité. Quoiqu'on sût que l'inquiétude irritait Napoléon, on avait osé provoquer ses ordres. Un plan de défense, étudié mystérieusement par des officiers déguisés, avait été tracé. Les précédentes incursions, jusque sur Meaux, Melun et Fontainebleau, en avaient fait solliciter l'exécution ; mais alors les miracles de Champ-Aubert, Nangis et Montereau, et plus tard les marches hardies sur Soissons, Laon et Reims, avaient seuls répondu. On était rentré dans la

soumission habituelle, imposée par l'infaillibilité de quinze
années de triomphes, et par ces récents et brillants retours
de fortune. Ainsi, quelle qu'eût été l'anxiété, chacun, accoutumé à voir l'Empereur tout prévoir et tout dicter,
n'osant qu'obéir, avait attendu ses ordres : il n'en était
point arrivé. Napoléon, soit confiance d'un génie aventureux, ou qu'il crût toujours que tout était là où il était,
soit défiance de Paris, de ce centre d'intrigues, ou crainte
d'en effaroucher la population, d'y donner trop d'alarmes
aux siens, trop d'espoir à ses ennemis, l'avait laissé
sans défense. Il semblait n'avoir songé qu'à y maintenir
l'obéissance.

Un maréchal et deux généraux, indépendants les uns
des autres, y commandaient, sous un chef sans expérience
guerrière et d'un caractère indécis, le peu de forces disponibles. Elles consistaient en une garde nationale orga-
nisée dans une défiance réciproque. Aussi ne se compo-
sait-elle que de douze mille hommes effectifs, dont moitié
sans armes, et le reste armé seulement depuis la veille.
C'était, avec des gendarmes et des pompiers, tout ce
qu'il y avait pour garder Paris et ses cinquante-six barrières, que devaient couvrir, derrière quelques palissades,
soixante-seize pièces, de huit et de quatre, mal approvi-
sionnées, attelées de chevaux de poste, de fiacres ou de
halage, et servies par trois cents élèves polytechniciens et
quatre cent quatre-vingts Invalides.

Quant aux dehors, même dénûment : pas un retranchement, pas même une barricade dans les faubourgs
extérieurs, nuls préparatifs de défense. Quelques tambours

en charpente, aux ponts de Saint-Maur et de Charenton, et, derrière ces ouvrages inutiles, quelques centaines de conscrits; quelques autres encore, jetés précipitamment dans Vincennes et dans Saint-Denis ; enfin, pour renforcer, depuis cette dernière ville jusqu'à Charenton, les dix-sept mille combattants harassés de Compans et des maréchaux, sur un front de bataille de treize mille six cent cinquante mètres de développement, six mille soldats seulement, dont deux mille vétérans, et quatre mille recrues à demi vêtues, et armées pour la première fois ce jour-là même !

Quant aux sept mille hommes détachés sur l'Yonne et le Loing, personne n'avait songé à les rappeler en poste; on ne l'osa. C'était donc, avec ces vingt-trois mille soldats trop vieux ou trop jeunes, sans réserve et sans retranchements, que, sur un front de trois lieues, Marmont et Mortier allaient avoir à lutter contre cent cinquante mille hommes !

Ce fut dans cette journée du 29 seulement, que le roi Joseph, guidé par son chef d'état-major, reconnut le champ de bataille. Les formes en sont prononcées. Le grand mamelon de Belleville à Rosny en était le saillant; le plateau de Romainville, le point capital; puis, en seconde ligne, celui dont les contreforts, derrière l'étranglement formé par la gorge de Bagnolet, dominent, à droite et à gauche, les routes de Bondy et de Lagny ; enfin, en troisième ligne, et en désespoir de cause, le plateau de Saint-Fargeau, en avant de Belleville. Marmont se chargea de défendre ces positions.

Au pied de ces hauteurs, à leur droite, de Bagnolet à Charenton ; à leur gauche, des carrières de Pantin au canal de l'Ourcq, Bordesoulle, Chastel avec dix-huit cents chevaux, et plus loin quelques conscrits d'une part, Compans et Ornano de l'autre, durent se poster en travers des routes qui, de Lagny et de Melun d'un côté, de Meaux et du Bourget de l'autre, amenaient l'Invasion sur la capitale. Derrière ces ailes, aux barrières elles-mêmes, la garde nationale, les Polytechniciens, les Invalides et leur artillerie durent être placés en réserve.

A la gauche de cette ligne, sur les deux rives du canal de l'Ourcq, commença Mortier. Les extrémités des longs faubourgs extérieurs de La Villette et de La Chapelle, et les dernières pentes de Clignancourt, sous Montmartre, marqueront sa ligne de bataille. Elle bordera la plaine d'Aubervilliers, où la cavalerie de Belliard doit s'étendre. Enfin, le sommet de Montmartre, où l'on montrera de loin à l'ennemi un rang de gardes nationales, recevra le quartier royal ; quelques vétérans et quelques batteries en occuperont les revers ; elles domineront les escadrons de Belliard et en protégeront les manœuvres.

Cependant, Paris s'était ému : les habitants des campagnes se réfugiaient dans ses murs. La population, à la fois effrayée et curieuse, debout tout entière, inondait les quais, les boulevards et jusqu'aux avenues menacées, avides de nouvelles et d'un si nouveau spectacle.

En ce moment même, arriva l'annonce d'une victoire, remportée le 26 à Saint-Dizier. Elle releva l'espoir de la multitude ; elle ajouta même à l'illusion des chefs, ils espérèrent l'Empereur; ils crurent n'avoir à combattre qu'une des armées ennemies. Ce fut peut-être pourquoi ils remirent au lendemain à prendre rang sur le champ de bataille, et pourquoi, malheureusement, Rayefski, Pahlen et leurs Russes, purent, dès cette soirée du 29, occuper fortement et sans combat Pantin et Romainville. Au reste, ce retard des nôtres s'explique par le temps qui manqua à nos maréchaux, et par leur fatigue.

Tandis que dans Paris notre impuissance s'agitait, chez les Alliés, leurs Souverains et leurs principaux chefs, réunis en conseil de guerre, n'étaient embarrassés que de leur nombre et de la répartition de leurs forces. Ils se décidèrent à jeter à droite, sur le Bourget, Blücher et son armée. Saint-Denis, Aubervilliers, La Villette, La Chapelle et Montmartre furent donnés pour but à son attaque. Celui de Barclay de Tolly, ainsi démasqué, fut les hauteurs de Belleville. Entre ces deux agressions, et à leur faveur ou avec leur appui, les réserves russe et prussienne pénétreront, par la grande route de Pantin, jusque dans la capitale.

Quant à l'attaque de gauche, le prince royal de Wurtemberg et Giulaï en furent chargés; la route de Lagny les dirigera. Ils achèveront, avec les corps de Sacken et de Wrede laissés vers Meaux, de s'emparer, à Lagny, Saint-Maur et Charenton, des ponts de la Marne. Ainsi les derrières de l'Invasion, couverts désormais par cette rivière, seront préservés d'un retour subit de Napoléon. En même temps le prince royal de Wurtemberg s'enfoncera dans l'intervalle de Montreuil à Bercy; il se masquera de Vin-

25.

cennes ; il menacera les barrières; et, par ce coup de main, il favorisera à gauche, comme les réserves russe et prussienne et plus loin Blücher à droite, Pahlen et Rayefski chargés de la principale attaque.

Ce plan fait plus d'honneur à la prudence des Alliés qu'à leur résolution. Au lieu de le discuter et d'en remettre au lendemain l'exécution, ils n'avaient qu'à pousser en avant quelques pas de plus, et Paris succombait à l'instant même. Mais Paris étonnait encore ! Ils avaient d'ailleurs marché trop lentement ; enfin, qui, hors Napoléon, osa jamais compter sur toutes les fautes possibles de son ennemi, et sut impétueusement pousser jusqu'au bout toute sa fortune ?

De notre côté, ce fut un malheur déplorable que le plan de défense proposé et rejeté dès janvier, et reproduit en mars, eût été ajourné une seconde fois par l'Empereur. Il répondait sur tous les points à cette attaque. Mais quel regret plus poignant encore, lorsqu'on songe que ces soixante dépôts d'infanterie, les volontaires, et nos corps détachés vers l'Yonne, eussent pu porter notre armée, le 30 mars, à près de cinquante mille hommes ! Avec ces renforts et nos maréchaux, derrière des retranchements bien armés, bien approvisionnés, qui peut douter que l'héroïsme qu'ils déployèrent pendant dix heures dans cette journée n'eût retardé de plus d'un jour l'envahissement ? Et trente-six heures de résistance de plus eussent peut-être suffi pour sauver l'Empire, et préserver du joug honteux de l'invasion notre capitale !

Le lendemain 30 mars, avant le point du jour, tout

s'ébranle, tout marche, et chacun se rend au poste qui lui a été assigné la veille. Mortier, le plus éloigné du sien, y arriva tard. Heureusement, le corps de Blücher, qu'il devait avoir en tête, soit négligence, soit retard dans l'expédition des ordres, traînait encore derrière le grand Drancey, depuis le Bourget jusqu'à Villepinte. Dans Paris, Moncey haranguait avec précaution la garde nationale. On s'en était trop défié. Elle fournit volontairement trois mille hommes de postes extérieurs, et des tirailleurs sur la ligne. Ainsi, chez les Alliés, Blücher à leur droite, à leur gauche le prince de Wurtemberg, ne pouvaient arriver avant midi; mais, à leur centre, dès la première heure du jour, tout était prêt.

Un soleil pur commençait à paraître à l'horizon d'un ciel serein, et à éclairer ce dernier de nos jours de gloire. Dès ses premiers rayons, à six heures du matin, un premier coup de canon russe annonça la fin de l'Empire et sa dernière bataille!

Rayefski débouchait à la fois de Pantin et de Romainville. Six mille soldats, les trois quarts recrues, sous deux généraux blessés, Rebeval et Michel, leur droite en avant de Saint-Gervais, leur gauche à la route de Bondy, continrent, en l'écrasant de leur mitraille, la première de ces attaques. En même temps, Compans et Ledru des Essarts s'apprêtaient contre la seconde, sur les hauteurs des prés Saint-Gervais et dans le bois de Romainville. Marmont n'était point encore en ligne. Il accourait de ses cantonnements, et montait rapidement sur les hauteurs, par Charonne, Bagnolet et Montreuil.

Un faux rapport le persuadait que Romainville, clef de la position, était resté libre ; il se hâtait pour aller s'y établir, lorsque, dans les dernières ombres de la nuit, il se heurta contre les Russes dans les bois de ce village. Ceux-ci prirent cette rencontre imprévue pour une agression ; ils s'étonnèrent, ils crurent la force proportionnée à l'audace, et s'arrêtèrent incertains. Marmont fut plus surpris encore, mais il ne se déconcerta pas. L'ombre et le bois cachaient sa faiblesse, il en profita ; il appela à sa gauche Ledru des Essarts, et, pendant qu'il poussait devant lui, il fit menacer, de sa droite, en avant du plateau de Mal-Assise, le flanc gauche de l'ennemi. L'effort bientôt devint général, et les Russes, refoulés de toutes parts, au lieu d'attaquer, perdirent trois heures à défendre les premières maisons de Pantin et de Romainville.

Mais là s'arrêta notre succès, et Rayefski que sa retraite avait concentré. Sur ce sol accidenté, à nos charges heureuses succéda un combat opiniâtre et sanglant de tirailleurs, soutenu, de part et d'autre, de pied ferme. Cependant, l'arrivée de Mortier à notre gauche et de Langeron à la droite des Russes, en alimentant le feu, l'étendait jusqu'à Aubervilliers. Il était déjà dix heures ; on respirait, et nos maréchaux, fiers du bonheur de ce premier effort, se raffermissaient, quand Barclay de Tolly, inquiet, voyant Blücher et le prince royal de Wurtemberg encore en arrière, son attaque isolée, et Rayefski fléchir, appela toutes ses réserves.

Alors s'avancèrent sur plusieurs colonnes les grenadiers russes, la Garde prussienne, celle de Bade, toute l'élite ennemie. Les unes se précipitèrent entre le canal et les hauteurs, jusque sur Saint-Gervais ; les autres montèrent de toutes parts à l'assaut des plateaux élevés de Romainville et de Mal-Assise. Déjà, Montreuil tombe à la droite de Marmont, Bagnolet est menacé, et déjà, sur son flanc gauche, Saint-Germain, prêt à succomber, va livrer passage, entre les deux maréchaux, à l'une des colonnes russes. Au centre, et tout à la fois entre Mal-Assise et Romainville, d'autres masses, vigoureusement lancées, font ployer nos conscrits épars. Tout semble perdu sur tous les points ; les avenues de Paris se couvrent de la multitude de nos blessés qui se retirent ; de tous côtés on crie : *Au secours !* Mais Marmont, inébranlable, domine encore tous ces dangers. C'est la plus belle journée d'une vie dont tant de jours furent remarquables !

Chabert et sa faible brigade s'éteignaient dans le bois de Romainville. Cette première position, envahie de front, était tournée par ses deux flancs ; quelques poignées de recrues, bien encadrées et bien commandées il est vrai, restaient seules pour disputer la seconde ; et pourtant, loin de se résigner à se défendre, Marmont répondit à cette attaque par une agression pareille. Il poussa en face, sur Romainville, Fournier et quelques centaines d'hommes, Ledru des Essarts à gauche, et Fabvier avec un bataillon, sur Saint-Gervais. Ces faibles secours arrivèrent si à propos et l'élan fut donné si audacieusement, que tout réussit à la fois : l'ennemi, culbuté, céda ; et pour la seconde fois, rejeté dans Montreuil, Pantin et sur les pentes de Romainville, Barclay y fut contenu par les feux de nos tirailleurs et par une vive canonnade.

Ce général, rebuté, s'étonna. Il était à peine onze heures, et déjà, deux fois vaincu, il venait, dans l'élite qui lui était confiée, d'éprouver des pertes cruelles. Il s'arrêta sanglant et tout en désordre, ne songeant plus qu'à rallier ses corps dispersés par les accidents du terrain et par leur défaite; et, se contentant de s'affermir sur son point de départ, il se résigna à attendre, derrière un feu bien nourri, le concours simultané des attaques de Blücher et du prince de Wurtemberg.

Marmont, de son côté, rectifia sa ligne de bataille interrompue par d'énormes vides. Son corps d'armée presque entier était dispersé en tirailleurs; quelques pelotons seulement marquaient ses brigades, ses divisions même, et sept cents hommes sous Ricard, toute sa réserve! Compans, avec une batterie de douze, placée en face de Pantin, et Mortier, par sa droite, l'appuyaient. Celui-ci disputait toujours Aubervilliers, et Belliard avec sa cavalerie, la gauche à Saint-Ouen, gardait encore la plaine.

Entre ce second et le troisième acte de cette glorieuse et cruelle journée, c'était un repos. Il trompa le Quartier Royal. Pendant ces cinq premières heures, le roi Joseph, embarrassé de sa double responsabilité civile et guerrière et environné d'officiers sans commandement, attendant ses ordres, était resté fixé sur Montmartre. Hors de portée et même de vue du combat de Marmont, il n'en avait pu juger l'importance. Ce prince, d'un esprit fin et cultivé et d'une douceur d'âme et de mœurs attrayante, ne manquait certes pas de valeur personnelle, mais il n'était nullement général. Son esprit irrésolu, au lieu de s'emparer des circonstances, se laissait dominer par elles. Il leur donnait toujours le temps de grossir, jusqu'à ce qu'il n'eût plus qu'à s'y soumettre.

Ce fut en ce moment que les rapports des deux maréchaux lui apprirent qu'il ne fallait plus s'y méprendre, et que c'était avec la Coalition tout entière qu'on était aux prises. Mais les succès de Marmont semblaient démentir cet avis ; et le roi, sur ce sommet, doutait et se flattait encore, lorsque, coup sur coup, trois de ses officiers vinrent lui confirmer l'imminence du péril. Le dernier, l'ingénieur Peyre, tenait en sa main une plus fâcheuse nouvelle. Prisonnier depuis la veille, il était renvoyé par les Souverains Alliés eux-mêmes ; il rapportait leur proclamation adressée à la capitale. Elle annonçait, m'a-t-il dit, non-seulement la présence de toute l'Invasion, mais le renversement de la dynastie impériale ou de l'Empereur !

Dans sa perplexité, Joseph appela les ministres et les généraux qui l'environnaient, il leur demandait conseil, quand un quatrième officier accourut. Il n'était plus temps de délibérer : l'armée de Silésie entière venait d'apparaître. On en montra au roi la gauche, s'établissant sur les deux rives de l'Ourcq ; le centre, se préparant contre La Villette et La Chapelle, la droite enfin masquant Saint-Denis, et l'avant-garde, attaquant déjà, dans Aubervilliers, le duc de Trévise.

Alors, il était près de midi, cinq heures avant la fin du combat, le prince, jugeant la position désespérée, ce qui n'était que trop réel, autorisa les deux maréchaux à capituler. Puis, il abandonna le champ de bataille, Paris même, où il évita de rentrer, et prit le chemin de Blois, en envoyant l'ordre aux grands fonctionnaires et aux membres du gouvernement de suivre sa fuite.

Son plus grand tort, en ce moment, fut de ne point s'assurer de ceux dont il devait soupçonner la trahison. Quant au reste, si, les jours précédents, il eût peut-être pu tout sauver encore, dans ce dernier jour que pouvait-il faire? Le temps, les hommes, les armes, tout manquait. La position de Montmartre elle-même, où il se trouvait, un corps d'armée ennemi, celui de Langeron, allait l'attaquer ; et, quand cinquante canons auraient pu la défendre, elle n'était armée que de sept canons mal approvisionnés, sans autres défenseurs que quelques gardes nationaux le prince lui-même et son escorte !

A son exemple, la foule d'officiers sans troupe qui l'entourait, sa garde aussi, tout se dispersa. Quelques chefs de la garde nationale, incertains entre plusieurs devoirs, furent entraînés, mais là s'arrêta la contagion. Moncey, de ce côté de l'enceinte, raffermit les courages. Malgré le départ du prince, chacun tint ferme à son poste. Au dehors, Belliard, Mortier, Marmont, sans s'embarrasser de ce qui se passait derrière eux, sans s'émouvoir de cet abandon prématuré, et comprenant le prix d'un jour, ne songèrent qu'à faire payer à l'ennemi sa victoire le plus cher possible, et à retarder de quelques heures la catastrophe.

C'est à Marmont, surtout, qu'il faut rendre hommage

de cette résolution magnanime. Il était au plus fort du péril ; son corps d'armée, mutilé par six heures de combat, était presque anéanti ; c'était enfin à lui seul que le prince avait envoyé l'autorisation de capituler. Il n'en tint compte. Et pourtant, à l'aspect de tant de formidables masses, et de leur développement complet, surchargé de la responsabilité qu'il prenait sur lui d'exposer aux horreurs d'une prise d'assaut la capitale, acculé à ses portes, et n'ayant pour les défendre qu'une poignée d'hommes, quel autre eût osé lutter encore? Quel général n'eût alors cédé à la nécessité ? Qui de nous jamais eût songé à lui en faire une reproche ?

L'orgueilleuse, la noble valeur de Marmont l'éleva au-dessus de toute appréhension. C'était l'un des plus anciens compagnons du grand Capitaine ; c'était le dernier combat des restes de la Grande Armée ; le dernier moment d'indépendance de la capitale de la grande Nation ; il comprit que toutes ces grandeurs ne pouvaient succomber comme tant d'autres ; qu'il fallait là d'autres sacrifices, de plus sanglantes funérailles, et il se dévoua ! Il fit plus : ce dévouement héroïque, il sut le faire partager à tous les siens, car aucun ne l'abandonna.

Et cependant, au delà de sa droite, hors de sa portée, le prince de Wurtemberg, avec une autre armée, tournait sa position, en même temps que contre notre gauche accourait Blücher. Déjà même, et malgré la défense désespérée de quelques centaines de conscrits et des élèves vétérinaires d'Alfort, Saint-Maur et Charenton, pris à revers, tombaient ; Bercy était pris ; la gauche de Pahlen, se joignant aux Wurtembergeois, avait dépassé Vincennes, et, devant la barrière du Trône, l'artillerie de réserve et les Polytechniciens, s'avançant intrépidement, étaient renversés. Vingt et un de ces élèves venaient même de payer de leur sang l'illustration que leur dévouement ajoutait à la renommée de leur École.

Heureusement, la garde nationale de la huitième légion fit alors une sortie ; le 30me de dragons, conduit par Ordener, chargea l'ennemi en flanc ; les pièces de réserve qui restaient firent feu ; plusieurs canons furent repris, et l'attaque, réprimée, recula. Ainsi, grâce à la huitième légion, aux Polytechniciens et au 30me de dragons, cette agression, qui faillit tout perdre dans cette journée, en devint un des glorieux épisodes.

Il était une heure. Après une sorte d'intermède d'une heure et demie, d'une fusillade de tirailleurs, entremêlée de coups de canon, le troisième acte de ce drame sanglant allait commencer. Marmont, du sommet de sa position, que deux fois il avait si vaillamment reconquise, voyait s'amonceler et se préparer contre lui les plus formidables moyens d'attaque. Ce fut alors que l'autorisation de capituler lui parvint, et que, la gardant pour lui seul, il n'en appela qu'à ses armes.

Barclay était prêt. Aussitôt l'assaut recommence. La droite de l'infanterie de Marmont, sous le duc de Padoue, défendait le plateau de Mal-Assise. Adossée à des ravins, et renversée du premier choc, elle tomba dans Bagnolet et Charonne, où plongèrent aussitôt les feux des Russes. Nos soldats s'y défendirent, et, sur la berge opposée se retournant, ils reformèrent leur ligne de bataille ; mais, bientôt rappelés au centre, ces villages restèrent abandonnés. Dès lors, notre cavalerie, débordée, coupée de Marmont, fut forcée de se réfugier sous le Mont-Louis, où elle devint inutile, tandis que l'ennemi, maître des deux villages, en déboucha sur les barrières de Fontarabie et de Montreuil.

Ce furent quatre canons, placés sur le Mont-Louis, et plusieurs compagnies des 7me et 8me légions de la garde nationale, qui l'arrêtèrent. Ces braves citoyens s'aidèrent habilement du terrain ; bien soutenus par la batterie, leurs feux refoulèrent les Russes dans Charonne. Gortschakow y fut contenu ; et, sur ses hauteurs, Marmont eut le temps de combattre encore.

Ce maréchal, assailli de toutes parts, allait enfin lui-même être écrasé par le nombre. Il n'avait eu à opposer aux masses ennemies que des tirailleurs. Ceux des Russes, plus nombreux que tout son corps d'armée, et suivis de colonnes profondes, inondaient, débordaient tous les obstacles. Vainement, les nôtres se ralliaient en pelotons à tous les débouchés, aussitôt culbutés que formés, l'ennemi les suivait au pas de course. Déjà, le bois de Romainville était perdu, l'étranglement du plateau de Brières, au moment d'être forcé. Et pourtant Marmont n'abandonne rien, il songe même à vaincre encore ! Il jette dans le parc de ce château Ghéneser et deux cents hommes ; lui-même, avec la moitié de sa réserve, trois cent cinquante hommes seulement et son état-major, il s'avance, tête baissée et de front, contre l'ennemi, tentant un de ces efforts désespérés dont, quoi qu'il ait fait depuis, Paris ne doit jamais perdre le souvenir. Mais il avait tenté l'impossible. Pendant qu'il s'enfonce au milieu des Russes, l'infanterie, l'artillerie de Pitzchitzki le foudroient de front ; huit bataillons de grenadiers fondent sur son flanc gauche, les cuirassiers de Pahlen, sur son flanc droit ; son cheval est tué sous lui, ses vêtements criblés de balles et de mitraille ; son chef d'état-major, le général Clavel, la moitié des siens, tombent morts ou blessés ; tout ce qui ne peut fuir demeure prisonnier, et Marmont, lui-même, est forcé de reculer sur le reste de sa réserve.

Cette réserve n'était plus que de trois cents hommes. Ce revers l'épouvanta ! Dans sa déroute, elle entraîna son chef jusqu'à la butte du télégraphe. Là, un bataillon de Compans et la voix du duc de Raguse les ralliaient, lorsque Ghéneser, avec ses deux cents hommes, sortit impétueusement du parc de Brières, et surprit, en flanc et en arrière, la colonne russe. Ce retour offensif, que Marmont avait préparé, rétablit le combat. L'ennemi lâcha prise, mais la seconde position, comme la première, était perdue.

Dans cette extrémité, le maréchal persévéra à ne point se servir encore de l'autorisation du roi Joseph. Il profita de cet instant de répit pour resserrer, reformer et raffermir les cinq mille hommes qui lui restaient, sur la troisième et dernière position qu'il voulait défendre. Sa faible ligne se répandit au travers du parc de Saint-Fargeau, depuis le Mont-Louis jusqu'à Saint-Gervais. Belleville en était le centre. Quant à sa gauche, qui s'étendait de Saint-Gervais jusqu'à l'Ourcq, secondée par la droite de Mortier, appuyée par une batterie de douze pièces, elle avait pu se maintenir. Les efforts des Russes et des Prussiens avaient été inutiles. Rebeval, Secretan, Michel, tous nos chefs étaient blessés, mais les têtes de colonnes ennemies, toujours foudroyées dès qu'elles dépassaient Pantin, avaient été forcées de retourner s'abriter derrière ce village. Du reste, Aubervilliers était pris, le canal de Saint-Denis, alors à peine ébauché, était dépassé ; et l'avant-garde de Langeron, s'avançant impunément sur le chemin de la Révolte, forçait Belliard de reculer, avec sa cavalerie, autour et au pied de Montmartre.

Alors commença le quatrième et dernier acte de ce jour fatal. Cette fois, l'attaque, enhardie par le succès, redoubla : elle eut plus d'ensemble, elle fut partout simultanée. L'ennemi s'était renforcé de plus en plus, tandis que nos rangs s'étaient éclaircis, que nos soldats étaient sur les dents, et nos batteries épuisées de munitions. Quatre canons de position seulement tiraient encore sur le Mont-Louis ; quatre autres, sur la butte de Beauregard ; sept, sur Montmartre. Quant à la batterie de douze en face de Pantin, elle n'avait plus un seul boulet de calibre.

Chez l'ennemi, au contraire, artillerie, cavalerie, infanterie et réserves, tout était accouru ! La Coalition fit cet honneur à Marmont, que, après neuf heures d'efforts de l'élite de son armée contre une poignée de soldats, elle crut que, pour lui arracher son dernier poste, il fallait réunir contre lui toutes ses forces.

Vers trois heures, les princes de Wurtemberg et de
Prusse, les généraux Ratzler, Yermolow, Paskiewitz,
Mezenzow, Pahlen, et d'autres encore, suivis de toutes
leurs colonnes, s'avancèrent simultanément. Les unes
gravirent d'un côté le Mont-Louis et Ménilmontant ; les
autres débordèrent, tournèrent et assaillirent Saint-Gervais, et couronnèrent les buttes de Chaumont, des Trois-
Moulins et de Beauregard. Toutes, ainsi, se réunissaient
contre Belleville, que d'autres colonnes, sous Tchoglikow,
se ruant de plain-pied, attaquaient en face.

Pendant que, au sommet de ce village et à la butte du
Télégraphe, Marmont contenait devant lui ce général, le
bruit de tous ces combats et des cris sinistres le forcèrent
à tourner la tête. Il voit ses flancs découverts, sa retraite
menacée : l'infanterie ennemie, couronnant les hauteurs
en arrière de sa droite et de sa gauche ! Déjà même, elle
était maîtresse, entre lui et Paris, de la grande rue basse
de Belleville, dont il défendait la crête. Dans une situation aussi désespérée, Marmont ne consentit pas encore à
s'avouer vaincu ; il voulut, d'abord, reconquérir sa position, et assurer du moins sa retraite.

Ce maréchal appelle à lui les plus braves, ses officiers, les
généraux Ricard, Pelleport, Baudin, Fabvier, etc. ; et ils
accourent. Cette troupe d'élite redescend rapidement dans
Belleville. A la vue des Russes, elle fond sur eux avec la
fureur du désespoir ! Dans ce combat acharné, tous, comme
le maréchal, sont criblés de coups ou de blessures, mais
tout cède à ce dernier élan : la grande rue, les rues laté-
rales sont ressaisies ! Alors, sans reprendre haleine, ses

flancs et sa retraite momentanément assurés, lui et ces
braves compagnons, allant d'un péril à l'autre, remon-
tent au sommet de la position, où ils arrêtent et repous-
sent encore Tchoglikow !

Mais l'ennemi, vaincu dans Belleville, était resté maître
des hauteurs environnantes. Marmont voyait, de sa droite
et des sommets de Charonne et de Ménilmontant, les
Russes lancer des obus sur la capitale. Leurs avant-gardes
étaient aux prises, sur les deux flancs, avec la garde nationale et les Polytechniciens; elles allaient envahir l'enceinte. Plus loin, Mortier, assailli par tous les corps de
Blücher, en tête des faubourgs de La Villette et de La
Chapelle, et sur le canal de l'Ourcq, après en avoir plusieurs fois repris les abords, les ponts et les grandes rues,
se trouvait tourné, par sa droite, jusqu'à la barrière Saint-
Martin. Là aussi, la plupart des chefs étaient blessés.
Christiany, Curial, Charpentier, La Grange, avec la Jeune
Garde et cent quatre-vingts chasseurs vétérans, ne
pouvaient plus lutter qu'en reculant. Les uns déjà, envi-
ronnés, s'étaient fait jour à la baïonnette ; les autres contenaient encore de front la victoire de Blücher, mais l'ennemi, les repoussant jusqu'au mur d'enceinte, allait en
forcer les barrières, lorsque le général Dejean, aide de camp
de l'Empereur, arriva de Doulencourt en toute hâte. Il
apportait au maréchal Mortier l'ordre de ne point « cher-
« cher à préserver Paris par une bataille, mais par l'avis
« qu'il devait transmettre à Schwartzenberg : Que Napo-
« léon traitait, en ce moment, directement et définitive-
« ment, de la paix avec l'Empereur son beau-père. » Le

duc de Trévise obéit, mais Schwartzenberg, m'a-t-il dit, lui fit répondre : « Qu'il était mal informé ; qu'il ignorait « sans doute la Déclaration de rupture du Congrès de « Châtillon ; qu'il y verrait le serment des Souverains Coa- « lisés de ne point traiter séparément ; et que, pour lui « prouver la réalité de cet engagement, il lui en envoyait « un exemplaire. »

En même temps, l'empereur Alexandre et le roi de Prusse, jugeant désespérée la position de ce maréchal, lui envoyèrent Orlow le sommer de mettre bas les armes. Mortier repoussa hautement cette insulte : « Paris, répli- « qua-t-il fièrement, ne leur appartenait pas encore. L'ar- « mée, plutôt que de capituler honteusement, s'enseveli- « rait sous ses ruines ! Quant à lui, quoi qu'il arrive, il « saura bien assurer sa retraite en dépit des Russes ! »

Ainsi, de toutes parts, tout était arrivé à son dernier terme ! Et pourtant Marmont hésitait encore à capituler. Il envoya en référer au duc de Trévise. Celui-ci ignorait l'autorisation donnée par le roi Joseph : il fit répondre que c'était au frère de l'Empereur seul à en décider, mais qu'il le faisait vainement chercher depuis trois heures. Enfin, débordé de plus en plus, et voyant Paris près d'être emporté d'assaut, Marmont se résigna. Il envoya demander une suspension d'armes. Schwartzenberg, aussitôt, la lui accorda. Les conditions en étaient forcées par les circons- tances. On convint que le reste des hauteurs extérieures serait sur-le-champ cédé aux Coalisés ; que l'armée fran- çaise se renfermerait dans l'enceinte ; et que, dans deux heures, toutes les clauses de l'entière évacuation de Paris seraient arrêtées. Mortier ne put que se soumettre.

Ce fut dans la Villette, à cinq heures du soir, puis à Paris, chez Marmont, entre les deux maréchaux d'une part, et de l'autre Nesselrode, Orlow, le comte de Paer et l'Anglais Peterson, que se consomma cette catastrophe! On accorda la nuit aux débris des deux corps d'armée, pour abandonner notre malheureuse capitale. Sa captivité devait commencer le lendemain 31 mars, à sept heures du matin. Les hostilités ne reprendraient leur cours au delà qu'après neuf heures.

Pendant ces pourparlers, Montmartre, sans autre défense que la cavalerie de Belliard et deux cent quarante pompiers, fut à la fois tourné, assailli et enlevé par un corps d'armée de Blücher. Il pénétra jusqu'aux barrières de Clichy, de Monceaux et de Neuilly même. Ce hors-d'œuvre sanglant, cette brutale surprise, à la faveur d'un armistice qu'on prétendit ensuite avoir ignoré, ne servit qu'à donner à Moncey et à nos gardes nationaux des 1er, 2me, 9me et 10me légions, l'occasion de combattre, d'abord en plaine, puis aux barrières, où leur contenance décidée arrêta les Russes. Là, et jusque dans la rue de Clichy, commencèrent des barricades. L'armistice alors intervint. Mais, un mouvement des Russes ayant paru offensif, aussitôt, dans sa juste défiance, la garde nationale recommença le feu. Il fallut que Moncey et Langeron accourussent eux-mêmes pour l'éteindre.

Le recensement des morts et des blessés vint ensuite. Son résultat fut extraordinaire : il atteste le désespoir habile et obstiné de la résistance, et ce qu'on eût pu obtenir avec les moyens qu'on n'employa pas. Sur vingt-quatre mille hommes tués ou blessés, on compta six mille soldats français, neuf cents gardes nationaux, et plus de dix-sept mille étrangers ! Dans ce nombre remarquable de dix-sept à dix-huit mille ennemis abattus, les huit bataillons seulement de la Garde prussienne figurèrent pour treize cent cinquante-cinq soldats et soixante-sept officiers d'élite.

Que de sang ! Que de combats ! La plume se fatigue à les décrire ; comment donc s'étonner que, enfin, l'épée elle-même se soit rebutée ?

XVII.

DÉFECTION TALLEYRAND-MARMONT.

Cependant, tout obéissait encore. Nos gardes nationaux consternés, nos soldats désespérés déploraient l'absence, invoquaient le retour et ne concevaient rien à cet abandon de leur Empereur.

C'était le 24 mars, et devant Soudé-Sainte-Croix, que la catastrophe avait commencé. Ce jour-là même, au moment où tout l'espoir, toutes les forces des coalisés se tournaient vers Paris, Napoléon s'était hâté de s'en éloigner encore. Il n'avait songé qu'à ressaisir, à force d'audace, derrière les deux grandes armées alliées, l'ascendant qu'il venait de perdre entre leurs flancs ; à s'emparer, à la fois, de leur retraite et de la rive gauche de la Seine qu'ils avaient laissée déserte ; à rétablir, de ce côté, ses communications avec la capitale ; enfin, à attirer l'ennemi loin d'elle sur un nouveau terrain, où tout seconderait son génie et déconcerterait la méthode autrichienne.

Le 24, il avait donc marché sur Joinville ; le 25, il avait continué ; il avait poussé sa cavalerie légère vers Bar-sur-

Aube, jusqu'à Chaumont; sa Garde elle-même avait occupé Brienne. Les grands parcs des ennemis, leurs gros bagages, l'empereur d'Autriche lui-même, séparés brusquement de Schwartzenberg, tout avait fui avec une précipitation dont tout ce qui tombait entre nos mains attestait le désordre extrême. Cette terreur avait paru à Napoléon d'un heureux présage. D'autre part, le corps détaché de Wintzingerode, ce masque trompeur, laissé derrière eux par les Alliés, avait suivi sa marche jusqu'à Saint-Dizier et à Éclaron, sur les deux rives de la Marne. La poursuite de ce Russe, une vive attaque, repoussée à la hauteur de ce dernier village, avaient confirmé l'Empereur dans son illusion : à ses yeux, sa manœuvre sur la ligne d'opérations de Schwartzenberg avait réussi. Elle attirait, elle entraînait après lui, dans l'Est, les Coalisés; leur armée entière le suivait; ce corps russe en était, sans doute, l'avant-garde !

Pourtant déjà, dans ces heureux commencements, s'était glissé un germe d'inquiétude : des prisonniers venaient de raconter la jonction des deux armées alliées, et leur marche forcée sur la capitale. On les avait envoyés à Napoléon. Son premier mouvement fut de rejeter loin de lui une aussi fâcheuse nouvelle. Mais Macdonald, étonné de n'avoir eu à repousser, le 25, qu'une attaque de cavalerie, l'en ayant fait prévenir, l'incertitude avait commencé.

Dès lors, et dans cette anxiété, Napoléon revient sur ses pas ; ce doute l'obsède, il veut l'éclaircir, et lui-même, chassant la cavalerie russe du plateau de Valcour, il s'ef-

force, sur ce sommet, de deviner, au travers des rangs ennemis, s'ils lui cachent leurs souverains et leur généralissime. Leur gauche s'appuyait à Saint-Dizier, leur
droite s'étendait vers Vitry, la Marne l'en séparait. Dans
son impatience, il jette, au travers de cet obstacle, par le
gué de Ballignicourt, toute sa cavalerie, soutenue par l'infanterie de Gérard et de Macdonald. Le duc de Reggio
devait en même temps, par Joinville, ressaisir Saint-Dizier
au pas de charge. Wintzingerode essaya vainement de manœuvrer pour échapper à la violence de cette attaque.
Surpris dans tous ses mouvements, les charges qu'il tente
ploient sous l'effort des nôtres ; ses lignes sont rompues, son
corps est dispersé, ses colonnes fuient en divers sens :
elles abandonnent à Napoléon neuf canons, un équipage
de pont, dix-huit cents hommes, et tous ses bagages.

Mais, au travers de ces vains trophées, Napoléon n'a-
perçoit point ce qu'il cherche. Le fait enfin est avéré, les
réponses des prisonniers sont positives : c'est un corps
détaché de Blücher qu'il vient de combattre ! Ce rideau
déchiré, au lieu de la Coalition entière, il ne trouve au
delà que vide et silence ! Cette solitude menaçante, cet
isolement d'ennemis redouble son anxiété. Tout entier dès
lors au danger qui menaçait Paris, ses regards inquiets,
sa marche précipitée, s'attachent sur cette direction et
sur les débris épars de Wintzingerode. Mais, le 27, ce simulacre d'armée, achevant de se dissiper, le laisse aux
prises avec les larges fossés de Vitry, dont les murs épais
sont défendus par une forte garnison prussienne. Ces remparts renfermaient le seul pont sur la Marne qui pût le con-

duire directement au secours de Paris, et ils lui en interdisaient le passage.

Pourtant, chaque heure de retard accroissant le péril
de sa capitale, il s'irrite contre ce fatal obstacle, il s'é-
puise d'ordres inexécutables ! Tantôt il veut qu'à l'instant Macdonald, dont les mains sont vides, comble ces
fossés de fascines, dresse des échelles, et monte à l'assaut
de ces murailles ; tantôt il appelle l'artillerie de sa Garde,
restée enfoncée dans les boues, trop faible d'ailleurs, et
dont l'insuffisance était évidente. C'est ainsi que, tel
qu'en un rêve cruel, lorsqu'en lui tout s'élance, tout re-
tombe enchaîné, et que se brise contre ces remparts son
impuissance !

Toutefois, ces ordres trahissent seuls sa perplexité.
Quant au danger de Paris, il se montre encore incrédule,
soit prudence au milieu de l'inquiétude qui l'entoure, soit
besoin d'espoir, ou habitude de mépris de ses adversaires.
Mais, en ce moment même, un bulletin du généralissime
ennemi, trouvé sur un prisonnier, tombait aux mains de
Macdonald. La victoire de Fère-Champenoise y était proclamée : la prise de nos parcs ; la destruction de Pacthod ;
la défaite ; la fuite sanglante de nos maréchaux ; et, sur
leurs pas, toutes les forces alliées en pleine marche sur
la capitale !

Macdonald, aussitôt, court au bivouac de Berthier ; il
le presse de transmettre à l'Empereur cette désastreuse
nouvelle. Mais Berthier s'y refuse ; il lui répugne d'affliger son maître, de troubler sa tranquillité qui, pourtant
ne pouvait être qu'apparente ; il craint ses repoussements ;

il n'ose affronter l'irritation que va causer, infailliblement, un désappointement aussi cruel.

Il n'y avait pourtant pas un instant à perdre. Macdonald se décida à braver lui-même l'orage. L'Empereur
l'écouta sans émotion, il sourit même, et répondit sans
hésiter : « Que cela était impossible ! » Macdonald insista ; ce rapport était détaillé ; le calibre des pièces, leur
nombre, les noms des généraux prisonniers, tout s'y trouvait. Et cependant Napoléon, le parcourant d'un regard
de mépris, en niait l'évidence, quand, triomphant soudainement : « Je vous disais bien, s'écria-t-il, que dans cette
« relation tout était faux et absurde ! Voyez, leur pré-
« tendue victoire est du 25, et ils l'ont datée du 29 mars,
« quand nous ne sommes aujourd'hui que le 27 ! » Cette
observation ferma la bouche au maréchal : il se retira
confus, en s'accusant lui-même, m'a-t-il dit, d'une crédu-
lité trop facile.

Ce fut Drouot, demeuré convaincu de la vérité de ce
rapport, qui rendit à Macdonald sa première assurance.
Il lui fit observer que la fausseté de cette date ne pouvait
être qu'apparente : que c'était sans doute une faute d'impression, un 6 retourné ; qu'il ne fallait pas s'y méprendre ! Comment d'ailleurs supposer, dans un document
inventé, une erreur aussi invraisemblable? Alors Macdonald, plus que jamais effrayé, revint à l'Empereur. Cette
fois, Napoléon demeura silencieux. Il reprit ce fatal
bulletin, l'examina attentivement, puis, toujours sans
s'émouvoir : « C'est juste, répondit-il, cela change tout ;
« il y a là un parti à prendre. »

Macdonald proposa sur-le-champ l'abandon de Paris ;
d'en faire un piège à la Coalition, en hâtant la réunion
de l'armée à l'insurrection, aux garnisons et aux forteresses lorraines. « Affermissons-nous, s'écria-t-il, entre
« l'Invasion et sa retraite ; et détruisons d'abord, par une
« guerre active, tout ce qu'elle a laissé derrière elle ! »
L'Empereur, déjà absorbé dans une profonde méditation,
le laissa dire ; puis il répondit : « Qu'il allait y réfléchir
« et se décider, mais qu'il avait besoin qu'on le laissât
« seul. »

Bientôt, et de toutes parts, tout confirma la triste nouvelle. Il n'y avait plus à en douter, la Coalition avait enfin pris un parti extrême. Napoléon était prévenu, devancé, gagné de vitesse ! Vaincu pour la première fois en
détermination, l'offensive, seule arme qui convenait à
son génie, lui était arrachée ; la défensive elle-même aussi.
On avait séparé de lui la guerre ; on la lui avait dérobée ;
on l'avait mise hors de sa portée, dans l'instant le plus
décisif !

Alors tout ce que, jusque-là, il a repoussé, les avertis-
sements de Metternich, les francs avis de Caulaincourt,
ceux de ses autres ministres, tout lui revient, tout l'obsède. Il sent que, cette fois, l'attaque est au cœur ! Il
sait que, en France, Paris, centre de tout, bien autrement qu'à Vienne, Madrid, Moscou et Berlin, a le privi-
lège des révolutions ! Né de l'une d'elles, et non sur le
trône, comme les Souverains qu'il chassa de ces capitales,
il craint que ce trône conquis ne lui soit arraché par la
conquête ; que le droit, né de la victoire, ne soit annulé

par elle; que désormais, Empereur errant sans capitale, il ne s'entende plus qualifier que de chef de partisans, d'aventurier même; et qu'enfin le cri d'indignation de sa grande ville, subjuguée, humiliée, livrée à ses ennemis extérieurs et intérieurs, retentissant jusque dans son armée épuisée, ne détruise bientôt l'ascendant, déjà ébranlé, de son génie sur cette armée même!

C'était là peut-être un motif de plus pour l'en éloigner encore, pour persévérer dans son premier projet, comme le conseillait Macdonald. Le duc de Reggio, témoin du patriotique enthousiasme de la Lorraine, appuyait l'avis du duc de Tarente. Mais Napoléon redoutait une déchéance : il craignait de descendre du rang d'Empereur d'un grand Empire à celui de chef d'une Vendée impériale. Près de lui, Ney et Berthier voyaient aussi tout dans Paris. Leur chef était ébranlé, ils l'emportèrent!

Au milieu de cette anxiété, il était revenu à Saint-Dizier. Là, dévoré d'inquiétudes, il resta pendant toute la nuit du 27 au 28, les yeux fixés sur ses cartes. Il mesurait les distances; il essayait toutes les voies. Sa perplexité choisit d'abord la plus courte, celle de Sézanne à Coulommiers, route de terre, à laquelle Berthier le fit renoncer comme impraticable. Elle conduirait d'ailleurs encore à la Marne, dont, infailliblement, l'ennemi garderait tous les passages. Il se décida enfin pour celle de Troyes, quelque ruinée qu'elle dût être, et quelque grand qu'en fût le détour. La Seine, du moins, le couvrira; il n'y aura là qu'à marcher, et il espère arriver, encore à temps, au secours de sa capitale.

Le 28, de grand matin, à son ordre tout se retourne, tout marche dans cette direction. Lui-même était prêt à quitter Saint-Dizier, lorsque des prisonniers, ramassés entre Langres et Nancy, lui sont amenés. Weissemberg, ambassadeur de Vienne à Londres, était parmi eux. Quant à l'empereur d'Autriche, une fuite rapide, jusqu'à Dijon, seul, et sur un drochky découvert, l'avait sauvé. C'était un malheur de plus, car tout alors tournait contre nous : la dernière manœuvre de notre Empereur, en livrant le centre du Gouvernement aux plus acharnés des princes ses ennemis, venait d'en séparer le seul intéressé à la conservation du trône impérial.

Cette fâcheuse circonstance n'ébranla point, elle augmenta peut-être sa détermination. Il essaya d'en profiter en rendant la liberté à ces captifs, et en chargeant Weissemberg d'une dernière démarche près de l'empereur son beau-père. Il part ensuite, et, quand la nuit du 28 au 29 l'arrête à Doulevent, loin d'y trouver quelque repos, des émissaires déguisés, venus de Paris, redoublent son inquiétude.

Le 29, avant le jour, il remonte à cheval, et vers deux heures il atteint, au pont de Doulancourt, la grande route de Troyes en Lorraine. Une troupe de courriers, chargés de nouvelles de Paris, y attendait son passage. Il y eut là une halte ; elle fut critique. Elle eut lieu dans un pré, et à découvert. L'Empereur y lut ces dépêches. Il se faisait rendre compte, questionnant, allant, venant, et dans une agitation cruelle !

A quelque pas de lui, plusieurs de ses officiers les plus

intimes, de qui je tiens ces détails, l'observaient avec
anxiété. Qu'allait-il faire? Arrivé sur ce point stratégique, il pouvait une seconde fois choisir, se décider, et
prendre la route, ou de Paris, ou de la Lorraine. Son premier pas, près de ce pont de Doulancourt, allait décider
de tout. S'il le laissait à droite et tournait vers Bar, tout
leur semblait sauvé! S'il le traversait au contraire, le
retour sur Paris était résolu, et leur perte, alors, leur semblait certaine! Ils se demandaient pourquoi l'on irait courir trop tard, et tout éperdu, vers la capitale; pourquoi,
lorsque l'ennemi profitait de son avantage, abandonner
celui qui nous restait, accepter sa guerre, et renoncer à
saper sa base quand il attaquait la nôtre? N'avions-
nous en France, comme lui, qu'une seule base d'opérations? Maîtres de nos mouvements sur celle des Coalisés,
qu'importe l'occupation momentanée de la capitale? Que
l'ennemi y trouve sa perte! Qu'il y expie son audace de
s'être aventuré ainsi jusqu'au centre de notre Empire!
Depuis l'ouverture de la campagne on n'a cessé de prévoir
cette extrémité : pourquoi donc, quand on a dû se fami-
liariser avec les résolutions qu'elle entraîne, quand il
n'est plus temps de choisir quand il n'y a plus qu'à persister, pourquoi changer, tout abandonner, et sacrifier au
danger de Paris la seule ressource qui nous reste?

Ils parlaient entre eux ainsi, et leurs regards, fixés sur
chacun des mouvements de l'Empereur, semblaient vouloir l'inspirer de l'élan qui les enflammait. Ils furent
déçus. Aujourd'hui encore, plusieurs d'entre eux disent
leur désespoir, lorsqu'ils virent leur Chef infortuné tra-

verser l'Aube, prendre précipitamment la route de Troyes, en ordonnant à tous ses corps d'enfouir les canons et les munitions qu'il faudrait abandonner, et de le suivre, jour et nuit, au pas de course !

C'était alors qu'il avait envoyé Dejean l'annoncer à Paris pour le lendemain. Dans Troyes, où il arrive au milieu de la nuit, pendant que ses chevaux soufflent et repaissent, il trace l'ordre général de la marche de l'armée, qui ne doit le rejoindre sous Paris que le 2 avril. Pour lui, sans repos de corps ni d'esprit, il repart avant que le fatal soleil du 30 mars l'éclaire ; il court jusqu'à Ville-neuve-l'Archevêque, et, rongé de soucis, écrasé de fatigue, il s'arrête quelques instants, seul avec Ney, dans une maison de peu d'apparence. Là, tous deux, assis près d'un foyer presque éteint, cherchaient à le ranimer, tout en échangeant de tristes paroles. Au milieu de cet entretien, il jette un regard autour de lui, et, le ramenant sur le maréchal : « Eh bien, Ney, lui dit-il, que pensez-vous de « cette chaumière et de notre position ? Ne croyez-vous « pas qu'aujourd'hui nous serions bien heureux d'être « assurés, pour nos vieux jours, d'une retraite sembla- « ble ? »

A cinq heures après midi, à Villeneuve-sur-Vannes, il se jeta dans une carriole de poste ; il traverse ainsi Moret, puis Fontainebleau. Aux divers relais, il apprend successivement, que l'Impératrice, que son fils ont fui de Paris ; qu'on se bat en vue des murs ; que l'ennemi est aux portes ! Alors, et de plus en plus, dans sa perplexité, tout en lui devance la course rapide des chevaux qui l'emportent à toute bride : les roues brûlent le pavé, et, de ses cris encore, il presse leur course.

Il atteint enfin, vers dix heures du soir, les fontaines de Juvisy et Fromenteau. Là, à cinq lieues de Paris, il relayait ; il n'avait point encore perdu tout espoir d'y entrer avant l'ennemi, quand, au travers des ombres et de l'empressement qui l'entourent, il aperçoit des généraux, Belliard entre autres, le chef de la cavalerie des ducs de Trévise et de Raguse. A cette vue, il s'élance hors de sa voiture ; il saisit la main de ce général, l'entraîne sur la route, et s'écrie : « Quoi ! vous, Belliard ! Qu'est-ce que « cela ? Comment, vous ici, avec votre cavalerie ? Où « donc est l'ennemi ? — Aux portes de Paris, Sire. — Et « l'armée ? — Elle me suit. — Et qui garde la capitale ? « — La garde parisienne, Sire. — Que sont devenus ma « femme, mon fils ? Où sont Mortier et Marmont ? » Belliard répondit que l'Impératrice et le Roi de Rome étaient partis le 28 ; quant aux maréchaux, qu'ils étaient encore à Paris, où ils terminaient la capitulation ; puis, en quelques mots, il lui apprit les événements qu'on vient de lire.

Cependant, l'Empereur, dans son agitation, entraînait vers Paris, à grands pas, ce général. Berthier et Caulaincourt l'avaient rejoint. « Eh bien ! vous l'entendez, s'écria-t-il, allons ! Je veux aller à Paris ! » Et il demandait sa voiture. Belliard lui représenta qu'il ne pouvait aller plus loin, qu'il n'avait plus un soldat dans Paris. « C'est « égal, reprit Napoléon, j'y trouverai la garde nationale. « Demain, après-demain l'armée me rejoindra, je réta-

blirai les affaires. » Et, de plus en plus agité, il reprit
sa marche convulsive.

Belliard s'efforçait vainement de l'arrêter, lui répétant
que, d'après le traité, la garde nationale seule gardait les
barrières ; qu'il se pouvait que, en dépit des conventions,
les Alliés s'en fussent déjà rendus maîtres, et qu'il ren-
contrât des postes russes et prussiens aux portes et sur les
boulevards. « N'importe, continua Napoléon, je veux y
« aller ! Ma voiture ! qu'on fasse avancer ma voiture ! Sui-
« vez-moi avec votre cavalerie ! » Et il marchait encore,
lorsque Belliard, d'une voix plus ferme, lui représenta
qu'il allait s'exposer à se faire prendre, à faire saccager
Paris ; que plus de cent vingt mille ennemis occupaient
les hauteurs environnantes ; qu'enfin lui-même, en étant
sorti par une convention, n'y pouvait rentrer sans l'en-
freindre. « Quelle est donc cette convention ? s'écria l'Em-
« pereur. Qui l'a conclue ? Que fait Joseph ? Où est le
« ministre de la guerre ? »

Belliard répondit : qu'il n'avait d'autre instruction
que de se rendre à Fontainebleau ; qu'il ignorait le reste ;
que, pendant toute la bataille, chaque maréchal avait agi
pour son compte, et qu'on n'avait reçu d'ailleurs aucun
ordre. « Allons, reprit l'Empereur avec emportement ;
« partons ! Il faut aller à Paris ! Partout où je ne suis
« pas, on ne fait que des sottises ! » Et il ne cessait de demander sa voiture, que Caulaincourt annonçait, sans la
faire approcher. Il repoussait les supplications du prince
de Neuchâtel, recommençant les mêmes interpellations à
Belliard, l'entraînant toujours vers Paris, à pas de plus en

précipités. Il s'écriait : « Qu'il eût fallu tenir plus long-
« temps, attendre son armée ! Qu'on aurait dû remuer, sou-
« lever Paris, qui, certes, n'aimait point les Russes, mettre
« en action la garde nationale ; lui confier la garde des
« fortifications, que le ministre aurait dû faire élever et
« hérisser d'artillerie ! Que cette garde nationale était
« bonne et brave ; qu'elle les aurait sûrement bien
« gardées, tandis que les troupes de ligne auraient
« combattu en avant, sur les hauteurs et dans la
« plaine ! »

A ces reproches, Belliard opposait qu'on avait fait
plus qu'il n'était possible : que, depuis six heures du matin jusqu'à quatre heures du soir, vingt mille hommes,
tout au plus, avaient résisté à plus de cent cinquante
mille ; que, au bruit de son arrivée redoublant d'ardeur,
on avait forcé l'ennemi à tourner Paris, par Saint-Ouen
et le bois de Boulogne ; que la garde nationale s'était
montrée bravement, soit aux portes, soit en tirailleurs,
mais que, avec dix-huit cents chevaux dans la plaine,
quelques méchantes palissades aux barrières, et sept canons seulement sur Montmartre, il avait bien fallu céder
enfin à une aussi longue et aussi formidable attaque.

Ici, Napoléon se récria d'étonnement. « Quoi ! Mont-
« martre n'a point été fortifié ? Il n'était point garni de
« gros canons ? il n'a point fait de résistance ? Qu'a-t-on
« donc fait de mon artillerie ? Je devais avoir des mu-
« nitions pour un mois dans Paris, et plus de deux cents
« pièces à mettre en batterie pour le défendre ! » Alors,
le général ayant ajouté, m'a-t-il dit lui-même, qu'on n'a-

vait vu que de l'artillerie de campagne, et si mal appro-
visionnée, qu'à deux heures il avait fallu économiser les
feux pour les faire durer, l'Empereur, indigné, leva les
yeux au ciel, et, frappant du pied la terre, il prononça
violemment sur son frère et sur un autre personnage de
si cruelles paroles, qu'il faut les taire. On doit, d'ailleurs,
en convenir : c'était sa propre persistance, en dépit de
sollicitations redoublées, à ne vouloir ordonner pour
Paris aucun préparatif de défense, qui avait augmenté le
péril en voulant trop le dissimuler. Ce fait, sans ôter à
l'amertume de ses plaintes ce qu'elles n'avaient que de
trop juste, ou les retourne contre lui-même, ou en dimi-
nue beaucoup l'autorité.

Au milieu de ce débordement de désespoir, il marchait
toujours vers Paris, lorsqu'il aperçut une tête de colonne :
c'était l'infanterie du duc de Trévise. Il le demanda aussitôt ; mais Mortier était encore dans la capitale. Alors,
s'affaiblissant, on l'entendit répéter à plusieurs reprises :
« Six heures trop tard ! et tout perdu ! »

En ce moment, il venait de s'asseoir sur le bord de la
grande route, lorsque, se relevant, il demanda l'abri le
plus voisin. On le ramena à la maison de poste de Fromenteau. Là, dit un autre témoin, qui ne veut point
être nommé mais qu'il faut croire, seul avec lui, il fit
déployer ses cartes, les étudia, et, son agitation le ressaisissant, on entendit ces exclamations : « L'empereur
« Alexandre va s'enorgueillir dans Paris ! Il va passer en
« revue son armée disséminée sur les deux rives de la
« Seine !.. » Et comme il se dépitait de n'avoir point la

sienne sous sa main, on lui dit que dans quatre jours elle arriverait. « Quatre jours ! reprit-il vivement ; ah ! deux « jours seulement, et dans Paris que de défections ! « L'Impératrice elle-même ! Oui, j'ai voulu son départ, « car Dieu sait à quoi l'on aurait pu entraîner son inex- « périence ! » Puis, retournant à ses cartes, après quelques instants d'une profonde méditation, il se redressa sou- dainement : « Oui, je les tiens ! s'écria-t-il, Dieu me les « livre ! Mais il me faut quatre jours ! Ces quatre jours, « vous pouvez me les gagner en pourparlers ! » Et il en indiquait la manière, quand, sur une observation de son ministre : « Non, non, répond-il, plus d'humiliations ! « Point de paix honteuse ! C'est de la grandeur de la « France, c'est de son honneur qu'il s'agit ici ! L'épée « seule, dans une dernière lutte, en doit décider ! Je ne « veux que quatre jours ! Vous, vous seul, pouvez me les « gagner sur l'empereur Alexandre et contre les intrigues « qui vont l'obséder ! Partez donc vite ! Quant à moi, je « vais à Fontainebleau vous attendre, attendre l'armée, « et tout préparer pour venger la France de l'humiliation « momentanée qu'elle subit ! »

Il était encore plein d'animation quand il envoya un courrier à l'Impératrice. Mais alors, son parti étant pris, épuisé de fatigue et d'émotions, tous les ressorts en lui, depuis trop longtemps et trop violemment tendus, se dé- tendirent : il tomba dans un large fauteuil, qu'on voit encore à cette poste, et, s'affaissant, il s'y endormit d'un si lourd sommeil, que le lendemain, 31 mars, vers quatre heures du matin, il fallut des efforts réitérés pour l'en arracher, pour le rappeler à lui-même, à sa position, et obtenir de lui de nouveaux ordres.

Un piqueur, envoyé par le duc de Vicence, venait d'arriver. La capitulation convenue la veille, 30 mars, vers cinq heures du soir, avait été complétée et signée à deux heures du matin. Paris appartenait à la Coalition ! Les bivouacs ennemis jetaient, de la rive opposée, des lueurs menaçantes. Il n'y avait plus qu'à retourner à Fontainebleau. Napoléon s'y laissa conduire. Il y arriva à six heures du matin, après avoir ordonné aux débris des corps de Mortier et de Marmont de prendre position sur l'Essonne.

Un témoin a écrit que Napoléon rentra dans Fontainebleau accablé encore. Deux de ses officiers qui le suivaient, Canouville et Corbineau, disent que dans cette ville, à l'aspect de leur Empereur repoussé de sa capitale, les habitants accoururent sur son passage, les mains jointes, la figure consternée ; qu'on entendit des sanglots, et que, de tous ces yeux, silencieusement attachés sur cette grande infortune, il coulait des larmes !

On sait que là, dans son malheur, il évita les souvenirs de son bonheur passé, et que, refusant de rentrer dans ses grands appartements, il ne prit dans ceux qui bordent la galerie de François Ier qu'un logement militaire. Quelques moments de repos lui rendirent ses forces physiques, abattues par tant d'anxiétés et de fatigues.

Dans cette première journée, on remarqua : au dehors, l'arrivée successive des troupes de Souham et de la Garde ; au dedans, l'agitation qui ressaisit l'Empereur, son dernier entretien avec le duc de Raguse, un dernier travail de réorganisation de ses corps d'armée ; après quoi, se renfermant, on croit qu'il retomba dans une méditation laborieuse sur le parti qui lui restait à prendre, pour ressaisir aux Alliés sa capitale.

Le lendemain, 1er avril, dans un Conseil, il se refusa à porter la guerre sur la Loire, et, contre l'avis de tous, un seul excepté, il se décida à combattre devant Paris, dont il craignait la défection, et qu'il voulait contenir de sa présence.

Vers onze heures du matin, revenu devant Essonne, il en jalonna les positions avec les chasseurs de son escorte. Sa reconnaissance achevée, il dit au duc de Raguse : « Marmont, à demain, et sur Paris, avec quatre cents « canons et cent mille hommes ! » Puis, ayant ordonné au général Vincent de propager ces paroles menaçantes, il rentra dans Fontainebleau, d'où il envoya aux ducs de Trévise et de Raguse soixante canons, complètement approvisionnés. En ce moment, et d'heure en heure, arrivaient de faibles têtes de colonnes, harassées, revenant, en toute hâte, de la Champagne. Mais, d'heure en heure aussi, chaque nouvelle de Paris aggravait sa position, ébranlait ses entours, et ne faisait que trop pressentir un dénoûment prompt et funeste.

Le 2 avril, à l'heure de la garde montante, il descendit dans la grande cour du château, et parcourut les rangs des chasseurs et des grenadiers de la Vieille Garde. Quelle que fût son anxiété intérieure, d'abord sa figure fut calme, et son attitude, impassible. Tous disent que, dans

ce dernier moment, à sa contenance ferme et décidée, ils
crurent voir encore en lui leur grand Empereur, tel qu'ils
se le rappelaient à Schœnbrünn, à Potsdam, au Prado, au
milieu du Kremlin et dans les Tuileries, faisant défiler la
parade ! De leur côté, ces vieux et inébranlables débris
de tant de batailles lointaines le saluèrent d'acclamations
plus vives encore qu'aux champs victorieux d'Austerlitz et
de Friedland. Mais, vers la fin de cette revue, une rumeur
annonçait le duc de Vicence. L'Empereur s'émut : c'é-
tait sa destinée qu'il allait apprendre ! Il se contint pourtant ; il affecta même de continuer à ne s'occuper que de
Moncey, qui lui présentait un nouveau bataillon ramassé
parmi ses gendarmes.

Caulaincourt s'approchait lentement. Son extérieur
était composé. Sa démarche, déjà ordinairement raide et
grave, était sévère, triste, et même sinistre. En arrivant
enfin près de Napoléon, alors placé au pied du grand escalier, il se découvrit, lui dit quelques mots à l'oreille, et
l'Empereur, qu'on vit tressaillir, s'étant brusquement retourné, la foule des officiers qui l'entouraient s'ouvrit ; il
la traversa, suivi de son grand écuyer, qui, d'un signe de
tête désespéré, ne répondit que trop clairement aux regards avides qui l'interrogeaient. Cependant, Napoléon,
après avoir monté avec précipitation, disparut dans son
appartement, où il s'enferma seul avec le duc de Vicence.

C'est là qu'il apprit, dans tous leurs détails, les événements, suites de la convention, d'abord verbale, qui avait
terminé la bataille : les pourparlers, dans Bondy, pen-

dant la nuit du 30 au 31 mars, des magistrats de Paris avec Alexandre, pour régler l'occupation de la capitale ; l'affectation des paroles généreuses et libérales de ce prince envers la France, en ne se déclarant l'ennemi que d'un seul homme ; les vengeances, les inimitiés du dedans en libre contact avec celles du dehors, et tous ses ennemis intérieurs ralliés aux ennemis de l'Empire et de sa personne.

Pourtant, avant l'entrée des étrangers, nos royalistes, quelque passionnés qu'ils fussent, n'avaient osé se prononcer publiquement ; le sentiment de leur faiblesse les avait contenus. Mais la nuit avait favorisé et redoublé leurs sourdes manœuvres. Depuis, l'un d'eux, justement célèbre par son esprit, un prêtre, naguère disgracié du palais impérial, les a divulguées dans l'aveugle ivresse du succès. Aujourd'hui, le temps a changé en aveux ces vanteries, et l'histoire est forcée de s'en servir.

Pendant que les démarches de Caulaincourt auprès d'Alexandre ont été écartées par un ajournement, l'esprit de parti, l'intrigue et la trahison ont trouvé leur chef. Un grand, mais insidieux personnage, le plus habile de tous ceux qui épient, avec une attention froide et intéressée, la fortune des Princes, pour la prévenir et changer à temps, avait donné le signal. Disgracié par Napoléon, Talleyrand, soit intérêt personnel, soit conviction que les temps étaient venus, pour lui comme pour la France, d'accepter une autre fortune, s'était décidé contre l'Empire. Le 30 mars, il avait paru obéir aux ordres qui l'appelaient à la suite de la Régente ; mais une feinte violence,

27.

concertée entre lui et ses amis, l'avait arrêté comme il sortait des barrières ; on l'avait ramené dans Paris, où son hôtel était devenu le centre de la révolution, le quartier impérial d'Alexandre, le lieu même où s'opérait, en ce moment, la déchéance de l'Empereur et la restauration de la dynastie royale.

Depuis longtemps, Savary en savait beaucoup sur ce grand dignitaire. On ignore s'il n'osa s'assurer de sa personne, s'il l'oublia, ou s'il le laissa derrière lui, comme un utile intermédiaire qu'il se réservait dans ce naufrage ; le dévouement des hommes politiques n'allant guère jusqu'à brûler leurs derniers vaisseaux, quelque compromis qu'ils soient, et peut-être par cela même !

Le lendemain 31, aux premiers rayons d'un soleil revenu brillant comme la veille, et dont la splendeur contrastait avec notre deuil, les Alliés, après avoir dormi du sommeil des vainqueurs, ont abandonné leurs bivouacs, et bientôt, aux accords joyeux de leur musique guerrière, ils se sont formés en colonnes. Tous portent à leurs bonnets une branche de verdure, et au bras cette même écharpe blanche que, dès le 2 février, dans la mêlée du combat de La Rothière, ils avaient prise entr'eux pour se reconnaître. C'était ainsi, vers onze heures du matin, quand toutes les barrières leur eurent été remises, qu'ils avaient commencé leur entrée dans la capitale.

Ce signal de l'asservissement de l'Empire était devenu un signe de triomphe pour le parti royaliste. Aussitôt, dans les rues, sur le boulevard, une cinquantaine de jeunes hommes, la cocarde blanche au front, et un drapeau blanc à la main, s'étaient élancés aux cris de *Vive Louis XVIII!* tandis qu'aux fenêtres quelques femmes, agitant leurs mouchoirs, leur avaient répondu par des acclamations semblables. Mais cet élan, qu'ils avaient espéré rendre contagieux, s'étant moins propagé qu'il n'avait étonné et indigné, allait peut-être tourner contre eux-mêmes, lorsque s'était montrée à leur soutien la tête de colonne de la Coalition victorieuse. Elle s'avançait triomphalement : ses Souverains, leurs généraux leurs nombreux états-majors en tête, suivis de cent mille soldats et d'une artillerie formidable! Cette longue et lourde chaîne d'oppresseurs s'était successivement déroulée, elle avait couvert nos boulevards intérieurs jusqu'à la place de la Concorde.

Alors l'enthousiasme du parti royaliste s'était changé en délire. Les uns, courant au-devant de nos ennemis, les avaient accueillis aux cris de *Vivent nos Libérateurs! Vivent les Bourbons!* et, s'indignant de la stupéfaction froide et silencieuse de la multitude, ils s'étaient inutilement efforcés de lui faire arborer leur cocarde blanche. D'autres, dans leurs transports insensés, avaient insulté follement, de leurs gestes et de leurs vociférations, la statue colossale de Napoléon debout sur sa grande colonne. Plusieurs même, l'escaladant, on les avait vus s'épuiser en efforts vains et ridicules pour en précipiter l'airain du sommet élevé, où, sous une autre forme et selon le vœu national, on la voit encore.

La présence des vainqueurs, et l'accord fortuit de leurs écharpes avec la couleur des Bourbons avaient contenu les citoyens, et protégé ces insensés contre l'indignation générale. Cependant, la garde nationale s'agitait, s'irritait, et le malheur public allait s'accroître de nos querelles intestines, quand l'ordre survint de laisser libre toute manifestation, pourvu qu'elle fût paisible.

Toutefois, trois années de désastres, tant d'épuisement, l'absence de l'Empereur, celle de la Régente et du Gouvernement, avaient ébranlé Paris. Les factions s'en emparaient, et le génie dissolvant de l'intrigue, cette plaie des cours et des capitales. Toute autre action sur la grande classe intermédiaire y était perdue. Cette foule, que le présent aveugle sur l'avenir, rassasiée, écrasée de guerre, la maudissait : elle en voulait la fin à tout prix ! Elle était composée, comme dans tous les grands centres de population, de gens d'affaires, de faibles, de pacifiques, d'hommes de plaisir et de repos : masse nulle au commencement et au milieu des actions, mais toute-puissante à leur fin, quand leur durée fatigue, et d'un poids si grand alors, qu'elle entraîne tout !

Avec de pareilles dispositions, soit caractère des habitants, soit que, au milieu de ces grandes agglomérations d'hommes, l'un attire l'autre, et que toute émotion entraîne les multitudes, Paris, dans cette immense infortune, il en faut convenir, ne s'était pas montré aussi grave, aussi désert et silencieux que nous avions vu les autres capitales. Une foule inquiète, d'abord triste il est vrai, mais trop empressée, trop nombreuse, s'était amassée sur le passage de ces victorieux par surprise. Son insatiable besoin de sensations avait cherché dans ce malheur public, quelque humiliant qu'il fût, un nouveau spectacle. Elle avait, dit-on, augmenté vers cinq heures du soir ; c'était alors surtout que, avide d'assouvir son indigne curiosité, elle s'était pressée sur les pas des envahisseurs. Ce scandale eut lieu depuis les Champs-Élysées, où se termina leur triomphe, jusqu'à l'hôtel de Talleyrand, où se rendirent à pied ces Souverains, et où devait s'accomplir notre abaissement.

C'était là, chez cet ennemi personnel de Napoléon, d'où l'on tint soigneusement éloigné le duc de Vicence, qu'Alexandre, ou plutôt Talleyrand lui-même, allait décider du sort de la France.

Arrêtons-nous ici, quelques instants, devant ce personnage. Sa physionomie, noble et grave, était d'un calme imposant, que rien n'altérait. Il avait, en cela, de sa race la dignité et toute l'intrépidité. On n'a point à reprocher à sa mémoire des méchancetés inutiles. Ses mœurs étaient douces, son accueil et ses entretiens, pleins d'attraits. Sous une apparence négligée, souvent même insouciante, sa repartie était vive, mordante, et sa parole, à la fois profonde, saillante et concise. Il savait, en homme supérieur, se contenter de juger, de diriger, se servant de chacun, selon son talent ; au-dessus du subalterne amour-propre des petits succès, tout ce qu'il pouvait faire faire aux autres, il dédaignait de le faire lui-même. Néanmoins, sa célébrité, toute de lui, brilla d'elle-même et non de reflet.

Observateur toujours impassible, quelle que fût la tempête, les hommes et les événements les plus redouta-

bles, il les domina, parce qu'il savait, à la fois, s'y soumettre, se les approprier, et se dominer lui-même : dans
le présent, voyant de loin l'avenir, et s'y préparant; sachant démêler, dans chaque affaire, le point capital, dans
chaque époque l'homme important, s'y attacher, s'en
détacher à propos, et si bien associer à l'intérêt de son
ambition celui des peuples, qu'on ignore encore qui,
d'eux ou de lui, il voulut servir ; du reste, pour toute
conscience politique, le succès; s'imposant comme le ministre obligé des grandes fortunes naissantes ; fidèle ensuite au bonheur, à l'habileté, et n'acceptant de chaque
position que les avantages ; puis, habile à se taire, à attendre, à se laisser écarter par le flot de pouvoir qu'il sentait décroître, pour se poser de façon à être ressaisi, et
porté plus loin et plus haut par le flot qui allait suivre !

Sa vie intime est trop connue pour qu'il soit besoin de
l'analyser. Il y a fait des fautes inutiles.

Quant à sa vie publique, actions bonnes, actions mauvaises, tout dans cet homme a porté un certain cachet
d'élévation. Orgueil de naissance, qualités, passions, vi-
ces même, tout ce qui dans les autres les domine, n'a
semblé être en lui que des moyens aux ordres de sa supériorité. C'est ainsi que, méprisant le mépris, et mettant hors de portée du vulgaire, avec un cynisme imposant, ses intrigues pécuniaires et politiques, il a su leur
donner un air de grandeur ; et, autant qu'il est possible,
il a tout justifié par la réussite.

Jusqu'à quatre-vingt-quatre ans, ce caractère suivi
s'est montré aussi tranquille et impassible dans l'adver-

sité que dans le bonheur, aussi calme et calculé dans la souffrance, et jusque dans les dernières angoisses de la mort, que dans la plénitude de sa vie la plus heureuse. Jamais rôle ne fut soutenu avec une persévérance plus ferme. De même qu'à vivre, habile à mourir, jusqu'à son dernier souffle il a su intéresser à sa renommée tous les pouvoirs, celui du clergé même, qu'il avait le plus offensé.

Voilà comment, grâce aux nécessités de ces temps, où il sut se rendre si nécessaire, et à la démoralisation générale, suite de tant de bouleversements, il est parvenu à se placer et à se maintenir si haut dans le siècle, à y être un personnage à part, dont chaque mot parut un trait de génie ; chaque jugement, un oracle ; à qui la règle morale de chacun semblait être inapplicable ; et dont la foule des ambitieux garde encore le souvenir, comme du favori le plus constant de cette inconstante divinité qui a tant d'adorateurs, que jusque-là nul, autant que lui, n'avait su fixer, et qu'on appelle la Fortune.

Il y avait plus de cinq ans que la prévoyante habileté de sa politique personnelle l'avait rendu suspect à l'Empereur. Pourtant, comme son intérêt le rattachait encore à l'Empire, plusieurs fois, depuis nos malheurs, il s'était offert à Napoléon ; mais, toujours et aussi amèrement repoussé qu'en 1809, il s'était fait, de plus en plus, le chef de la coalition ennemie du dedans, l'avait affiliée à l'invasion étrangère, et venait de hâter leur jonction victorieuse jusque dans Paris, où cet ex-ministre d'une République régicide et de l'Empire, ce dernier grand seigneur, resté seul debout en dépit de tant de révolutions, allait, en y décidant une restauration royale, s'y rendre encore le personnage le plus nécessaire et le plus important de cette révolution nouvelle.

Talleyrand, en ce jour fatal, renfermé dans son hôtel venait de la préparer avec Nesselrode. A peine Alexandre est-il entré dans ce quartier général, qu'il convoque en Conseil de rois, de ministres, de généraux étrangers, et de transfuges français, toutes ces haines. Ce furent autour de lui : le roi de Prusse, les princes de Schwartzenberg et de Lichtenstein, les ministres Pozzo et Nesselrode, enfin D'Albert et Talleyrand lui-même.

Là, comme à Bondy, cet empereur commence par des protestations généreuses, voiles de vengeance du passé, de précaution pour l'avenir, conformes d'ailleurs à l'éducation libérale qu'il a reçue et à son exaltation présente. Il déclare : « Qu'il n'est pas venu pour faire la guerre « aux Français, mais à leur Empereur, que la con- « quête de la paix est le seul but de la Coalition. « Quant à la France, qu'elle était libre de choisir, hors « Napoléon, soit l'Empire sous la Régence, soit la Royauté « avec Bernadotte, les Bourbons, ou tout autre, soit « même, enfin, la République ! »

A ces mots, Talleyrand n'a point hésité : sa défection préméditée, d'accord avec les passions et les intérêts de ces étrangers, écarte toute autre pensée que celle de la restauration de Louis XVIII. Mais à cette proposition on objecte les dispositions, évidemment hostiles aux Bourbons, des populations qu'on a traversées, et celles de tous les rangs de l'armée, dont les efforts inouïs viennent encore de prouver le dévouement à la cause impériale.

Cette résistance, prévue, n'a point embarrassé Talleyrand, sa trame est trop bien ourdie ; ses complices, tout prêts, sont à sa portée, et il en invoque le témoignage. Deux d'entr'eux, le baron Louis et l'archevêque de Malines, sont introduits. Leurs discours, conformes au sien, le dépassent en violence ; ils entraînent l'empereur Alexandre ; ils obtiennent enfin de ce prince la déclaration : « Que les souverains alliés accueillent le vœu « de la France ; qu'ils ne traiteront plus avec Napoléon, « ni avec aucun membre de sa famille ; que les conditions de la paix, ainsi garanties, en seront meilleures ; « que pour le bonheur de l'Europe, il faut que la France « reste grande et forte ; qu'ils en respecteront l'intégrité, « telle qu'elle a existé sous ses rois légitimes ; qu'ils reconnaîtront, qu'ils garantiront la Constitution qu'elle « se donnera elle-même ; qu'en conséquence ils invitent « le Sénat à désigner un Gouvernement Provisoire, afin « de pourvoir à l'administration, et de préparer la Constitution qui conviendra le mieux à la France. »

Cette déclaration, si fatale à l'Empereur, signée par eux et aussitôt publiée, a couvert, dans la soirée même du 31 mars, tous les murs de la capitale.

Dès le lendemain, 1er avril, le Conseil municipal de Paris avait reconnu les Bourbons pour souverains ; et, ce jour-là même, trente sénateurs, présidés par Talleyrand et dociles à son impulsion, l'avaient nommé chef d'un

gouvernement provisoire, chargé de préparer une Charte
et de proclamer la déchéance de Napoléon. Au milieu de
cette révolution, une seule résistance s'était élevée : la
cocarde blanche, proposée au nom des Alliés, avait été
refusée par la garde nationale. Le reste s'était laissé entraîner.

Caulaincourt put détailler à l'Empereur ces défections,
telles qu'alors, et d'heure en heure, jusqu'à son départ
de Paris, elles s'étaient accumulées : celle d'un général
habile, transfuge de sa division, pour la dixième fois détruite il est vrai, et, acceptant sous un autre général, d'un
mérite aussi distingué, le commandement de la garde
nationale ; celle des personnages nommés ministres, et de
tous les autres chefs de service ; celle des signataires du
décret de déchéance, lancé le 3 avril contre l'Empereur et
sa famille, et de l'Adresse aux armées françaises, le 2
avril, pour les dégager de toute obéissance à Napoléon.
Il dut lui montrer Paris, dans ce désordre, étonné, découragé, ne sachant, au milieu de ces étrangers, à qui obéir,
et qui, d'eux ou de Napoléon, on devait regarder comme
l'ennemi de la France : déplorable effet de l'esprit de
parti des uns, des passions intéressées des autres, et du
désespoir d'un peuple désaffectionné par trois années de
désastres inouïs, par tant de sang inutilement répandu,
ébloui par les formes généreuses du vainqueur, et séduit
enfin par l'illusion de croire échapper à l'humiliation du
joug de ces Étrangers en unissant sa révolte à leur victoire !

Telles avaient été, le 3 avril au matin, les tristes nouvelles apportées par Caulaincourt. L'Empereur s'en émut peu, soit qu'il en sût déjà une partie, soit qu'il les eût prévues. Il demeura calme de même à la demande de son abdication, que lui faisait transmettre Alexandre sans s'engager à reconnaître la Régente. Il persévérait, comme le 30 mars à Fromenteau, dans l'espoir de tout regagner par une dernière bataille. Ce fut surtout de ce combat qu'il entretint le duc de Vicence. Dans son inébranlable énergie, il en parla comme d'une victoire assurée et décisive, « l'ennemi, dit-il, s'étant placé dans une position à « tout perdre ! »

Cette confiance, qu'on a peine à comprendre, se fondait sur ce que les Alliés s'étaient partagés en trois corps : l'un dans Paris, les deux autres avec la Seine entre eux deux ; ceux-ci s'offrant séparément ainsi à son attaque. Il allait donc s'élancer de l'Essonne sur le corps de la rive gauche, le culbuter dans Paris, où les habitants achèveraient sa défaite ! Après quoi, se reportant sur la rive droite par les ponts dont en effet il était maître, il déboucherait sur la retraite du corps ennemi qui l'occupait, et, profitant, coup sur coup, du désordre des Coalisés, il rejetterait, il livrerait leurs débris à ses braves provinces de l'Est et à ses garnisons qui les anéantiraient !

Mais cet espoir de Napoléon, qu'il voulait faire partager, était-il sincère ? N'était-ce pas plutôt, dans ce dernier effort de son désespoir, qu'à tout hasard il s'était décidé à s'ensevelir avec sa fortune ! Qui, mieux que lui, savait que sur l'Essonne il pourrait à peine réunir cinquante mille hommes contre quatre-vingt mille, soutenus

par quarante mille autres, en réserve dans Paris, et que
ces cent vingt mille ennemis pourraient être secondés
par les soixante mille autres Coalisés qu'on apercevait sur
la rive droite ? Que pouvait-il donc espérer de nos cinquante mille combattants contre cent quatre-vingt mille ?
Comment enfin pouvait-il compter sur une insurrection
dans Paris contre les Alliés, quand Paris était en état de
révolte ouverte contre lui-même ?

Cette révolution commencée dans Paris, cette résolution désespérée de ressaisir la capitale sur-le-champ et à
tout prix, allait précipiter la chute de l'Empire ! Pourtant
toutes ses ressources n'étaient point encore épuisées ; une
armée de quarante mille hommes allait entourer l'Empereur ; Eugène, Augereau, Soult, Suchet et Maison en
commandaient cinq autres encore ; Davout à Hambourg,
s'y maintenait ; nos provinces du Centre, du Nord et de
l'Est surtout, révoltées par les excès des envahisseurs,
étaient restées impériales : elles ne demandaient que des
armes. Bordeaux excepté, Paris seul s'était démenti ! Car,
ainsi que dans les morts violentes, les extrémités étaient
encore toutes vives, quand le cœur manqua ! Dans le
quartier impérial, quels que fussent la fatigue et le mécontentement des chefs, et quoique la paix fût leur vœu,
leur espoir, leur volonté même, nul d'entre eux n'avait
pensé à un autre dénoûment. Ils avaient respecté le
malheur de Napoléon ; leur fidélité, bien qu'étonnée et
lassée peut-être, persévérait. Mais, à la funeste nouvelle
de la défection de la capitale, à la vue de cette décision
de la ressaisir en l'ensanglantant, les cœurs de nos chefs

s'émurent, la contagion les gagna ! Le prestige était détruit par le retour si précipité de Saint-Dizier, par cet aveu d'une fausse manœuvre, et par son fatal résultat. Dès lors, comme dans un naufrage déclaré, ces chefs se préparèrent à la catastrophe. Pour tout dire, je tiens du maréchal Moncey, que la veille, 2 avril, au dîner de l'Empereur, où il se trouva, Napoléon y avait contribué par ces paroles imprudentes : « Que, pour préserver la « France d'une guerre civile, s'il fallait abdiquer, il s'y « résignerait. »

Ajoutons ici que, le 3 avril, l'abattement de Caulaincourt, les récits, l'exemple, les tentations qui, de Paris, pénétraient déjà dans le quartier impérial, achevèrent l'ébranlement ; que, plus que jamais alors, comme dans tous les grands revers, et quand on ne croit plus pouvoir être démenti par un retour de fortune, les récriminations s'élevèrent, et que l'amertume des reproches éclata.

Toutefois, on n'imaginait encore que d'exiger la paix, ou la transmission de l'Empire au roi de Rome.

Ce jour-là, le mal resta secret ; le palais et les cœurs le renfermèrent ; l'Empereur même put l'ignorer ; il ne fermenta que dans les entretiens particuliers des chefs les plus anciens, les plus hauts en grade. C'étaient les plus dégoûtés, ayant plus de biens à conserver, moins de temps et de forces à perdre, et, à cette heure avancée de leur vie, l'avenir, comme l'ombre qui grandit le soir, les menaçant de plus noirs présages. Hors ceux-là, soldats et officiers, tous semblaient moins étonnés qu'indignés de la chute et de la défection de la capitale.

Telles étaient les dispositions le 3 avril, quand Napoléon, après être retourné sur la position de l'Essonne, rassembla dans la grande cour de son palais toute sa Garde, Là, au milieu de cette troupe dévouée, il appela en cercle, autour de lui, les plus anciens de chaque compagnie, officiers, sous-officiers, des soldats même. Un roulement de tambours commanda leur attention, et d'une voix ferme et animée : « Soldats, leur dit-il, l'ennemi nous a dérobé « trois marches, et s'est rendu maître de Paris! Il faut « l'en chasser! D'indignes Français, des émigrés, aux- « quels nous avions pardonné, ont arboré la cocarde blan- « che, et se sont joints à nos ennemis! Les lâches! ils re- « cevront le prix de ce nouvel attentat! Jurons de vain- « cre ou de mourir, et de faire respecter cette cocarde « tricolore, qui, depuis vingt ans, nous trouve dans le « chemin de la gloire et de l'honneur! »

Chacun, à l'envi, répéta ce serment ; le cri fut général! Il partit du cœur ; et aussitôt, cavalerie, infanterie, tout défila devant lui au pas de charge, et aux cris, plus ardents que jamais, de *Vive l'Empereur!*

Une témoin a écrit éloquemment (1) : « Que, la nuit « venue, leur colonne, serrée et silencieuse, s'ébranla sur « Paris, et traversa, d'un pas ferme et résolu, la forêt « impériale. Ces chênes séculaires, ces arbres gigantes- « ques, au milieu desquels s'écoulaient ces vétérans, dé- « voués à une mort presque certaine, le clair de lune qui « grandissait tous les objets, ajoutaient à cette marche « guerrière je ne sais quoi de majestueux et de solennel.

(1) Koch.

« Une taciturnité farouche et menaçante régnait, dit-il,
« dans ces colonnes. On n'entendait que le sourd roulement
« des canons, le bruit régulier des pas, et le cliquetis des
« sabres et des baïonnettes. D'austères réflexions préoc-
« cupaient ces guerriers, échappés à tant de batailles. On
« voyait leurs regards, sombres et sévères, se fixer, par
« intervalles, sur plusieurs batteries d'obusiers qui mar-
« chaient au milieu d'eux. Il était évident que, l'esprit
« frappé et le cœur plein du terrible serment qu'ils ve-
« naient de prêter, ils s'apprêtaient, dans un recueille-
« ment héroïque, à périr, ou à venger l'Empereur et
« l'Empire, et à terminer leur carrière devant les murs
« ou sous les décombres sanglants de leur capitale ! »
Dévouement sublime, mais que le désespoir de plusieurs
de nos chefs, le spectre de la capitale saccagée et des pros-
criptions qui suivraient, et la crainte de ne jamais obtenir la paix, rendirent inutile.

En effet, partout ailleurs, devant, derrière eux, et
même au quartier impérial, en ce moment-là même,
tout se dissolvait. L'Empire, fondé sur l'armée, manquait
dans sa base : il s'écroulait ! ses ressorts, depuis trop longtemps trop tendus, se brisaient enfin, jusque dans les
mains mêmes de l'Empereur !

En avant d'eux, à Essonne, ce fut le duc de Raguse.
Sa défection se décida, vers cinq heures du soir, le 3 avril.
Ce même 3 avril, vers la même heure, et dans Fontainebleau, une révolte intérieure, dans le palais même, im-
posa à l'Empereur sa première abdication. Enfin, en arrière, et sur l'Yonne, à hauteur de Montereau, le même

soir de ce même 3 avril, et à la même heure, dans les corps d'Oudinot, de Gérard et de Macdonald, le cri de la paix retentit, et l'obéissance cessa.

Leurs soldats venaient de traverser, nuit et jour, un pays dévasté. Les malheureux, affamés, presque nus, couvraient la route de malades et d'hommes épuisés et débandés. Les meilleurs, au bout de leur courage, se traînaient encore, mais en maudissant l'éternité de la guerre, en murmurant que c'était trop ; que toutes les forces humaines étaient dépassées ; qu'il fallait la paix ; qu'il était temps de faire connaître à l'Empereur leur détresse.

Au milieu de ce découragement et d'une halte de six heures, le bruit de la prise de Paris s'était répandu. A cette nouvelle, un accès de rage ou de douleur exalta ou consterna chacun, suivant son caractère. Dans ces transports le dépit domina ; il tourna contre Napoléon, qu'on accusa de ce grand revers, de cette honte nationale. Leur cause dès lors leur paraissant perdue, ils croyaient, du moins, la paix infaillible, quand on reçut, au contraire, l'ordre de continuer, d'avancer, en toute hâte, par Fontainebleau, sur la capitale. Mais leur dernière marche forcée pour sauver Paris, et dont le but était manqué, avait tout achevé : il n'était plus resté d'énergie que pour désobéir !

Ces chefs avaient blâmé cette tardive manœuvre. Ils n'avaient point été écoutés quand, à Saint-Dizier, ils avaient proposé de concentrer la guerre en Lorraine, et, le surlendemain, de se rallier à tout ce qui restait de forces dans le midi de la France. Il n'y eut point là trahison

comme à Essonne, mais mécontentement, mais épuisement absolu, mais désespoir et irritation de la prise de la
capitale. L'ordre de marcher contre elle révolta. On se
refusa à la punir du malheur des armes. L'impérieux besoin de la paix était au fond de tous les cœurs. Pourtant
ils n'abandonnaient pas la cause Impériale, mais le temps
semblait venu, la Fortune avait prononcé, et l'on mit des
conditions à l'obéissance.

Il fallait que ce découragement fût universel et insurmontable, puisque ce fut Gérard, jusque-là le plus ferme
et le plus ardent, qui se vit forcé de le déclarer. Il vint
avertir Macdonald, « qu'on n'obéissait plus; que les
« armes tombaient des mains; qu'il n'était plus possible
« de continuer; qu'il fallait dire à l'Empereur la vérité;
« qu'enfin c'était au nom des généraux des trois corps
« d'armée, qu'il le suppliait de lui déclarer : que tous se
« refuseraient à marcher contre Paris, ne voulant pas
« ajouter à tant de sacrifices celui de la destruction de
« cette ville! » Macdonald répondit : « Eh bien, je m'en
« charge! Marchons à Fontainebleau, et la guerre
« finira! »

Il était environ six heures du soir. Vers cette même
heure, dans Fontainebleau, une autre scène, bien autrement grave et décisive, éclatait chez Napoléon lui-même.
Car, encore une fois, tout fut simultané : désobéissance
sur l'Yonne; révolte dans le palais; défection sur l'Essonne; tout se rompit à la fois, et de toutes parts, sans
que l'on se fût concerté, tant étaient universels et l'é-
puisement, et le désespoir de n'avoir pu défendre la capi-

tale, et la répugnance pour l'ordre de marcher contre elle !

La Garde seule, en ce moment, obéissait. Le château de Fontainebleau, à l'exception de plusieurs chefs, de quelques postes, et des officiers attachés à Napoléon, était resté désert. Ces chefs étaient réunis dans un salon voisin de l'appartement de l'Empereur. Un profond découragement abattait les uns, une vive irritation exaltait les autres. Quant à ceux-ci, les nouvelles de Paris, les paroles d'abdication de la veille, et en sens tout contraire cette harangue, de ce jour même 3 avril, qui venait d'annoncer la guerre à outrance, une guerre vengeresse et désespérée, sans en indiquer le terme, tout les excitait. Il en faut convenir, dans une telle extrémité, lorsqu'au cœur de ces grands personnages, l'honneur, l'orgueil, le patriotisme humiliés, tout saignait cruellement, du moins eût-il fallu avec eux quelqu'épanchement, quelqu'explication sur le seul espoir qui restait encore, celui de forcer la Coalition à l'abandon de sa conquête, en manœuvrant sur sa ligne d'opérations. Mais, soit fierté dans son malheur, soit défiance au milieu de l'ébranlement d'une révolution commencée, Napoléon s'isola peut-être trop de ces chefs qui l'entouraient ; il se renferma trop dans les hauteurs du commandement, et, continuant à exiger une trop passive obéissance, il laissa, en eux, la grande voix de Paris dominer la sienne.

Pendant que, à l'écart de ces chefs réunis, Caulaincourt, la tête entre ses mains, demeurait absorbé dans une consternation silencieuse, d'autres parlaient avec emportement : « Jusqu'où l'Empereur prétend-il donc

« les conduire ? Qu'espère-t-il désormais ? N'a-t-il pas
« assez, de ses propres mains, creusé l'abîme ? Faut-il
« donc joindre encore à tant de guerres étrangères la
« guerre civile ? se faire de tous des ennemis, même de
« ses compatriotes ? porter le fer et le feu dans le sein
« de la capitale ? Et pour quoi enfin, pour une cause per-
« due ! » Alors, s'échauffant de plus en plus, l'un d'eux
s'écria : « Que c'en était trop ; qu'il en fallait finir ; que
« se soumettre plus longtemps, ce serait pousser jusqu'à
« la servilité l'obéissance ; qu'il s'agissait ici de tout com-
« promettre ; que l'Empereur n'avait pas le droit de tout
« entraîner ainsi dans sa chute ; que, lui déchu, les Alliés
« traiteraient avec son fils ; et quant à lui, que, ayant
« fait seul sa destinée, c'était à lui seul à la subir ! »

Telle fut à Fontainebleau la première scène, dont on
va voir les suites cruelles, qu'au reste allait rendre inévitable ce qui se passait dans toute l'armée, à six lieues en
avant et en arrière du quartier impérial, en ce même et
fatal moment. La violence de cette scène fut portée si
loin, que l'un déclara « qu'il saurait bien arracher à l'Em-
« pereur sa déchéance ! » Un autre même en dit bien
plus !... Quant au maréchal Ney, excité par de telles exclamations, et toujours fougueux, il changea en actes ces
paroles ; et, dans sa patriotique exaspération, entraînant
plusieurs de ses interlocuteurs, il marcha précipitamment
vers le cabinet de Napoléon.

L'Empereur était seul en ce moment. Revenu du premier choc du rapport de Caulaincourt, il avait repris un
nouvel espoir. Son plan était arrêté : son quartier géné-

ral, indiqué à Monlignon ; l'Essonne devait marquer le
front de son armée ; il n'aurait pas eu là cinquante mille
hommes, contre plus de cent mille ; mais les Coalisés allaient être contraints de combattre et à la fois de garder
Paris ; oseraient-ils affronter un échec, en avant du plus
dangereux défilé, celui d'une ville aussi grande et aussi
populeuse ? D'autre part, l'élan de sa Garde, à la nouvelle
d'un essai de contre-révolution, semblait lui répondre du
dévouement de toute l'armée à une cause commune à
tous, quand, soudainement et sans son ordre, sa porte
s'ouvre : ses lieutenants lui sont annoncés, et Ney en tête
se présente. « Sire, lui dit-il brusquement, il est temps
« d'en finir ! Votre situation est celle d'un malade déses-
« péré ! Il faut faire votre testament, et abdiquer pour
« le Roi de Rome ! »

L'Empereur, d'abord, soit surprise ou ménagement, ne
fit que contester : il soutint qu'on pouvait combattre
encore et ressaisir la fortune, un moment contraire. Mais
le maréchal répliqua rudement, « que cela était impos-
« sible ; que l'armée ne le suivrait plus ; qu'il en avait
« perdu la confiance. » L'Empereur, indigné, répondit dé-
daigneusement, « que l'armée obéirait assez pour le punir
« de sa révolte. — Eh ! si vous en aviez le pouvoir, s'é-
« cria Ney, serais-je encore ici dans cet instant ? » Alors,
lancé comme dans une charge, la voix de plus en plus
haute, ses gestes même s'animant, l'Empereur s'étonna.
Cette audace jusque-là inouïe, le douloureux silence des
témoins, l'éloignement de sa Garde, tout l'éclaira sur sa
position. Sa surprise, muette, frappa Ney : il vit qu'il

avait été trop loin, car, s'arrêtant soudainement, il ajouta :
« Ne craignez rien, nous ne venons pas vous faire ici
« une scène de Pétersbourg ! »

Mais le coup était porté ! Dès lors, et comme après un
duel terminé, tout s'adoucit ; le respect pour le malheur
succéda à la violence; on se laissa congédier, et l'Empereur, trahi dans Paris, abandonné par les chefs de son
armée, se résignant, prépara son abdication conditionnelle !

On verra bientôt que dès lors, convaincu de l'insuffisance de cette concession, frappé au cœur, ce fut dans
cette cruelle nuit, du 3 au 4 avril, qu'il envoya des instructions pour préparer l'Impératrice à tout, même à sa
mort, se décidant déjà à ne pas survivre à sa fortune.

Ces faits, que je tiens des témoins eux-mêmes, expliquent pourquoi l'Empereur, après sa proclamation et le
départ de sa Garde, changea si subitement et si complètement de résolution. Mais ils sont si graves, qu'après les
avoir consignés, je les ai relus plusieurs fois à ces témoins (1), pour m'assurer de leur entière et complète exac-

---

(1) Entre autres témoins de ces faits, je citerai Saint-Aignan, Fain,
et le maréchal Moncey, qui maintes fois m'a certifié l'exacte vérité de
toutes les paroles que renferme ce récit, assertion que les autres témoins m'ont confirmée. Quant à la part que prit à cette abdication le
maréchal Macdonald, c'est sous sa propre dictée que j'en ai écrit toutes
les particularités, dictée qu'après la lui avoir relue il m'a déclaré
être de la plus scrupuleuse exactitude.

Ai-je besoin d'ajouter ici que, pour tout ce qu'on a lu, comme pour
tout ce qui reste à lire dans ces Mémoires, c'est avec le même soin
et le même scrupule que j'ai procédé ?

28.

titude! J'aurais voulu pouvoir les taire, mais c'eût été trahir non seulement la vérité, mais aussi Napoléon! C'eût été laisser ajouter à son malheur l'injuste accusation d'un trop prompt abandon de lui-même et de notre cause ; découragement que l'histoire, privée de ces révélations, pourrait juger défavorablement, et dont sa mémoire subirait, à tort, le blâme!

Le 4 avril, vers onze heures du matin, Ney, Berthier, Caulaincourt, Moncey, le duc de Bassano et le maréchal Lefebvre, étaient réunis dans la salle à manger de l'Empereur : ils y attendaient ses ordres. Napoléon parut ; sa figure était chargée de soucis. « Restez ! » leur dit-il d'une voix brève et encore impérieuse. Puis, sans proférer une parole de plus, il déjeuna précipitamment, rentra seul dans son salon, et y fit presque aussitôt appeler ces mêmes personnages, acteurs ou témoins, excepté le duc de Vicence, de la scène décisive qui avait eu lieu la veille. Là, comme aux autres levers, on se rangea en cercle, debout, et dans une attitude immobile, attentive et silencieuse. L'Empereur, au contraire, dans une vive agitation, allait, venait, à grands pas, ses regards fixés à terre, se débattant intérieurement contre la nécessité, et ne pouvant s'arracher à lui-même le cruel aveu de sa défaite !

Cette lutte muette était douloureuse ; elle dura trois minutes. Enfin, relevant brusquement la tête, il parcourut des yeux ces grands officiers, évita ceux de Ney, s'arrêta devant le maréchal Moncey, et, regardant Caulaincourt : « Eh bien, oui, s'écria-t-il avec effort, puisqu'ils ne veu- « lent plus traiter avec moi ; puisque ma résistance serait

« cause d'une guerre civile, je saurai me sacrifier au bon-
« heur de la France : j'abdiquerai ! »

A ces mots, Moncey se précipita, saisit sa main, la
baisa, et lui dit : « Ah! Sire, vous sauvez la France !
« Recevez mon tribut d'admiration et de reconnaissance ! »
Puis, comme l'Empereur le regardait avec surprise, il
ajouta : « Ne vous y méprenez pas ; c'est mon sentiment,
« Sire ; mais ordonnez, et partout où vous le voudrez, je
« n'en suis pas moins prêt à vous suivre ! » Ce second
mouvement, digne du cœur de Moncey, frappa moins
l'Empereur que le premier cri de ce maréchal. Il appela
Fain, reçut de sa main le projet d'abdication, et le remit
au duc de Vicence.

Ce ministre, après l'avoir lu, déclara d'une voix triste
et ferme, que cette abdication était insuffisante, que les
Alliés la rejetteraient ; et il indiqua les conditions sans
lesquelles il était inutile de la présenter à l'empereur
Alexandre. Napoléon les combattit ; il se refusait d'y
souscrire, lorsque Ney, silencieux jusque-là, mais l'œil
ardent, rentra dans son agitation de la veille, et s'écria
« que le temps pressait, qu'il fallait se hâter ; qu'il n'y
« avait plus un instant à perdre ! » L'Empereur céda :
il s'approcha d'une console, modifia de sa main l'acte fatal
et le remit à Fain pour le transcrire ; le duc de Vicence,
l'ayant de nouveau parcouru, s'écria avec quelque impatience « que cela encore ne terminerait rien ; qu'il
« ne voyait là qu'une matière à des discussions nou-
« velles ! »

Il fallut que notre malheureux Empereur se soumît à

reprendre une seconde fois ce triste papier. Alors il rentra dans son cabinet, et en ressortit bientôt, avec une troisième rédaction. « Tenez, dit-il sèchement à Caulaincourt, « la voici, et pour cette fois telle qu'elle restera, je n'y « changerai plus rien! » Le duc de Vicence lut alors, à haute voix, l'acte suivant :

« Les Puissances alliées ayant proclamé que l'Em-
« pereur Napoléon était le seul obstacle au rétablisse-
« ment de la paix en Europe, l'Empereur Napoléon,
« fidèle à son serment, déclare qu'il est prêt à descendre
« du trône, à quitter la France, et même la vie, pour le
« bien de la Patrie, inséparable des droits de son Fils,
« de ceux de la Régence de l'Impératrice, et du main-
« tien des lois de l'Empire. — Fait à Fontainebleau, le
« 4 avril 1814. »

Il achevait cette lecture lorsqu'on annonça les ducs de Reggio et de Tarente. Macdonald venait d'arriver à Fontainebleau, et, sans le laisser respirer, les états-majors réunis, toujours décidés à exiger la fin de la guerre, étaient venus l'assiéger dans son quartier. En même temps, une lettre de Paris lui avait été remise. L'adresse portait : *Au maréchal Macdonald, duc de Raguse.* L'erreur en était évidemment volontaire. Marmont avait ouvert cette lettre à Essonne. Elle était d'un ancien ami de Macdonald, de Beurnonville, membre du Gouvernement Provisoire. Elle annonçait la déchéance de l'Empereur et de sa famille ; le rappel des Bourbons ; l'espoir de la constitution anglaise pour la France ; enfin, la confirmation dans leurs grades de tous les officiers de l'armée française.

La chambre du maréchal était remplie de généraux et
d'officiers d'état-major. Ils le pressaient de marcher au
château à leur tête, et d'y accomplir sa promesse. Soit
franchise qui lui était naturelle, soit précaution contre le
danger qu'il allait affronter, ou qu'il ne se crût point le
droit de taire la vérité à ses compagnons d'armes, il leur
livra cette lettre, et en autorisa la lecture. Elle accrut la
résolution universelle. Ils avaient hâte d'en finir, trop
pressés de s'assurer, à tout hasard, du repos du jour,
sans songer assez aux humiliations et aux regrets du lendemain.

Macdonald, cédant à leurs sollicitations, sortit enfin,
et tous, fort échauffés, le suivirent. A chaque pas, ce
cortège grossissait et l'accompagnait en tumulte. Le maréchal voulut vainement s'en débarrasser : il arriva ainsi
jusqu'au pied du grand escalier, où, se retournant, il commanda qu'on s'arrêtât, qu'on l'attendît, qu'on le laissât
monter seul ; ajoutant qu'il suffirait, qu'autrement cela
ressemblerait à une émeute d'officiers, et il en montra
l'inconvenance.

Tous, comme lui, ignoraient qu'en ce moment même,
à quelques pas d'eux, tout se terminait. Ils répondirent
que, puisqu'il allait s'exposer pour eux, ils ne l'abandon-
neraient pas dans ce péril ; qu'ils voulaient le suivre jusqu'au bout, pour le soutenir. Ce fut seulement dans le
palais que, s'arrêtant enfin, ils se dispersèrent dans le
vestibule et dans la galerie voisine des appartements de
Napoléon. Quant à lui, la tête haute, l'air déterminé, car
telle était sa contenance habituelle, et accompagné du

duc de Reggio, il entra sans hésiter chez l'Empereur.

Ce fut Napoléon qui, le premier, lui adressa la parole. Ses premiers mots furent insignifiants. Macdonald répondit : « Bien, Sire, mais bien cruellement affecté, bien « malheureux que le sort des. armes nous ait refusé le « dernier honneur de combattre devant Paris, et de « nous faire tuer en défendant contre une si grande in- « fortune notre capitale ! » L'Empereur convint de cette triste vérité. Puis il demanda où étaient ses trois corps, et dans quelles dispositions il les avait laissés. « Ils ar- « rivent, répliqua Macdonald, mais bien décidés, Sire, « à ne point marcher contre Paris. Je viens, en leur « nom, vous le dire ; je viens vous déclarer, quel que soit « le parti que la capitale ait pu prendre, que nul de nous « ne tirera son épée contre elle, que pas un de nous ne « la rougira du sang d'un seul de nos compatriotes ! »

L'Empereur se récria, protestant, « que telle n'avait « jamais été sa pensée, » et demandant « pourquoi on « lui supposait un projet aussi cruel ? » Le maréchal répondit : « Que c'était le bruit général ; que l'armée en « était révoltée ; qu'on y disait que c'étaient assez de « malheurs ; et qu'on s'y refusait à faire de Paris une « seconde Moscou ! »

Ici, Napoléon, se récriant plus encore, l'interrompit, s'indignant, « d'une si odieuse supposition, en deman- « dant la cause, et y opposant ses soins, son amour « constant pour sa capitale, et tout ce qu'il avait fait « pour elle. » — « Mais, Sire, reprit Macdonald, Votre « Majesté sait-elle bien tout ce qui s'y passe ? » A quoi,

l'Empereur ayant répondu « qu'il savait les Alliés réso-
« lus à ne plus traiter avec sa personne, » le maréchal, en
lui présentant la lettre de Beurnonville, ajouta « que
« ce n'était pas tout, et que malheureusement cette lettre
« lui en apprendrait bien davantage. » Napoléon la
reçut sans empressement, sans émotion, son sacrifice
étant fait, et s'attendant à tout. Il la parcourut avec le
même calme, demanda qui en était l'auteur, et si le maréchal consentait à ce qu'il la fît connaître. Alors, sur
la réponse franche du duc de Tarente, que déjà il l'avait
communiquée à son quartier général ; qu'évidemment,
d'ailleurs, Marmont, avant lui, l'avait ouverte, l'Empereur la remit à Maret, en lui ordonnant d'en faire, tout
haut, la lecture. Après quoi, interpellé par Macdonald
sur le parti qu'il allait prendre, il répondit : « J'ai voulu
« la gloire et le bonheur de la France ; je n'ai point réussi,
« j'abdique, et je me retire. » — « Ah! Sire, quelle catas-
« trophe ! » s'écria le maréchal, d'autant plus ému que,
ignorant ce qui avait précédé, et n'étant venu demander
que la paix et non l'abdication, il crut cette résolution
soudaine, s'en prit à sa démarche et s'en accusa.

L'Empereur, sans lui répondre, parcourut d'un regard
élevé ceux qui l'entouraient. « Oui, continua-t-il, je me
« décide à abdiquer ! Mais vous tous, consentez-vous à
« reconnaître mon Fils pour mon successeur, et à accep-
« ter la Régence de l'Impératrice? » Chacun d'eux alors,
sur l'interpellation directe et successive de « Vous?
vous ? et vous encore? » répondit affirmativement du
geste et de la voix. Macdonald y joignit, avec effusion,

la ferme protestation d'un entier dévouement, et de tous ses efforts pour le faire partager à tous ceux qui étaient sous ses ordres. L'Empereur reprit : « Les Sénateurs, « quels ingrats ! Mais vous, qui les connaissez, écrivez- « leur donc qu'ils se perdent ! » Puis, il déclara qu'il choisissait les ducs de Vicence et de Raguse, avec le prince de la Moskowa, pour négociateurs. Alors enfin, les congédiant, il ajouta qu'il allait faire préparer leurs instructions ; que ses voitures les conduiraient à Paris, et qu'ils eussent à se tenir prêts à partir.

Un quart d'heure après, soit que les accents de Macdonald l'eussent touché, soit confiance dans la loyauté de ce maréchal, il le fit rappeler et lui dit : « Qu'il s'était « ravisé sur Marmont ; qu'il le jugeait indispensable en « tête de son corps, puisqu'il était aux avant-postes ; » et il demanda au duc de Tarente s'il consentait à remplacer ce maréchal dans la négociation près de s'ouvrir. Sur la réponse de Macdonald, « qu'il acceptait cette « marque de confiance, et qu'il lui prouverait qu'il en « était digne, » l'Empereur le congédiait, quand, le voyant prêt à sortir, il se jeta sur un canapé, en s'écriant : « Ah ! croyez-moi, marchons demain matin, et nous les « battrons encore ! » Macdonald avait la main sur la porte déjà entr'ouverte ; il feignit, m'a-t-il dit, de ne point entendre, acheva de sortir, et alla rejoindre les maréchaux. Il les trouva ressaisis d'une inquiétude que ces derniers mots ne lui firent trouver que trop naturelle.

Ce qu'ils redoutaient, c'était un regret, un retour d'espoir de Napoléon, et que, en leur absence, quelque mouvement guerrier ne les compromît, ainsi que la mission qu'ils allaient remplir. Dès lors, considérant le règne de l'Empereur comme terminé, ils déclarèrent formellement au major général « que désormais ils représentaient seuls l'armée, et que ce n'était plus de Napoléon, « mais d'eux seuls, qu'il devait recevoir des ordres. » Berthier accepta.

Ces précautions prises, leurs instructions reçues, Caulaincourt, Ney et Macdonald partent et arrivent dans Essonne. Pendant qu'ils envoient demander au prince de Wurtemberg, général de l'avant-garde des Alliés, un sauf-conduit, ils expliquent au duc de Raguse l'objet de leur mission. Dès leurs premiers mots, Marmont se trouble ; à celui de Régence, son anxiété augmente, le remords le saisit : dans son angoisse, il avoue des pourparlers avec l'ennemi, une convention commencée, conclue, signée même !

Il était trop vrai, l'infortuné maréchal avait failli ! Ce n'était ni l'orgueil de sa lutte énergique du 30 mars, ni l'indignation de l'inutilité d'un si grand dévouement, qui l'avaient égaré ; tant d'efforts n'avaient point été suivis d'épuisement ; l'affront de la prise de Paris ne l'avait pas ébranlé ; dans Paris même, chez lui, pendant la nuit du 30 au 31, on croit qu'il avait été insensible aux insinuations de Talleyrand et aux suggestions de Laffitte en faveur des Bourbons, « de qui seuls, lui dit ce banquier, on devait attendre le salut de la France. »

Fabvier confirme cette opinion. Il dit, il est vrai, que, le combat du 30 mars terminé, et après avoir dirigé les

restes des deux corps vers Essonne, étant revenu chez
Marmont prendre ses ordres, il y avait aperçu Talleyrand assis seul à l'écart, et qu'il en avait reculé comme
à la vue d'un mauvais présage. En ce moment, le duc de
Raguse réglait, dans une pièce voisine, les conditions de
la capitulation de Paris, avec les envoyés d'Alexandre. Il
se peut qu'aussitôt après, ce maréchal, étant retourné
près de Talleyrand, ait commencé à subir cette fascina-
tion venimeuse. Toutefois, comme à Essonne, quelques
heures après, il s'en trouva séparé ; comme la défection de
Talleyrand n'éclata que le lendemain au soir, et qu'il
fallut à son succès, dans Paris, les deux jours suivants, il
ne semble pas que jusqu'au 3 avril ce mauvais germe, s'il
fut déposé dans le cœur de Marmont, s'y soit développé.
Fabvier croit donc qu'il sortit de Paris fidèle encore ; du
moins ce maréchal l'y laissa-t-il pour observer l'entrée de
l'armée alliée dans la capitale, avec l'ordre d'en rendre
compte à l'Empereur.

Fabvier obéit. Ce fut le 3 avril seulement qu'il put rejoindre Napoléon sur la position de l'Essonne. L'Empereur y était revenu ce matin-là même. Pressé de questions,
Fabvier se vit forcé de lui raconter, sans ménagement,
les détails déplorables de la réception des Alliés par une
partie de la population parisienne, à quoi l'Empereur,
sans irritation, répondit : « Paris souffre ! Ses habitants
« sont malheureux, et les malheureux sont injustes ! »
Alors, avant de tourner bride sur Fontainebleau, où l'attendait, après sa harangue à sa Garde et le départ de cette
élite fidèle, la scène cruelle qu'on vient de lire, il indiqua

le champ de bataille qu'il avait choisi, ordonnant d'y marquer les points de protection nécessaires aux forces qu'il comptait y déployer.

Ce travail achevé, Fabvier revint dans Essonne près du duc de Raguse. Il le trouva, m'a-t-il dit, au fond du jardin de son quartier général. Ce maréchal achevait d'y conférer avec un individu chauve, en habit de ville, jadis officier en Égypte sous ses ordres, et depuis ou démissionnaire ou retraité. C'était Montessuis, un émissaire des royalistes ! Marmont, quand il l'eut congédié, ne dissimula point à Fabvier la mission que cet envoyé venait de remplir. Puis, interpellant son sous-chef d'état-major, il lui demanda quelle réponse il jugeait convenable à des propositions de cette nature. Fabvier se trouvait, en ce moment, près d'un arbre exotique assez remarquable : « Mais, répondit-il en désignant la plus « forte des branches de cet arbre, il me semble que, dans « d'autres circonstances, la réponse aurait dû être là. « Pourtant, au moins, faudrait-il avertir l'Empereur, « d'une aussi fâcheuse tentative ! » Marmont répliqua que telle était son intention ; après quoi, l'on se mit à table, où Fabvier remarqua avec peine que la place du chef d'état-major était vide. Sa crainte n'était malheureusement que trop fondée : en ce moment-là même, la défection commençait !

Ainsi, dans cette soirée du 3 avril, partout à la fois si fatale à Napoléon, quand, sur l'Yonne et dans Fontainebleau, les autres chefs de l'armée s'étaient soulevés : les premiers contre la guerre seulement, les seconds contre l'Empereur lui-même, en demeurant toutefois fidèles au roi de Rome, Marmont, livré à lui seul, et trop susceptible d'élans subits, s'était laissé entraîner bien plus loin encore! Ébranlé par la révolution accomplie dans la capitale, et sans s'apercevoir de l'énormité de son action, il s'était laissé persuader qu'il serait le sauveur de la France, en trahissant non-seulement Napoléon, mais le drapeau Français, l'armée, et l'Empire même!

Tel avait été l'objet de la mission confiée à Montessuis. Ses lettres de créance près de Marmont avaient été, avec une communication de Schwartzenberg, les premiers actes du Gouvernement Provisoire et les écrits pressants de trois personnages, deux civils, l'autre militaire. Tous trois étaient d'un nom et d'un mérite connus; leurs sollicitations n'avaient eu que trop d'influence sur l'imagination vive et orgueilleuse du maréchal.

Montessuis, comme on l'a vu, était arrivé à Essonne le 3 avril, vers cinq heures du soir. Marmont venait d'expédier tous ses officiers à ses divisions avec des instructions vigoureuses. Ces ordres ne respiraient que la guerre; le maréchal ne semblait songer à autre chose, quand Montessuis, l'abordant, s'enferma seul avec lui et le transforma. Il lui apportait : d'un côté, la certitude que désormais dans Paris tout était fini pour la dynastie impériale; et d'autre part, avec les dépêches susdites, la proposition de traverser, à la tête de son corps, l'armée ennemie. Lui et la Normandie deviendraient le centre de ralliement d'une armée toute nationale. Elle achèvera la révolution; elle décidera de la paix. Elle sauvera la France de l'anarchie, Paris du pillage, et la nation des horreurs de la guerre civile !

A cette tentation, Montessuis joignit la contagion de l'exemple : il cita cent noms remarquables, déjà engagés ; il lui remit une lettre de l'un des plus renommés. Ce général s'était déclaré ; son parti était pris ; il pressait le maréchal d'imiter son patriotisme.

On ignore la réponse du duc de Raguse, et si l'embaucheur repartit sûr de son succès. On croit qu'il n'en emporta point la certitude ; mais il avait été écouté ! Les mémoires, encore secrets, de Marmont, mémoires dont il m'a fait remettre un passage avec d'autres documents, sont, sur ce point, d'une brièveté évidemment pénible et douloureuse. Ce qui est certain, c'est que, resté seul pendant cette nuit si critique, le venin laissé dans son cœur y fermenta ; que son orgueil s'enivra du rôle qu'on lui offrait ; qu'il s'exalta d'une inconcevable illusion de patriotisme, et se décida, comme à un devoir impérieux, à la trahison qu'on lui proposait. Il en formula l'engagement, destiné à Schwartzenberg. En même temps, et pour se justifier, il écrivit à Napoléon. De ces deux lettres, l'une est connue, la seconde est encore inédite, les yeux de Marmont ayant été dessillés avant qu'il eût pu l'envoyer à son adresse ; mais l'une explique l'autre, et toutes deux ici sont indispensables.

La copie de cette seconde lettre vient de m'être remise (29 juin 1837) par un ancien aide de camp de M. le duc de Raguse et par son ordre, ainsi qu'un passage de ses Mémoires et plusieurs autres pièces, que le maréchal a désiré qu'il m'apportât.

« Essonne, 4 avril 1814.

« Sire,

« Je vous ai servi avec dévouement depuis vingt ans, et mon zèle a redoublé avec vos malheurs ; les travaux de cette campagne le prouvent assez. Soutenu par l'opinion de mon pays, mes efforts n'auraient point eu de terme, car l'adversité n'a jamais su m'effrayer. Mais, Sire, c'est contre l'opinion de la France, et tout à l'heure contre les Français mêmes, que nous portons les armes ! L'exaltation des esprits à Paris, à Lyon, à Bordeaux, à Marseille, l'universalité des sentiments exprimés d'une manière si véhémente, le décret du Sénat, décèlent assez la véritable opinion publique, et celle-là doit faire la règle d'un bon Français, d'un citoyen. D'ailleurs, Sire, dans quelle horrible situation sommes-nous placés ? Ou la fortune couronnera momentanément vos efforts, et alors la dévastation de Paris et la fuite de ses habitants en sont la suite ; ou elle vous est contraire, et alors, Sire, avec notre perte immédiate nous entraînons la perte du reste d'une milice, peut-être trop tôt nécessaire au salut de la patrie, et qui, combattant pour elle, alors soutenue par l'opinion, saura la sauver. C'est donc, Sire, pour la France que je me dévoue en faisant une action que mon cœur condamne, mais qui m'est commandée par le salut de mon pays. Je dois m'éloigner de vos rangs le jour où la nation vous réprouve ; mais, après avoir sauvé la Patrie, je suis prêt à vous rapporter ma tête, si vous la réclamez !

« Je n'ai séduit ni les généraux, ni les troupes dont vous m'avez confié le commandement. Tous sentent, comme moi, que la volonté de la nation doit être leur règle, et que rien ne la rend douteuse aujourd'hui.

« Je suis avec un profond respect, Sire, de votre Majesté, etc. »

Au Maréchal Prince de Schwartzenberg. (*Même date.*)

« Monsieur le Maréchal, j'ai reçu la lettre que vous m'avez fait l'honneur de m'écrire, ainsi que tous les papiers qu'elle renferme.

« L'opinion publique ayant toujours été la règle de ma conduite, et l'armée et le peuple se trouvant déliés du serment de fidélité envers l'Empereur Napoléon par le décret du Sénat, je suis disposé à un rapprochement entre l'armée et le peuple, qui doit prévenir toute chance de guerre civile et arrêter l'effusion du sang. En conséquence, je suis prêt à quitter, avec mes troupes, l'armée de l'Empereur Napoléon, aux conditions suivantes, dont je vous demande la garantie par écrit : 1° Les troupes quitteront l'armée avec leurs armes, artillerie, munitions, etc., et se rendront directement en Normandie, dans les lieux que je leur assignerai, et qui ne sont point occupés par les troupes alliées. Elles y resteront jusqu'à nouvel ordre, s'y reposeront, se referont des fatigues de la campagne, et ne seront qu'aux ordres de leurs généraux. 2° Dans le cas où, par suite des événements de la guerre, l'Empereur Napoléon tomberait au pouvoir des Puissances alliées, dans quelque circonstance que ce soit, sa vie et sa liberté, dans un pays qui lui serait déterminé, lui seront garanties, etc., etc. »

Le 4 avril venu, dès le point du jour, Marmont appelle autour de lui, dans sa propre chambre, tous ses généraux, Chastel excepté : il les harangue, il les entraîne dans sa résolution, et reçoit leurs serments, qui y sont conformes ; puis, leur ayant lu sa réponse à Schwartzenberg, l'infortuné maréchal, encore ébloui, la fait aussitôt partir, et s'engage irrévocablement, ainsi, dans une de ces actions irrémissibles, qu'un instant consomme, et qui deviennent le remords dévorant d'une vie entière !

Toutefois, vers quatre heures du soir, lorsque, entouré de l'étonnement douloureux de Ney, de Macdonald et de Caulaincourt, il comprit enfin l'énormité de l'action qu'il avait commise ; lorsque, sortant de son ivresse, il s'aperçut que, armée, Empereur et Empire, il avait, à la fois, tout trahi ; dans son inexprimable détresse, il implora, de ses regards troublés, ses anciens amis, cherchant à quelle branche rattacher sa renommée, et se débattant vainement sur l'abîme où il la voyait près de s'engloutir ! L'un d'eux lui conseilla d'aller à Fontainebleau, jugeant qu'ainsi la réponse de Schwartzenberg aux conditions mises à sa défection, le trouvant absent, l'effet en serait suspendu. Mais Marmont se sentit trop coupable, il n'osa,

il s'écria : « Que déjà, peut-être, l'Empereur connaissait
« sa faute ; qu'il y allait de sa tête, qu'il ne pouvait la
« livrer ainsi ! » Il émut de pitié ses compagnons d'armes.

Pressé par sa conscience de rentrer dans le devoir ; entraîné par son nouvel engagement, il ne savait plus
auquel entendre, qui ne point abandonner, à qui ne point
manquer de parole ! L'infortuné n'avait plus que le choix
des trahisons.

Il se décida enfin à se réunir aux efforts que ses collègues allaient tenter en faveur du roi de Rome. Sa détermination fut sincère, son retour complet. Il rassembla ses généraux, il leur déclara : que son traité avec le
prince de Schwartzenberg était devenu sans objet ;
qu'une négociation nouvelle, entreprise au nom de toute
l'armée, commençait ; qu'il fallait s'y rattacher ; et il
leur laissa l'injonction formelle d'attendre, quoi qu'il
pût arriver, son retour, et de ne faire aucun mouvement
sans son ordre.

La nuit, celle du 4 au 5, et le sauf-conduit venus,
Caulaincourt et les trois maréchaux étaient repartis,
lorsque, arrivés à hauteur de Petit-Bourg, Marmont s'a-
perçut qu'on les détournait vers ce château. Alors, s'agitant violemment, il s'écria : « Que là était le quartier
« du prince de Wurtemberg ; que c'était avec ce prince
« qu'il était convenu du passage de son corps, cette nuit
« même, au travers des postes ennemis, et qu'il ne pou-
« vait se montrer à lui, après s'être décidé à manquer à
« cet engagement ! » Ses compagnons cédèrent à son

29.

anxiété. En descendant de voiture, ils y renfermèrent le malheureux duc de Raguse, ils le couvrirent, à sa prière, m'ont-ils dit, de leurs manteaux, pour le cacher à tous les regards ; puis ils entrèrent au château de Petit-Bourg.

Après quelques moments d'attente, les portes s'ouvrirent, le prince de Wurtemberg parut ; et d'abord, ne recevant d'une victoire dérobée et si peu glorieuse que de grossières inspirations, il insultait brutalement à notre infortune, quand Schwartzenberg, accouru pour s'assurer de la défection de Marmont, intervint. Il montra de plus nobles sentiments, mais hostiles à la Régence de la fille de son empereur ,et voulut que les maréchaux, pour continuer leur route vers Paris, attendissent l'autorisation d'Alexandre. Les heures ainsi s'écoulaient ; la position de Marmont devenait intolérable, quand il aperçut le généralissime. Saisissant cette occasion, il sortit de son réduit, se découvrit au feld-maréchal, lui annonça sa réunion aux négociateurs, et, sa conscience ainsi allégée, il osa se joindre ouvertement à ses collègues.

Ce fut le 5 avril, vers trois heures du matin seulement, qu'arrivés enfin à Paris, ils furent admis devant l'empereur Alexandre. Le roi de Prusse était présent. A l'aspect de ces envoyés de Napoléon, le souvenir d'une longue et cruelle humiliation l'emporta hors de son caractère. Il ne répondit à leur premier salut qu'en leur reprochant durement d'avoir fait le malheur de l'Europe et de la France. Après quoi, il leur tourna brusquement le dos et se retira.

L'empereur russe, au contraire, les accueillit généreusement. Il arrêta d'abord, du geste et de la voix, Ney qui, tout bouillant, s'était empressé de commencer, et il leur dit : « Qu'avant tout il avait besoin de leur déclarer « l'estime, l'admiration même qu'il portait à la bravoure « de l'armée française et à l'habileté de ses chefs. Il pro-« testa de ses dispositions toutes favorables à la France ; « il en voulait le bonheur, la sécurité. Il fallait qu'elle « restât grande, qu'elle fût puissante ! » Ney reprit vivement en insistant pour la Régence, mais dans son ardente chaleur à vouloir assurer le sort désormais privé de l'Empereur, et à exiger l'avénement du roi de Rome, il s'emportait trop, quand Macdonald, l'interrompant, renouvela, avec une fermeté calme, la proposition formelle de la Régence de Marie-Louise. Alexandre objecta l'inévitable influence de Napoléon sur cette princesse ; les inconvénients de la Régence, au dehors pour la paix générale ; au dedans pour Paris, Bordeaux, et pour tant de personnages, déjà compromis contre la dynastie impériale. Il termina en ajoutant : qu'il ne tranchait pourtant pas absolument une question aussi importante ; qu'il en voulait référer au roi de Prusse ; qu'à neuf heures du matin messieurs les envoyés eussent à revenir, qu'alors il se serait décidé et qu'ils recevraient sa réponse.

Ils ont dit, et l'histoire n'a point le droit de le taire, qu'ils sortirent de chez cet empereur aussi satisfaits de lui qu'il était possible. Formes majestueuses, noblesse de sentiments, paroles généreuses, tout enfin avait été d'accord avec sa position : quelque grande qu'elle fût, ils l'y

trouvèrent proportionné. Mais, en le quittant, ils rencontrèrent dans la pièce voisine Dupont, Dessolles et les
membres du Gouvernement Provisoire. Changeant aussitôt d'émotions, ils s'indignèrent, ils les abordèrent avec
emportement, les interpellant des noms de rebelles, de
traîtres, qui sacrifiaient la France à leur haine contre
Napoléon et à leur ambition envieuse et mécontente ! Il
y eut là plusieurs minutes d'un tumulte de voix inju-
rieuses et de provocations menaçantes. Caulaincourt ne
parvint à les calmer qu'en leur rappelant qu'ils étaient
chez l'empereur Alexandre.

Quant à Talleyrand, resté impassible au milieu de ce
conflit, il profita de cet apaisement pour essayer d'attirer
chez lui les parlementaires. Mais Macdonald comprit ce
que cette offre avait d'insidieux, il la rejeta avec une
hauteur méprisante ; puis, sortant avec ses trois collègues,
ils allèrent chez Ney, laissant libre à leurs adversaires ce
champ d'intrigues.

On sait les nouveaux efforts de ceux-ci sur l'esprit de
l'autocrate, et leurs invocations contre le danger auquel
il exposerait tant de royalistes, s'il les laissait à la merci
de l'Empereur et de la Régente.

Au reste, en ce moment même, tout espoir était perdu
pour la cause impériale. La défection d'Essonne, abandonnée par Marmont, venait d'être reprise par les généraux de ce maréchal. Déjà même, Alexandre en était
instruit. Vers la fin de son audience aux maréchaux,
Macdonald avait remarqué qu'un officier russe, entr'ou-
vrant la porte, avait parlé à voix basse à son empereur.

Ces mots « *Totum corpus* » avaient frappé l'oreille du maréchal, sans toutefois qu'il en eût saisi toute l'importance. Mais, trois heures plus tard, au milieu d'un repas matinal qu'ils prenaient en attendant qu'ils fussent rappelés chez l'empereur russe, il n'en apprit que trop la fatale explication.

Le fait était que, après leur départ d'Essonne, Napoléon avait envoyé au duc de Raguse l'ordre de venir de sa personne à Fontainebleau. Le malheur voulut que l'officier chargé de ce message fût un homme de bruit et d'embarras. Ne trouvant point Marmont, il s'était adressé au général Souham ; mais ce fut en s'emportant sur l'absence du maréchal, si inconsidérément, si malencontreusement, que Souham, effrayé, crut la trahison découverte, et que l'Empereur, à défaut de leur chef, allait les faire appeler pour les en punir.

Souham n'avait jamais aimé Napoléon, qui l'estimait peu. A sa haine se joignit la peur ; cette peur, il s'était hâté de la communiquer à ses complices. Tous, aussitôt, s'étaient décidés. Leur terreur fut telle, que, retournant leurs avant-postes, ils s'étaient d'abord mis en défense contre Fontainebleau. En même temps, ils avaient fait avertir les Alliés de leur ouvrir le passage. Puis, trompant leurs propres troupes, ils les avaient mises en mouvement sur Versailles. Vainement, Fabvier leur avait protesté, m'a-t-il dit lui-même, qu'il allait crever son cheval pour rejoindre le maréchal, en les conjurant d'attendre ses ordres ; mais, dans leur frayeur, n'écoutant rien, ils avaient entraîné tout avec eux, se précipitant dans la honte de cette trahison pour en éviter la peine.

Fabvier, ainsi repoussé, n'en partit pas moins ; il espérait que leur maréchal pourrait les arrêter encore. Il le
trouva, m'a-t-il dit, chez lui, seul, assis devant son feu,
une glace en face, les coudes sur ses genoux, et la tête
entre ses mains. Au bruit qu'il fit en entrant, le duc, levant la tête et l'apercevant dans la glace, s'écria : « Quoi !
vous, Fabvier ! Ah ! je suis perdu ! » — « Et déshonoré
« aussi ! » ajouta Fabvier. « Que faire donc ? » reprit
Marmont. Fabvier repartit aussitôt : « Courir à vos divi-
« sions, et en arrêter la défection ! Vous en avez peut-être
« le temps encore. » — Oui ! oui ! répondit le maréchal,
« mais avant j'ai promis de retourner, avec mes collègues,
« chez l'empereur Alexandre ; venez dans une heure,
« avec mes chevaux, m'attendre là. J'en sortirai promp-
« tement, et nous partirons ensemble. »

Ce fut alors que Marmont revint, éperdu, à ses collègues, parlant par exclamations, leur annonçant cette fatale nouvelle, et s'écriant : « Qu'il donnerait son bras pour
« qu'elle ne fût point véritable ! » — « Dites votre tête,
« repartit Ney, et ce ne serait point assez encore ! »

Pendant qu'ils demeuraient consternés, l'infortuné,
dans son désespoir, courut précipitamment au quartier
impérial d'Alexandre. Il y entra pâle et hors d'haleine.
Le comte de Paer venait d'y arriver à toute bride. Tout
était consommé ! Vers trois heures du matin, 5 avril, la
colonne française, Bordesoulle en tête, s'était avancée
dans l'obscurité, marchant serrée, les armes prêtes, et
dans un profond silence ; les soldats, leurs officiers, tous

convaincus qu'ils allaient combattre et qu'il s'agissait d'une surprise. Mais d'abord, au milieu des ombres, la marche parallèle des flanqueurs Bavarois entre eux et les bivouacs ennemis les avait étonnés. A chaque pas, leurs soupçons s'étaient accrus. Bientôt, des rumeurs avaient parcouru les rangs. Enfin, nos éclaireurs Polonais s'étaient écriés : « Qu'on les trompait, qu'on les livrait à l'ennemi ; « qu'ils ne voulaient point trahir l'Empereur ! » et refusant d'obéir, ils avaient fait volte-face, et ils étaient retournés, à toute bride, jusqu'à Essonne, où les généraux Chastel et Lucotte, restés fidèles, les avaient reçus. Les murmures alors avaient éclaté dans toute la colonne.

Malheureusement, un reste de confiance et l'habitude de la discipline avaient contenu nos soldats et trompé leur obéissance. Leurs généraux s'épuisaient encore en protestations, quand le jour, paraissant enfin, en avait montré le mensonge. Dès lors, le désordre était monté à son comble. Jusqu'à Versailles la marche, à tout moment interrompue, n'avait été qu'une longue révolte ! On voulut alors vainement les haranguer. Officiers, soldats, tous, dans leur impuissant désespoir, se débandèrent. Les uns brisaient leurs armes déshonorées; d'autres les déchargèrent sur les traîtres. Le crime eût été expié sur le lieu même, sans leur fuite précipitée ; elle déroba ces chefs coupables à leurs victimes. En même temps, le colonel Ordener, ralliant ces troupes indignées, se mit à leur tête ; et tous se dirigèrent précipitamment vers Rambouillet, pour tenter de se rejoindre à l'Empereur.

On a vu la douleur éperdue de Marmont à la première

nouvelle de cet événement. Il eût pu se relever encore, en rejeter la responsabilité ; mais Talleyrand étendit sur lui sa fatale influence, et l'infortuné, la tête perdue dans une confusion de remords, se laissa replonger dans l'abîme d'où il s'efforçait de s'arracher depuis la veille. Fabvier, depuis plus d'une heure, l'attendait à la porte de cet hôtel. Il le vit enfin en sortir abattu, la figure bouleversée, s'efforçant de composer sa contenance. Un pénible sourire contracta ses traits ; il remercia Fabvier, et le renvoya en balbutiant « que tout était arrangé, « qu'il n'y avait plus rien à faire. »

On venait de lui persuader d'accepter tout entière la faute dont il n'était plus coupable. Bien plus, ainsi retombé, apprenant la révolte de Versailles, il part avec précipitation de chez Talleyrand : il rejoint son corps d'armée, et, l'arrêtant en dépit de la résistance d'Ordener, il harangue ses soldats, il en invoque les souvenirs, il leur rappelle sa fidélité et son dévouement passés, il en atteste ses blessures, qu'il leur montre, et, ressaisissant un reste d'autorité, il achève de tromper leur confiance et d'obtenir leur résignation, en leur annonçant la paix, dont il leur déclare faussement la signature !

Déplorable fin d'un guerrier justement illustre ! Car Marmont avait tout pour lui : complexion martiale, noblesse d'âme, de manières et de figure, instruction variée, que faisaient valoir un esprit piquant et une imagination ardente. Constamment épris de la gloire, tous les biens qu'elle donne, il les exposait héroïquement après les avoir conquis, méprisant le péril, comme vingt-deux ans plus

tôt quand il avait tout à conquérir. Mais, plus glorieux
que sa gloire, l'orgueil le perdit. Sa chute fut d'autant
plus grande qu'il tomba le lendemain de l'action la plus
héroïque de toute sa vie, et peut-être même de toute la
guerre !

XVIII.

ABDICATION.

Il était onze heures, quand les maréchaux Macdonald, Ney et le duc de Vicence furent une seconde fois introduits chez Alexandre. Les premières paroles de ce prince furent décisives. Il leur dit : « Que la Régence était devenue impossible ; que trop d'intérêts, étrangers, français même, s'y opposaient ! Elle menacerait du retour « de Napoléon ; son règne continuerait ; l'Europe n'en « voulait plus ; l'opinion de la France s'y montrait « contraire. L'armée elle-même, loin d'être unanime « comme ils l'avaient annoncé, s'en détachait : la défec- « tion du corps du duc de Raguse en était la preuve. Il « fallait donc chercher un autre souverain. C'était aux « Français de se décider ; la Coalition les laissait libres « de choisir : leur pays ne manquait pas d'hommes illus- « tres, ou l'Europe, de princes dignes de fixer le choix « de la France, et d'en occuper convenablement le « trône. Hors Napoléon et sa dynastie, les Alliés n'ex- « cluaient personne. »

Il affecta de ne point nommer les Bourbons, qui seuls, en ce moment, étaient devenus possibles.

Ici, Caulaincourt se récria douloureusement : il demanda quel serait donc le sort qu'on destinait à l'Empereur Napoléon. Et l'empereur russe allait répondre, quand Macdonald, élevant avec fierté la tête et la voix, s'anima d'un mouvement plus noble encore que celui du duc de Vicence. Il l'interrompit hautement en déclarant : que leur Empereur leur avait prescrit « de ne point « s'occuper de son avenir! » A ces mots, et sur un cri de surprise de l'Autocrate, le maréchal ajouta : que telles étaient ses instructions; et, les déployant, il les présenta à l'empereur Alexandre.

Ce prince les saisit avidement. Il lut qu'elles enjoignaient aux plénipotentiaires : « De ne traiter que des « intérêts de la France et non de ceux de sa personne. » Alors, dans son émotion, sentant sa victoire vaincue par ce généreux abandon que Napoléon faisait de lui-même, il s'écria : « Qu'il l'en estimait plus encore! » Et, s'exaltant, il rappela l'ancienne amitié « qui les avait unis ; il « protesta de sa constante admiration pour un aussi « grand homme. Il attribua leur rupture à leur coalition « contre le commerce anglais. C'était au risque de sa « propre vie, qu'il en avait observé les conditions ; pour- « quoi Napoléon les avait-il enfreintes ? Pourquoi s'était- « il refusé à ce qu'il s'en écartât pareillement ? De là, « la guerre de 1812, acceptée par la Russie, non provo- « quée par elle, l'invasion jusqu'à Moscou, et l'incendie « de cette capitale. »

Macdonald ici répliqua que, sans doute, il n'attribuait pas à l'armée française cette catastrophe. Alexandre en convint, mais en évitant, ou d'en accuser ses peuples, ou d'en faire honneur à leur patriotisme. Et, en effet, Rostopchine seul, et peut-être aussi Kutusow en pouvaient réclamer la gloire. Alors surtout s'échauffant plus encore, et s'attendrissant sur la grandeur de la chute de son rival : « Tous ses griefs, dit-il, étaient oubliés ; sa première amitié renaissait à l'aspect de tant d'infortunes ! « Il déplorait la nécessité de sacrifier au repos de l'Europe cet héroïsme, et d'être forcé de rabaisser tant de « grandeur à une position désormais inoffensive ! »

La question ainsi engagée, Caulaincourt se crut le droit de renouveler son premier appel. Il y eut un moment d'hésitation dans la réponse. Alexandre demanda quelques instants, se retira, puis revint bientôt, mais avec une émotion toute différente. Son attitude était contrainte. Ce fut avec un pénible embarras : « Qu'au nom « des Alliés il offrit l'île d'Elbe, ou autre chose sembla- « ble. » Il s'empressa d'ajouter « que le titre d'Empe- « reur et tous les honneurs attachés à ce rang lui seraient « conservés, et que l'Europe les reconnaissait inhérents « à sa personne. »

Ces mots « ou autre chose » provoquaient une explication : elle fut demandée, mais il refusa d'y répondre ; et aussitôt, reprenant avec une nouvelle chaleur son premier langage, il renouvela ses protestations généreuses ; il chargea les plénipotentiaires de les reporter à Napoléon, et de lui dire : « Que, si la retraite offerte à son malheur

« lui déplaisait, ses États lui étaient ouverts ; qu'il y
« serait reçu en ami, en Souverain, avec tous les hon-
« neurs dignes de la grandeur de son génie et d'une si
« mémorable infortune ! »

Paroles magnanimes en apparence, mais aussi vaines
qu'éblouissantes ! Au fait, et à l'exception de l'imprudence
d'un lieu d'exil aussi rapproché de la France que l'île
d'Elbe, dans quel réduit plus obscur, plus circonscrit,
pouvait-on reléguer un Souverain naguère si puissant, un
aussi grand homme ?

Les maréchaux repartirent pour Fontainebleau, forcés
d'accepter ce dénoûment, auquel, le 3 avril, ils avaient
contribué, plus ou moins, sans le vouloir, et que les généraux de Marmont venaient de rendre inévitable.

Pendant que dans Paris tout ainsi s'accomplissait, à
Fontainebleau, l'Empereur, renfermé dans ses appartements, y était d'abord resté sans espoir. Toutefois, il avait
fait avertir l'Impératrice d'envoyer, en toute hâte, à son
père, le duc de Cadore ; mais il est certain qu'il joignit
à cet avis des adieux sinistres ! Ce fut alors que ces mots
« prêt à quitter la vie, » renfermés dans sa première abdication, furent remarqués. L'effroi de la Régente et les
faits qui vont suivre les expliqueront.

Pourtant, quel que fût l'accablement qui succéda à
tant de cruelles agitations, le refus des Alliés d'accepter
son abdication conditionnelle et un mouvement d'indignation de l'armée pouvaient tout changer encore. Forcé
d'attendre, le repos de la nuit du 4 au 5 avril avait ranimé Napoléon, quand on vint lui annoncer la défection

du corps d'armée du duc de Raguse! C'était en la fidélité de cet ancien aide de camp qu'il comptait le plus, et
son premier mouvement fut incrédule. Mais bientôt convaincu, il cessa de se récrier, et muet, le regard fixe, re-
tombant accablé sur le siège d'où la première nouvelle de
cette trahison si inattendue l'avait arraché subitement,
il demeura longtemps absorbé dans la méditation la plus
douloureuse. « L'ingrat! il sera plus malheureux que
« moi! » furent les seuls mots qui lui échappèrent.

Enfin, son cœur, oppressé, s'épancha. Il appela Fain ; et,
se relevant, son génie ardent, enchaîné pour la première
fois dans la révolte des chefs qui l'entouraient, déborda. Il
se répandit dans la dictée rapide d'un ordre du jour, long
cri de douleur rempli d'amertume. « La fidélité de l'ar-
« mée y fut invoquée et louée ; la trahison de Marmont,
« celle du Sénat, dénoncées! Les abaissements redoublés
« de ce Corps, ses décrets, ses adulations pendant sa lon-
« gue fortune, n'avaient-ils pas été complices des excès de
« gloire qu'on reprochait à son règne ? » Puis, rappelant
qu'il ne tenait sa dignité que de Dieu et de la Nation, il
ajouta : « Qu'eux seuls pouvaient l'en priver ! Que, Dieu
« ou la Fortune s'étant déclaré contre lui, c'était à la Na-
« tion d'en décider ! Qu'au reste, puisqu'il paraissait être
« le seul obstacle à la paix, il se sacrifiait à la France ! »
Et il annonça le départ de ses plénipotentiaires pour
régler les conditions de ce sacrifice.

Ceux-ci revenaient en ce moment même ; il lui rapportaient sa ruine complète : résultat qu'il n'avait que trop
prévu, et que la trahison d'Essonne rendait désormais ir-

rémédiable! Il les écouta sans surprise. Ses premiers mots, quand ils accusèrent surtout les généraux du corps de Marmont, furent : « C'est moi, sans doute, qui les aurai « décidés : j'ai fait appeler Marmont ; ils se seront crus « découverts, et, dans leurs remords, l'effroi aura fait le « reste ! »

Quand l'offre de l'île d'Elbe lui fut soumise, il la reçut sans émotion. Seulement, à ces mots « ou autre chose, » il s'écria : « Ah ! la Corse, sans doute ! ils auront craint « le sobriquet ; ils n'auront osé prononcer ce nom, dont « ils m'ont fait une injure ! »

Dès lors, s'enveloppant dans une froide indifférence, il parut résigné à tout : soit répugnance ou dédain pour toute négociation personnelle, soit dépit contre les chefs qui l'avaient abandonné, qui même venaient de conclure, en leurs seuls noms, un armistice, et qui déjà lui avaient interdit le commandement, car Berthier avait obéi. C'est pourquoi, lorsqu'il fut question de l'armée, il répondit sèchement « que, puisqu'il était sans pouvoir, il n'avait « plus à s'occuper d'elle. » Affectant ensuite de ne plus songer qu'à son établissement dans son exil, il demanda s'il y trouverait une maison qu'il pût habiter ; et il ordonna devant eux, qu'on recherchât tous les officiers capables de lui donner des renseignements sur cette île. Dans ce court mouvement d'humeur il congédia les maréchaux.

Ainsi déchargé de leur présence, et renfermé dans son intérieur, l'espoir en lui sembla renaître. Il s'indigna de succomber sans combattre ! Il crut à la possibilité d'une

réaction parmi les siens, et il en appelait encore à la
guerre ! Peut-être ceux qui l'ont forcé d'y renoncer y re-
viendront : leurs intérêts sont liés à la Révolution que lui
représente. L'aspect de la Contre-Révolution les révoltera.
Entre la paix au prix de Louis XVIII et lui, ou son fils,
au prix d'un effort de guerre de plus, il espère qu'on n'hé-
sitera point ! On l'entendit parler, alors, de « manœuvrer,
« de se retirer sur la Loire ; de rallier à lui les trois armées
« du Midi, et de disputer encore la France ! » Quand on lui
représenta les distances qui séparaient de ces renforts ; les
autres armées ennemies qui les tenaient en échec ; la grande
armée alliée qui, de toutes parts, s'avançait autour de lui,
et déjà cernait son quartier impérial, il répondit « que
« les routes, fermées à des courriers, s'ouvriraient devant
« cinquante mille hommes ! »

« Mais, à ce cri de rupture, a dit un témoin irrécusa-
« ble (1), l'alarme se répandit de nouveau dans les quar-
« tiers généraux de Fontainebleau et dans les galeries du
« palais. On s'unit pour rejeter toute détermination qui
« aurait pour résultat de prolonger la guerre. La lutte a
« été trop longue, l'énergie est épuisée ; on le dit ouverte-
« ment, on en a assez ! On ne pense plus qu'à mettre à l'abri
« des hasards ce qui reste de tant de prospérités, de tant
« de naufrages ! Les plus braves finissent par attacher
« quelque prix à la conservation de la vie qu'ils ont sauvée
« de tant de dangers. Peut-être aussi se sent-on entraîné
« par une vieille aversion contre la guerre civile. Tout

(1) Fain, *Manuscrit de* 1814.

« enfin devient contraire à ce qui ne serait pas un accom-
« modement. Non seulement la lassitude a dompté les
« esprits, mais chacun des chefs qui en valent la peine a
« reçu de Paris des paroles de conciliation, et des pro-
« messes pour sa paix particulière. On se plaît à envisager
« la révolution nouvelle comme une grande transaction
« entre tous les intérêts français, dans laquelle il n'y aura
« de sacrifié qu'un seul intérêt, celui de Napoléon. C'est
« à qui trouvera un prétexte pour se rendre à Paris, où
« le nouveau Gouvernement accueille tout ce qui aban-
« donne l'ancien. On ne voudrait pourtant pas être des
« premiers à quitter Napoléon ; mais pourquoi tarde-t-il
« tant à rendre chacun libre de ses actions ? Et l'on mur-
« mure hautement de ces délais, des indécisions de l'Em-
« pereur, et des projets désespérés qu'il conserve ! »

Ajoutez que, dans l'armée entière, au bruit d'une abdication quelconque, chacun la supposant volontaire, en
ignorant la cause, et se croyant abandonné par l'Empereur, les armes étaient tombées des mains les plus résolues !
Vainement, quand on objecta ce découragement à Napoléon, invoqua-t-il les conditions qu'il avait mises à sa déchéance, le duc de Reggio lui répondit : « Que le soldat
« ne comprenait rien à ces restrictions politiques ; que
« le mot d'*abdication* avait tout décidé ; que le lien entre
« tous était rompu, et que tous les corps étaient tombés
« dans une dissolution immédiate. » Ce qui était vrai.

Ainsi repoussé, Napoléon, se débattant dans les entraves
qui de tous côtés l'étreignaient : contre le délaissement
des siens ; contre le discrédit dont le frappaient trois années

de désastres, la perte de Paris, et surtout ce mot d'*abdication*; enfin, contre les intérêts privés qui se détachaient de
son infortune, s'écria : « Que, puisqu'il fallait renoncer
« à défendre plus longtemps la France, l'Italie lui offrait,
« du moins, une retraite digne de lui ! Il demanda si l'on
« voulait l'y suivre encore une fois, et marcher aux Al-
« pes. » C'était une dernière convulsion de désespoir ! Un
profond silence y répondit. Lui-même sentit bien que sa
détresse venait de laisser échapper de vaines paroles. C'est
pourquoi, cédant enfin : « Vous voulez du repos ? leur
« dit-il ; ayez-en donc ! Hélas ! vous ignorez combien de
« chagrins et de dangers vous attendent. Quelques an-
« nées de cette paix, que vous allez payer si cher, en mois-
« sonneront un plus grand nombre d'entre vous, que n'au-
« rait fait la guerre la plus désespérée ! »

Alors, c'était le 7 avril, vaincu par cette défection si
contagieuse, et renonçant à tous, lui-même, en ce moment,
s'abandonna. Il reprit une plume et traça cette déclaration, dont il ne tarda pas à se repentir : « Les Puissances
« alliées ayant proclamé que l'Empereur était le seul obs-
« tacle au rétablissement de la paix en Europe, l'Empereur,
« fidèle à son serment, déclare qu'il renonce, pour lui et
« ses enfants, aux trônes de France et d'Italie, et qu'il
« n'est aucun sacrifice, même celui de sa vie, qu'il ne soit
« prêt à faire aux intérêts de la France. »

Cette seconde et entière abdication consomma tout !
Aussitôt, le duc de Vicence et les maréchaux repartirent.
Le lendemain, 8 avril, tous les corps d'armée et leurs chefs
déclarèrent leur soumission au Gouvernement Provisoire.

Dès lors, le traité se prépara. L'empereur Alexandre, satisfait dans sa vengeance, dans sa gloire et dans sa politique, continua ses générosités apparentes ; il en décora habilement son triomphe ; il se plut à se montrer le protecteur de la France, de l'armée et de l'Empereur lui-même : de la France, à laquelle il voulait conserver le juste degré de force qui, sans l'inquiéter lui-même, l'aiderait à contrebalancer l'ambition anglaise ; de l'armée, qui, décimée et désunie, avait cessé de lui faire ombrage ; enfin, de notre Empereur, désarmé, abandonné, et qui, par cette abdication avouait et confirmait toute sa victoire.

Au milieu du bonheur d'un triomphe aussi complet, quels que soient l'orgueil vindicatif et la politique intéressée qui l'aient inspiré, et quoique ses soins pour dorer la chaîne de son rival abattu ne dussent être coûteux qu'à la France, il en faut convenir, dans ses formes du moins, il se montra digne de sa fortune. A Macdonald, à ce représentant de notre malheureuse armée, il offrit ses cartes, et le laissa maître d'y tracer, à son gré, la ligne d'armistice. Quand les généraux alliés voulurent, par d'indignes et puérils subterfuges, altérer cet accord en s'efforçant d'envelopper Fontainebleau de leurs baïonnettes, il les gourmanda, et satisfit la fierté menaçante des réclamations de notre maréchal. Avec Caulaincourt, il régla les honneurs et le sort de tous les membres de la famille impériale. Il veilla à ce qu'une maison militaire et domestique fût assignée à Napoléon ; il exigea qu'un revenu convenable lui fût assuré ; il voulut même que la France mît à sa disposition les fonds nécessaires pour qu'il pût, en mourant au trône, faire un testament rémunératoire, en faveur de ses serviteurs les plus pauvres et les plus fidèles.

Tel fut le traité du 11 avril. Le Gouvernement Provisoire le ratifia le même jour, et Louis XVIII, le 31 mai 1814, mais pour ne pas l'exécuter.

Au milieu de cette négociation, il y avait eu un incident remarquable. Alexandre avait tout à coup fait appeler Caulaincourt et les maréchaux. Dans sa contenance tout était changé. Il leur avait reproché amèrement d'avoir abusé de sa confiance. « Napoléon, leur « avait-il dit, le trompait : il révoquait son abdication, « et, profitant de la suspension d'armes, il venait de « disparaître avec une escorte, pour rejoindre ses autres « armées, renouveler la guerre et la rendre interminable. »

Cette étrange nouvelle, mille bruits divers et l'odieuse dénonciation de l'un de nos généraux d'avant-garde paraissaient la confirmer. Macdonald la contesta ; il en démontra l'invraisemblance. Néanmoins, et pour rassurer, il avait fallu qu'un aide de camp russe, avec l'un des officiers du maréchal, allât, sous un prétexte plausible, s'assurer, dans Fontainebleau même, de la fausseté de cette alerte.

Elle n'avait pourtant pas été dénuée de tout fondement véritable. Dès qu'il avait été affranchi de la présence des maréchaux, le génie de Napoléon se redressant, sa fierté s'était révoltée de ces négociations dans le seul intérêt de sa personne. Il s'était écrié : « Qu'il ne vou- « lait aucun prix pour le sacrifice qu'il faisait à sa pa-

« trie! Qu'avait-il besoin d'un traité, dès qu'on ne
« traitait point avec lui des intérêts de la France?
« Vaincu, il cédait au sort des armes. Il refusait seule-
« ment de se rendre, et, pour assurer sa liberté, un sim-
« ple cartel devait suffire. »

Mais c'était surtout le regret de son entière abdication
qui l'avait saisi : il redemandait, à chaque instant, cet
acte de sa déchéance et de celle de sa famille. Plusieurs
assurent même que, afin d'y échapper, se décidant à tout,
il avait fait tenter le dévouement de sa Garde. On ignore
quels moyens furent employés ; ce qui est certain, c'est
que, dans la soirée du 10 avril, les abords du palais furent soudainement assaillis par des clameurs menaçantes : des groupes de soldats exaspérés l'environnè-
rent. En même temps, une foule d'autres soldats parcourut la ville en tumulte, criant : « Qu'on trahissait
« leur Empereur; qu'on le retenait captif; qu'ils vou-
« laient le voir, et qu'on eût à le leur rendre à l'instant
« même! »

C'étaient surtout des Polonais et des chasseurs à pied
de la Vieille Garde. L'effroi saisit les états-majors renfermés dans le château. Plusieurs officiers s'évadèrent.
Il y eut un général d'artillerie qui s'enfuit et erra, toute
la nuit, dans la forêt. Berthier lui-même se crut perdu.
Cependant, d'autres généraux, plus décidés, résistèrent :
ils firent fermer et garder toutes les issues. On se servit
du nom de l'Empereur contre lui-même. Alors, et à regret, les officiers, toujours intéressés à la discipline, inter-
vinrent, et l'ordre enfin se rétablit.

Le 12 avril, au milieu de cette agonie, Macdonald, Caulaincourt et Schouwaloff, aide de camp de l'empereur Alexandre, apportèrent le traité conclu et signé la veille. Ce fut Caulaincourt seul qui le présenta à l'Empereur. Sa dernière abdication du 7 avril en était la base ; elle avait été produite, elle était publiée, et pourtant Napoléon ne répondit qu'en redemandant encore cet acte écrit de sa main, et qu'avait dû livrer le duc de Vicence. Quant au traité, il le repoussa. Néanmoins, comme les plénipotentiaires et l'aide de camp russe attendaient, il les fit inviter à sa table, où il ne parut point lui-même.

La nuit venait. Silencieux, seul et renfermé dans ses appartements, il persistait à refuser à ce fatal traité sa signature. Enveloppé, comme il l'était, par l'armée alliée, désarmé et comme emprisonné dans Fontainebleau, sa résistance étonnait ses serviteurs les plus intimes. Ils se demandaient quel but avait son hésitation; à quelle dernière ressource il songeait à en appeler ! Et tous, alarmés de son attitude morne, surveillaient tous ses mouvements avec une anxiété de plus en plus vive.

Ils avaient remarqué, depuis quelques jours, qu'un sombre et secret dessein paraissait le préoccuper. L'un d'eux même, le comte de Turenne, avait cru devoir placer ses pistolets hors de sa portée, et les décharger. Or, quand avec une singulière impatience Napoléon les avait redemandés le lendemain, à son irritation, à ses reproches sur ce qu'il les avait trouvés vides, Turenne vit bien qu'il avait été tenté de s'en servir ! Pourtant, soit qu'il se sentît deviné, soit irrésolution, ou plutôt qu'il se crût maître d'une arme plus prompte et plus sûre, il n'avait plus insisté, et cet incident n'avait pas eu d'autres suites.

Depuis, il y eut même plusieurs moments où, paraissant accepter son exil, il affecta une résignation calme et philosophique : il s'occupait, il parlait des détails de son établissement à l'île d'Elbe, où il comptait être réuni à l'Impératrice et au Roi de Rome. Quant à la mort, il convenait que plusieurs fois il l'avait cherchée sur les champs de bataille, et il cita, entre autres, celui d'Arcis. Mais on l'avait entendu repousser comme indigne de lui la pensée d'un suicide ; il dit : « Que se tuer, c'était la mort d'un « joueur ; qu'il était condamné à vivre ; que d'ailleurs il « n'y avait que les morts qui ne revenaient pas ! » Puis, reprenant ses discussions précédentes à propos de la paix tant de fois offerte à Châtillon et qu'on le plaignait d'avoir repoussée, il persévéra « à nier la bonne foi du « Congrès ; » à soutenir « qu'il n'avait dû avoir de con- « fiance que dans la victoire ; qu'une bataille était un « coup de foudre qui transformait tout. » Et il s'était applaudi même encore, « d'avoir été fidèle à sa déclara- « tion de ne jamais signer une paix humiliante. J'abdi- « que, avait-il dit, et ne cède rien ! »

Quant à Talleyrand, dont il ne parlait qu'avec haine et dégoût, il avait ajouté : « Que cet homme, après lui « avoir vendu le Directoire, le vendait aux Bourbons, « lesquels il vendrait à leur tour, au premier bon marché « qu'on lui proposerait. » Alors, revenant sur le passé, il avait avoué : « Que tous ses malheurs étaient venus « d'avoir passé le Niémen ; mais qu'Alexandre lui avait

« manqué de foi; qu'un an de plus au traité de Tilsitt,
« et l'Angleterre eût succombé sous le système conti-
« nental; qu'au reste on se tromperait à croire que des
« flatteurs l'eussent aveuglé : qu'en lui, tout venait de
« lui; que toute sa fortune lui appartenait, et qu'il
« l'avait faite, tout seul, bonne ou mauvaise ! »

Ainsi, jusqu'à ce dernier jour, ces alternatives avaient
rassuré; mais, dans cette triste soirée du 12 avril, tout
augmenta les appréhensions. En présence de ces conditions imposées, et de l'obligation de signer définitivement
sa perte, tout en lui venait de se concentrer. Son regard
était devenu fixe; il était tombé dans une méditation si
intense, qu'elle le séparait entièrement des soins dont ses
serviteurs inquiets s'empressaient de l'environner. « Il
« leur semblait, m'ont-ils dit, déjà dans un autre
« monde ! »

Vers six heures, il sortit de cette méditation, mais ce
fut pour rappeler les grands et antiques exemples de ces
morts fameuses auxquelles, dans des positions semblables,
les grands hommes, ses pareils, avaient eu recours. En ce
moment, le calme de sa discussion, le sang-froid qu'il mit
à peser les diverses opinions, la différence des temps, celle
des croyances, au lieu de rassurer, accrurent les inquiétudes.

On espérait pourtant dans l'arrivée de l'Impératrice
et du Roi de Rome; mais une exclamation de l'Empereur montra qu'il ne fallait plus compter sur la triste
douceur de cette réunion et sur l'attendrissement qui en
eût été la suite naturelle. Ses serviteurs disent avoir com-

pris que lui-même avait pris soin de se préserver de cet
ébranlement. Il est vrai que déjà un adieu sinistre et prématuré était parvenu à l'Impératrice. Dès le 3 avril, il
avait chargé Menneval, dans une lettre chiffrée, de la
préparer à s'aider de son père et de Metternich pour assurer ses droits à la Régence, ajoutant : « Que cela même
« pouvait manquer ; qu'alors tout, jusqu'à sa mort, de-
« viendrait possible ; et qu'il ne resterait plus à l'Im-
« pératrice que d'aller, avec son fils, se jeter dans les
« bras de l'empereur d'Autriche ! »

Menneval assure que depuis, changeant de projet, il
avait tenté d'ouvrir un passage, jusqu'à lui, à l'Impératrice. De son côté, celle-ci avait résisté, avec raison, au
projet de fuir plus loin avec ses beaux-frères, alléguant
qu'elle voulait attendre à Blois les ordres de l'Empereur.
Quant à le rejoindre lui-même, ce devoir, que d'abord
elle voulut remplir, il paraît que, du moins jusqu'au
12 avril, Napoléon n'en exigea point l'accomplissement,
mais qu'ensuite Marie-Louise, et bien malheureusement
pour sa mémoire, en manqua l'occasion. Voici comment :

Mᵐᵉ de Luçay, ma belle-mère, dame d'atours de cette
princesse, était un modèle d'amour conjugal. Deux fois,
pendant la Terreur, elle avait sauvé la vie à son mari, en
risquant la sienne avec le courage le plus dévoué et le
plus intelligent. Animée des aimables et douces vertus
comme de ces sentiments d'honneur qui distinguaient la
haute société de la fin du dix-huitième siècle, elle venait
de décider secrètement l'Impératrice à partir de Blois
pour Fontainebleau ; le secret, pour lui faire accomplir

un devoir aussi sacré, était malheureusement indispensable. Déjà la voiture, commandée pour ce départ, l'attendait au bas d'un escalier dérobé, quand une autre personne, dont la funeste influence n'agissait que trop, depuis lontemps, sur l'esprit de la faible Marie-Louise, se fit annoncer. Aussitôt, l'Impératrice, troublée par cet incident inattendu, fit précipitamment passer sa dame d'atours dans un cabinet voisin. Ce fut de là que ma belle-mère put entendre, et n'entendit que trop bien, avec quel art perfide on parvint à détruire, sans retour possible, et à changer en la plus triste des défections la généreuse et noble résolution qu'elle avait fait prendre.

Ainsi tous les liens de Napoléon à la vie étaient rompus ! Ses serviteurs s'apercevaient qu'il ne songeait plus qu'à achever de s'en affranchir. Quant au moment et au moyen, tous l'ignoraient ; mais évidemment sa résolution était prise.

Vers dix heures du soir, après les avoir congédiés, il se coucha, et s'endormit sans qu'on eût remarqué aucun changement dans ses habitudes. Sa porte même, en travers de laquelle son valet de chambre de service était couché, demeura entr'ouverte selon l'usage. C'était, ce soir-là, ce jeune homme nommé Hubert, dont j'ai dit l'éducation et les talents distingués, l'esprit et les mœurs aimables comme sa figure, le cœur élevé, et le dévouement inaltérable. Vers minuit, Napoléon l'appela. Il était levé. Sa voix était douce, sa figure calme : « Allons, dit-il, « Hubert ; faisons du feu. » Et tous deux, l'un à moitié vêtu, et l'Empereur sans vêtements, ranimèrent des tisons presque éteints. Puis, il le renvoya se reposer, après lui avoir fait placer sur une table légère, proche du foyer, tout ce qu'il fallait pour écrire. Hubert ayant obéi se retira, mais attentif; et, la porte toujours à demi fermée, il se replaça à son poste.

Ce fut de là qu'il entendit bientôt l'Empereur marcher avec agitation, s'asseoir, écrire, puis froisser son papier, le jeter au feu, se promener encore, écrire de nouveau, et trois fois froisser, déchirer et brûler ce qu'il venait d'écrire. Alors l'émotion dont son maître était tourmenté sembla s'accroître. Sa marche, au travers de sa chambre, lui parut plus vive et plus rapide. Parfois, et tout à coup, elle était suspendue comme par une méditation plus intense. Enfin, il l'entendit se rapprocher et s'arrêter près de sa commode.

C'était sur ce meuble que son nécessaire était placé. L'habitude était de laisser là, au fond d'un verre, du sucre à demi fondu, prêt à recevoir l'eau qu'il lui arrivait souvent d'y verser. Cette fois, ce détail avait été oublié. Hubert se rappela cette négligence; il se relevait pour la réparer, lorsqu'il entendit et même entrevit Napoléon ouvrir ce nécessaire, en retirer un sachet noir que chaque soir il y déposait, et qu'en guerre, depuis sa campagne de Madrid, chaque matin il suspendait à son cou sous ses vêtements. Au bruit qui suivit, le valet de chambre comprit qu'il en jetait le contenu dans un verre où il versa de l'eau qu'il remua et but précipitamment. Après quoi, il y eut un moment d'immobilité, puis quelques pas suivis d'un plus long silence : l'Empereur alors s'était recouché.

Hubert, incertain, pressentait quelque malheur ; mais,
n'osant intervenir, il resta près d'une demi-heure immobile, plein d'anxiété, l'oreille au guet, tandis que Napoléon, étonné de vivre encore, attendait impatiemment
l'effet du poison qu'il venait de prendre. Il commençait
sans doute à en soupçonner l'inefficacité à de douloureux
mais faibles symptômes. On ne sait s'il eut alors recours
à un autre moyen pareil ; mais il est sûr qu'un cachet (1),
que, dans les premiers jours de 1812, il avait destiné à
renfermer le plus actif de tous les poisons, fut, ainsi que
le sachet, trouvé, près de là, vide et ouvert ! Tous aujourd'hui disent encore, et quelques-uns même de ces
témoins ont écrit que sans doute le temps avait ou trop
endurci ou fait évaporer ces poisons, et cette opinion,
l'incomplet effet qu'ils produisirent la confirme.

Enfin, n'ayant plus d'autre arme assez sûre contre lui-
même, fatigué de souffrir sans finir, et sentant jusqu'à
cette dernière ressource de son désespoir lui échapper, il
demanda Yvan, son chirurgien particulier et le plus ancien de ses serviteurs. Yvan venu, après quelques mots
prononcés par Napoléon avec effort, au milieu de plusieurs angoisses, une vive contestation s'éleva. Hubert
entendit des exclamations, des refus, d'amers reproches,

---

(1) M. de Turenne le lui avait fait faire par son ordre en 1812.
C'est pourquoi, m'a-t-il dit lui-même, il fut frappé de revoir ce cachet ouvert et vide, près de l'Empereur, quand il vint le secourir.
Tous croient que le sachet renfermait une forte dose d'opium, et le
cachet, un poison plus subtil, de la composition de Cabanis, et dont
l'attouchement sur la langue devait, disait-on, tuer instantanément.

où la voix du chirurgien dominait. Yvan rappelait l'Empereur à ce qu'il disait être son courage ; il se refusait à devenir son complice, lui reprochant de le compromettre : qu'il allait le faire passer pour un empoisonneur, stipendié par les ennemis de l'Empire et de sa personne !

Il l'emporta ; il le força d'atténuer, par de chaudes boissons, ses vaines douleurs ; d'aider la nature à rejeter le venin qui le tourmentait ; et l'Empereur, vaincu dans son dernier refuge, se laissa arracher à des souffrances dès lors sans but, et dont il était forcé de reconnaître l'inutilité.

Déjà, d'ailleurs, et de toutes façons, le dénoûment qu'il avait choisi était devenu impossible. L'effroi, les cris, les mouvements précipités des valets de chambre, qui, dans les longs corridors du palais, s'étaient appelés, avaient répandu l'alarme : MM. de Turenne, de Vicence et le grand maréchal, avertis, étaient accourus. Le premier soutenait le front de Napoléon, que fatiguaient des crises fortes et successives. Dans leur intervalle, notre malheureux Empereur tantôt recommandait au duc de Vicence quelques dernières dispositions, et tantôt se plaignait « de ce que « tout, jusqu'à la mort, l'eût trahi, et d'être condamné « à vivre encore ! »

Quant à Caulaincourt, si dévoué mais si peu écouté, et d'un caractère si franc et si ferme, il détournait la tête et prononçait des mots pleins d'irritation. Bientôt Maret fut introduit. D'autres officiers se pressaient aux portes, interrogeant les sanglots qui s'échappaient de l'antichambre. Cette inquiète agitation se calmait enfin, lorsqu'ils

virent Yvan sortir pâle, traverser leur groupe interdit,
descendre précipitamment, et les cheveux en désordre, la
tête nue, s'élancer sur un cheval attaché aux grilles, et
s'éloigner éperdument. Lui-même m'a dit qu'après avoir
mis la vie de son maître hors de danger, il n'avait plus
voulu en être responsable. Il craignit qu'un odieux soup-
çon ne pesât sur lui, et perdit la tête. Son motif l'excuse.
Plusieurs abandons, moins excusables, avaient précédé ;
d'autres suivirent. Il y eut aussi des dévouements généreux, chacun, dans ces moments extrêmes, montrant la
plus belle ou la plus triste des nudités, celle du cœur !
Et ici les moindres ne furent pas les moins fidèles.

Le secret sur cette vaine tentative de Napoléon pour
échapper à sa destinée, et à la nécessité de signer définitivement la chute de sa dynastie, fut convenu ; l'Empereur lui-même, par quelques mots, le recommanda. Ce
secret fut longtemps bien gardé, tant la circonspection et
la discrétion régnaient dans cet intérieur sévère. Le respect pour le malheur s'y joignit. Ce silence pouvait être
un dernier devoir envers une si grande infortune. On
craignit aussi, d'abord, que cet acte de désespoir ne parût
une abdication de plus ; on était d'ailleurs incertain sur
le jugement que l'histoire en porterait. Cependant, après
la mort de Napoléon, son secrétaire le plus intime ayant
divulgué ce fait dans son livre intitulé *Manuscrit de* 1814,
j'ai cru, dès lors, devoir en donner les détails inconnus
encore.

A une crise si violente, un long assoupissement, suivi
d'une sueur abondante et d'un profond abattement, avait

succédé. Vers dix heures du matin, Macdonald se présenta ; il fut admis. L'Empereur, m'a-t-il dit, était assis près de sa cheminée, la tête penchée, et appuyée sur ses deux mains qui couvraient entièrement sa figure. Il demeura ainsi une demi-heure, immobile, étranger à tout ce qui se passait autour de lui, soit qu'il ne fût point encore résigné à vivre, soit épuisement. Le maréchal, étonné, se crut oublié, ou que l'Empereur ignorait sa présence. Caulaincourt enfin l'ayant nommé, Napoléon souleva lentement et péniblement sa tête. Sa figure livide était entièrement décomposée. Elle émut Macdonald, qui en ignorait la cause ; il se récria de saisissement. L'Empereur convint : « Qu'en effet il avait souffert, mais qu'il « était mieux. » Puis, continuant avec effort, « il le re-« mercia de ses soins pour ses derniers intérêts, regret-« tant d'avoir reconnu si tard sa loyauté, son attache-« ment, et qu'il ne lui restât plus que des paroles pour « lui témoigner sa reconnaissance ! » Macdonald répondit qu'en aucun cas il n'en aurait accepté d'autres gages, et que ces soins portaient avec eux leur récompense.

Mais déjà l'Empereur, sans paraître l'entendre, était retombé dans son premier engourdissement. Il fallut l'en arracher. Ce fut alors que, congédiant Macdonald, il lui dit : « Qu'il lui réservait un témoignage de gratitude, « que sa délicatesse ne refuserait pas. » Et, se faisant apporter un sabre turc qu'il lui remit de sa main, il ajouta : « Que c'était celui de Mourad-Bey ; que lui-même l'avait « porté au combat du mont Thabor ; et qu'entre eux cette « arme serait un souvenir. »

Ainsi finit leur dernière entrevue. L'effort qu'elle lui coûta sembla l'avoir rappelé à l'existence. Dès lors, du moins, ses pensées prirent un autre cours. Après quelques instants de réflexion, on le vit se ranimer ; on l'entendit s'écrier : « Dieu ne le veut pas ! » Alors, domptant ses dernières souffrances et reprenant son calme habituel, il céda enfin et, ratifiant le traité, il le revêtit de sa signature. On comprit que, se résignant à de nouvelles destinées, il s'abandonnait à la Providence !

XIX.

Mon œuvre est revue. La vieillesse en moi a remplacé l'âge mûr ; mais je m'aperçois que, soit fatigue, soit répugnance à redescendre de cette grande infortune de Fontainebleau jusqu'à moi-même, je n'ai pas, sous ce point de vue, complété l'ensemble de mes souvenirs. Je vais donc ajouter le récit de ce qui m'arriva pendant l'accomplissement de ce désastre.

Et d'abord, arraché de l'armée par mes blessures, et presque aussitôt chassé de Paris par l'Invasion, je lui avais abandonné sans regrets mes propriétés, n'en appelant de la guerre qu'à la guerre, et convaincu que l'Empereur se défendrait jusqu'à son dernier soupir. Chemin faisant, vers Epernon, je réunis tous ceux des Gardes, blessés ou démontés, que je rencontrai, leur donnant Tours pour point de ralliement, et leur promettant là des chevaux et des armes. Ces braves Gardes me répondirent par des acclamations ; ils se pressèrent autour de moi, me comblant de marques de leur attachement :

touchant témoignage, dont mes enfants et ma belle-mère furent témoins, et dont je fus ému jusqu'aux larmes.

Arrivé à Tours, au milieu des dépôts des 3me et 4me régiments de Gardes d'Honneur, j'employai l'argent que j'y trouvai à armer, rééquiper et réorganiser les débris qui s'y étaient réfugiés; je les ralliai aux dépôts de la Vieille Garde. Mais le mal va vite. Bientôt le souffle de la contre-révolution nous y atteignit. Il agita les royalistes de la ville et jusqu'au préfet lui-même.

J'ai dit que ce préfet était un homme d'esprit et de cœur; mais il voyait notre cause perdue, il était Breton, et ses relations l'entraînèrent. Mieux instruit que moi, il vint me dire que l'Empire avait fini; que l'Empereur avait abdiqué; que pour lui son parti était pris, et qu'il allait faire arborer la cocarde blanche. J'ignorais les scènes de Fontainebleau, et ne pus croire à cette abdication. Quant à la cocarde blanche, ma réponse fut qu'il se gardât bien de la prendre; qu'il me mettrait dans la nécessité de faire tirer sur elle, quel que fût celui qui la porterait. Cela suspendit sa détermination.

Le lendemain, m'ayant convoqué chez lui avec les officiers des 3me et 4me régiments, il me demanda s'il pouvait renouveler devant eux sa proposition de la veille. « Sans « doute, répliquai-je, et sans douter un seul instant que « vous ne receviez la même réponse. » Aussitôt, s'adressant surtout à MM. d'Arbaud, officiers supérieurs, il leur exposa la situation de Paris, la défection du duc de Raguse, l'abdication, et leur demanda leur adhésion aux couleurs de la dynastie que le Sénat et le Corps Législatif rappelaient au trône. MM. d'Arbaud étaient des émigrés jadis rentrés ; pourtant, ils n'hésitèrent pas, ils répondirent : « Qu'ils ne trahiraient point le chef et le « drapeau qu'ils avaient juré de défendre ! »

Ce fut encore un jour de gagné. Mais, en me retirant, je m'aperçus qu'on remuait contre nous la population et nos gardes mêmes. On excitait la ville, en répandant le bruit que j'allais en faire sauter le grand pont, son plus bel ornement et le plus utile. On disait aux Gardes, que l'armée s'était soumise au Gouvernement Provisoire, que le comte d'Artois était dans Paris, et Louis XVIII reconnu roi dans la capitale. La plupart de ces Gardes étaient Bretons et Vendéens ; cet appel à leurs anciens sentiments eut l'effet qu'on voulait produire.

Le hasard voulut que, ce jour-là, plusieurs escadrons du 1er de Gardes d'Honneur passassent à portée de la ville. Leur vieux général les conduisait au Gouvernement Provisoire. Pourtant, soit qu'il hésitât dans sa défection, ou plutôt qu'il voulût en augmenter le mérite en m'y entraînant, il suspendit sa marche, et sembla venir me consulter. Je m'efforçai de le retenir. Mais alors la Fortune s'était déjà trop prononcée. On en était à ce point, où dans le détachement du malheur l'émulation commence, et, dans ce concours vers le parti qui triomphe, la crainte d'être le dernier venu. Il en résulta que, au lieu de le détourner de son projet, ce fut moi qui faillis voir mes Gardes embauchés par lui ! Il m'avait à peine quitté, qu'on vint m'avertir que les miens, entraînés par ce général, sellaient déjà leurs chevaux pour m'abandonner et le rejoindre. Je courus à leur caserne. J'avais le bras gauche en écharpe ; un pistolet chargé, caché dans mon manteau, était ma seule défense. Mais heureusement j'arrivai à temps. Mon apparition soudaine surprit cette défection. J'interpellai les plus ardents, leur demandant : « Pourquoi ils se déterminaient sans mon ordre ? Les « avais-je si mal conduits jusqu'à ce jour ? Qui d'entre « eux saurait, mieux que moi, juger du moment où « l'honneur et la fidélité au drapeau et au pays seraient « satisfaits, et décider alors du parti que la nécessité et « leur intérêt forceraient de prendre ? » Il n'y eut qu'un cri. Ce fut le Vendéen le plus animé qui commença : « Oui, oui ! nous ne suivrons que vous ! Nous vous obéirons jusqu'au bout. Vive notre Général ! » Et en effet, renonçant à leur dessein, aussitôt tout rentra dans l'ordre.

Toutefois, je jugeai prudent d'envoyer sur-le-champ, dans le faubourg de la rive droite, prévenir le général Dériot, commandant les dépôts de la Vieille Garde, de garder le pont et de se tenir prêt à m'aider à maintenir Tours dans l'obéissance. Ces précautions prises, j'écrivis à Blois que je répondais de Tours, et que, s'il en était besoin, l'Impératrice y trouverait un second refuge.

Jusque-là le devoir était tracé, et d'accord avec le sentiment. Aucune hésitation, nulle incertitude n'était possible. Qu'importait Paris et le Gouvernement Provisoire ? Je n'y voyais qu'une révolte, des étrangers, une guerre de plus qu'ils nous suscitaient. Notre cause, celle de l'Empereur, en était plus sacrée encore, et plus nationale !

L'armée, l'abandonner ? L'Empereur, abdiquer ? Cela me paraissait invraisemblable. Quand donc le préfet, renouvelant ses sollicitations, m'annonça la soumission de tous nos maréchaux, celle de tous nos corps d'armée au Gouvernement Provisoire, et l'abdication entière du 7 avril, dans mon inexpérience des révolutions, toujours plein de confiance dans le caractère inflexible et dans l'ascendant de Napoléon, je répliquai : « Que l'Empereur se tuerait plutôt que d'abdiquer ! » Fouché, par hasard, se trouvait là : il y arrivait d'Italie, par le midi de la France. Sa réponse à cette exclamation fut : « C'est un roué, il ne se tuera pas. » Ce mot, c'est Fouché tout entier, et non l'Empereur. La nuit du 12 au 13 n'allait que trop le démentir. Mais, comme il arrive ordinairement, pour juger autrui ce personnage n'avait d'autre mesure que lui-même.

Pourtant, chaque heure, chaque bruit nouveau confirmait ces tristes nouvelles ; ma confiance s'ébranla ; elle résistait toutefois encore, lorsque, au milieu de la nuit du 9 au 10 avril, une lettre de Blois et de mon père acheva de la détruire. « Deux aides de camp, l'un d'A-« lexandre, l'autre de Napoléon, disait-elle, venaient d'y « arriver. Tout était fini ; l'abdication consommée ! les « Bourbons reconnus ! Napoléon partait pour l'île d'Elbe. « Toute résistance devait cesser ; il n'y avait plus qu'à se « résigner, qu'à adhérer, qu'à suivre l'exemple universel. »

Je l'avouerai, je demeurai confondu d'étonnement. Il fallait cependant prendre un parti, et non seulement pour moi mais pour les corps que je commandais. Il

31.

n'y avait pas à choisir. L'abdication était complète, Louis XVIII déjà proclamé; j'envoyai donc mon adhésion, dont les premiers mots : « Je suis militaire, j'étais à « mon poste et fidèle à mes serments, ils me sont remis « par l'abdication de Sa Majesté l'Empereur Napoléon, » furent supprimés, je ne sais pourquoi, dans *le Moniteur* du 11 avril. Quant au reste, Napoléon nous manquant, quel autre droit que celui de Louis XVIII pouvait prévaloir, quel autre prince pouvait, au dehors comme au dedans, pacifier la France? Cette révolution était d'ailleurs un fait accompli, confirmé même par un aide de camp de l'Empereur; nous l'acceptâmes; et, quoi qu'il soit arrivé depuis, nous n'avions alors rien de mieux ni autre chose à faire.

La Restauration accomplie, celle de 1814, dès mon premier pas aux Tuileries pour la juger, je reconnus, à ceux qui étaient déjà accourus pour l'entourer et en profiter, la difficulté de la fusion de l'ancienne et de la nouvelle France. Tout en l'une insultait l'autre! Les haines intestines, trop naturelles, il est vrai, après le bouleversement d'intérêts de 1789 et les horreurs Conventionnelles et Directoriales, avaient pénétré au fond des cœurs jusqu'à des parties si sensibles, qu'il y avait peut-être moins loin de nous aux Russes et aux Autrichiens, forcés de respecter des ennemis vaincus et non épuisés, que de nous à un grand nombre de ces Français, ressuscités tout à coup de l'autre siècle, et qui désavouaient le nôtre! Nos ennemis étrangers avaient combattu la République et l'Empire, qu'ils venaient enfin de renverser; mais, du moins leur vie, leur gloire et leurs travaux, leur histoire entière enfin, depuis un quart de siècle, se trouvait liée à la nôtre ; tandis que, à peu d'exceptions près, les plus sages étant là, comme partout, en petit nombre, ceux de nos compatriotes qui n'avaient point accepté la Révolution de 1789 ne reconnaissaient l'existence de ces souvenirs que par de l'aversion et des mépris. Ces dédains étaient si insultants, que, en dépit de la conduite plus prudente des princes et de Louis XVIII, il nous eût fallu, pour vivre, pour servir supportablement au milieu de beaucoup de ceux qui les entouraient, devenir transfuges de notre drapeau, renégats de notre gloire, traîtres enfin à tous nos souvenirs et à nos compagnons d'armes !

Toutefois, je ne blâme point ceux d'entre nous, que les circonstances et nos princes attirèrent et retinrent à cette Cour. Une fois engagés dans cette position, ils durent y persévérer ; mais combien ils ont eu à en souffrir ! Quant à moi, après un premier pas qui suffit pour m'éclairer, je reculai, je me séparai de cette réaction, en en comprenant la fatalité, mais n'en étant pas moins irrité de la folle et hostile invasion du siècle passé au milieu du nôtre. Je me décidai donc à y résister soit passivement, soit activement, selon l'occurrence.

Il me souvient, à ce propos, que, dans l'un de ces premiers jours, pressé d'épancher l'amertume dont j'étais abreuvé dans le cœur de l'un de nos chefs les plus illustres, j'allai voir un matin le maréchal Ney. J'avais mal choisi le moment de cette visite. En effet, à peine m'étais-je engagé dans l'avenue de son hôtel qu'il fallut me ranger pour en laisser sortir plusieurs voitures. C'étaient celles de l'empereur Alexandre et de quelques autres rois et princes de la Coalition. J'entrai toutefois, sans céder à un premier mouvement de mécontentement irréfléchi, car j'eusse été presque aussi insensé que le parti rétrograde de l'ancienne France, si je n'eusse pas reconnu dans cet incident l'empire des faits accomplis. Je me résignai donc à ne point être surpris de trouver dans le maréchal quelque enivrement des hommages généreux et mérités dont il venait d'être l'objet.

Cet orgueil bien naturel colorait encore les traits de sa figure martiale si expressive; il perçait même dans ses paroles, lorsque, trop brusquement peut-être, je glaçai son émotion par le tableau des sentiments réprobateurs de notre passé, que, à la Cour des Tuileries, je venais de reconnaître. « Qu'avait-il pour s'en défendre, si ce n'était « les débris de nos armées, sous lui tant de fois victo- « rieuses ? Mais savait-il que, en ce moment, nos soldats, « pleins de dépit, couvraient par bandes les chemins, je- « tant, brisant leurs armes ? Croyait-il que sans la crainte « qu'ils inspiraient à cette Cour, on ménagerait son isole- « ment, lorsqu'il suffirait de lui en défendre l'entrée, « pour se débarrasser, en lui, d'une origine réprouvée et « des souvenirs d'une gloire hostile ? »

Ma colère exagérait. Mais il en avait sans doute assez vu déjà pour la comprendre, car, à cette sortie innatten- due, il pâlit, demeura muet, puis convint qu'il fallait promptement songer à la réorganisation des restes de l'armée impériale.

Je vivais dans cette irritation, lorsqu'un autre jour le prince de Neufchâtel, m'ayant appelé dans son cabinet, m'offrit le commandement de la compagnie des Gardes du Corps récemment créée pour lui. Je refusai, il insista ; et, forcé de m'expliquer, j'eus le vif regret d'affliger cet excellent homme, que l'âge et surtout des travaux excessifs avaient affaibli. Je lui répondis : « Que ma position passée près du Premier Consul et de l'Empereur m'excluait de tout service personnel près de Louis XVIII ; mais que je n'en serais pas moins prêt àservir mon pays dans l'armée et dans mon grade. » En achevant ces mots, je me levai, prévoyant le mouvement de dépit avec lequel le prince s'empressa de me congédier. Depuis, je n'entendis plus parler de lui que pour apprendre et plaindre sa fin malheureuse et peut-être prématurée.

Ajoutons ici, pour ne plus revenir sur ce sujet, que plus tard, à une autre invitation semblable, du ministre de la guerre, d'accepter une place de gentilhomme de la chambre, je répliquai pareillement.

Cependant Louis XVIII, plus clairvoyant que la plupart de ses conseillers et de ses entours, quoique trop peu leur maître, avait satisfait l'opinion par sa Charte, malgré ce qu'il y avait d'aventureux dans cet essai d'un gouvernement monarchique sans aristocratie réelle, mis sans cesse aux prises avec toutes les passions cupides, ambitieuses et vaniteuses d'une presse et d'une tribune démocratiques et révolutionnaires. Il avait même rassuré, du moins matériellement, par la conservation des grades et des emplois, une grande partie des restes de l'armée impériale. Nos maréchaux en étaient naturellement les protecteurs. Il arriva qu'un jour, réunis à dîner chez le maréchal Moncey, en récapitulant les noms des généraux, ils s'aperçurent que j'étais resté seul, à peu près, sans commandement. On se récria ; et aussitôt le maréchal Ney me fit dire que, placé tout récemment à la tête de la Vieille Garde à cheval, alors corps royaux cavalerie, il allait me demander pour son chef d'état-major, emploi dont, en effet, dès le lendemain, je reçus les lettres de service.

Cette position me convenait d'autant mieux qu'elle me rapprochait de mes plus habitués et anciens compagnons d'armes. Mais la première instruction qu'on me donna, avec l'ordre d'aller, à Blois, Tours et Saumur, passer l'inspection de ces quatre corps, fut d'accorder des congés définitifs à tous ceux qui en demanderaient. Ceci me déplut, me parut hostile. J'y vis un commencement de licenciement, que n'avait point aperçu le maréchal. Aussi, quand je fus au milieu de ces hommes d'élite, loin d'obéir : « Nous avons tous besoin les uns des autres, « leur dis-je, on ne sait pas ce qui peut arriver ; restons « donc ensemble ! » Et j'en conservai sous le drapeau le plus grand nombre.

J'agissais ainsi sans intention agressive contre le Roi, mais défensivement contre l'inimitié de ses entours et de quelques membres de son Gouvernement. Telle me paraissait être la nécessité des circonstances.

Ceci, pourtant, faillit m'engager plus avant que ma

conscience ne l'eût permis ; tant il importe de n'accepter que des positions où l'on puisse se mouvoir avec une loyauté libre et manifeste : principe, dont, en dépit de nos intérêts les plus légitimes et de nos passions les plus excusables, il faut reconnaître la vérité, quelque difficile que, parfois, en puisse être l'application.

Nous approchions du 20 mars 1815. Une reconnaissance bien naturelle, des entraînements inévitables, et de dangereux conseils, avaient conduit les princes à satisfaire les prétentions de ceux dont la fidélité, pendant leur long exil, ne s'était point démentie. Ils s'en étaient entourés, et, pour ne parler que de l'armée, ils avaient prodigué les plus hauts grades à une inactive ancienneté. Quant aux plus jeunes royalistes, ils s'en étaient formé une Garde nombreuse, toute d'officiers, de colonels et de généraux, sous les dénominations d'usage avant 1789. En même temps, un grand nombre d'officiers de l'armée impériale avaient été réformés ; enfin, répudiant les insignes de nos victoires, ils nous avaient imposé le drapeau sous lequel ils avaient combattu le nôtre.

Je ne constesterai pas au roi la sincérité constitutionnelle qu'il est impossible d'accorder à ses entours ; mais n'était-ce pas, dans leurs éléments les plus actifs et les plus hétérogènes, vouloir fondre ensemble et faire marcher d'accord la Révolution et la Contre-Révolution ? Elles s'y refusèrent. Celle-ci prétendit dominer et écraser l'autre. A ces envahissements de grades sans services, si choquants pour ceux dont tant de sang et de travaux avaient payé les mêmes grades, et si menaçants pour leur

avenir, de journalières aggravations d'outrages de toute
nature s'étaient ajoutées ! J'en appelle aux journaux, aux
propos, aux caricatures du parti dominant de cette époque. L'indignation, l'exaspération de l'armée étaient devenues si violentes, qu'aux Tuileries, parmi les officiers
de la Vieille Garde en permission, et spectateurs, comme
moi, des revues qui s'y passaient, j'avais peine à en contenir l'explosion.

Ainsi fermentaient nos mécontentements, quand, sur
la nouvelle du débarquement de Napoléon, le maréchal
Ney me fit appeler. « Il partait, me dit-il, pour son com-
« mandement de la Franche-Comté, pour y rassembler
« une armée, et pour s'opposer aux progrès de la descente.
« Quant aux corps royaux cavalerie, il me laissait l'ins-
« truction de renvoyer sur-le-champ à leur tête leurs gé-
« néraux, avec l'ordre de les maintenir dans la fidélité
« qu'ils devaient à Louis XVIII. » Puis, en homme
tout d'action qu'il était, emporté par l'un de ces élans
guerriers dont il n'était pas le maître, il préluda aux paroles ardentes avec lesquelles il allait, s'écria-t-il, prendre congé du Roi à l'instant même.

Leur exaltation m'inquiéta ; je craignis qu'elles ne
l'engageassent au delà de ce qui était nécessaire : je lui
fis donc observer, que, en outre de ce que devait avoir de
pénible à ses souvenirs un pareil engagement, il serait
sans doute inutile : que, si les défilés du Dauphiné ne
s'ouvraient pas devant Napoléon, il s'y perdrait sans qu'on
eût besoin de le combattre ; tandis que, s'il surmontait
cet obstacle, rien, au delà du Rhône, ne l'arrêterait.

Cette considération l'ayant calmé, je le quittai pour aller exécuter ses ordres ; mais, en sortant par une porte, je vis entrer par l'autre un personnage qui vraisemblablement m'avait écouté ; ce fut lui dont les excitations, dictées par un sentiment toujours mauvais conseiller, détruisirent l'effet des observations que je venais de soumettre au maréchal.

De là, et tout aussitôt, j'allai rue de la Victoire, dans la célèbre maison du 18 brumaire, donnée par Napoléon à Lefebvre Des Nouettes. Ce général commandait les chasseurs à cheval de la Vieille Garde. Je ne trouvai chez lui que sa femme. Elle était dans une vive anxiété, que mes questions augmentèrent sans pouvoir en rien tirer. Elle ignorait, disait-elle, où était et ce que faisait le général ; mais évidemment elle soupçonnait un coup de tête, dont, plus que tout autre, il était capable. Dans ce doute, et comme les trois autres généraux étaient à leurs corps, je rentrai chez moi pour leur écrire les instructions que j'avais à leur transmettre.

La nuit me surprenait dans cette occupation, quand un général, commandant en second les grenadiers à cheval de la Vieille Garde, vint m'interrompre. Il entra précipitamment ; puis, sans autre préambule que d'obtenir ma parole de taire ce qu'il allait me confier, il m'apprit :
« Qu'en ce moment même Des Nouettes, avec ses chas-
« seurs, marchait sur Paris ; qu'il avait entraîné des gre-
« nadiers en trompant leur général par un ordre simulé
« du ministre de la guerre ; mais que, ces deux chefs n'é-
« tant point d'accord, infailliblement tout allait manquer

« si je n'accourais pas me mettre à leur tête ; qu'il venait
« m'en supplier; qu'alors, sûrs de réussir, d'autres corps,
« les attendant dans Paris, rien ne leur résisterait ! » Il
achevait ces derniers mots, lorsqu'un vieux personnage
de l'Empire, mon proche parent, étant survenu, ce général ajouta à voix basse, en me quittant aussi précipitamment qu'il était entré : « Qu'il retournait à son poste,
« où il espérait me revoir, mais qu'en tous cas il empor-
« tait la parole de me taire, que d'avance je lui avais
« donnée. »

Je l'avoue, quelque téméraire que me parût cette révolte, je me sentis violemment tenté par le danger de
mes compagnons d'armes, par leur confiance en moi, et
par une même indignation contre tant d'outrages, dont
plus qu'eux encore j'avais été témoin. Je n'avais rien
à cacher de cette disposition à celui qui venait d'entrer ;
ses conseils l'excitèrent. Déjà même, rassemblant quelques effets, je m'armais machinalement lorsque mes lettres de service, signées du roi, me revinrent à la mémoire ! « Non, m'écriai-je, ce serait une trahison ! Ce
« serait tourner contre lui les armes qu'il a mises entre
mes mains ! » Je les jetai aussitôt ; et, demeuré seul, je
me mis à réfléchir sur ce qu'il me restait à faire.

Il s'agissait de concilier mon devoir avec une parole
donnée et avec mon attachement pour mes camarades.
La situation était difficile. Il était minuit. Fatigué d'é-
motions, ma tête tombait de sommeil, lorsque Rabusson,
chef d'escadron des chasseurs de Des Nouettes, se fit annoncer. « Son corps, me dit-il, venait d'arriver devant

« Compiègne ; il s'y était heurté contre un régiment sous
« les armes, dont on avait voulu vainement ébranler la
« fidélité. Dès lors, comprenant le danger de sa tentative,
« et se déguisant, Des Nouettes avait disparu ! En con-
« séquence, ses officiers, abandonnés à eux-mêmes, ve-
« naient de le députer, lui Rabusson, pour protester de
« leur ignorance des projets de leur général, de leur sou-
« mission au Roi, et pour demander de nouveaux or-
« dres ! »

Ici, Rabusson, invoquant nos souvenirs de guerre, me
pressa d'aller avec lui aux Tuileries. Je m'y refusai, ré-
pliquant que je ne voulais pas m'y faire honneur de cette
soumission sans l'avoir mérité ; que je préférais rester
étranger à cette affaire, comme je l'étais en effet, et surtout au moment où, pour s'excuser, il s'agissait d'accuser
un camarade ; que je l'engageais, comme son supérieur,
à exécuter promptement la mission qui lui était confiée,
et, comme ami, à l'accomplir de façon à ce que le lendemain on ne publiât pas qu'il était venu dénoncer son général.

Les jours suivants, après plusieurs rapports de service
avec le ministre de la guerre, comme le danger approchait
de Paris, ce ministre me fit appeler. Il me confia les dispositions qu'il venait de prendre contre l'Empereur.
Étonné qu'il voulût mêler les compagnies de Mousque-
taires et de Gardes du Corps aux régiments de ligne, je
lui demandai s'il ne craignait pas que ces régiments ne
fissent feu sur elles. Mais, à cette observation que justifia
l'événement, ce ministre se récria. Il ne put comprendre

pourquoi la création de ces corps privilégiés avait excité la haine de l'armée entière. Or, comme cette assertion, que je renouvelai, l'irrita d'autant plus qu'elle était incontestable, il me prit en défiance, et m'interpella sur mes propres dispositions. Elles lui déplurent. Toutefois, il ne put douter de ma fidélité jusqu'au moment où, libre de ma conduite par la cessation, facile à prévoir, de mes fonctions, je pourrais, selon l'occurrence, disposer de mon épée contre les ennemis de la France.

Le surlendemain, tout était fini. Louis XVIII était en marche pour une seconde émigration, et l'Empereur aux Tuileries !

Que d'autres disent les détails héroïques et merveilleux du retour de Napoléon de l'île d'Elbe, ses premiers efforts, d'abord pour conjurer la Coalition, puis pour se préparer à la combattre, enfin, depuis le lendemain de son arrivée, ses secrets et tristes pressentiments, sa foi perdue dans son Étoile, et le désastreux résultat de ce troisième et dernier effort d'un incomparable génie contre son destin, dont l'inflexibilité voulut qu'à la grandeur de l'élévation s'égalât celle de la chute ! Quelque dignes de mémoire que puissent être, sur ce sujet, les récits que m'en ont fait des témoins tel que M. Mollien, mon père, B^min Constant, le maréchal Reille, Montyon, Turenne, le prince d'Eckmühl, et d'autres encore, je l'avoue, le courage me manque pour retracer tant de douloureux détails.

Renonçant donc à l'histoire, et continuant cette simple biographie, je me bornerai à dire qu'attendant, d'après l'ordre verbal de Napoléon, le commandement d'une brigade de cavalerie, je fus nommé chef d'état-major de l'armée chargée de défendre Paris, sur la rive gauche de la Seine. Ici, l'événement rend superflue la nomenclature des forces qui nous furent confiées et de nos dispositions de défense. Comment oublier pourtant qu'un jour, vers cinq heures du matin, à cheval et parcourant cette position, je cheminais en compagnie du général commandant en chef, homme d'esprit et de coup d'œil, quand la nouvelle de la défaite de Waterloo nous atteignit ? Nous nous arrêtâmes, moi consterné, lui étonné mais calme, réfléchi, et muet d'abord. Bientôt, interrompant mes exclamations, il me montra le moulin de Vaugirard : « Voyez-vous « cette hauteur, me dit-il, songez-y ; elle pourra bientôt « acquérir de l'importance ! Reconnaissez-la bien, quant « à moi je vais à mes affaires. » Sur quoi, tournant bride, et prenant le galop, il rentra subitement dans Paris pour ne plus nous revenir.

Ce chef venait, en homme moins moral qu'habile, de prendre sur-le-champ son parti, celui de s'accommoder à la circonstance. Cependant, pour n'être point trop sévère, convenons qu'il ne faut pas juger les hommes d'action dans ces grands bouleversements, comme en des temps moins révolutionnaires.

Bientôt après, Louis XVIII et les Anglais étaient arrivés à Saint-Denis, sur la rive droite, tandis que Blücher et ses Prussiens, s'en étant follement séparés, étaient passés sur la rive gauche. Ils s'y trouvaient sans autre retraite qu'un pont étroit devant nos débris de Waterloo. Ces restes étaient respectables : ils présentaient encore cinquante mille hommes et cent canons. La veille de ce dernier jour, leur avant-garde, sous Exelmans, avait même écrasé et rejeté par delà Versailles la cavalerie prussienne. Exelmans venait de rentrer en ligne. Les deux armées se trouvaient donc en présence, en vue de Paris, et sur la rive gauche de la Seine.

C'était le 3 juillet 1815. Il était environ neuf heures. Drouot, toujours tout entier à ses canons, venait de m'appeler pour l'aider à placer une batterie au petit Montrouge. Nous nous étonnions d'entendre les feux des tirailleurs s'éteindre successivement, quand nous vîmes arriver le prince d'Eckmühl et les généraux Grenier et Carnot, membres du Gouvernement Provisoire. Aussitôt Drouot interpella vivement le maréchal sur la nécessité de soutenir sa batterie, mais il n'obtint d'autre réponse qu'un geste de découragement; après quoi, le maréchal alla s'asseoir sur le revers d'un fossé devant nos canons. Il indiquait assez par là qu'on songeait à tout autre chose qu'à combattre, ce que le patriotisme de Drouot ne put ou ne voulut pas comprendre.

Étonné moi-même, je représentai vivement au maréchal la position désespérée de l'ennemi, s'il était battu. « Pourquoi ne profiterions-nous donc pas de cette jour- « née de répit et de la nuit suivante ? Pourquoi ne pas « faire prendre, dans nos maisons, nos meilleurs vins, « nos meilleurs vivres ? Le lendemain, dès trois heures, « l'armée, ainsi bien repue, bien reposée, ses armes et ses « colonnes d'attaque prêtes aux débouchés de Neuilly,

« Saint-Cloud, Issy et Montrouge, s'élancerait impétueu-
« sement : elle refoulerait, elle anéantirait dans la Seine
« tous ces Prussiens, surpris dans une position si inso-
« lemment aventurée. Après quoi, retraversant Paris, nous
« chasserions de Saint-Denis les Anglais, trop faibles
« pour résister à une armée plus que triple en nombre, et
« déjà victorieuse !

« Oui, repartit le maréchal, un instant ressaisi d'une
« ardeur guerrière, oui sans doute, et ce serait par Neuilly
« surtout, en poussant sur Saint-Germain, qu'il faudrait
« attaquer. Mais ne voyez-vous pas qu'on ne peut plus
« se fier à personne ; que chacun traite pour son compte ;
« que Fouché nous trahit ; que là, à côté de nous (et il
« indiquait de la main le moulin de Vaugirard), Van-
« damme lui-même, à la tête de la Jeune Garde, est dé-
« couragé, et qu'il ne veut plus combattre ? » A cela
Grenier, s'étant approché, ajouta : « Que risquer, en cas
« d'échec, de faire prendre la capitale au milieu d'une
« échauffourée, ce serait assumer sur soi une responsabi-
« lité trop grande ; que d'ailleurs on traitait, en ce mo-
« ment, à Saint-Cloud avec Blücher, de la reddition de
« Paris ! »

Dès lors, songeant surtout aux vengeances d'une seconde Restauration, je demandai si l'on était, au moins,
entré dans quelque accommodement pour l'armée, avec
Louis XVIII. Sur quoi, Carnot s'écria : « Eh ! quel arran-
« gement voulez-vous que nous attendions d'un Gouver-
« nement dont l'odieuse proclamation, dictée après
« Waterloo, sur les restes mutilés de tant de Français,

« commence par ces mots : Grâce au Ciel, les satellites
« du tyran sont enfin dispersés ! — Raison de plus, ré-
« pliquai-je, pour ne pas se laisser retomber sans condi-
« tions entre ses mains ! — Eh ! que m'importe ? reprit
« Grenier, je suis resté dix ans chez moi sous l'Empe-
« reur, je puis bien y rester encore autant sous Louis
« XVIII ! — Mais on ne vous y laissera point, lui ré-
« pondis-je ; toute porte doit être ouverte ou fermée :
« le Roi est à la nôtre, traitons avec lui ou battons-
« nous ! »

Nous étions là, quand un officier arriva : la capitulation de Saint-Cloud était signée ; l'armée devait partir
pour la rive gauche de la Loire. Tous aussitôt se dispersèrent.

Drouot, étranger à toute intrigue, revenait en ce
moment, préoccupé encore de sa batterie, et me montrant la cavalerie prussienne à portée de charge. Ma réponse changea son impatience en consternation. « Qu'al-
« lez-vous faire ? » ajoutai-je. — « Suivre l'armée, répli-
« qua-t-il après un moment de réflexion ; et vous ? —
« Oh ! quant à moi, lui répondis-je, seul, sans comman-
« dement dans cette armée, sans autre espoir pour elle
« qu'une soumission inévitable, je rentre chez moi. Je
« vais y déposer des armes désormais inutiles, puisqu'on
« nous force de renoncer à cette dernière et si belle occa-
« sion de nous en servir ! »

Là-dessus, nous étant serré la main, nous nous sépa-
râmes.

Je tins parole. Dès que les environs de Paris redevinrent libres, je me retirai avec vous, mes enfants, à Saint-Gratien, dans la vallée de Montmorency, chez le comte de Luçay, mon beau-père. C'est là que, hiver comme été, pendant sept ans, rendu aux lettres, et vivant surtout dans le passé, j'écrivis l'Histoire de Napoléon et de la Grande Armée en 1812.

FIN.

TABLE DES MATIÈRES.

FIN DE LA TABLE.

Typographie Firmin-Didot et Cie. — Mesnil (Eure).

www.ingramcontent.com/pod-product-compliance
Lightning Source LLC
Chambersburg PA
CBHW070347030726
47504CB00001B/100